LA MARCA DE LOS MALDITOS

Victoria Vílchez nació en Santa Cruz de Tenerife, aunque en la actualidad reside en Madrid. Se licenció en Biología en la Universidad de La Laguna; sin embargo, más tarde descubriría que su verdadera pasión era contar historias. Desde entonces no ha dejado de escribir. Compagina dicha profesión con labores de corrección de textos literarios, y cuando no está frente al teclado disfruta de su tiempo con su hija, leyendo o devorando series y películas. Cuenta con quince novelas publicadas de género juvenil, *new adult*, fantasía y romance contemporáneo, entre las que se encuentran las novelas *Solo tres citas… y una mentira* y *Cada estrella de mi cielo*, también publicadas en Titania.

Código BIC: FR | Código BISAC: FIC027030
Diseño de cubierta: Luis Tinoco

VICTORIA VÍLCHEZ

LA MARCA DE LOS MALDITOS

LAS CRÓNICAS DE RAVENSWOOD

2

books4pocket

Argentina • Chile • Colombia • España
Estados Unidos • México • Perú • Uruguay

A mi padre.
Aunque ya no estés, tú siempre serás mi luz.
Te echo de menos, papá.

1

La muerte no solía avisar de su llegada y, aunque a veces podía brindarnos una cara más amable y pacífica, en otras se mostraba tan horrenda, cruel y dolorosa que se llevaba consigo algo más que la vida que había acudido a reclamar. Aquella noche, en el límite de los terrenos de Ravenswood, mi cordura parecía haber sido ese algo.

En cuanto comprendí de quién era el cuerpo que Wood acunaba contra su pecho y por qué lloraba el lobo blanco, ya no hubo luz ni oscuridad. Mal ni bien. Principio ni fin. Todo lo que quedó fue dolor. El sabor de la sangre y la venganza me cubrió la lengua, y su aroma envolvió mi cuerpo, caló hasta llegarme a los huesos y me apuñaló el corazón de una forma tan certera que supe que nada volvería a ser lo mismo. Yo nunca volvería a ser la misma; no después de que me arrebataran a Dith.

Quizás mi visita a Ravenswood sí que me había hecho despertar, aunque puede que no fuera de la manera en la que había creído. Más allá de elevar mi poder por encima de cualquier límite que lo hubiera contenido hasta entonces, me había abierto los ojos a una realidad que no se parecía en nada a la que yo creía conocer. Mi ingenuidad había ido siendo socavada día tras día en aquel lugar, para luego morir también con Dith en el arcén de una carretera cualquiera.

La comunidad blanca, al parecer, no era como yo había pensado; la comunidad oscura, a pesar de sus sombras y de lo que le habían hecho a mi familiar, tampoco era del todo como había creído. Mi padre había estado espiando a mi madre y a saber qué había hecho con la información que había reunido sobre ella. Alexander y yo formábamos parte de una retorcida —y también indescifrable— profecía que auguraba el fin del mundo y de la que no sabíamos si podríamos escapar. Y yo había huido de todo eso en un coche con el hijo del asesino de Dith acunándome entre sus brazos.

El mundo se había vuelto del revés.

Ya no sabía quién era, ni quién se suponía que tenía que ser. Y ya no contaba con Meredith para guiarme y ayudarme a comprenderlo.

Supongo que tanto esa incertidumbre como la ira amarga que sentía, y el hecho de que no supiera cómo enfrentarme a una nueva pérdida, fue lo que me mantuvo en alguna clase de estado aturdido del que no conseguiría salir hasta dos días más tarde. No recuerdo casi nada de nuestra huida de Ravenswood, salvo el sonido de los gritos, un motor revolucionándose y la sensación de unos brazos que me rodeaban en todo momento. Tampoco sé cuánto tiempo estuvimos viajando o a dónde fuimos. No sé quién tomó las decisiones o cuál era el plan, más allá de la orden que Mary Wardwell, la directora de la academia oscura, nos había dado de encontrar a Loretta Hubbard, la bruja blanca que había vaticinado la profecía: un oráculo. Pero, por el momento, nada de eso importaba para mí.

Mientras dejábamos atrás Ravenswood y, al mismo tiempo, también la academia Abbot; mientras casi todo cuanto yo había conocido y cuanto había conocido Alexander se alejaba con cada kilómetro que recorríamos, lo único que pude hacer fue luchar contra el dolor e intentar evitar que me rompiera, incluso cuando resultaba evidente que ya era demasiado tarde para eso.

Alexander

Raven se dejó caer a mi lado con un resoplido. Lo había oído acercarse desde la cabaña, lo cual decía mucho de lo cansado que estaba. Por norma general, el andar de los gemelos resultaba demasiado silencioso como para que cualquiera pudiera detectarlos si ellos así no lo deseaban. Se había recuperado por completo del ataque del Ibis, algo que debía de agradecerle a la bruja blanca y a lo que quiera que hubiera hecho para traerlo de vuelta de la inconsciencia, pero el pesar por la muerte de Dith y la preocupación por el estado de Danielle estaban carcomiendo a Raven por dentro —como a todos—, igual que lo hacía la actitud que había adoptado su hermano en los dos últimos días.

Wood, como Danielle, también había perdido a Dith. Yo sabía que entre ellos debía de haber algo lo bastante intenso como para que él consintiera sus visitas a nuestra casa en Ravenswood, dado que Wood era muy consciente de que tener cerca a brujos ajenos a nuestro linaje ponía a prueba mi autocontrol. Así que nunca había sido capaz de prohibirle dichas visitas, supongo que porque tanto Raven como él se merecían cualquier pizca de felicidad que pudieran encontrar, incluso si eso me provocaba cierto sufrimiento.

Miré a Raven antes de afirmar:

—Despertará. Lo hará cuando su mente esté preparada para ello.

Nuestra salida de Ravenswood, tan solo dos días atrás, parecía ahora algo lejano e irreal.

Yo todavía estaba tratando de acostumbrarme a estar fuera de los límites de la escuela. Una extraña sensación de ligereza se había instalado en mi pecho desde el momento en el que habíamos empezado a alejarnos del lugar, no ya por estar huyendo, sino porque el peso de la magia de todos los alumnos y profesores se había ido atenuando hasta finalmente desaparecer.

Así, aun cuando el control que ahora ejercía sobre mi oscuridad era mucho mayor que unas semanas atrás, tras marcharme de Ravenswood había conseguido respirar de una forma en la que no recordaba haberlo hecho jamás. Allí, en el exterior de aquella vieja cabaña perdida en mitad de las montañas, solo podía sentir a Robert Bradbury y a Danielle, lo cual era una sustancial mejora.

Me resultaba demasiado vergonzoso admitirlo, dado todo lo sucedido, pero nunca me había sentido tan bien en ese aspecto. Y eso era lo único bueno de todo aquello. El resto... Bueno, había mucho que lamentar y de lo que sentir vergüenza. Demasiado.

No había hecho nada para evitar la muerte de Dith, y eso me atormentaba. Otro error, uno más a sumar, solo que este le había costado la vida a alguien. Meredith se había sacrificado por Danielle mientras yo me quedaba mirando como un idiota cobarde y asustado; totalmente paralizado. ¿Para qué demonios me servía tanto poder si no podía emplearlo para defender a los que me importaban?

Ni siquiera era capaz de mirar a los ojos a Wood, y dudaba que las cosas fueran a ser diferentes con Danielle cuando ella por fin consiguiera salir del trance en el que la muerte de su familiar la había sumido.

—Ha vuelto a hablar en sueños —comentó Raven—. De nuevo llamaba a Dith.

Su tono era bajo y ronco y no tenía muy claro si hablaba de Danielle o de Wood. Ambos habían tenido pesadillas en las dos noches anteriores; sueños que Raven había tratado de «mejorar» de algún modo con su don.

De día, en cambio, Danielle y Wood habían elegido una manera diferente de afrontar el dolor. Ella se había «ido», o al menos su mente lo había hecho; él, por el contrario, había decidido mantenerse en silencio. No recordaba haberlo oído decir más que un puñado de palabras desde que nos habíamos subido al coche aquella noche; tan solo las pocas que farfullaba a duras penas mientras dormía. Su actitud era hosca y huraña. No parecía quedar nada del particular humor del lobo blanco, y no podía evitar preguntarme si esa parte de él habría muerto con Dith.

Raven había vuelto su mirada al frente, lejos de mi rostro —y, por tanto, era imposible que pudiera leerme los labios—, así que supe que no esperaba una respuesta a su comentario. Me mantuve en silencio mientras ambos observábamos el campo de hierba que se extendía frente a nosotros. Había unos pocos árboles repartidos por la zona, pero la mayor parte del terreno era más o menos plana y las vistas, ladera abajo, resultaban espectaculares. El aire era frío y el lugar parecía haberse sumido ya en un invierno prematuro a pesar de que aún no habíamos alcanzado la mitad de otoño. O tal vez fuera lo normal allí y yo solo podía compararlo con el clima del único lugar que realmente había conocido. Vivir casi toda mi vida en Ravenswood me había dado una concepción muy muy limitada de lo que era el mundo y, solo ahora, empezaba a darme cuenta de ello.

Suspiré.

No habíamos tenido ninguna clase de plan al huir de Ravenswood, nada aparte de visitar a Loretta Hubbard, tal y como nos había instado a hacer Mary Wardwell. Y todavía estábamos decidiendo cuánto de la palabra de la directora creer. ¿De quién podíamos fiarnos en realidad? ¿De los brujos blancos, que habían invadido Ravenswood sin dudarlo y matado a varios alumnos? ¿De mi comunidad, que estaba bajo el dominio de un consejo que incluía a mi padre y a otros como él?

Mi padre... Mi padre había matado a Dith. Incluso cuando no esperaba nada bueno de Tobbias Ravenswood, aquello parecía demasiado incluso para él. Lo había hecho sin una sola advertencia, sin darnos la posibilidad de rendirnos o un breve intercambio de palabras. Sin compasión. Nada. Solo fuego, destrucción y muerte. Y saber que, en realidad, su intención debía de haber sido asesinar a Danielle... No sabía qué pensar al respecto, pero de lo que sí estaba convencido era de que aquello suponía una declaración de guerra.

Así que, una vez que estuvimos lo bastante lejos de la escuela y habiéndonos asegurado de que no nos seguían, habíamos creído mejor esperar para tomar una decisión hasta que Danielle estuviera bien, aunque «bien» era quizás una estimación muy optimista. Por ahora, me conformaba con que despertase y comiera algo. Raven había conseguido que bebiera un poco de agua en los cortos lapsos de tiempo en los que parecía recuperar la lucidez necesaria para tragar sin ahogarse, pero en esos breves instantes apenas había luz en sus ojos, nada que indicara que realmente estaba allí. Y enseguida volvía a caer en esa especie de sueño inquieto que, o mucho me equivocaba, o estaba repleto de pesadillas. Cuando Raven había tratado de ayudar con eso, me había confesado que no estaba seguro de haber conseguido espantar la oscuridad en la que Danielle parecía haberse sumido.

Robert nos había ofrecido la salida que tanto necesitamos: un refugio aislado y casi abandonado que pertenecía a su familia desde hacía generaciones. Según él, nadie iba allí nunca y podríamos usarlo mientras decidíamos qué hacer a continuación. Estaba a unos doscientos kilómetros de Ravenswood —lo bastante alejado de ambas escuelas, al menos de momento—, aunque nos había avisado de que no contaríamos con grandes comodidades.

Lo aceptamos. No había mucho más que pudiésemos hacer ni teníamos ningún otro lugar adonde ir. Éramos unos parias, por lo que no habíamos tenido más opción que pasar lo que quedaba de noche conduciendo; todos callados, todos demasiado horrorizados por la muerte de Meredith Good y lo acontecido en el campus horas antes. Y todos sabiendo que, lo que quedaba aún por venir, seguramente no sería mejor.

Al llegar por fin al lugar, habíamos descubierto que la cabaña era un desastre aún mayor de lo que Robert esperaba y que solo tenía dos dormitorios con camas no demasiado grandes, pero nadie había dicho una palabra al respecto. No teníamos ánimos para ello. Tras acomodar a Danielle en una de las camas, habíamos cubierto el lugar con media docena de hechizos, la mayoría para evitar que nos localizaran y otros tantos para que detonaran en caso de que alguien se acercara al lugar. Ni siquiera había dudado cuando los gemelos y Robert habían empleado su magia; me llamaba, sí, pero algo había cambiado a lo largo de los días que Danielle había pasado en Ravenswood. Si había cambiado por ella y su magia o si mi propio poder estaba evolucionando, no lo sabía con seguridad. Pero tenía muy claro que ahora era diferente.

Una vez protegidos y con Danielle durmiendo, los cuatro nos habíamos derrumbado sobre la primera superficie horizontal que habíamos encontrado disponible.

Sin nada más que hacer, la mañana siguiente la habíamos pasado poniendo un poco de orden. Contábamos con agua corriente y con luz, los cuales resultaron ser los únicos lujos de los que disponíamos, así que improvisamos para lo demás. Robert había ido junto con Rav en busca de algo de comida a un pueblo cercano. Y luego solo quedó esperar.

—Te vi anoche —dijo entonces Raven—. Vi lo que hacías.

Me giré hacia él y, esta vez, también ladeó la cabeza para mirarme.

—Hacía mucho frío —me defendí, imaginando lo que había visto—. Yo solo...

—Está bien que quieras ofrecerle consuelo, Alex. Además de calor, claro está.

Raven curvó los labios levemente. No era una de sus sonrisas de siempre, no se le iluminaron los ojos ni su expresión brilló como solía hacerlo —estaba cansado y demasiado inquieto para ello—, pero me alegró que uno de nosotros aún pudiera mostrar algo similar a la alegría.

Mi vergüenza creció y apreté los dientes.

La noche anterior me habían despertado los susurros ahogados de Danielle desde uno de los dormitorios. Y, tras levantarme del sofá desvencijado donde me había acostado apenas un par de horas antes, me había deslizado por el pasillo hasta la habitación. Aunque se suponía que los mellizos ocupaban el otro dormitorio, casi esperaba encontrarme a Raven en este, tumbado junto a Danielle o enroscado en su forma animal a los pies de la cama, pero otra clase de susurros había llegado a mis oídos a través de la ventana de la parte trasera de la cabaña y había comprendido que estaba aún fuera con Robert.

Incluso con las bajas temperaturas, aquellos dos habían pasado mucho tiempo allí, envueltos en una manta raída, con las cabezas juntas, mirándose a los ojos y farfullando acerca de solo Dios sabía qué. Tampoco estaba seguro de querer saberlo en ese momento.

En la habitación que ocupaba Danielle hacía tanto frío como en el resto de las estancias a pesar de la pequeña chimenea. El fuego se había consumido casi por completo, así que había colocado algunos tocones en su interior y me había asegurado de reavivarlo. A su vez, había lanzado un pequeño hechizo para que las paredes contuvieran el calor y había acomodado en torno al cuerpo de Danielle otra de esas viejas mantas que habíamos encontrado en un armario. Luego, simplemente me había quedado observándola.

Los temblores que la sacudían no se habían detenido, como tampoco habían cesado los suaves sollozos que de vez en cuando brotaban de entre sus labios. Y de algún modo había terminado tumbándome junto a ella; sobre la manta, eso sí, para evitar el contacto de su piel aunque fuera consciente de que eso ya no suponía un problema. En realidad, no tocar a Danielle parecía ahora una cuestión más relacionada con mi propia vergüenza que con la necesidad de evitar succionar su poder sin querer. Tras haber salido de los terrenos de Ravenswood con ella en brazos, y haberla mantenido del mismo modo durante el trayecto en coche, me había dado cuenta de algo en lo que ni siquiera se me había ocurrido pensar: fuera de Ravenswood, el hechizo con el que la madre de Danielle y el profesor Corey la habían protegido de mi poder ya no podía funcionar. Así que resultaba evidente que mi contacto, por sí solo, no la dañaba. De lo que no estaba seguro, en realidad, era de que ella deseara que volviese a tocarla nunca.

Pero esa noche, viéndola temblar bajo las mantas, había sido incapaz de permanecer impasible. Había pasado las siguientes horas rodeándola con mis brazos en un intento de hacerle saber que no estaba sola y, por algún motivo, recordando los días posteriores al incidente que había dejado sordo a Raven. Recordando cómo me había sentido. La vergüenza. El dolor profundo de saber que yo le había causado tal sufrimiento y había hecho que, en su forma humana, nunca jamás pudiera volver a escuchar la voz de su hermano. Ninguna otra voz en absoluto. Supongo que pensar en ello había sido mi forma de evitar pensar en lo que le había pasado a Dith, pero torturarme de igual modo.

Me había quedado con Danielle justo hasta que la luz había empezado a iluminar poco a poco la estancia y el polvo que flotaba en el ambiente se había hecho visible, destellando aquí y allá como un mar de motas doradas bajo los rayos de un nuevo día.

—Está bien, Alex. Ya no deberías temer tocarla, ¿sabes? —dijo Rav, y comprendí que también había sido consciente de mi renovado recelo. De mi vergüenza.

No sabía por qué me extrañaba. Mi familiar me conocía quizás mejor que yo mismo. En algún momento debía de haberse asomado a la habitación y había visto que mantenía a Danielle envuelta en la manta de forma que el capullo protector de la tela no permitía que nuestras pieles se rozaran.

—No debería haberlo hecho. No creo que ella quiera que la toque.

Danielle no me había invitado a su cama, y ni que decir tiene que yo no la había tocado de *esa* forma. Pero a mis ojos, en ese momento, nada de eso lo hacía mejor.

—Necesita saber que estamos aquí para cuando quiera regresar —señaló, y luego dejó caer la cabeza sobre mi hombro—. Lo hiciste bien.

De cómo habíamos pasado de alentarlo yo a creer que Danielle se recuperaría a ser Raven quien me consolase, no tenía ni idea. No tenía ni idea de nada en aquellos días. Todo lo que sabía era que necesitábamos —yo necesitaba— que Danielle recuperara la lucidez. Y luego... luego tendríamos que afrontar lo que el destino pusiera en nuestro camino.

—¿Has visto algo más? ¿Sabes... algo? —lo tanteé con cautela.

Había atisbado preguntas muy similares en los ojos de Wood el día después de llegar a la cabaña, aunque no sobre el futuro, sino sobre lo que había ocurrido en Ravenswood. Estaba seguro de que Wood se planteaba cuánto había sabido su gemelo sobre lo que iba a pasar, sobre la muerte de Dith. ¿Lo había visto venir? ¿Había obtenido en algún momento alguna clase de destello de Meredith sucumbiendo a las llamas de mi padre? ¿Habría contemplado cómo el hilo que entretejía su vida con las nuestras se hacía más delgado y quebradizo? Ese era su don: veía hilos, conexiones, uniones, cercanía y relaciones entre personas. Y, entremezclados en esa red a veces demasiado tupida o enredada para desentrañarla, destellaba de vez en cuando también una imagen, un objeto, un rostro. Un susurro de algo que ocurriría. Un roce, una sonrisa o... lágrimas. Pero si así había sido, ¿por qué no nos había avisado?

Wood no se había atrevido a formular esa pregunta en voz alta, tal vez nunca se atreviera. Pero las palabras estaban ahí, flotando en las sombras que cubrían su mirada y en las que se apreciaban también bajo sus ojos. Sombras y dolor, eso era todo cuanto dejaba entrever el lobo blanco desde aquel fatídico momento, y un silencio tan profundo y oscuro que a veces resultaba asfixiante para los que lo rodeábamos. Ojalá no terminara convirtiéndose en resentimiento hacia su propio hermano. O hacia mí.

No, ninguno de nosotros estaba bien. Tal vez Robert fuera el que permanecía más entero, pero supuse que su futuro no era tampoco nada halagüeño teniendo en cuenta que nos había ayudado a escapar de Ravenswood. El linaje de los Bradbury sufriría un poco más a causa de esa decisión; no creía que Wardwell fuera a erigirse como su defensora aunque ella misma le hubiera ordenado que nos ayudara. Dudaba incluso que fuera a confesar que nos había visto antes de que huyésemos.

—Tenemos que ir a ver a Loretta cuando Dani esté lista.

—Ni siquiera sabemos dónde encontrarla. Y los hechizos de localización... —No concluí la frase, pero Rav sabía tan bien como yo el escaso éxito que habíamos obtenido; poco podíamos hacer sin ningún objeto personal que nos ayudara a encontrar a su dueña.

En realidad, la mujer bien podía no existir o estar muerta, a saber. Tal vez Wardwell solo nos había dado el nombre de una bruja blanca cualquiera para que aceptásemos salir de allí. Quizás solo quería darnos un propósito o deshacerse de nosotros.

—Es una Hubbard, del linaje del director de Abbot. Danielle podría saber dónde encontrarla. O quizás Rob pueda pedir ayuda a su aquelarre. Están en Nueva York.

—¿Rob? —inquirí. Me incliné hacia delante y apoyé los codos en las rodillas, pero mantuve mi mirada sobre Raven—. *Rob* parece muy colaborador...

Mis cejas se arquearon al ver cierto rubor ascender por su cuello y apropiarse también de sus mejillas, pero él desechó mi comentario con un burdo gesto de la mano.

—Tiene un teléfono móvil y podría hacer algunas llamadas —sugirió—. O quizás Danielle sepa con quién hablar para localizarla.

Loretta era una bruja blanca, así que Danielle contaba con mejores oportunidades para conseguir que alguien le dijera dónde encontrarla; en eso Raven no se equivocaba.

—Esperaremos a que ella esté bien y decidiremos qué hacer —dije, y Raven asintió su acuerdo—. ¿Crees que Loretta sabe algo sobre la profecía y lo que realmente implica?

—Vamos a ir a verla. —Fue toda su respuesta.

No necesité preguntarle por la vehemencia con la que hizo esa afirmación. Parecía obvio que Raven sí había visto algo. Seguramente, nos habría visto hablando con ella o algo muy similar. Al menos eso quería decir que la mujer existía y que no había fallecido.

—Está bien. Pero dime algo, Rav. Si vieras que va a suceder otra vez...

Él comenzó a negar en cuanto comprendió a qué me refería.

—No funciona así, Alex, ya deberías saberlo —me cortó—. Solo... hay un montón de hilos distintos entremezclados en el tejido de este mundo, uniendo a las personas. A veces se estiran, a veces se acercan y a veces se enredan de tal forma que es imposible saber qué está pasando o qué va a pasar. Y otras veces... se rompen. Eso no quiere decir que esa persona vaya a morir, como tampoco significa que pueda verlo en caso de que suceda.

Pese a sus explicaciones y al tiempo que llevaba viviendo con él, me resultaba complicado entender cómo funcionaba exactamente su don. Quizás ni siquiera él lo comprendiera del todo. Pero asentí de todas formas. Me había dicho más de una vez que ningún hecho estaba grabado en piedra y que su forma de interpretar lo que veía podría ser errónea, por lo que tampoco podíamos creérnoslo a pies juntillas. Tal vez por eso la mayor parte del tiempo se guardaba para sí mismo dichas visiones.

Un soplo de brisa fresca se arrastró por el claro y revoloteó en torno a nosotros en el momento en el que el sonido de una puerta cerrándose a nuestra espalda nos alertó de la salida de la casa de Wood. El lobo blanco se entretuvo un momento en el porche, rodeado de madera carcomida y maltratada que había visto demasiados inviernos sin que nadie se preocupara por mantenerla en condiciones. Su expresión sobria no varió cuando nos descubrió observándolo; tampoco hizo amago de acercarse a nosotros.

Me froté las sienes. Estaba preocupado por él, y también lo estaba Raven. El silencio en el que se había sumido durante esos días era solo uno de los detalles inquietantes de su comportamiento: pasaba un montón de tiempo solo, vagando por los alrededores de la cabaña, y en varias ocasiones lo había visto farfullando entre dientes con la cabeza baja y una expresión indescifrable en el rostro. Tampoco se había convertido en lobo en ningún momento y, aunque no era extraordinario que pasara dos días sin cambiar, algo me decía que esa decisión no era algo aleatorio.

Raven ladeó la cabeza mientras contemplaba a su gemelo avanzar por el prado en dirección a un grupo de árboles más allá de este. Frunció el ceño, pero no comentó nada al respecto.

—No sé qué decirle ni qué hacer para ayudarlo, Rav —admití cuando apartó la vista y me miró—. Ni siquiera sabía que lo que había entre Dith y él era tan profundo.

Estaba claro que había subestimado los sentimientos de Wood por la familiar de Danielle. Todos estábamos perturbados por la muerte de Dith, todos la habíamos llorado de un modo u otro, y Danielle apenas si era capaz de soportar la idea de su pérdida y había elegido evadirse de la realidad, pero resultaba evidente que el lobo blanco estaba completamente destrozado. No era más que una sombra de la persona que había sido, y no estaba del todo seguro de que fuera capaz de volver a la normalidad.

—Nunca se le ha dado bien hablar de sus sentimientos. Y, ya sabes, ambos eran familiares...

Aunque Raven no terminó la frase, comprendí lo que trataba de decir. Los familiares no tenían una vida más allá de sus protegidos y muchos brujos los consideraban poco más que esclavos. No se les permitía establecer ningún tipo de relación y, aunque así hubiera sido, Dith y Wood habían pertenecido a bandos opuestos. No quería pensar en lo que hubiera sucedido de haberse sabido que estaban juntos.

Aun así, yo nunca le había prohibido a Dith que apareciera en Ravenswood. Nunca me había sentido con derecho a hacerlo, dijeran lo que dijesen las leyes al respecto. Bastante tenían los gemelos con verse forzados a no emplear su magia y tener que vivir recluidos allí. Y todo por mí.

Había sido tan egoísta con ambos... Y ni siquiera me había dado cuenta de ello, concentrado como había estado en manejar mi oscuridad.

Alexander

—¿Sabías lo que había de verdad entre ellos? —inquirí, y aprecié un destello compasivo en la mirada de Raven. No necesitaba más respuesta que esa—. Por supuesto que lo sabías.

Me pasé la mano por la cara, sintiéndome un verdadero imbécil por no haber ahondado más en aquella relación. Por no saber lo que de verdad era importante para mis familiares.

—Mejorará. Poco a poco —comentó Raven, pero la voz se le quebró sin que pudiera ocultarlo.

Sabía que también él estaba muy afectado y daba gracias a Dios por que no se hubiera transformado para escapar de su dolor como en otras ocasiones. Su amistad con Robert parecía haber ayudado y, a pesar de lo protector que era con él, me alegré de que tuviera a alguien más en quien apoyarse.

—¿Qué hay de Rob? —le pregunté entonces. No cometería los mismos errores con Raven; si el brujo Bradbury era importante de algún modo para él, quería saberlo.

—¿Qué pasa con él? —Una evasiva, aunque eso tampoco era raro en Raven.

—¿Te gusta? —A pesar de que había pocos motivos para sonreír en ese momento, forcé a mis comisuras a curvarse para hacerle comprender que estaba bien que así fuera.

Sus mejillas se tiñeron de nuevo de un leve tono rosado. Que Raven se ruborizara sí que resultaba infrecuente, así que supuse que ahí estaba toda la confirmación que necesitaba. En las últimas semanas, había pensado que Rav sentía algo por Danielle —y tal vez así fuera—, pero, al parecer, también estaba interesado en Robert. O quizás ahora era yo quien veía cosas donde no existían. Con Raven todo era posible.

—Es agradable. Y está... muy bueno —agregó tras un leve titubeo, pasando a un tono casi conspiratorio.

Le sonreí de nuevo y esta vez no tuve que esforzarme para ello. Robert Bradbury tenía unos ojos marrón chocolate que desprendían calidez, el pelo del mismo tono y la piel tostada; era algo más bajo que Raven y menos corpulento, pero no se podía negar que resultaba atractivo. Y si se portaba bien con Raven... Amigo o algo más, eso era todo cuanto necesitaba saber. Además, estaba allí con nosotros. Por mucho que Wardwell le hubiera ordenado que nos ayudara a huir, podía haber elegido no hacerlo.

—Me alegro mucho por ti.

—Solo somos amigos —replicó él.

Fuera como fuese, les daría a los lobos cualquier cosa a la que agarrarse, cualquier mínima chispa de felicidad que pudieran obtener sería bienvenida. Así que, si Robert le traía a Raven algo de esa felicidad, una pequeña esperanza, no sería yo quien se interpusiera en su camino.

Raven sonrió, y un poco de la dulce ingenuidad que le era tan propia se filtró en su expresión. No pude evitar sentir cierto alivio.

Sabía que había mucho más de lo que teníamos que hablar. Entre ello, del hecho de que yo no hubiera movido un solo dedo durante el ataque de mi padre, pero también de otro detalle que casi había olvidado por completo en nuestro afán por huir de Ravenswood y cuidar de Danielle.

—Hay algo... —comencé a decir, aunque no sabía cómo explicárselo a Raven. Él había estado inconsciente, al menos la mayor parte del tiempo—. Cuando Danielle estaba intentando despertarte la otra noche, ella..., joder, ella empezó a brillar.

—Brillar —repitió él. No estaba seguro de que estuviera preguntando, pero asentí de todas formas.

Yo había estado completamente aturdido por la visión que había tenido de aquel erial devastado y repleto de sombras —otra de las cosas de las que aún no les había hablado—, y estaba convencido de que mi transformación también habría afectado a mi percepción de todo lo que me rodeaba, pero Danielle había brillado para mí como un puñetero faro en la oscuridad mientras luchaba por traer de vuelta a Raven. La sensual y poderosa canción que desprendía su magia había sido más potente que nunca y, a la vez, había podido contemplar cómo la luz corría bajo su piel, inundando sus venas con un brillo intenso y deslumbrante.

Le hablé de ello a Raven. Él se limitó a escuchar y no dijo ni una sola palabra. Tal vez ya supiera algo de aquello o lo había atisbado en una de sus visiones, pero no lo señaló, aunque tampoco se mostró tan sorprendido como cabría esperar.

—Bueno, se supone que es tu opuesto. Si lo piensas bien, es incluso lógico —sentenció cuando terminé de describirle la luz pura que emitía la bruja blanca.

—Hay algo más. Ella tenía... —me interrumpí cuando la puerta de la cabaña se abrió de nuevo.

Me volví, y Raven debió de intuir que algo pasaba porque se giró también para comprobar qué era lo que había llamado mi atención. Robert estaba en el porche y, por su expresión grave, supe lo que iba a decir antes de que abriera la boca.

—Ha despertado —afirmó, pero yo ya estaba en pie y me dirigía hacia él. Raven venía justo detrás de mí.

—¿Cómo está? —pregunté mientras tiraba de la puerta.

Antes de entrar, eché un vistazo hacia el lugar donde se encontraba Wood, pero estaba inmóvil aún de cara a uno de los pocos árboles del claro. Me pregunté si, además de a Dith, echaba de menos también el bosque de Elijah. O correr en su forma de lobo por él.

—Parece... entera —replicó Robert en voz baja, aunque su tono carecía de convicción.

No me extrañaba. Dudaba que la pérdida de su familiar pudiera dejar entera a Danielle.

Me deslicé por el pasillo hacia la habitación sin saber muy bien qué podía decirle. En cuanto accedí al dormitorio, mis ojos volaron hasta ella. Estaba sentada, aún con la manta cubriéndole la parte inferior del cuerpo. El pelo suelto le caía por la espalda, lleno de enredos tras dos días dando vueltas en sueños, y no era capaz de ver su rostro, ya que estaba mirando hacia la ventana. Sus manos reposaban sobre su regazo y no dejaba de pellizcarse la piel de una con los dedos de la otra.

Mis capacidades sociales no eran lo que se dice las más adecuadas y yo me había acostumbrado a «pelearme» con ella casi de forma continua, así que, incluso cuando comprendía la clase de dolor que debía de estar sintiendo, me encontré una vez más frustrado por no saber cómo actuar.

—Danielle —la llamé con toda la suavidad que fui capaz de reunir.

Su cabeza giró hacia mí como un látigo y descubrí que su expresión estaba... vacía. Hubiera esperado encontrar lágrimas en sus ojos o tal vez arrugas de inquietud alrededor de ellos; quizás dolor o angustia. Pero no aquel espacio en blanco. No esa ausencia total de... emoción.

—¿Dónde estamos?

—En una cabaña propiedad de los Bradbury, al norte de Ravenswood. Tuvimos que decidir a dónde ir sobre la marcha.

Ella asintió y apartó la manta, dejando sus piernas desnudas al descubierto. Fue casi doloroso ver el modo mecánico en el que se movió hasta el borde del colchón y puso los pies en el suelo de madera. Parecía tan falta de vida en comparación a la chica que había conocido semanas atrás...

—Deberías intentar comer algo.

—Necesito una ducha.

—Danielle...

—La ducha —insistió, y yo me crucé de brazos, bloqueando el umbral de la puerta en cuanto me di cuenta de que pretendía salir casi corriendo de allí.

Danielle arqueó las cejas y, durante una décima de segundo, vislumbré algo de la bruja desafiante que tanto me sacaba de quicio, la misma que había llegado a Ravenswood y puesto nuestras vidas patas arriba. Sin embargo, la emoción llegó y pasó tan rápido que no estuve seguro de no haberlo imaginado. Su magia parecía estar ahora dormida, lejos de su piel, quizás hundida en lo más profundo de su pecho y recluida junto con el dolor que se negaba a dejar salir.

Tras unos pocos segundos de indecisión, se adelantó y estiró los brazos como si fuera a tratar de apartarme a la fuerza si yo no lo hacía por mí mismo; la creía muy capaz. Reaccioné retrocediendo de forma instintiva. A pesar de saber que mi contacto no parecía tener ningún efecto en ella y que en ese momento yo estaba muy lejos de anhelar absorber su magia, no pude evitarlo.

Danielle se percató de ello y sus ojos bajaron hasta mis manos, que mantenía cerradas con fuerza contra mis muslos. No necesité mirar para saber que no había ni rastro de oscuridad en mis venas.

Levantó la vista de nuevo hasta mi rostro.

—Acabemos con esto —dijo, y no tenía ni idea de a qué se refería.

—¿De qué hablas?

Con un gesto, señaló el espacio que nos separaba.

—Esto. Nosotros. Quiero saber de qué eres capaz de una vez.

—Podría ser una buena idea —intervino Raven desde el pasillo.

Ni siquiera recordaba que había entrado a la cabaña detrás de mí y mucho menos esperaba que alentara la temeraria sugerencia de Danielle.

—Probémoslo —insistió ella, y alzó la mirada hacia el techo un momento antes de añadir—: Este sitio está rodeado de hechizos, ¿verdad? Intenta absorber alguno de ellos y veamos lo que eso me hace.

Ni siquiera dudé al contestar:

—Ni lo sueñes.

Una cosa era que pudiese tocarla o realizar hechizos y emplear mi magia, incluso transformarme del todo cerca de ella, y que no me hiciera perder el control del todo. Pero tratar de drenar magia como experimento sabiendo de antemano lo que eso podría hacerle... Ni de coña, no iba a suceder.

—Tenemos que saber lo que puede pasar en caso de que...

—Puedo matarte —la interrumpí. No tenía sentido discutirlo.

A pesar de lo menuda que era, y de llevar encima tan solo una camiseta que apenas si tapaba lo suficiente y un par de gruesos calcetines, no parecía cohibida y mucho menos intimidada. Se había cruzado también de brazos, imitando mi postura. Era como si hubiera decidido que no tenía nada más que perder. Como si la posibilidad de morir ya no la asustase en absoluto.

—Levantaste una barrera de oscuridad para salvarnos de *ellos* —no mencionó a mi padre, pero dudaba que hubiera olvidado quién era exactamente el asesino de Dith— y eso no me afectó. ¿Cuánto de tu poder empleaste para ello, Alexander?

Todo. Había dejado salir cada gota de mi magia y la había manipulado hasta convertirla en un muro que nos protegiese de cualquier ataque. Hacer algo así me había agotado casi por completo, y puede que eso no hubiera hecho mella en ella, pero no había tratado de drenar a nadie. Así que nada de lo que alegaba era concluyente. Y eso sin contar con que ahora estábamos fuera de Ravenswood y, por tanto, ya no había hechizo alguno que amortiguara las consecuencias de mi poder sobre ella.

—Mucho —acepté, y me di cuenta de lo distante que había sonado su voz al formular la pregunta. Tanto como lo había estado su expresión.

Luego caí en la cuenta de que, en realidad, tenía mucho que ver con la forma en la que había empleado mi nombre. En el coche, después del ataque, había vuelto a llamarme Alex. Y, joder, era una estupidez dado todo lo que teníamos encima; no comprendía por qué un detalle tan insignificante podía suponer una diferencia tan grande.

—Bueno, necesitamos saber cómo me afecta que uses tu poder. —«Para que no vuelva a ocurrirnos lo mismo. Para que nadie vuelva a morir», fue lo que no dijo.

Lo entendía. De verdad que lo entendía. Dith había muerto porque yo no había hecho nada para evitarlo. Podría haber elevado antes mi oscuridad alrededor de nosotros o intentar succionar toda la puñetera magia del lugar y poner a salvo, al menos, a nuestros familiares; sin magia de por medio, no habría habido manera de que ninguno acabase muerto.

—Danielle, yo...

—No, no lo digas —me cortó, y juro que oí a Raven emitir un profundo suspiro a mi espalda.

Tal vez él fuera mejor para hacer esto. Yo no sabía por dónde empezar a consolarla. Qué decir. Cómo actuar. Y mucho menos cómo convencerla de no exponerse a morir asfixiada. Por mucho que comprendiera que saber si le afectaba o no podría ayudarnos en un futuro, no me sentía capaz.

—No voy a hacerte eso.

Ella negó.

—No eres tú quien decide; yo me estoy prestando voluntaria. Y solo tienes que parar si ves que algo va mal.

—¿Y si no soy capaz de parar? ¿Y si te dejo como a mi...? —Mi madre. Ella no solo había perdido parte de su poder, los efectos de mi oscuridad habían sido también físicos; no había brillo en su mirada o su pelo después de que la drenase, y le habían aparecido algunas arrugas que no habían estado ahí antes de que todo ocurriera—. ¿Y si te mato, joder?

La agresividad de su comportamiento pareció atenuarse en cierta medida. Cerró los ojos un instante y, cuando los abrió de nuevo, no había menos determinación en su mirada, pero al menos las líneas de su rostro eran algo más suaves y casi pude ver un asomo del sufrimiento que, al parecer, estaba decidida a ignorar.

—No vas a matarme. Y si lo haces... —agregó, y se encogió de hombros—. Bueno, eso pondría fin a la profecía, ¿no?

Wardwell había insistido en que había tres elementos que formaban parte de la profecía, y se suponía que Danielle y yo éramos dos de ellos. Claro que no veía el modo en que su luz fuera a contribuir en algo a inundar el mundo de oscuridad. Fuera como fuese, incluso cuando ella hubiera nacido para convertirse en algo contrario a lo que yo representaba, yo no tenía ninguna intención de ser su enemigo y menos aún de matarla; pusiera fin o no a la profecía con ello.

Raven colocó una mano sobre mi hombro y me apartó para acceder a la estancia. Si volvía a decir que le parecía una buena idea aquello, no tenía muy claro cómo iba a reaccionar. Más aún cuando él sabía lo que le había hecho a mi madre y cómo eso me había afectado.

Caminó hasta Danielle y la rodeó con un brazo. Al principio la tensión de su cuerpo no disminuyó en lo más mínimo, pero luego ella se relajó un poco y se apoyó contra su costado. Alterné la vista entre ellos, consciente de que se me estaba escapando algo, algo que estaba ahí, frente a mis ojos, pero que no era capaz de ver.

—Está bien, Dani —dijo él, conciliador—. ¿Por qué no te duchas y comes algo? Luego podemos hablar de todo y decidiremos qué hacer a continuación.

Robert también se asomó desde el pasillo.

—Prepararé algunos sándwiches.

Raven asintió y le dedicó una sonrisa de agradecimiento al brujo.

Suspiré en busca de algo de serenidad. Enfadarme con Danielle no serviría de nada e intentar imponerme seguramente sería aún peor, y tampoco tenía derecho a hacerlo de todas formas. Por mucho que no estuviésemos de acuerdo la mayoría de las veces, no podía fingir que el modo en el que me plantaba cara siempre Danielle no era una de las cosas que más me gustaban de ella.

«Bruja terca y cabezota».

—Bien. Me ducharé y después podemos comer —aceptó finalmente—, y luego tú y yo vamos a enfrentarnos a esto.

Supe que no se rendiría, no importaba cuánto tuviera que insistir o pelear para conseguir lo que quería; Danielle no iba a dejarlo pasar. Solo esperaba que «enfrentarnos» no acabara siendo nuestro destino final, porque si algo tenía claro era que nuestro futuro estaba repleto de sombras y que estas eran cada vez más oscuras. Danielle Good, en cambio, era luz. Una luz pura y hermosa como jamás había contemplado antes. Una que yo no tenía ninguna intención de apagar.

4

La ausencia del vínculo con Dith había creado un vacío hueco en mi pecho que resultaba... doloroso, incluso cuando me estaba esforzando mucho por ignorarlo. No estaba segura del tiempo que llevaba metida en la ducha, pero, desde luego, era lo único agradable de toda la situación. El agua tibia caía sobre mi espalda y, en respuesta a mi elemento, mi cuerpo parecía absorber la fuerza del líquido segundo a segundo. Mi magia era ahora diferente, lo percibía, incluso cuando la había empujado una y otra vez a la parte más profunda de mi interior. Supuse que tenía mucho que ver con el hecho de que ya no estábamos en Ravenswood. Aquí no había ningún hechizo que contuviera o disminuyera lo que fuera que nos unía a Alexander y a mí, ni tampoco que atenuara mi poder.

El núcleo de mi pecho destellaba con fuerza, cargado al máximo después de dos días de inactividad, y la energía que había discurrido en forma de un río impetuoso ya con anterioridad, ahora parecía fluir sin principio ni fin, casi... inagotable. El límite de dicho poder estaba ahí, en alguna parte, pero nunca antes había parecido tan lejano como ahora. Necesitaba saber si a Alexander le pasaba lo mismo y, sobre todo, necesitaba descubrir si emplear su capacidad para drenar magia de cosas o personas me afectaría del mismo modo que había sucedido esa única vez en Ravenswood.

Aplané la palma de mi mano derecha sobre los azulejos y observé mis dedos estirados mientras pensaba en todo lo que nos había dicho Wardwell. En la profecía. En la posibilidad de que el mundo se convirtiera en alguna clase de paraíso para la oscuridad. Una parte de mí solo quería regresar a la cama, cerrar los ojos y fingir que nada de todo aquello sucedería, que no había ningún mal al acecho y, por encima de todo, que Dith no había desaparecido de mi vida para nunca regresar. No quería tener que evitar una guerra entre ambos bandos o lo que fuera ese cataclismo mágico que Loretta Hubbard había predicho. Lo único que sí deseaba era enfrentarme a Tobbias Ravenswood y exigir venganza por la muerte de mi familiar, aunque solo fuera porque el padre de Alexander me lo había arrebatado todo. O casi todo. Se suponía que aún contaba con mi padre y mi comunidad, pero yo era ahora una bruja blanca en compañía de brujos oscuros. Me había fugado con el heredero del linaje fundador de la academia de la oscuridad; no estaba segura de que fuera a ser bien recibida por los míos y, menos aún, por mi propio padre. Sin embargo, tenía muchas preguntas para Nathaniel Good. Necesitaba saber cuánto de las investigaciones de mamá conocía y cuánto había influido él en el fatal desenlace al que sus pesquisas la habían arrastrado junto con...

—Chloe —murmuré, atragantándome con las lágrimas.

El colgante de mamá se volvió más pesado y se calentó contra mi piel, como si mis emociones también hicieran mella en él. Alcé la barbilla y dejé que el agua, ya fría, me corriera por la cara y se llevara así mi amargura. Físicamente me había repuesto del todo, pero emocionalmente... emocionalmente estaba destrozada por completo. No tenía ni idea de cómo encajar los pedazos rotos de mi corazón ni los de mi mundo. Me daba la sensación de que todo lo que conocía, lo que había conformado mi realidad hasta ese momento, había volado por los aires de forma irrevocable.

En resumen: mi vida se había ido a la mierda, y dolía como el infierno.

Cerré el grifo de golpe y me deslicé fuera de la ducha. La cabaña de los Bradbury no disponía de grandes lujos y estaba en un estado que evidenciaba el poco uso que se le había dado últimamente, pero supuse que eso era una buena noticia para nosotros. Nadie nos sorprendería allí mientras decidíamos qué demonios íbamos a hacer.

Al menos habían dejado algunas toallas, viejas pero limpias. Alcancé una de uno de los estantes y me envolví con ella. La tela me raspó la piel; sin embargo, la áspera fricción no supuso demasiada diferencia ahora que sentía el pecho en carne viva. Había mostrado frente a los demás una entereza que estaba muy lejos de sentir en realidad, pero reprimir el dolor y esconderlo en la parte más remota de mi mente parecía la única manera de no derrumbarme. Así que, una vez más, silencié mis pensamientos sobre lo sucedido y me armé de valor para salir de la habitación e ir en busca de los otros.

No llegué muy lejos. Al abrir la puerta me encontré frente a frente con Alexander. Estaba inclinado hacia un lado y su hombro reposaba en la pared, pero enseguida se irguió en toda su estatura, cuadró los hombros y me bloqueó el paso. Antes ni siquiera me había fijado en la ropa que llevaba: un pantalón de chándal negro y una camiseta oscura de algodón que, además de ceñirse a su cuerpo de una manera absurdamente perfecta, no hacía sino destacar aún más la piel dorada de su rostro y el pelo rubio, así como el único iris azul. Pese a la penumbra en la que se hallaba sumido el estrecho pasillo, pude distinguir sin problemas la tensión en sus facciones y la intensidad con la que me miró.

Me preparé mentalmente para una de nuestras disputas, aunque no era como si, en el fondo, no agradeciera tener algo en lo que pensar que alejara la amargura y el dolor. Hasta ese momento, ni siquiera me había parado a recordar lo sucedido en el bosque la noche de nuestra fuga, antes de..., bueno, de todo. Había evitado pensar en el modo en el que nos habíamos fundido el uno en el otro o en la forma en la que nos habíamos devorado. La presión de ciertas partes de su cuerpo en otras igual de poco nobles del mío. Su sabor. El aroma y el calor que emanaban siempre de él. Lo desesperados que habíamos estado ambos...

Sin embargo, ahora que estábamos solos en aquel pasillo oscuro y que él me estaba observando con demasiada atención, no pude evitar que la cascada de recuerdos que se desató en mi mente calentara la sangre en mis venas y también mi piel.

Tenía que admitir que Alexander era una magnífica distracción, y yo estaba desesperada por distraerme y entregarme al olvido.

—¿Ahora te dedicas a acecharme mientras me ducho?

Casi esperaba que se cruzara de brazos y su expresión se endureciera, y que a continuación me devolviera la pulla, como parte de nuestras continuas e incesantes batallas dialécticas; pero Alexander se limitó a hundir las manos en los bolsillos e inspiró. Ladeó la cabeza y su mirada se agudizó mientras recorría mi rostro.

—¿Cómo estás?

—Bien —dije, demasiado rápido como para que no fuese evidente mi falta de sinceridad.

Aunque estaba segura de que se había dado cuenta, optó por no señalar mi mentira. Tampoco empezó a gruñir como era habitual, algo que yo seguía esperando que sucediera en cualquier momento. A lo mejor tenía algo que ver con lo denso que parecía el aire, lo cargado de expectación que estaba el ambiente en el estrecho pasillo. Quizás él también estaba recordando, porque estaba bastante segura de que la energía que flotaba a nuestro alrededor no tenía nada que ver con nuestra magia.

La atmósfera pesada y opresiva empeoró cuando sus ojos se deslizaron brevemente hacia abajo, donde la toalla cubría mi pecho. Fue solo un segundo y luego estaban de vuelta sobre mi rostro, pero la profunda inspiración que realizó fue suficiente para confirmar el rumbo que debían de haber tomado sus pensamientos.

Tal vez por eso me sorprendió que diera un paso atrás y eligiera alejarse; sus manos se hundieron un poco más en los bolsillos. Ver a Alexander Ravenswood retroceder no era algo a lo que estuviera acostumbrada y, aunque ya lo había hecho dos veces desde que me había despertado, no pude evitar que mis cejas treparan por mi frente y el desconcierto se apropiara de forma fugaz de mi expresión. ¿Qué demonios le sucedía ahora conmigo? ¿Era solo por el temor a que su poder me afectase de nuevo de alguna manera retorcida? ¿O había algo más detrás de esa renovada reticencia a tocarme?

—Necesitamos tu ayuda para encontrar a Loretta Hubbard. Hemos probado con varios hechizos de localización, pero...

—No sirven de nada sin un objeto personal. —Enarqué las cejas, porque eso era magia básica, una de las primeras cosas que nos enseñaban en Abbot. Pero había más formas de encontrar a la bruja; por ejemplo, pidiendo ayuda a alguien de su familia—. Cameron.

Pensar en mi academia me despertó sentimientos encontrados. No había sido un verdadero hogar, pero sí el lugar en el que había pasado parte de mi infancia y toda mi adolescencia; y Cam, mi compañero de fechorías cuando Dith no estaba disponible. Ahora sabía que, en esos casos, ella seguramente se encontraba en Ravenswood.

Rodeé a Alexander y me metí en la habitación en la que me había despertado. Sabía que había visto mi mochila allí, lo cual resultó un alivio dado que el grimorio de mamá estaba dentro. Alexander no tardó en seguirme al interior.

—¿Quién?

—Cameron Hubbard. Es el hijo del director de Abbot y, como es obvio, miembro del linaje Hubbard. Somos amigos —concluí, aunque eso tal vez fuera exagerar un poco.

No estaba segura de tener verdaderos amigos en Abbot. Puede que yo considerase a Cam como tal; sin embargo, dudaba mucho que las cosas fuesen igual para él. Siempre había creído que recurría a mí para pasar el rato y porque solía seguirle el juego cuando de hacer alguna gamberrada se trataba. Aun así, por mi parte, si había alguien a quien pudiera referirme de ese modo, ese era Cam.

—¿Crees que nos ayudaría?

—Bueno, estoy bastante segura de que, si se trata de algo que pueda molestar a su padre, Cam se apuntará sin dudarlo.

Tiré sobre la cama la muda que había metido en la mochila en nuestra precipitada huida y eché un vistazo por encima de mi hombro. Alexander debió de entender la indirecta, porque se giró y me dio la espalda. Fue un poco raro vestirme con él a tan solo unos pasos, y puede que la piel me cosquilleara de una forma muy poco adecuada al recordar lo que había sentido al tener sus manos sobre mí.

Me aclaré la garganta cuando terminé. Alexander, no obstante, continuó de espaldas. Lo observé mientras se frotaba la nuca con cierto nerviosismo.

—Ya puedes volverte.

Cuando se giró, su mirada buscó de inmediato la mía y sus ojos hicieron eso tan raro de chispear. El iris negro destellaba como si una galaxia al completo estuviera atrapada en su interior y el azul había adquirido un tono profundo y vibrante. Era..., joder, era demasiado guapo. De una forma dura y estricta, como un soldado disciplinado que nunca se saltase las órdenes de sus superiores. O quizás como una de esas estatuas griegas de proporciones perfectas.

Solo que Alexander Ravenswood estaba muy lejos de ser perfecto, y eso tal vez fuera lo que lo hacía aún más increíble.

Y... ¿por qué demonios estaba yo pensando en eso ahora? Sabía que lo que había ocurrido entre nosotros no debía volver a repetirse. Al margen del lío en el que nos habíamos metido, él era un brujo oscuro —un Ravenswood, nada menos— y yo, una bruja blanca. A Dith la habían condenado a convertirse en familiar por enamorarse de Wood, de eso no me cabía ninguna duda. ¿Qué no harían conmigo?

—¿Cómo está? Wood, quiero decir. ¿Cómo se lo ha tomado?

Me las arreglé para que no me temblara la voz, decidida a no mostrar debilidad alguna, lo cual no supe si tenía algún sentido en el gran esquema de las cosas, pero yo necesitaba... necesitaba...

Ni siquiera sabía lo que necesitaba en realidad.

—No demasiado bien. Apenas habla.

Asentí. No esperaba otra cosa. No podía imaginar cómo sería para él haber perdido a la persona a la que había amado durante más de un siglo y con la que le habían prohibido estar. Inspiré profundamente y bajé la vista. Me había traído unas mallas y una camiseta cualquiera, pero en cuanto mis ojos se deslizaron hacia abajo me di cuenta demasiado tarde de que aquella prenda en concreto era una de las que me había dado Raven el día de mi llegada a Ravenswood, una de las que pertenecía a Alexander.

¡Mierda! ¿Olería aún a él?

—Y tú tampoco creo que lo...

—Estoy bien —repetí, interrumpiendo lo que seguro iba a ser uno de sus sermones—. Pero deberíamos hacerlo ahora.

Vale, eso no había sonado tan mal antes de decirlo en voz alta. Por suerte, la expresión de Alexander no varió. A lo mejor él no tenía la mente tan sucia como la mía, o bien lo disimulaba mejor. O quizás yo era la única que seguía dándole vueltas a nuestro espectacular beso y a lo mal que estaba seguir pensando en ello.

—No creo que sea buena idea.

—Lo es, y lo sabes tan bien como yo. Solo que no quieres admitirlo.

—No tienes ni idea de lo que puedo hacerte, Danielle.

Me crucé de brazos. Resultaba evidente que estaba aún más tenso que de costumbre, lo cual ya era decir porque Alexander *siempre* parecía a punto de saltar por la más mínima chorrada.

—Yo estaba en ese despacho, así que sé lo que puede hacerme. Pero también sé que no puedes andar por ahí reprimiendo todo ese poder solo porque crees que me harás daño; no cuando la alternativa es...

No concluí la frase, pero no fue necesario. Sin embargo, en vez de relajarse, Alexander se irguió aún más. Fue como si acabasen de azotarle con un látigo y tratase de contener el dolor tras una máscara de fría y oscura indiferencia.

—Soy muy consciente de lo que le ha sucedido a Meredith y sé que no debería haber sido así, no si yo hubiera hecho algo al respecto.

Fruncí el ceño.

—Espera, espera, espera. —¿Creía que él era el responsable de la muerte de Dith? Me acerqué un par de pasos con las manos en alto, y esta vez no retrocedió—. Tú no tienes la culpa de lo que pasó. El único responsable de su muerte es...

—Mi padre —sentenció, y había tanta amargura, dolor y vergüenza en esas dos únicas palabras que tuve que cerrar los ojos durante un instante para lidiar con mis propias emociones—. Fue mi padre quien la mató, y yo fui el que se quedó mirando sin hacer absolutamente nada.

—No fue así —murmuré a duras penas.

—Sí, Danielle, fue exactamente así.

Abrí los ojos y lo observé, y él me desafió a contradecirlo con una mirada cargada de dureza y reproche; un reproche que no iba dirigido a mí, sino a sí mismo. Alexander llevaba años castigándose por lo sucedido con su madre y también por la sordera de Raven; ahora había encontrado algo más por lo que hacerlo.

—Alexander...

Por alguna estúpida razón, no me parecía bien volver a referirme a él como «Alex». Se sentía íntimo. Demasiado cercano. Y, a pesar de que recordaba haberme dirigido así a él durante nuestra huida, ahora necesitaba toda la distancia que pudiera ganar.

—No, no pienses que no sé lo que hice. O lo que no hice. Pero no me pidas que intente algo que sabemos que podría acabar con otra muerte. *Tu* muerte. Puede que no aprecies en nada tu vida ahora mismo, pero no seré yo quien le ponga fin solo por no ser capaz de controlar toda esta... jodida oscuridad.

Dicho lo cual, se dio media vuelta y se largó de la habitación sin darme la más mínima oportunidad de rebatir sus palabras.

Bien, aquello había ido francamente bien. No podía esperar a ver qué pensaba cuando le dijera que quería ir a Abbot para reclutar a Cameron y, ya de paso, también para hablar con mi padre; esa, desde luego, sería una conversación muy muy animada. Una que no estaba ansiosa por tener con él.

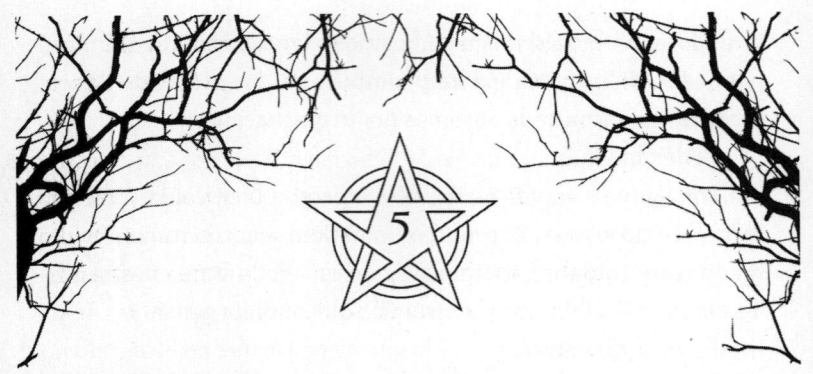

5

El pasillo estaba ahora vacío. Avancé por él hasta llegar a dos puertas. La más cercana daba a un salón amplio y bien iluminado gracias a que las contraventanas estaban todas abiertas. Los muebles de madera oscura parecían del siglo pasado. Sobre el sillón había una manta doblada y la mochila de Alexander se encontraba apoyada en un lateral. Ninguno de los demás estaba allí, así que seguí hasta la puerta del fondo, que intuía que correspondía a la cocina. Cuando la abrí, esperaba encontrar a todo el grupo reunido, pero solo estaba Raven.

Recorrí su torso con la mirada en busca de algún rastro de la herida que había sufrido en Ravenswood, a pesar de que sabía que la Ibis lo había apuñalado en el pecho y que yo misma lo había curado. No había estado segura de poder revertir los efectos de cualquiera que fuera el hechizo del arma empleada por la guardia, pero al parecer sí que lo había conseguido; Raven tenía el mismo aspecto saludable de siempre.

—¿Estás bien? —pregunté, solo para asegurarme.

—Lo estoy. Muy bien.

Sus ojos descendieron por mi figura muy despacio. El gesto fue muy similar al que Alexander había realizado tan solo unos minutos antes, pero no pudo resultar más diferente. La expresión de Raven no revelaba nada más allá que simple curiosidad y su mirada carecía de la intensidad que había mostrado el brujo oscuro. Tampoco yo sentí nada de ese cosquilleo perturbador en la piel. Era solo Raven mirándome.

Eché un vistazo alrededor. La estancia era casi tan grande como el salón y la madera de los muebles lucía tan desgastada y antigua como la del resto de la cabaña. Había una gran mesa con media docena de sillas a su alrededor y un único ventanal, que se extendía a lo largo de toda la pared, a través del cual pude ver un prado de hierba y algunos árboles.

—¿Y los otros?

Raven inclinó la cabeza hacia la ventana.

—Fuera. Creo que querían darte algo de espacio.

Suspiré y, de forma vergonzosa, sentí cierto alivio por no tener que enfrentarme a todos a la vez. No quería ni pensar en lo que sentiría al encontrarme con Wood. O en lo que él sentiría al mirarme sabiendo que Dith había muerto para protegerme. No podía echarle en cara que albergara cierto resentimiento hacia mí.

—Wood —titubeé. No sabía por dónde empezar—. Dith y él estaban enamorados de verdad. Fue eso lo que condenó a Dith, ¿verdad?

—Lo fue.

Me acerqué a la mesa y me dejé caer en una de las sillas. Raven arrastró los pies mientras se aproximaba a mí; aquel no debía de ser un tema del que le gustara hablar, pero yo necesitaba saberlo, quizás porque ignorar algo tan importante de la vida de Dith me hacía sentir como si no la hubiera conocido en absoluto. Ella nunca podría contármelo ya, pero Raven sí.

Cuando se sentó a mi lado, me estiré para apartarle un mechón de la cara y él buscó de forma instintiva el calor de mi mano. Apoyó la mejilla contra la palma y cerró los ojos durante un instante. En realidad, no sabía muy bien quién estaba reconfortando a quién, pero el gesto me hizo suspirar.

—Se conocieron cuando Dith estaba estudiando en Abbot. En aquel entonces, Wood y yo vivíamos en Ravenswood como familiares de Evelyn Ravenswood, una cría petulante y despiadada, pero a la que, por suerte, no le gustaba demasiado que revoloteáramos a su alrededor. Así que teníamos mucho tiempo libre para correr por el bosque y vagabundear más allá de los límites de la escuela; Wood lo hacía con más frecuencia aún que yo, sobre todo de noche, y fue en una de esas escapadas cuando se conocieron.

Apoyé un codo en la mesa y me incliné más hacia él. Me imaginé a una Dith adolescente, algo que no me costó mucho, dada la actitud despreocupada con la que siempre lo había afrontado todo. Estaba segura de que había revolucionado Abbot desde el mismo instante en que había puesto un pie allí.

—Creo que, en un primer momento, ni siquiera sabían lo que era el otro ni que verse estaba prohibido para ellos. Y supongo que, cuando se dieron cuenta, ya era demasiado tarde.

Durante un rato, seguí escuchando cada palabra que salía de los labios de Raven con tanta atención que me olvidé de dónde estábamos y lo que nos había llevado hasta allí. Como no podía ser de otra forma, Dith y Wood habían vivido una apasionada y tórrida historia de amor que habían mantenido en secreto durante todo el tiempo que les había sido posible. A pesar de pertenecer a bandos distintos, de que Wood le debía lealtad a su protegida y de que los Good aún estaban sometidos a un continuo escrutinio por su proceder en Salem, en ningún momento se habían planteado terminar con lo suyo. Al graduarse en Abbot, Dith se había quedado en Dickinson para poder mantenerse cerca de él; sin embargo, unos años más tarde, sus padres habían empezado a presionarla con la posibilidad de establecerse y formar una familia. Incluso le habían concertado reuniones con varios pretendientes, así que Wood y ella se habían visto obligados a tomar una decisión.

—Iban a casarse —dijo entonces Raven, y eso sí que no me lo hubiera esperado nunca. ¿Meredith casada? El pensamiento casi logró que sonriera. Imaginar a Wood como un devoto esposo también era divertido—. Creían que así Dith podía pasar a convertirse en una Ravenswood y, por tanto, incluso con Wood siendo ya un familiar, tal vez eso les daría la oportunidad de estar juntos. En realidad, no resolvía todos sus problemas, pero al menos ya no hubieran pertenecido a bandos diferentes.

—Pero eso no... no funciona así. Quiero decir que, cuando dos brujos se casan, sí que se adopta el apellido del linaje más poderoso, pero eso no hubiera convertido a Dith en una Ravenswood de verdad. Hubiera continuado siendo una bruja blanca pese a todo.

Si las cosas resultaran tan sencillas, Alexander no hubiera dañado nunca a su madre. La sangre era la sangre, y eso no era algo que pudiera cambiarse a voluntad con un matrimonio. Pero Raven parecía no estar de acuerdo conmigo.

—No del todo. —Pensé que este sería uno más de esos comentarios que no terminaría de explicar, pero entonces añadió—: ¿Sabes por qué es tradición que sea el apellido del linaje más influyente el que perdura en los matrimonios entre brujos?

Negué. Suponía que siempre había sido así, una simple manera de perpetuar los linajes poderosos frente a aquellos que no lo eran tanto. Igual tendría que haber prestado más atención en mis clases de Tradiciones y Rituales Antiguos, seguro que en algún momento se había hablado de aquello.

—Antes, mucho antes de lo ocurrido en Salem, existía una forma por la que los brujos se unían de una manera mucho más íntima y definitiva que nuestra ceremonia actual. El ritual era complicado y debía existir una gran afinidad entre los implicados para que pudiera completarse con éxito —continuó explicándome—. No estaba concebido para aquellos que se casaban llevados por el mero interés de medrar en la escala social.

Asentí para hacerle comprender que sabía de lo que hablaba. Por arcaico que pareciese, los matrimonios entre brujos no siempre se llevaban a cabo por amor; las uniones estratégicas entre linajes eran algo relativamente normal. Incluso yo, después de que mi padre me hubiera abandonado en Abbot, había llegado a sospechar que él se había visto tentado por el poder de los Good —a pesar de nuestra reputación, no éramos un linaje menor— y que no había elegido a mi madre por amor. Desde luego, por lo que recuerdo de su relación, no eran especialmente cariñosos el uno con el otro.

—¿Y en qué consistía ese ritual?

—Fusionaban su magia. Una unión total de lo que eran y de su poder —aclaró, y no pude evitar parpadear, perpleja, por todo lo que eso conllevaba—. Y, entonces sí, el brujo menos poderoso de la pareja pasaba a convertirse en miembro de pleno derecho del linaje de su compañero. Pero con el tiempo dejó de hacerse dada su peligrosidad.

Exponerse de ese modo tenía que serlo. La magia estaba íntimamente ligada a lo que éramos no solo como brujos, sino como individuos. Así que abrirse a otra persona y dejar que su magia se mezclara con la propia de una forma definitiva y total no siempre podía salir bien.

Y Dith había estado dispuesta a correr ese riesgo para permanecer con Wood.

—Sé que Wood y Dith discutieron por ese motivo. A pesar de lo mucho que sufría mi hermano con la idea de separarse de ella, le preocupaba aún más que Dith pudiera salir perjudicada o padeciera algún daño durante el ritual. O que igualmente no se les permitiera estar juntos. Wood le debía total lealtad a nuestra familiar de ese entonces. Pero, incluso así, era la única salida que tenían.

Me encogí en el asiento y hundí la cara entre las manos. Dith debía de haber estado completamente enamorada de Wood para pensar siquiera en hacer algo así. Y Wood de ella. Había juzgado de una manera horrible al lobo blanco y no tenía ni idea de cómo empezar a arreglarlo. Ni de si él querría siquiera permanecer en la misma habitación que yo mientras intentaba hacerlo.

Aparté las manos de mi cara y contemplé a Raven a través de la humedad que se acumulaba en mis ojos.

—¿Funcionó?

La tristeza devastadora de su mirada fue suficiente como para saber que algo había salido mal. Había sido así, claro estaba, porque Dith había terminado convertida en familiar, pero las cosas no se habían torcido de la manera en que yo creía.

—No tuvieron oportunidad de realizarlo. Dith confió en quien no debía y alguien le contó sus planes al consejo de la comunidad blanca. La mera intención de llevarlo a cabo fue suficiente para que se la juzgara por traición a su linaje, se la condenase a muerte y se la maldijera.

—¡Dios!

Raven llevó su mano hasta mi hombro y me dio un apretón suave en un intento de reconfortarme, pero no creía que nada pudiera hacerlo. Habían condenado a Dith solo por amar a quien se suponía que no debía.

—No entiendo por qué no me lo contó nunca.

—Era un tema delicado. Wood jamás habla de ello, aunque nunca lo oí hacer un reproche a Dith por querer seguir adelante con el ritual pese a sus recelos o por confiar en quien fuera que los delató. Siguió amándola incondicionalmente y mucho me temo que lo hará siempre.

Bien, si me quedaba alguna duda sobre si Wood me odiaría, eso probablemente las resolvía todas. Meredith había sido condenada a cuidar de los miembros de un linaje al que ni siquiera había deseado seguir perteneciendo y eso le había costado la vida.

—No te culpes —agregó Raven, como si fuera capaz de presentir el rumbo de mis pensamientos—. Al final, el castigo que se le impuso a Dith les permitió disfrutar de su amor por más de un siglo, aunque no pasaran todo ese tiempo juntos.

Parpadeé para retener las lágrimas y me obligué a tragarlas una vez más. Era muy propio de Raven verle el lado positivo a todo y no podía estar más que agradecida por ello en ese momento; necesitaba cualquier pequeña esperanza a la que aferrarme para evitar que mi corazón volviera a romperse de nuevo.

—Wood tiene que odiarme.

—No te odia.

—Yo lo haría. Yo lo hago —me corregí, porque no podía dejar de pensar que tenía que haber algo que pudiera haber hecho para evitar la muerte de Dith.

Raven se inclinó hacia mí y, a su vez, tiró un poco de mi brazo para acercarme a él, hasta que su frente reposó contra la mía y su mirada dulce lo llenó todo.

—No lo hagas, Dani. No te odies por algo que no hay manera de cambiar y en lo que tú no tuviste nada que ver. ¿Sabes? Yo jamás me he arrepentido de cada segundo de mi existencia que he pasado protegiendo a Alexander y sé que, si a Dith volvieran a darle la oportunidad para ello, moriría de nuevo para salvarte, así que no desprecies su sacrificio. —Hizo una breve pausa para tomar aire—. Ahora todo en lo que deberías pensar es en qué vas a hacer con el regalo que se te ha hecho.

Raven me contó más tarde, después de que ambos compartiésemos unos sándwiches y una bolsa de patatas fritas, que Wood apenas había pasado tiempo en la cabaña durante los dos días anteriores; tampoco se había dedicado a correr por los alrededores convertido en lobo. Al parecer, solo rondaba el exterior sin motivo aparente, no se alejaba demasiado, pero guardaba las distancias con los demás. Rav no estaba seguro de si temía que alguien nos atacara en cualquier momento o bien solo quería evitar tener que dirigirles la palabra. Su preocupación resultaba obvia, aunque me dio la sensación de que, una vez más, sabía algo que no me estaba contando. Con Raven siempre era así.

También me dijo que Alexander había ido con Robert a por provisiones a un pueblo cercano. Más que un pueblo, se trataba de unas pocas casas agrupadas colina abajo, pero por suerte había una pequeña tienda de comestibles y otros productos básicos, y no había brujos allí, ni de un bando ni de otro. El entorno era semiboscoso, también había un lago en las inmediaciones y... montañas, un montón de montañas y kilómetros y kilómetros de tierra apenas poblada. No era de extrañar que, en algún momento, los Bradbury hubieran decidido refugiarse allí, lejos de todo. Lejos incluso de los suyos.

Aunque recordar los detalles de nuestra huida hacía que me doliese el pecho, tuve ocasión de interrogar a Raven por la tardanza de Robert en aparecer aquella noche. No pretendía echarle la culpa de lo sucedido, pero la verdad era que mi confianza estaba en esos momentos bajo mínimos. Había imaginado que tal vez Robert había dudado sobre si ayudarnos a escapar o no, algo que tampoco hubiera podido reprocharle, dadas las consecuencias que podía tener para él. Sin embargo, Rav me aseguró que al brujo le había llevado un rato evitar a los miembros del consejo que habían llegado a Ravenswood justo cuando él hacía todo lo posible por deslizarse en el garaje de la escuela sin que nadie lo viera. Había tenido que esperar hasta que Wardwell se los había llevado hacia el auditorio y el camino había quedado despejado.

Dos días, ese era el tiempo que había pasado sumida en mi propia oscuridad, una que tal vez no fuera muy distinta de la que poseía a Alexander cada vez que este se lo permitía. Me había limitado a hundirme en ella y la había alimentado con sueños de venganza; sueños que tenían como protagonista a Tobbias Ravenswood. Solo que había mucho más de lo que preocuparnos en aquel momento y que, aunque me viera de nuevo frente al hombre que había asesinado a Dith, era del padre de Alexander de quien estábamos hablando.

Finalmente, cuando la luz comenzaba a desvanecerse del cielo y mi estómago reclamaba de nuevo más de lo que se le había negado durante las cuarenta y ocho horas anteriores, oímos el ronroneo de un motor en el exterior y el coche negro que habíamos empleado para huir de Ravenswood se detuvo en la zona delantera de la cabaña.

Inspiré profundamente y me rehice. Raven me observó con curiosidad mientras esperábamos a que Robert y Alexander entraran en la cabaña. Juraría que sabía exactamente lo que estaba haciendo, las paredes que estaba erigiendo a mi alrededor, cómo blindaba mi pecho y sellaba las fisuras, y cómo empujaba mi poder, mi ira y mi pena hasta un rincón profundo. Su cabeza osciló de un lado a otro con lo que intuí que se trataba de desaprobación, pero no había otra manera para mí; no soportaría derrumbarme frente a nadie. No me repondría si lo hacía. Volvería a chillar hasta quedar afónica o hasta que el mundo entero estallara a causa de mis gritos.

Y no era el momento para perder los nervios. Había demasiado por hacer.

La puerta delantera de la cabaña se abrió y, un momento después, el golpe al cerrarse nos indicó que ya habían entrado. Raven y yo seguíamos sentados en torno a la mesa de la cocina, pero por alguna razón me puse de pie, me deslicé a un lado y acabé apoyada contra la encimera.

Robert fue el primero en acceder a la estancia. Me vio enseguida y sonrió. Todo en su expresión dejó claro que se alegraba de verme allí, de pie y entera, al menos en apariencia.

—Hola, Danielle —me saludó, y yo traté de devolverle la sonrisa sin mucho éxito.

Me fastidió admitir que ahora entendía un poco mejor a Alexander. Después de todo lo que había pasado, sonreír parecía un lujo que ninguno pudiéramos permitirnos. Nadie salvo Raven, al parecer, cuyos labios formaban ahora una curva de lo más pronunciada mientras miraba a Robert Bradbury. Incluso los ojos le brillaban.

El brujo se adentró en la cocina y dejó el umbral libre. Alexander ya estaba allí, con una bolsa repleta de comida en cada mano, la espalda erguida y su acostumbrada expresión de severidad. Había cosas que no cambiarían nunca.

—Supongo que tendréis hambre —dijo Robert, mientras colocaba las dos bolsas de papel que llevaba él sobre la mesa y comenzaba a sacar cosas de ellas—. La cocina no funciona, Danielle, así que no hay mucho donde elegir. La mayoría son productos precocinados.

Le hice un gesto con la mano, desestimando su preocupación.

Raven se levantó y enseguida empezó a ayudarlo, pero Alexander continuaba inmóvil en el umbral de la puerta, sin decir nada. Centré mi atención en él. Había estado percibiendo la magia de los presentes desde el mismo instante en que había recobrado la consciencia horas atrás, tal y como me había sucedido a ratos en Ravenswood, solo que ahora ya no se trataba de un latido, sino de un zumbido continuo que hacía vibrar la sangre de mis venas, tanto más cuanto más permitía que mi magia aflorara. Pero en ningún caso sentía la necesidad de drenar a nadie, así que al menos no compartía ese «don» de Alexander. Sin embargo, mientras él me observaba y yo le mantenía la mirada, mi magia empezó a responder a su presencia, desenredándose y golpeando las paredes de contención tras las que la mantenía. Y el zumbido se volvió... musical. Como una nana, como aquella noche en el coche, cuando Alexander me había acunado entre sus brazos y me había mantenido contra su pecho. Una canción que no sabía si alguien más, aparte de él, podía oír.

—Te está cantando, ¿verdad? —le pregunté, aunque ya sabía la respuesta. Ahora era igual para mí.

El crujir de las bolsas cesó cuando Robert y Raven oyeron mi pregunta. Ambos debían de estar mirándome ahora, pero yo no aparté la vista de los ojos dispares de Alexander.

—¿Es doloroso? —continué interrogándolo, después de que hiciera un leve asentimiento.

No lo era para mí, resultaba incluso agradable, aunque eso no era algo que pensara confesarle. Pero tal vez no se sintiera tan bien para él.

—No.

No añadió nada más y su expresión tampoco reveló si estaba mintiendo o solo quería hacerme sentir mejor. Por otro lado, hasta entonces Alexander nunca había tratado de suavizarme las cosas, así que no creía que fuera a empezar a hacerlo ahora. Pero ¿por qué sentía que, desde que había despertado, se estaba dedicando a caminar de puntillas a mi alrededor? La manera en la que se esforzaba por mantener las distancias me recordaba a su modo de comportarse a mi llegada a Ravenswood.

—Bien —dije, porque no sabía qué otra cosa decir. Estaba claro que yo no era la única que no deseaba despertar la compasión de nadie.

Me mantuvo la mirada unos pocos segundos más y luego avanzó hasta la mesa, aunque me di cuenta de que la rodeaba por el lado contrario al que yo me encontraba. Me dije que era mejor pasar por alto lo decidido que parecía a mantenerse lo más alejado posible de mí y cambiar de tema.

—Si queremos localizar a Loretta, necesitaré contactar con Cameron Hubbard —dije, más para Robert y Rav que para Alexander, ya habíamos hablado de ello antes—. Es su... ¿sobrino bisnieto? Lo que sea. Son familia, y es nuestra mejor posibilidad para descubrir el paradero del oráculo.

Robert sacó un recipiente más de la bolsa y lo empujó hacia mí. Era una ensalada con pollo. Luego fue hasta uno de los cajones y repartió cubiertos entre todos. Nos sentamos a la mesa, aunque Raven echó un vistazo a través de la ventana un momento antes de unirse a nosotros. Alexander y él se miraron y el brujo negó con la cabeza. Me prometí que, cuando terminase de cenar y definiéramos nuestros siguientes pasos, si el lobo blanco no se había presentado, iría yo misma en su busca. Odiaba ver a Raven tan inquieto, y también a Alexander; por mucho que este se mostrara impasible, ahora más que nunca comprendía cómo podía sentirse. Además, le debía una disculpa a Wood y no podía esconderme para siempre de él. No quería ser esa clase de persona, no importaba cuánto doliese.

—Nunca he conocido a un oráculo —comentó Robert.

—Yo sí —dijo Raven, y soltó una risita.

Supongo que Robert cayó entonces en que Raven era algo así como un oráculo también. El brujo se sonrojó al darse cuenta de ello.

—Oh, sí, claro. Es... No quería decir... que tú...

—Está bien —lo tranquilizó Raven.

—Es que no lo había pensado así.

Alexander observaba el intercambio entre ellos con mayor atención de la que le prestaba al tenedor que se estaba llevando a la boca. La sombra de una sonrisa asomó a sus labios de forma fugaz, pero enseguida agachó la cabeza, tomó un bocado y se limitó a masticar mientras Robert continuaba disculpándose y Raven, a su vez, le explicaba que no solía referirse a sí mismo de ese modo.

Cuando Alexander tragó finalmente, sus ojos ascendieron y se encontraron con los míos. Esta vez, cuando una de sus comisuras tembló y se arqueó de forma muy leve, supe que no me lo había imaginado, y también que ahora era a mí a quien sonreía.

«Te siento, Danielle Good. Escucho tu magia cantar para mí», parecía querer decirme.

«Yo también a ti, Alexander Ravenswood», intenté transmitirle de vuelta desde el otro lado de la mesa, porque pensé que necesitaba saberlo. Opuestos o no, Alexander y yo teníamos mucho en común. Y, lo que fuera que esa maldita profecía requiriese de nosotros, íbamos a tener que descubrirlo juntos. Nos gustase o no.

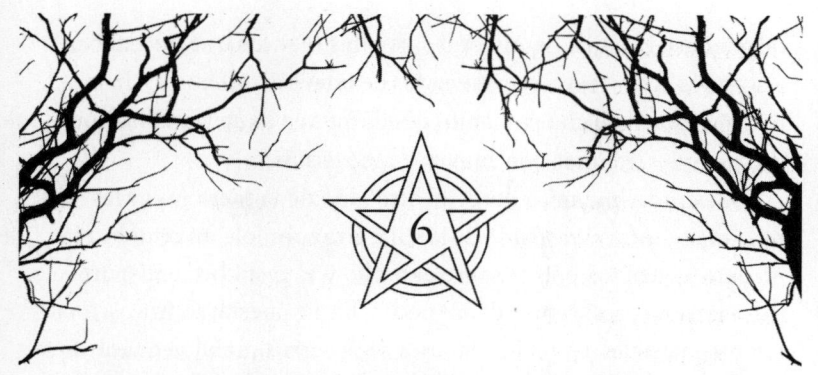

6

Robert y Raven se las arreglaron poco después para escabullirse y dejarnos solos en la cocina. Los observé marcharse con una sonrisa en los labios. Había descubierto a Robert contemplando deslumbrado al lobo en más de una ocasión y cómo se atropellaba con las palabras cada vez que este se dirigía a él. La forma en la que se sonreían o se rozaban con un descuido que no estaba segura de que no fuera del todo intencionado resultaba... tierna. Al conocerlo, Robert me había parecido un tipo seguro de sí mismo, incluso con un ligero toque canalla, pero estaba claro que Rav conseguía que perdiera toda esa seguridad sin ni siquiera pretenderlo.

—Creo que alguien ha tenido un flechazo —comenté, aunque solo fuera para rellenar el silencio en el que nos habíamos sumido Alexander y yo después de quedarnos a solas. El amago de sonrisa que me había brindado un rato antes no era ahora más que un recuerdo lejano—. ¿Te preocupa? —pregunté, a sabiendas de lo protector que era con su familiar.

Que Robert fuera un Bradbury tal vez era lo de menos; no creía que Alexander prestase demasiada importancia a la procedencia del brujo. Pensé en Maggie y en que había sido la única persona que, además de Raven, se había mostrado amable conmigo a mi llegada. Ojalá estuviera a salvo. No tenía ni idea de lo que estaría pasando entre las dos escuelas; si los brujos oscuros habrían decidido responder al ataque de Abbot o si los Ibis blancos que no estaban asignados al consejo serían enviados de nuevo en mi busca. Un motivo más por el que no podíamos quedarnos en aquella cabaña mucho tiempo; teníamos que empezar a movernos.

Alexander me miró desde el otro lado de la mesa mientras se recostaba contra el respaldo de la silla, arrancándole un crujido a la madera. Cruzó los brazos sobre el pecho y el gesto hizo chisporrotear la magia en el centro de mi pecho. En respuesta, su iris oscuro también destelló. La piel de la nuca se me erizó cuando entreabrió los labios para hablar. Era absurdo el modo en que mi cuerpo —mi magia— respondía a cada uno de sus movimientos o a su mera presencia. Si aquello era lo que él había estado sintiendo desde mi aparición en Ravenswood, no me extrañaba que hubiera acabado explotando tras presionarlo demasiado.

—Me preocupa que acabe sufriendo, lo cual resulta hipócrita por mi parte, porque seguramente soy la persona que más daño le ha hecho —dijo, y me sorprendió que fuera tan honesto con sus sentimientos. Y por si eso no hubiera sido suficiente, agregó—: Me preocupa no saber cómo hacer que... *esto* acabe bien para todos nosotros.

Suspiré, y el silencio se instaló de nuevo en la estancia. Incluso cuando había sido más sincero de lo que esperaba al contestar, continuaba percibiendo alguna clase de barrera entre nosotros, más allá de las que yo me esforzaba por mantener para contener el dolor y la rabia que se acumulaban en mi interior.

—No sé lo que estamos haciendo —admití, brindándole una verdad por otra. Una debilidad por otra.

Poco más de un mes antes, yo solo era la heredera de un linaje de brujos blancos que creía que se aburría tras los muros de Abbot. Una cría con un pasado dramático, un padre que apenas le prestaba atención y una familiar díscola que la metía en líos con la misma facilidad con la que luego la sacaba de ellos. Alguien que vivía rodeada de mentiras y de una falsa sensación de seguridad. En un mundo que ya no existía. Pero Alexander... Tampoco para él debía de ser fácil haber abandonado Ravenswood; darse cuenta de que su padre era un asesino que no había titubeado y había sesgado una vida, incluso cuando fuera la de una bruja blanca, sin ni siquiera pestañear.

Y se suponía que teníamos que... ¿qué? ¿Evitar que el mundo se fuera a la mierda? Puede que hubiésemos crecido rodeados de magia, pero aquello era demasiado para cualquiera.

—Yo tampoco, Danielle.

—Por primera vez estamos de acuerdo en algo —bromeé, porque el humor seguía siendo la salida fácil para mí.

—No somos enemigos. No me importa lo que las leyes digan o lo que se espere de nosotros.

El aire crepitó a nuestro alrededor. Alexander mantuvo la postura despreocupada, reclinado en la silla, con las piernas ligeramente abiertas y los brazos contra el pecho, pero supe que él también lo había notado.

—A Dith y a Wood tampoco les importó y mira cómo terminaron —no pude evitar responder, cargada de resentimiento, aunque cada vez que mencionaba a Meredith la ausencia de nuestro vínculo se hacía más patente y el dolor parecía cobrar más fuerza.

No nos estaba comparando con ellos, de ninguna de las maneras. Pero Alexander enarcó una ceja y me pregunté si eso habría sido lo que había entendido. No estaba segura de que conociese la historia de cómo Dith se había convertido en familiar, así que se lo conté todo. Él sí que había oído hablar del ritual de unión entre brujos, pero su perplejidad resultó evidente cuando le relaté la intención que habían tenido nuestros familiares de llevarlo a cabo.

—Tengo que hablar con Wood —dije finalmente—. Necesito hablar con él.

Alexander asintió.

Recordé aquella vez en el sótano, cuando me había prestado voluntaria como saco de boxeo para que Wood descargara su frustración tras lo ocurrido en el bosque entre Alexander y yo. Desde entonces, el brujo había aprendido a revertir su transformación sin tener que recurrir al dolor y estaba segura de que ambos estaban más que agradecidos por ello, pero no pude evitar pensar si eso era lo que Wood necesitaría también ahora; si culparme sería lo único que podría aliviar su sufrimiento. Si así fuera, era un precio que estaba dispuesta a pagar.

Ese pensamiento, a su vez, trajo a mi mente otro. Dith solía decirme que la magia —los grandes hechizos— tenía un coste, y que no siempre se podía prever cuál sería. Y me pregunté cuánto más tendríamos que pagar antes de que todo esto terminara.

—Saldré a buscarlo —se ofreció Alexander, poniéndose en pie.

Yo también me incorporé.

—No, está bien. Yo iré.

Sin embargo, no me moví. No quería admitirlo, pero estaba aterrada. Sentía miedo y rabia y dolor. Y otras cosas a las que no estaba segura de saber poner nombre. Incertidumbre tal vez, por lo que pasaría a partir de ahora, por lo que tendríamos que hacer. Quizás una diminuta chispa de esperanza, porque, pese a todo, no estaba completamente sola. Impotencia, porque no creía que alguien como yo pudiera hacer nada para detener una posible guerra entre ambos bandos o una profecía que anunciaba el fin del mundo. Y también ira, siempre ira.

—Danielle... —me llamó Alexander, en voz baja, casi como si no desease que lo escuchara. El arrullo dulce de su magia se intensificó.

Cerré los ojos y dejé que se colara por las grietas de mi pecho, algo que no estaba segura de que fuese una buena idea. Ni siquiera sabía lo que era capaz de hacer ahora, con todo ese poder acumulándose en mi interior, empujando para llenar mis venas. Pero necesitaba algo, lo que fuese, una pizca de paz. Aunque esta también fuera una ilusión. Otra mentira.

—Danielle —insistió, pero esta vez su tono fue de advertencia—. Estás brillando.

Abrí los ojos de golpe.

—¿Qué?

Deslicé la mirada hasta mis brazos y jadeé. Había tenues rastros de luz alrededor de mis muñecas, extendiéndose bajo mi piel. Algo similar a lo que ocurría con la oscuridad cuando Alexander invocaba su poder o perdía el control sobre él. Desvié la vista hacia sus manos para descubrir siniestros rastros gemelos allí.

—Tranquila, no pasa nada.

—¡Eso es fácil de decir para ti! —chillé, aunque bien sabía que no lo era. No cuando apenas hacía unos días que había aprendido a controlar su propia oscuridad.

—Puedes con esto. No eres de las que pierde la calma.

Hice una mueca. Tenía más fe en mí que yo misma, lo cual era mucho decir tratándose de él. Me eché a reír de puro nerviosismo. Alexander rodeó la mesa y se dirigió hacia mí. Estuve a punto de retroceder, aunque no por miedo de lo que él pudiera hacerme, sino de lo que le haría yo o de cómo respondería mi magia si se acercaba más.

—Calma —me susurró, y buscó mi mirada.

Solté una nueva carcajada. No entendía cómo era posible que no estuviera perdiendo la cabeza o convirtiéndose en *eso* que lo poseía.

Cuando clavé los ojos en su rostro, esbozó lo más parecido a una sonrisa que alguien como él se permitiría y, para mi sorpresa, movió las manos hasta colocarlas en mis caderas. El contacto disparó una descarga que me recorrió de pies a cabeza, incluso el aire pareció crujir cuando me tocó. La tela de mi camiseta evitaba que nuestras pieles se rozasen, aunque no tenía ni idea de si eso suponía alguna diferencia llegados a este punto.

—Calma —repitió—. No es la primera vez que sucede.

No tenía ni idea de lo que estaba hablando, pero Alexander continuó murmurando y me habló de lo que había visto en Ravenswood, dos noches atrás, mientras yo trataba de despertar a Raven para que pudiésemos escapar. Me dijo que me había visto brillar y que, bajo mi piel, las venas se me habían llenado de una luz tan pura como nunca había visto antes.

No supe si fueron sus susurros tranquilizadores o la manera en la que habló de esa luz. Sus dedos extendidos sobre mis caderas o el modo en el que no apartó la mirada de mi rostro ni una sola vez. Tal vez las estrellas que titilaban en su iris negro o lo mucho que destellaba el azul de su otro ojo. Quizás fuese la suave canción de su magia lo que apaciguó por fin el latido sordo que me retumbaba en los oídos. Pero, finalmente, Alexander dejó que sus labios se curvaran un poco más y dijo:

—Ya está.

Luché para dejar de mirarlo y contemplar mis manos. No había nada de luz allí. Solté el aire que había estado conteniendo y el pánico aflojó las garras que había clavado en mi pecho. Sin embargo, Alexander no se separó de mí. Sus dedos estaban ahora hundidos en la carne de mis caderas y se aferraban a ellas casi con desesperación. La atmósfera cambió y se tornó pesada, aunque por motivos muy diferentes.

Alexander avanzó un poco más y deslizó uno de sus muslos entre los míos. No estaba muy segura de si era consciente de lo que hacía, dado lo mucho que se había esforzado por mantener las distancias, pero nuestras caderas se alinearon y mi pecho terminó contra el suyo. Empujó y mi trasero topó contra el borde de la mesa. Mis manos volaron hasta sus brazos, y entonces yo también me estaba aferrando a él.

—¿Qué estás haciendo?

—Hay algo más —dijo él, y su aliento revoloteó cálido sobre mis labios—. Algo que no te he dicho. No quiero que te vuelvas loca.

Él me estaba volviendo loca. O al menos volvía loco a mi cuerpo. Estábamos demasiado cerca, de nuevo; la última vez, las cosas se habían puesto un poco intensas cuando eso había sucedido. Y yo no me fiaba en absoluto de mis traicioneras reacciones. Sin embargo, me había acostumbrado a no retroceder nunca ante él.

—No creo que necesites estar tan cerca para decírmelo.

Ignoró mi queja. Se inclinó hasta alcanzar mi oído y susurró:

—Tienes alas, Danielle. Unas preciosas alas de luz.

En un principio, no entendí a qué se refería, como si la frase «Tienes alas» fuese alguna clase de acertijo en vez de una afirmación de lo más clara y concisa. Pero luego esas dos palabras se tradujeron en una imagen mental y... fue genial que me estuviera sujetando, realmente genial, porque se me aflojaron las rodillas a pesar de que pensé que solo estaba riéndose de mí y que se trataba de alguna clase de broma retorcida para sacarme de quicio.

Resultó que no era una broma y, aunque estaba segura de que Alexander disfrutaba en secreto haciéndome perder los nervios, tampoco era esa su intención. No en este momento al menos.

—Fue lo más hermoso que haya visto jamás —concluyó, y la voz le salió espesa y grave. Casi esperaba que se hubiera transformado y fuera su otro yo quien me estaba susurrando al oído.

—Mientes —repliqué, solo por llevarle la contraria.

Todo mi ser me decía que no tenía ningún motivo para mentirme, pero... ¿tenía alas? Alas de luz. Algo que parecía de lo más lógico dado que él poseía cuernos. Joder, resultaba hasta un poco gracioso...

No, en realidad, no. Para nada. Era una locura. Iba a volverme loca por completo.

—Es la verdad.

—No, ni de coña.

Mis dedos se cerraron sobre su camiseta y agarré dos puñados de tela. Tiré con fuerza, pillándolo por sorpresa, y lo hice girar conmigo, hasta que fue él quien quedó contra la mesa. El muy imbécil eligió ese momento para mostrarme que sabía cómo sonreír de verdad. No entendía qué le divertía tanto de la situación, no tenía ni puta gracia.

Sus manos seguían sobre mis caderas. No me había soltado en ningún momento y yo me había quedado contemplando su sonrisa como una imbécil, así que no le costó mucho empujar y hacerme retroceder a trompicones hasta la encimera. Me clavé el borde en la espalda, pero no perdí oportunidad y, como si aquello se tratase de un estúpido baile, volví a tirar para arrastrarlo hasta la puerta. En esta ocasión ya estaba prevenido, así que no había manera de que lo hubiera movido si él no me lo hubiera permitido. Pero lo hizo. La madera vieja protestó con un crujido cuando su cabeza se golpeó contra ella.

—No. Es. Verdad. —Tiré de su camiseta y empujé de nuevo, estampándolo otra vez contra la puerta ahora con mucha más rabia. Una rabia oscura que no estaba segura de dónde salía.

O tal vez sí lo sabía, pero no quería enfrentarme a ella.

No quería saber una mierda de todo aquello. Lo único que quería era marcharme a un rincón y llorar. O gritar. O hacer explotar cosas. Pero ¿unas alas? No, joder, no quería unas alas. Seguramente, acababa de perder la poca cordura que me quedaba.

Cuando quise darme cuenta, lágrimas calientes corrían por mis mejillas mientras lo zarandeaba. Estaba llorando. Los labios me sabían a sal y no veía el rostro de Alexander a pesar de tenerlo a tan solo unos pocos centímetros de distancia. Pero entonces me encontré girando de nuevo. Alexander presionó todo su cuerpo contra el mío y mi espalda se apretó contra la puerta, aunque él tuvo la deferencia de deslizar una mano entre esta y mi cabeza. Había hecho lo mismo aquella noche en el bosque, cuando me había salvado de una bola de fuego estampándome contra un árbol. Al final, igual no era tan idiota como yo me esforzaba en creer.

Pero estaba claro —definitivamente, muy muy claro— que me había vuelto loca, porque todo lo que se me ocurrió hacer fue ponerme de puntillas y besarlo. O al menos intentarlo, porque alguien se aclaró la garganta en el mismo instante en que nuestros labios apenas si se habían rozado de una forma tentativa. Mi rabia se diluyó con la misma rapidez con la que había aparecido, pero las lágrimas continuaron cayendo. Y solo entonces comprendí que me había roto de maneras en las que ni siquiera era consciente y que iba a tener que encontrar el modo de dejarlo salir todo si no quería que la rabia continuara destrozándome por dentro.

Más tarde, caería también en la cuenta de que había estado a punto de besar otra vez a Alexander Ravenswood y, lo que era peor, que había deseado hacerlo, lo cual era bastante inapropiado por al menos unas mil o dos mil razones. Sin embargo, lo que no tenía ni idea de cómo manejar era la certeza de que el despliegue de Alexander solo había sido una treta para distraerme mientras me contaba lo de esas malditas alas.

Y había funcionado.

—¿Qué? —inquirí, después de soportar unos buenos diez minutos de miraditas especulativas provenientes tanto de mi familiar como de Robert.

Claro que nos habían sorprendido a Danielle y a mí en una posición algo comprometida. O, más bien, me habían descubierto sobre ella mientras la mantenía acorralada contra la puerta trasera de la casa, así que tampoco podía culparlos por ello.

No era tan tonto como para creer que podía engañarme a mí mismo pensando que solo había hecho todo aquello para que Danielle se concentrase en mí y no perdiera el control de nuevo al enterarse de que poseía unas alas luminosas. Unas alas preciosas y enormes que le brotaban de entre los omoplatos y se habían curvado sobre su cuerpo y el de Raven mientras hacía todo lo posible por despertarlo. Puede que distraerla hubiera sido la intención inicial y que no dejase de repetirme que no debía tocarla, pero en lo más profundo de mi corazón sabía que anhelaba el roce de su piel de una forma en la que pocas veces había deseado otra cosa antes. La magia ajena, tal vez, y eso no era muy alentador. No sabía qué hacer con ese pensamiento.

Robert no dijo nada, pero Raven se encogió de hombros y luego soltó:

—¿Danielle y tú sois novios ahora?

—¡¿Qué?! ¡No, claro que no!

Me froté las sienes y me armé de paciencia, agradecido por que Danielle hubiera salido de la cabaña en busca de Wood y no estuviera presenciando aquel extraño interrogatorio. Raven podía hacer gala del comportamiento propio de alguien con varios siglos de experiencia y, dos segundos después, mostrar la madurez de un niño de diez años. Debería estar más que acostumbrado a ello; sin embargo, siempre encontraba la forma de pillarme desprevenido.

Continuó observándome con expresión expectante. Tal vez esperaba que me desdijera y le confesara que había algo entre Danielle y yo, lo cual supuse que era cierto en parte, aunque yo mismo no supiera de qué se trataba exactamente. Todo lo que sentía era demasiado nuevo para mí.

Robert, en cambio, estaba haciendo todo lo posible para no echarse a reír.

—Solo estábamos... —Las cejas de Rav salieron disparadas hacia arriba de un modo que hubiera resultado cómico en cualquier otra circunstancia. O si yo no fuera el implicado en aquel lío. Y como no había manera alguna de que confesara lo que en realidad estaba sucediendo a su llegada, escupí—: Danielle tiene alas.

Robert abrió los ojos como platos. Raven no parecía tan sorprendido, y me resigné a no preguntarme, por enésima vez, cuánto sabía él de todo lo que estaba pasando.

—¡Vaya! Te ha faltado tiempo para ir corriendo a contarlo por ahí —me reprochó Danielle desde algún punto a mi espalda.

Ladeé la cabeza para encontrármela en la puerta, la misma contra la que ella me había estampado con una energía que no esperaba y una rabia que decía mucho del dolor que estaba reprimiendo. Yo era un experto en enmascarar mis propias emociones, así que sabía de lo que hablaba. Y eso era justo lo que trataba de conseguir en ese momento. Era francamente bochornoso pensar en lo mucho que me había excitado nuestro pequeño tira y afloja de un rato antes, y di gracias por que ella no se hubiera percatado de ello. Al menos, esperaba que así fuera.

—No te hacía tan cotilla —agregó, cuando mis ojos tropezaron con los suyos.

Su mirada no reflejaba el vacío infinito de esa misma mañana, pero tampoco era del todo la bruja respondona e impetuosa que había llegado unas semanas antes a Ravenswood; si bien, eso no quería decir que hubiera un ápice de debilidad en ella.

La había visto desmoronarse casi por completo al comprender que Dith había muerto y aún podía oír sus gritos y evocar la oleada de sufrimiento que se había desplegado a su alrededor después de que su vínculo se rompiera; estaba convencido de que algo en Danielle también se había roto esa noche. Por un instante había creído que la agonía la llevaría también a la muerte, y lo mismo podía decirse de Wood. Pero ahora estaba allí, erguida y orgullosa, haciéndome frente; tenía que admitir que Danielle Good poseía una fortaleza admirable.

Mi familiar se asomó en ese momento por detrás de ella y el alivio me inundó a pesar de que estaba en su forma de lobo. No sabía qué le habría dicho Danielle para conseguir que acudiera a la cabaña y no me importaba lo más mínimo, pero le estaría agradecido por toda la eternidad. ¿Habría algo que no lograra aquella bruja exasperante?

Wood lanzó un aullido corto dirigido a su hermano y luego su mirada atormentada se desvió hacia mí. Parecía dolorido y exhausto, y todos los años que jamás habían dejado huella en su cuerpo se reflejaban ahora en sus ojos azules. No hubo saludo para mí, pero no lo necesitaba.

Me puse en pie con tanto ímpetu que la silla en la que estaba sentado salió volando hacia atrás. Ni siquiera me detuve a recogerla.

Me precipité sobre él y, arrodillado, puse mis brazos alrededor de su cuello. Lo apreté tanto que estaba seguro de que le dolió. Joder, a mí me dolía. Pero solo porque no era capaz de encontrar palabras de consuelo para él. Wood me había acompañado durante toda mi vida y nunca lo había visto tan deshecho. Tan herido. Destrozado. Se me hizo un nudo en la garganta y luché contra la sensación de ahogo para susurrarle un «Lo siento» que sabía que no significaba nada. No aliviaría su pena, pero era todo lo que tenía.

No supe el tiempo que pasamos fundidos en aquel abrazo ni tampoco fui consciente del silencio que se había establecido a nuestro alrededor. Por primera vez, ni siquiera el reclamo de la magia de Robert o de Danielle consiguió llegar hasta mí. No sentía nada más que la tristeza de Wood, y no pude evitar hacerla mía. Ojalá eso hubiera servido de algo.

—Lo siento —balbuceé de nuevo.

El hocico de Wood se hundió un poco más hasta rozarme el hombro y luego, muy despacio, retrocedió. Y yo tuve que dejarlo ir.

«Está bien», me transmitieron sus ojos tristes, aunque yo sabía que eso era mentira. Aun así, continuó mirándome fijamente, como si quisiera asegurarse de que lo entendía. Asentí, incluso cuando nada volvería a estar bien del todo jamás.

—No podemos quedarnos mucho más aquí —intervino Raven, mientras echaba su silla hacia atrás.

Wood enseguida acudió trotando a su lado, alzó el hocico y su gemelo se inclinó para restregar la mejilla contra él. Le susurró algo al oído mientras hundía los dedos en su pelaje blanco, aunque no fui capaz de oír lo que le decía. Supuse que, por una vez, era Wood el que no sabía de los dos qué hacer con sus emociones y le resultaba más tolerable estar en su forma animal. Pero hasta ahora no se había transformado, que yo supiera, ni una sola vez, lo cual no tenía mucho sentido.

Raven alzó la mirada, sonriendo.

—Bien, ahora que ya estamos todos, Rob y yo hemos tenido una idea. Teniendo en cuenta que Dani pretendía volver a Abbot...

—¿Cómo demonios sabes eso? —se quejó ella.

—¡¿Qué?! —espeté yo al mismo tiempo.

Nos fulminamos mutuamente con la mirada. ¿Es que se había vuelto loca? Abbot estaba justo frente a Ravenswood y todos sabíamos el coste que había tenido para nosotros salir de allí. No podía presentarse a las puertas de su antigua escuela como si nada hubiera pasado. Si entraba en Abbot, nunca la dejarían volver a salir, y puede que no fuera ese el único castigo que le aplicaran.

—Por lo que sabemos, las dos academias podrían estar en guerra ahora —señalé, aunque no creí que necesitara que se lo recordase.

Tampoco yo lo necesitaba. La posibilidad de que pudieran estar muriendo más alumnos era otra de las cosas en las que no había podido dejar de pensar en aquellos dos días. Quería creer que ambas comunidades eran conscientes de que tenían mucho que perder si iniciaban una guerra abierta y que los dos consejos se pararían a valorar las consecuencias antes de hacer su siguiente movimiento, pero la intrusión de Abbot en los terrenos de Ravenswood y las vidas que ya se habían perdido actuarían como un buen acicate para toda la comunidad oscura. Y si las noticias de lo sucedido se extendían más allá de las dos escuelas, podría haber revueltas por todo el país. Por todo el mundo. Otras escuelas se enfrentarían. Los brujos blancos harían uso de sus Ibis y de cualquier brujo entrenado para esa clase de enfrentamiento. Tenían recursos para ello. No habían dejado de perseguirnos desde Salem, pero esto era totalmente diferente. La lucha sería encarnizada y a muerte.

Y los brujos oscuros... No quería ni pensar en la clase de magia que se atreverían a reclamar para hacerles frente.

—Regresar a Abbot es una locura.

Danielle abrió la boca para responder, pero Robert se le adelantó.

—Danielle puede ir allí —afirmó, y estaba a punto de ser yo quien lo rebatiera, porque estaba claro que se habían vuelto todos locos. Pero él levantó una mano para acallarme y luego se volvió hacia ella—: ¿Has hecho alguna vez un viaje astral?

Cerré la boca.

La idea, desde luego, era mucho mejor que la de plantarse en Abbot solo para hablar con el tal Cameron. Danielle comentó que no tenía demasiada experiencia, pero Robert aseguró que en su aquelarre era una práctica regular y que podría guiarla sin problemas. Además, en la cabaña había un sótano que contenía un buen alijo de velas y los pocos ingredientes que necesitaría: incienso y caléndula en polvo para ayudarla a relajarse. Todo lo que yo sabía de los viajes astrales era que consumían tanta más energía cuanto más lejos estaba el destino. Nunca lo había comprobado por mí mismo, aunque no era como si tuviera a alguien a quien visitar de esa forma; ni de ninguna otra, ya puestos.

—Es muy importante que conozcas al detalle el lugar en el que quieres aparecer —le advirtió Robert.

—He estado cientos de veces en el dormitorio de Cam.

Raven soltó una risita ante la afirmación de Danielle y miró hacia mí para comprobar mi reacción. Bien, sí, tal vez apreté un poco los dientes y empezaron a picarme las palmas de las manos. Y quizás fuera un imbécil, porque Cameron Hubbard ya me caía mal y ni siquiera lo conocía.

—Genial —dijo Robert.

—Sí, una maravilla —se me escapó a mí.

Danielle debió de caer entonces en el motivo de la diversión de Raven y el doble sentido que podía aplicarse a su afirmación, pero no se ruborizó ni se mostró avergonzada, fuera lo que fuese que hubiera estado haciendo en el dormitorio de ese tipo, lo cual, por otro lado, no era en absoluto asunto mío. Todo lo que hizo fue brindarme una sonrisita desafiante que, muy a mi pesar, solo consiguió redoblar el picor de mis manos. Y eso, a su vez, me hizo sentir aún más imbécil.

Resoplé, exasperado.

—Tu entusiasmo es abrumador, Alexander.

Me crucé de brazos. Sí, a la defensiva. Aunque lo que de verdad deseaba era reírme por lo ridículo que era todo aquello. Por lo ridículo que hacía que me sintiera.

—Es que no puedo esperar para verte colarte en el dormitorio del hijo del director de Abbot. Tienes toda mi atención.

La tenía, pero seguro que no por los motivos que ella creía. Y quizás tampoco por los que yo hubiera deseado.

8

Mientras Raven y Robert bajaban al sótano a través de una trampilla oculta en un rincón del salón, Wood se mantuvo sentado junto al hueco en el suelo, vigilante, aún en su forma de lobo. La conversación que había mantenido con él había ido mejor de lo que había esperado y, a la vez, también peor. En realidad, no habíamos hablado mucho, no fue necesario. Lo había encontrado sentado en la hierba, con la espalda apoyada en uno de los árboles del claro, contemplando el infinito mientras se hundía más y más en su amargura, y me había bastado mirarlo a los ojos para reconocerme en su dolor. Supuse que él vería el mismo sufrimiento en los míos.

No estaba del todo segura de que no me culpase, pero no había verbalizado ninguna acusación en mi contra y quizás fuese porque él también se culpaba por lo sucedido. En aquel instante me había dado cuenta de que, seguramente, todos lo hacíamos. Pero eso no le devolvería la vida a Meredith. Nada lo haría.

—Pagarán lo que han hecho —había sentenciado, con un tono tan contundente y expeditivo que durante un instante había parecido que fuera Alexander quien hablaba.

Yo también anhelaba venganza, pero tanto como me habían molestado sus continuas pullas al conocerlo, en aquel instante hubiera dado lo que fuera para que regresara el tipo burlón y pagado de sí mismo que había sido. Sin embargo, ninguno de los dos podríamos volver a ser quienes habíamos sido. Nunca. Y tampoco estaba segura de que vengar la muerte de Dith con más muerte fuera a suponer una gran diferencia; no cuando, si la profecía se cumplía, la oscuridad se extendería a lo largo y ancho del mundo y... todo estaría perdido. Sin embargo, necesitaba que Tobbias Ravenswood pagara por ello de alguna forma.

Tras aquella afirmación, que era más una promesa, le había pedido a Wood que regresara al interior con nosotros. Él había titubeado un instante. Su mirada había vagado por todo el prado y, luego, el aire se había inundado del aroma a canela y savia propio de su magia. Un enorme lobo blanco había ocupado el lugar del hombre destrozado que había tenido ante mí unos pocos segundos antes, pero enseguida había empezado a avanzar hacia la casa y había tenido que decirme que aquello era mejor que nada.

Contemplar el modo en el que Alexander lo había recibido resultó... difícil. Incluso cuando lo había encontrado cotilleando con los demás sobre mis alas —aún no podía pensar en eso sin estremecerme—, ver al brujo oscuro mostrarse tan vulnerable, abrazando a su familiar como si así pudiera recomponer su interior roto, como si pudiera extraerle todo el dolor del mismo modo en que podía drenar la magia de otros brujos para que él no tuviera que sufrir... me había conmovido a niveles que pocas veces había experimentado. Puede que Alexander se hubiera pasado casi toda su vida aislado, lejos de los suyos y del mundo en general, pero era capaz de mostrar más compasión y ternura que la mayoría de las personas.

Y odiaba un poco que fuera así.

Resultaba mucho más sencillo mantenerlo al margen cuando solo era para mí un brujo oscuro gruñón dotado de un poder infernal. Mi rival. Un enemigo. A pesar de lo que había dicho él al respecto un rato antes, nuestros mundos eran opuestos. *Nosotros* éramos opuestos. Pero cada vez era más difícil recordarlo. Los límites se desdibujaban y los prejuicios que había albergado durante toda mi vida caían como fichas de dominó empujadas por un leve soplo de aire.

—Entonces, ¿vas a hacerlo? —preguntó Alexander, arrancándome de mis divagaciones.

Se encontraba apoyado en el marco de la puerta que daba paso al salón, mientras que yo estaba de pie en el umbral de la cocina. El pasillo tras él estaba oscuro, así que su rostro quedaba en sombras. Si ya solía resultarme complicado descifrar sus pensamientos, en ese instante era imposible saber qué demonios le pasaba por la cabeza.

—Es nuestra mejor oportunidad.

—¿Y de verdad crees que tu... amigo va a decirte dónde se encuentra Loretta? —A pesar de las sombras, no me pasó desapercibido la forma en la que su iris oscuro destelló al mencionar a Cam.

¡Ay, Dios! ¿Estaba celoso? No me había parado a pensar en la interpretación que podía dársele a mis palabras al afirmar que había estado en multitud de ocasiones en el dormitorio de Cameron. Había pasado horas allí y él lo había hecho en el mío, pero no haciendo cosas divertidas. O no esa clase de cosas divertidas. Bueno, salvo en un par de ocasiones, pero con quién había perdido mi virginidad no era algo que fuera a comentar con los demás, y mucho menos lo haría con Alexander.

—¿Celoso? —pregunté, sabiendo que él no lo admitiría y que, quizás, me estaba montando una de mis películas mentales.

Alexander se inclinó un poco en mi dirección y su rostro quedó iluminado por el resplandor proveniente del salón. La intensidad que transmitían sus ojos dispares me golpeó una vez más; no importaba las veces que lo mirara ni todo el tiempo que habíamos pasado juntos en las últimas semanas, nunca me acostumbraría al modo que tenía de observarme y de observar el mundo; los perfiles duros de sus pómulos y su mentón, los mechones que le caían sobre la frente, desordenados, y la curva pecaminosa de sus labios. Incluso cuando era muy consciente de lo que se escondía bajo su piel, no conseguía sustraerme a la atracción que me provocaba el brujo oscuro.

—Sería un capullo si lo estuviera.

Em... Eso no había sido un no, aunque tampoco un sí. No supe cómo sentirme al respecto. La verdad era que no sabía cómo sentirme respecto a nada. Ni siquiera estaba segura de poder sentir en realidad. Y lo que estaba claro era que aquello carecía de importancia en ese momento, aunque mi cuerpo no estaba en absoluto de acuerdo con esa línea de pensamiento, lo cual estaba muy mal.

¡Malditas hormonas y maldito cuerpo traidor!

—Abbot está bastante lejos de aquí —añadió, porque era obvio que no esperaba una respuesta a su comentario. Mejor; no la tenía—. No tendrás mucho tiempo.

—Lo sé.

Toda mi experiencia con los viajes astrales se reducía a una ocasión en que precisamente Cam me había desafiado a probarlo y trasladarme hasta Dickinson. Había sido una de esas veces en las que yo estaba castigada por cualquier estupidez, como saltarme el toque de queda que establecía que debíamos estar en nuestras habitaciones antes de las diez o por quedarme dormida y llegar tarde a mis clases, a saber. Salir de Abbot, aunque no fuera de una forma física, tan solo era un modo más de afrontar nuestro aburrimiento y desafiar las estrictas normas de la academia. Así que Cam me había retado y yo había aceptado. Lo triste fue que no había llegado ni a atravesar la puerta principal: había aparecido en el vestíbulo de la entrada, mi figura había parpadeado unas cuantas veces —las suficientes para que una de nuestras profesoras se llevara un susto de muerte y, por tanto, me descubriera haciendo algo indebido que me había costado un nuevo castigo— y luego había despertado en el suelo de mi dormitorio antes de vomitar toda la cena sobre los pies de Cameron, lo cual había sido lo único divertido de todo aquello.

Las náuseas eran algo común cuando separabas la esencia de tu ser de tu cuerpo e intentabas darte un paseo por ahí, y pensar en el esfuerzo que me iba a requerir viajar tantos kilómetros y mantenerme allí el tiempo suficiente como para sonsacarle a Cameron el paradero de Loretta... Bueno, solo esperaba que, ahora que mi poder era mayor, pudiera conseguirlo sin terminar vomitando hasta el alma a mi regreso. Robert me había asegurado que sabía lo que se hacía, me guiaría todo el tiempo y, además, prepararía un remedio que ayudaría a mantener mi estómago a raya.

Todavía no sabía muy bien qué iba a decirle a Cam. A él le encantaba desafiar a la autoridad tanto como a mí, pero no estaba segura de qué les habrían contado a los alumnos de Abbot sobre mi fuga y lo sucedido después. Tampoco tenía tiempo para confesarle la realidad de lo que éramos o lo que hacíamos los brujos blancos una vez que abandonábamos la escuela, o para convencerlo de que el mundo podía irse a la mierda. ¡Por Dios! Iba a partirse de risa si afirmaba que era yo quien estaba intentando evitarlo. ¿Y lo de las alas? No, eso no pensaba decírselo ni de broma.

—Ya lo tenemos todo —oí a Robert informarnos desde el salón.

Alexander echó un rápido vistazo por encima de su hombro, aunque no se movió. Se volvió hacia mí y, una vez más, pareció dedicarse a escarbar en mi interior. Puse los ojos en blanco y avancé para apartarlo de mi camino, pero su mano se cerró en torno a mi muñeca y me detuvo.

—Ten cuidado.

—Mi cuerpo estará aquí todo el rato. No puede pasarme nada.

Eso no era del todo cierto. En los viajes astrales siempre había una posibilidad de no ser capaz de encontrar el camino de vuelta.

Una muy pequeñita, me dije a mí misma, porque iba a hacerlo de todas formas y no tenía sentido entrar en pánico ahora. Se nos acababa el tiempo. Por muchos conjuros que hubieran lanzado sobre la cabaña, ambos sabíamos que ciertos hechizos de sangre podían terminar funcionando, sobre todo si quien los realizaba era del mismo linaje que la persona a la que se buscaba. Si empleaba su propia sangre para llevar a cabo el ritual, su padre acabaría encontrándonos. Sobraba decir que tendríamos que reforzar mucho el coche para asegurarlo una vez que fuésemos en busca de Loretta Hubbard; por suerte, siempre era más complicado localizar un objetivo en movimiento.

Alexander inspiró muy despacio y luego soltó el aire con la misma lentitud. Sus dedos continuaban en torno a mi brazo, aunque me estaba sujetando sin ejercer apenas presión. Podía haberme deshecho de su agarre con facilidad, pero me daba la sensación de que aún había algo más que quería decir, así que no me moví. No tenía nada que ver con lo feliz que parecía mi cuerpo de que lo tocase.

«Sí, claro. Sigue diciéndote eso».

Los siguientes segundos se deslizaron perezosos al ritmo de los latidos de mi corazón. Procuré que mi magia no se filtrara hasta mi piel; sin embargo, allí estaba de nuevo esa melodía suave y baja. Cantándome del mismo modo en que yo lo hacía para él. Demasiado emotiva y dulce como para que fuera capaz de soportarla.

Aun así, no me deshice de su agarre. Su pulgar comenzó a trazar círculos en la parte interna de mi muñeca y a mí se me aceleró un poco el pulso.

—No estaré en la misma habitación. Solo por si acaso...

De nuevo, puse los ojos en blanco, pero esta vez me aseguré de que me viera hacerlo. Sus precauciones eran ridículas. Bajé la mirada hasta donde su dedo se deslizaba contra mi piel solo para darle a entender que me estaba tocando y no se estaba acabando el mundo.

Lo había hecho en la cocina también. Alexander siguió el rumbo de mi mirada y juro que dio un respingo. Retiró la mano enseguida, y comprendí que ni siquiera se había dado cuenta de lo que estaba haciendo. Sentí una profunda satisfacción; al parecer, su cuerpo era tan traidor como el mío.

—No vas a hacerme daño, Alexander —susurré muy bajito, para que los demás no pudieran oírlo.

—Tú solo... asegúrate de volver. Entera.

—Odiaría tener que privarte de alguna parte de mi arrolladora personalidad —me burlé, solo porque, a pesar de que ya no me estaba tocando, aún sentía el rastro cálido de su caricia en la piel. Y eso me ponía nerviosa.

Alexander levantó la mirada hasta mi rostro entonces. Estaba pillándole el truco a eso de sonreír, porque una de sus comisuras se curvó con una malicia perversa que no podía ser fingida y que le hizo cosas raras a mi estómago y a otras partes por debajo de él.

—Cuando vuelvas, quiero que me enseñes de nuevo tus alas.

—¿Ni siquiera me vas a invitar a cenar antes?

Alguien se aclaró la garganta. Otra vez. Aquello empezaba a ser un poco vergonzoso.

—Ya está todo preparado —dijo Raven. No podía verlo, ya que Alexander ocupaba todo el hueco de la puerta, pero sonó de lo más entretenido.

A pesar de que Raven no podría leerle los labios si no lo miraba, Alexander ni siquiera se giró para contestar:

—Ya vamos. —Dicho lo cual, se apartó y esperó a que pasara por su lado para murmurar—: Vuelve conmigo, Danielle Good. Te estaré esperando.

Estuve a punto de empezar a discutir, pero al final me limité a asentir y, con una última mirada, le prometí a Luke Alexander Ravenswood que regresaría.

En mitad del salón, las velas que Robert había dispuesto en un círculo titilaron cuando di un paso y me adentré en él. Me senté en el suelo y el brujo se apresuró a arrodillarse a mi lado para recitar un montón de instrucciones: «Intenta permanecer tranquila»; «No te quedes mucho tiempo»; «Visualiza el lugar al que quieres ir»... Me tendió un cuenco repleto de un líquido de aspecto lechoso y me invitó a apurar hasta la última gota. Todos me observaron mientras lo bebía. Hice una mueca al tragar; estaba asqueroso.

—Bien —dijo Robert, retirando el recipiente vacío de entre mis manos y dejándolo a un lado—. Túmbate y cierra los ojos. Hará efecto muy rápido, así que concéntrate en cada detalle de la habitación de Cameron. Todo lo que recuerdes.

Me estiré sobre el suelo de madera. Pero, antes de hacer lo que me decía, mis ojos buscaron de nuevo a Alexander. Se había quedado un paso por detrás del umbral de la puerta. Su expresión era inescrutable y la tensión se acumulaba en la línea de sus hombros como si se tratase de su propia oscuridad. No había llamas rodeándolo, aunque quizás eso hubiera resultado más tranquilizador.

«Vuelve», articularon sus labios.

No tuve oportunidad de contestarle, Raven se situó junto a mí y me rozó la mejilla con la punta de los dedos para reclamar mi atención.

—Saldrá bien —aseguró, y quise creer que realmente él *sabía* que sería así.

Cerré los ojos mientras Robert vomitaba más y más recomendaciones de forma atropellada pero concisa. Insistió mucho en que no debía perder nunca el contacto con mi cuerpo o no encontraría la manera de regresar. Incluso aunque viajara a kilómetros de distancia, tenía que continuar sintiéndolo. No me quedó claro a qué se refería. La primera y última vez que había probado aquello no había tenido tiempo de fijarme en nada de eso, pero imaginé que lo entendería una vez que me encontrara en Abbot.

—Tendrás que emplear gran parte de tu energía para mantenerte allí, pero vas a consumirla con mucha rapidez, así que...

—Sí, sí. Lo he entendido. No tendré mucho tiempo —interrumpí a Robert.

Aquella era al menos la décima vez que lo repetía. Ya empezaba a sentir los efectos de la poción y la voz me salió pastosa. Intenté abrir los ojos, pero no pude. Me entró el pánico de repente. ¿Y si no era capaz de llegar hasta Abbot y aparecía en cualquier otro lado? O, peor aún, ¿y si lo conseguía, pero no sabía cómo regresar? Quise levantar los brazos y gritarles a todos que había cambiado de opinión, pero mi cuerpo había dejado de responderme. Robert comenzó a recitar alguna clase de hechizo que apenas si fui capaz de entender; aun así, las palabras surtieron una especie de efecto calmante. Mi respiración se ralentizó y la tensión de mis músculos fue disminuyendo paulatinamente.

«Puedes hacerlo», me dije. Empujé el pánico a un lado y me esforcé para reconstruir en mi mente todo lo que recordaba del dormitorio de Cam.

En Abbot, la decoración distaba mucho de parecerse al lujo anticuado y decadente que había visto en Ravenswood, y hasta en las habitaciones los muebles eran sencillos y las paredes carecían de elementos decorativos, aunque Cam había colgado algunos pósteres de grupos de *rock* de los ochenta y noventa. Tenía una foto con algunos de sus primos en la mesilla junto a la cama, una cama de matrimonio que a saber cómo había conseguido que le instalaran, dado que el resto de los estudiantes contábamos con una individual; claro que él era el hijo del director, así que resultaba obvio que allí había favoritismos.

La mayoría de las veces, Cam dejaba una de las puertas del armario abierta y siempre había ropa acumulándose sobre una silla en una de las esquinas. No era el tío más ordenado del mundo, lo cual sacaba de quicio a su padre; quizás precisamente por eso nunca se molestaba en recoger.

Me hundí un poco más en la inconsciencia. La voz de Robert seguía resonando en mis oídos en forma de cántico rítmico e interminable, aunque no apreciaba nada de lo que decía. Percibí el instante exacto en el que las paredes que contenían mi magia cedían y esta comenzaba a extenderse por todos mis músculos y mis huesos, y tuve que hacer un esfuerzo para no distraerme pensando en si, tirada sobre el suelo de la cabaña, mi cuerpo habría empezado a brillar. ¿Desplegaría sin querer mis alas? ¿Afectaría eso al control de Alexander sobre su oscuridad? ¡Mierda! Tendríamos que haberlo planeado todo mejor. A mi regreso, íbamos a tener que comprobar de una vez por todas cómo nos afectaba la magia del otro...

—Buaaaaaaaa —mascullé, al sentir una fuerte sacudida.

Mi estómago se volvió del revés un instante, pero la sensación pasó enseguida. Lo que fuera que Robert me había dado para las náuseas estaba funcionando.

No habíamos querido retrasar más el ritual porque no podía pasearme por todo Abbot para ir en su busca y, dada la hora tardía, era el mejor momento para pillar a Cam en su dormitorio. Claro que tampoco se nos ocurrió pensar que pudiera estar acompañado...

Recé para que no fuera una de esas noches en las que se llevaba a alguien para hacerle compañía; Cameron Hubbard no era lo que se dice un monje célibe. Su acompañante fliparía si me veía aparecer allí de repente, tanto como iba a hacerlo él, y tampoco me emocionaba demasiado la idea de encontrármelo medio desnudo haciendo solo Dios sabía qué.

Abrí los ojos.

¡Ay, Dios! ¡Había funcionado! Estaba de vuelta en Abbot, en el dormitorio de Cam y, por suerte, estaba solo y vestido, al menos en parte. Lo único que llevaba puesto era un pantalón de deporte. Tenía el pelo negro húmedo, así que los mechones que normalmente eran un lío de ondas alborotadas alrededor de su cabeza ahora caían hasta llegarle a la nuca. Se encontraba de espaldas a mí, inclinado sobre el escritorio con el que todas las habitaciones de la escuela contaban. Había libros apilados en una de las esquinas y uno abierto justo frente a él, aunque Cam parecía mucho más interesado en contemplar la pintura de la pared, lo cual no era una novedad tratándose de mi irresponsable amigo.

—¿Cam?

No se movió ni hizo ademán alguno de volverse. Fruncí el ceño y eché un vistazo a mi cuerpo... ¡Vaya! Apenas si podía ver los bordes de mi figura. Estaba allí, pero no lo estaba del todo, y él no parecía poder oírme. Tiré más de mi magia y, tal y como había dicho Robert, la sentí recorriendo el hilo que me unía con mi cuerpo físico. Cuando por fin mi figura adquirió un poco más de solidez, volví a intentarlo:

—¿Cameron?

Esta vez sí debió de oírme. Dio un bote en la silla, se levantó y giró hacia mí con tanta rapidez que incluso yo me mareé. Sus ojos castaños se abrieron de forma exagerada cuando me descubrió en mitad de la estancia.

—¡Joder! Pero ¿qué demonios, Danielle? —Miró la puerta cerrada y luego su atención regresó a mí—. ¿Cómo...?

Sus balbuceos cesaron de forma abrupta. Entrecerró los ojos y ladeó la cabeza mientras no dejaba de observarme. Yo levanté la mano y agité los dedos a modo de saludo. Puede que estuviera disfrutando un poco más de la cuenta del susto que se había llevado.

—¿Por qué puedo ver la estantería a través de tu cabeza? ¡Oh, mierda! ¿Estás... Estás muerta? —Vale, eso ya no tenía tanta gracia. Tampoco la mueca horrorizada que esbozó a continuación, aunque al menos parecía compungido. Era bueno saber que alguien se preocupaba por mí en Abbot.

—No soy un fantasma, Cam. Más bien, una proyección astral.

En cuanto mis palabras calaron en él, se desplomó de nuevo sobre la silla. Cerró los ojos un instante e inspiró profundamente, con una mano sobre el pecho. Un pecho muy desnudo que en otro momento seguramente hubiera apreciado, como hacían muchas otras y otros estudiantes de Abbot. Cam no era tan desgarradoramente atractivo como los gemelos Ravenswood, ni tampoco poseía la belleza dura y estoica de Alexander, pero era... bonito. Su rostro aniñado, a pesar de que ahora estaba impregnado de perplejidad, preocupación y un montón de otras emociones distintas, siempre conseguía que se saliera con la suya. Sus labios llenos me habían dado mi primer beso hacía mil o dos mil años y sus manos de dedos finos y elegantes se habían aventurado en un par de ocasiones por debajo de mi ropa. Sin embargo, ahora todo lo que sentía al mirarlo era cierta... melancolía. Añoranza. Echaba de menos Abbot. O quizás no fuera la escuela en sí, sino a algunas personas. Como a Cam. O a Dith.

Enseguida abrió los ojos de nuevo.

—¿Dónde demonios has estado todo este tiempo? ¡Desapareciste, joder! ¿Sabes lo preocupado que estaba? Todos están como locos.

El último mes ha sido una locura en la escuela. El consejo... Joder, tengo que avisar a mi padre... —Levanté la mano para hacerlo callar y me obligué a no pensar en mi padre, consciente de que iba a tener que hablar con él pronto. *Necesitaba* hablar con él pronto.

—No puedo quedarme mucho, Cam.

Arqueó las cejas en una especie de «No me jodas, Danielle» silencioso.

Era obvio que tenía preguntas, muchas preguntas, y que yo no podía responderlas todas ahora. Esto iba a ser mucho más complicado de lo que había creído. No había manera de que pudiera ponerlo al corriente de lo sucedido en las últimas semanas, pero algo tenía que decirle. Me aseguré de que el fluir de mi magia continuara constante y tiré un poco más de ella, solo por si acaso.

—No puedes contarle a tu padre que has hablado conmigo. No puedes hablar de esto con nadie, Cam.

—¡Y una mierda! —me espetó, y ahora parecía enfadado. O, más bien, preocupado—. ¿Estás en Ravenswood? Escuché a mi padre hablando con esa momia de Putnam. Dijo algo de un secuestro y mencionó a la comunidad oscura, aunque la versión oficial es que te fugaste de la academia.

Putnam era miembro del consejo, el más viejo y respetado. El tipo apenas si podía moverse y la piel de su rostro acumulaba más arrugas de las que parecía posible. Sufría de artrosis y sus manos lucían casi siempre agarrotadas en torno a los reposabrazos de la silla de ruedas en la que lo transportaban. Se rumoreaba que tenía al menos ciento treinta años y que se mantenía vivo a base de alguna clase de poción rejuvenecedora; yo había bromeado con Cam muchas veces sobre el pobre efecto que surtía, dado su maltrecho estado físico. Una vez, nos habíamos tropezado en la entrada de la escuela con él. Estaba solo, sentado en su silla, y casi entramos en pánico creyendo que había dejado de respirar y se había quedado tieso allí mismo. Al final resultó que solo estaba echándose una cabezadita mientras el resto del consejo llegaba para una de sus reuniones mensuales.

Lo curioso del linaje Putnam era que Ann Putnam había sido la única bruja blanca que se había disculpado públicamente después de lo sucedido en Salem, lo cual resultaba irónico porque su testimonio había valido una acusación a sesenta brujos oscuros. De algún modo, y aunque debería haber sucedido lo contrario, pedir perdón le había granjeado el favor de la comunidad blanca y también cierto respeto por parte de la oscura. Los Putnam habían sido los primeros en obtener un sillón en el consejo.

—Ravenswood no me secuestró. Y deja de mirarme así —le exigí. Sus ojos iban como locos de un lado a otro, recorriendo mi figura todo el tiempo.

Levantó las manos.

—¡Vaya! Perdóname por alucinar un poco. Llevas más de un mes desaparecida y de repente te presentas flotando en mi habitación.

—No estoy flotando. —Me miré los pies, estaban sobre el suelo, aunque la verdad era que no eran del todo opacos. Agité la cabeza, negando. Estábamos perdiendo un tiempo precioso—. Cam, yo... No puedo contártelo todo ahora, pero necesito que me ayudes.

—Dime dónde estás. Mi padre mandará a alguien a buscarte. —Había verdadera preocupación en su tono, y ahora parecía mucho más serio—. Joder, Danielle, yo mismo iré a buscarte si hace falta. Llevo un mes volviéndome loco.

Se me hizo un nudo en la garganta. Me había equivocado al pensar que no tenía ningún amigo en Abbot y que Cam pasaba su tiempo conmigo solo por aburrimiento. Al fugarme de allí, no me había parado a pensar en cómo se sentiría la gente que me conocía y con la que llevaba años conviviendo. ¡Dios! No había pensado en nada salvo en largarme. En mí misma.

—Lo siento.

—No pasa nada. Estás bien, ¿no? ¿Estás a salvo? Meredith está contigo...

Me encogí un poco ante la mención de mi familiar y mi figura parpadeó varias veces. Estaba consumiendo demasiada energía. Un calambre me recorrió la pierna izquierda. Seguro que eso no era a lo que Robert se había referido cuando habló de «sentir mi cuerpo».

Me adelanté un poco y me acuclillé delante de él, negando con la cabeza. Ahogándome con cada palabra que pronuncié a continuación. Llorando de rabia por dentro. Consumida por ella.

—Dith no... Ella... ya no está.

Cam se echó hacia atrás de golpe. Luego, se pasó la mano por la cara. Si se había mostrado preocupado un momento antes, ahora parecía... devastado. No solía tomarse nada demasiado en serio, harto de ser siempre «el hijo de» —supongo que por eso nos llevábamos tan bien—, pero en ese instante no había ni rastro del vividor impulsivo y descarado que yo conocía.

—¡Dios, Danielle! Ni siquiera sé qué decir. Lo siento. Lo siento tanto...

Se inclinó hasta apoyar los codos en las rodillas y levantó la mano hacia mi rostro, pero la volvió a bajar cuando debió de recordar que yo no estaba allí y no podía tocarme.

Durante unos pocos segundos, ninguno de los dos dijo nada. No había mucho que decir. Cam sabía que Dith era algo más que mi familiar para mí, pero me sorprendió que comprendiera tan bien lo que me suponía perderla. De nuevo, me sentí fatal por no haberlo avisado de mi marcha.

Percibí que me desvanecía un poco. Un nuevo calambre se apoderó de mi otra pierna. Me dejé caer hasta sentarme en el suelo. O algo así. Mi proyección se sentó, supongo. Pero eso no aligeró la rigidez de mis miembros inferiores en absoluto, lo cual seguro que no era una buena señal. Tenía que darme prisa.

—Cam, necesito encontrar a la tía abuela de tu padre, Loretta Hubbard.

—¿La tía Letty? ¿Qué quieres de ella? Es un... —se calló de repente y frunció el ceño.

—Un oráculo. Sé lo que es, y por eso precisamente necesito hablar con ella.

La arruga de su frente se amplió. Cam no solía ser desconfiado, al menos no conmigo. Y eso me hizo plantearme cuánta gente estaría al tanto de la profecía lanzada por Loretta, cuánta siquiera sabría lo que la bruja podía hacer. ¿Le habría dado órdenes Thomas a su hijo de no revelar nada acerca de la mujer?

—Es muy importante, Cam —insistí, cuando entendí que continuaba titubeando.

—Ella no está del todo bien.

Asentí. Eso decían los rumores que corrían por la escuela. Que se había vuelto loca años atrás; claro que vaticinar un posible apocalipsis podía hacerle eso a una persona. Nunca le había preguntado a Cam cuánta verdad había en esos rumores, y él no era de los que prestaban oídos a las habladurías, menos aún si tenían que ver con su linaje. Ser el hijo del director de la academia de la luz tenía algunas ventajas, pero también te convertía en el objetivo de un montón de cotilleos y de comentarios maliciosos.

Un repentino pinchazo en el costado me arrebató el aliento y me doblé sobre mí misma. ¿Necesitaba respirar una proyección astral? Posiblemente, no. Pero mi cuerpo físico sí que necesitaba hacerlo. Algo iba mal, muy muy mal.

—¿Qué pasa? —inquirió Cam. Sus manos revolotearon alrededor de mis hombros y, cuando trató de sostenerme, me traspasaron sin encontrar ningún tipo de resistencia a su paso—. Joder, llevas demasiado tiempo aquí. Es eso, ¿no?

No me molesté en confirmárselo. Solo... succioné más y más de mi energía a través del cordón que me mantenía unida a mi cuerpo y de los cientos de kilómetros que me separaban de él. Dicho cordón estaba ya demasiado tenso, pero resistió, aunque el murmullo de la voz de Robert no era ahora más que un eco cada vez más lejano.

—Por favor... Tengo que... encontrarla.

Levanté la barbilla para mirarlo, y no supe lo que vio él en mi rostro, pero cedió finalmente. Me dio todas las indicaciones necesarias para encontrar a la bruja. Residía en una casita unifamiliar al suroeste de ambas escuelas, cerca del mar, en el estado de Florida. Recibía visitas diarias de una bruja joven también perteneciente al linaje Hubbard, designada para cuidar de ella. En el último año, al parecer, su estado físico se había deteriorado bastante, pero nunca abandonaba la casa por iniciativa propia y se negaba a permitir que nadie se instalara con ella.

—¿Qué demonios está sucediendo, Danielle? —me preguntó, aunque sus ojos no dejaban de analizar cada parpadeo de mi figura.

Ambos sabíamos que tenía que regresar ya, pero la imagen de los dos estudiantes de Ravenswood calcinados reapareció en mi mente y me dije que no podía irme de allí sin advertirle.

—Abbot atacó Ravenswood. Varios estudiantes... —Se me agarrotaron las manos y los brazos empezaron a pesarme. Joder, dolía—. Hubo muertos, Cam. Mataron al menos a dos brujos. Y dudo que la comunidad oscura vaya a quedarse de brazos cruzados. Si ves algo raro... Si saltan las alarmas o pasa... —Me costaba hablar y me obligué a tomar más energía, apenas si me quedaban fuerzas—. Huye, ¿me oyes? Avisa a todos los que puedas y vete de... aquí.

La gravedad de mis palabras se reflejó en el semblante de Cam. Al menos me estaba tomando en serio.

—Danielle...

Negué a duras penas.

—Prométemelo —exigí.

Y, gracias a Dios, Cam lo hizo.

10

Estaba metida en un lío. Uno muy gordo.

No había tenido tiempo para decirle nada más a Cam. De repente, mi proyección se había sacudido y la rigidez de mis piernas se había extendido hasta abarcarlo todo. Luego, había caído en la oscuridad más absoluta, una especie de vacío sin principio ni fin que me recordaba demasiado al de mi pecho. No había cordón. No había nada de nada. Y, aunque esa ausencia de todo era en cierto modo pacífica, también resultaba aterradora.

«No entres en pánico. Puedes solucionarlo», me dije, pese a que no estaba segura de que hubiera una salida. Ya no oía el cántico de Robert ni ningún otro murmullo. Había pasado demasiado tiempo con Cam y el camino de regreso se había esfumado. De haber poseído un cuerpo, habría apretado los párpados con fuerza y maldecido mi tendencia a contravenir los consejos ajenos. Pero no me arrepentía de haber perdido esos últimos segundos preciosos en advertir a mi amigo.

Traté de recordar lo que había dicho Robert sobre buscar un ancla para el viaje de vuelta, pero se había referido en todo momento a mi cuerpo y ya había quedado claro que no me preocupaba lo suficiente por mí misma. Después de la muerte de Dith, era sencillo creer que lo había perdido todo... Pero entonces pensé en Raven, en Wood, en el propio Robert. En Alexander. Le había asegurado a este último que no había de qué preocuparse y le había prometido que regresaría. ¿Cuánta culpa más haría recaer sobre sus hombros si no lo lograba? ¿Cómo reaccionaría Raven? ¿Qué sentiría Wood? ¿O Robert, sabiendo que había afirmado que estaba a salvo con él guiándome?

La negrura se iluminó de repente. Hilos de algo salieron disparados en todas direcciones desde el punto en el que me encontraba. Eran como cuerdas, unas más gruesas que otras, unas más brillantes que otras. Todas con distintos tonos. Unas tensas y bien estiradas; otras retorcidas sobre sí mismas, formando nudos y pliegues. Unas sin principio ni fin, y otras… cortadas. O deshilachadas, como si estuvieran deshaciéndose por el paso del tiempo o debido a otra cosa totalmente distinta. Algunas se cruzaban y se enredaban formando un… entramado.

«Raven». ¿Era esto lo que el lobo negro veía? ¿Las conexiones a las que se refería cuando hablaba de su don?

Contemplé una de las cuerdas más gruesas. Brillaba en tonos rojizos, naranjas y dorados, casi como un amanecer, y su brillo era más potente que el de ninguna otra; me pregunté con quién me uniría. A su lado, muy cerca, había otra casi del mismo grosor, pero esta era de color plateado. Mientras la miraba, hebras oscuras se enredaban en ella, entretejiéndose y avanzando hacia mí desde la infinidad de aquel espacio. Pensé de inmediato en Alexander, en su pelo cuando se transformaba, que era una mezcla de blanco y negro, y contemplé cómo los hilos negros brotaban del cordón y, afilados, se insertaban de nuevo en la superficie y se clavaban en él hasta llegar a su centro.

Lo rocé con la punta de unos dedos que no veía pero que ahora sabía que estaban ahí de todas formas. El eco quebrado de una voz profunda y oscura llegó hasta mí. «Vuelve, vuelve, vuelve. Danielle, no me hagas esto. No te atrevas».

Quise llorar y reír al mismo tiempo. Definitivamente, aquella voz tenía que proceder de Alexander; incluso cuando suplicaba resultaba exigente.

Miré hacia el otro cordón. Brillaba tanto... Y entonces, no muy lejos de ese, localicé uno un poco más grueso todavía, aunque apenas iluminado, cuyo extremo deshilachado se agitaba de un lado a otro como un látigo. Cada vez que rozaba a alguno de los otros, estos sufrían una especie de descarga y chisporroteaban. No estaba segura del sentido en el que fluía la energía de ese aparente cortocircuito, pero no era difícil imaginar que estaba contemplando mi antiguo vínculo con Dith. Roto, estaba roto. Había percibido cómo se quebraba la noche en la que ella había muerto, pero verlo fue mucho peor. Lo hizo todo aún más real. Lo convirtió en algo irreversible.

La enmarañada trama desplegada frente a mí empezó a desvanecerse y supe que no duraría demasiado. Aquella era mi última oportunidad. Miré el cordón que supuestamente me unía a Alexander y luego el otro, el más brillante. Casi era del mismo grosor que había tenido el de Dith y, ahora mismo, refulgía en mitad de aquella nada oscura como una estrella cruzando el cielo a medianoche. Titubeé entre ambos hasta que, al final, me decidí. Estiré los dedos, cerré mis inexistentes ojos y reuní los restos de mi magia.

«Vuelve conmigo, Danielle Good. Te estaré esperando». Las palabras de Alexander retumbaron a mi alrededor a pesar de que lo imaginé más allá de la puerta del salón, seguramente ladrándole órdenes a un Robert desesperado, pero sin atreverse a acercarse por miedo a empeorarlo todo. Raven estaría a mi lado, sosteniéndome la mano o tocándome de algún modo; quizás, lloriqueaba en voz baja. Wood se habría alzado sobre sus cuatro patas y no dejaría de gruñir y enseñar los dientes. Y allí, en mitad de todos ellos, estaría mi cuerpo inerte, tendido sobre el suelo de madera de la cabaña, esperándome.

Si fue la promesa realizada, algo que Robert estaba haciendo o mi fuerza de voluntad lo que me llevó de vuelta, nunca estaré segura de ello. Lo que sí supe en aquel instante fue que jamás volvería a tener la oportunidad de contemplar el mundo como Raven lo hacía, aunque fuera precisamente ese mundo extraño de conexiones brillantes e hilos rotos el que me hubiera salvado.

Sentí como si me lanzaran de golpe contra mi propio cuerpo. Una oleada vibró a través de la carne y el hueso, aunque no puedo decir que no sintiera un inmenso alivio al notar la fuerte sacudida. En cuanto conseguí levantar los párpados, lo primero que vi fue el rostro de Alexander, lo cual fue una auténtica sorpresa. Había un montón de arruguitas de preocupación en torno a sus ojos y apretaba tanto los labios que su boca no era más que una fila tensa y pálida. Parecía a punto de echarme un sermón de campeonato en cualquier momento. O de besarme. No estaba muy segura.

Ladeé un poco la cabeza a pesar de que sentía todo el cuerpo pesado y ajeno; la piel tirante sobre los huesos. Raven estaba tumbado a mi lado, con la cara hundida en el hueco de mi cuello. Sus labios me rozaron en un beso suave y tierno antes de que se apretara aún más contra mí. Sollozaba. Me hubiera gustado ser capaz de levantar la mano, llevarla hasta su nuca y consolarlo de algún modo, pero no me sentía precisamente con ánimos de moverme. Pensándolo bien, dado que yo no era una bombilla mágica y Alexander no se había transformado, igual me echaba una siestecita allí mismo; una que durara al menos hasta el día siguiente.

Alexander deslizó los dedos bajo mi barbilla y me obligó a mirarlo. Abrió la boca y supe que, si lo dejaba hablar primero, nunca escucharía el final de su reprimenda.

—Pues ya estoy aquí —mascullé, en un intento de resquebrajar la tensión que flotaba en el ambiente—. He vuelto.

Todo el mundo en la estancia suspiró a la vez y el alivio general se convirtió casi en una sexta entidad en la habitación. Incluso Raven, que no podía haber oído mis palabras, se relajó contra mi cuerpo. Alexander parecía ser el único que continuaba conteniendo el aliento.

—Lo estaba —escupió un instante después, mirándome fijamente a los ojos.

—¿Eh?

—Celoso. Estaba celoso —replicó, y ni siquiera se molestó en bajar la voz para que los demás no escucharan lo que decía. Raven ladeó un poco la cabeza, curioso, y uno de sus ojos quedó al descubierto. Yo estaba a punto de soltar algún comentario burlón cuando Alexander añadió—: De Cam y de cualquier persona que haya tenido alguna vez la oportunidad de tocarte sin miedo a hacerte daño. Aún lo estoy.

La confesión resonó brutal en mis oídos, tal vez porque su voz estaba cargada de sinceridad, anhelo y medio millón más de otras cosas. De otras emociones desgarradoras y dolorosas y tiernas y emotivas. De miedo y de honestidad. De verdad.

Raven gimoteó en respuesta al comentario de su protegido y creo que Robert se atragantó con su propia saliva, y yo... yo me olvidé de respirar. Incluso en ese momento, mientras de verdad me estaba tocando, aunque ese contacto no fuera más que un leve roce con la punta de los dedos, Alexander vivía aterrado por la posibilidad de hacerme daño de alguna manera. Seguramente, de hacerle daño a cualquiera. Comprendí entonces que, tras haber vivido toda su vida con ese miedo, no podía ser en absoluto sencillo desembarazarse de él; quizás siempre albergaría cierto temor, sin importar las veces que sus manos rozaran o acariciaran a alguien.

Pensé en el cordón plateado que había visto, cómo aquellas hebras de oscuridad se habían entrelazado con las plateadas que lo formaban, ganando terreno segundo a segundo mientras lo contemplaba. No me había percatado en ese momento, pero me di cuenta entonces de que en ningún caso habían opacado el brillo del cordón, si acaso, lo habían resaltado. Estaba unida a Alexander por el destino, por una profecía o quizás, solo quizás, por otro motivo. Tal vez más adelante lo descubriera. Tal vez...

—No vuelvas a hacer algo así jamás —me reprendió, y tuve que sonreír. Había tardado demasiado.

—Eres consciente de que voy a hacer lo que quiera, ¿verdad?

El pulgar de Alexander trazó la curva de mi labio inferior y el gesto se reflejó en su propio rostro como una sonrisita de medio lado verdaderamente pecaminosa.

—Cuento con ello, Danielle Good.

El cuerpo de Raven vibró contra el mío, producto de las carcajadas que estaba reprimiendo, algo que alivió parte de mi preocupación por él. Ni siquiera me importaba que encontrara diversión en la extraña relación que manteníamos su protegido y yo. En honor a la verdad, puede que yo también disfrutara de más con nuestros continuos enfrentamientos.

Alexander retiró la mano. Casi esperaba que se irguiera y se largara a rumiar alguna clase de castigo para sí mismo por haber revelado tanto de sus propias emociones o por haberse permitido tocarme una vez más. Pero lo que hizo fue mejor y peor al mismo tiempo: tiró un poco de mí para separarme de Raven, pasó un brazo en torno a mi espalda y otro bajo mis rodillas y me alzó en volandas. No dijo ni una palabra más. No pidió perdón ni permiso, sino que echó a andar por el pasillo conmigo en brazos y me llevó a uno de los dormitorios.

—Sé dónde está Loretta Hubbard —le dije, cuando me depositó sobre la cama con una delicadeza que en otro tiempo hubiera considerado más propia de Raven que de él.

—Ahora no. Descansa. —Su mano revoloteó sobre mi abdomen—. ¿Podría...?

Tardé un momento en comprender lo que estaba sugiriendo, sobre todo porque mi mente se distrajo un poco y se planteó un montón de sucias posibilidades antes de entenderlo. Pero lo que proponía no era nada de *eso*. Quería volver a darme uno de sus chutes de magia para reponer la mía.

Al final, no me dio opción a contestar. Comenzó a negar enseguida.

—No, es mejor que no.

—Está bien. *Estoy* bien —aseguré, a pesar de que me dolía todo.

Pero no mentía. Sentía una buena cantidad de poder aún llenándome las venas. Lo que fuera que me había sucedido durante el viaje astral no había sido porque hubiera consumido toda mi energía. Probablemente, habían sido los hechizos que protegían Abbot. En Ravenswood no eran los únicos que sabían cómo evitar visitas indeseadas, fueran de la naturaleza que fueran.

—Tú siempre estás bien —señaló Alexander—. Eres resistente de un modo exasperante. Demasiado fuerte para tu propio bien.

No le dije que no era así, que había un montón de heridas en mi pecho que dolían y que había deseado una y otra vez no salir nunca de Abbot; no cometer esa imprudencia y desencadenar todo aquel lío. No le hablé de las paredes que había levantado y de que también yo tenía miedo de hacerle daño a él o a cualquiera de los otros. Y, sobre todo, no admití que empezaba a resultarme imposible odiarlo, lo cual no tenía ni idea de si era un nuevo error.

Recé para que no lo fuera.

11

—Podemos parar en Nueva York. Mi aquelarre...

Alexander ni siquiera permitió a Robert terminar lo que iba a sugerir.

—No. Es demasiado peligroso. El consejo ya habrá dado aviso de nuestra fuga a todos los aquelarres oscuros de la zona. O más bien del país. Y es probable que el consejo blanco haya hecho lo mismo. Nos estarán buscando.

—Nunca he estado en Nueva York. Me encantaría conocerlo —intervino Raven, y todos lo miramos.

Estábamos sentados alrededor de la mesa de la cocina, con los restos del desayuno aún frente a nosotros; salvo Wood, que no había abandonado su forma animal y se encontraba tumbado en el suelo, junto a los pies de su gemelo. Por el modo en el que sus orejas se agitaban cada vez que alguno de nosotros tomaba la palabra, resultaba obvio que estaba prestando atención a la conversación aunque no interviniera en ella.

Llevábamos al menos una hora discutiendo el mejor modo de llegar hasta la casa de Loretta Hubbard en Amelia Island. Había al menos un día de viaje por carretera —seguramente, un poco más, dado que daríamos un rodeo para no tener que pasar cerca de Abbot y Ravenswood— y habíamos acordado turnarnos al volante para poder llegar hasta allí lo antes posible. Tanto Robert como yo sabíamos conducir, al igual que Wood. Raven, al parecer, nunca se había molestado en aprender, y Alexander no había tenido oportunidad. Me enorgullecía decir que había tenido la suficiente madurez como para no burlarme de él al respecto. Estaba claro que no había querido poner un pie fuera de Ravenswood ni siquiera para algo tan prosaico como que Wood pudiera enseñarle a llevar un coche. Tal vez incluso había pensado que nunca lo necesitaría, lo cual decía mucho de lo que había esperado que fuera su vida. Si lo pensaba bien, era realmente triste. Yo me hubiera vuelto loca de estar en su lugar.

La mayoría del tiempo olvidaba que Alexander no había salido de la academia oscura desde que sus padres lo habían llevado allí siendo solo un niño. El mundo exterior, el de los humanos, era un gran desconocido para él. Yo al menos había vivido hasta los diez años entre ellos y, después de mi traslado a Abbot, también había visitado a menudo Dickinson. Pero no Alexander. Él había pasado casi toda su vida recluido; ni siquiera había besado a una chica...

—¿Danielle? —Robert chasqueó los dedos delante de mis ojos y yo corté el pensamiento de cuajo.

No era el momento para pensar en eso. Sin embargo, no pude evitar que mis ojos se deslizaran hacia donde se encontraba sentado Alexander, al otro lado de la mesa. Había adoptado de nuevo esa actitud fría y distante, algo que empezaba a comprender que era un mecanismo para protegerse, pero también para proteger a los demás de sí mismo.

—¿Sí?

Robert desgranó uno por uno —creo que por segunda vez— todos los hechizos que aplicaríamos al vehículo, incluido uno de transformación que lo haría parecer blanco en vez de negro y que cambiaría la matrícula por otra. Con toda probabilidad, ya estarían buscándolo por medios mágicos y por otros mucho más mundanos, así que ahora también tendríamos que jugar al despiste con la policía.

—Bien. Puedo ayudar —acepté, cuando terminó.

Había muchos conjuros y hechizos que no se consideraban magia blanca o negra, todo dependía más bien del fin que se les diera. Así que en Abbot también se nos enseñaba a realizarlos. Y como no pretendíamos camuflar el coche para atracar un banco o atropellar a alguien con él, supuse que no habría ningún problema. Resultaba un poco ridículo que siguiera teniendo en cuenta ese tipo de cosas, después de todo lo que habíamos pasado y lo que había descubierto sobre los míos, pero algunas costumbres resultaban muy difíciles de cambiar.

—Si finalmente paramos en algún sitio a descansar, habrá que lanzar nuevos hechizos al lugar.

Todos asentimos, incluso Wood movió el hocico de arriba abajo, aunque Alexander parecía estar deseando señalar una vez más que no sería necesario porque no íbamos a parar. A lo mejor cambiaba de opinión tras unas pocas horas encerrado en un coche conmigo, pues no era la mejor compañía cuando me aburría.

Después de eso, nos dedicamos a recoger los pocos objetos personales que habíamos traído con nosotros y a dejar la cabaña tal y como la habíamos encontrado para que, si por casualidad alguien de la familia de los Bradbury pasaba por allí, no se percatara de nuestra estancia en el lugar. Oí a Robert pedirle permiso a Alexander para emplear un hechizo que le permitiera devolver a su sitio el polvo y la suciedad que habían encontrado cubriéndolo todo a nuestra llegada, y no me sorprendí cuando se lo dio, pero salió de la cabaña antes de que este pudiera proceder. Estaba claro que no confiaba lo más mínimo en sí mismo y su autocontrol.

Cuando finalmente me vi en el interior del coche con cuatro brujos oscuros, uno de ellos echado sobre el suelo de la parte trasera en forma de lobo blanco, y comprendí que teníamos por delante casi veinticuatro horas de viaje, se me cayó el alma a los pies. El coche era uno de esos vehículos lujosos y enormes, con mucho espacio interior y muy cómodo, pero no había manera de que pasásemos un día entero allí metidos sin que intentásemos matarnos; al menos, Alexander y yo. La magia se acumulaba en el habitáculo, especialmente la de Alexander, como una especie de arrullo suave que no cesaba nunca. Empezaba a acostumbrarme a sentir el poder de todos mis acompañantes, pero no me resultaba tan fácil con el suyo. No era que quisiera drenarlo ni nada de eso, solo... me atraía. Era reconfortante, en realidad.

—¿Y si tengo que ir al baño? —inquirió Raven.

Robert, desde detrás del volante, giró la cabeza hacia mí. Me encogí de hombros.

—Vosotros al menos podéis mear de pie. O levantar la pata —agregué, ganándome un gruñido por parte de Wood y una risita de Robert.

—Gracias por la innecesaria clase de anatomía, Danielle —terció Alexander, con un suspiro resignado—. Está bien. Haremos una parada.

El rostro de Raven se iluminó y esbozó una sonrisa que le llenó toda la cara.

—¿En Nueva York?

—No. No es seguro —insistió Alexander, lo cual fue una estupidez, porque era Raven quien deseaba visitar la ciudad y algo me decía que, si Raven quería conocer Nueva York, lo haría. Todos lo haríamos.

Dos horas después de abandonar la cabaña, Alexander parecía a punto de abrir la puerta y tirarse en marcha del coche solo para alejarse de nosotros. O a lo mejor era yo la que deseaba hacerlo y solo estaba proyectando mi frustración en él. Estaba inquieta y aburrida, lo cual ya era malo de por sí. Pero, además, me picaba la piel de un modo desquiciante. Había bajado la ventanilla de mi lado por completo y el aire probablemente hubiera convertido mi pelo en un lío de enredos y nudos, pero necesitaba refrescarme de algún modo más de lo que me importaba mi apariencia. Había tanta energía concentrada en aquel reducido espacio que no me hubiera extrañado que el coche hubiera empezado a levitar por encima del asfalto en cualquier instante.

Alexander se mantenía callado e inmóvil, aunque la tensión que emanaba de él era casi peor que el rastro de su magia. Wood dormitaba en el suelo, mientras que Robert le contaba cosas a Raven sobre Nueva York. No dijo mucho sobre su aquelarre, solo que era «atípico». No estaba segura de lo que eso significaba. Supuse que lo descubriríamos en algún momento si finalmente mis predicciones sobre los deseos de Raven se cumplían.

Traté de seguir la conversación, pero no dejaba de pensar en mi padre, en Dith, en el consejo blanco y en el oscuro, en Wardwell, en la profecía y en qué demonios nos diría Loretta Hubbard cuando nos plantásemos en su puerta. Los oráculos no eran conocidos por dar aclaraciones o ser explícitos acerca de las profecías que vaticinaban —no había más que ver a Raven—, pero si Loretta no nos ayudaba a comprender a qué nos estábamos enfrentando, no tenía ni idea de qué haríamos a continuación.

Robert comentó en algún momento que, si decidíamos finalmente parar a descansar con su aquelarre, podría llamar a Maggie y asegurarse de que estaba bien. Dijo que tenían «líneas seguras para ello», significase lo que significase. Hablar con ella también nos permitiría saber más de cómo estaban las cosas en Ravenswood. No creí que el consejo oscuro fuera a comentar con los alumnos de la academia sus intenciones; sin embargo, si decidían iniciar una guerra abierta contra Abbot, tendrían que alertarlos. Puede incluso que ordenaran evacuar la escuela y mandarlos a todos con sus familias. No quería ni pensar en la posibilidad de que optaran por emplear a los alumnos en la batalla, pues la mayoría no eran más que críos que estaban aprendiendo cómo manejar su poder. Y si Abbot tomaba también esa decisión...

—Eres incapaz de estarte quieta, ¿verdad? —murmuró Alexander desde la parte trasera.

Mis pies reposaban sobre el salpicadero y lo había estado golpeando con ellos sin ser consciente de lo que hacía. Me detuve, pero no retiré las piernas. Eché un vistazo por encima de mi hombro y lo encontré con los ojos cerrados y la cabeza inclinada hacia atrás, apoyada en el asiento.

—¿Creéis que Ravenswood atacará Abbot? ¿Que solo está esperando el momento oportuno para ello?

Alexander no abrió los ojos, pero las líneas de tensión de su rostro se profundizaron. Fue Robert el que contestó:

—Todos los miembros del consejo tendrían que estar de acuerdo para tomar esa clase de decisión, aunque no es como si algunos no llevasen años deseando cobrarse esa deuda.

—¿Por Salem? —inquirí, volviéndome hacia él.

—Por todo —dijo entonces Alexander—. Pero Robert tiene razón. Si eso es lo que quieren, tendrán que llegar a un acuerdo e incluso puede que consulten a algunos de los linajes más relevantes, lo cual posiblemente nos dé algo de tiempo. No todas las familias estarán dispuestas a sumirse en una guerra contra los brujos blancos. De hecho, muchas llevan años moderando el empleo de magia oscura para no llamar en exceso la atención.

Eso, sin duda, jugaría a favor de mantener el equilibrio. O eso esperaba. Me pregunté si lo más fácil no sería que renunciásemos todos a la magia para restablecerlo; claro que era demasiado consciente de que había brujos —linajes enteros incluso— que jamás aceptarían dejar de practicarla. Mi padre, por ejemplo, nunca se negaría esa clase de poder; tampoco creía que lo hiciera Tobbias Ravenswood. Y, sinceramente, ¿qué sería de un brujo sin su magia? Era algo natural para nosotros.

Aparté el pensamiento, aunque solo fuera porque no quería pensar en mi padre. Si lo hacía, comenzaría a plantearme si no me estaría equivocando con él. ¿Estaría preocupado? ¿Me echaría de menos? No lo veía probable, dado el poco interés que había tenido durante los últimos años en visitarme o saber de mí... La creencia de que todo cuanto le importaría sería cómo afectaría mi fuga de Abbot a la reputación de nuestra familia era como un cuchillo afilado deslizándose en el interior de mi pecho; dolía demasiado como para pensar en ello.

Sabía que no debía posponerlo y que más pronto que tarde tendría que llamarlo o reunirme con él. Necesitaba conocer de una vez por todas su participación en lo sucedido con mi madre y hermana, y eso era algo que solo él podría contarme. De todos modos, creo que temía que la verdad resultara aún más dolorosa que la incertidumbre. Puede que fuera una actitud cobarde, pero, sin Dith, Nathaniel Good era mi única familia; no tenía a nadie más. Ignorar la verdad no haría que esta cambiara, pero me concedía tiempo para aceptarla.

Alguien me apretó la mano que mantenía sobre mi muslo y, al bajar la vista, encontré los dedos de Raven alrededor de los míos. Me quedé contemplando nuestras manos unidas y luego lo miré. Estaba inclinado a través del hueco entre los asientos delanteros y su mejilla reposaba contra el de Robert. Cómo se había percatado del rumbo de mis pensamientos y de mi angustia, no tenía ni idea; pero le agradecí el gesto de consuelo con una sonrisa que con toda probabilidad no debió de alcanzar mis ojos.

—No estés triste —me dijo, y oí a Alexander revolverse justo detrás de mí.

El brujo no dijo nada, pero sentí un cambio en el pulso de su magia y, de nuevo, la sensación de que la melodía se suavizaba y vibraba en tonos bajos y delicados. Una nana, eso era, aunque dudaba que Alexander fuera consciente de ello.

La tensión del habitáculo descendió un poco a partir de ese momento, al menos durante unos buenos cientos de kilómetros. La charla entre Robert y Raven se reanudó, pero yo no presté demasiada atención. Cerré los ojos y traté de dejar la mente en blanco. En algún punto, supongo que cedí al cansancio y me dormí. Soñé que estaba de vuelta en Abbot, en mitad del vestíbulo, en el mismo lugar en el que había aparecido aquella vez durante mi primer viaje astral, solo que en vez de una profesora dispuesta a echarme la bronca había... sangre por todas partes. En el suelo y las paredes. En la barandilla y los escalones. Las puertas de la escuela estaban abiertas de par en par y sí que había alguien allí, más allá del umbral, una figura no demasiado grande pero imponente que irradiaba la clase de poder oscuro y perturbador que ponía los pelos de punta. No le vi la cara, pero de algún modo comprendí *qué* era.

—Eres... tú —farfullé, atragantándome con esas dos únicas palabras.

No obtuve una respuesta, solo una carcajada cínica y espeluznante y la certeza de que estaba frente a frente con el verdugo, el tercer elemento de la profecía. De que el círculo se había cerrado y ya no había marcha atrás. La muerte alcanzaría Abbot; si no evitábamos que se cumpliera la profecía, alcanzaría el mundo entero.

12

Resultó que yo no era la única que había tenido sueños proféticos, o lo que hubiera sido aquello. Cuando desperté gritando y les conté a los demás lo que había visto, Alexander admitió que la noche que habíamos huido de Ravenswood también había visto... algo. Y por *algo* me refiero a contemplar el mismísimo infierno desatado en la tierra. Muerte y sombras. Seres repletos de pura maldad asolándolo todo. Oscuridad.

Raven le lanzó a su protegido una mirada que no supe cómo interpretar y casi me pareció que quería decir algo al respecto, pero se mantuvo en silencio, lo cual no resultaba demasiado alentador.

Wood se había transformado y se hallaba tras el volante, callado y solemne. Supuse que debía de haberse cambiado con Robert mientras yo dormía. Llevábamos casi ocho horas de viaje y todos estábamos agotados, de mal humor y muy muy inquietos. Así que no me extrañó cuando el desvío hacia Nueva York apareció a un lado de la carretera y Wood ni siquiera preguntó antes de tomarlo. Alexander tampoco protestó, ni siquiera cuando Robert y Wood volvieron a intercambiar sus puestos para que el brujo Bradbury pudiera llevarnos al lugar donde, según comentó, residía una parte de su aquelarre; la otra parte iba y venía según el momento y las circunstancias, unas circunstancias que comprenderíamos más tarde, cuando nos los presentara.

Nueva York resultó ser una completa locura. Ya había anochecido cuando nos internamos en la ciudad, pero no por eso había menos gente en sus calles. Si yo estaba alucinando, no podía ni imaginar lo que estaría sintiendo Alexander al contemplar los rascacielos, el intenso tráfico, las luces que iluminaban edificios enteros, la acumulación de tantas y tantas personas... Su rostro inexpresivo no revelaba nada; Raven, en cambio, tenía la nariz pegada al cristal, una sonrisa enorme en los labios y la mirada soñadora de un crío al que acabasen de sorprender con una visita a un parque de atracciones.

—Llegaremos enseguida. El edificio está muy protegido —aclaró Robert—. Nadie debería poder localizarnos allí.

Callejeó por la ciudad con destreza y una soltura que yo jamás tendría al volante, hasta conducirnos a un barrio menos transitado, lo cual resultó un alivio incluso para mí. No estaba acostumbrada a estar rodeada de tanta gente y, aunque apenas si detecté algún rastro de magia aquí y allá mientras atravesábamos la ciudad, supuse que era bueno no someter a Alexander a esa clase de presión.

Pasamos por delante de varios edificios de ladrillo rojo y media altura. Un instante después, Robert condujo el coche a través de un estrecho callejón entre uno de esos edificios y otra construcción más grande. Debía abarcar casi una manzana, aunque no me dio tiempo de ver demasiado. Enseguida detuvo el coche, antes de alcanzar el final de la callejuela. Echó la vista atrás y murmuró en voz baja un hechizo de ocultación. Sentí su magia caer sobre nosotros.

—Ya está. Podéis bajaros del coche —dijo entonces—. Escuchad, este lugar es un sitio seguro, para... todo el mundo. No podéis hablar con nadie sobre lo que veáis aquí.

La petición acrecentó mi curiosidad sobre lo que íbamos a encontrarnos en el interior. Después de su advertencia, agarramos nuestras mochilas y Robert nos guio hasta una sólida puerta de acero que desprendía aún más magia que el resto del edificio. Todo el lugar estaba cubierto de hechizos. Habían tomado muchísimas precauciones para que nadie lo descubriera y, aunque eso nos favorecía, también resultaba un poco inquietante. ¿Qué demonios escondían allí?

El interior desprendía un aire industrial que no casaba demasiado con el aspecto del exterior del edificio. Había fluorescentes en el techo y puertas de metal en cada pasillo que recorrimos, y tanto el suelo como las paredes eran de cemento, sin adornos ni ningún tipo de pintura que los recubriera. A pesar de los altos techos, no hacía frío ni calor.

Robert avanzaba unos pocos pasos por delante de mí, mientras que Alexander iba justo detrás y los gemelos cerraban la pequeña comitiva. Finalmente, nuestro anfitrión se detuvo frente a una puerta algo más ancha que el resto y titubeó unos pocos segundos antes de agarrar el pomo y girarlo. No estaba segura de que los demás se hubiesen dado cuenta de ello, pero yo me preparé para lo que fuera que había al otro lado. Y tengo que admitir que no era nada que hubiera esperado.

—Chicos —dijo Robert, mientras atravesaba el umbral y se hacía a un lado para dejarme pasar.

Se alzaron unas voces en respuesta a su saludo y apenas me llevó unos pocos segundos registrar la estancia, incluso cuando era un espacio mucho más amplio que todos por los que habíamos pasado. Había ventanas enormes que dejaban pasar la luz de las farolas de la calle, un conjunto de varios sofás reinaba en mitad de la sala rodeado de un montón de pufs y cojines, y varias pantallas planas de tamaño desproporcionado colgaban de una de las paredes. También descubrí un billar, dos futbolines y hasta una diana de dardos, además de unas pocas máquinas de videojuegos que tenían pinta de tener más años que yo. Parecía alguna clase de sala de juegos.

Tres pares de ojos se posaron sobre mí a la vez. Me detuve en el acto, mientras que todos se ponían en pie también al mismo tiempo. Eran una chica y dos chicos, y los tres parecían mayores que yo, debían rondar los veinticinco años. El latido sordo de su magia en mis venas me advirtió de que todos eran brujos. Revisé sus rostros por puro instinto y el grupo me contempló con idéntica curiosidad. La chica tenía el pelo de un llamativo color azul turquesa, recogido en una trenza que le llegaba hasta la cintura, y la piel dorada e impecable. Prácticamente brillaba. Era preciosa, alta y con curvas. Una de sus orejas estaba repleta de *piercings* de arriba abajo y en la otra tenía *solo* tres; uno más destellaba en su labio inferior. Me brindó una sonrisa mientras arqueaba las cejas, consciente de mi escrutinio, aunque no era como si ella no me estuviera dando un repaso similar.

Aparté la vista y me fijé en los chicos. Uno con el pelo rubio, rapado en el lado izquierdo de la cabeza y un poco más largo en el derecho, y los ojos de un color verde musgo muy intenso. Era alto y corpulento, y vestía todo de negro. El otro chico, por el contrario, llevaba el pelo negro hasta las orejas y era de piel oscura, más delgado y media cabeza más pequeño, aunque se le veía también en buena forma física. Unas gafas de montura metálica reposaban sobre la curva de su nariz y le daban un aspecto mucho más serio y formal que el resto.

Mi mirada regresó una vez más al rubio y me quedé mirándolo con la sensación de que me estaba perdiendo algo. Había algo familiar en él. Entrecerré los ojos y traté de rebuscar en mi memoria. No era posible que lo conociera, pero aun así...

El chico moreno jadeó. Estaba mirando algún punto a mi espalda y por un instante temí que Alexander hubiera irrumpido allí en todo su esplendor de oscuridad y llamas. Eso haría jadear a cualquiera. En honor a la verdad, a mí a veces aún me hacía jadear. Pero luego recordé que Wood estaba en su forma animal. Aunque yo me había acostumbrado a ver a los gemelos como dos lobos enormes, tenía muy presente lo imponentes y majestuosos que resultarían para cualquiera que los contemplara por primera vez.

—¡Joder! Son los...

—Ravenswood —completó la chica por él.

—Muy bien —intervino Robert, situándose a un lado, a medio camino entre los desconocidos y nuestro grupo. Miró directamente a Raven, supuse que para que pudiera leerle los labios, y tragó saliva antes de señalar a sus amigos uno a uno, empezando por el chico rubio—: Ellos son Gabriel, Annabeth y Aaron...

—¡Oh, mierda! —masculló, cayendo por fin en la cuenta de por qué me sonaba tanto el chico rubio—. Tú eres Gabriel Putnam.

La chica, Annabeth, dio un respingo al oírme. Gabriel se tensó visiblemente y avanzó varios pasos hacia mí. Sus expresiones de perplejidad se tornaron entonces en recelo; no parecía que les gustara demasiado que supiera quién era Gabriel. Pero si de verdad era él, pertenecía al linaje Putnam y era un brujo blanco. No era posible que formara parte del aquelarre de Robert.

—¿Y se puede saber quién demonios eres tú? —me espetó el chico, sin ni siquiera molestarse en disimular su animosidad.

Escuché un gruñido proveniente de Wood y un instante después el lobo se hallaba situado junto a mí con el lomo erizado y los dientes expuestos. Mi magia también reaccionó ante la posibilidad de un enfrentamiento. Comenzó a desenroscarse en la parte más profunda de mi pecho, a estirarse y apropiarse de mis músculos. La contuve lo mejor que pude por miedo a encenderme como un arbolito de Navidad y que eso solo empeorara la situación, ya delicada de por sí.

Pero Gabriel ignoró totalmente a Wood, lo cual no era muy inteligente por su parte, y avanzó otro puñado de pasos hasta colocarse justo frente a mí.

—Te he preguntado quién eres —insistió, e hizo amago de mover el brazo en mi dirección.

No llegué a saber qué pretendía, aunque no fue Wood quien intervino para detenerlo. En un instante estaba frente a frente con Putnam y al siguiente Alexander se encontraba entre nosotros. Agarró al tipo por la muñeca antes de que llegara a rozarme siquiera y se inclinó hasta invadir su espacio personal. Gabriel dio un tirón buscando deshacerse de su agarre, pero él no lo soltó.

—Si se te ocurre tocarla, te arrancaré el brazo y se lo daré de comer a los lobos —dijo con una voz suave y baja que nada tenía que ver con la de su otro yo. No, Alexander ni siquiera mostraba rastros de oscuridad en su piel, pero no por ello dejaba de resultar menos intimidante—. Y luego te arrancaré el otro brazo solo por pura diversión.

Mantuvo un instante más los dedos alrededor de su muñeca y luego prácticamente le lanzó al chico su propio brazo a la cara. Gabriel trastabilló hacia atrás, pero se rehizo enseguida. Parecía tan furioso como humillado. Por suerte, Robert se adelantó y se metió entre nosotros y él. Alzó las manos, pidiendo calma.

—Nadie va a arrancarle el brazo a nadie...

—No estoy tan seguro de eso —murmuró Alexander, con los ojos aún fijos en Gabriel y la expresión de alguien dispuesto a mutilarlo si era necesario.

Me estremecí. La actitud de Alexander dejaba patente que no había lanzado la advertencia en vano, al menos la de arrancarle el brazo, si se le ocurría intentar cualquier cosa contra mí; dudaba que Wood o Raven quisieran comérselo, pero estaba claro que eso Gabriel no lo sabía.

A pesar de que no estaba en nada de acuerdo con el absurdo e innecesario despliegue de testosterona, puede que me emocionara un poco de más; si bien, no fue tanto por el derroche de hostilidad como por lo que significaba el hecho de que Alexander sintiera el impulso de protegerme. Desde el momento en el que lo había conocido, había sido consciente de que él habría hecho cualquier cosa por sus familiares; lo que fuera, incluso sangrar por ellos. Pero solo en ese instante comprendí que, en algún momento de las últimas semanas, su profundo afán protector también se había extendido a mi persona.

Una extraña calidez me inundó el pecho y se propagó por todo mi cuerpo.

—Ella es Danielle Good —prosiguió Robert, tratando de templar los ánimos—. Y sí, él es Gabriel Putnam. Annabeth es una Putnam también. Su prima.

—Pero sois brujos blancos.

Annabeth dio un paso al frente. Su expresión desafiante no había disminuido en absoluto a pesar del encontronazo de su primo con Alexander; si acaso, se había profundizado. Enderezó la espalda y se cruzó de brazos antes de tomar la palabra.

—Somos solo brujos.

—Me gusta tu pelo. Es bonito —soltó Raven entonces, colocándose junto a Robert e interviniendo por primera vez en la conversación.

Para mi sorpresa, las mejillas de Annabeth se cubrieron de un leve tono rosado y la sombra de una sonrisa asomó a sus labios. Aaron, que hasta ahora tampoco había dicho nada, puso los ojos en blanco y resopló, y Wood procedió a sentarse sobre sus cuartos traseros, aunque parecía atento y no menos dispuesto a saltar sobre el brujo Putnam si se le ocurría hacer cualquier movimiento extraño.

El comentario de Raven, en apariencia fuera de lugar, consiguió que todos nos relajásemos un poco. Todos salvo Alexander y Gabriel, que continuaban enfrascados en una batalla de miraditas asesinas, cómo no. Aaron se dejó caer en el sofá que había ocupado a nuestra llegada y Annabeth acudió junto a él para tomar asiento también. Ya no parecían tan fascinados por los Ravenswood.

—Hay brujos blancos en tu aquelarre —le dije a Robert, resaltando lo que ya parecía una obviedad.

Ahora ya no me extrañaba la cantidad de hechizos que protegían el edificio ni lo críptico que él había sido al hablar de aquel lugar. Aquello era algo muy muy gordo. Si alguno de los dos consejos se enteraba de la existencia de un aquelarre como aquel, no estaba muy segura de lo que les harían a sus miembros. Estaban contraviniendo todas y cada una de las normas que había regido nuestro mundo durante más de tres siglos.

Yo era una cría y casi una recién llegada a Abbot cuando Gabriel Putnam se había convertido en una celebridad por su actitud rebelde. Contradecía a los profesores, cuestionaba lo que se nos enseñaba, se saltaba los toques de queda... Teniendo en cuenta que era el nieto de Putnam, el miembro más antiguo y respetado del consejo, su comportamiento indisciplinado resultaba aún más llamativo. Las malas lenguas decían que solo trataba de provocar a su abuelo y llamar la atención de su familia; supongo que, en el fondo, era algo similar a lo que nos sucedía a Cam y a mí, solo que él lo había llevado hasta tal extremo que había acabado expulsado. Durante un tiempo, se rumoreó que lo habían enviado a una de las academias que existían en Europa, pero nunca se supo si era cierto. De la que no conservaba ningún recuerdo era de Annabeth, lo cual era extraño porque, que yo supiera, todos los Putnam sin excepción recibían su educación en Abbot. Si había pasado por la academia, su comportamiento debía de haber sido de lejos mucho más discreto que el de su primo.

—Aquí no hablamos de brujos blancos u oscuros. No hay diferencias entre nosotros —aclaró Robert, y entendí por qué Annabeth había hecho hincapié en que eran *solo* brujos.

—Eso es una estupidez. Somos lo que somos —replicó Alexander, apartando por fin la vista de Gabriel y centrándose en Robert.

Este esbozó lo que parecía una sonrisa de disculpa y se encogió de hombros.

—Bueno, te recuerdo que Danielle es una Good y vosotros sois Ravenswood y... aquí estáis.

Vale, ahí llevaba razón, y el silencio que se estableció tras su comentario fue bastante revelador. Ni siquiera Alexander se atrevió a contradecirlo. Sin embargo, nosotros no conformábamos un aquelarre, solo estábamos... unidos por las circunstancias, ¿no? Los miembros de un aquelarre no tenían por qué ser familia, pero formaban un grupo de lazos sólidos y se protegían a toda costa y...

¡Mierda!

Pensé en los brillantes cordones que había contemplado durante mi viaje astral. En la relación de Meredith con Wood, con el que ahora yo compartía el dolor de la pérdida; los gruñidos de advertencia a Gabriel cuando este me había interrogado de malos modos; la forma en la que Raven me había brindado su amabilidad desde el primer momento... Recordé la defensa de los gemelos que yo misma había hecho frente a Wardwell cuando la directora de Ravenswood había insinuado que podían haber tenido algo que ver con los ataques a Dianna Wildes y Abigail Foster; había llegado a jurar por mi linaje. Y Alexander... A pesar de mis diferencias con él y nuestros continuos desafíos, sabía que me había acunado entre sus brazos tras sacarme de Ravenswood, tanto en el coche como las noches siguientes; sin darse cuenta de que yo había sido consciente de todo ello. Y acababa de defenderme como si yo fuera uno de los gemelos. Cualquiera que conociera todos esos detalles podría referirse a nosotros como un aquelarre. Y tal vez no andaría muy desencaminado.

—¿Qué os parece si os muestro vuestras habitaciones y todos descansamos un poco? —sugirió Robert—. Más tarde responderemos a vuestras preguntas.

Lo último lo dijo mirándome. Debía de resultar evidente que tenía muchas, y no todas eran acerca de su particular aquelarre, la verdad.

Mis ojos se deslizaron hacia Alexander una vez más. Se había quedado demasiado callado después del comentario de Robert sobre nosotros y no sabía si sería porque estaba pensando lo mismo que yo. Aunque a lo mejor solo estaba imaginando las formas en las que podía estrangular a Gabriel Putnam, a saber. Con Alexander Ravenswood nunca se sabía.

Pero la procedencia de Gabriel y Annabeth no era la única sorpresa que nos llevamos. Resultó que Aaron pertenecía a la familia Proctor, lo cual en sí mismo no tenía mucha importancia, ya que los Proctor sí eran un linaje de brujos oscuros. Lo curioso de todo aquello era que, en Salem, Ann Putnam había sido la responsable de la acusación de Elisabeth, la esposa de John Proctor. El hombre había salido en su defensa, se le había acusado también y había terminado siendo ahorcado. Cualquiera diría que sus descendientes guardarían cierto rencor a cualquier Putnam que encontrasen en su camino, por mucho que luego Ann Putnam hubiese pedido perdón. Sin embargo, no solo no era así, sino que habían llegado a formar parte del mismo aquelarre.

Tal vez fuera una estupidez, pero aquello me hizo reconciliarme un poco conmigo misma y con el hecho de que, al parecer, Alexander y yo no éramos los únicos bichos raros en nuestro mundo. A decir verdad, nuestros antepasados al menos no se habían matado entre sí, sino que dos de ellos se habían enamorado. Quise pensar que eso tenía que contar.

Alexander

Apreté los dientes mientras Robert nos guiaba por más y más de aquellos pasillos infinitos. Por una parte, me sentía orgulloso de haber sido capaz de mantener mi oscuridad a raya al enfrentarme con ese imbécil de Putnam, pero por otra parte... Por otra parte, estaba ansioso por regresar a por él y arrancarle la cabeza. La ferocidad de mi reacción frente a aquel tipo me había sorprendido incluso a mí, sobre todo porque no había amenazado a Wood ni a Raven, sino a Danielle. Y no estaba del todo seguro de querer asumir lo que eso significaba a pesar de que, en el fondo, creo que ya lo sabía.

—Ahora entiendo por qué Maggie me comentó que tu aquelarre era más *comprensivo* —dijo Danielle.

Wood caminaba a mi lado, aún como lobo, y Raven se encontraba unos pasos por delante. Iba silbando mientras observaba con atención cada puerta que dejábamos atrás, sin importar que todas fueran iguales que la anterior. A veces envidiaba su capacidad para permanecer inalterable y ajeno a todo.

—A ver si lo adivino: creías que se refería a mi orientación sexual —rio Robert.

—No, en realidad, pensé más en tu... procedencia —respondió ella.

—¡Ah, sí! Por supuesto. Soy un Bradbury, lo entiendo. Aunque aquí ese detalle no tiene demasiada importancia.

Sinceramente, su orientación me daba igual. Nunca había interrogado a Raven al respecto, y no estaba seguro de cuáles eran sus preferencias, ya que nunca había mostrado un interés sexual o romántico real por nadie; quizás por Danielle, o ahora por Robert, aunque en ninguno de los dos casos lo tenía muy claro. A quien desearan o amaran los demás era asunto solo suyo y de nadie más. Pero en un mundo en el que el linaje al que pertenecías lo decidía todo, oírlo afirmar que su apellido no tenía importancia resultaba... extraño. Incongruente. Ahora comprendía un poco más por qué Robert no había dudado en ayudarnos o, más bien, en ayudar a Danielle a pesar de que era una bruja blanca.

—Sois un aquelarre mixto —comenté en voz alta—. No eran muy abundantes, pero existieron algunos varios siglos antes de los juicios.

Danielle, sorprendida, miró hacia atrás por encima de su hombro. Supuse que no esperaba que tuviera esa clase de conocimientos, pero vivir aislado durante tantos años me había brindado mucho tiempo libre para hurgar en libros antiguos. Enarqué las cejas y me permití dedicarle una sonrisita de suficiencia, lo cual solo consiguió que pusiera los ojos en blanco y volviera la vista al frente.

—Pero incluso en esos aquelarres se diferenciaba entre brujos blancos y oscuros. Cada uno tenía su función en el grupo.

Robert frenó al llegar a una puerta, por fin, y todos nos detuvimos con él.

—Nosotros nos hemos enseñado unos a otros, así que compartimos mucho conocimiento en común.

—¿Y la magia de sangre? —Era el tipo de magia más oscura, junto con la de invocación, que generalmente también requería sangre, por lo que podía englobarse dentro de ella.

Robert negó.

—Procuramos no practicarla.

«Procurar» no significaba que no la emplearan, pero desde luego era un paso adelante. Aun así, la idea de que existiese un aquelarre de brujos sin más era... peligrosa. No para los demás, sino para ellos mismos.

—Podéis usar cualquier habitación de este pasillo. Hay un baño común y duchas al final. Descansad un rato. O bien podéis reuniros con los demás para la cena.

Raven sonrió al escucharlo.

—¿Hay otros brujos aquí?

—Algunos van y vienen. Ofrecemos refugio a todo aquel que lo necesite, por el motivo que sea.

Robert nos contó que funcionaban como una especie de casa franca para cualquier brujo que necesitase asilo. No importaba lo que los hubiera llevado hasta allí, solo que cumplieran las normas, y eso incluía no enfrentarse a brujos del bando contrario. Una vez que atravesaban las puertas de entrada, en realidad, los bandos dejaban de existir. De todos modos, suponía que eso era algo más fácil de decir que de mantener; siglos de rencillas no se evaporaban tan solo deseando que lo hicieran. Prueba de ello era la actitud recelosa y hostil de Gabriel Putnam.

Una vez que una muy pequeña parte de nuestra curiosidad quedó satisfecha, nos distribuimos entre las habitaciones. Danielle ocupó la que quedaba enfrente de la que yo había escogido, y Raven y Wood una doble a mi izquierda. Robert se marchó a la suya, que se encontraba en un pasillo adyacente, no sin antes indicarnos cuál era exactamente por si necesitábamos localizarlo.

No era capaz de conciliar el sueño. Nos habíamos instalado en nuestras respectivas habitaciones. Los dormitorios eran sencillos: la cama, una mesilla con una lamparita, un armario de una puerta en el que dejé las escasas pertenencias que había traído conmigo y, en un rincón, un pequeño escritorio con una silla, ambos de metal. Las paredes allí dentro estaban pintadas de blanco y las sábanas y la colcha eran del mismo color. No había ventana, por lo que supuse que nos encontrábamos en la parte central del edificio. Pero no era la ausencia de lujos o comodidades lo que me mantenía desvelado.

Un rato antes habíamos tomado una cena fría en una especie de comedor común con largas mesas y bancos para sentarse. Ningún otro brujo, salvo Robert, se había unido a nuestro grupo, aunque no estaba seguro de si había sido por lo tarde que era o bien nos estaban evitando. Raven había pasado la comida acribillando a Robert a preguntas y Danielle tampoco se había quedado atrás, aunque no todas habían encontrado una respuesta clara. No podía culpar a Robert por recelar; durante mucho tiempo, yo mismo me había guardado mucho para mí. A decir verdad, aún mantenía en las sombras ciertos secretos que no sabía si estaba dispuesto a desvelar.

Lo que Robert sí nos había explicado era que allí llevaban una vida más o menos normal, si por «normalidad» entendíamos que tenían trabajos al margen de nuestro mundo y se relacionaban con los humanos a diario. Al parecer, los Putnam y él eran socios en una pequeña empresa que desarrollaba videojuegos, mientras que Aaron Proctor estaba terminando sus estudios de abogacía en la Universidad. Escucharlo hablar sobre su educación o sobre cómo habían puesto en marcha el negocio hacía un par de años y ahora vivían de él había hecho que me planteara muchas más cosas de las que estaba dispuesto a admitir frente a los demás, como el hecho de que mi vida, en realidad, apenas si había sido tal hasta ahora. No había abierto la boca durante todo el tiempo que habíamos pasado en el comedor, dado que no tenía demasiado que aportar. Me sentía... incómodo en mi propia piel, algo que no me había pasado nunca antes. O al menos no por ese motivo. Puede que me hubiese odiado a mí mismo por la oscuridad que habitaba en mi interior, pero jamás había sido tan consciente como en ese momento de lo aislado que había estado y lo mucho que me estaba perdiendo en todos los sentidos.

Robert por fin había podido hablar con Maggie y esta le había confirmado lo que ya intuíamos: el consejo oscuro en pleno se encontraba en Ravenswood desde nuestra partida y parecía que las reuniones habían sido continuas. También habían acudido algunos miembros de linajes relevantes en calidad de asesores del propio consejo. Las clases se habían mantenido, pero algunos alumnos habían regresado temporalmente a sus casas por temor a un nuevo enfrentamiento entre ambas academias. Habían muerto tres estudiantes durante el asalto, los dos que habíamos encontrado carbonizados en el bosque y uno más que había resultado herido de gravedad y por el que no habían podido hacer nada. Tres brujos oscuros muertos; otros tres funerales y otras tres familias destrozadas. Eso sin contar con la Ibis a la que Elijah había arrancado el corazón.

Aunque oficialmente nadie en Ravenswood había admitido la muerte de Meredith, los rumores sobre el ataque y lo sucedido en el límite de los terrenos de la academia se habían extendido por los pasillos y las aulas como la pólvora. Algunos decían que era Danielle a la que se había ajusticiado en represalia; otros decían que no se trataba de ella, sino de un brujo blanco que había acudido a rescatarla. Maggie incluso había oído a un grupo de alumnos decir que los atacantes habían secuestrado al heredero Ravenswood —es decir, a mí—, y que Raven y Wood habían abandonado el lugar en su persecución. La tensión reinaba en el campus y los cuchicheos y susurros aumentaban con cada reunión del consejo. Todo el mundo estaba esperando, aunque no supieran muy bien qué. Las reglas habían cambiado y, con ello, nuestro mundo se había sacudido hasta los cimientos.

Tras hablar con ella, Robert había comentado que Maggie no parecía demasiado contenta. La chica no entendía por qué nos habíamos marchado y mucho menos que él la hubiera dejado atrás sin ninguna explicación o aviso de nuestra huida. Había hecho hincapié en su inquietud y le había pedido a su primo que regresara. Por suerte, él no le había explicado a dónde nos dirigíamos ni dónde nos encontrábamos en ese momento; se había limitado a asegurarle que los rumores eran falsos y que estábamos a salvo. Maggie no había sabido de la presencia de Dith en Ravenswood, así que Robert no le había ofrecido ninguna explicación al respecto. Me había sentido agradecido por su discreción, aunque creo que había optado por callar más para protegerla a ella que a nosotros. Sinceramente, fuera cual fuese el motivo de su silencio, a todos nos había parecido bien.

La idea era ponernos en marcha temprano a la mañana siguiente, así que no habíamos tardado en retirarnos a nuestras habitaciones. Yo estaba tan furioso como exhausto. No podía evitar sentirme responsable de las muertes de los tres alumnos, como también lo hacía de la de Dith por mucho que Danielle hubiese afirmado que no me culpaba de ello. Sin embargo, y por mucho que deseara que los que habían acabado con esas tres vidas pagaran por ello, no estaba seguro de que empezar una guerra contra los brujos blancos fuera la solución. Traer aún más muerte a nuestro mundo, teniendo en cuenta el futuro que auguraba la profecía, no parecía lo más inteligente. Pero conocía a mi padre. Era muy consciente de la influencia que tenía sobre otros miembros del consejo. Su palabra sería tenida muy en cuenta a la hora de tomar una decisión sobre las medidas a adoptar después del ataque de Abbot. Y Tobbias Ravenswood estaría ansioso por cobrar venganza; jamás permitiría que una ofensa así quedara impune, mucho menos cuando era precisamente Ravenswood el lugar que se había profanado. Aquel era el legado de nuestro linaje.

Giré una vez más sobre el colchón. Mi cerebro parecía decidido a no apagarse. Al final, me resigné y salí de la cama. Me puse el pantalón del chándal y una camiseta, por si me tropezaba con alguien, y me dirigí a la habitación de los gemelos para comprobar si ellos estaban teniendo más suerte que yo. Abrí con cuidado su puerta y asomé la cabeza. La luz estaba apagada, pero, valiéndome de la claridad proveniente de los fluorescentes del pasillo, confirmé que Raven se hallaba en una de las camas, acurrucado de lado y con ambas manos bajo la mejilla. Dormía plácidamente. Wood, en cambio, estaba sentado en la otra cama, con las piernas estiradas a través del colchón y la espalda contra la pared; ni siquiera se había desvestido. No miró en mi dirección, aunque tampoco lo necesitaba para saber que era yo. Todo lo que hizo fue inclinarse y encender la lámpara de la mesilla. Luego, retomó su posición.

Entré, cerré tras de mí y acudí a sentarme a su lado. Tampoco me miró entonces, y durante unos pocos minutos ambos nos dedicamos a contemplar a su hermano. El silencio no resultó tan cómodo como lo había sido siempre para nosotros. Algo había cambiado en él con la muerte de Dith, algo que no estaba seguro de que pudiera repararse. Pero, a pesar de que ese cambio se alzaba entre nosotros como un muro de sufrimiento y dolor, su cabeza resbaló hasta apoyarse sobre mi hombro, buscando un consuelo que yo no tenía ni idea de cómo darle. Por una vez, me hubiera gustado ser yo quien pudiera protegerlo a él

—Wood, yo...

—Lo sé. Ya lo sé —me cortó, y no fue capaz de ocultar el modo en que su voz se quebró al hablar.

Suspiré, frustrado conmigo mismo. La enorme cantidad de poder oscuro que acumulaba no me servía de nada en un momento como ese. No podía aliviar su dolor y, aunque le hubiera ofrecido realizar un hechizo para liberarlo del recuerdo de Dith o algo que paliara la dureza del golpe que había recibido, sabía que Wood jamás me lo permitiría. Tenía el corazón roto en mil pedazos, pero esos pedazos pertenecían a Meredith, y jamás se negaría a sí mismo algo que lo mantuviera cerca de ella.

Tiré de él y pasé un brazo en torno a sus hombros. No opuso resistencia, lo cual fue un alivio, porque no sabía qué otra cosa hacer para reconfortarlo. Apenas había hablado desde nuestra huida de Ravenswood, apenas comía y no creía que estuviera durmiendo más de un par de horas por día. Resultaba curioso que solo se hubiera mostrado un poco más como él mismo cuando había flanqueado a Danielle en actitud protectora horas atrás, frente a los miembros del aquelarre de Robert.

Durante un largo instante, Wood me permitió mantenerlo entre mis brazos. Luego, se dejó caer hasta que quedó de lado sobre la cama y su cabeza reposó en mi regazo, imitando la postura de su gemelo. Le acaricié el pelo blanco del mismo modo que hubiera hecho de hallarse transformado en lobo, aunque no recordaba haberlo hecho nunca con él en su forma humana.

—Ni Danielle ni tú habéis hablado de la ceremonia de despedida.

El ritual era una tradición, pero ninguno de los dos había dicho una palabra al respecto y yo no había querido preguntar para no hurgar más en su herida. Pero tal vez eso les diera la paz que tanto necesitaban ambos. Aunque Danielle no diera muestras de su afectación del mismo modo en que lo hacía Wood, no era tan estúpido como para creer que estaba bien. La ira bullía en su interior junto con su magia por mucho que se estuviera esforzando para empujarla más y más profundo; yo era un experto en ocultar mis emociones, sabía reconocer cuando alguien fingía y elevaba altos muros a su alrededor para que nadie pudiera escalarlos o contemplar las cosas feas que había tras ellos.

—Todavía no. —Fue todo lo que dijo—. Necesito... más tiempo.

Cerró los ojos mientras yo seguía hundiendo los dedos en su pelo, tratando de alguna manera de transmitirle mi cariño y devolverle un poco de la lealtad y el amor que tanto Raven como él me habían brindado a lo largo de los años.

—Lo que quieras. Todo el que necesites.

—Gracias.

Apreté los dientes y esta vez fui yo el que tuvo que pelear para no sucumbir a mi propia ira. Mi padre le había arrebatado el amor de su vida a Wood, un amor que se había mantenido inquebrantable durante más de un siglo y medio incluso cuando mi familiar había estado siempre atado a otra persona, obligado a proteger a un miembro de su linaje y sin libertad para vivir dicho amor de forma completa; si en algún momento había llegado a odiar de verdad a mi progenitor por desterrarme de su lado y tratarme como a un monstruo, no era nada comparado con lo que sentía en ese instante.

Pasamos un rato así, y deseé que pudiera relajarse y dormir un poco. No me importaba tener que quedarme allí sentado, sirviéndole de almohada, si con ello lograba que descansara. Pero un rato después, cuando creía que ya estaba dormido, volvió a hablar.

—La primera vez que la vi no sabía que era una bruja blanca —murmuró, y me estremecí al detectar la emoción que empañaba su voz. No necesité una aclaración para saber que estaba hablando de Dith—. Llevaba toda la tarde vagabundeando por el bosque y ya estaba harto de ver solo árboles y más árboles, así que fui hacia

Dickinson. Me transformé antes de llegar al pueblo y, aunque ya era de noche y sabía que no habría demasiada gente por las calles, me dije que pasear por allí sería más entretenido que hacerlo por el bosque. Nos tropezamos en una esquina, ella sonrió y en cuanto le puse los ojos encima... Joder, Alex, era preciosa. Lo más bonito que hubiera visto jamás. Se rio de mí porque me quedé embobado mirándola. Fue realmente patético. Ni siquiera sé lo que le dije o si llegué a disculparme por chocar con ella.

»Después de ese primer encuentro, yo buscaba cualquier excusa para escapar de Ravenswood y regresar al pueblo. Pasaron dos semanas hasta que volví a verla. Me había jurado a mí mismo que, si la encontraba de nuevo, no iba a desaprovechar la oportunidad, así que la asalté sin pudor y le pedí acompañarla a dondequiera que fuese. Ella volvió a reírse de mí, a carcajadas esta vez. Me costó tres meses embaucarla para que me dejara caminar un rato a su lado y poder charlar. Un año para robarle el primer beso y... —Wood inspiró profundamente y apretó aún más los párpados en un intento de ahuyentar las lágrimas—. Me comporté como un imbécil con ella. Al principio, no era más que un juego, una especie de reto, y luego, cuando empezó a convertirse en algo más, me daba demasiado miedo perderla si le contaba lo que era en realidad y que estaba atado a otra persona de por vida. Para cuando por fin me atreví a decírselo, yo ya estaba completamente enamorado de ella. De su jodida risa y de su humor afilado y punzante. De sus ganas de vivir y comerse el mundo. Yo sabía que me debía a mi protegida de ese entonces, y que después de ella vendría otro Ravenswood al que proteger, y luego otro, y otro. No tenía poder de decisión sobre mi destino y se lo había ocultado a Dith a sabiendas, junto con el hecho de que era un brujo oscuro. Pero, cuando se enteró, no me dedicó ni un solo reproche, sino que se enfureció por lo que esa condena suponía para mí. Y ¿sabes qué?

Incluso cuando yo era muy consciente de a lo que me exponía al no romper de inmediato nuestra relación, jamás me arrepentí de nada. Pero ella... Ella acabó igual de maldita que yo... —suspiró con amargura—. Aun así, tampoco entonces renegó de mí. Aceptó su maldición sin más y me prometió que acudiría en mi busca en cada ocasión que le fuera posible. Nunca se rindió, nunca flaqueó y nunca dudó de mí ni de sus propios sentimientos. Y al diablo si eso no me hizo amarla aún más...

Volví a estremecerme, conmovido por sus sentimientos y por escucharlo hablar tan honestamente de ellos. Wood no era como su gemelo, no solía abrirse y exponer sus emociones, y mucho menos me había hecho saber nunca que lo que sentía por Dith fuese tan profundo. Su dolor tenía que ser infinito para que admitiera todo aquello frente a mí.

De repente, Wood abrió los ojos. Se incorporó un poco y ladeó la cabeza, como si tratase de oír algún sonido lejano. Abrí la boca para preguntar, pero alzó un dedo para callarme. Traté de descubrir lo que fuera que lo hubiera alertado, pero no oí nada, al menos en un primer momento. Finalmente, me pareció escuchar pasos ligeros alejándose por el pasillo.

—Danielle ha salido de su habitación —dijo, con el ceño fruncido por la concentración. Mantuvo su atención fuera del dormitorio durante unos pocos segundos más y luego añadió—: Iré a echar un vistazo.

Cuando hizo ademán de ponerse en pie, lo detuve.

—Espera. Iré yo. Tú trata de descansar un poco. Lo necesitas.

Asintió. Fui a levantarme y esta vez fue él quien me agarró para detenerme.

—Sé que te saca de quicio, pero... —Titubeó un instante—. Habría que ser idiota para no darse cuenta de que hay algo entre vosotros, algo muy intenso, Alex, y tú nunca me has parecido un idiota.

Enarqué una ceja, esperando que agregara algo más, pero no dijo nada. Me pregunté si me había hablado de Dith solo para desahogarse o pensaba que, de algún modo retorcido, la historia estaba repitiéndose con Danielle y conmigo como protagonistas. No tenía ni idea y no iba a cuestionarlo en ese momento, no cuando por fin había dejado a un lado su actitud hosca y contemplativa.

—Ve y cuida de ella —dijo finalmente, cuando yo ya estaba junto a la puerta. «Hazlo mejor de lo que yo lo he hecho», fue lo que no llegó a decir.

Se sentó en el colchón y adoptó de nuevo la postura en la que lo había encontrado, y yo salí al pasillo, dispuesto a obedecer su orden a sabiendas de que la bruja blanca, probablemente, no necesitaba a nadie que la cuidara. O que tal vez yo no fuera el más indicado para hacerlo de todas formas.

14

Después de la cena, habíamos regresado a nuestras habitaciones y todos se habían ido a dormir. Yo también lo había intentado, pero la siesta de varias horas que me había echado en el coche no ayudaba demasiado, como tampoco lo hacía saber que el edificio era el hogar de un aquelarre mixto. Así lo había llamado Alexander, y yo seguía tratando de asumir que eso fuera posible. El concepto de dos bandos de brujos, blancos y oscuros, separados entre sí estaba tan arraigado en mí que no era fácil aceptar que unos y otros pudieran compartir el mismo espacio, conocimientos y proyectos comunes. Una vida.

Además, pensar en que al día siguiente nos encontraríamos con Loretta Hubbard solo contribuía a aumentar aún más mi desvelo, así que había decidido salir a explorar un poco, lo cual seguramente era una pésima idea porque no tenía ni idea de qué o a quién podía encontrarme. Pero quedarme encerrada en aquella pequeña habitación me hacía sentir enjaulada. Me asfixiaba.

Por suerte, tras investigar un poco, había encontrado una escalera que subía varias plantas y, después de vagabundear un rato por los pasillos, de alguna manera había terminado en una terraza situada en la parte trasera del edificio. En cuanto salí al exterior y el aire fresco de la noche me dio en la cara, sentí que podía respirar de nuevo. Una hilera de bombillas decoraba las paredes y mantenía la zona en una suave penumbra. Había varios sofás repartidos por todo el lugar, maceteros con algunas plantas que le daban un toque verde e incluso descubrí un estanque con un montón de pececillos, brillantes bajo la luz de la luna. Giré sobre mí misma y encontré también una pequeña construcción de ladrillo rectangular con restos de lo que debía de haber sido una hoguera, y me di cuenta de que los cuatro elementos estaban representados de una u otra manera: tierra, agua, aire y fuego. Posiblemente, los brujos que vivían allí utilizaban aquel lugar para relajarse y recargar energía.

Atraída por el reclamo de mi elemento, me acerqué hasta el estanque y hundí la punta de los dedos en el agua. En un primer momento, los peces salieron disparados en todas direcciones, pero luego acudieron a curiosear. Había de casi todos los colores, además de varios nenúfares flotantes y otras plantas que no supe identificar. En cuanto moví la mano un poco de nuevo, los peces volvieron a dispersarse.

Inhalé profundamente y retrocedí hasta los sofás. Me acurruqué en uno de ellos, con las piernas contra el pecho y los brazos rodeándome las rodillas, y me quedé contemplando las luces de Nueva York. Las vistas eran espectaculares y, en cualquier otro momento, sabía que no estaría allí mirándolas, sino recorriendo las calles, las plazas y los parques. Cada rincón de aquel lugar. A Dith le hubiera encantado todo aquello, tanto el bullicio de la ciudad como el hecho de que existiera un grupo de brujos que no dudara en desafiar todo lo que se nos había enseñado. ¡Dios! Hubiera declarado el edificio como su nuevo hogar y, sin ninguna duda, se hubiera unido a ellos de haber podido hacerlo.

La echaba de menos. En momentos como aquel, en los que permitía evocar su recuerdo, su ausencia dolía tanto que el aire pareció rehuir de nuevo mis pulmones. La rabia me golpeó en el centro del pecho y, un instante después, mi magia replicó ese golpe con una intensidad diez veces superior. Durante un breve instante me pregunté qué sucedería si la dejaba salir. Si permitía que las paredes cayeran y vomitara fuera de mi cuerpo tanto aquel enorme caudal de energía como la ira turbia y profunda que me devoraba por dentro. ¿Emergerían mis alas? ¿O me convertiría en otra cosa? ¿Influiría que Alexander me hubiera *prestado* parte de su magia en dos ocasiones? ¿Lo harían mis orígenes? ¡Por Dios! Ni siquiera estaba al cien por cien segura de que no hubiera una parte de Ravenswood en mi linaje.

Me tragué las lágrimas y cerré los ojos. Ningún sonido llegaba desde la calle varias plantas más abajo, pero eso no era de extrañar, pues había hechizos que cubrían también aquella zona del edificio. Al parecer, el aquelarre de Robert no había escatimado en precauciones y parecía que también habían aislado el lugar para evitar cualquier tipo de molestia. Pero ese tipo de magia y la mía no eran las únicas que flotaban en el ambiente. El vello de la nuca se me erizó y un escalofrío de reconocimiento reptó por mi espalda.

—¿Vas a quedarte ahí detrás entre las sombras acechándome toda la noche o en algún momento vendrás a sentarte aquí conmigo?

No me molesté en volver la cabeza para comprobar que era Alexander quien estaba allí. Lo sabía. Lo sentía en los huesos y en la carne; mi estúpido cuerpo parecía detectar su presencia en cuanto entraba en cualquier habitación en la que me encontrase. Y, por si eso no hubiera resultado suficiente, también mi magia reaccionaba a la suya y me servía de aviso.

—No te estaba acechando.

—Observar a alguien que se supone que no sabe que lo estás haciendo se llama «acechar», Alexander.

Resopló, pero acto seguido lo oí acercarse. Tomó asiento en el mismo sofá que yo, aunque mantuvo cierta distancia. Lo observé por el rabillo del ojo. Se había cambiado de ropa, lo cual me hizo consciente de que yo había escapado de mi habitación tan solo con la camiseta que usaba para dormir —una que le había pertenecido—; ni tan siquiera me había molestado en calzarme. En la postura en la que estaba, mis piernas estaban totalmente expuestas y la tela apenas si me tapaba las bragas, pero me negué a cambiar de posición. Tampoco era que él pareciera estarme prestando mucha atención.

Se hallaba inclinado hacia delante, con los codos apoyados en las rodillas y la mirada al frente, el rostro serio y esa perpetua arruga de preocupación cruzándole la frente. Sus rasgos parecían aún más duros y afilados a causa de las sombras, aunque estas no provenían de él, sino de la escasa iluminación del ambiente. Contemplaba la ciudad que se extendía frente a nosotros, pero no parecía estar viéndola en realidad. Era como si estuviera allí y no estuviera al mismo tiempo.

—¿Ves? Mucho mejor así, ¿no? —dije, solo para fastidiarlo un poco. Era superior a mis fuerzas.

La comisura de su boca tembló levemente, aunque se negó a dejar fluir una sonrisa.

—Tal vez.

Pasaron varios minutos. Mientras que yo lo observaba ya abiertamente, él continuó perdido en lo que fuera que le preocupase en ese momento; la verdad era que ambos teníamos preocupaciones para elegir. Luego, por fin, giró la cabeza y me miró, y de inmediato deseé que no lo hubiera hecho. Sus ojos lucían atormentados, anegados de una tristeza cruda y feroz. Mirarlo fue como recibir un puñetazo en mitad del pecho. Otro golpe más.

—Wood tiene el corazón roto. —Hizo una breve pausa antes de añadir—: Y tú también. —Tuve que apartar la vista, pero eso no lo disuadió—. No puedes engañar a un mentiroso, Danielle. ¿Crees que no me doy cuenta de lo que estás haciendo? ¿De cómo cada vez tratas de empujar tu magia y tu dolor más y más profundo? No te hará ningún bien...

—Basta —traté de exigir, pero salió como una súplica.

—Mírame. Mírame, Danielle.

No me tocó ni se movió de donde estaba, pero el acero inflexible de su voz me obligó a obedecer. La humedad me llenaba los ojos y no tardé en comprender que iba a perder la batalla frente a las lágrimas. No quería llorar, no estaba segura de poder parar una vez que empezara. Así que cuando la primera lágrima se deslizó por la parte superior de mi mejilla, levanté la mano y, haciendo uso de mi magia, me la arranqué de la piel. Y después de esa, hice lo mismo con la siguiente, y con la que vino después, hasta que decenas de gotitas flotaron a un palmo de mi rostro... Alexander me observó sin decir palabra mientras las agrupaba hasta formar una sola de mayor tamaño y la enviaba directa al estanque. Y luego volvía a empezar de nuevo con las siguientes.

Había querido pensar que ya no era la chica inocente y estúpida que había abandonado Ravenswood. Que lo sucedido me había vuelto más fuerte y menos vulnerable. Que todo lo que había descubierto me había hecho «crecer» de golpe... Y allí estaba, llorando como una niña frente al mismo brujo oscuro que había deseado deshacerse de mí desde el mismo instante en el que había puesto un pie en su casa.

Pero yo no quería nada de aquello. Incluso cuando mi ira anhelara castigar al culpable de la muerte de Dith, tenía miedo. No quería formar parte de ninguna profecía que augurara el fin del mundo; no quería ser el opuesto de nadie. No quería todo ese poder que apenas si era capaz de contener. No quería unas malditas alas en mi espalda, y eso que ni siquiera había llegado a verlas. Las cambiaría sin dudar por tener a Dith de vuelta.

Alexander tenía razón, no había dejado de empujar mi furia hacia lo más profundo de mi ser, y esta estaba arrastrando también a mi magia. Eso no podía ser bueno, pero no podía hacer otra cosa.

—No quiero hacer esto —admití, y odié lo pequeña y vulnerable que se oyó mi voz. Probablemente, era la primera vez que admitía alguna clase de debilidad frente a Alexander, pero estaba tan cansada...

Su mirada se oscureció y descendió persiguiendo los rastros de humedad por mis mejillas, luego su atención regresó a mis ojos.

—¿Recuerdas el día que saliste a correr con los gemelos al bosque de Elijah? —preguntó entonces. Seguía inmóvil, observándome con la clase de intensidad que siempre hacía que la piel se me erizara—. Yo me reuní con vosotros más tarde. Fue el mismo día que el árbol se te presentó.

Asentí, aunque no tenía ni idea de por qué estaba mencionando aquello ni a dónde quería ir a parar. Arrastré una nueva lágrima lejos de mí con un leve movimiento de la mano, ya ni siquiera estaba tratando de contenerlas. No creo que lo hubiera conseguido por mucho que me esforzase.

—Me pediste ayuda para desbloquear tu magia —prosiguió, y se deslizó sobre el asiento hasta quedar un poco más cerca de mí—. ¿Recuerdas la pregunta que te hice entonces?

Traté de evocar el momento del que me estaba hablando. Apenas si habían pasado unos cuantos días desde entonces y, sin embargo, parecía haber transcurrido toda una vida. Recordaba que esa mañana todo se había torcido de la peor de las maneras: Abigail Foster había aparecido muerta y Alexander había acudido a avisarnos, pero al tropezarse a solas conmigo había empezado a perder el control. Wood había tenido que intervenir para mantenerlo alejado de mí, y había sido Raven quien me había confesado luego que se veían obligados a hacerle daño a su protegido para apartarlo de la oscuridad. Si en mitad de aquella locura Alexander me había preguntado algo importante, ahora mismo no lo recordaba.

Debió de darse cuenta de que no tenía ni idea de lo que me hablaba, porque intervino de nuevo para decir:

—Te pregunté si de verdad me estabas pidiendo que te tocara, Danielle. —Su expresión se suavizó y el iris negro comenzó a destellar. Y aunque la tristeza continuaba enturbiando su mirada, también había otra emoción ahí, algo mucho más tierno y amable—. ¿Lo quieres? ¿Quieres que te toque?

A pesar de las mil maneras en las que se podía interpretar aquella pregunta, no había nada sexual en su tono. No me estaba provocando como había hecho en multitud de ocasiones antes. Tampoco era su oscuridad la que lo obligaba a plantearme esa cuestión, tal y como había sucedido ese día en el bosque. Ni aquello se parecía en nada a lo que había ocurrido en la cocina de la cabaña, cuando también me había tocado solo para distraerme mientras me contaba lo de las alas. No, en ese instante solo se trataba de él, de Alexander, y comprendí que lo que realmente me estaba preguntando era si podía acercarse para consolarme. Si yo *quería* que lo hiciera.

Ni siquiera lo dudé.

—Sí.

Alexander se movió tan rápido que pensé que lo había malinterpretado todo e iba a lanzarse sobre mí a saber por qué oscuros motivos. Pero cuando estuvo casi sobre mí, en cambio, lo que hizo fue pasar la punta de los dedos por mis mejillas con tanta suavidad que apenas si noté un leve roce. No aparté la mirada de mis ojos en ningún momento, y yo tampoco me escondí de él. Me estaba derrumbando y ya no tenía a Dith para recoger mis pedazos como lo había hecho tras la muerte de mi madre y Chloe. No tenía a nadie.

—No pasa nada por llorar, Danielle —susurró, con tanta dulzura que más lágrimas acudieron a ocupar el sitio de las que ya había derramado.

Me acunó el rostro entre las manos y continuó secándomelas durante largo rato con los pulgares, una tras otra, sin hablar ni quejarse —ni siquiera estaba frunciendo el ceño—, con una paciencia y delicadeza que solo le había visto mostrar en ciertas ocasiones con Raven. Y cuando percibió que estaba temblando, estiró la mano hacia una de las jardineras que rodeaban el sofá e invocó su magia para hacer brotar una trepadora de la tierra. La planta creció hasta convertirse en una pared verde que nos rodeó casi por completo, protegiéndonos de la brisa nocturna y también aislándonos del resto del mundo. Luego, continuó secando mis lágrimas.

No se detuvo en ningún momento a pesar de que mis sollozos parecían no tener fin, y yo no quise decirle que su ternura me estaba rompiendo el corazón de nuevo, aunque fuera de la única manera en la que no había previsto que Luke Alexander Ravenswood pudiera hacerlo.

15

Las lágrimas habían dejado de caer en algún momento, aunque yo continuaba hecha una bola sobre el asiento, con la espalda encorvada y las piernas pegadas al pecho, pero ahora los brazos de Alexander se hallaban rodeando a su vez mi cuerpo y mi mejilla reposaba contra su pecho. Los dedos de mi mano derecha se habían cerrado en torno a un trozo de tela de su camiseta y los sentía agarrotados, pero me negaba a retirarlos. No quería soltarme por miedo a que decidiera irse y tuviera que quedarme a solas con mi ira, mi tristeza y el resto de mis abrumadores pensamientos.

Como si presintiera mi temor, una de sus manos cubrió la mía. Frotó con el pulgar mis nudillos, blancos por la presión que estaba ejerciendo, y apoyó la mejilla contra la parte alta de mi cabeza. Suspiró. No habíamos dicho una palabra durante largo rato y el silencio pesaba cada vez más. Tenía que encontrar el modo de recomponerme. Aunque no quisiera afrontar lo que el destino había preparado para mí, eso no impediría que las cosas siguieran sucediendo; esconderse no iba a servir de nada y yo lo sabía. Pero también tenía que reconocer que permitirme llorar a Dith había sido liberador, aunque me avergonzase pensar que Alexander hubiese sido testigo de ello.

—Estás tocándome —dije, y mi voz sonó amortiguada contra su pecho.

Me arrepentí de inmediato de haber señalado lo que ya era una obviedad. Conociendo la paranoia de Alexander, volvería a tomar distancia. Y yo no estaba preparada para dejarlo ir aún, no me importaba si eso me hacía parecer débil o necesitada.

Pero él no se movió. Me mantuvo al abrigo de su cuerpo. Desprendía un calor delicioso y su aroma a bosque y musgo salvaje se había convertido ya en algo familiar y reconfortante, aunque seguramente nunca se me ocurriría decírselo. No podía evitar resistirme a la idea de que se estuviera convirtiendo en algo más que un brujo oscuro gruñón que no me quería a su alrededor y al que yo tampoco soportaba.

—Lo sé.

—Entonces, ¿por qué...? —me interrumpí antes de poner voz a mis pensamientos y preguntarle por qué demonios se mantenía apartado de mí en todo momento.

Sin duda, eso implicaría admitir que me molestaba su actitud distante. Y lo hacía. Alexander me irritaba, pero su comportamiento receloso lo hacía aún más.

—¿Por qué no te he tocado antes? —terminó él por mí de todas formas, y percibí sus labios curvándose contra mi sien. Idiota—. No creí que tú lo deseases. No después de...

Esta vez fue él quien dejó la frase a medias, pero podía imaginar lo que había decidido callar. La muerte de Dith nos había afectado a todos de diferentes maneras. Alexander era especialista en torturarse y culparse; lo ocurrido cuando su magia había brotado de forma repentina y afectado a su madre, la sordera de Raven y, ahora, no haber sido capaz de evitar la muerte de Dith a manos de su padre. Si a eso le sumábamos la vida de ermitaño que había llevado hasta ese momento...

—Pero ahora puedo controlarlo —agregó.

—Te ha costado lo tuyo darte cuenta.

Aunque no le veía la cara, juro que lo oí poner los ojos en blanco. Aun así, mantuvo los brazos a mi alrededor. Una de sus manos había empezado a moverse por mi espalda, subía y bajaba muy despacio en una caricia infinita; si lo estaba haciendo de manera intencionada o no, no tenía forma de saberlo.

Levanté un poco la barbilla y admiré el entramado de ramitas y hojas sobre nuestras cabezas. Alexander siguió el rumbo de mi mirada. Un instante después, pequeñas florecillas blancas comenzaron a brotar como por arte de magia, literalmente. El ambiente se impregnó de una mezcla de bosque y del aroma dulzón de las flores mientras más y más de aquellos pequeños capullos abrían sus pétalos ante mis ojos. El verde y el blanco se entremezclaron hasta formar un precioso tapiz.

—Fanfarrón —me burlé, aunque estaba impresionada.

Que pudiera emplear tanto el elemento tierra como el fuego ya resultaba en sí mismo asombroso, pero no solo se había atrevido a tocarme durante más tiempo del que lo hubiera hecho otras veces, sino que además estaba usando su poder mientras lo hacía. Y más sorprendente aún era que su oscuridad no hubiera hecho amago de mostrarse. Su magia cantaba para mí en un tono muy bajito y suave, y la mía había empezado a replicarle, pero, esta vez, se limitaba a una vibración apenas perceptible, como si se hubieran sintonizado la una con la otra.

Sin dejar de contemplar la maravilla que había creado, añadí:

—Alguien va a flipar mucho mañana cuando vengan a regar las plantas.

Bajé la vista y me tropecé con la mirada oscura de Alexander. No estaba observando su obra, sino a mí. Y el modo en el que lo hacía... provocó que me picara la piel y que fuera mucho más consciente de todos los puntos en los que nuestros cuerpos estaban en contacto. Y eran muchos. Demasiados para poder pasarlos por alto.

Nos quedamos mirándonos el uno al otro durante más tiempo del que era seguro. Ocurrían muchas cosas cuando Alexander y yo nos mirábamos así. Normalmente, yo le decía alguna tontería y él replicaba con algún comentario brusco o cortante. Pero en ese momento solo podía pensar en el modo en el que me había sacado de Ravenswood en brazos y, en el coche, me había asegurado que todo iría bien.

Por supuesto, nada estaba bien. Y yo no tenía la más mínima idea de lo que estaba sucediendo entre nosotros, pero no aparté la mirada. Él tampoco. Su mano alcanzó la parte baja de mi espalda y esta vez no volvió a ascender. El calor se filtró a través de la tela de mi camiseta enseguida.

De repente, sus labios parecían estar mucho más cerca. Su pecho bajaba y subía más rápido, su iris negro contenía una constelación al completo de brillantes estrellas y el otro había pasado a adquirir un profundo tono azul medianoche.

Mi estómago empezó a dar volteretas y mi corazón decidió seguirle el ritmo y patearme las costillas. Su cercanía se volvió tan abrumadora que supe que tenía que buscar algo que decir antes de cometer una estupidez.

—¿No irás a empezar a arder y ponerte en modo destructor infernal? —traté de bromear, aunque fue un intento muy muy pobre.

Alexander se lamió el labio inferior con la punta de lengua. Mis ojos cayeron hasta su boca y todos mis pensamientos coherentes se desvanecieron. Ya no había un mundo ahí fuera, tras la pared de flores y hojas que nos rodeaba; por una vez, ni siquiera había magia. Solo una energía que vibraba entre nosotros y a nuestro alrededor y que nos atraía de forma irremediable.

—Puede que ya esté ardiendo —replicó, con un tono grave y oscuro que esta vez sí le pertenecía.

La mano de mi espalda tiró de mí hacia él y la otra se ahuecó sobre mi nuca. Deslizó el pulgar por mi cuello y yo reaccioné sin pensarlo arqueándome contra su cuerpo. Lo siguiente que supe era que estaba sentada en su regazo y eran los labios de Alexander, en vez de sus dedos, los que recorrían la piel de mi cuello. Depositó todo un rastro de besos cálidos y húmedos que me incendió de dentro a fuera. El pulso se me disparó y me aferré a sus hombros al sentir que caía.

—Danielle —susurró cuando alcanzó mi oído.

Me estremecí de pies a cabeza. En ese momento, solo éramos él y yo, y me parecía bien. Necesitaba con desesperación el olvido que me estaba brindando. Me aferré a esa sensación y me abandoné a ella. Alexander mordisqueó el lóbulo de mi oreja y luego se concentró en ese punto tan sensible justo tras ella. La mano de mi espalda se deslizó hasta mi cadera y sus dedos se me clavaron en la carne mientras su lengua hacía cosas deliciosas sobre mi piel.

—Danielle —repitió, pero esta vez fue casi un ruego.

Escuchar a Alexander Ravenswood suplicar era… Bueno, no estaba preparada en absoluto para eso. No cuando su voz sonó rota y vulnerable y, a la vez, ansiosa y rebosante de anhelo. No cuando sus labios por fin encontraron los míos y el mundo pareció venirse abajo al captar el primer indicio de su sabor sobre mi lengua. Me besó de forma pausada pero concienzuda, y mantuvo una mano en mi nuca todo el tiempo. Y yo no pude evitar rendirme. Por primera vez, no peleé contra él ni intenté hacerme con el control. Me limité a disfrutar de la sensación de su lengua jugueteando con la mía y recorriendo cada rincón de mi boca. De la suavidad de sus labios llenos ejerciendo la presión exacta. Del modo en que sus dedos se enredaron en mi pelo. Me bebí su aliento y, a cambio, le brindé una serie de soniditos guturales de los que, probablemente, luego me avergonzaría.

En algún momento, mis caderas establecieron por sí solas un balanceo rítmico y sensual. Mis manos se aferraron a sus hombros y luego se deslizaron por su espalda. Cuando Alexander ladeó la cabeza para profundizar el beso, le clavé las uñas en respuesta, atrayéndolo más hacia mí.

Nuestra cautela murió y lo que había sido un beso exploratorio se convirtió en algo feroz y hambriento. Yo busqué el aire que me había faltado en sus pulmones, mientras que Alexander dibujaba la curva de mi cintura con manos exigentes. Sus dedos se colaron bajo el dobladillo de la camiseta. Trazó círculos precisos sobre los huesos de mis caderas y luego ascendió por mi estómago hasta alcanzar la parte baja de mis pechos.

Jadeé, y él se apartó para mirarme con los ojos colmados de un deseo abrasador. Lo que fuera que halló en mi rostro lo hizo sonreír de un modo completamente lujurioso. Diabólico. Dibujó la curva de mi labio inferior con el pulgar y luego empujó mi barbilla para acceder a mi cuello. Se hundió en él con furia, como un lobo que busca el punto más débil de su presa. Y, aun así, no me retiré ni lo detuve. Tal vez eso fuera lo que deseaba, lo que necesitaba. Que me devorara.

Sus dientes se arrastraron por mi piel y me provocaron una descarga que viajó por todo mi cuerpo y terminó por asentarse en la parte baja de mi estómago. Y entonces su mano ascendió un poco más y acunó uno de mis pechos. La espalda se me arqueó y empujé contra sus dedos curiosos.

—Joder, Danielle —gimió, y me reí al oírlo maldecir. Pero acto seguido añadió—: Deberías pedirme que parara.

—No quiero que pares.

—Ni siquiera sé lo que estoy haciendo.

En realidad, yo tampoco lo sabía. Nunca había sido así con Cam. Nunca había deseado a ningún chico de una forma tan cruda y descarnada. Nunca había necesitado tanto sentir el peso de un cuerpo sobre el mío. Nunca me había sentido tan excitada o... hambrienta.

Enredé mis dedos en su pelo y le di un tirón para que levantara la cabeza.

—No importa —le dije, mientras empujaba una vez más mis caderas contra las suyas para observar su reacción.

Gruñó otra maldición y su mano se cerró sobre mi pecho.

—Te encanta provocarme, ¿verdad? —inquirió en un tono juguetón que jamás le había oído emplear antes.

Decidí que me gustaba este Alexander; un poco pícaro, un poco sobrepasado, y tan excitado como yo. Y convertí en mi nuevo propósito conseguir que perdiera del todo ese control férreo que siempre exhibía. No quería al Alexander contenido y sereno; no en este momento.

—¿Pensabas que sería diferente en... esto?

Se inclinó y lamió la comisura de mi labio, y entonces fueron sus caderas las que se elevaron para encontrarse con las mías.

—No creo que esté pensando en absoluto —rio contra mi boca, y el sonido fue tan despreocupado y sincero que apenas creí que proviniese de él.

—Bien. —Fue todo lo que dije.

Él no necesitó más. Sus manos se deslizaron hasta acabar bajo mi trasero y luego estábamos girando. Me acomodó en el sofá con la misma delicadeza que lo había hecho en la cama de la cabaña tras mi viaje astral, pero esa fue toda la suavidad que empleó. Me obligó a alzar los brazos por encima de la cabeza y me sujetó las muñecas juntas con una de sus manos. Acto seguido, se cernió sobre mí y volvió a atacar mi boca mientras se acomodaba entre mis piernas. Gemí a la primera embestida de sus caderas.

Cualquiera podría haber aparecido y encontrarnos allí. O el mundo entero podría haber dejado de existir y no nos hubiésemos dado cuenta. Nada parecía importar. No sé el tiempo que pasamos besándonos, devorándonos el uno al otro, pero cuando Alexander descendió por mi cuerpo y tiró de mi camiseta para dejar una franja de mi estómago al descubierto, yo ya hacía rato que había empezado a temblar. Y no precisamente de frío. En realidad, mi piel parecía estar en llamas.

Alexander depositó un beso junto a mi ombligo y luego se alzó sobre mí. Se quedó mirándome durante unos larguísimos segundos sin decir nada. No fui capaz de descifrar sus pensamientos y, por un instante, pensé que se retiraría y me diría que aquello era una locura, que pertenecíamos a bandos diferentes y que solo estábamos complicándolo todo aún más; lo cual no era más que la triste realidad. Así que, cuando entreabrió los labios para hablar, estuve a punto de decir cualquier cosa para no tener que escucharlo. Pero él se me adelantó.

—Eres realmente preciosa.

Cerré la boca. No estaba acostumbrada a recibir ningún halago de él, y mucho menos a que lo expresara con la vehemencia que lo hizo. Tampoco ayudó que sus manos ascendieran por mis costados muy lentamente y arrastrasen aún más arriba la tela de mi camiseta, hasta que quedó amontonada bajo mi pecho. Sus manos descendieron de nuevo por mi abdomen con tanta devoción y cuidado que no pude evitar estremecerme. Fue solo un roce ligero con la punta de los dedos. Me tocó del mismo modo en que lo había hecho aquella noche en el bosque, como si fuera la primera vez que se permitía acariciar a una persona; claro que casi era así. Y, desde luego, a juzgar por la confesión que me había hecho más tarde aquella misma noche, nunca antes había tocado de esta forma a una chica.

Le permití explorar a placer. Dejé que recorriera cada rincón de mi cuerpo, que delineara cada músculo, cada curva y cada valle, con las manos y con la boca; lo cual resultó delicioso y absolutamente pecaminoso. Su inexperiencia quedó de sobra compensada por el modo en el que se entregó a cada caricia. Trazó un sendero de besos desde la parte baja de mi abdomen hasta mis costillas y, cuando alzó la cabeza y buscó mi mirada, no dudé en concederle un permiso silencioso para ir más allá.

Levantó mi camiseta un poco más, apartó el colgante y de repente su boca estaba sobre uno de mis pechos. Lamió el pezón y luego succionó hasta arrancarme un jadeo. Percibí el modo en el que sus labios se arquearon contra mi piel y pude imaginar a la perfección la sonrisita de suficiencia que se había apoderado de ellos.

No me importó. En ese instante, no me importaba nada. Lo único en lo que podía pensar era en que no quería que se detuviese. Jamás.

16

—No podemos hacer esto aquí —dijo, y cada palabra que salió de entre sus labios se convirtió en un roce de estos contra mi pecho.

Sin embargo, no parecía dispuesto a parar. Su boca se trasladó a mi otro pecho y lo adoró con la misma entrega que había empleado para hacerlo con el primero. La sensación de su lengua deslizándose contra mi pezón endurecido me obligó a cerrar los ojos y apretar los párpados. Y, aunque me sentía arder, las mejillas se me calentaron más incluso cuando murmuró entre dientes un «deliciosa». Su voz ronca se hizo eco en las partes más sensibles de mi cuerpo y se me escapó un profundo gemido al sentirlo apretándose contra mí; su dureza presionando entre mis muslos de una forma que hizo que me diera vueltas la cabeza.

Abrí los ojos al percibir que se movía. Ascendió por mi cuerpo hasta que su rostro quedó frente al mío y me observó con los labios entreabiertos y el aliento entrecortado. La manera en la que me miraba... como si quisiera devorarme de pies a cabeza y no supiera por dónde empezar. Deslicé la mano sobre su nuca y lo atraje hacia mí. Cuando lo tuve a mi alcance, mordisqueé su labio inferior, arrancándole un gruñido. Aquella hambre voraz regresó entonces y estampó su boca contra la mía al tiempo que se hundía aún más entre mis muslos. Una de sus manos repasó mi costado, alcanzó mi cadera y sus dedos se colaron bajo el elástico de mis bragas.

—Pídeme que pare —insistió, y tuve que reírme a pesar de que parecía realmente atormentado.

No sabía muy bien si no estaba seguro de que enrollarnos fuera una buena idea, lo cual resultaría irónico porque nos habríamos puesto de acuerdo por segunda vez en algo. O bien, se sentía inseguro porque todo aquello era nuevo para él. En cualquier caso, no había manera de negar que ambos lo deseábamos.

Su boca no se retiró y su mano continuó jugueteando bajo mi ropa interior, aunque no en el punto en el que yo *necesitaba* que lo hiciera.

—Más —pedí yo, en cambio; incluso cuando, por primera vez en mi vida, me avergonzó mi descaro.

Llevé mi mano hasta la suya y las arrastré juntas hacia un lado. Alexander soltó el aire bruscamente y dejó de besarme. Se elevó por encima de mí y, de inmediato, lamenté la ausencia de su peso sobre mi cuerpo. Sus ojos buscaron mi mirada un instante, para luego descender muy poco a poco por mi cuello, mi pecho y mi estómago. Hasta que se detuvieron más abajo, justo en el punto en el que su mano cubría el punto más alto entre mis muslos. Nuestras manos aún estaban unidas bajo la tela y sus dedos estaban justo... ahí.

Cuanto más rato pasaba contemplándonos, más deseaba yo que la tierra me tragara y me escupiera en algún lugar muy muy lejos de aquel edificio. Pensé en empujarlo, quitármelo de encima y salir corriendo de allí, solo que estaba tan avergonzada que no fui capaz de reaccionar. Pero entonces sus dedos se movieron y...

—¡Oh!

La cabeza de Alexander se elevó de golpe; sus ojos completamente oscuros y una expresión salvaje arrasando las duras facciones de su rostro. Me mordí el labio porque..., bueno, sus dedos continuaban moviéndose entre mis piernas, muy despacio, adelante y atrás. Y no importaba si era la primera vez que Alexander hacía algo así, porque se le daba de maravilla.

Se aclaró la garganta, sus labios se entreabrieron y, durante unos segundos, nada salió de ellos.

—¿Te gusta? —preguntó finalmente, inclinándose muy poco a poco sobre mí.

Asentí con la cabeza para no hablar y que mi voz me traicionara, y una sonrisa cargada de malicia curvó las comisuras de sus labios. El brillo de la lujuria más pecaminosa se apropió de su mirada mientras continuaba observándome. Aquel era un Alexander totalmente diferente, otro más, como si jugara a cambiar de máscara y enseñarme una diferente cada vez. O tal vez solo se trataba de que no sabía quién era ahora que había traspasado los límites de Ravenswood.

—Deberíamos ir abajo —dijo entonces.

—¿Por qué?

—Porque las cosas que quiero hacerte... —Arqueé las cejas cuando se detuvo, aunque no creí que se hubiera callado por timidez. Debería haber sabido que Alexander Ravenswood no retrocedería ni siquiera en esta situación—. Quiero tocarte. Quiero acariciar, besar y lamer cada rincón de tu cuerpo. Cada maldito rincón.

Se me encogieron los dedos de los pies al escuchar la necesidad que impregnaba sus palabras. Su sinceridad. Su deseo. Una descarga me recorrió de pies a cabeza cuando uno de sus dedos se adentró un poco en mi interior.

—Si tú quieres que lo haga —añadió finalmente, sin apartar la vista de mi rostro. Brutalmente honesto, como de costumbre, y todo un caballero.

Moví mi mano sobre la suya y empujé. Su dedo se hundió más y más y yo no pude evitar gemir.

—¿A ti qué te parece? —me reí, a duras penas.

Él también sonrió, y solo entonces me di cuenta de que había un leve rastro de oscuridad en las venas de sus antebrazos. Pero él se inclinó sobre mí y, como si supiera lo que estaba pensando, murmuró contra mis labios:

—Estoy bien. Más que bien, a decir verdad.

—Has estado controlando... —Prácticamente me atraganté cuando su dedo me llenó por completo—. La magia...

Alexander presionó la frente contra la mía; sus ojos ganaron oscuridad y sus labios se arquearon de una forma perversa.

—No es precisamente tu magia lo que me está haciendo perder el control ahora mismo, Danielle.

Me estremecí al comprender a qué se refería. Metí mi mano entre su pelo y me arqueé contra él. Apenas si podía afrontar la deliciosa sensación que me estaba provocando el movimiento de sus dedos. Dentro y fuera, haciéndome enloquecer muy lentamente, pero de forma irremediable. Aplanó la palma de su otra mano contra mi mejilla y se perdió de nuevo en mi boca. Todo mi cuerpo vibraba bajo su contacto. La sangre me hervía en las venas y mi corazón parecía decidido a escapar de mi pecho. Pero, al igual que le pasaba a Alexander, no se debía a la magia, solo a él. Él.

Por una vez, no éramos una bruja blanca y un brujo oscuro. Ni una Good y un Ravenswood. Solo dos personas que se deseaban, incluso cuando pasásemos la mitad del tiempo fulminándonos con la mirada o rebatiendo las palabras del otro. Solo... éramos.

Un segundo dedo se unió al primero. Me revolví, sobrepasada por las oleadas de placer que me provocaba cada uno de sus toques, e hice todo lo posible para acallar los jadeos que escapaban de mis labios. Él no aceleró el ritmo en ningún momento y, aunque de algún modo estaba invadiendo mi cuerpo, la delicadeza de sus movimientos, la forma en la que pasó a sostener mi espalda cuando volví a arquearme y el modo en el que no dejó de repartir pequeños besos por mi cuello y mi rostro mientras me empujaba más y más cerca del abismo... Su actitud era puro pecado, y a la vez tierna. Me tocaba con firmeza y seguridad, pero también como si fuera algo precioso que temiera poder romper. No sabía muy bien qué había cambiado, pero aquello era muy diferente de lo que había sucedido entre nosotros en el bosque. Y me gustaba, no tenía sentido negarlo. Me provocaba tal cantidad de sensaciones diferentes que no sabía qué hacer con ellas.

—Alexander —gemí, demasiado perdida en sus caricias para conseguir reprimirme—. Alex... Yo...

—Shhh... Está bien. Todo está bien.

Era casi lo mismo que me había asegurado mientras huíamos de Ravenswood, y puede que fuera la mentira más dulce que me hubieran dicho nunca. Pero no iba a pensar en nada más. No *podía* pensar en nada más. La tensión se arremolinaba en mi bajo vientre en un *crescendo* imparable. Resultaba abrumador y delicioso, y aun así apreté los párpados, luchando contra la sensación. De repente, no era su magia o la mía la que cantaba, sino Alexander el que parecía estar arrancándole una melodía a mi cuerpo a base de besos y toques cargados de una intensidad que a duras penas era capaz de soportar.

—Vamos, Danielle —murmuró en mi oído, como si percibiera mi resistencia, y había un rastro de diversión en su tono.

Resultaba extraño lo en sintonía que estábamos, incluso cuando no empleásemos más palabras que las que nuestras miradas se lanzaban ni otros sonidos que el susurro ronco de nuestros jadeos y gemidos.

Aumentó el ritmo de las embestidas de su mano mientras devoraba mi cuello y perseguía la línea de mi clavícula con la lengua. Mientras sus labios se aventuraban de nuevo por mi pecho y sus dedos se hundían en mi cuerpo exigentes y provocadores, arrastrándome más allá de cualquier límite.

—Deja de pelear contra mí. Dámelo. Lo quiero —continuó alentándome—. Quiero ver cómo te corres.

Abrí los ojos de golpe para encontrarme con su mirada plagada de diminutos puntitos luminosos que brillaban como nunca antes. La oscuridad se arremolinaba bajo la piel de sus antebrazos y su pecho se elevaba y caía al compás de sus lujuriosas caricias. Parecía a punto de perder el control. A punto de romperse.

Y yo iba a romperme con él.

Se inclinó sobre mi estómago y, sin apartar la vista de mí, lamió un camino sinuoso sobre mi piel. El gesto resultó tan obsceno en sí mismo que bastó para romperme del todo. El incipiente hormigueo en mi bajo vientre se convirtió en una ola furiosa que barrió mi cuerpo de pies a cabeza y lo asoló todo a su paso.

—¡Joder! —exclamó Alexander, aunque solo lo escuché a medias.

Me perdí por completo en la sensación de estar siendo azotada por oleadas de un placer oscuro y devastador. Mi cuerpo se volvió del revés. Sus dedos no se detuvieron mientras las réplicas de mi orgasmo se sucedían de una forma vertiginosa, y continuó repartiendo un número incontable de besos sobre mi torso, ahora con una delicadeza y una suavidad que se me antojó incluso demasiado tierna para lo que acababa de suceder entre nosotros.

Finalmente, retiró la mano de entre mis muslos y ascendió por mi cuerpo. Cuando dejó que su frente reposara una vez más contra la mía, su aliento me acarició los labios y me brindó el aire que parecía faltarme.

Aún tenía las uñas clavadas en sus hombros, aunque no tenía ni idea de en qué momento habían acabado ahí.

—¡Vaya! —Fue lo único que se me ocurrió decir, e incluso pronunciar esa palabra requirió toda mi fuerza de voluntad.

Él soltó una carcajada y acomodó las caderas entre mis piernas. Siseé cuando su dureza presionó en la zona, demasiado sensible en ese momento. Y eso solo hizo que volviera a reírse.

—Deberíamos bajar.

No iba a decirle que no creía que me funcionaran las piernas. Me sentía casi drogada y mi magia parecía también aletargada, lo cual resultaba liberador. Por primera vez desde que me había despertado en la cabaña, no tenía que esforzarme para contenerla.

Alexander me agarró de la barbilla y me dio un beso suave. Su lengua bordeó mi labio inferior en un gesto tan dulce como provocador y, cuando se retiró, repitió la caricia con el pulgar. Lo notaba duro contra mi cuerpo, pero no parecía que tuviera ninguna intención de hacer nada al respecto. A no ser que lo de ir abajo fuera una sugerencia para un segundo asalto en un lugar más privado, lo cual tenía bastante sentido.

A pesar de que no había rastro de llamas violáceas alrededor de sus hombros y que sus ojos mantenían su disparidad habitual, lucía aún cierta oscuridad en torno a las muñecas, prueba de que no estaba tan calmado como quería aparentar. Seguía excitado, si su erección ya de por sí no fuera suficiente indicativo de ello.

Rodeé sus caderas con mis piernas y su mano voló de inmediato hasta mi rodilla. Ascendió por mi muslo y terminó anclándose en mi cadera. Una risa densa y oscura se derramó de entre sus labios y, a pesar de mi reciente orgasmo, algo se agitó en mi estómago. Escuchar reír de aquella forma a Alexander resultaba... perturbador; extraño pero a la vez increíble, de una manera que no era capaz de explicar. No creía que fuera a acostumbrarme nunca del todo a ese sonido.

—Te encanta provocarme.

Ya lo había dicho antes y puede que llevara un poquitín de razón. Provocar a Alexander Ravenswood era muy muy estimulante.

Y divertido. Probablemente lo convirtiera en mi pasatiempo favorito.

—Tal vez.

—Y volverme loco.

Suspiró y sus párpados cayeron. Una arruga apareció en su frente, y me dio la sensación de que, de algún modo, el mundo real nos había alcanzado de nuevo. De repente, todos sus músculos se tensaron a la vez. Al segundo siguiente, Alexander ya no estaba tumbado sobre mí, sino de pie y totalmente alerta.

—Viene alguien.

Se inclinó sobre mí y tiró de la tela de mi camiseta para cubrir mi desnudez, de la que yo no había vuelto a ser consciente hasta ese momento. Luego, giró sobre sí mismo para enfrentarse a la única zona abierta de la pared vegetal que nos rodeaba y se colocó de tal manera que yo quedara oculta si alguien se asomaba por allí.

Resoplé. Me levanté y me situé a su lado.

—Es Wood —dijo entonces, pero no se relajó en absoluto.

Apenas unos pocos segundos después, se oyeron una serie de pasos rápidos y su familiar apareció frente a nosotros. Abrió la boca para hablar, pero luego olisqueó el aire y frunció el ceño, desconcertado. Durante un instante pareció olvidar lo que iba a decirnos. ¡Oh, Dios! No podía ser que supiera lo que acababa de pasar, ¿verdad? ¿Wood podía... olerlo?

Un momento después, agitó la cabeza de un lado a otro, como si tratara de concentrarse en el motivo que lo había llevado hasta allí.

—Tenemos que irnos. Ahora.

—¿Qué pasa? —inquirí yo. Alexander no tuvo tantas dudas. Me agarró de la mano y tiró de mí sin esperar su respuesta, pero tuve que insistir—: ¿Qué es lo que pasa, Wood?

Tampoco entonces me contestó. Nos lanzamos escaleras abajo como si el edificio estuviera en llamas. A pesar de que no tenía ni idea de lo que estaba ocurriendo, era demasiado consciente de lo que había sucedido en la terraza como para que no me pusiera un poco nerviosa que Alexander mantuviera su mano en la mía mientras descendíamos, lo cual era un poco ridículo porque esos mismos dedos habían estado en zonas mucho menos inocentes unos minutos antes. Aun así, mi cuerpo no parecía estar recibiendo el mensaje e ir de la mano con él se sentía mucho más íntimo que cualquier otra cosa que hubiésemos hecho hasta el momento.

Era ridículo.

—Ya vienen —dijo Wood, al enfilar el pasillo en el que nos hospedábamos.

—¿Brujos oscuros? —lo interrogó Alexander.

Raven nos esperaba ya en la puerta de su habitación. Robert se encontraba a su lado. Y ambos tenían una expresión preocupada.

—No. Ibis blancos.

¡Mierda! Abbot estaba allí. ¿Cómo demonios habían podido localizarnos? Robert había asegurado que el edificio entero estaba bien protegido, y yo sabía que era verdad, ya que percibía los hechizos que cubrían el lugar.

—¿Cómo sabes que son ellos?

—Tenemos que largarnos ya —replicó Wood, ignorando mi pregunta, y juro que me pareció que evitaba mi mirada—. Estarán aquí en cualquier momento.

—Pero ¿cómo...?

—Recoged vuestras cosas —me interrumpió Alexander, sin cuestionarse nada de lo que decía su familiar.

Claro que, si se hubiera tratado de Dith, yo tampoco lo hubiera hecho. En realidad, tampoco dudaría de nada de lo que dijeran los gemelos si no fuera porque Wood parecía estar ocultando algo.

Aunque, seguramente, había sido Raven quien los había visto venir y él solo estuviera nervioso por la posibilidad de un ataque inminente.

No tardé más de un par de minutos en ponerme unos vaqueros y calzarme. Me aseguré de que el grimorio de mamá estuviera en mi mochila y me reuní con los demás en el pasillo.

—¿Sabéis cómo salir? —nos preguntó Robert—. Yo tengo que avisar a los demás.

Raven se adelantó un paso en su dirección.

—¿No vienes con nosotros?

Robert negó.

—No puedo. Si entran y descubren quiénes somos...

Los Putnam estarían en algún lugar del edificio, y tal vez también algunos otros brujos blancos. Si los Ibis los encontraban allí, conviviendo con brujos oscuros, las cosas no terminarían bien para ellos. Puede que Gabriel hubiera actuado como un idiota, pero había hecho bien en desconfiar de nosotros; al final habíamos llevado el peligro hasta su puerta.

Miré a Alexander.

—No podemos marcharnos y abandonarlos a su suerte.

Él apretó los labios hasta que su boca se convirtió en una fina línea.

—Tenéis que iros —intervino Robert, pero Alexander chasqueó la lengua en desacuerdo.

Aquello le hacía tanta gracia como a mí. Se había pasado la vida velando por su legado, y puede que los brujos de aquel aquelarre no formaran parte de él, pero no era la clase de persona que miraba hacia otro lado. Y comprender ese detalle hizo que el nudo que se había formado en mi pecho se deshiciera un poco.

—¿Cuántos brujos hay en el edificio en este momento además de los que ya hemos visto?

—Apenas diez, pero ellos...

—Los avisaremos —dijo entonces Raven, y Alexander asintió—, y luego vendrás con nosotros. No voy a dejarte aquí.

Encontrar a los residentes en aquel edificio enorme no fue fácil; no todos estaban en sus habitaciones. Wood parecía cada vez más inquieto y lo mismo hubiera podido decirse de Alexander si no fuera porque resultaba obvio que estaba tratando de no dar muestras de ello. Volvía a ser el brujo oscuro y hosco que había conocido una vez, totalmente centrado en su objetivo. Lo sucedido en la terraza no parecía ahora más que un sueño lejano, y no pude evitar sentirme un poco culpable por haberme permitido ir tan lejos dada la situación en la que estábamos. No me parecía correcto disfrutar después de la muerte de Dith, y tampoco cuando el mundo parecía destinado a irse al infierno.

A la carrera, reunimos a todo el mundo. No hubo tiempo para las presentaciones, así que, a pesar de que no encontré ninguna cara conocida entre los otros brujos, no sabía muy bien si eran de un bando u otro. Abbot no era la única escuela blanca del país y, aunque fuera la de mayor renombre por ser la primera en fundarse y donde residía nuestro centro de poder, podría ser que algunos de ellos pertenecieran a otra academia.

Supuse que todos estarían al tanto de nuestra llegada, pero, mientras corríamos por los pasillos, oí alguna referencia a los Ravenswood murmurada en voz baja. Susurros reverentes y temerosos. Lo comprendía; yo había estado en su lugar apenas un mes antes. Todos eran brujos más o menos jóvenes, y no cuestionaron a Robert cuando este les dijo que había que abandonar el edificio. Imaginaba que tanto él como los primos Putnam y Aaron Proctor serían los que gestionaban el lugar, aunque solo fuera porque eran los mayores del grupo. Quise creer también que tenían algún tipo de plan de escape para este tipo de situaciones.

Finalmente, acabamos en la sala de juegos, donde encontramos a los demás. En cuanto Robert les explicó la situación, Gabriel Putnam se volvió hacia nosotros emanando hostilidad y un desprecio nada sutil. No habíamos empezado con buen pie y resultaba obvio que llamar una atención indeseada sobre su aquelarre no iba a mejorar las cosas. Las acusaciones no tardaron en llegar.

—Todo esto es culpa vuestra.

Wood se adelantó, dispuesto a encararse con él, y Alexander soltó mi mano para avanzar también en su dirección. Sinceramente, no sabía por qué yo tampoco lo había soltado durante todo este tiempo, aunque no era como si eso resultase importante ahora.

—Vete a la mierda —le espetó el lobo blanco.

Gabriel no se amedrentó.

—Los habéis traído directos hasta aquí.

—Estamos perdiendo un tiempo precioso solo para salvaros el culo —replicó Wood, acercándose aún más a él.

El resto de los brujos se mantuvieron alrededor, callados e inmóviles, susurrándose entre dientes unos a otros. Nadie parecía dispuesto a intervenir y no podía culparlos; Wood daba la impresión de que estaba dispuesto a arrancarle la cabeza a Gabriel en cualquier momento, y parecía un sentimiento recíproco. Pero la verdad era que, por mucho que alabara la lealtad de Wood, Gabriel tenía razón: habíamos llevado el peligro directo hasta su puerta.

Me interpuse entre ellos con un brazo alzado en cada dirección para detenerlos, y apoyé la palma de la mano contra el pecho de

Wood. Aunque continuó fulminando con la mirada a Gabriel, no siguió avanzando hacia él.

—Está bien, tienes razón —le dije a Putnam, y el pecho de Wood vibró con un gruñido bajo mi mano—. Sentimos mucho haberos puesto en peligro, pero ahora no hay tiempo para los reproches. Tenemos que salir todos de aquí.

No importaba lo preparados que estuvieran ni que incluso los brujos blancos del aquelarre dominaran hechizos oscuros, los Ibis no eran un rival al que menospreciar. Seguramente, tampoco nosotros teníamos demasiadas oportunidades de salir bien parados de un enfrentamiento contra ellos, no al menos sin sufrir nuevas pérdidas. Nuestra mejor opción era huir de allí. Si además no descubrían que aquel era un aquelarre mixto, al menos Robert y los suyos estarían a salvo por ahora. Podrían establecerse en otro sitio y continuar con sus vidas. Era a nosotros a quienes buscaban.

—Cuando estemos en un lugar seguro, podrás echarnos la bronca si quieres —añadí, porque Gabriel no parecía dispuesto a ceder.

Annabeth se acercó entonces a su primo y lo agarró del brazo.

—Ella tiene razón. Salgamos de aquí.

En ese momento, el edificio al completo se sacudió; ventanas, paredes, suelo y techo vibraron a la vez. Acto seguido, el aire se impregnó de energía. Se me pusieron los pelos de punta; alguien soltó una maldición y uno de los brujos más jóvenes sollozó. Joder, algunos no eran más que niños.

—Están fuera —señaló Alexander.

Supuse que ya se encontraban lo bastante cerca para que pudiera detectar el rastro de magia de los brujos. Tal vez, si yo hubiera sido capaz de concentrarme, también habría podido percibirlos, pero ahora mismo no lograba ir más allá de aquella habitación.

Robert fue el primero en moverse.

—Vamos, saldremos por el sótano. Hay un túnel.

Entonces todos nos pusimos en marcha, incluso Gabriel, aunque le dedicó una última mirada a Wood que no fue precisamente amistosa. Raven se aferró a mi brazo y avanzamos juntos.

—No olvides lo poderosa que eres ahora, Dani —me susurró muy bajito, de tal manera que solo yo pude oírlo—. A veces, para ganar hay que perder.

No tuve tiempo para preguntarle por qué me decía aquello. De nuevo, todo fueron carreras escaleras abajo, pasillos y más pasillos. Los fluorescentes del techo parpadeaban de vez en cuando y el aire cada vez se cargaba de más y más magia. Los Ibis debían estar deshaciendo los hechizos que protegían el lugar y no tardarían en acceder a él. Eché un vistazo sobre mi hombro para comprobar el estado de Alexander y no me sorprendió descubrir que estaba a medio camino de transformarse; su cuello se hallaba ya tapizado de forma siniestra y las llamas envolvían sus hombros y brazos. Dudaba que esta vez fuera algo no premeditado, pero al menos los demás iban por delante y no se habían percatado de nada. No estaba segura de cómo reaccionarían si contemplaban lo que era en realidad Alexander Ravenswood.

Tal y como había dicho Robert, había un túnel en el sótano, tras una puerta de acero tan cargada de hechizos que parecía brillar en la oscuridad. Bradbury apoyó una mano sobre ella y tanto los Putnam como Aaron imitaron el gesto y empezaron a murmurar una cantinela que se alargó al menos durante un minuto. El brillo perlado que desprendía la puerta se fue apagando poco a poco hasta desaparecer. Enseguida, Robert abrió la puerta de un tirón y alentó a todos a atravesarla.

—¿Estás bien? —le pregunté a Alexander mientras esperábamos nuestro turno.

A pesar del aparente control que había desarrollado sobre su poder, no podía olvidar que durante mucho tiempo los gemelos habían tenido que hacerle daño para conseguir que este no lo dominara por completo. Y tener a tantos brujos empleando magia alrededor no debía de resultarle nada fácil.

Alexander se limitó a asentir con un golpe de cabeza tan formal que me habría echado a reír de no haber estado de mierda hasta el cuello. Mi resignación no debió pasarle desapercibida, y me sorprendí al apreciar un ligero temblor en las comisuras de sus labios. ¡Vaya! Aquello era tan impropio de él...

Al apartar la mirada, me encontré a Raven contemplando nuestra breve interacción con una expresión extraña. Solo esperaba que su enigmática afirmación previa y su actitud no se debieran a que había *visto* algo. O al menos que no se tratase de algo malo.

—Si tienes que emplear tu poder, no dudes en hacerlo —me susurró entonces Alexander al oído, apartando el inquietante pensamiento de mi mente.

—Lo mismo digo.

No añadí nada más. Ambos sabíamos cuál había sido su mayor temor en Ravenswood, y confiaba en que estuviera dispuesto a correr el riesgo, aunque solo fuera para proteger a sus familiares. Y de verdad deseé que lo hiciera, porque no soportaría perder a nadie más. Mientras que con Raven había desarrollado una relación muy cercana y dulce desde el primer momento, ahora me sentía conectada también a Wood. A Dith le hubiera gustado que cuidara de él, se lo debía, y haría todo lo posible por mantener a los gemelos a salvo de cualquiera que los amenazara, no me importaba a qué bando pertenecieran ni ellos ni sus posibles atacantes.

Teniendo en cuenta el eco de una explosión que reverberó en ese momento a través del hueco de las escaleras por las que habíamos llegado al sótano, estaba claro que los Ibis no estaban siendo precisamente sutiles a la hora de romper cualquier hechizo que se interpusiera en su camino. La única iluminación de aquella zona provenía de un par de lámparas que empezaron a chisporrotear y oscilaron de un lado a otro. Había cajas apiladas por los rincones y algunos muebles antiguos. Cuando sugerí arrastrarlos frente a la puerta para retrasar a los Ibis todo lo posible, Wood se mostró dispuesto a hacer uso de su elemento e intentar colapsar parte del techo.

—No, podrías derrumbar todo el edificio —terció Alexander—. Y si hay gente en los edificios colindantes...

Que tuviera en cuenta a los humanos que podían residir en los alrededores fue... inesperado. Yo ni siquiera me había parado a pensar en ello.

Casi todos se habían adentrado ya en el túnel, estrecho y húmedo. Empujé a Raven para que me precediera justo en el instante en el que se oyeron un montón de pasos rápidos. Volví a empujar a Raven con más fuerza.

—Vete, Rav.

Miré la puerta por la que habíamos llegado y luego de nuevo a Raven, Wood y a Alexander. Robert estaba en el acceso al túnel y, gracias a Dios, tiró de Raven para obligarlo a avanzar.

No podríamos escapar. Si seguíamos corriendo, nos alcanzarían en cuestión de minutos y el túnel se convertiría en una ratonera. No sabía qué instrucciones tendrían los Ibis blancos con respecto a mí; seguramente, llevarme ante el consejo, suponía que viva. Pero los demás...

—Vamos —los urgí, aunque yo no hice amago de moverme.

—Ve tú primero —exigió Alexander.

Entrecerré los ojos y traté de no parecer demasiado exasperada. Los pasos se oían cada vez más cerca, demasiado cerca. Las luces volvieron a parpadear.

—Los retendré —dijo Wood entonces.

Alexander y yo replicamos a la vez.

—¡No!

Ni de coña iba a dejar a Wood atrás. Los Ibis blancos no tendrían ningún tipo de contemplación con él, pero sí que podría ser que las tuvieran conmigo. Recé para que no los hubieran autorizado a ejecutarme sin más.

—Entra en el túnel —le ordené yo entonces.

Robert y Raven ya se encontraban al otro lado de la puerta, pero nos estaban esperando. Rav le hizo un gesto a Alexander para que se uniera a él. A mí simplemente me miró. El brillo de sus ojos se apagó mientras me observaba y, aunque trató de sonreír, no fue capaz de esbozar más que una mueca triste.

Raven lo sabía. Sabía lo que iba a hacer y no iba a tratar de evitarlo. Me aferré a la esperanza de que eso significaba que no terminaría muerta en el húmedo sótano de un edificio cualquiera de Nueva York.

Asentí de forma discreta, y él me devolvió el asentimiento.

—Vamos —repetí, y no dudé en tirar de Wood y empujar a Alexander a la vez.

Avanzamos hacia el inicio del túnel y, discretamente, me las ingenié para quedar un poco por detrás de ellos.

—Si nos separamos por cualquier motivo, tenéis que ir a ver a Loretta Hubbard. Necesitamos descubrir lo que sabe.

—No vamos a separarnos —replicó Alexander, tajante, y yo no pude evitar resoplar.

Lo empujé con más fuerza y yo misma accedí después de él. Tenía que hacerles pensar que iría justo tras ellos.

—Lo sé, pero... solo por si acaso.

El rumor de los pasos ganó tanto en intensidad que supe que los Ibis estaban ya al pie de las escaleras. Me giré y los vi en el umbral. Primero solo dos, luego otros dos se sumaron a ellos; había más llegando desde arriba. La sala se llenaría enseguida de brujos blancos entrenados para no desfallecer ni rendirse. Aquello pintaba muy muy mal.

Alexander también se percató de que estaban allí. Su cambio se operó por completo de un segundo al siguiente; la piel se le tornó de un tono grisáceo, su pelo se aclaró y se oscureció por mechones y... los cuernos brotaron sobre su cabeza. Wood gruñó, alertado por la oscuridad asfixiante que brotaba de su protegido, mientras que yo no podía dejar de pensar en que jamás me acostumbraría del todo al detallito de los cuernos, por ridículo que pareciese en aquel momento.

—¡Danielle Good! ¡Detente! —gritó uno de los Ibis.

Teníamos suerte de que la sala en la que estaba el acceso al túnel no ocupara más que una fracción de todo el bajo del edificio. No había suficiente espacio para que emplearan su magia a discreción sin correr el riesgo de hacerse daño entre ellos. Nosotros teníamos el mismo problema, pero, en realidad, ese detalle beneficiaba mis planes, si es que era capaz de llevarlos a cabo.

Estiré la mano y convoqué solo una pequeña parte del poder de mi elemento para extraer toda la humedad del ambiente. Di gracias por que el túnel estuviera cargado de ella. Una fina barrera se alzó entre los Ibis y nosotros. No los retendría durante mucho tiempo, lo cual resultó aún más obvio cuando uno de ellos comenzó a su vez a convocar el elemento aire. Supe que arrasaría con mi tenue protección en cuestión de unos pocos minutos.

—Corred —dije a los demás, mientras le lanzaba mi mochila a Alexander. El grimorio de mi madre estaba dentro, y prefería mil veces que fuera él quien lo custodiara que dejarlo a merced de los Ibis.

Alexander atrapó la mochila al vuelo y, solo entonces, yo dejé caer por fin parte de los muros que había alzado en torno a mi magia. El poder comenzó a inundar mi cuerpo. Mi pecho. Mi carne y mis músculos. Mis venas empezaron a iluminarse con decenas de pequeños chispazos brillantes que se unieron unos con otros hasta convertirse en verdaderos ríos de luz. A pesar de lo fácil que resultó invocarlo, sentí miedo de emplear algo que ni siquiera acababa de comprender del todo. No tenía ni idea de en qué me convertiría, de si sería capaz de controlarlo, de si podría regresar o de si el dolor de mi pecho aprovecharía también para encontrar una salida al exterior y caería abrumada por él.

Al menos, casi todos los miembros del aquelarre de Robert se habían adentrado en el túnel lo suficiente como para que no oyera ya siquiera el sonido de sus pasos. Solo Aaron se había quedado atrás y trataba de convencer a Robert de que lo siguiera. Esperaba no herir a nadie sin querer.

Dando la espalda al túnel, me concentré en los Ibis que se apiñaban al otro lado de la habitación. Ninguno llevaba capa esta vez, pero sí el uniforme que solían vestir bajo esta: pantalones ceñidos negros y camiseta de manga larga del mismo color, todo elástico para que les permitiera pelear sin entorpecer sus movimientos. Y unas botas militares también negras, además del cinturón del que pendía una espada o cualquier otra arma que fuese su favorita. El escudo de Abbot bordado sobre el lado izquierdo del pecho no dejaba lugar a dudas sobre quiénes eran.

Varios de ellos murmuraban hechizos, otros simplemente estaban a la espera mientras su compañero empujaba y empujaba mi barrera para hacerla caer. Y no tardaría demasiado en conseguirlo.

Me volví hacia Alexander.

—Cuídalos. Id a ver a Loretta —insistí, al tiempo que estiraba los brazos hacia él.

Alexander había sido capaz de convocar toda una pared de oscuridad en Ravenswood, una tan alta y gruesa que ni su padre ni ninguno de los brujos que lo acompañaban habían sido capaces de cruzar. Si yo era su opuesto y contaba con la misma cantidad de poder que él, debería ser capaz de hacer algo parecido. Ojalá no me equivocase.

—No, Danielle. Ni se te ocurra.

Incluso transformado en algo que podría habitar las peores pesadillas de cualquier niño, me conmovió el horror profundo que se apoderó de su rostro. Ni siquiera habíamos tenido oportunidad de hablar de lo que fuera que había entre nosotros y era posible que, al entregarme a los Ibis de Abbot para concederle al grupo tiempo para escapar, no tuviésemos oportunidad de hacerlo nunca, pero me dije que encontraría la manera de reunirme con ellos. Ya me había fugado de Abbot una vez; lo haría de nuevo. Y volver a mi escuela me permitiría enfrentarme de una vez por todas a mi padre. Quizás incluso pudiera convencer al consejo de que una guerra con los brujos oscuros era una completa locura y no haría más que traer muerte y sufrimiento a los nuestros, algo que de todas formas podría llegar a ocurrir si se cumplía la profecía. Pero, sobre todo, entregándome mantendría a salvo a Alexander y a los gemelos.

Raven no intentó detenerme y Wood no parecía haber reaccionado todavía, pero Alexander tropezó hacia delante en su afán de llegar hasta mí. Y alcanzarme era algo que no podía permitirle.

—No, joder. ¡No te atrevas!

—Estaré bien. No me harán daño —aseguré para tranquilizarlo. Acto seguido, dejé salir mi poder.

El túnel se iluminó de tal modo que incluso yo tuve que entrecerrar los ojos. Mi piel brillaba, cubierta de trazos y más trazos de pura luz, y un hormigueo constante se aferraba a cada parte de mi cuerpo. Ganó intensidad en las puntas de mis dedos mientras la luz salía a chorros de ellos. Nunca me había sentido tan poderosa; la energía bullía en mi pecho en forma de un río salvaje en plena época de deshielo. Me quedé contemplando mis manos durante un momento, embobada, y el gesto me recordó a aquella mañana en la que me había encontrado a Raven sentado en las escaleras observando las suyas de un modo muy similar. Me pregunté si esto era algo que él ya había visto venir, si aquel día Raven había atisbado un retazo de este momento y sabía que acabaríamos en esta situación.

Robert jadeó y Wood soltó aire bruscamente, lo cual me hizo por fin reaccionar y también suponer que mis alas seguramente estaban ahora a la vista. Pero, muy pronto, la luz había formado ya un entramado tupido y cegador de un lado a otro del túnel y me separaba de ellos. Apenas podía ver a mis amigos a través de un pequeño hueco. Alexander salió de su estupor y se abalanzó en mi dirección. En cuanto sus manos rozaron la luz, esbozó una mueca y siseó. Me pareció que su piel adquiría durante unos segundos su tono natural y que el rubio cubría las puntas de su pelo, pero el efecto pasó tan deprisa que no estaba segura de no habérmelo imaginado.

—Llévatelo —le rogué a Wood—. Poneos a salvo.

Les di la espalda. No quería contemplar por más tiempo la expresión de profunda traición de Alexander. El chico que no mostraba sus emociones las llevaba ahora dispersas por todo el rostro: estaba herido y también muy muy cabreado, pero iba a tener que lidiar con su ira como pudiera. Aquello era lo correcto; no permitiría que más gente saliese herida por mi culpa.

Nuevos gritos desde el otro lado de la habitación atrajeron mi atención. Había al menos una docena de Ibis, por lo que resultaba evidente que habían convocado a los que ejercían como reemplazos de los escoltas de los miembros del consejo, lo cual probablemente era una prueba más de que la comunidad blanca se preparaba para la guerra.

Una potente racha de aire se estampó contra la barrera de agua y esta se disolvió finalmente en miles de gotitas que cayeron al suelo.

Pero los brujos no se movieron. Todos se quedaron mirándome, y parecían realmente desconcertados. Eché un rápido vistazo por encima de mi hombro y...

«Sí que tengo alas», gemí para mí misma. A pesar de que Alexander me lo había dicho, y yo le había creído, no fue hasta ese momento en el que por fin lo asumí del todo. Mientras que sus cuernos eran algo discreto —todo lo discreto que pueden ser dos cuernos saliendo de la cabeza de alguien—, decenas de haces de luz se entremezclaban a mi espalda en un tapiz precioso que abarcaba varios metros hasta dar forma a un par de alas doradas, enormes y brillantes. No había nada discreto en aquello, eso seguro, y tampoco había manera de que los Ibis pasaran por alto el hecho de que, además de tener ríos de luz corriéndome bajo la piel, ahora poseía unas malditas alas.

No sabía muy bien en qué me convertía aquel detalle ni si tendrían una función real, pero supongo que aún quedaba en mí algo de aquella chica irresponsable que había abandonado Abbot en plena noche, porque me volví hacia los guardias, les sonreí y no pude evitar provocarlos diciendo:

—Venid a por mí.

Pasaron unos segundos de silencio, roto tan solo por el chisporroteo del muro de luz que había convocado y de mis propias alas desplegándose en su totalidad, aunque no era como si yo fuera especialmente consciente de cómo moverlas. Esperaba que Alexander y los demás no estuvieran aún al otro lado de la barrera y corrieran ya por el túnel para alejarse, porque no estaba segura de cuánto podría mantener aquella pared entre ellos y los Ibis, tampoco de no hacer explotar el edificio o acabar friéndonos a todos. Mi magia parecía estable. Fluía y fluía a través de mis manos y, si me concentraba, era capaz de percibir que aún no estaba siquiera cerca de agotarse, pero no tenía ni idea de lo que estaba haciendo en realidad.

—Danielle... Good —me llamó el mismo Ibis que lo había hecho antes; el líder, supuse. Tartamudeó un poco, pero enseguida se irguió y recobró la compostura—. Basta.

Apenas llegaría a los treinta años. Era alto, de pelo moreno y piel y ojos oscuros. Mantenía una mano sobre la empuñadura de su espada, pero no la había desenvainado. Aún. Sus ojos iban y venían de mi rostro a algún punto a mi espalda. No sabía si miraba la barrera o mis alas, pero el desconcierto de todos los presentes decía mucho de lo extraño que les resultaba todo aquello. Estaba segura de que ninguno había visto nunca algo así.

—Retroceded —exigí yo a cambio, y me felicité por lo firme que sonó mi voz—. No quiero haceros daño, pero tenéis que retiraros.

Tal vez aún tuviera una oportunidad de marcharme de allí con mis amigos. La cautela con la que me observaban los Ibis resultaba evidente, y yo tomaría cualquier ventaja que mis nuevos poderes pudieran concederme.

Sin embargo, ninguno de los guardias se movió.

—Danielle Good, miembro del linaje Good. Hija de Beatrice y Nathaniel Good. Tienes que detenerte. Ahora —insistió el Ibis, con tanta ceremonia que a punto estuve de sacarle la lengua y poner los ojos en blanco, porque..., bueno, yo y mis problemas con las figuras de autoridad.

Según lo que nos habían explicado en clase, los Ibis eran guardias entrenados con una disciplina inflexible, brujos que no cedían frente al dolor y cuyo poder no era uno al que nadie quisiera enfrentarse, aunque yo lo hubiera hecho tan solo algunos días antes. Si hasta ahora había vivido engañada sobre lo que los brujos comunes hacíamos fuera de los muros de Abbot, no quería pensar en las misiones que se les asignaba a ellos. Pero cuando aquel brujo me desafió con la mirada a desobedecer su orden, no dudé en devolverle el desafío.

Mis amigos necesitaban tiempo para alejarse de allí, y yo iba a concedérselo.

—No.

El tipo esbozó una sonrisa cruel. Puede que sus órdenes fueran no hacerme daño, pero solo si no me resistía. O quizás solo estaba deseando enfrentarse a mí y darme una patada en el culo.

Detecté un movimiento brusco por el rabillo del ojo y apenas tuve tiempo para dirigir hacia allí una de mis manos. Otro de los Ibis había estado acercándose a mí, pero se detuvo de inmediato.

—No lo hagas. No quiero hacerte daño.

—Entonces baja los brazos y ríndete —insistió el líder.

En cuanto desvié mi atención hacia él, el otro se lanzó en mi dirección para derribarme. Ni siquiera me paré a pensar en las consecuencias, lo cual no fue una buena decisión en absoluto porque no tenía ni idea de lo que era capaz de hacer con mi poder, pero este acudió a mis dedos de una manera tan natural que, cuando quise darme cuenta, el brujo se hallaba envuelto de pies a cabeza por el brillo de mi magia. Con un gemido, se le pusieron los ojos en blanco y cayó de rodillas sobre el suelo.

¡Mierda, mierda, mierda! No lo había matado, ¿verdad?

La distracción que supuso el breve momento de pánico me costó cara. Un empujón brutal en el costado contrario me arrancó todo el aire de los pulmones y, acto seguido, mi cuerpo se quedó rígido por completo. El peso invisible de una magia desconocida tiró de mí hacia abajo con tanta intensidad que no fui capaz de resistirme, ni siquiera pude evitar que mi cabeza golpeara el suelo al caer. El dolor estalló en mi sien y luego se extendió por todos lados, mientras que un montón de manchas oscuras lo hacían frente a mis ojos.

—Joder —farfullé, apenas consciente.

El líder de los Ibis se asomó sobre mí y... volvió a sonreír.

«Capullo», pensé, y luego simplemente me desmayé.

Alexander

—No podemos dejarla aquí.

—Sigue adelante —continuó instigándome Wood, ignorando mis protestas a pesar de que estaba bastante seguro de que dejar atrás a Danielle le gustaba tanto como a mí.

Raven, en cambio, estaba comportándose de un modo extraño, teniendo en cuenta que él siempre había sido el más protector con Danielle, al menos hasta ahora. El lobo blanco trató de obligarme a seguir avanzando, pero lo esquivé y gruñí una maldición antes de ser consciente de que estaba enfrentándome a mi propio familiar. Solo intentaba cuidar de mí, lo cual era exactamente su cometido.

—Podrían maldecirla. ¿Y si la condenan a convertirse en familiar? —le espeté—. ¿Crees que Dith querría eso?

Ni siquiera me molesté en esconder mi aprensión. Resultaba bastante irónico: había pasado semanas en Ravenswood intentando deshacerme de Danielle y ahora lo último que deseaba era que regresara con los suyos. Y lo más mezquino era que estuviera apelando a la memoria de Meredith solo para no admitir abiertamente que no quería que Danielle sufriera daño alguno.

Raven se adelantó y colocó una mano sobre mi antebrazo. Un momento después, pasó su otro brazo en torno a mi espalda y se acurrucó contra mí. A pesar de la situación en la que nos encontrábamos, no pude negarle el consuelo, cualquiera que fuera la causa por la que lo buscara. Nunca podría negarle nada a Raven.

—Va a estar bien —me susurró—. Escucha, es lo que tiene que ser. Ella tiene que regresar a Abbot. Todos volveremos en algún momento.

Levantó la vista y me dedicó una mirada cargada de tristeza, lo cual no contribuyó en absoluto a aplacar mi nerviosismo. No soportaba ver a Raven triste. En realidad, no soportaba nada de toda aquella mierda de situación.

—Raven, creía que justamente estábamos tratando de evitar lo que *tiene* que ser.

Si todo aquello formaba parte de la profecía, ¿no tendríamos que hacer lo contrario para que esta no llegara a cumplirse?

—Hay cosas que serán de cualquier forma. Cosas... inevitables. Confía en mí.

Jamás ninguno de los gemelos había tenido que pedirme que confiara en ellos, pues solía hacerlo ciegamente. Eran las únicas dos personas que nunca me habían abandonado, sin importar lo mal que se pusieran las cosas; ellos nunca habían cedido ante mi oscuridad. Pero en aquel momento tuve que hacer un esfuerzo para no quitármelo de encima y regresar sobre mis pasos en busca de Danielle, porque, me gustase o no, aquella maldita bruja descarada, impulsiva y bocazas se había convertido en... *alguien* para mí. Ya no podía engañarme pensando que protegerla era una forma de proteger a Raven del dolor si algo le sucedía.

—Dime al menos que estará bien —le pedí. Le supliqué más bien.

Raven asintió tras leerme los labios; supongo que, aunque no pudiera oír el tono de mi voz, me conocía lo bastante bien como para ser consciente de mi amargura.

—Lo estará. Por ahora. Tenemos que salir de aquí e ir a hablar con Loretta Hubbard. —Abrí la boca para preguntar, pero él no me lo permitió—. No lo sé todo, Alex. No puedo decirte más.

Masculé una maldición. Quería creerlo, pero me estaba pidiendo que abandonara a Danielle a su suerte. El consejo blanco no sería clemente con ella. La única posibilidad de que eso ocurriera sería si pensasen que los nuevos poderes de Danielle podían suponer alguna clase de ventaja para su comunidad. No dudaba que también estarían al tanto de la profecía; de otro modo, jamás se hubieran atrevido a asaltar los terrenos de Ravenswood para rescatarla. Por mucho que mantener a una alumna de Abbot secuestrada fuera todo un desafío para la delicada tregua que mantenían ambos bandos, nunca se habrían arriesgado a declarar una guerra en los terrenos de la academia sin un buen motivo. Y menos cuando había sido Danielle la que había irrumpido en Ravenswood. Sin embargo, nada de eso implicaba que fueran a mostrarse compasivos con ella. Y si la maldecían...

Su sabor aún me cubría la lengua y todavía sentía la suavidad de su piel en la punta de los dedos, sus gemidos en mis oídos, la forma en la que había vibrado con mis caricias, el modo el que había dicho mi nombre... Después de años y años de no haberme permitido tocar a nadie salvo a mis familiares, y aunque ahora supiera que podía controlar mi poder, lo sucedido en la terraza un rato antes era demasiado abrumador y definitivo como para apartar la mirada y simplemente olvidarlo. Y, además, todo aquello iba más allá de la atracción que sentía por ella. Mucho más allá.

Las paredes húmedas se cerraron sobre mi cabeza un poco más. La atmósfera del túnel resultaba opresiva, cargada del rastro de la magia de Danielle. Su aroma estaba por todas partes. Ese olor a rocío y amanecer tan característico que no había sido capaz de sacarme de la cabeza desde el momento en que ella había empleado su magia por primera vez cerca de mí; solo que ahora era mucho más intenso, a pesar de que nos hubiésemos alejado lo suficiente de ella como para que aquella barrera que había levantado entre nosotros no fuera más que un punto diminuto de luz en la oscuridad.

—Tenemos que salir de aquí —insistió Wood.

Bajé la vista para descubrir que había vuelto a mi forma humana sin ser consciente de ello. Parecía una broma de mal gusto que una vez hubiera necesitado romperme huesos o dislocarme articulaciones para regresar y ahora el proceso tuviera lugar con tanta facilidad. Podía percibir el poder de todos los que me rodeaban e incluso el de los brujos del aquelarre de Robert, que ya debían de haber alcanzado el final del túnel; sin embargo, en ese momento, ninguno de ellos despertaba en mí la necesidad de drenar su magia. Lo único que de verdad me distraía era el persistente aroma de Danielle. Lo que fuera que me había sucedido tras su despertar parecía haber cambiado por completo la forma en que mi propio poder oscuro se manifestaba.

Con Raven aún a mi lado, Wood se acercó hasta situarse frente a mí. Robert permanecía a la espera, aunque no dejaba de lanzar miradas nerviosas en dirección al tramo de túnel apenas iluminado por donde habíamos venido.

—Iremos a por ella. Te lo prometo —sentenció Wood—. Pero ahora tenemos que salir de aquí.

Quería creerle, de verdad que quería. Pero una parte de mí, tal vez esa parte antigua, retorcida y oscura que me poseía, no estaba de acuerdo con abandonar a Danielle. No quería dejarla atrás.

—No.

El cambio se operó con tanta rapidez que, durante un instante, sentí como si la piel se me separase de los huesos y los músculos. Un velo rojo cayó frente a mis ojos y unas llamas brotaron a mi alrededor, junto con una nube oscura que me envolvió de un segundo al siguiente. Mi pecho vibró con un gruñido mientras todo mi poder se desataba, y entonces la penumbra se convirtió en una negrura densa y asfixiante; se convirtió en violencia y muerte.

—No —repetí, y esta vez ya no fue mi voz la que reverberó en las paredes. Ya no fui yo quien habló.

Giré sobre mí mismo, dispuesto a volver sobre mis pasos y desafiar a cualquiera que se interpusiese en mi camino. Todo lo que me rodeaba pasó a ser solo una mancha oscura. Pero entonces ya no estaba en un túnel y las sombras que me rodeaban no provenían de mí. El mundo entero se desmoronó a mi alrededor para alzarse de nuevo, igual de oscuro, pero mucho más aterrador.

—¿Qué...? —masculló, aturdido.

Pero yo ya había visto aquel lugar siniestro y carente de vida, la misma noche en que Dith había muerto y habíamos huido de Ravenswood. Colinas y valles de un mundo en llamas. Un infierno desatado en la tierra. O tal vez se tratase del propio infierno.

Un parpadeo y las sombras adquirieron formas grotescas que se deslizaban de un lado a otro, siseando y susurrando palabras en un idioma desconocido y a la vez familiar. La parte izquierda del pecho me ardió de repente, como si alguien hubiese hundido allí un hierro al rojo vivo y lo estuviese retorciendo en mi interior. El dolor estalló por todo mi cuerpo y apenas fui capaz de mantenerme en pie. Tambaleándome, me llevé una mano a la zona. Casi esperaba encontrar un agujero en la carne, pero, en realidad, era muy consciente de lo que había allí.

—La marca —gemí, a sabiendas de que tenía que tratarse de eso.

Otras voces llegaron hasta mí, voces conocidas. Y entonces sentí unos brazos familiares rodeándome. El alivio me invadió junto con ese contacto y me arrancó de la oscuridad.

—¡Alex!

—La marca —insistí, apretando los dientes para contener el dolor, mientras el mundo real cobraba forma con un nuevo parpadeo.

Levanté la cabeza y me encontré a Wood sosteniéndome.

—¿De qué estás hablando, Alex?

La quemazón de mi pecho disminuyó y tiré del poder hasta llevarlo de vuelta a mi interior, lejos de mi piel y de mis manos. Los dientes afilados que se clavaban en mi labio inferior desaparecieron y la llamas que me rodeaban se convirtieron en volutas de humo antes de disolverse y desaparecer. Mantuve la mano sobre mi corazón, como si eso pudiese borrar lo que había en él.

Inspiré para llevar aire a mis pulmones, y puede que fuera justo ese el momento en el que comprendí por fin que Wardwell no había mentido sobre lo que podía significar para todos la profecía. Lo que podría significar para la humanidad.

—De la marca —dije. Miré a Raven para asegurarme de que podía leerme los labios y añadí—: La marca de los malditos.

19

Alexander

Todo brujo existente, blanco u oscuro, sabía que los Ravenswood conformaban un linaje cargado de secretos, pero muy pocos eran conscientes de lo peligrosas que resultaban algunas de las cosas que ocultábamos. Quizás, el peor secreto de todos, el que con más celo guardábamos, era la existencia de una maldición que pesaba sobre nosotros y que se remontaba casi al principio de los tiempos: la marca de los malditos o, como se referían a ella los miembros de mi linaje que aún recordaba que existía, la marca de Caín.

En apariencia, la maldición no era más que una mancha difusa de color café salpicada con un grupo de pecas que simulaba una pequeña marca de nacimiento. En mi caso, se hallaba sobre la parte izquierda de mi pecho, justo sobre mi corazón. Pero, si alguien se hubiera dedicado a unir dichas pecas una a una, habría descubierto que la forma resultante era una estrella de cinco puntas, la misma que adornaba las capas de los miembros del consejo, quienes se habían apropiado del símbolo siglos atrás en un intento absurdo de infundirse un poder que nunca tendrían.

A lo largo de los siglos, los Ravenswood nos habíamos esforzado mucho para que no se supiera nada sobre dicha marca y lo que suponía. Habíamos silenciado, mentido y hasta quemado antiguas crónicas que hablaban de ella. Además, la maldición solía saltarse generaciones enteras hasta que, de repente, brotaba en algún individuo de forma aparentemente aleatoria. Ambos factores habían contribuido a que la razón primera de que hubiésemos sido maldecidos hubiera caído en un conveniente olvido incluso para alguno de los miembros de nuestro linaje, como los gemelos y yo mismo. La verdad se entremezclaba ahora con las mentiras que se habían contado de una forma tan sutil que era imposible saber qué parte era mito y cuál realidad.

Se decía que habían sido dos hermanos —como Caín y Abel, pero gemelos; de ahí el nombre de la maldición— los que nos habían sentenciado. Algunos afirmaban que el uno había envidiado el poder del otro hasta el punto de la locura, y tal había sido su ambición, su deseo de acumular más y más poder, que había terminado asesinando a su hermano y devorando sus entrañas para hacerse con la totalidad de su magia. El derramamiento de su propia sangre había condenado a todo su linaje a padecer una insatisfacción eterna, a continuar anhelando algo que jamás podría tener. Sin embargo, otros aseguraban que, en realidad, el hermano intentaba salvarlo y traerlo de vuelta de la muerte, y que su castigo había sido llevar la muerte allá donde fuera por haber osado tratar de burlarla. Fuera como fuese, mi linaje había sido maldecido sin posibilidad de redención. Pero a la vez, según esos mismos rumores, la marca nos confería cierta inmunidad: nadie podía tocarnos sin atraer la Ira de Dios, el destino o en lo que fuera que creyera la gente en estos días, pues eterna debía ser nuestra condena en pago por nuestros pecados.

No había que ser muy listo para saber que el nacimiento de Raven y Wood, también gemelos, había supuesto para sus padres una especie de afrenta personal, a pesar de que ninguno de los dos llevaba la marca. En realidad, ningún Ravenswood la había poseído desde Salem; hasta que había nacido yo.

Aunque aquel era otro de los motivos por los que, con toda probabilidad, mi padre me había odiado desde el mismo momento en que había llegado al mundo —además de por la disparidad de mis ojos y por lo que había sucedido más tarde con mi madre—, tanto mis familiares como yo habíamos llegado a la conclusión, mucho tiempo atrás, de que mi oscuridad no era producto de dicha maldición, sino una consecuencia de los sacrificios de sangre de mi antepasado, Elijah Ravenswood. Ahora, sin embargo, no podía evitar preguntarme si no habríamos estado del todo equivocados.

No eran pocos los Ravenswood que, a lo largo de los siglos, habían poseído la marca: déspotas, tiranos, seres arrogantes que habían participado en los sucesos más oscuros de la historia de la humanidad, como hambrunas, guerras, genocidios. Habían destruido ciudades enteras y esclavizado a sus compatriotas deseosos de establecer un reino propio, uno sin leyes y sin equilibrio; solo caos. Y, a pesar de la relevancia que dichas figuras habían tenido sobre el destino de brujos y mortales, muy pocos de los nuestros sabían que Elijah Ravenswood había portado la marca, y menos aún que había sido el verdadero instigador de los juicios de Salem. Luego, había acusado a los brujos blancos de ser los responsables y había terminado provocando el cisma que dividiría a los nuestros en dos bandos. Ese, junto con la existencia de la maldición, era uno de los secretos mejor guardados en nuestra familia, uno del que jamás se hablaba y que ningún miembro de mi familia admitiría conocer. Tan bien lo habíamos ocultado que los Ravenswood ni siquiera constábamos en los libros de historia como participantes en los juicios. Los brujos blancos habían sido las víctimas de las maquinaciones de Elijah, aunque bien es verdad que tampoco les había costado mucho dejarse convencer para arrastrar a sus congéneres a la horca.

Pero la marca en mi pecho jamás se había manifestado como acababa de hacerlo, nunca había sido más que una mancha sobre mi piel, una espada que colgaba por encima de mi cabeza, pero que jamás terminaba de caer. Y, sin embargo, esa noche la carne me ardió como lo harían las ascuas de una hoguera bien alimentada, como si la maldición estuviera despertando, asegurándose de que yo recordaba que era su portador y que había llegado la hora de saldar cuentas.

—La marca —gemí una vez más, hasta que mis familiares por fin comprendieron a qué me refería. Que Raven pareciese realmente sorprendido fue otra prueba de que todo aquello no era buena señal.

Los gemelos intercambiaron una mirada rápida antes de insistirme en que debíamos continuar avanzando. Tuvieron que llevarme casi a rastras, a medias por el dolor y a medias porque seguía resistiéndome a abandonar a Danielle a su suerte. Pero la marca continuaba ardiendo y juro que pensé que, al retirar la mano de mi pecho, encontraría mi camiseta quemada. No fue así, pero eso no me brindó ningún tipo de consuelo mientras alcanzábamos el final del túnel.

Atravesamos una segunda puerta y nos encontramos en una especie de garaje subterráneo. Había al menos media docena de coches y, en el interior de algunos de ellos, los brujos que habían escapado a la carrera esperaban ya sentados a que una puerta enorme de acero se abriera del todo. Una fila de armarios también de metal se extendía a lo largo de una de las paredes, y varios de ellos estaban ahora abiertos y vacíos. Supuse que el aquelarre de Robert habría guardado allí algunas provisiones por si necesitaban huir de forma precipitada. No podía negar que habían pensado en todo, salvo quizás en que un grupo como el nuestro terminara llevando el desastre hasta su casa.

Wood cerró la puerta que daba al túnel. Retiré mi brazo de su espalda y me erguí del todo. A pesar de la persistente sensación de quemazón en mi carne y del dolor que irradiaba por todo mi cuerpo, me esforcé para recuperar la compostura. Tanto Wood como Raven me lo permitieron, a sabiendas de que eso era mejor que ponerse a discutir conmigo. Gabriel Putnam se separó de uno de los coches y avanzó hasta nosotros a grandes zancadas, aunque al hablar se dirigió directamente a Robert.

—No pueden venir con nosotros.

—Pero ellos...

—No, Robert. No voy a discutir sobre esto —lo cortó—. Traerlos aquí ha sido un error por tu parte.

Apreté los dientes al percibir la dureza de su tono. En realidad, tenía razón, pero Robert solo había intentado ayudarnos. ¿No era eso lo que se suponía que hacían allí? ¿Ayudar a brujos que necesitaban un sitio donde refugiarse por el motivo que fuera?

—No ha sido culpa de Robert —intervine, incapaz de permanecer al margen, y luego hice un nuevo esfuerzo para suavizar el borde afilado de mi voz—. Asumo toda la responsabilidad.

Me imaginé que, de estar presente, Danielle se habría reído de mi formalidad, y seguramente me hubiese dicho que aquello no importaba una mierda ahora. Pero ella no estaba allí. No, ella había decidido de forma unilateral que lanzarse a los perros para distraerlos era una buena idea...

El pecho me ardió por un motivo totalmente diferente.

—Eres imbécil. ¿Crees que me importa...? —Gabriel interrumpió lo que iba a decir cuando una oleada de energía proveniente del túnel atravesó el garaje de parte a parte.

Cada brujo en la estancia se estremeció al percibirlo y no me costó mucho imaginar que la pared con la que Danielle nos había apartado del peligro acababa de caer. Wood debió de pensar lo mismo, porque maldijo en voz baja.

—Vámonos. ¡Ya! —nos urgió, empujándonos hacia uno de los coches vacíos.

—No podemos irnos sin Danielle —insistí.

Gabriel se desentendió de nosotros. Le lanzó una última advertencia a Robert para que no se le ocurriera llevarnos con ellos y lo invitó a subirse a su coche. El brujo se mordisqueó el labio mientras su mirada regresaba a Raven.

—Ve con ellos. Estaremos bien —le dijo este, pero Robert continuó titubeando un momento.

Sin embargo, un instante después corría hacia un pequeño armarito situado en la pared y agarraba un manojo de llaves. Se las lanzó a Wood y mi familiar las atrapó al vuelo. Alterné la vista entre él y su gemelo un momento, luchando contra el instinto de regresar sobre mis pasos para ir en busca de Danielle. Puede que los Ibis blancos se sintieran menos tentados a hacerle daño a una de los suyos, pero esa no era la única razón por la que ella se había sacrificado. De la misma manera en la que no había dudado siquiera en comprometer el honor de su linaje en el despacho de Wardwell, cuando la directora había acusado veladamente a los gemelos de los asesinatos de Abigail Foster y Dianna Wildes, ahora también estaba tratando de protegerlos, y la muerte de su propia familiar no había hecho más que alentar ese instinto de protección.

—Sube al coche —me ordenó Wood. Cuando vio que no me movía, insistió—: Sube ahora mismo al puto coche, Alexander. Hazlo aunque solo sea para mantener a salvo a Raven.

No pude evitar gruñirle de nuevo. Eso había sido un golpe bajo, y él lo sabía. Durante años, ambos nos habíamos esforzado para mantener la inocencia de Raven como si de algo precioso se tratase, ya no digamos si era su vida la que se veía amenazada. Pero, al parecer, ya era tarde para preocuparse por nada de eso, porque no había tiempo para escapar.

Los Ibis ni siquiera se esforzaron para ser sigilosos al venir a por nosotros. Escuché sus pasos; todos los oímos. Gabriel se deslizó con rapidez tras el volante de uno de los coches y puso el motor en marcha. Annabeth se hallaba ya como conductora de otro y Aaron la acompañaba en el asiento del copiloto. Un tercer coche esperaba por Robert. Y en los asientos traseros de los tres vehículos se apretujaban los brujos jóvenes a los que habíamos ayudado a reunir apenas un rato antes.

—¡Alex! —me reclamó Wood una vez más, erguido junto a otro de los coches.

Robert le dedicó una sonrisa triste a Raven, y él lo tranquilizó con un «Volveremos a vernos» y lo animó a darse prisa. La puerta de salida ya se encontraba abierta del todo y tenían vía libre para largarse de allí, pero, en el momento en el que brujo fue a subirse al coche, la puerta que daba al túnel fue empujada desde el otro lado y dos Ibis irrumpieron en el garaje.

Esta vez fue Wood quien gruñó. Enseñó los dientes a los recién llegados y avanzó varios pasos en su dirección, buscando proteger a Raven, que se hallaba mucho más cerca de ellos. Yo ni siquiera me lo pensé, cedí a la oscuridad de golpe y me entregué a ella por completo. Un velo rojo cayó sobre mis ojos de un momento al siguiente, como siempre ocurría cuando me transformaba del todo. El filo de dientes me pinchó el labio inferior y probé mi propia sangre cuando los músculos de mi mandíbula se contrajeron por la tensión.

Los guardias desenvainaron las espadas y alzaron la mano libre al mismo tiempo. No dijeron ni una sola palabra ni lanzaron advertencias. Mi padre tampoco lo había hecho antes de atacar a Danielle y acabar con Dith en su lugar, así que supuse que no podía culparlos. Sin embargo, me pregunté si ese no era uno de los grandes problemas entre brujos blancos y oscuros. Habíamos perdido la capacidad de comunicarnos, de ofrecer opciones, de tratar de dialogar antes de emplear la violencia. No es que yo fuera un gran ejemplo, dado que mis capacidades sociales dejaban mucho que desear, pero todo aquello estaba... mal.

—Será mejor que os larguéis por donde habéis venido —escupió Wood, y mi mirada voló hacia él.

No esperaba que fuera precisamente el lobo blanco el que tratara de salir de allí sin tener que pelear, aunque fuera con ese modo brusco y tajante tan suyo. Su gemelo, en cambio, mantenía una mano alzada y unas lenguas de fuego bailaban ya entre sus dedos, listo para defenderse y defendernos. No quedaba nada en su expresión que hablara de la bondad que albergaba en su pecho, no había suavidad en sus ojos ni una sonrisa tierna en sus labios. Raven era, ahora más que nunca, el lobo feroz que no dudaría en lanzarse sobre el cuello de cualquiera que amenazara a los que amaba.

El primero de los coches salió derrapando del garaje, y el chirriar de los neumáticos sobre el suelo pulido fue como el disparo de salida de una pelea de la que ya no teníamos manera de escapar. Uno de los Ibis sonrió con crueldad con los ojos fijos en Wood, aunque su mano apuntaba hacia nosotros. El otro Ibis estaba junto a la puerta y me estaba mirando como si fuera el mismísimo diablo reencarnado, lo cual, por otro lado, era bastante normal dado mi aspecto.

—Lárgate —le advertí, aunque dudaba que fuera a retroceder.

Expuse mis dientes de la misma manera en la que lo había hecho Wood y la marca palpitó en mi pecho, pero me obligué a ignorar el malestar. La última vez que habíamos estado en una situación similar, yo había titubeado y Dith había acabado muerta. Eso no iba a suceder de nuevo.

Me concentré y empujé la oscuridad que corría por mis venas hasta mi piel y luego más allá, hasta que me envolvió y supe que podría jugar con ella a mi antojo. Ninguno de los dos Ibis había atacado aún, pero en cuanto fueron conscientes de a lo que se enfrentaban, el que había encarado a Wood no tardó en adelantarse y lanzarle un golpe con la espada. Raven reaccionó y elevó una barrera de fuego frente a nosotros dos, protegiéndonos del otro guardia, y eso me permitió concentrarme en el Ibis al que Wood se estaba enfrentando.

Lancé un jirón de oscuridad que se enredó en el filo plateado de su espada y se la arrancó de la mano, dejándolo desarmado. Y entonces fue el turno de Wood para atacar. No había otra cosa con la que él disfrutase más que con una buena pelea cuerpo a cuerpo, así que fue directo a por el tipo con los músculos en tensión y los puños preparados. Los Ibis eran partidarios de emplear las armas y la fuerza bruta antes que la magia —los habían entrenado para ello—, por lo que era consciente de que no recurriría a ella mientras tuviera otra opción.

Un segundo coche se movió a nuestra espalda. No me permití comprobar de cuál se trataba, aunque esperaba que fuera el de Robert. Cuanto antes salieran todos de allí, antes podríamos hacerlo nosotros también, si es que conseguíamos deshacernos de los guardias.

Miré hacia Raven y este asintió; un instante después se había convertido en un imponente lobo negro. El pelo de su lomo se erizó por completo, haciéndolo parecer aún de mayor tamaño. Exhaló un largo aullido en el instante en que las llamas que había invocado se extinguieron por completo y el otro Ibis se abalanzó hacia nosotros. Su espada cortó el aire y pasó a centímetros del pelaje de Raven, pero este se revolvió de tal modo que no solo no llegó a alcanzarlo, sino que consiguió colocarse a su costado.

Empleé de nuevo la oscuridad como un látigo. Pero, en esta ocasión, la punta se afiló hasta convertirse en mi propia arma. Una parte de mí anhelaba hundirla en su corazón y acabar con cualquier amenaza de una vez por todas, y juro que estuve a punto de ceder a la tentación. Entonces recordé a Danielle diciéndome: «No te tengo miedo, Alexander», y ese oscuro deseo se desvaneció con tanta rapidez como había aparecido. ¿Me lo tendría si acababa la vida de un brujo blanco? ¿Me convertiría entonces en lo que mi padre creía que era?

En el último instante, ladeé de forma leve la cabeza y aquella punta letal y oscura se clavó en la carne, pero lo hizo en su hombro y no en su corazón. El guardia se sacudió por la dureza del impacto. Cualquier otra persona, brujo o no, habría gritado o incluso se hubiera desmayado; sin embargo, los Ibis tenían tal tolerancia al dolor que todo lo que necesitó aquel tipo fue un par de segundos para recuperar el equilibrio. Ni siquiera se quejó cuando deslicé hacia atrás mi oscuridad y la sangre empezó a manar a borbotones de la herida.

Raven no le dio tregua. Saltó sobre él y sus potentes mandíbulas se cerraron en torno al brazo del Ibis. La espada resbaló de su mano, pero tampoco entonces gritó a pesar de que pude oír el desgarrón de la carne y un repugnante crujido al ceder sus huesos bajo los dientes de mi familiar. Y entonces todo empeoró aún más si cabe. Mientras Wood y el tipo de sonrisa cruel se machacaban el uno al otro, más Ibis llegaron desde el túnel. Demasiados, eran demasiados, sobre todo cuando ninguno de nosotros quería en realidad tener que acabar con la vida de ninguno de ellos. No importaba lo que se dijera de los brujos oscuros o de los Ravenswood, ni lo que los gemelos hubieran tenido que hacer siglos atrás, ninguno de nosotros era un asesino. Ninguno de nosotros era un monstruo.

Pero entonces Annabeth Putnam apareció a mi lado con una sonrisita traviesa en los labios y sus largos dedos envueltos alrededor de dos dagas tan brillantes y hermosas que Wood sentiría envidia de ellas.

—¿Necesitáis algo de ayuda? —Sus ojos me recorrieron de arriba abajo y supe lo que estaba viendo; sin embargo, no había repugnancia o temor alguno en sus ojos.

Asentí con la cabeza por miedo a que, si hablaba, el extraño sonido de mi voz pudiera hacerla replantearse lo que la había empujado a ayudarnos.

—Annabeth —oí mascullar a uno de los Ibis.

Ambos miramos en su dirección. Se trataba del mismo guardia al que yo había apuñalado en el hombro. Había una chispa de reconocimiento en sus ojos, y la había llamado por su nombre, así que estaba claro que sabía quién era la bruja.

—Sebastian —replicó ella, aún sonriendo con descaro, y me dio la sensación de que el Ibis se estremecía.

Los tres coches ocupados habían abandonado ya el garaje, pero Aaron Proctor atravesó la puerta abierta corriendo y mascullando improperios y se unió a nosotros. Debían de haber detenido los coches a pocas calles de allí para regresar a pie, o bien los demás habían seguido adelante sin ellos.

—¿En serio, Beth? —protestó el brujo, resoplando.

La chica se encogió de hombros, mientras el tal Sebastian continuaba mirándola como si no pudiera creer que de verdad estuviera allí. Pero entonces otro de los Ibis se adelantó, espada en mano, y ya no hubo más tiempo para quejas o bromas. Aaron se sacó una daga corta de la bota y yo me hice con la espada que le había arrancado de las manos a uno de los Ibis. Por suerte para mí, a Wood le encantaba practicar con su amplia colección de armas y nos había obligado tanto a Raven como a mí a hacerlo en multitud de ocasiones con él.

Annabeth y Aaron lucharon a nuestro lado con evidente soltura. El sonido de acero contra acero llenó la habitación, también el de los golpes y puñetazos, así como los gruñidos y aullidos de Raven.

Mi oscuridad serpenteaba por el suelo en busca de su presa, se aferraba a las piernas de los guardias, los ponía del revés o trepaba hasta sus cuellos para asfixiarlos hasta que se desmayaban, y durante un momento creí que conseguiríamos hacerlos retroceder. Pero nos enfrentábamos a Ibis blancos, no se detendrían hasta que sus cuerpos dejaran de funcionar y, antes de que eso ocurriera, recurrirían a su poder. Además, nos superaban en número.

Escuché un quejido de dolor proveniente de Wood y mi cabeza giró hacia él como un látigo. Su brazo derecho colgaba inerte y él trataba de sujetárselo con la otra mano mientras los dedos de uno de los guardias le rodeaban el cuello. Me entró el pánico al descubrir que, además, los labios de su atacante se movían a toda prisa, susurrando lo que probablemente era un hechizo. Me lancé de inmediato en su dirección, pero mi oscuridad llegó antes que yo hasta donde estaban. Rodeó al tipo y se coló a través de su boca. Este empezó a toser. Un momento después, conseguí alcanzarlo y lo empujé con toda mi fuerza para apartarlo de Wood. Gracias a Dios, Annabeth debió de darse cuenta de lo que sucedía y alzó un escudo de aire frente a nosotros.

—Joder. ¡Joder! —masculló Wood, sosteniendo el brazo herido contra su cuerpo con la mano buena—. Creo que me ha desencajado el hombro.

Bueno, al menos eso era mejor que una fractura o una herida mágica. Podíamos arreglarlo, pero teníamos que salir de allí. Apoyé a Wood contra la pared y busqué a los demás con la mirada. Raven había hecho caer a uno de los brujos y se había subido encima de él, lanzando dentelladas frente a su cara para mantenerlo inmóvil. Aaron rechazaba una estocada de otro y tenía la mano alzada en dirección a un tercero, que parecía paralizado. Annabeth había empezado a retroceder hacia la puerta, y me pregunté si no iría a largarse dado que no parecía que pudiésemos salir bien parados de allí. Pero entonces estiró ambas manos hacia el frente y empezó a canturrear alguna clase de hechizo.

—¡Agachaos! —gritó, y Aaron se tiró al suelo en el acto.

No tenía ni idea de lo que se proponía Annabeth, pero no había manera de que Raven hubiera escuchado la advertencia. Solté a Wood y apenas si tuve tiempo de llegar hasta su gemelo. Me abalancé sobre él y ambos rodamos por el suelo justo en el instante en que una potente onda de aire barría la estancia de parte a parte. Los Ibis salieron volando hacia atrás en cuanto los alcanzó, incluso uno de ellos atravesó la puerta que daba al túnel y se perdió en la oscuridad. Annabeth no malgastó ni un segundo; corrió hacia Wood y lo instó a moverse hacia la salida. Raven y yo los imitamos.

Juro que, al salir a la calle, pude oír a uno de los Ibis gritar el nombre de Annabeth, pero ella ni siquiera volvió la cabeza. Tampoco yo lo hice. Lo único que quería en ese momento era sacar a mis familiares de allí. Y cuando estuvieran a salvo me prometí que, si era necesario, asaltaría el maldito Abbot y encontraría a Danielle. Costase lo que costase.

20

Me senté en la cama de golpe, respirando con dificultad y totalmente desorientada. Tardé unos segundos en comprender dónde estaba y otros pocos más en recordar lo que había sucedido. *Todo* lo que había sucedido. Aun así, encontrarme de nuevo en mi dormitorio de Abbot fue como despertar de repente de un largo y perturbador sueño. Durante un instante mi mente trató de convencerme de que nunca había abandonado la academia, no había estado en Ravenswood y Dith no había... muerto. Quizás podría haber conseguido engañarme a mí misma si no hubiera sido porque aún llevaba puesta una camiseta que no era mía, sino de Alexander. Y, sobre todo, porque el vacío que había dejado en mi pecho la pérdida de mi familiar continuaba allí, tan profundo y devastador como en los últimos días.

Miré a mi alrededor. Estaba tumbada en la que había sido mi cama desde mi llegada a Abbot con tan solo diez años. Todo estaba tal y como lo había dejado, incluso mi uniforme se hallaba colgado de la puerta del armario en la misma percha y la bolsa en la que solía llevar mis libros en el respaldo de la silla de mi escritorio. Las carpetas con mis notas de las distintas asignaturas se apilaban en un estante, la papelera rebosaba folios arrugados y varias fotos mías con Dith se amontonaban en el borde de un pequeño espejo que solía emplear las pocas mañanas en las que me apetecía maquillarme para ir a clase; también había un par de ellas de mi madre y Chloe, de las pocas que había podido conservar.

Aquella habitación había sido mi hogar durante gran parte de mi vida, pero ahora la sentía... ajena y extraña, como si ya no hubiera manera de que yo encajara en mis antiguos hábitos. Como si se tratara de esa camiseta que acaba por quedársete pequeña por muchos recuerdos que te traiga y lo reacia que seas a deshacerte de ella.

Me llevé los dedos a la sien. Tenía la zona dolorida y recordé que me había golpeado al caer. Al menos no parecía que me hubiese abierto la cabeza. O quizás alguien me hubiera curado al traerme de vuelta a Abbot. ¡Dios! Ni siquiera podía creerme del todo que estuviera allí de nuevo. Igual no me había parado a pensar demasiado bien lo que eso significaba cuando había decidido sacrificarme para darles tiempo a los demás para escapar. Solo esperaba que hubieran conseguido dar esquinazo a los Ibis, porque estaba claro que no tardarían en llevarme frente al consejo e iba a tener que dar un montón de explicaciones. Deseé con todas mis fuerzas que hubiese merecido la pena.

La puerta se entreabrió sin previo aviso. Rodé sobre el colchón y me puse en pie de un salto, preparada para enfrentarme al mismísimo director de Abbot o, peor aún, a mi padre. En el pasado, mi reacción hubiera resultado desproporcionada e incluso cómica, pero no había nada gracioso en todo aquello. Nada en absoluto. Y, desde luego, yo ya no era la chica que había sido tiempo atrás.

Una cabeza asomó tras la madera y un par de ojos castaños se abrieron por la sorpresa al descubrirme plantada en mitad de la habitación, con las palmas de las manos apuntando directamente hacia la puerta, en actitud claramente defensiva. Solté un largo suspiro cuando me di cuenta de a quién pertenecía aquella mirada cautelosa.

—Hola, Rebeka. Pasa.

Beka Warren era una de mis compañeras de clase y ocupaba la habitación justo frente a la mía. Tenía mi misma edad y un talento natural para la magia a pesar de su pertenencia a los Warren, un linaje menor que, en tiempos de Salem, había servido a los Proctor, mucho más ricos y poderosos que ellos y que eran brujos oscuros, los antepasados de Aaron Proctor. Beka era una chica tímida y que apenas si se hacía notar, claro que en Abbot muchos preferían pasar desapercibidos, dada la tendencia que tenían los miembros de algunos linajes a dejar en evidencia a otros de menor relevancia.

Bajé las manos, sintiéndome un poco estúpida por mi reacción. Pero, pese a mi invitación, Beka no se movió del umbral ni hizo amago de acceder a la habitación.

—El director me ha enviado para ver si ya estabas despierta.

—Me extraña que no haya venido a comprobarlo él mismo.

Y me extrañaba aún más no haber despertado metida en una de las celdas que se rumoreaba que poseía la escuela por debajo de la planta principal, en vez de en mi propia habitación, pero no sería yo quien hiciera algún comentario al respecto.

—Está ocupado. —Hizo una mueca—. Las cosas han estado un poco raras por aquí últimamente.

Eso tenía pinta de ser el eufemismo del siglo, aunque no estaba segura de cuánto les habrían contado a los alumnos de lo que estaba sucediendo. Por lo poco que me había dicho Cam durante mi viaje astral, era posible que no supieran nada del ataque que había lanzado Abbot sobre la academia de nuestros rivales.

¡Oh, mierda, Cam! Tenía que estar preocupado.

—¿Sabes dónde está Cameron Hubbard? ¿Podrías decirle que venga a verme?

De un momento a otro, estaba segura de que iban a llevarme frente al consejo. Tal vez Cam pudiera darme algo de información antes de que empezaran a hacerme preguntas sobre dónde y con quién había pasado el último mes.

—No está en la escuela.

—¿Qué?

Cameron no solía abandonar nunca Abbot, ni siquiera en vacaciones. Ambos estábamos condenados a estar encerrados entre aquellas paredes, aunque en su caso fuera porque era el hijo del director y su familia residía allí de forma permanente.

Beka se encogió de hombros y abrió un poco más la puerta. No tenía ni idea de la hora que era o en qué día estábamos, pero mi compañera llevaba puesto el uniforme: falda azul marino, jersey en tono crema y una blusa de botones del mismo color sobre la que se anudaba la consabida corbata también azul. Los calcetines le cubrían la parte inferior de las piernas y llevaba el pelo recogido en una coleta tensa. Deduje que no era fin de semana. Los sábados y domingo eran los únicos días en los que se nos permitía vestir nuestra propia ropa.

—Cameron lleva un par de días sin asistir a clases. Todo lo que sé es que no está en la academia.

Se alisó con ambas manos una arruga inexistente de la falda y empezó a balancearse, alternando el peso entre un pie y otro. Por su expresión y el modo nervioso en el que se movía, no creía que la hubieran enviado a mi dormitorio para darme conversación.

—Hubbard quiere verte —añadió entonces—. Tienes permiso para darte una ducha y cambiarte de ropa, pero te espera en su despacho en veinte minutos.

No pude evitar poner los ojos en blanco.

—¡Qué derroche de amabilidad!

—Yo que tú me daría prisa, Danielle.

Enarqué una ceja, esperando que añadiera algo más, pero Beka solo negó con la cabeza. ¡Vaya! No pintaba bien, aunque no era nada que no hubiera esperado. Me había fugado de la academia y había provocado un incidente entre Ravenswood y Abbot que había terminado con la muerte de varios alumnos y de mi familiar; nada de aquello iba a ser fácil para mí.

Eché un vistazo rápido a mi aspecto. Tenía la camiseta arrugada y los pantalones manchados de grasa, hollín o algo peor. Mi pelo debía de parecer alguna clase de lío en el que un pájaro hubiera anidado y era probable que tuviera el rostro tan sucio como mi ropa, pero mi apariencia era lo último que me preocupaba en ese momento.

—Estoy lista. —Eché a andar hacia ella y le hice un gesto para que me precediera por el pasillo—. No hagamos esperar a nuestro querido director.

Cuanto antes descubriera cómo estaban las cosas en Abbot, antes podría encontrar la manera de escapar de nuevo de aquella cárcel. Además, necesitaba asegurarme de que los Ibis no hubiesen capturado a los demás. Que yo hubiera despertado en mi dormitorio no implicaba que ellos no se encontraran en esas supuestas celdas del sótano.

Había llegado el momento de enfrentarme no solo al director de Abbot y al consejo, sino también a mi propio padre. Mentiría si dijera que no estaba aterrada por lo que podía llegar a descubrir. Ya no tenía a Dith para apoyarme, y los gemelos y Alexander, si todo había ido bien, estarían de camino a la casa de Loretta Hubbard para descubrir algo más de aquella maldita profecía. Y, para colmo, a saber dónde se había metido Cameron.

Estaba sola.

La ausencia de otros alumnos en los pasillos me indicó que debían de encontrarse todos en clase, algo que agradecí, porque no tenía ganas de enfrentarme a los cuchicheos y miraditas que mi regreso habría despertado. Los dormitorios ocupaban dos alas opuestas de Abbot, mientras que la tercera y el edificio principal estaban destinados a las aulas y los despachos de los profesores, así como al comedor y la biblioteca. Abbot no era pequeño, pero en modo alguno podía competir con Ravenswood ahora que conocía todo lo que los brujos oscuros ocultaban. Tampoco la decoración estaba a la altura. Nuestra academia parecía alguna clase de hospital —o sanatorio mental más bien—; apenas había muebles por los pasillos, cuadros en las paredes o una sencilla alfombra sobre el suelo. Lo único en lo que se parecían era en el retrato de la familia fundadora que colgaba en la entrada de ambas escuelas. En nuestro caso, el del matrimonio Abbot junto con su hijo.

Al bajar por las escaleras, mis ojos tropezaron con las puertas cerradas del acceso principal a la escuela y me estremecí al recordar el sueño que había tenido días atrás. No había podido distinguir más que una figura sin rostro, pero de algún modo sabía que quien fuera que se ocultaba tras las sombras representaba el tercer elemento de la profecía. También estaba bastante segura de que la sangre que había contemplado salpicando suelo y paredes no podía tratarse de un buen augurio.

—Danielle, ¿estás bien? —me preguntó Beka, y me di cuenta de que me había detenido en mitad de las escaleras.

Asentí y me obligué a seguir caminando. La oficina de Hubbard se encontraba en la planta baja de la escuela, en uno de los pasillos que salían del enorme vestíbulo, muy cerca de la sala en la que solía reunirse el consejo. De hecho, dadas las circunstancias, era probable que estuvieran allí ahora mismo.

Cuando enfilamos el pasillo, fue Beka la que se detuvo.

—Oye, ¿es verdad que has estado en Ravenswood? —Durante un breve instante me planteé mentir, pero acabé asintiendo. Ella pareció reflexionar un momento antes de añadir—: Muchas familias han hecho regresar a sus hijos a casa y ha corrido el rumor, entre otros, de que la comunidad oscura está preparándose para atacarnos. Si rompen el pacto...

—Nada de lo que nos han contado es cierto, Beka —la interrumpí—. Y siento decirte que nosotros fuimos los que atacamos primero.

Antes de que pudiera añadir nada más, la puerta del despacho de Hubbard se abrió y el director de Abbot salió al pasillo. El padre de Cam era un hombre que había sobrepasado ya los cincuenta, aunque mantenía una buena forma física, y tenía el mismo pelo negro que mi amigo. En cambio, la sonrisa de su hijo no era algo que se reflejara a menudo en el rostro del hombre. Menos aún en ese momento.

—Muchas gracias, Beka. Puedes regresar a clase. —La chica asintió y se largó de forma apresurada. No podía culparla, Hubbard no parecía precisamente contento. Me miró de arriba abajo antes de hablar de nuevo—. Señorita Good, un placer tenerla de vuelta.

No importaba lo que dijera su boca, el tipo irradiaba tensión por los cuatro costados, y ambos sabíamos que no estaba en absoluto complacido. Como tampoco lo estaba yo.

No dijo nada sobre mi desastroso aspecto, tan solo se limitó a indicarme con un gesto que entrara en el despacho. En cuanto me adentré en la estancia, me quedé completamente paralizada. No solo había dos Ibis allí, alineados en la pared del fondo, erguidos e inexpresivos —uno de ellos, el líder del grupo que me había encontrado en Nueva York—, sino que el mismísimo Nathaniel Good estaba acomodado en una de las butacas frente al escritorio de Hubbard.

Ni siquiera recordaba cuánto hacía desde la última vez que nos habíamos visto. ¿Meses? ¿Más de un año tal vez? No tenía ni idea, la verdad, pero sí sabía que había pasado mucho tiempo. Y puede que casi hubiera olvidado también lo que se sentía al tener un padre y hubiera renegado en multitud de ocasiones de él, pero no pude evitar encogerme un poco y que todas mis inseguridades regresaran a por mí. Aquel hombre era toda mi familia ahora.

Luché por encontrar mi voz y fracasé estrepitosamente. No se me ocurría nada que decir, no después de lo sucedido durante las semanas anteriores. No cuando la pérdida de mamá y Chloe se sintió de nuevo como si apenas hubieran pasado unos pocos días desde que las habíamos enterrado. No cuando no estaba segura de cuánto me había ocultado mi padre sobre sus muertes.

—Danielle —me saludó él.

No se molestó en levantarse y acercarse a mí. Se quedó allí sentado, tenso y distante, y su frialdad me dolió mucho más de lo que estaba dispuesta a aceptar. Sin embargo, la aguda punzada de rencor que despertó su actitud fue todo lo que necesité para reaccionar y contestarle con idéntica dureza.

—Papá.

—Está bien —intervino Hubbard—. Siéntate, Danielle.

Señaló la butaca junto a la de mi padre y él ocupó la suya al otro lado del escritorio. Durante un instante, pensé en rebelarme y largarme de allí, a sabiendas de que durante años aquellos dos hombres no me habían contado más que mentiras; el uno, sobre mi familia, y el otro, acerca del objetivo de los brujos blancos una vez que acabábamos nuestros estudios. Pero quería respuestas, y seguramente los Ibis me traerían a rastras si se me ocurría salir del despacho, así que me tragué el orgullo y decidí que lo mejor sería cooperar por ahora.

—¿Cómo estás? ¿Te duele la cabeza? —comenzó a preguntarme el director.

No era lo que esperaba, eso seguro, pero supuse que Hubbard no era del todo un capullo si era capaz de interesarse por mi estado antes de acribillarme con otras cuestiones mucho más relevantes.

La verdad era que me dolía todo, aunque empezaba a acostumbrarme a ello. En las últimas semanas había perdido la cuenta de las veces que me había desmayado o estado a punto de morir de una u otra manera.

—Estoy bien. Perfecta.

El sarcasmo se filtró en mi voz pese a mis intenciones iniciales, aunque Hubbard decidió ignorarlo. No me digné a mirar a mi padre para observar su reacción; no estaba segura de mantener la entereza si volvía a descubrirlo contemplándome de esa forma tan despreocupada, como si no hubiera pasado más de un mes lejos de aquel lugar y él hubiera desconocido si me hallaba viva o muerta.

—Bien, me alegra que sea así. Estábamos preocupados por ti —repuso Hubbard.

Lo intenté, juro que lo intenté, pero no pude evitar que se me escapase una carcajada cínica.

—Unos más que otros, al parecer.

—Danielle, cuida tus modales —me amonestó mi padre.

Me giré lentamente en el asiento, furiosa, porque incluso para reprenderme tenía que emplear ese tono ajeno y aséptico, carente de cualquier emoción. Nada. No había nada en su actitud que demostrase que me había echado de menos siquiera. Aquel hombre era mi padre y, sin embargo, no le importaba más allá de lo que mi comportamiento pudiera afectar a la reputación de nuestro linaje.

Clavé la mirada en él y, a pesar de la ira profunda y salvaje que burbujeaba en mi pecho, tuve que esforzarme para evitar que las lágrimas acudieran a mis ojos. Le brindé una sonrisa que me costó todo mi esfuerzo esbozar y le dije:

—Vete a la mierda, papá.

21

Nathaniel Good se incorporó y se irguió en toda su estatura, y no era un hombre pequeño. Nunca había sido proclive a las demostraciones públicas o privadas de cariño, aunque tampoco era de los que infundían miedo a sus hijos para controlarlos. Durante mucho tiempo, me había engañado a mí misma pensando que me había llevado a Abbot porque las muertes de mamá y Chloe le habían provocado un sufrimiento con el que no había sido capaz de lidiar de forma adecuada, que tal vez yo le recordase demasiado lo que había perdido... Pero ahora, con todo lo que había descubierto y su forma de tratarme, esa mentira ya no se sostenía. Y dolía. Dolía mucho más de lo que jamás hubiera creído que podía doler. Incluso cuando yo ya estaba acostumbrada a no verlo o que no me llamase siquiera para preguntarme cómo me iba en la academia o si me encontraba bien. Supuse que una parte de mí había albergado cierta esperanza al respecto. Pero esa esperanza se marchitó hasta morir justo frente a mis ojos cuando mi padre levantó la mano y supe lo que venía a continuación. Iba a abofetearme.

Otra mano salió de la nada y lo detuvo un segundo antes de que alcanzara mi mejilla. El líder de los Ibis se encontraba aún junto a la pared, pero su compañero se había movido con tanta rapidez y sigilo que nadie en la estancia había sido consciente de ello.

—Señor. —Fue todo lo que dijo, pero logró hacerlo sonar como una amenaza.

Mi padre abrió la boca, probablemente para ensañarse con él por haberse atrevido a pararle los pies, pero Hubbard intervino antes de que pudiera decir nada.

—Nathaniel, eso es del todo innecesario. Danielle, por favor, compórtate.

Contemplé con satisfacción cómo el Ibis seguía manteniendo los dedos en torno a la muñeca de mi padre y no pude evitar sonreír. Tuvo que zafarse de su agarre de un tirón y, aun así, el guardia no retrocedió para regresar a su lugar. Después de lo sucedido en Ravenswood y del ataque de Nueva York, ninguno de aquellos tipos me caía bien, pero en ese momento casi me sentía más cercana a ellos que a mi propio padre.

—Si vuelves a hablarme así...

—Está bien —lo cortó Hubbard—. Danielle, tienes muchas explicaciones que dar.

—Primero quiero hablar con mi padre. A solas.

No estaba segura de lo que debía o quería contarles, pero si algo tenía claro era que necesitaba saber cómo y por qué habían muerto mi madre y Chloe, y no pensaba hablar de Ravenswood o de la profecía mientras no supiera la verdad.

—No estás en posición de hacer ningún tipo de exigencia —señaló el director.

Mi padre no parecía estar de acuerdo. O quizás solo quería una oportunidad para interrogarme sin el director y los guardias delante. Tal vez deseara abofetearme de todas formas.

—Déjanos solos, Thomas.

—El consejo quiere respuestas...

—Es mi hija. Quiero hablar con ella a solas —insistió, implacable.

Así era Nathaniel Good. Si no hubiera sido porque yo misma lo había sugerido, me hubiera negado a quedarme en esa habitación con él solo para llevarle la contraria.

Finalmente, Hubbard cedió y le hizo un gesto a los Ibis. El que había detenido a mi padre no se movió. Un músculo palpitó en la mandíbula del director.

—Sebastian, fuera. Ahora —lo instó, y luego se dirigió a mi padre—. Tienes cinco minutos, Nathaniel.

El Ibis me dedicó un leve asentimiento antes de dar media vuelta y dirigirse a la puerta; el otro ya lo esperaba en el pasillo. Hubbard salió también y cerró la puerta tras él. Mi padre y yo nos miramos durante unos pocos segundos en los que ninguno de los dos dijo nada. Sabía que, si no empezaba a hablar ahora, él se lanzaría sobre mí sin compasión y yo perdería el valor. Y no estaba dispuesta a permitir que me intimidara.

—Quiero saber qué pasó de verdad con mamá —escupí a bocajarro.

La sorpresa se reflejó con claridad en su expresión. No creo que hubiera esperado esa pregunta de mí, y me sentí satisfecha de haber pillado por una vez a Nathaniel Good con la guardia baja.

—No es momento para hablar de eso.

—Es el momento perfecto.

No me pasó desapercibido el hecho de que evitaba mi mirada mientras tomaba asiento de nuevo. Pero cuando levantó la vista, su rostro no era más que una máscara dura y carente de emoción. ¿Hubiera sido mucho pedir que, al menos, se mostrara un poco afectado por la mención de la muerte de su esposa y su hija?

—La espiabas —dije, cuando él no hizo amago de dar ninguna explicación.

Sus cejas se arquearon. Estaba claro que no entendía cómo había descubierto todo aquello, pero mantuvo la calma de una forma admirable. Tampoco tuvo ningún reparo en darme la razón.

—Lo hice. Tu madre se comportaba de forma errática poco antes de su muerte y...

—No —lo interrumpí, con la ira resurgiendo una vez más en mi pecho—. No digas que murió. La asesinaron, papá. Y también a Chloe, tu hija pequeña. ¿Te acuerdas siquiera de ella alguna vez? —No lo dejé contestar; las palabras acudían a mis labios por sí solas y no había manera de detenerlas—. Tú ordenaste que siguieran a mamá y luego le contaste al consejo lo de sus visitas a Ravenswood. Tú la delataste. Y, por tu culpa, mi hermana murió también.

—No sé de dónde te has sacado todo eso.

Me puse en pie y me acerqué hasta quedar frente a él. Estaba tranquilamente acomodado en la butaca. Odiaba el hecho de que aquella conversación ni siquiera despertara en él una pizca de dolor o sufrimiento. ¡Estábamos hablando de mi madre! ¡Su esposa!

—¡No importa cómo lo sé! —grité—. Hiciste que mataran a tu esposa y a tu hija...

Se incorporó de golpe y me agarró del brazo. Y su contacto fue suficiente para que mi magia despertara e inundara de inmediato mis venas. Apenas si fui capaz de contenerla a tiempo. A pesar de que era más que probable que los Ibis hubieran narrado con todo lujo de detalles mi transformación y lo que era capaz de hacer ahora, no quería exponerme de esa forma frente a él. Al menos, no todavía.

—Tu madre quería matarte, Danielle. A ti y a Chloe —me espetó, mientras yo luchaba por soltarme sin recurrir a mi poder.

Durante unos pocos segundos, ni siquiera fui consciente de lo que acababa de decirme. Cuando finalmente sus palabras calaron en mí, negué con la cabeza.

—No. Ella quería protegernos. Solo trataba de descubrir de dónde provenía nuestro linaje —farfullé de forma atropellada. Lo empujé para quitármelo de encima y retrocedí a trompicones—. Por eso visitaba Ravenswood, y luego tú lo descubriste... No podías permitir que la reputación de nuestra familia se viera mancillada... Ella... Ella lanzó un hechizo para asegurarse de que estuviera bien... De que Chloe y yo estuviésemos bien si íbamos a Ravenswood...

La expresión de mi padre no varió. Me contempló con dureza e incluso diría que cierto desprecio. ¡Dios! Lo odiaba, cómo lo odiaba.

—Puede que esas fueran sus intenciones al principio. Supongo que quería asegurarse de que, si había una gota de sangre perteneciente a los Ravenswood en vosotras, podríais regresar con los «vuestros» si así lo deseabais. Pero luego descubrió que eso ni siquiera importaba porque una de sus hijas formaría parte de algo mucho mayor y perdió el juicio. Tu madre mató a Chloe, Danielle. Y te hubiera matado a ti si yo no hubiera...

No concluyó la frase, pero no hacía falta. Mis piernas se aflojaron y lo miré, horrorizada, mientras continuaba retrocediendo. Tropecé contra el escritorio de Hubbard y tuve que aferrarme al borde de madera para no derrumbarme, incapaz de procesar lo que me estaba contando. Incapaz de creerlo.

—Estás... Estás mintiendo.

Negó, y cada movimiento de su cabeza fue como un golpe en el centro de mi pecho.

—Escúchame, Danielle. Beatrice no estaba bien. La mandé seguir porque se comportaba de forma extraña desde que había acudido a la antigua casa de tu abuela Florence. Empezó a investigar sobre el linaje de los Good y se remontó hasta Salem; luego vinieron las ausencias a deshoras y todo empeoró. Apenas comía o dormía. Eras muy pequeña para darte cuenta...

—No. No fue así.

—Danielle..., tu madre perdió la cabeza.

—Aunque hubiera sabido lo de la profecía, se supone que fui creada para mantener el equilibrio —dije, porque me negaba a pensar que mi madre hubiera querido hacerme daño o que se lo hubiera hecho a mi hermana.

Mi padre suspiró y se dejó caer de nuevo sobre el asiento. Sus ojos no reflejaban ningún tipo de calidez, pero de pronto ya no parecía el hombre inflexible y distante que tan bien conocía. Parecía... exhausto. Aun así, no podía creer nada de aquello. Era una locura.

—Así que lo sabes —señaló, y supuse que se refería a mi mención a la profecía.

Pero eso ahora ni siquiera me importaba.

—Mamá le dio un hechizo a Dith para que pudiera ir conmigo a Ravenswood. Para protegerme.

Él guardó silencio durante unos segundos, que a mí se me hicieron eternos. Me sudaban las manos, mi pulso se había vuelto loco y un nudo se apretaba cada vez con más fuerza en la boca de mi estómago. Seguramente, estaba a punto de vomitar.

—Y dime, Danielle, ¿dónde está Meredith ahora?

Caí de rodillas sobre el suelo, aunque ni siquiera noté el golpe. Quería llorar. Quería gritar. Mi corazón pareció detenerse y todo mi poder estalló durante un breve instante para consumirse luego y replegarse en mi interior, lejos de mi alcance. Tampoco lo quería en ese momento. No anhelaba nada salvo retroceder en el tiempo y borrar el eco de las palabras de mi padre de mis oídos.

¿Era verdad? ¿Mi madre había matado a mi hermana? ¿Y mi padre... la había matado a ella? ¿Por qué iba a admitir algo así si no fuera cierto?

Levanté la cabeza y lo miré. Furibunda.

—Si lo que cuentas es verdad... ¿Por qué no la entregaste al consejo? Ellos hubieran tomado las medidas necesarias para que no pudiera hacernos daño.

Mi padre no contestó y, pese a lo cansado y viejo que parecía en ese momento, no me costó comprender la razón de que no hubiera alertado al consejo blanco de las intenciones de mi madre. Tomé aire bruscamente.

—¡Oh, Dios! Eso hubiera hecho que los Good cayésemos en desgracia. Y tu reputación se hubiera visto afectada.

Se cruzó de brazos y recuperó parte de la entereza que había perdido en los últimos minutos. Ni siquiera había tratado de consolarme de algún modo, y eso que resultaba obvio que conocía el destino de Dith. Me contemplaba como un extraño miraría a alguien ajeno y molesto. Una carga, eso era para él.

—Eres la heredera de nuestro linaje. Solo trataba de protegerte. Por eso te traje a Abbot, para que estuvieses a salvo.

Aún de rodillas sobre el suelo, apreté los puños hasta que las uñas se me clavaron en la carne. Tampoco entonces sentí nada. Ningún sufrimiento físico sería comparable al daño que mi padre había vertido con cada palabra que había salido de su boca e incluso con las que no había llegado a pronunciar.

—Solo tratabas de protegerte a ti mismo. Espiabas a mamá porque temías cómo podía afectarte su comportamiento. Y tú la mataste...

Las venas se me inundaron de ira y de magia a partes iguales. Ríos de luz destellaron bajo mi piel y la mirada de mi padre se dirigió entonces hacia mis brazos. No parecía sorprendido, así que era evidente que los Ibis ya lo habían puesto al corriente, pero la cautela asomó a sus ojos. Se puso en pie muy despacio.

—Quería protegerte. Protegeros —se corrigió de inmediato. Al parecer, debió de recordar que una vez había tenido otra hija—. ¡Ella quería haceros daño!

La puerta del despacho se abrió de golpe, pero no me giré para ver si se trataba de Hubbard o de alguno de los Ibis. Quienquiera que fuera gritó:

—¡Danielle, basta!

Estaba llena de ira, pero también de miedo. De un horror feroz que me devoraba por dentro. La sed de venganza que había despertado en mí la muerte de Dith resurgió y ocupó el vacío que mi familiar había dejado atrás. Ese hueco se rellenó también con dolor, rabia, desprecio y un montón de emociones más que ni siquiera me molesté en tratar de comprender. Hasta que el vacío se desbordó. Hasta que no quedó hueco o grieta. Hasta que ya no me importó la profecía o que el mundo llegara a su fin y ardiésemos todos en el infierno. Hasta que no quedó nada de mí y de la persona que había sido.

Y, entonces, lo que era ahora encontró el modo de salir al exterior.

Alexander

Escapamos del garaje, aunque por muy poco. Wood no fue el único herido. Annabeth lucía algunos moretones y arañazos, y Aaron se había llevado un buen corte en el muslo, pero al menos él no era un familiar y no tenía que temer que las armas de los Ibis estuvieran hechizadas. La magia podía acabar con los familiares de un modo en el que ninguna otra cosa lo haría, así que el alivio que sentí cuando por fin nos vimos atravesando las calles de Nueva York en uno de los coches solo fue comparable a la culpabilidad por haber dejado a Danielle atrás.

Siempre estaría en deuda con Annabeth Putnam y Aaron Proctor. No solo por haber regresado para ayudarnos, sino porque, cuando por fin nos aseguramos de que nadie nos seguía, llamaron a Gabriel para establecer un punto de encuentro y así poder cedernos el vehículo en el que habíamos huido para que pudiésemos continuar nuestro camino. No había manera de que él nos permitiera acompañarlos a donde fuera que se dirigían, pero al menos tuvo el detalle de no oponerse e incluso esperó pacientemente mientras Aaron le recolocaba el hombro a Wood y procedía a curarlo. Que un brujo oscuro dominara la magia de curación como demostró hacerlo Proctor me hizo pensar, no por primera vez, en el profundo error que se había cometido siglos atrás al separar a los brujos en dos bandos.

Ahora, tras habernos despedido de ellos y recorrer un par de cientos de kilómetros hacia el sur, Raven, Wood y yo nos habíamos detenido en un mirador sobre la costa para intentar descansar un poco. Aaron le había recomendado a Wood que mantuviera, al menos durante unas cuantas horas, el brazo inmovilizado. Como ni Raven ni yo sabíamos conducir, él no había tenido más remedio que llevarnos hasta allí, pero ahora tenía un cabestrillo improvisado para tratar de compensarlo, y no hacía más que quejarse al respecto.

—Esto es ridículo. Ya está curado y no me duele.

—Deja de protestar —repliqué.

Continuó refunfuñando mientras yo me apoyaba en la ventanilla del coche y contemplaba la claridad que ya empezaba a colorear el horizonte. El sol salía y se ponía cada día y, sin embargo, era la primera vez que recordaba haber disfrutado de un espectáculo como aquel. En Ravenswood, no resultaba visible hasta que sobrepasaba las copas de los árboles del bosque de Elijah y, desde luego, no era comparable con la belleza de verlo alzarse sobre el mar. Destellos anaranjados, amarillos y rosados inundaron el cielo poco a poco bajo mi mirada. Me estremecí, consciente de que me había perdido muchas cosas al permanecer recluido durante años; cosas que cualquier mortal o brujo daba por sentadas y que formaban parte de su día a día. Era como mirar el mundo con ojos nuevos, aunque tal vez fuera más correcto decir que el mundo era nuevo para mis ojos.

Suspiré.

Wood continuaba murmurando maldiciones y peleándose con la tela que rodeaba su brazo, así que, cuando abrió la puerta para bajarse del coche, no lo detuve. El vehículo estaba «blindado». Un amuleto colgaba del espejo de retrovisor e interferiría con cualquier intento mágico de localizarnos, y supuse que, sumado a otros tantos hechizos que lo rodeaban, no correríamos peligro alguno mientras no se alejara demasiado de él.

—Quédate cerca —dije de todas formas.

Wood resopló, aunque, en cierto modo, me alegraba que pareciera estar saliendo del mutismo en el que se había sumido los días anteriores. Rodeó el coche y se sentó en el capó, y yo volví la vista hacia el mar de nuevo, a la espera de la salida inminente del sol. Solo entonces me di cuenta de que parte de la serenidad que me transmitía aquel lugar no se debía solo a las maravillosas vistas, sino también a la total ausencia de brujos a mi alrededor. Estaba tan acostumbrado a Wood y a Raven y a sus respectivos poderes que ya los sentía casi como míos, y ninguno de los dos había despertado nunca en mí ningún tipo de necesidad. Así que en ese momento no captaba ni un pequeño destello de magia. No había anhelo ni dolor; mi garganta no estaba seca y la piel no me picaba. No sentía ansiedad ni deseo.

Supuse que aquella era otra primera vez para mí.

Entonces pensé en Danielle y... ¿Sería para ella también ahora así? Incluso aunque no la embargara el ansia de drenar a otros brujos, ¿estaría condenada a sentirlos todo el tiempo? Sabía que podía percibirme, lo había visto en su rostro aquella mañana en la cocina de la cabaña, y ella misma lo había confirmado poco después: mi magia también le cantaba. ¿Resultaría eso una tortura para ella?

Eché un vistazo por encima de mi hombro. Raven había pasado parte del trayecto dormido, acurrucado en el asiento trasero, de vuelta al muchacho tranquilo y pacífico que solía ser casi siempre. Esperaba encontrarlo aún descansando; sin embargo, sus ojos estaban abiertos. Cuando nuestras miradas tropezaron, no dijo nada.

Como si supiera las preguntas que me estaba haciendo en silencio, esperó, paciente, hasta que las palabras encontraron el camino hasta mi boca.

—Tú... nos empujaste a Danielle y a mí para hacer que ella despertase —dije por fin.

No hubo reproche en mi voz, solo curiosidad. Y tampoco era exactamente una pregunta, pero creo que Raven lo comprendió de todas formas. Cerró los ojos un instante y se incorporó hasta quedar sentado. Luego, los abrió y clavó su mirada azul en mí. Yo me giré un poco más hacia él para asegurarme de que no se perdía nada de lo que dijese.

—Iba a ocurrir de todas formas, Alex, y no había tiempo que perder.

—¿Porque ese es su destino?

Yo no podía luchar contra lo que ya era, pero, si Danielle no hubiese despertado, tal vez se hubiera librado de todo aquel lío. Quizás hubiera podido mantenerse al margen.

—Porque debía ser.

—Porque ese es nuestro destino. Ser opuestos —insistí, y esta vez simplemente era una afirmación. Pensé en cómo habíamos chocado desde el primer momento y luego en lo que había sucedido entre nosotros en la terraza. En el modo en el que parecíamos girar el uno en torno al otro, para bien y para mal. Y entonces añadí—: Sentirnos atraídos...

No concluí la frase. Para empezar, en realidad tampoco había querido llegar a verbalizar ese pensamiento. ¿La atracción que sentía Danielle por mí era solo una consecuencia de la atracción que le provocaba mi magia? ¿Y la mía se debía a la suya? ¿O había algo más? Porque no parecíamos ser capaces de estar en la misma habitación sin mordernos. Yo me había comportado como un auténtico gilipollas tras su llegada a Ravenswood y todavía había veces que quería estrangularla, pero ahora era yo quien me ahogaba al pensar en lo que podrían estarle haciendo en Abbot.

Me pasé la mano por la cara, sintiéndome como un idiota por perder el tiempo pensando en algo así mientras el mundo parecía estar de camino al desastre. Cuando volví a mirar a Raven, este estaba esbozando una sonrisita que no supe muy bien cómo interpretar. A veces me resultaba imposible descifrar en qué demonios estaba pensando.

—Si lo que quieres saber es si el amor se puede...

—No hablo de amor —lo interrumpí. Solo estaba preocupado por Danielle, y quizás un poco perturbado por la posibilidad de que lo que había pasado entre nosotros no fuese más que un espejismo, un efecto secundario de lo que se suponía que estábamos destinados a ser—. Solo me refería a...

—Sé a qué te referías, Alex —me cortó él a su vez—. Y la respuesta es no. La única magia en este mundo que no se puede recrear es la del amor. Ese sentimiento tiene una magia propia, una que no hay hechizo que pueda forzar. ¿Obsesión? Tal vez. ¿Deseo? Mmm... Es posible. Pero no el amor, Alexander. Nunca el amor; ni tan siquiera el cariño. Créeme, sé de lo que hablo. Mis padres...

Contuve el aliento. Los gemelos rara vez mencionaban a sus progenitores. Martha y Robert Ravenswood, los fundadores de la academia en la que estudiaban los brujos oscuros, no habían sido lo que se dice unos padres ejemplares. En realidad, fueron todo lo contrario, unos auténticos desalmados que habían convertido la vida de los gemelos en un verdadero infierno. Y Raven se había llevado la peor parte de sus «atenciones», aunque Wood siempre había tratado de evitarlo.

—Incluso antes de que mi poder se manifestase, ellos no aceptaron muy bien mis... particularidades. Creían que era un niño estúpido y frágil y que carecía de la fuerza de carácter que se esperaba de los miembros de nuestra familia. Tampoco ayudó que Wood y yo fuésemos gemelos, aunque no poseyésemos la marca. Aun así, durante mucho tiempo traté de hacerlos cambiar de opinión. —Subió los pies al asiento y se rodeó las piernas con los brazos, encogiéndose de tal manera que por un momento me pareció imposible que tuviera más de tres siglos de antigüedad. No parecía más que un niño asustado—. Cuando me di cuenta de que complacer sus exigencias no funcionaba, intenté conseguirlo mediante la magia. Estudié sin descanso, investigué y me dediqué a combinar ingredientes y hechizos. Cuando uno fallaba, pasaba al siguiente. Me obsesioné con el tema. Solo deseaba que me quisieran, ser suficiente para ellos. Encajar y ofrecerles lo que se esperaba de mí. Quería que me amaran como suponía que debían hacerlo unos padres con su hijo. Tardé mucho en comprender que no existía hechizo, conjuro, poción o magia alguna que pudiera dotarlos de ese sentimiento; no se puede crear de la nada algo tan desinteresado y especial como el amor, y mucho menos tratar de obtenerlo cuando todo lo que en realidad tienes para trabajar es odio y desprecio... Fracasé y, bueno, ya sabes cómo acabó todo.

Estiré la mano, le apreté la pierna y asentí para hacerle saber que no tenía que continuar rememorando uno de los episodios más oscuros de su existencia, uno que había terminado con los gemelos convertidos en familiares. Después de soportar años de maltrato, vejaciones y torturas tanto psicológicas como físicas, una noche en la que Martha le aplicaba un castigo especialmente violento a Raven, este no había podido más y su cuerpo se había rebelado. En una explosión de rabia y amargura, se había defendido con uñas y dientes a pesar de que la capacidad de convertirse en lobo le llegaría después de convertirse en familiar. El salvajismo que lo había poseído fue tal que había herido de gravedad a su madre. Su padre había acudido al oír los gritos, y también Wood. Y cuando Robert

Ravenswood había atacado a Raven, presa de la ira, su gemelo no había dudado en defenderlo.

El matrimonio había terminado muerto. Martha, a causa de una profunda herida en la garganta que la había hecho desangrarse en cuestión de unos pocos minutos, y Robert, con el cuello roto. Sinceramente, creo que obtuvieron lo que se merecían, pero aquello costó a los gemelos su libertad y el resto de sus vidas. Nadie dio crédito a sus relatos sobre el sufrimiento al que los habían sometido ni quisieron ver las cicatrices que portaban, tanto en la piel como en el corazón. Nadie sacó la cara por ellos. Todos miraron hacia otro lado. Se los maldijo y se los condenó a muerte para que se convirtieran en familiares y tuvieran que cuidar de los miembros de un linaje que no les había reportado más que dolor. Era un verdadero milagro que, aun así, Raven fuera capaz de mostrar tanta bondad, y también que hubieran sido tan pacientes conmigo mientras me criaban. Desde luego, no era de extrañar que odiaran a mi padre con tanto ahínco; en el fondo, siempre había pensado que veían en mí un reflejo de lo que les había sucedido.

Pero lo que nunca había sabido era que Raven había pasado años tratando de ganarse el favor de sus padres. Y pensar en ello me rompió aún más el corazón.

—Raven...

—Está bien, Alex. No pasa nada, eso ocurrió hace mucho —comentó, aunque yo sabía que algo así tenía que continuar doliéndole. Nada borraba esa clase de sufrimiento—. Lo que quiero decir es que lo que suceda entre Danielle y tú no tiene nada que ver con lo que sois. La magia tiene sus limitaciones y no puede hacer que te enamores de nadie.

El rostro de Raven se transformó por completo cuando sus comisuras se curvaron y una sonrisa enorme le llenó la cara. No pude evitar sonreírle de vuelta. ¿Quién podría? Raven se merecía cada sonrisa y cada gesto de cariño que pudiera brindarle, aunque solo fuera para compensar toda la mierda por la que había pasado.

—No estoy enamorado —señalé, solo por si acaso. Raven esbozó una mueca ligeramente exasperada, pero no me contradijo, y me dije que era un buen momento para cambiar de tema—. ¿Qué hay de ti? Pensaba que querías que Robert viniera con nosotros.

Me había extrañado que ni siquiera tratase de convencerlo para que nos acompañase.

—Somos amigos. Nunca había tenido un amigo de verdad hasta que llegó Danielle. Y me gusta hablar con él, pero tenía cosas más importantes que hacer y...

—¿Y? —lo alenté a continuar.

—Es atractivo, ya sabes, pero creo que no podemos ser *esa* clase de amigos.

Me eché a reír al contemplar el rubor que ascendió por su cuello. Nunca dejaría de sorprenderme que Raven pudiera comportarse como un animal rabioso que peleaba con garras y dientes y horas más tarde no pareciera diferente de un adolescente tímido.

—No es él —añadió, enrojeciendo aún más.

—¿Él?

Raven no contestó. Se deslizó por el asiento en dirección a la puerta y salió del coche para ir a reunirse con su hermano. Saqué la cabeza por la ventanilla y le grité:

—¡¿Quién es entonces él?! ¿Lo sabes ya?

Nunca le había preguntado a Raven cuánto de su propio futuro conocía o si también era capaz de ver los hilos que lo unían a otras personas. La verdad era que me costaba comprender su don del todo.

Me bajé del vehículo y llegué hasta ellos justo en el momento en que Raven se situaba frente a Wood y le decía:

—¿Cómo supiste que venían? Los Ibis, ¿cómo lo supiste?

Fruncí el ceño y miré a Wood, olvidándome por completo de Robert y de ese él, fuera quien fuese. Había dado por sentado que el aviso de la llegada de los Ibis había sido cosa de Raven y de su poder.

—Los percibí.

Mi ceño se frunció aún más, si es que eso era posible. Wood tenía muchos dones, pero ese no estaba entre ellos. Ni siquiera yo había sido consciente de su presencia hasta que habían rodeado el edificio, y yo podía sentir la magia de cualquier brujo.

—¡Y una mierda! —le espeté—. Es imposible que los sintieras.

Wood hizo una mueca.

—Lo supe y ya está, ¿de acuerdo? Salvamos el culo, eso es lo importante.

Raven ladeó la cabeza mientras continuaba observando con atención a su gemelo. Estaba claro que no tenía ni idea de cómo había sabido su gemelo lo de los Ibis. El silencio se alargó. Wood trató de cruzar los brazos, pero se enredó con el cabestrillo. Murmuró una maldición, se arrancó la tela de alrededor del cuello y lo hizo una bola.

—Se acabó esta mierda.

—¿Qué nos estás ocultando? —inquirí.

—Nada.

—Wood.

Apretó los dientes. Resultaba obvio que no estaba dispuesto a soltar una palabra, lo cual era inquietante, porque normalmente era Raven el que guardaba más secretos.

—Venga, suéltalo —insistí, consciente de que tenía que ser algo importante—. No vamos a movernos de aquí hasta que nos lo cuentes.

Raven se mantuvo en silencio una vez más. Contemplaba a su hermano con una intensidad casi incómoda. Sinceramente, nadie quería que el lobo negro lo mirara así. Tenía la capacidad de hacerte sentir como si tus mierdas más vergonzosas pudieran quedar a la vista de todos y, además, había muy pocas cosas que Wood fuera capaz de negarle a su hermano.

—No es...

—No vuelvas a decir que no es nada, porque está claro que lo es si tratas de ocultarlo —señalé—. Vamos, Wood, sea lo que sea, lo arreglaremos.

Wood negó con pesar. Cerró los ojos y apretó los párpados un instante, pero, cuando los abrió y miró directamente a su gemelo, supe que Raven había ganado. Suspiró y luego, sin más, soltó la bomba:

—Supe que los Ibis estaban de camino porque... me lo dijo Dith.

Alexander

—Repite eso —exigí, porque estaba seguro de que no podía haberlo oído bien.

Raven me puso una mano en el antebrazo, aunque no sé si trataba de tranquilizarme o solo quería hacerme saber que quería hablar él.

—Dith está muerta, hermano —susurró, y su tono de voz estaba repleto de tanto dolor como cariño.

Wood se pasó la mano por la cara y luego lo hizo por el pelo, revolviéndoselo por completo. Juro que le temblaba el labio inferior. A Wood, al lobo blanco. El mismo que contaba con más de tres siglos de vida, parecía a punto de romper a llorar.

—Lo sé.

Y entonces lo comprendí de golpe. El alma se me cayó a los pies.

—¡Oh, joder! No pasó al otro lado, ¿verdad? Meredith es ahora un fantasma.

Wood asintió con lentitud, y Raven tomó aire con brusquedad cuando mis palabras calaron en su mente. Aquello eran malas noticias. Normalmente, y a pesar de que ese no era el caso de Elijah Ravenswood —aunque lo suyo se debía a su diestro uso de la magia oscura—, los fantasmas solían ser seres inofensivos y no tenían apenas poder sobre los vivos, pero cuanto más tiempo pasaban atrapados en este mundo, más se iban deteriorando. Entonces empezaban a olvidar y a alejarse de la persona que un día habían sido; se volvían retorcidos y a veces acababan por convertirse en espectros. Y esos sí que resultaban peligrosos. Pero Meredith, siendo bruja, lo sabía. No era posible que hubiera evitado cruzar sabiendo lo que podía terminar ocurriéndole.

Recordé el modo en el que Wood se había mostrado esquivo todo el tiempo que habíamos pasado en la cabaña de los Bradbury. Había creído que solo quería estar a solas porque su dolor era demasiado intenso y no sabía cómo manejarlo. Pero también lo había visto un par de veces murmurando en voz baja y no se había convertido en lobo en ningún momento... Porque en esa forma no habría podido comunicarse con Dith.

¡Mierda!

—Wood, ¿por qué no nos lo contaste? —dijo Raven, que parecía dolido, y luego añadió—: ¿Está aquí ahora?

Tanto Raven como yo echamos un vistazo alrededor, claro que fue más un gesto instintivo que otra cosa, pues ninguno de los dos podríamos ver a Meredith aunque se encontrara justo frente a nuestras narices.

—No, se ha ido de vuelta a Abbot. No quería dejar sola a Danielle. Y no os lo conté porque Dith me hizo jurar que no lo haría. No quiere que Danielle lo sepa.

Joder, Danielle. Si se enteraba de aquello volvería a rompérsele el corazón. Sería como recuperar y perder a su familiar de nuevo, y el temor a que se convirtiera en un espectro la atormentaría cada hora de cada día. No me extrañaba que Dith le hubiera hecho prometer a Wood que no diría nada.

—Le dije que tendría que haber cruzado, pero ya sabéis cómo es —agregó, y, pese a todo, la sombra de una sonrisa asomó a sus labios.

Creo que no sabía si reír o llorar, y no podía culparlo por ello. Wood podía verla; no había perdido del todo al amor de su vida, pero tenía que ser una verdadera tortura no poder abrazarla o tocarla y saber cuál sería el destino que la esperaba si se quedaba junto a él. Además, la herida por su pérdida no se cerraría, y justo por eso Wood se había prestado a mantener el secreto. Sabía lo que algo así le haría a Danielle.

—¿La has visto todo este tiempo? Estaba en la cabaña, ¿no es así?

Asintió con la cabeza y pasó a explicarnos que Dith nos había seguido desde Ravenswood, pero que se había enfadado cuando él le había rogado que intentara cruzar de nuevo, a sabiendas de lo que le ocurriría si permanecía demasiado tiempo a este lado del velo. Pero Dith se había negado a marcharse hasta que supiera que su protegida iba a estar bien, lo cual era algo difícil de asegurar dada la situación. Un día antes de nuestra partida de la cabaña, habían vuelto a discutir y Dith había desaparecido. Wood no había sabido qué pensar. Primero había creído que solo estaba enfadada; sin embargo, puesto que al llegar a Nueva York continuaba ausente, había pensado que le había hecho caso y que había cruzado por fin.

Por eso me lo había encontrado la noche anterior en su habitación despierto y tan... triste, velando el sueño de su hermano. Wood había creído que ella había partido y ni siquiera había acudido a despedirse; pensaba que se había ido y que lo había hecho enfadada con él. Supongo que eso también explicaba por qué me había pedido que fuera en busca de Danielle e hiciera las cosas bien con ella.

—Anoche apareció de nuevo. Estaba como loca. Admitió que se había estado escondiendo de mí, y me dijo que teníamos que marcharnos porque había Ibis blancos muy cerca. Al parecer, en el mundo de los muertos los rumores se extienden aún con mayor rapidez que en el de los vivos —intentó bromear, aunque no nos engañó ni a su hermano ni a mí.

Raven le rodeó la espalda con un brazo y apoyó la cabeza en su hombro. No me sorprendió demasiado que no hubiera sabido nada de aquello; el reino del lobo negro era el de los vivos, el de sus conexiones y uniones, mientras que el de los muertos era dominio del lobo blanco. En lo que respectaba a Raven, el hilo entre Dith y su gemelo se había cortado sin remedio en el momento de la muerte de esta, aunque ella hubiera encontrado el modo de continuar unida a él.

Me dejé caer sobre el capó, al otro lado de Wood. No sabía qué decir. En realidad, Dith probablemente había salvado el aquelarre de Robert y a todos nosotros, salvo a Danielle, claro. Así que si estábamos allí era gracias a su cabezonería. Pero Meredith estaba jugando con fuego. Cuando un muerto trataba de mantenerse en el mundo de los vivos, las cosas siempre acababan mal. Muy mal.

—¿Crees que podrá venir a buscarnos si le pasa algo a Danielle? —le pregunté entonces.

Wood se encogió de hombros.

—Tal vez. Regresar a Abbot es sencillo para ella; ha vivido durante años allí y la presencia de Danielle en el lugar lo hace todo mucho más fácil. Pero es tan terca que, si se empeña en regresar conmigo, aunque no sepa dónde estoy, creo que hallará la manera de encontrarme.

—Está bien, entonces pongámonos en marcha. Cuanto antes hablemos con Loretta Hubbard, antes podremos volver a Abbot, sacarlas a las dos de allí y convencer a Dith de que cruce; tendrá que hacerlo.

—No puedes decírselo a Danielle.

—Tiene derecho a saberlo, Wood —dijo Raven con extrema suavidad, pero Wood negó con la cabeza.

—Danielle está al límite, ¿o es que no os habéis fijado? Algo así podría hacerla explotar y no estoy seguro de que queramos saber lo que sucedería si eso llega a ocurrir.

No pude prometerle nada, tampoco lo hizo Raven. Era una situación complicada. Todo lo era. Danielle me había dicho en la azotea que no quería nada de aquello, y Wood llevaba razón al decir que estaba al límite. Y había percibido el modo en el que reprimía su magia, lo cual no era tan preocupante como el hecho de que hiciera lo mismo con su rabia y su dolor. Porque, al final, la ira siempre encontraba una forma de salir, y casi nunca era de una forma agradable.

La residencia de Loretta Hubbard era una idílica casita de dos plantas en lo alto de una colina frente al mar. Tenía la fachada blanca y un tejado de tejas rojizas, y estaba rodeada por un jardín donde crecían flores de todo tipo y colores. No había más casas alrededor y el pueblo más cercano se encontraba al menos a diez kilómetros de distancia. Supuse que no era una casualidad y que los Hubbard habían preferido mantener a la mujer alejada de posibles curiosos.

Mis únicos conocimientos sobre oráculos provenían de Raven —que no era exactamente uno de ellos— y de algunos libros que había leído a lo largo de los años, así que no sabía muy bien qué esperar. Ni siquiera estaba seguro de que fuera a recibirnos. Quizás nos echara a patadas en cuanto llamásemos a su puerta o, peor aún, ni siquiera llegase a abrírnosla.

Según le había dicho Cameron a Danielle, recibía la visita de un familiar cercano a diario, por lo que no nos acercamos a la casa en cuanto llegamos, sino que permanecimos en el coche a una distancia prudencial. Creíamos tener más oportunidades si la abordábamos a solas y yo sabía que en el interior había más de un brujo porque lo percibía claramente, así que pasamos toda la tarde observando la puerta de entrada. Cuando el sol ya estaba de camino al horizonte, por fin la puerta delantera se abrió y una joven no mucho mayor que yo descendió por los escalones de la entrada, se metió en un coche que había aparcado en el exterior de la casa y se fue, dejando tras de sí el leve rastro de su magia.

—Vamos, conduce hasta la casa. Es mejor dejar el coche cerca por si acaso —le pedí a Wood.

—Escuchará el ruido del motor. Podría llamar a alguien.

—Entonces tendremos que darnos prisa.

Wood obedeció. Tal vez todas nuestras precauciones resultasen excesivas, pero no podía dejar de preguntarme cómo habían podido encontrarnos los Ibis en Nueva York. La buena noticia era que la propiedad no parecía contar con ninguna alarma mágica; lo hubiera percibido, y lo único que captaba ahora mismo era el poder de la propia Loretta en el interior de la construcción.

Apenas tardamos un par de minutos en encontrarnos los tres frente a la puerta. Raven se había adelantado y llamó al timbre sin más ceremonia. Escuchamos pasos acercándose y luego la puerta se abrió por fin. Pero quien estaba detrás no era la bruja anciana que yo había imaginado, sino un tipo de unos dieciocho o diecinueve años de pelo oscuro, complexión fibrosa y cara de pocos amigos.

Antes de que ninguno pudiésemos reaccionar, agarró a Raven de la camiseta, lo arrastró hacia el interior y lo estampó contra una pared. Acto seguido, apoyó el antebrazo contra su garganta para mantenerlo inmóvil.

—¿Quién eres? —inquirí. En cuanto empecé a avanzar, el tipo apretó más contra la garganta de Raven y me lanzó una clara mirada de advertencia, así que me detuve.

—¿Quiénes sois vosotros?

Wood exhaló un gruñido bajo y amenazador. Tampoco él se atrevió a moverse, pero ignoró su pregunta y le dijo:

—Hermano equivocado, gilipollas.

—O tal vez no —agregó Raven, y luego se movió tan rápido que apenas fui capaz de entender lo que veía.

En un segundo estaba inmovilizado y al segundo siguiente le había retorcido el brazo a aquel tío y lo había hecho girar de modo que fue su cara la que quedó aplastada contra la pared. Un instante después, cuando empezó a forcejear para soltarse, Raven se las arregló para tirarlo al suelo y subirse a horcajadas sobre él. Incluso se aseguró de aprisionarle los brazos con las piernas para que no pudiera emplear la magia.

Wood y yo todavía estábamos contemplando la escena como unos imbéciles cuando Raven se inclinó sobre su rostro con una sonrisita descarada en los labios.

—Hola, ¿quién eres?

—Quítate de encima, capullo —farfulló entre dientes el otro.

—No eres nada hospitalario.

—Quítate. De. Encima.

Raven no se movió, y tengo que decir que no daba muestras de sentirse intimidado; más bien, parecía divertido. Así que Wood y yo nos quedamos a un lado y nos limitamos a observar el desarrollo de los acontecimientos.

El desconocido apartó la mirada de Raven y ladeó la cabeza para mirarnos.

—No podéis estar aquí. Largaos.

Quise decirle que no estaba en posición de exigir nada, pero Raven lo sujetó de la barbilla y lo obligó a mover la cabeza hasta encararlo de nuevo.

—Mírame al hablar.

—Vete a la mierda, imbécil.

Raven no perdió la sonrisa, si acaso, se hizo aún más amplia.

—Soy sordo, así que, si tan empeñado estás en insultarme, será mejor que te asegures de que puedo leerte los labios. ¡Ah! Y me llamo Raven Ravenswood, no «capullo» ni «imbécil».

El chico pareció desconcertado por unos segundos, pero luego su expresión se transformó y más bien parecía que alguien lo hubiera abofeteado. La piel de su rostro palideció y los ojos se le abrieron como platos.

—Sois los Ravenswood. ¡Mierda! —Titubeó un instante. Raven deslizó los dedos lejos de su barbilla y el chico aprovechó para mirarnos de nuevo—. ¡Mierda!

—Eso ya lo has dicho —señaló Wood, con un resoplido.

—¿Y tú eres...? —insistió Raven con impaciencia, lo cual no era muy propio de él.

Volvió a ladearle la cabeza, pero esta vez lo hizo con algo más de suavidad. Aun así, el chico aún tardó un momento en contestarle, el mismo que empleó para recuperar un poco la compostura.

—Soy Cameron Hubbard. Ahora, quítate de encima de una vez y empezad a explicarme qué hacéis aquí y por qué demonios Danielle Good no está con vosotros.

24

El despacho de Thomas Hubbard estaba destrozado, y eso casi era una forma suave de describirlo. Había perdido el control y mi magia había *explotado*, o algo por el estilo. Las alas habían brotado de mi espalda y, esta vez, había sido muy muy consciente de ellas, y con «consciente» quiero decir que, a pesar de mi evidente falta de control, había sido capaz de estirarlas, moverlas y plegarlas a voluntad. Y supongo que mi voluntad en ese momento debía de haber sido hacer el máximo daño posible.

Me había iluminado como un puñetero sol en miniatura y, como consecuencia de ello, también lo había hecho toda la estancia. Las ventanas que daban al jardín trasero de la escuela habían estallado, al igual que todas las bombillas. Los libros que se apilaban en la estantería detrás del escritorio habían salido volando primero, para luego acabar tirados por el suelo y con las hojas chamuscadas. Ah, sí, y también había hecho que durante unos pocos segundos lloviera dentro de la habitación.

Había sido una suerte que el director no estuviese sentado tras su escritorio. Lo de mi padre, en cambio, había sido más bien cobardía. Se había lanzado hacia la puerta en cuanto las cosas se habían puesto feas y había sido uno de los Ibis —no Sebastian, sino el otro, el capullo de las sonrisitas pretenciosas— quien se había llevado la peor parte. Supongo que habría creído que podría volver a noquearme, como había hecho en Nueva York, pero la jugada le había salido mal; muy muy mal.

Ahora me encontraba recluida en una de las salas de castigo que solían emplearse cuando algunos alumnos nos saltábamos las reglas. En dichas habitaciones, el uso de la magia estaba limitado por un hechizo similar al que había atado mi poder cuando me había fugado de Abbot. La verdad era que no estaba segura de que fuera del todo efectivo en este momento, no cuando yo ya no era del todo yo misma y mi poder se había convertido en algo casi con vida propia. Pero había gastado tanta energía en mi explosiva pataleta que imaginé que no había riesgo de que repitiera la hazaña. Por ahora.

De repente, la puerta se abrió y Sebastian accedió a la estancia y la cerró tras él. Se quedó allí plantado, con los pies ligeramente separados, las manos a la espalda y tieso como un palo. Hubbard debía de haberle ordenado que me vigilase.

—¿Vivirá? —inquirí, y dejé que mis ojos vagaran por la habitación.

Las paredes estaban libres de cualquier elemento decorativo y solo había una mesa con dos sillas, la que yo ocupaba y otra libre frente a mí. De haber habido un espejo en una de las paredes, aquello hubiera parecido la sala de interrogatorios de una comisaría cualquiera. Pero así era Abbot, frío e impersonal; casi más cárcel que colegio. Había olvidado lo mucho que odiaba estar allí.

Sebastian no se dignó a mirarme, mantuvo la vista al frente y una postura de soldado disciplinado que ya empezaba a resultarme demasiado familiar. Hasta hacía poco más de un mes, apenas si había visto a un Ibis, y ahora los veía más a menudo que a mi padre. Y al igual que él, Nathaniel Good tampoco me había mirado a la cara cuando me habían sacado del despacho del director. Pero... ¿de verdad me importaba ya?

—Se pondrá bien, ¿no? —insistí, solo para no pensar en lo que había provocado mi ataque de locura transitoria ni en lo que mi padre había dicho sobre mi madre y sobre Chloe.

Nadie había comentado que ningún Ibis hubiera resultado muerto durante el asalto de Nueva York, por lo que supuse que el que se había desmayado cuando me había defendido estaría bien, y tampoco quería ser la responsable de la muerte de este, por muy imbécil que me hubiera parecido. No creí que estuviera preparada para matar a nadie, y quizás no lo estaría nunca. A pesar de mis deseos de venganza y de la rabia que albergaba, me resultaba imposible comprender a personas como mi padre o el padre de Alexander. ¿Cómo podían ser capaces de terminar con la existencia de alguien y ser capaces de vivir consigo mismos? ¿Y qué pasaría si, para evitar la profecía, me veía obligada a hacer algo así? No le había mentido a Alexander al decirle que no quería nada de aquello. Ojalá fuera una de esas heroínas de las películas o los libros que no dudaban y se enfrentaban a todos y todo para cumplir con su destino. Pero, ¡por Dios!, yo solo era una chica de dieciocho años que había querido vivir un poco... Con magia o sin ella, con poder o sin él. Una chica que había perdido a su madre, a su hermana y luego a la única persona que se había mantenido a su lado después de eso.

Me restregué los ojos con las palmas de las manos. Estaba exhausta, y ni siquiera sabía aún si los demás habían conseguido escapar. De ser así, suponía que ya estarían en casa de Loretta Hubbard. Esperaba al menos que consiguieran algunas respuestas...

—Estará bien —dijo entonces Sebastian, apartándome de mis sombríos pensamientos—. O algo así.

—¿Qué quieres decir?

Sus ojos se posaron en mí por fin, rebosantes de curiosidad. Para ser un Ibis, era mucho más expresivo que los otros con los que me había tropezado.

—Le hiciste *algo*.

—Eso no explica nada. ¿A qué te refieres con ese *algo*?

—Dímelo tú.

Me obligué a no perder los estribos. No tenía paciencia para aquella mierda de conversación.

—No tengo ni la más mínima idea. Mi poder ha cambiado mucho...

—Tenías unas putas alas —me cortó, y cerré la boca de golpe. Pues sí que era expresivo, sí—. Y Efrain, tras recuperar la conciencia, había perdido su magia.

—¿Perdón? —inquirí, pero mi mente no pudo evitar recordarme que Alexander era capaz de absorber la magia de cualquier brujo. ¿Y si yo podía hacer lo mismo? Pero, aun así, lo negué—: Yo no le he hecho nada.

Sebastian se adelantó un par de pasos. Me tensé de inmediato y los rescoldos de mi magia casi agotada se agitaron, como si tratasen de avivar mi poder en previsión de un posible ataque. Algo debió de ver el Ibis en mi rostro, porque levantó las manos y negó con la cabeza. Pensé que iba a amenazarme; sin embargo, solo dijo:

—No voy a hacerte daño, Danielle.

—Has insinuado que he drenado la magia a tu compañero.

Frunció el ceño.

—No, no exactamente. Salvo algunas quemaduras en la cara y el cuello, no ha sufrido más daños, pero ha estado durante un rato sin poder emplear su poder de ninguna forma. Ni siquiera era capaz de sentirla. Lo has convertido temporalmente en un... mortal.

Se me descolgó la mandíbula.

—¿Estás de coña?

—Se ha despertado diciendo que estaba «vacío».

Parpadeé, y luego volví a parpadear. Esperaba que aquel tipo me dijera que me estaba tomando el pelo, porque incluso con lo extraordinario que resultaba que ahora contara con unas putas alas y un montón de poder, lo que insinuaba me parecía del todo increíble. Hundí la cabeza entre las manos y dejé salir el aire poco a poco de mis pulmones. Aquello era de locos; todo lo era.

—¿La ha recuperado toda? —murmuré sin mirarlo.

—Eso creemos, pero no lo sabremos a ciencia cierta hasta que esté lo bastante descansado y pruebe a emplearla de diferentes formas.

Bien, así que Alexander le robaba la magia a la gente y yo les fundía los plomos temporalmente, por decirlo de algún modo. Supuse que no era lo peor que podía pasar. Al menos, no lo había matado.

Levanté la cabeza y apoyé la barbilla en mis manos, decidida a apartar el tema hasta que pudiera pensar con más claridad.

—Gracias por lo de antes. Por detener a mi padre cuando trató de abofetearme —aclaré de forma apresurada—. ¿Puedo preguntarte por qué lo hiciste?

Sebastian era uno de los brujos que habían asaltado el hogar del aquelarre de Robert —estaba segura de que lo había visto en aquel sótano— y la fama de los Ibis no era precisamente buena; además, eran los perritos falderos del consejo y obedecían sus órdenes a rajatabla, o eso era lo que se rumoreaba.

Durante un instante, me dio la sensación de que iba a ignorar mi pregunta; sin embargo, tras unos pocos segundos, contestó:

—No me cae bien Nathaniel Good.

—Ya, a mí tampoco —repliqué, y solté una risita desquiciada.

Seguramente, estaba a punto de sufrir algún tipo de colapso mental. Cada vez que pensaba en la confesión de mi padre, todo mi cuerpo se rebelaba y parecía querer dejar de funcionar de manera correcta.

—Escucha, Danielle. Lo que dijo sobre tu madre...

—¿Lo escuchaste? ¿Hubbard lo sabe?

Negó con la cabeza, pero el aspecto sombrío de su mirada me dijo que no estaba demasiado dispuesto a guardar el secreto.

—Solo yo estaba junto a la puerta. Tanto Efrain como Hubbard se habían alejado un poco por el pasillo y no creo que llegasen a oírlo.

Mi primer instinto fue asegurarle que mi madre no era una asesina y que todo aquello era una de las maliciosas mentiras de mi padre, pero ¿lo creía de verdad? Mi mente no era capaz de conjurar a mi madre cometiendo esa atrocidad, jamás le hubiera hecho daño a su propia hija. Sin embargo, Nathaniel Good nunca admitiría haber atentado contra su mujer si no fuera verdad; eso podría costarle... todo. Su deber hubiera sido acudir al consejo y no tomarse la justicia por su mano, y menos aún arreglárselas para hacer pasar el incidente como un maldito robo.

Es más, tampoco creía que lo hubiera admitido frente a mí de no ser porque estaba segura de que solo intentaba parecer la víctima de aquella historia y ganarse así mi favor. Porque si en Abbot conocían la profecía y sabían que yo formaba parte de ella, si era verdad lo que temíamos y habían enviado a Ibis blancos a rescatarme de Ravenswood porque creían que yo era alguna clase de arma en su lucha eterna contra los brujos oscuros, eso le reportaría a mi padre un poder impensable; convertiría el linaje Good en una especie de salvadores. Era posible incluso que le dieran por fin el asiento en el consejo con el que durante tanto tiempo había soñado.

Me hice una bola sobre la incómoda silla y me sumí de nuevo en mis pensamientos. Por suerte, Sebastian no trató de continuar con la conversación. Regresó a su lugar delante de la puerta y volvió a adoptar la postura de un militar.

No tenía ni idea de qué ocurriría ahora. Imaginaba que, en algún momento no muy lejano, me llevarían frente al consejo. Albergaba la esperanza de que no fueran tan duros conmigo como era de esperar si de verdad tenían planes para mí, pero también podía estar del todo equivocada y que optaran por la solución más rápida: quitarme de en medio tal y como había intentado hacer Tobbias Ravenswood. O como supuestamente había querido hacer mi propia madre.

Ojalá Dith estuviese allí conmigo. Ojalá los Ravenswood estuvieran también. Los echaba de menos a todos, incluso a ese idiota arrogante de Alexander.

25

Tardaron dos horas en venir a buscarme. En algún momento, mientras esperaba, la silla había resultado tan incómoda que había terminado en el suelo, con la espalda apoyada en la pared, las rodillas dobladas y la barbilla reposando sobre ellas. Así me encontró Thomas Hubbard cuando atravesó la puerta. Ni siquiera me levanté. Pero él despidió a Sebastian y se dirigió a la mesa. Ocupó una de las sillas, exhaló un largo suspiro y, solo entonces, me hizo un gesto para que me uniera a él. Esperó hasta que estuve de nuevo en aquella silla del demonio para hablar.

—¿Estás bien, Danielle?

No pude evitarlo, me reí en su cara. Debió de pensar que había perdido la cabeza, y la verdad era que probablemente fuera así. Hubbard hizo una mueca, pero al menos no me reprendió por mi aparente falta de decoro ni señaló mi impertinencia.

—Imagino que no —continuó. Entrelazó los dedos de ambas manos y las mantuvo unidas sobre la mesa—. Antes que nada, me gustaría ofrecerte mis condolencias por la muerte de tu familiar.

—Meredith. Se llamaba Meredith Good, y no era solo mi familiar —repliqué, y él asintió como si de verdad lo comprendiera.

No creo que tuviera ni idea. En Abbot solo había otro alumno que contara con un familiar y su relación no se parecía en nada a la mía con Dith.

—¿Cómo se han enterado de su muerte? —Llevaba haciéndome esa pregunta desde que mi padre lo había mencionado.

—La academia Ravenswood nos envió una carta.

—Una carta —repetí, porque eso sí que no me lo esperaba.

Hubiera apostado más por alguna clase de conspiración secreta. Si me hubiera dicho que tenían espías allí, me habría resultado menos sorprendente.

—A pesar de nuestras diferencias, hay cierto código moral entre ambas escuelas.

—Lo dudo mucho —comenté, pensando en los brujos jóvenes que habíamos encontrado carbonizados en el bosque—. ¿Qué decía esa carta?

—Que su... Que Meredith Good había fallecido trágicamente en un incidente en los límites de Ravenswood. *Dentro* de esos límites, más bien.

—La mataron. No falleció sin más —aclaré—. ¿Puedo saber quién firmaba la carta?

No supe por qué aquello me pareció importante, pero si Wardwell se había prestado a redactar esa sarta de mentiras... Vale, no era que confiara ciegamente en esa mujer, pero creía que había tratado de ayudarnos. Claro que seguramente tampoco arriesgaría su posición por nosotros y bien podría ser que el padre de Alexander le hubiera contado su propia versión de la historia.

—Tobbias Ravenswood.

Se me escapó otra carcajada y tuve que pasarme las manos por la cara para obligarme a parar.

—Ese hijo de puta fue quien la mató.

Los ojos castaños de Hubbard, idénticos a los de Cameron, se inundaron de frialdad. Se inclinó sobre la mesa, aunque mantuvo las manos unidas sobre ella.

—Eso es lo que hacen los brujos oscuros, Danielle. Supuse que lo sabías. Engañan, manipulan y no dudan en matar si eso les reporta más poder o algún tipo de beneficio.

No sería yo quien defendiera al hombre que me había arrebatado a Dith, pero tenía gracia que Hubbard dijera algo así.

—Como los brujos blancos, quiere decir. Como usted. —Hubbard apretó los labios y no contestó. Me recliné contra el respaldo de la silla y me crucé de brazos, aparentando una calma que ni de lejos sentía. La ira me hervía en las venas, una ira oscura y retorcida. Puro veneno—. ¿Cuándo pensaba decirnos a los de último año lo que tendríamos que hacer ahí fuera? ¿Se lo ha dicho a Cam? ¿Le ha contado ya que Salem solo fue el comienzo y que no hemos dejado de perseguirlos desde entonces? ¿Que toda esa mierda del equilibrio que nos han vendido usted y nuestros profesores no es más que una patraña?

—Señorita Good, cuide sus palabras. No olvide que soy el director de esta escuela.

—No, no lo he olvidado en ningún momento. Pero tal vez usted sí, porque lleva años y años mintiéndonos. —Al igual que mi padre, pero eso no se lo dije. Todo en mi vida había sido una mentira—. Me han dicho más verdades en las semanas que he pasado en Ravenswood que en todos mis años aquí. Así que dígame, *director*, ¿quiénes son los malos de esta historia?

—Deberíamos hablar de lo que ha sucedido en mi despacho —terció, completamente rígido.

—No. Estoy harta de todo esto. Quiero respuestas, todas las que pueda ofrecerme. Así que no voy a decir una palabra hasta que usted no me cuente lo que sabe.

Lo fulminé con la mirada y él me fulminó de vuelta, pero no me dejé amedrentar. Puede que yo estuviera destrozada tanto anímica como físicamente, pero estaba harta y no dejaría que volvieran a pisotearme. Hubbard no dio muestras de ceder, así que proseguí; si él no tenía nada que decir, lo haría yo.

—¿Qué sabe de la profecía? Y no intente decirme que no tiene ni idea de lo que hablo, porque no creo Abbot hubiese asaltado Ravenswood por una alumna cualquiera. Aunque, quién sabe, tal vez solo era la excusa que necesitaban para matar a algunos brujos del otro bando...

Hubbard tomó aire lentamente, armándose de paciencia. En el pasado, jamás se me hubiese ocurrido hablarle así al director de Abbot, pero no había duda de que mi poder no era lo único que había cambiado desde entonces. No quería volver a explotar como lo había hecho en su despacho, así que iba a sacarme toda aquella rabia de dentro de un modo u otro, y si Thomas Hubbard tenía que ser la cabeza de turco, pues que así fuera.

—Sabemos que formas parte de ella —señaló, y yo esperé a que continuase, iba a tener que ser más específico—. Habla de una especie de trinidad. El despertar de la luz, su reinado y, más tarde, la caída de las sombras. Y menciona una combinación de linajes que podría abocar al mundo a la oscuridad eterna.

—¿Eso es todo? —Hubbard se encogió de hombros en un gesto que no le pegaba en absoluto—. ¡Vaya! Por lo que veo, saben aún menos que yo.

—También estamos al tanto del poder oscuro de Luke Ravenswood. Intuimos que es él quien desatará la oscuridad. Tras lo que ha sucedido en mi despacho, no hay duda de que tú eres una parte de esa profecía, y el consejo cree que Luke te usará para lograr su cometido.

—¿Usarme? —¿Qué demonios estaba diciendo?

—Bueno, es un brujo oscuro proveniente del linaje más poderoso y retorcido que ha existido nunca, y puede drenar la magia de otros brujos. Está claro que va a emplearte como fuente de energía para extender su oscuridad.

Esta vez fui yo la que se inclinó sobre la mesa. No estaba segura de si algo de lo que acababa de decir formaba parte o no de la profecía; tal vez fuera así, tal vez no. Pero quería que me escuchase bien.

—Prefiere que lo llamen Alexander, y usted no lo conoce de nada. Él jamás haría algo así. He pasado semanas viviendo en su casa y no me ha hecho daño alguno. Y, créame, ha tenido oportunidad. No tiene ni idea de lo que está hablando. Y está claro que sus prejuicios de mierda no le permiten ver más allá de sus narices, porque, por ahora, los únicos que han extendido su oscuridad, como lo ha expresado, han sido los Ibis que envió a Ravenswood a matar a unos chiquillos que no tienen culpa alguna de haber nacido con un apellido determinado. Es más —me puse de pie y apoyé las palmas de las manos sobre el tablero que nos separaba—, ninguno de nosotros elige en qué familia nacer ni lo que se nos enseña a hacer y a ser. He visto más crueldad en ciertos brujos blancos que en algunos de los brujos oscuros que he conocido en estos días, así que más le valdría no hacer conjeturas a la ligera. Quizás el tipo al que se refiera la profecía está entre estas paredes y no en la escuela frente a la nuestra.

No fue hasta que había dicho la última palabra que caí en la cuenta de que, en realidad, todos habíamos asumido lo mismo, incluido el propio Alexander. Pero, aunque él fuera de quien hablaba la profecía, yo sabía que nunca se prestaría a hacer algo así. Confiaba en mi instinto en ese aspecto, y Alexander, pese a su comportamiento rudo e irritante, pese a su brusquedad y ese poder oscuro que albergaba, no me había dado miedo en ningún momento y no iba a hacerlo ahora. No era un monstruo, no me importaba lo que creyera su padre, Hubbard o el maldito consejo de mi escuela, y nadie me haría cambiar de opinión sobre eso.

La expresión del director destilaba furia, aunque no sabía muy bien qué parte de todo lo que había dicho lo había hecho enfadar. Tampoco me importaba. No iba a retirar ni una palabra.

—No enviamos a los Ibis para matar a ningún brujo, Danielle. Fueron a sacarte de allí y ni siquiera llegaron a salir del bosque.

—No lo necesitaron —le rebatí—. Lanzaron bolas de fuego sobre el campus y algunos alumnos cometieron el error de internarse en el bosque e ir directos hacia ellos. Yo misma vi los cuerpos, Hubbard. Estaban completamente carbonizados, y eran niños.

Él negó una vez más.

—Se les ordenó no tocar a ninguno de los alumnos. Te repito que hay ciertas normas entre ambas escuelas que nunca se han quebrantado —dijo, con tanta vehemencia que me hizo plantearme que podría estar diciendo la verdad—. Tanto Abbot como Ravenswood han sido siempre lugares seguros y ninguno de los dos consejos se atrevería a quebrantar dicha norma. Como he dicho, la misión de los Ibis era entrar de forma sigilosa y sacarte de allí solo si era posible. Llevaban horas apostados en distintos puntos del límite del bosque a la espera de que se les presentara una ocasión adecuada para hacerlo.

—¿Qué está intentando decirme? ¡Vi los cuerpos! ¡Los vi con mis propios ojos! Estaban... derretidos.

Juraría que Hubbard se encogió un poco en el asiento. La verdad era que parecía no saber nada de todo aquello y que esas muertes le resultaban tan repugnantes como a mí.

—Lo único que sé es que los Ibis se replegaron cuando algo sucedió en Ravenswood. Según sus informes, se estaba celebrando un ritual de despedida, pero alguno de los asistentes debió de emplear magia asociada al elemento tierra y luego alguien bombardeó la primera línea de árboles con fuego. —Esos habían sido Wood y Raven, creando una distracción para darnos vía libre en el despacho de Wardwell—. Si algún alumno murió, fue cosa de ellos.

—No, no es así.

—Nuestros Ibis se retiraron enseguida hacia el interior del bosque. Tropezaron con algunos brujos oscuros mientras se dirigían hacia los límites de la finca, pero ninguno de los nuestros se enfrentó a ellos. Puede que la misma persona que iniciara el fuego matara a esos alumnos que viste.

Yo sabía que no había sido así. No había sido Raven, eso seguro. No solo porque Raven no sería capaz de hacer algo así; yo había estado allí cuando los habíamos encontrado y había visto lo afectados que estaban los gemelos y Alexander. Además, aunque Alexander y yo nos hubiésemos reunido más tarde con ellos, Dith había estado presente todo el tiempo, y ella tampoco les hubiera permitido cometer tal atrocidad.

¡Oh, mierda! Dith había muerto a causa de las quemaduras que le había provocado... Tobbias Ravenswood. El padre de Alexander manejaba el elemento fuego. ¿Y si todo aquello solo era una treta de Tobbias para que el consejo oscuro creyera que Abbot les había declarado la guerra? No recordaba si había sido Wood o Raven el que había dicho que no todos los linajes estarían de acuerdo con llevar a la comunidad oscura a un enfrentamiento directo con los brujos blancos, y si Hubbard decía la verdad cuando afirmaba que las dos escuelas eran como un santuario en el que los alumnos siempre estarían seguros, ¿qué mejor manera de convencerlos que profanar el lugar dejando varios cadáveres a su paso?

Se me revolvió el estómago. Había pensado que yo nunca sería capaz de matar a nadie, pero en aquel momento tenía mis dudas. Si todo había ido como me temía, a Tobbias Ravenswood no le había bastado con asesinar a Dith, sino que incluso había sacrificado a brujos jóvenes e inocentes de su propio bando para salirse con la suya.

—¿Está seguro de que los Ibis no tergiversaron lo sucedido? ¿No pueden haber mentido?

—No. Tanto Efrain como Sebastian estaban en el equipo que enviamos, Danielle, y confío plenamente en su palabra. Nunca contravendrían una orden directa de ese tipo.

Efrain me parecía un gilipollas, la verdad, pero Sebastian... No creía que el tipo que, sin conocerme prácticamente de nada, se había atrevido a desafiar a Nathaniel Good para defenderme pudiera matar a sangre fría a unos críos y hacerlo, además, por iniciativa propia.

—Dígame una cosa. Si no hubieran sabido nada de la profecía, ¿el consejo habría ordenado rescatarme? —Hubbard no contestó, y su silencio bastó para confirmarme lo que ya imaginaba—. Entonces, no son tan inocentes como quiere hacerme creer. La muerte de esos chicos es tan culpa suya como de su asesino. Nunca debieron asaltar Ravenswood por mí, pero esos viejos señorones del consejo querían mi poder, ¿verdad?

Tampoco entonces obtuve respuesta. No la necesitaba. Y cuando me llevaran finalmente frente al maldito consejo, me aseguraría de que supieran lo que pensaba en realidad de ellos.

Alexander

—Quítate de encima de una puta vez.

La impresión inicial que se había llevado Cameron al descubrir quiénes éramos no le duró demasiado, aunque tengo que reconocer que Raven parecía decidido a sacar de quicio al brujo blanco, lo cual no tenía demasiado sentido para cualquiera que conociera a Rav.

Solía haber dos versiones de él. La más habitual, la del chico inocente, amable y noble; la misma versión que había acogido a Danielle con los brazos abiertos desde el momento en el que había pisado nuestra casa. La otra aparecía con menos frecuencia y se trataba del lobo negro, feroz y despiadado que peleaba a muerte por los suyos; podía llegar a ser sanguinario e incluso algo cruel, aunque su sentido del honor y la justicia normalmente lo mantenía en el buen camino.

Ninguna de aquellas dos versiones era la que estaba viendo ahora.

—Deberías pedirlo por favor —replicó Raven, con un tono provocador y sin moverse de encima de él. Si acaso, apretó con más fuerza los muslos en torno a su cuerpo.

—¡Que te jodan!

Raven rio a carcajadas.

Wood me interrogó con una mirada silenciosa y yo me encogí de hombros; no tenía ni idea de lo que estaba pasando. Tal vez Raven supiera, gracias a su don, que aquel tipo no era de fiar. O quizás fuera algo totalmente diferente.

Cameron debió de comprender que no iba a apartarse de él por las buenas, porque plantó los pies en el suelo y trató de empujar con las caderas para quitárselo de encima. Pero Raven ya había previsto ese movimiento y empujó hacia abajo, manteniéndolo en el sitio.

—Yo que tú no haría eso si no quieres llevarte una sorpresa.

Wood tosió para disimular una risa ahogada. Se cruzó de brazos y se apoyó en la pared para seguir contemplando la escena. Me estaba perdiendo algo, pero no comprendí lo que era hasta que el rubor se apoderó de las mejillas de Cameron Hubbard. Raven le dedicó una sonrisa tan descarada y maliciosa que por un momento creí que los gemelos se habían dado el cambiazo y yo no había sido consciente de ello. Si no hubiera sido por el color negro del pelo de Raven, bien podría haber estado siendo testigo del habitual desparpajo arrogante de Wood.

Mientras asimilaba aquella nueva versión de mi familiar, Cameron recuperó un poco la compostura, aunque sus mejillas continuaban sonrojadas y diría que respiraba un poco más rápido de lo normal.

—Gilipollas.

La sonrisa de Raven, en contra de lo esperado, se ensanchó.

Fuera lo que fuese lo que estaba ocurriendo allí, no había tiempo para ello, así que decidí intervenir; si bien, más tarde tendría que mantener una charla con mi familiar para tratar de comprender qué le sucedía, porque parecía tener un interés muy personal en Cameron. O, al menos, su cuerpo estaba reaccionando a él.

Le di un toquecito en el hombro para que me mirase.

—Rav, ¿qué tal si permites que se levante para que pueda decirnos dónde está Loretta?

—No, está bien así. Puede hablar desde ahí.

Wood a duras penas era capaz de mantener la risa tras sus dientes. Era la primera vez que lo veía reír abiertamente desde la muerte de Dith, así que admito que me planteé permitir a Raven que se saliese con la suya un poco más, aunque solo fuera para que el lobo blanco continuara mostrándose tan relajado. Parecía comportarse con mucha más ligereza desde que nos había contado que Meredith se había convertido en un fantasma, y supuse que se había quitado un peso de encima al hacerlo.

Me obligué a concentrarme en lo importante.

—Raven —le advertí.

Cameron parecía tan frustrado como cabreado, y tenía derecho a estarlo. No sabía cuánto había llegado a contarle Danielle en su viaje astral sobre lo que estaba sucediendo, pero estaba claro que había esperado que fuera ella la que llamara a la puerta y no nosotros. Por su actitud, tal vez estuviera convencido de que le habíamos hecho daño o algo peor.

—Danielle está en Abbot, o eso creemos.

—No lo creemos —me corrigió aquella versión altiva de Raven—, lo sabemos. Está allí.

El rostro de Cameron se inundó de preocupación, lo cual decía mucho de lo que podía esperarle a Danielle en su propia escuela, y contribuyó a aumentar también la mía.

—¿Qué? ¿Por qué ha regresado? Me dijo que vendría aquí.

A regañadientes, Raven se arrastró a un lado y lo liberó del peso de su cuerpo. Pero Cameron ni siquiera se movió, continuaba mirándome, esperando una explicación e ignorando convenientemente a Raven.

—Paramos en Nueva York de camino aquí —aclaré, aunque decidí guardarme para mí todo lo que tuviera que ver con el particular aquelarre de Robert—, pero apareció un grupo de Ibis blancos y ella decidió entregarse para poder concedernos ventaja y que pudiésemos escapar.

—¡Mierda! —Cameron cerró los ojos un instante, como si estuviera asumiendo las posibles consecuencias del regreso de Danielle a Abbot.

Esperé para ver si Raven le tendía la mano y lo ayudaba a ponerse en pie, algo que seguramente hubiera hecho en circunstancias normales, pero eso no sucedió. Se mantuvo vigilante, eso sí, y muy cerca de donde Cameron se encontraba aún tumbado. Cuando el tipo volvió a abrir los ojos y se lo encontró a su lado, le dedicó una mueca de disgusto, se apartó de él y, acto seguido, se incorporó por sí solo.

—Tenemos que hablar con Loretta. Es importante —dije.

Extendí mi poder por toda la casa en busca de la mujer. No podía creer que hubiera pasado por alto que, tras la marcha de la chica, había otros dos brujos en la casa. Pero no encontré a nadie más allí. Si Cameron había alertado a la mujer para que se marchara de algún modo antes de que llegásemos, quizás dejara que Raven se ensañara un poco de más con él.

—¿Qué queréis de ella?

—¿Qué te parece si mejor nos cuentas tú dónde está? —terció Raven, y sonó abiertamente hostil—. Así podrás perdernos de vista cuanto antes.

Bueno, a lo mejor me estaba equivocando de nuevo y lo único que pasaba era que a Raven le caía mal. Quizás estaba... celoso, aunque no había dado ninguna muestra de ello cuando Danielle había comentado las veces que había estado en el dormitorio de Cameron Hubbard. No, ese había sido yo, y resultaba un poco vergonzoso que volver a pensar en ello no cambiara el malestar que ese detalle me hacía sentir.

Me aclaré la garganta antes de retomar la palabra.

—¿Y bien? ¿Dónde está?

Cuando no contestó, Raven se acercó otra vez a él. Estuve a punto de avanzar también, porque no tenía ni idea de lo que iba a hacer, pero entonces comprobé que empezaba a sacudirle la camiseta con cuidado, como si tratara de alisar las arrugas de la tela. Casi me eché a reír; su comportamiento errático alrededor del brujo me recordaba un poco a mis primeros encuentros con Danielle. O, más bien, a casi *todos* mis encuentros con Danielle.

Cameron refunfuñó y le palmeó las manos para apartárselas, y me pregunté si Danielle y yo también resultábamos tan exasperantes para los demás. El pensamiento, por algún motivo, me hizo sonreír.

—Invítanos a pasar —exigió Raven— y luego dinos dónde está.

—Pero ¿tú quién te crees que eres?

—Niños, ya vale —intercedió Wood, que finalmente se había cansado del infantil enfrentamiento.

Fue hasta su hermano y le rodeó los hombros con el brazo, atrapándolo contra su costado, seguramente en un intento de mantenerlo apartado de Cameron y hacernos dejar de perder el tiempo. Pero Raven, ágil como siempre, se zafó de su agarre. Empujó a Cameron hacia el interior de la casa y creo que este se lo permitió solo porque estaba tan desconcertado como nosotros dos. Cuando desaparecieron en lo que supuse que sería el salón, Wood y yo nos miramos a la vez.

—Da miedo lo mucho que puede llegar a parecerse a mí —comentó Wood.

Así que él también lo había notado.

—Pensé que me lo estaba imaginando. ¿Qué crees que le pasa? Wood se encogió de hombros.

—No estoy seguro, pero si tuviera que apostar te diría que, a pesar de sus tres siglos de vida, Raven nunca ha encontrado a nadie que de verdad le resulte atractivo a nivel sexual o amoroso, ni mujer ni hombre, y tiene cero experiencia en ese aspecto, por lo que, lo que sea que ese tipo despierta en él, no sabe cómo gestionarlo y está dando palos de ciego.

Arqueé las cejas, escéptico.

—¿Y Robert?

—Me da la sensación de que ese solo era Raven siendo Raven.

Era una posibilidad, aunque que Robert sentía una profunda admiración por Raven resultaba evidente; pero la admiración no tenía que ser más que eso, y tampoco tenía que ser recíproca. Y teniendo en cuenta lo que me había dicho Raven sobre él en el coche...

—Cameron y él se conocen desde hace tres minutos, literalmente.

—Olvidas que Raven puede ver conexiones entre la gente. Nunca me ha dicho nada sobre que pueda ver las suyas con otros, pero... podría estar viendo posibilidades futuras de lazos entre ese chico y nosotros —explicó, porque quizás Wood siempre había entendido mucho mejor el don de su gemelo. Tenía cierto sentido—. Si fuera a, digamos, convertirse en alguien muy importante para él, ¿no terminarías tú forjando lazos increíblemente fuertes con Cameron si hiciera feliz a Raven? ¿No lo protegerías con tu vida? ¿Qué crees que pasó con Danielle? No fue una conexión consigo mismo lo que Raven vio, sino la tuya con ella, Alex.

—¿Qué estás intentando decirme? ¿Que se lleva bien con Danielle porque ha visto que ella y yo...?

Wood ni siquiera me dejó terminar, aunque tampoco sabía exactamente cómo acabar la frase.

—Raven quiso a Danielle desde el mismo instante en que entró en su vida no porque hubiera conocido a Beatrice o porque supiera que formaba parte de la profecía; la amó de forma incondicional por lo que acabaría significando para ti. Solo por eso. ¿O vas a continuar negando que sientes algo por ella?

Abrí la boca para replicar, pero la volví a cerrar. Joder, ¿a quién quería engañar? No sabía lo que había entre Danielle y yo, pero sí que había algo. Algo muy intenso. Y la idea de que Raven forjase una amistad con ella alentado por una posible relación entre nosotros me conmovió como pocas cosas podían haberlo hecho.

Aun así, mi mente continuaba buscando una fisura entre todas sus argumentaciones.

—Cam y Danielle tuvieron un rollo. —Fue lo único que conseguí decir finalmente.

—Puede que también le gusten los chicos. Y que se haya liado con Danielle no creo que le importe mucho a Raven; no eres tan imbécil como para que te importe a ti. —Hizo una breve pausa y la diversión brilló en sus pálidos ojos azules como hacía días que no lo había hecho—. Anoche, en la terraza, sé perfectamente lo que estabais haciendo cuando llegué.

Lo aparté de un empujón y el muy idiota se rio. Si no fuera porque escucharlo reír de nuevo era una maravilla en sí misma, lo hubiera golpeado.

—Vete a la mierda.

—Lo que tú digas. Pero, volviendo a Raven, ¿vamos a hacer como si no nos hubiésemos dado cuenta de que ese tipo se la ha puesto dura?

Nos miramos unos segundos.

—Por supuesto que sí —dijimos a la vez, y luego yo añadí:

—Hagamos lo que hemos venido a hacer y larguémonos de aquí.

Quizás, después de todo, Wood llevara razón sobre Raven y Cameron. Y, quizás, mi familiar y yo no fuésemos tan diferentes en cuestiones amorosas. Ninguno de los dos teníamos ni idea de qué hacer o cómo comportarnos; lo que sí sabía era que quería hablar con Loretta cuanto antes para poder ir a buscar a Danielle. No habíamos planeado cómo sacarla de Abbot o qué haríamos si nos encontrábamos las dos escuelas en mitad de una guerra, pero tener allí a Cameron Hubbard, el hijo del director de Abbot, podría jugar a nuestro favor.

Ahora solo faltaba que Raven consiguiera dejar de ladrarle el tiempo suficiente como para que el brujo se prestara a ayudarnos. O que lo sedujera. Sí, supuse que eso seguramente también valdría.

Alexander

La casa de Loretta Hubbard era todo lo que yo había imaginado que podía esperarse de un verdadero hogar. Al menos, en lo referente al pequeño salón, donde se apiñaban una mezcla de muebles antiguos, libros, alfombras, cuadros, flores por todos sitios y un montón de fotografías enmarcadas y dispersas por las paredes. No había rincón exento de un recuerdo. En el ambiente flotaba un aroma a algo añejo pero agradable, y la luz se filtraba desde el exterior a través de unas cortinas de color beige y mantenía la estancia bien iluminada. Había incluso una chimenea de piedra. Justo frente a ella, varios butacones rodeaban una mesita de madera colocada delante del sofá, y era en ese sofá donde se encontraba ahora Cameron. Raven había tomado asiento en una de las butacas y, por costumbre, fui a sentarme junto a nuestro anfitrión, a sabiendas de que Rav no podría leernos los labios si lo hacía junto a él. Wood, en cambio, se quedó de pie, pero también se situó de modo que su gemelo no tuviera problemas para ver su rostro. Aquella había sido la manera habitual de mantener una conversación para nosotros desde que Raven se había quedado sordo años atrás; sin embargo, por la mirada recelosa que me dedicó Cameron cuando me senté a su lado, comprendí que no entendía qué demonios estábamos haciendo.

—Necesita poder leernos los labios —aclaré, y mi comentario hizo que Raven se revolviera en el asiento con evidente incomodidad.

Él mismo había comentado su sordera un poco antes, pero que estuviera tan inquieto por que yo lo mencionara solo vino a confirmar un poco más la hipótesis de Wood sobre su extraño comportamiento. Raven siempre había asumido su problema de audición con una naturalidad encomiable y apenas le daba importancia. No creía recordar un momento en que se hubiera mostrado avergonzado o perturbado debido a ello. Pero ahora lo estaba, inquieto e inseguro, y solo podía deberse a la presencia de Cameron Hubbard.

Decidí que sería mejor acabar con aquello cuanto antes y me concentré en relatarle a Cameron un pequeño resumen de la situación. Aunque la tensión del ambiente no disminuyó en ningún momento, él se mostró lo bastante colaborador como para hablarnos del susto que se había llevado con la aparición de Danielle en su habitación y de lo preocupado que se había quedado cuando ella se había esfumado de golpe después de decirle que algo no iba bien. Abbot estaba en alerta y los miembros del consejo no dejaban de entrar y salir de la escuela. Tal vez ese había sido el único motivo por el que su padre le había permitido salir de la academia e ir a visitar a Loretta. Había esperado poder encontrarse con Danielle aquí y asegurarse de que no se había quedado atrapada en mitad de ninguna parte.

—¿Le dijiste a tu padre que Danielle iba a venir aquí?

Gracias a Dios, Cameron negó, aunque de todas formas íbamos a tener que darnos prisa. No sería tan raro que, conociendo la amistad entre su hijo y Danielle, el director de Abbot hubiera sospechado sobre los motivos de Cameron para visitar justo ahora al oráculo responsable de la profecía.

Cuando iba a preguntarle por enésima vez dónde se encontraba la mujer, un golpe proveniente de la escalera nos puso en alerta a todos. Cameron se levantó de un salto y se encaminó apresuradamente hacia allí, pero Raven lo interceptó antes de que pudiera salir del salón.

—No es un brujo —comenté para tranquilizar a mis familiares, porque no era capaz de captar nada al margen de la magia de los ya presentes.

Cameron trató de zafarse de Raven, sin éxito, y este no lo soltó ni siquiera cuando una anciana apareció en el umbral del salón.

—Deberías haberme avisado, tía Letty —dijo el brujo, con tono reprobatorio, aunque también detecté cierta perplejidad.

La mujer era mucho más mayor de lo que había imaginado. Tenía la piel muy fina y repleta de arrugas, además de un montón de manchitas oscuras salpicadas por el rostro y las manos, fruto de la edad. Era pequeña y delgada, y se veía tan frágil que parecía que en cualquier momento sus piernas cederían y se derrumbaría sobre el suelo. Su pelo era tan blanco como el de Wood, y lo llevaba recogido en una trenza cuyo extremo reposaba sobre uno de sus hombros. Se apoyaba en un bastón de madera, con los dedos agarrotados, pero sujetándolo con tanta fuerza que contrarrestaba en gran parte su aspecto débil.

Solo entonces comprendí por qué me había sido imposible detectar a la anciana. La edad solía jugar a favor de los brujos en lo que respecta a sus poderes; los hacía más fuertes y más experimentados. Pero, para algunos, esto no siempre era así. A veces, la magia resultaba ser caprichosa y esquiva, y en determinados casos llegar a cumplir ciertos años significaba ir perdiendo poco a poco dichos poderes. Si aquella mujer de verdad era Loretta Hubbard, parecía muy evidente que apenas si era ya una bruja. En realidad, y pese a estar allí plantada frente a nosotros y haber bajado desde el piso superior por sus propios medios, cualquiera diría que tenía ya un pie en el más allá.

—¡Oh! Por fin han llegado mis invitados —dijo la anciana, ignorando por completo el reproche de Cameron. Sus ojos recorrieron los rostros de los presentes hasta llegar a Raven y una sonrisa se abrió paso a través de sus arrugadas mejillas—. Mi buen muchacho, creí que no aparecerías nunca.

Rav soltó a Cameron y avanzó hasta ella, y luego, para sorpresa de todos, ambos se abrazaron como dos viejos amigos que llevasen una eternidad sin verse. Cuando Raven se retiró, la mirada de Loretta volvió a pasearse de nuevo por la estancia.

—No has traído a las muchachas. Pensaba que ellas también vendrían.

Wood se quedó rígido a mi lado. Loretta tenía que estar refiriéndose a Danielle y Dith, aunque no entendía cómo sabía ella que el plan original había sido venir todos a verla si sus dones parecían ya estar agotados. A no ser que nos hubiera visto venir hacía mucho tiempo y todo hubiese cambiado desde entonces...

—No ha podido ser. —Fue toda la explicación que le brindó Raven.

—¡Oh! Bien. Así será entonces.

Ambos echaron a andar a la vez hacia el sofá bajo la atenta mirada de Cameron. Raven la ayudó a tomar asiento con esa dulzura que le era tan propia —al menos cuando no se trataba del propio Cameron— y, tras acomodarla y dedicarle una elegante y respetuosa inclinación de cabeza, se retiró hacia la butaca que había ocupado anteriormente. No sabía muy bien quién estaba más alucinado con todo aquello, si Wood, yo o Cameron.

—¿Os conocíais? —inquirió él, desconcertado, pero todo lo que obtuvo de la anciana fue una sonrisa dulce.

Raven, en cambio, le guiñó un ojo y sonrió también, pero en su caso la sonrisa fue mucho más condescendiente.

—Cam, cariño, ¿por qué no preparas un té para mí y para nuestros invitados? Y trae también esas pastas que tanto me gustan. Tenemos mucho de lo que hablar.

Por un instante, pensé que Cameron se negaría en rotundo a ofrecernos cualquier clase de comodidad o cortesía. Más bien, creo que se moría de ganas de sacarnos de allí a patadas. Sin embargo, de algún modo encontró la manera de tragarse el orgullo y complacer a la mujer.

—Enseguida —masculló entre dientes, mientras salía de la estancia.

Loretta miró directamente a Raven y le dijo:

—Es un buen chico. Se distrae fácilmente y es un poco terco, en eso se parece más a su padre de lo que él cree, pero no se lo tengas en cuenta. Es leal y tiene buen corazón. Haréis buenas migas tú y él.

Raven abrió la boca para contestar, pero luego la cerró de golpe y frunció el ceño como si estuviera tratando de encontrarle sentido a las palabras de la anciana. O quizás de adivinar por qué Loretta creía que a él le importaría lo más mínimo esa información. Estaba claro que, en ese momento, no era capaz de comprenderse ni a sí mismo.

—¡Te he oído, tía Letty! —gritó Cameron desde la cocina.

Loretta soltó una entrañable risita por lo bajo, aunque enseguida se puso seria de nuevo. Su atención se trasladó a mí y me observó durante un minuto antes de volver a hablar.

—Tienes la marca. —No era una pregunta, así que no contesté—. Durante mucho tiempo, albergué la esperanza de que no la tuvieras. Será todo más difícil así, pero sé que encontraréis la manera.

Me arrastré hasta el borde del asiento y me incliné un poco hacia ella, inquieto. Estaba acostumbrado a los rodeos de Raven al hablar del futuro, pero esperaba que Loretta pudiera darnos algo más que indicaciones vagas sobre la profecía. Necesitábamos algo, lo que fuera.

—¿Todo esto es por eso? ¿Por la marca de los malditos?

—Sí y no. Pero era de esperar; tú tienes la marca y la chica cuenta con su propio poder.

—Danielle tiene alas —intervino Raven entonces.

Se oyó una maldición desde la cocina y luego el ruido de algo rompiéndose. Bien, parecía obvio que Cameron estaba escuchando cada palabra de aquella conversación y ahora ya sabía lo de Danielle. Esperaba que fuera tan leal como Loretta creía que era.

—Así es —prosiguió la anciana—. Hay un nombre para lo que ella es.

Creo que todos contuvimos el aliento; seguramente, incluso Cameron dejó de respirar mientras preparaba el té en la cocina.

—¿Y bien? —inquirí, al ver que no decía nada más.

—La oscuridad no está por llegar, muchacho, ya está aquí. Y la Ira de Dios es el único medio para hacerle frente.

Durante unos pocos segundos nadie dijo nada, hasta que Cameron apareció en el umbral, sin el té ni las pastas, y exclamó:

—¡¿Acabas de decir que Danielle es la Ira de Dios?!

Todos miramos a la anciana, incluso Raven, que, estando de espaldas a la puerta, no podía haberse percatado de lo que había dicho Cameron. ¿La Ira de Dios? ¿Qué demonios se suponía que significaba eso y por qué sentía que tendría que reconocer esas palabras?

Puede que hubiera hecho las preguntas en voz alta, porque Loretta me señaló con uno de sus dedos largos y torcidos. Me estremecí; puede que fuera muy muy vieja y que careciera de magia, pero no había nada débil en aquella mujer.

—Nació para ser lo opuesto a ti. ¿Qué crees que significa, Luke Alexander Ravenswood?

Ni siquiera le había dicho quién era, menos aún mi nombre completo, pero ese detalle no estaba por ahora en mi lista de misterios a esclarecer. Criarme con Raven había eliminado hacía tiempo los posibles recelos que pudiera mostrar hacia gente que sabía cosas que no debería conocer.

—Que yo soy la oscuridad y ella es la luz —repuse, sin pensarlo demasiado, y a mi mente acudió la visión que había tenido de aquel erial de sombras y cosas oscuras que lo habitaban—. Yo, el infierno, y Danielle...

¡Oh, joder! Raven había llamado a Danielle «ángel» a su llegada a Ravenswood. Incluso yo me había apropiado del apelativo alguna vez para sacarla de quicio. ¿Lo había sabido él desde el principio? No solo eso... Se decía que cualquiera que tratara de dañar a un portador de la marca de Caín sufriría la Ira de Dios, pero hasta ese momento no había creído que esa ira pudiera manifestarse en la figura de una persona. Sin embargo, si así era...

«Yo represento el infierno, y Danielle, el cielo».

Loretta asintió a pesar de que no formulé el pensamiento en voz alta, y los demás también debían de haber atado cabos, porque enmudecimos durante un momento, tratando de asimilar lo que eso suponía.

—Danielle no es una Ravenswood —señalé entonces.

—Ella es lo que es, y eso es todo lo que importa. A quien buscas es a la otra. —¿El tercer elemento de la profecía? ¿Se refería a eso? ¿O había alguien más implicado en todo aquello?

—Elijah habló de un verdugo, tía Letty —intervino Raven. A la mujer no pareció molestarle que empleara el apelativo cariñoso, pero Cameron hizo un ruidito de disgusto. No se había movido de la entrada; al parecer, nada de té ni pastas para nosotros, aunque no era como si pudiera hacer pasar ahora mismo nada por mi garganta—. ¿Sabes quién es?

La mujer entrelazó las manos y las colocó sobre su regazo.

—El verdugo... Ha estado esperando durante años para que Alexander estuviera preparado. Pero ahora ya lo estás y no hay manera de detenerlo. La oscuridad ya está aquí. La oscuridad... ya está aquí...

De repente, se le empañaron los ojos y exhaló un suspiro mientras se desmoronaba sobre el respaldo de la butaca. Cameron acudió a su lado a toda velocidad y también lo hizo Raven. Mi familiar tomó una de las manos de la anciana entre las suyas y le susurró un «Lo has hecho muy bien» que me puso todo el vello del cuerpo de punta. Mientras, Cameron le apartó un mechón blanco de la frente con delicadeza.

—¿Está bien? —le pregunté, y él negó.

—Normalmente apenas sale de la cama o habla, no con coherencia al menos. Que yo sepa, esta es la conversación más larga y lúcida que ha sido capaz de mantener en los últimos meses. —Cameron se irguió y nos miró, y no pude evitar sentirme culpable.

—Te ayudaremos a llevarla a la cama. No pretendíamos agotarla.

Pero él parecía abrumado o, más bien, triste. Muy triste.

—Tiene ciento cincuenta años —dijo, con pesar—, lo cual es demasiado incluso para un brujo. Ya hace tiempo que empezó a decir que solo seguía en este mundo porque estaba esperando una visita. Me preocupa que estuviera hablando de vosotros y que ahora... —Se le quebró la voz y se detuvo, pero aun así no hubo duda de lo que quería decir.

Loretta Hubbard había sabido que veníamos desde hacía mucho. Si la nuestra era la visita que esperaba, ahora era libre de cruzar al otro lado y descansar por fin.

—Lo siento. —Fue lo único que pude decir, aunque las palabras eran un consuelo muy pobre en momentos como aquel.

Raven deslizó los dedos en torno a la muñeca de Cameron y los mantuvo ahí hasta que este bajó la vista y lo miró. Ambos parecieron dejar de lado por el momento su comportamiento hostil. Ninguno de los dos dijo una palabra, tampoco Wood y yo hablamos. Y en ese silencio que duró varios segundos eternos, Loretta habló por última vez en su vida.

—Hagas lo que hagas, Alexander Ravenswood, no dejes que consiga su sangre. Y deshazte de la marca... Paga el precio y deshazte de ella.

28

A clase. Thomas Hubbard me había enviado de vuelta a la rutina de mis clases como si no hubiera pasado nada; como si su despacho no fuera ahora una ruina insalvable, el consejo no estuviera planeando a saber qué clase de conspiraciones y sobre nuestras cabezas no pesara la amenaza de un futuro oscuro e incierto. Estaba bastante segura de que, pese a sus evidentes diferencias, Wardwell y él podrían llegar a llevarse bien; ambos parecían tener el mismo retorcido sentido de la responsabilidad. Me sentía tan fuera de lugar como aquel primer día en el que había tenido que acudir a clase en Ravenswood, aunque al menos mi uniforme tenía el largo adecuado y era de algodón; estaba a salvo de mi alergia y de mostrarles a todos hasta mi partida de nacimiento.

Sin embargo, ahora tenía una sombra que me seguía por los pasillos: Sebastian. Al Ibis se le había encomendado que no me perdiera de vista en ningún momento. Lo único que me había dicho Hubbard había sido que no todos los miembros del consejo estaban en Abbot y, además, se hallaban ocupados con algunas cuestiones prioritarias; me interrogarían cuando lo considerasen adecuado. Para mí que solo trataban de comprobar si me ponía nerviosa o algo por el estilo. Pero también podría ser que supieran mucho más de lo que Hubbard había admitido. Al fin y al cabo, el director no formaba parte de los cinco del consejo, solo del grupo de asesores en los que estos se apoyaban.

Habían pasado dos días desde mi cara a cara con el director. Cam continuaba sin aparecer y tampoco había tenido noticias de los Ravenswood. Le había preguntado a Sebastian si de verdad había celdas en los sótanos de Abbot, y el tipo solo se había reído. Quise pensar que, dado que en Abbot nadie sabía guardar un secreto y los rumores corrían raudos por los pasillos, si hubiese habido algún Ravenswood entre las paredes de aquella escuela, ya me habría enterado.

—Señorita Good, lleva un retraso considerable respecto al resto de sus compañeros, así que le convendría prestar más atención a mis explicaciones —me reprendió el profesor Danforth, con su habitual tono despectivo.

El hombre provenía del linaje de uno de los brujos blancos que había ejercido de juez en los juicios de Salem y estaba tremendamente orgulloso de ello. Yo nunca había estado muy de acuerdo con todo lo que había sucedido entonces, pero, si antes ya me había caído mal, ahora a duras penas lo soportaba. Cómo no, daba clases sobre Reglamentos y Normas Mágicas Avanzadas; es decir, que trataba de enseñarnos todo lo que *no* podíamos hacer.

Me hubiera gustado preguntarle si todas esas eran las normas que nos saltaríamos para perseguir a los brujos oscuros cuando nos graduásemos, y la Danielle de meses atrás seguramente lo hubiera hecho, pero mi impulsividad parecía enfocarse ahora sobre todo en mi trato con Thomas Hubbard. A mi padre ni siquiera había vuelto a verlo, y la verdad era que no sabía si quería hacerlo. Por ahora, seguía dándole vueltas a lo que me había contado, pero me era imposible llegar a ninguna conclusión.

—Tiene toda mi atención —respondí, y le brindé una sonrisa falsa.

Hubo risitas a mi espalda y alguien envió una onda de aire que me alborotó el pelo, pero al menos no estaban prendiéndole fuego a mis cosas o haciendo hervir el café que reposaba sobre mi mesa. Si tuviera que aventurar una suposición, diría que la fábrica de rumores ya había empezado a funcionar tanto en torno a mi fuga de la escuela como a lo sucedido en el despacho del director. Mis compañeros llevaban dos días tocándome las narices, casi como si trataran de poner a prueba mi paciencia y esperasen que explotara de nuevo.

El profesor fingió no darse cuenta de nada y continuó a lo suyo.

—Como sabéis, la magia de sangre está fuera de toda discusión. Su uso conlleva castigos que pueden ir desde la aplicación de un hechizo de contención, y la consecuente pérdida temporal de vuestra magia, hasta un requerimiento por parte del consejo. Y no os gustaría lo que eso podría suponer para vosotros. —La puerta se abrió de golpe y Cam apareció en el umbral, resoplando y despeinado. Sus ojos me buscaron de inmediato, pero Danforth ya estaba señalando el pasillo—. Fuera, señor Hubbard.

—Pero...

—Fuera, he dicho. Si no sabe llegar a tiempo a mis clases, será mejor que no venga. Pero le recuerdo que no se graduará este año si no aprueba mi asignatura.

Aquello era ridículo. Todos se comportaban como si nada anormal estuviera ocurriendo. Aunque Abbot no hubiera sido responsable de las muertes de los brujos de Ravenswood, los brujos oscuros pensaban que sí. Y, más tarde o más temprano, enviarían a sus propios Ibis a cobrar venganza. Eso sin contar con la maldita profecía. En realidad, tal vez ninguno de nosotros se graduaría este año.

Cam me lanzó una última mirada antes de salir del aula, y no fue una de sus habituales miradas divertidas después de recibir un rapapolvo de algún profesor o de su padre. Tampoco sonreía. Tenía sombras oscuras bajo los ojos y parecía... desolado.

En cuanto cerró la puerta tras de sí, me puse en pie y comencé a recoger mis cosas a la carrera.

—Señorita Good...

—Ahórreselo —interrumpí a Danforth—. De todas formas, ni siquiera creo que vaya a graduarme.

Por suerte, no trató de detenerme, aunque comenzó a lanzarme una perorata sobre las sanciones y castigos que mi indisciplina podía acarrearme. No me quedé a escucharlo. Quería saber qué le había pasado a mi amigo, dónde se había metido todo este tiempo y por qué tenía el aspecto de haber descubierto también que lo que dijera Danforth ya no importaba una mierda.

—¿Perdona? ¿Qué has dicho?

—He dicho que, según la tía Letty, eres... la Ira de Dios.

Eso era lo mismo que había asegurado unos segundos antes, justo después de que me contara que había conocido a los Ravenswood y que ninguno de ellos le había caído demasiado bien. Pero pasé ese último detalle por alto solo porque a continuación me contó lo que les había dicho el oráculo y lo que le había sucedido a la anciana después.

Loretta Hubbard estaba muerta. Dith estaba muerta. La gente estaba muriendo por lo que fuera que hubiésemos puesto en marcha. Y, al parecer, ya no había forma de pararlo. «La oscuridad ya está aquí», eso era lo que Loretta había dicho. Y también que yo era la Ira de Dios.

—Siento lo de la tía Letty —murmuré.

—Siento lo de Dith —replicó él, aunque ya habíamos hablado de ello durante mi viaje astral.

Me dejé caer hacia atrás y mi cabeza golpeó la almohada de Cam.

Después de haber recibido un abrazo de oso por su parte y de que yo se lo devolviera con idéntico entusiasmo, nos habíamos escabullido por los pasillos hasta el ala de dormitorios de los chicos. Aunque lo de escabullirnos hubiera resultado mucho más discreto si no hubiésemos tenido a Sebastian detrás todo el camino hasta allí. Si informaba o no al director, era cosa suya. Ya lidiaría con Hubbard padre más tarde.

—No tiene sentido.

—Ni siquiera sabes qué significa eso de la Ira de Dios —señaló Cam, mientras venía a sentarse conmigo en la cama.

—Nada de esto tiene sentido —proseguí de todas formas.

—Y no lo va a tener a menos que busquemos la manera de salir de aquí. Alexander dijo que me daba un día para comprobar que estuvieses bien y sacarte de los límites de la escuela o entraría él a buscarte.

Me imaginé perfectamente al brujo oscuro lanzándole órdenes a Cam con tono expeditivo y amenazándolo con arrasar la escuela al completo. Muy típico de él, cómo no, aunque no pude evitar que el pensamiento sofocara algo de la angustia por todo lo sucedido. Pensar en Raven y Wood, y también en Alexander, ayudaba. No me engañaba al respecto, sabía que ahora ellos eran lo más parecido a esa familia que ya no tenía.

—¡Ah! Y ese idiota de Raven quería que te dijese que tiene algo muy importante que contarte. Que no estabas sola o algo así.

—¿Ese idiota?

—Se comportó como un capullo todo el tiempo.

—Estás hablando de Wood —tercié, segura de que los había confundido—. Rav es el moreno.

—Lo sé, y hablo de Raven. Es un gilipollas arrogante.

—Ese es Wood. El del pelo blanco —insistí. En realidad, yo ya no pensaba que lo fuera, y desde que había perdido a Dith no solía comportarse así, pero sabía que Wood podía sacar de quicio a cualquiera cuando se lo proponía.

—Te digo que es Raven. Tuvo suerte de que se comportó bien con la tía Letty...

—Es literalmente imposible que Raven te tratase mal, Cam. Es... adorable.

Cam me miró como si me hubieran salido un par de cabezas a juego con la que ya tenía. Estaba convencida de que debía de estar confundiéndose de hermano. Incluso con los extraños, Raven siempre era amable. La única vez que lo había visto adquirir un tono más formal y altivo había sido con Wardwell y su hija durante el baile de máscaras, y había tenido una buena razón para ello.

—Aunque es atractivo. Para ser un capullo.

Ahora fue mi turno para contemplarlo perpleja. No porque no supiera que a Cam le gustaban tanto las chicas como los chicos, sino porque normalmente no era de los que se interesaban por los malotes. Él era el chico malo de la escuela.

—¿En serio, Cam?

Me eché a reír a pesar de que no tuviera ninguna razón para hacerlo, pero, dada la mierda que había sido mi vida en las últimas semanas, me dije que igual necesitaba concentrarme en esos pequeños momentos de felicidad ridícula. Tal vez fueran los últimos que tuviésemos en mucho tiempo.

29

—Lo que aún no entiendo es cómo mi padre te permite vagar por la academia después de la que liaste en su despacho.

Yo tampoco lo entendía del todo. Antes de decidir liberarme, Hubbard me había preguntado si creía que podía controlar mi poder o aquello iba a volver a repetirse. Le aseguré que no volvería a ocurrir porque estaba desesperada por salir de aquella habitación, pero la verdad era que no estaba segura de nada. La cuestión era que el director me había concedido el beneficio de la duda y me había dejado marchar, eso sí, con la obligación de retomar las clases y comportarme como una alumna más. Y de acudir cuando el consejo así lo requiriera.

—Bueno, me ha puesto una niñera.

—Es un Ibis —remarcó Cam. Como si yo no lo supiera.

—Al menos no es Efrain. Ese tío sí que es un imbécil; creo que es de esos que disfrutan haciéndole daño a la gente.

—No me has dicho qué te pasó. En el despacho de mi padre, quiero decir. ¿Fue por tu padre? ¿Tan mal fue la cosa?

En realidad, salvo con Sebastian, no había hablado con nadie sobre lo que mi padre me había confesado acerca del asesinato de mi madre y Chloe. Aunque confiaba en Cam y podría habérselo contado en ese momento, me resistía a hacerlo. En el fondo, no estaba segura de poder asimilarlo si mi amigo, conociendo como conocía a mi padre, llegaba a la misma conclusión que yo. Si Cam coincidía conmigo en que Nathaniel Good jamás se autoinculparía de esa clase de delito, el deseo de mi madre de matarnos a mi hermana y a mí se convertiría en algo real, y tendría que aceptar que había sido ella la que había asesinado a Chloe.

Por ahora, Sebastian se había guardado esa información para sí mismo, y eso me hacía pensar que iba a permitirme revelarla cuando yo lo deseara.

—No le importo lo más mínimo —repliqué, evadiendo su pregunta—. Tu padre se mostró mucho más preocupado por mi estado que él.

—Ya, bueno, no es que sea un modelo de honestidad tampoco.

Tras hablarle a Cam sobre lo que se suponía que nos esperaba en el mundo exterior, también él estaba bastante descontento con su progenitor. Era obvio que se sentía herido y decepcionado; mi amigo podía quejarse todo lo que quisiera de su familia y del hecho de que ser el hijo del director le repercutía negativamente, de ahí su comportamiento rebelde en la academia, pero creo que aquello había sido algo que no se esperaba en absoluto.

Seguía tumbada en su cama, y Cam se había movido hasta la parte inferior y ahora su cabeza colgaba por el lateral, mientras que había apoyado las piernas en la pared. Su habitación estaba hecha un asco, casi más de lo normal, y una pequeña bolsa de viaje yacía sobre todos los papeles y libros que había amontonados en el escritorio. Había regresado a la escuela directamente una vez que había avisado de la muerte de Loretta a su cuidadora. Por lo que me había dicho, el ritual de despedida de la mujer aún se demoraría unos cuantos días más, pues la comunidad blanca estaba demasiado alterada por lo que estaba sucediendo para honrar de forma adecuada a la pobre anciana. Al menos Cam la había despedido a su manera acompañado de los Ravenswood.

—Así que tienes alas, ¿eh? —se burló, tras un rato en silencio. Gemí, avergonzada, y le di un golpecito en la pierna para llamarle la atención, pero eso no lo detuvo—. No, oye, está bien. Eres la Ira de Dios, signifique eso lo que signifique.

La Ira de Dios. Esas cuatro palabras seguían dando vueltas en mi cabeza, junto con la amenaza de Alexander de arrasar Abbot si no salía de allí en las próximas veinticuatro horas. Pero ¿qué haríamos luego? En realidad, no sabíamos demasiado sobre lo que estaba por venir ni cuándo empezaría. O cómo afrontarlo.

—La tía Letty habló sobre una marca: la marca de los malditos —continuó divagando Cam—. Dijo que Alexander la tenía.

Fruncí el ceño. No sabía nada de una marca. Me estrujé el cerebro en busca de algún comentario al respecto y, por una vez, agradecí que mi memoria fuese tan selectiva como para recordar a la perfección cómo era Alexander sin camiseta. Recordaba tanto las dos cicatrices enormes que tenía como la marca color café sobre su pecho. Al final, ser una pervertida me iba a servir para algo.

—Tiene una marca en el pecho, en la parte izquierda, sobre el corazón. Pero no me pareció nada extraordinario. —Las cejas de Cam salieron disparadas hacia arriba—. Ni se te ocurra preguntarme cómo lo sé; no es lo que piensas.

Cam soltó una risita. Era muy consciente del rumbo que habían tomado sus pensamientos, pero yo continué divagando mentalmente sobre lo que había dicho. «La Ira de Dios y la marca de los malditos». Debían de estar relacionadas de algún modo, ¿no? Alguien tenía que saber algo al respecto. Yo ya había visto una vez, hacía mucho tiempo, algo con un aspecto similar al que tenía Alexander cuando se transformaba. En la biblioteca.

Me puse en pie de forma tan repentina y apresurada que Cam resbaló por el lateral de la cama y terminó desparramado por el suelo.

—¡Mierda, Danielle! ¡Solo era una broma!

—¿Recuerdas aquella vez que nos colamos en la zona prohibida de la biblioteca? ¿Puedes conseguirnos las llaves de nuevo? —lo interrogué, tendiéndole la mano y obviando sus quejas—. Tal vez allí encontremos algo sobre esa marca o qué significa ser la Ira de Dios.

De todas formas, habíamos acordado que no podríamos intentar escabullirnos de la escuela hasta que fuera de madrugada, y todo eso suponiendo que pudiésemos darle esquinazo a mi sombra particular.

Cam se encogió de hombros.

—Puedo probar, aunque, dado que has volado por los aires la mitad del despacho de mi padre, no estoy seguro de si estarán en el mismo sitio.

Le enseñé el dedo corazón. Pese a sus protestas, estaba bastante emocionado con el hecho de que hubiera desmantelado la oficina de su padre, lo cual decía bastante de su actitud rebelde.

Mientras Cam iba a por las llaves, me quedé esperándolo en su habitación para evitar que Sebastian nos siguiera, lo que puso de relevancia otro pequeño problema: ¿cómo íbamos a despistar al Ibis para poder colarnos en una zona de la biblioteca en la que no podíamos estar? Que no hubiera ido corriendo a chivarse de mi salida de la clase de Danforth, no implicaba que fuera a dejarnos saltarnos otras normas.

Para cuando regresó Cam, no se me había ocurrido aún ningún plan, pero de todas formas nos encaminamos hacia la biblioteca. Con suerte, Sebastian se quedaría en la puerta o se sentaría en una de las mesas de estudio y no prestaría demasiada atención mientras deambulábamos entre las estanterías.

—Saltarte las clases para pasar el rato en el ala de los chicos no te hará sumar muchos puntos frente al consejo —comentó el Ibis en cuanto abandonamos la habitación de Cam.

Estaba apoyado en la pared en una actitud mucho más relajada que la que había mantenido en el despacho de Hubbard o en la sala de retención, aunque continuaba vistiendo el uniforme negro y las botas militares, al que en esta ocasión había añadido también la capa, y se veía igual de imponente e intimidante, o incluso más.

—No sé cómo sería cuando estudiaste en la academia, pero ahora no está prohibido que las chicas estén aquí.

Un asomo de sonrisa le curvó los labios.

—Bueno, sigues con la ropa puesta y el dormitorio no ha explotado, así que puedo decirte que, sin ninguna duda, cuando yo estudiaba aquí nos divertíamos mucho más.

Cam empezó a reírse, lo que le valió un codazo por mi parte. Me dedicó una mirada de disculpa y yo lo agarré del brazo y lo empujé pasillo adelante. Echamos a andar y Sebastian, cómo no, nos siguió. No parecía especialmente entusiasmado con su labor de niñera, pero, para ser un Ibis, no se había quejado demasiado. Y lo que le había dicho a mi amigo era cierto; incluso con su ridículo sentido del humor, podría haber sido peor. Podía haberse tratado de Efrain.

—¿Cómo está tu compañero? ¿Se ha recuperado del todo?

—Está bien.

No me había girado para mirarlo, pero la pausa que había hecho Sebastian antes de contestar fue lo bastante significativa para que me quedase parada en mitad del pasillo. Cam se detuvo conmigo. Recordé lo que me había dicho el Ibis sobre la pérdida temporal de magia que había sufrido Efrain.

—¿Bien? ¿Bien del todo?

Otra pausa, esta aún más larga. Giré en redondo para encararlo.

—No debería hablar de esto contigo.

—No le vengas con esas y dile ya lo que sea que te estás guardando —intervino Cam, pero enseguida debió de darse cuenta del modo en que le estaba hablando a un brujo Ibis y añadió—: Si te parece bien, claro.

Sebastian lo fulminó con la mirada unos segundos antes de volver a centrarse en mí.

—Hay algunos tipos de magia que ya no puede practicar —confesó finalmente, bajando la voz.

Acto seguido, apretó los labios como si se arrepintiera de haber hablado. No lo dudaba, y tampoco entendía por qué parecía mostrar cierta amabilidad conmigo, la verdad, pero no iba a quejarme al respecto. Necesitaba toda la información que pudiera obtener.

Traté de repasar lo que ya sabía: la profecía, la capacidad de Alexander de drenar magia, sus cuernos y mis alas, su oscuridad y mi luz... Se suponía que éramos opuestos, pero tal vez no fuera tan literal como habíamos pensado. ¿A qué tipo de magia se estaba refiriendo Sebastian? La imagen de Alexander tocando la barrera de luz que yo había creado para ayudarlos a escapar en Nueva York destelló en mi mente. ¿Sus dedos habían perdido la oscuridad durante unos segundos o habían sido imaginaciones mías?

«La Ira de Dios».

Se me abrieron los ojos como platos.

—Magia de sangre; es eso, ¿no? O magia oscura. ¡Ya no puede practicarla! —Sebastian no contestó, pero ser un Ibis demasiado expresivo no jugó mucho en su favor en aquel momento; no hizo falta que dijera nada—. Pero se supone que esa magia está prohibida para los brujos blancos...

Más silencio. Así que por eso no se les permitía hablar de ello. Los Ibis debían tener autorización del consejo para emplear un tipo de magia que, en teoría, estaba completamente prohibida para los nuestros. Claro que tampoco sabía por qué me extrañaba, dada su labor.

—No puedes hablar de esto con nadie, Danielle. El consejo...

—¡Los del consejo solo son una panda de malditos brujos hipócritas!

—Baja la voz. —Sebastian trató de agarrarme del brazo, pero Cam le dio un empujón para apartarlo.

—Te recuerdo que, si la tocas, te pateará el culo y hará todo eso de ponerse a explotar cosas —lo amenazó, mientras yo negaba con la cabeza, más decepcionada aún si cabe. No debería haberlo estado, pero no podía evitarlo—. ¿Mi padre lo sabe? ¿Sabe la magia que empleáis?

¡Mierda! No había pensado en eso. Cam ya estaba bastante decepcionado por que su padre le hubiese contado las mismas mentiras que a mí y al resto de alumnos, pero aquello parecía demasiado. Podía comprender lo que estaba sintiendo; aún mantenía fresco el recuerdo y la rabia que me había provocado conocer la realidad de nuestra comunidad de boca de Alexander.

—Sí, lo sabe. Pero no podemos hablar de esto aquí —susurró Sebastian—, y no podéis decírselo a nadie.

No estaba segura de que las cosas fueran a ponerse peor de lo que ya estaban para mí si el consejo se enteraba de lo que habíamos descubierto, pero lo que sí sabía era que no irían bien para Sebastian por habérnoslo contado.

—Muy bien, no diremos nada. Pero tú también vas a tener que ser discreto. —No le di más explicaciones—. Vamos.

—¿Discreto con qué?

Reanudé el paso y arrastré a un Cam enfurruñado conmigo.

—Vas a sentarte en la biblioteca y vas a vigilar por nosotros mientras buscamos información. En el área prohibida —agregué tras una pausa.

—No podéis entrar ahí.

Le lancé al Ibis una sonrisita por encima de mi hombro.

—Bueno, supongo que no somos los únicos en hacer cosas que no se pueden hacer. O en contarlas a quien no deben.

—¿Estás loca? —murmuró Cam, una vez que accedimos a la biblioteca—. No puedes confiar en él.

Todo el mundo estaba aún en clase, así que los pasillos se encontraban prácticamente desiertos. Los pocos que se hubieran arriesgado a escaquearse de alguna de las sesiones matutinas, no estarían precisamente en la biblioteca estudiando.

—No dirá una palabra. Tendrá que responder frente al consejo si se enteran de lo que nos ha contado. Además, no es un completo gilipollas.

Sebastian aún dudó un momento al acceder detrás de nosotros, pero finalmente se dirigió a una mesa y se sentó sin abrir la boca a pesar de que estaba segura de que nos había escuchado.

—No puedo creer que mi padre me haya ocultado toda esta mierda —susurró Cam, con tal amargura que me sentí mal por él.

Sebastian suspiró mientras se frotaba las sienes, como si todo aquello le diera dolor de cabeza. Y cuando casi esperaba que intentara persuadirnos para que no quebrantásemos otra de sus normas, me sorprendió tratando de consolar a Cam.

—Tu padre solo quiere protegeros.

—Pues lo está haciendo de pena —le espetó mi amigo sin titubeos.

El Ibis volvió a suspirar.

—Mira, tienes que saber algo: fue un director muy anterior a tu padre quien instauró la norma de no hablarle a los alumnos sobre lo que pasaba ahí fuera. Y, sí, Thomas Hubbard mantuvo esa norma cuando tomó posesión del cargo, pero solo lo hizo porque no quería que esto fuera una escuela para soldados, Cameron. Los alumnos vienen aquí siendo solo niños que sueñan con aprender a controlar su poder y tienen derecho a crecer pensando que no lo están haciendo para acosar o perseguir a nadie, sino para ayudar. Tu padre no quiere quitaros eso. —Sebastian parecía casi turbado, y me pregunté cómo había sido su formación, teniendo en cuenta que a los brujos destinados a convertirse en Ibis se los escogía desde muy jóvenes y no recibían sus clases junto con el resto de los alumnos.

No podía negar que lo que Sebastian nos estaba explicando tenía cierto sentido. A pesar de que no creía que mantenernos a oscuras fuera la mejor idea, entendía por qué Hubbard habría podido llegar a tomar esa decisión. Y yo era muy consciente de que el padre de Cameron no se parecía en nada al mío; Thomas Hubbard quería de verdad a su hijo.

—Sigue siendo una mentira —sentenció él, pero ya no sonaba ni la mitad de enfadado.

—Puede, pero no todos los brujos blancos participan de esa batalla silenciosa. Algunos han rechazado enfrentarse a los brujos oscuros... —La mirada de Sebastian pasó de Cam a mí, y supe exactamente de lo que hablaba: el aquelarre de Robert; de algún modo, él sabía lo que eran.

Se quedó mirándome, como si esperase que yo dijera algo al respecto; sin embargo, hablar de lo que Robert nos había mostrado parecía una traición. Y puede que Sebastian no se comportase como esperaba y pareciese muy diferente a Efrain u otros Ibis, pero no podía fiarme de él. Al fin y al cabo, era uno de los guardias del consejo.

Al ver que no decía nada, añadió:

—Conozco a Annabeth Putnam. Estudiamos juntos.

—¡¿Annabeth es un Ibis?! —repliqué, a pesar de mis recelos iniciales.

—Iba a serlo. Su abuelo la escogió por delante incluso de su primo Gabriel; el chico no tenía el temperamento adecuado para ser uno de nosotros. Ella empezó a formarse cuando yo ya llevaba algunos años haciéndolo.

Gabriel me había parecido un tipo impulsivo y poco dado a seguir órdenes de nadie. Annabeth, en cambio, se había mostrado algo más dócil que su primo. O, al menos, más serena y reflexiva. No me extrañaba que el consejo quisiera asegurarse de que los Ibis hacían lo que se les decía sin perder los estribos.

—Annabeth desertó. Se escapó una noche sin decirle nada a nadie, lo cual armó un buen revuelo. Pero el viejo Putnam se encargó de silenciar cualquier rumor sobre su linaje —continuó explicando Sebastian—, y el tema se dio por zanjado.

—¿Cómo sabes entonces en qué anda metida ella ahora? —inquirí, alarmada por la posibilidad de que hubiesen capturado a alguno de los brujos jóvenes.

Alexander le había asegurado a Cam que todos estaban a salvo, pero tal vez nos habíamos dejado atrás a alguno sin saberlo. O alguien había llegado después al edificio buscando refugio. Yo estaba inconsciente cuando me habían sacado de allí, así que no tenía ni idea de si era la única a la que habían logrado pillar.

—Porque, unos años después de que desertara, Annabeth me ayudó a esconder a mi hermano pequeño.

Me dejé caer en una de las sillas frente a Sebastian y Cam también se sentó. No habíamos ido a la biblioteca para aquello, y no podía olvidarme de que el tiempo corría en nuestra contra. En cualquier momento, el horario de clases llegaría a su fin y, aunque la mayoría de los alumnos se irían directos al comedor, siempre había alguno que podía acudir en busca de un libro o a ponerse al día con los deberes.

Pero quería conocer la historia de Sebastian. Tal vez así comprendiera por qué no había acudido aún al consejo para contarles lo de mi padre y quizás podríamos ganar un aliado. Así que nos quedamos escuchando mientras él nos narraba a grandes rasgos la desesperación que había sentido al enterarse de que su hermano también había sido seleccionado para convertirse en un Ibis. Sebastian ya había acabado de formarse; era bueno en la lucha cuerpo a cuerpo y resistía con tanto estoicismo como los demás el dolor físico, todo ello después de un condicionamiento mental que había puesto a prueba su cordura. Si le cortabas un brazo a un Ibis, continuaría luchando con el otro o pasaría a emplear su magia para defenderse, pero Sebastian nos explicó que no dar muestras de ese dolor no implicaba que no lo sintieran.

—Al igual que tu padre solo ha tratado de proteger una parte de la inocencia de sus alumnos mientras crecían, yo solo quería proteger a mi hermano. No deseaba esta vida para él. No la querría para nadie.

—¿Por qué no te fuiste con él? —terció Cam, adelantándoseme. Era justo lo que iba a preguntarle a continuación.

—Ya era suficiente vergüenza para mis padres que uno de sus hijos desertara, y yo ya estaba... echado a perder —dijo, inexpresivo por una vez, pero era difícil no leer entre líneas—. Además, continuar formando parte de la guardia me permite seguir protegiendo a mi hermano si llega a darse el caso.

—Dime que no fuiste tú quien les dijo dónde encontrarnos.

No tendría demasiado sentido que fuera así, ya que puede incluso que uno de aquellos brujos jóvenes de Nueva York hubiera sido su hermano, pero desconocía cómo habían sido capaces de dar con nosotros. Habíamos tomado muchas precauciones para que eso no ocurriera.

—No fui yo, Danielle, pero es mejor para ti no saber quién fue.

—¿Por qué?

—Porque ya has sufrido suficiente. —Fue como decírmelo todo sin tener que decir nada.

—Fue mi padre, ¿verdad? —Cerré los ojos un instante. Ahora que sabía que los brujos blancos no dudaban en emplear la magia de sangre si les convenía, podía imaginar cómo lo había conseguido—. Hizo un hechizo de búsqueda empleando su propia sangre para encontrar la mía, son los más potentes. Y, probablemente, la protección que usamos en el coche no fuera suficiente para evitar que nos rastrease de esa forma.

Deberíamos haberlo imaginado. Era un milagro que Tobbias Ravenswood no hubiera tratado de localizarnos del mismo modo. Si había algo importante para los nuestros, algo ineludible, al parecer, era la sangre. Nuestro linaje.

Estaba harta de aquello.

Mi padre, Nathaniel Good, un brujo blanco «modelo», había recurrido a la magia oscura, y con la connivencia del propio consejo. Aquello solo era una prueba más de lo podrida que estaba la comunidad. O, al menos, parte de ella. Nunca el límite entre ambos bandos había estado tan difuso para mí.

—Vamos, id a por lo que sea que estéis buscando. Yo vigilaré —se ofreció Sebastian, tal vez intuyendo que no quería seguir hablando de mi padre.

Lo dejamos sentado en la mesa de estudio de la entrada y nos deslizamos en silencio entre las estanterías, directos hacia el fondo de la biblioteca. Esa zona estaba algo menos iluminada, pero, en cuanto Cam dio uso a las llaves de su padre y pasamos a la sala contigua, encendimos unas cuantas lamparitas.

—¿Recuerdas en qué estante estuvimos rebuscando la última vez?

—Por aquí. —Lo seguí, aunque no parecía del todo seguro.

Con la cabeza ladeada, iba lanzando breves vistazos a los lomos alineados en los estantes intermedios. Había filas y filas de ellos desde el suelo hasta el techo, y también una buena cantidad de polvo. Deambulamos un rato de un lado a otro, persiguiendo el recuerdo de los dos niños que habíamos sido en el pasado. Hasta que Cam aseguró que habíamos llegado al mismo lugar.

Nos quedamos plantados delante de la enorme estantería, contemplando las decenas de libros de varios tamaños y grosores.

—Tú empieza por ahí —lo insté, señalando un lateral—. Yo voy por aquí. Busca cualquier referencia a la marca o la Ira de Dios. Y mira las ilustraciones. Estoy segura de que tiene que haber algo en algún lado.

Nos pusimos a trabajar de inmediato. Tal vez no encontrásemos nada, pero era mejor estar ocupados buscando que esperar de brazos cruzados en nuestros dormitorios a que se hiciera de noche. Recé para que el consejo no eligiera justo ese momento para enviar a alguien en mi busca.

—Bueno... Entonces, tú y Alexander Ravenswood... —comentó mi amigo, como si tal cosa, sin apartar la vista de su lado de la estantería.

—¿De verdad, Cam? ¿Eso es lo que más te preocupa en este momento?

—Él sí que parecía bastante preocupado por ti mientras se dedicaba a amenazarme. Es un tipo muy... intenso.

Eso no podía negárselo. Tiré del lomo de un volumen muy grueso que me resultaba familiar. Agarré otros dos más y me senté en el suelo para revisarlos. Cam optó por una serie de cinco libros más delgados titulados *Criaturas del infierno. Invocación, control y destierro* —lo cual resultaba bastante alentador— y se acomodó a mi lado.

—¿Os liasteis?

—¡Cam! —Muy a mi pesar, me eché a reír—. No voy a hablar contigo de eso.

—Entonces es que sí. Dime, Danielle Good, ¿qué se siente al montárselo con un brujo oscuro?

Me dedicó algo que pretendía ser un movimiento insinuante de cejas. Cam siempre había sido muy payaso, y quizás por eso nos llevábamos bien. Me hacía reír.

—Te repito que no pienso hablar contigo de eso.

—¡Oh, vamos! Por lo que yo sé, apenas te has enrollado con nadie desde lo nuestro. Dime al menos que has mejorado tu percepción del sexo.

¡Dios! No tenía ningún tipo de vergüenza.

—Lo nuestro estuvo bien —dije, y me miró con cara de saber que estaba mintiendo, claro que él había estado allí—. Vale, fue un desastre.

Se echó a reír. Ignoré sus carcajadas y me puse a pasar páginas.

—Lo fue. Un auténtico desastre —rio, y pese a estar admitiendo que había sido un amante pésimo, lo dijo con cariño. Pero, tras una pausa, arremetió de nuevo—. Así que... ¿hubo tema o no? ¿Cometisteis toda clase de perversidades oscuras y pecaminosas?

—Eres idiota. Lo sabes, ¿verdad? Empieza a revisar eso o no acabaremos nunca.

Hizo una mueca.

—Eres aburrida, Danielle Good. No sé por qué me junto contigo.

Continué pasando páginas, pero sonreí de todas formas. No todo había sido malo al regresar a Abbot; si algo había aprendido de todo lo sucedido era que había gente que, aunque no pertenecieran a tu linaje, podía formar parte de tu familia. Cam era una de esas personas. Allí estaba, saltándose las normas y dispuesto a meterse en un lío por mí. Sin cuestionarme, sin preguntar. E intentado hacerme reír y que olvidara lo mal que estaban las cosas.

—Gracias —escupí de repente.

—¿Por llamarte «aburrida»? De nada. Para eso estamos. Puedo insultarte siempre que quieras, aunque no sabía que ese era tu rollo.

Puse los ojos en blanco. ¡Dios! Sí que era idiota, sí. Pero lo quería de todas formas. Y sin Dith...

—Por estar aquí conmigo. —Suspiré—. Echo mucho de menos a Dith.

Cam me dio un empujoncito con el hombro.

—Lo sé. Todo irá bien, ¿vale? Estaré contigo pase lo que pase.

Nos miramos un instante.

—Ahora vas a decir alguna payasada, ¿verdad?

Cam sonrió con ese descaro tan suyo.

—Tienes que contarme cómo es foll... —Le tapé la boca.

—Ni se te ocurra terminar esa frase. —La mano me vibró contra sus labios a causa de sus carcajadas.

Y, al final, yo también me eché a reír.

Pasamos un buen rato sentados en el suelo de aquella sala, rodeados de volúmenes polvorientos. Mientras buscábamos cualquier cosa que pudiera ser útil, Cam se dedicó a formular preguntas aleatorias sobre el tiempo que había pasado en Ravenswood: «¿Cómo eran las clases?»; «¿Se lanzaban maldiciones unos a otros?»; «¿Practicaban magia de sangre por los pasillos?»; «¿Cómo es eso de que tienen tiendas? Nosotros no tenemos zona comercial», y así hasta el agotamiento. Yo le contestaba con monosílabos o un par de palabras y seguía buscando. Había encontrado un apartado en un libro que hablaba de demonios, y Cam, a su vez, ojeaba un hechizo de invocación para algo a medio camino entre una cabra y un... ¿caballo? de nombre impronunciable; no creía ni que estuviera en nuestra lengua o en ninguna conocida.

—¡Oh, espera! Tengo otra: ¿viste el rabo a los lobos? —Giré la cabeza muy despacio hacia él y lo fulminé con la mirada. Estaba conteniendo la risa, el muy capullo—. ¿Lo pillas? El rabo...

—Te veo muy interesado en los lobos para lo mal que dices que te cayeron. Y en el rabo de dichos lobos en particular.

Me sacó el dedo corazón y fue mi turno para reírme de él.

—No me interesan en absoluto, pero sigo diciendo que Raven es un imbécil arrogante con aires de grandeza y un problema de control de la ira.

¡Vaya! Pues sí que se lo había tomado mal.

—Y yo sigo diciendo que tienes que haberlos confundido. Aunque que conste que Wood tampoco lo es. No todo el tiempo. En el fondo, es un buen tío.

—Estás equivocada.

Pasé la hoja y mis ojos tropezaron con un galimatías escrito en latín.

—¿Amenazaste a Alexander o a Wood? Es lo único que haría que Raven se mostrara agresivo —murmuré, distraída, mientras trataba de aclararme con el texto.

—No. Bueno... —Levanté la cabeza de nuevo; ese «bueno» no había sonado bien—. En realidad, lo ataqué yo a él.

—¡¿Atacaste a Raven?! ¿Y ninguno de los otros te arrancó la cabeza? Tuviste suerte, te lo aseguro.

—¿Qué querías que hiciera? Tres tipos se plantan en la puerta de la casa de mi tía cuando yo te esperaba a ti. Traté de reducir al primero que pillé para obligar a los demás a mantener las manos quietas.

—Estás vivo de milagro —insistí. Me extrañaba que Alexander no le hubiera drenado hasta la última gota de magia del cuerpo sin pararse a preguntar.

Cam refunfuñó por lo bajo.

—No necesitó que nadie lo defendiese. Me hizo una mierda de llave y terminó sentado a horcajadas sobre mí.

Le sonreí.

—Hubiera pagado por verlo. ¿Qué? ¿Qué más pasó? —pregunté, cuando puso una cara rara—. ¿Cam? ¿Qué le hiciste a Raven?

—No le hice nada, joder. El tipo estaba... —Hice un gesto con la mano para animarlo a seguir. ¿Qué demonios había pasado para que se anduviese con tantos rodeos?—. Estaba duro, ¿vale? Ya está, ya lo he dicho.

Jamás en toda mi vida había visto a Cam ponerse tan rojo, y mucho menos parecer avergonzado por nada. Apreté los labios y juro que intenté no reírme. Lo intenté. No funcionó. Cam me empujó para hacerme callar, y lo hizo con tanta fuerza que me caí de lado. Incluso se me saltaron las lágrimas.

—Vete a la mierda. No es gracioso.

—¿De verdad vas a hacerte ahora el tímido? —Entonces caí en la cuenta—. ¡Oh, Dios! ¡No es eso lo que te cabrea! ¡Tú también lo estabas!

—¿Qué? ¡No, ni de coña, joder!

—Ya, claro. No te lo crees ni tú. Lo que pasa es que te va la marcha. —Me incorporé y recogí el libro que había estado hojeando, y al bajar la vista mis ojos se clavaron en dos palabras en latín. Dejé de reírme de inmediato—. *Ira Dei.*

—¿Eh?

Le mostré la página a Cam y señalé el párrafo.

—La Ira de Dios.

El latín de Cam era casi tan malo como el mío, pero aquellas dos palabras no dejaban muchas dudas, tampoco la ilustración que encontramos en la página siguiente: una especie de soldado —llevaba una espada y una armadura ligera— con el brazo en alto y rodeado de un halo brillante y, frente a él, lo que parecían ser demonios que se retorcían de dolor. El tipo tenía alas, unas alas muy similares a las mías, pero las suyas parecían estar formadas de plumas y no de luz.

Leí por encima tratando de entender algo de lo que decía y otra palabra me llamó la atención: *pūrificātiō.* Purificación. A duras penas conseguí traducir mucho más de esa parte, pero venía a decir algo sobre un poder capaz de purificar el mal. De purgar... la oscuridad.

—Si Efrain ya no puede practicar magia oscura, ¿crees que ese es mi don?

Parecía lógico, aunque el Ibis era un brujo blanco y lo que había frente al guerrero de la imagen eran demonios. Pero ¿podía yo purificar la oscuridad de los brujos? ¿Era esa la manera en la que el equilibrio había elegido compensar el poder de Alexander? Él podía drenar la magia, pero suponía que, con el tiempo, esta podría regenerarse, como ocurría cuando cualquier brujo la empleaba y se le agotaba. Mientras que, en mi caso, al parecer eliminaba el poder en sí. Tal y como yo lo veía, casi parecía... demasiado. Aunque no sabía si la marca de la que me había hablado Cam implicaba algo más de lo que ya sabía sobre Alexander. Tendría que hablar con él de esto cuando volviésemos a vernos.

Proseguí revisando el texto, pero no encontré nada relevante salvo alguna que otra referencia a ángeles vengadores y demonios sedientos de poder y sangre. O eso fue lo que entendí con mi latín chapucero. Nuestro profesor de Mitos y Rituales Antiguos solía decirnos que en muchos libros había leyendas que no se ajustaban apenas a la realidad, pero también que en toda leyenda siempre había una verdad oculta.

—Así que eres un purificadora —comentó Cam cuando cerré el libro—. Pues mola mucho más lo de la Ira de Dios.

Pasamos un tiempo más buscando y al final tuvimos que rendirnos a riesgo de que la biblioteca empezara a llenarse —después de comer siempre había más gente— y alguien nos pillara. La única entrada que habíamos podido encontrar sobre una marca hacía referencia al consabido pentáculo, pero ese era un símbolo que tenía una variedad de usos para los brujos tanto blancos como oscuros, y también distinguía a los miembros del consejo de cada comunidad. Sin embargo, en una nota a pie de página, se mencionaba casi de pasada una relación entre dicho símbolo y un poder antiguo y maldito. No explicaba qué tipo de poder ni cuál era la maldición correspondiente, pero en la ilustración que acompañaba el texto se apreciaba una figura oscura envuelta en sombras; en su rostro, sobre la piel de la frente, llevaba dibujado un pentáculo.

Salimos del lugar acompañados de un silencioso Sebastian. Los recuerdos que le hubiera despertado nuestra conversación horas antes parecían haberse quedado con él todo aquel tiempo. No nos habló ni tampoco preguntó si habíamos encontrado lo que buscábamos, se limitó a caminar detrás de nosotros por los pasillos y nos siguió hasta el comedor. Una vez en el interior, se colocó junto a la pared de la entrada con los brazos a la espalda y la máscara inexpresiva propia de un Ibis durante cualquier misión.

A pesar de que tan solo quedaban ya unos pocos rezagados, su presencia despertó tantos cuchicheos como en los dos días anteriores. No era habitual tener Ibis rondando por la escuela, o al menos ejerciendo de niñera para algún alumno. Normalmente, si acaso, se los veía junto a un miembro del consejo cuando estos convocaban una de sus sesiones, pero solían ser mucho más discretos y sigilosos en esas ocasiones. En teoría, no había ninguna amenaza de la cual protegerlos entre esas paredes; ahora, supuse que la amenaza podía ser yo.

—¿Cómo vamos a despistarlo esta noche? —preguntó Cam, mientras recorríamos el bufé y escogíamos lo que íbamos a comer de entre lo poco que quedaba a esas alturas.

Por suerte, la comida era uno de los puntos fuertes de la academia; de no ser así, me hubiera vuelto loca todos estos años aquí encerrada. Lamentablemente, de lunes a viernes los postres se limitaban a fruta de temporada. Por eso, Cam y yo solíamos colarnos de forma habitual algunas noches para saquear las enormes neveras de la cocina, en las que se guardaban tartas, bollos y otras delicias que luego devorábamos en alguno de nuestros dormitorios.

El recuerdo de todas esas exquisiteces me hizo pensar en los gemelos y en su insaciable apetito; aquellos dos sí que tragaban comida a un nivel realmente preocupante... Cam me había comentado que, a pesar de que Alexander se había propuesto plantarse en la entrada de Abbot y exigir que me dejaran salir, los gemelos lo habían convencido para que esperase en Dickinson a que yo abandonara la finca por mis propios medios. La situación ya estaba de por sí lo bastante tensa como para que el heredero del linaje Ravenswood llamara a la puerta de Abbot y eso no fuese considerado una declaración de guerra en sí misma.

—Tendrá que dormir en algún momento, digo yo. No creo que se vaya a tumbar delante de mi puerta a hacerlo.

—¿Qué tal un hechizo de sueño? Nos aseguraríamos de que no se despierte en toda la noche —sugirió él a continuación.

—Ese hechizo es poco fiable sin una poción que lo acompañe. Necesitaremos caléndula y un par de cosas más. Y tendríamos que hacer que se lo bebiera.

—Bueno, supongo que los Ibis también comen y beben.

Ambos miramos en dirección a Sebastian. Hasta el momento, no se había sentado a comer conmigo, pero tal vez pudiésemos convencerlo de que lo hiciera esa noche. Bastaría con que uno lo despistara mientras el otro vertía la poción en su bebida.

—Espera un momento. ¿Has hablado en plural de despistarlo? Tú no vienes.

Cam se echó hacia atrás en la silla con tanto ímpetu que esta chirrió al desplazarse sobre el suelo.

—Ni hablar. No vas a largarte sola otra vez.

—Cam...

—No, no voy a discutir sobre esto. Voy contigo. Alguien tiene que mantenerte alejada del lado oscuro de la fuerza cuando te juntes de nuevo con esos tipos.

Se me escapó la risa. Solo Cam podía hacer un chiste malo sobre *Star Wars* y los Ravenswood en una situación como aquella y, aun así, hablar totalmente en serio.

—No quiero que te pase nada.

No me lo perdonaría. Ya había perdido a Dith, y Cam ni siquiera había aprendido magia más allá de los hechizos defensivos que nos enseñaban en Abbot. Sabía pelear gracias a las clases con su tutor de artes marciales en las que yo siempre me colaba, pero todo aquello... era demasiado arriesgado para él. Lo era incluso para mí; sin embargo, no había nada que pudiera hacer al respecto. Yo estaba metida hasta el cuello me gustase o no. Pero podía mantener apartado a mi amigo del peligro.

—Tu padre me mataría si te pasase algo. —«*Yo* me moriría si te pasase algo».

—Mi padre no puede protegerme del mundo exterior eternamente, Danielle, y tú tampoco. Voy contigo —repitió, totalmente convencido.

Bien, tal vez también tuviera que emplear el hechizo de sueño y la poción con él, aunque era muy consciente de que, si lo hacía, Cam no volvería a hablarme en la vida.

—Ya veremos —concluí, porque no quería seguir discutiendo.

Su expresión dejó claro que no pensaba ceder.

32

El plan era bajar a cenar con Sebastian e invitarlo a acompañarnos. Echaríamos la poción en su bebida y, más tarde, ya de madrugada, me las arreglaría para colarme en su habitación y murmurar el hechizo correspondiente. Me dirigiría a la cocina y saldría por la puerta que se empleaba para abastecer nuestras despensas. Era un plan sencillo, aunque con muchas lagunas, pero no teníamos nada mejor. El colgante de mis antepasados continuaba alrededor de mi cuello y, de un modo extraño y algo tétrico, casi podía sentir que Dith también estaba conmigo, incluso cuando el agujero de mi pecho continuaba abierto y dolía como el demonio. Lo único que lamentaba era no poder enfrentarme a mi padre y mirarlo a los ojos una vez más antes de marcharme de allí, aunque solo fuera porque una parte ridícula de mí todavía albergaba la esperanza de que aquel hombre podría mostrar alguna clase de amor por la única hija que le quedaba.

Había permitido que Cam preparara una bolsa con algo de ropa y un par de cosas y yo también preparé la mía. No volví a sacar el tema, pero me dije que lo mejor era que Cam permaneciera en Abbot, a salvo. Me odiaría por dejarlo atrás; sin embargo, podía odiarme todo lo que quisiera mientras continuara respirando.

No sabía si Alexander y los gemelos tenían claro qué íbamos a hacer a continuación. Cam me había contado que, mientras me esperaban, tratarían de buscar una forma para ponerse en contacto con Robert y comprobar si este había hablado de nuevo con Maggie, quizás así se enterasen de si el consejo oscuro había alcanzado un acuerdo sobre cuál sería su proceder respecto a Abbot o si había ocurrido algo digno de mención en el campus. Elijah Ravenswood continuaba suelto por el bosque y a Wood le preocupaba que hubiera podido atacar a otros estudiantes a pesar de que habíamos avisado a Wardwell de su presencia antes de marcharnos.

Escondí nuestras mochilas bajo mi cama. Encajé la poción entre la cinturilla de la falda y mi piel y me acomodé la camisa del uniforme para taparlo. Había convencido a Cam para que fuera él quien distrajese a Sebastian; eso me daría la posibilidad de deslizar parte del líquido también en la bebida de mi amigo. No estaba orgullosa de lo que iba a hacer y odiaba la idea de arrebatarle la posibilidad de decidir por sí mismo. La culpa apenas si me permitía mirarlo a los ojos, pero, en cuanto Cam abrió la puerta y me cedió el paso con una sonrisita y una estúpida reverencia, me reafirmé en que aquello era lo mejor que podía hacer por él.

Salí al pasillo y me detuve de golpe al encontrarme no solo a Sebastian allí, sino a una bruja; una bruja blanca, como era obvio, pero también una bruja maldita. Theresa era la familiar de Jeremiah Mather, un brujo malcriado de apenas trece o catorce años. Adoptaba la forma de un zorro al transformarse y tenía una preciosa y llamativa melena pelirroja —a juego con el pelaje de dicho animal—, una nariz diminuta y unos ojos también muy pequeños de color verde. Era muy callada y no solía relacionarse con nadie en la academia, pero, dado que Dith y ella eran las dos únicas familiares en Abbot, Theresa siempre la buscaba cuando quería huir de las exigencias de su protegido. No conocía los motivos que le habían costado su libertad y dudaba que Meredith los hubiera sabido tampoco;

sin embargo, jamás estaría de acuerdo con la manera en que Jeremiah la trataba.

—Eh, hola, Theresa —la saludé.

Una suave ráfaga de aire empujó un mechón de su pelo hacia atrás y me pareció que se estremecía, aunque esbozó una pequeña sonrisa que no le llegó a los ojos.

—Solo quería decirte que... siento mucho lo de Dith. —Aunque era más alta que yo, algo no demasiado difícil, se encogió un poco al pronunciar el nombre de mi familiar. Con lo tímida que era, debía de haberle costado muchísimo venir a hablar conmigo—. Sé que ya lo sabes, pero ella te quería mucho. Y te respetaba.

Traté de sonreír para agradecerle sus palabras y lo que sabía que era una tristeza sincera por la muerte de Meredith, consciente de que, en su caso, la relación entre Jeremiah y ella carecía de afecto o respeto. No comprendía cómo se podía despreciar a alguien que estaba dispuesto a morir por ti, estuviera maldito o no. Para mí, los familiares no eran siervos ni esclavos, ni debía tratárselos como tales.

—Muchas gracias, Theresa. Te lo agradezco de verdad. Dith te respetaba de igual forma a ti —añadí, porque estaba segura de que así había sido y aquella bruja se merecía escucharlo al menos por una vez—. Y yo también lo hago.

Bajó la cabeza, cohibida, y murmuró un sucinto «gracias» antes de marcharse apresuradamente. Contemplé cómo se alejaba por el pasillo con paso rápido y silencioso hasta que dobló la esquina y desapareció de mi vista. Al volverme, me encontré a Sebastian observándome a mí a su vez.

—¿Qué?

—Había oído algunos rumores —dijo, sin perder ese halo nostálgico que lo rodeaba desde por la mañana.

—¿Sobre Theresa?

—No, sobre ti. Y sobre tu relación con tu familiar.

—Meredith Good nunca fue solo mi familiar —repliqué, aunque sabía que eso era exactamente a lo que se refería—. Era mi amiga, mi hermana...

Sebastian inclinó la cabeza en lo que interpreté como un gesto de disculpa. Cam me pasó un brazo por los hombros y juro que, por un instante, casi pude oler el aroma a libro antiguo y papel tan propio de la magia de Dith. Casi pude sentirla. ¡Dios, cómo la echaba de menos!

—Está bien, vamos a cenar —propuso mi amigo.

Le dejé a él la labor de convencer a Sebastian para que cenase con nosotros, y eso era justo lo que iba haciendo cuando enfilamos las escaleras principales de Abbot. Cam alegaba que llamaba mucho la atención, allí plantado junto a la puerta como un soldadito malhumorado —palabras suyas, no mías—. De repente, se me hizo un nudo en el estómago. Al principio lo achaqué a la conversación con Theresa, pero, una vez que mi vista vagó escalones abajo, tuve un mal presentimiento. Las puertas de entrada de la academia estaban abiertas de par en par. Ya había caído la noche y la corriente de aire frío que se colaba desde el exterior me puso los pelos de punta. Y puede que no hubiera sangre en las paredes ni una figura en el umbral, pero la sensación de que la escena que estaba contemplando era la misma que la de mi sueño resultaba demasiado intensa como para ignorarla.

Un poco por detrás de mí, Cam discutía con Sebastian sobre la cena. Ambos llegaron hasta mí y se detuvieron en la parte alta de las escaleras.

—¿Qué pasa? —preguntó Sebastian.

No había mirado hacia abajo, tampoco lo había hecho Cam, o se hubieran dado cuenta de que no era normal que las puertas estuvieran abiertas. No había alumnos por la zona, lo cual resultaba un alivio, y tampoco podía ver del todo el exterior desde nuestra posición más elevada, pero estaba convencida de que había alguien fuera.

Bajé un par de escalones por inercia, con mis ojos fijos en el umbral.

—¿Danielle? —me llamó Cam esta vez—. ¿Qué...? ¡Mierda! ¿Por qué están las puertas abiertas?

Les hice un gesto con la mano para que se quedasen atrás, pero, como era obvio, Sebastian comenzó a bajar de inmediato y Cam tampoco me hizo el más mínimo caso.

—Algo no va bien —murmuré, más para mí misma que para ellos.

—Retrocede, Danielle. Iré a ver qué pasa.

—¡No! —exclamé, casi chillando.

La sangre en las paredes, la que había visto en el sueño, ¿era de él? ¿De Cam? ¿De algún alumno camino del comedor? Yo no era vidente, no debería ser capaz de haber presagiado algo así; ese era el poder de Raven. Sabía que Alexander había tenido también una visión, aunque la suya había sido de otro tipo. Un infierno en la tierra, había dicho. Pero quizás, al igual que el brujo podía emplear los dos elementos de sus familiares, el don de Raven se hubiera filtrado a través de la conexión con su familiar o algo por el estilo. La magia a veces escogía caminos extraños para manifestarse.

Sin embargo, no debía ser así para mí. Yo no podía haber tenido de verdad una visión; no había oráculos o videntes en mi linaje. De todas formas, me obligué a pensar que tal vez un golpe de viento hubiera abierto las puertas o algún gracioso de último curso hubiera hecho de las suyas. Cualquier explicación era más lógica que la posibilidad de que mi sueño fuese a convertirse en realidad.

Bajamos los tres muy despacio, escalón a escalón. Sebastian no volvió a pedirme que retrocediera y yo desistí de pedírselo a él o a

Cam. Pero me juré que, si algo atravesaba esas puertas, no permitiría que ninguno de los dos saliese herido. A lo mejor era una estupidez preocuparme por el Ibis, pero sentí que, si dejaba que la sangre manchara las paredes de Abbot, de alguna forma, eso solo nos empujaría más cerca del cumplimiento de la profecía. Y, muy a mi pesar, el Ibis empezaba a caerme bien. Estaba claro que, si salíamos de esta, tendría que empezar a escoger mejor mis amistades.

Parte del terreno de la entrada fue quedando a la vista mientras descendíamos, también algunos de los pocos árboles que crecían en la zona y, más allá, la base del muro que aislaba la finca. Dos escalones más y podríamos ver las puertas de hierro que Dith y yo nos habíamos llevado por delante y que ya habían repuesto. Seguimos bajando y...

—La verja también está abierta —señaló Sebastian.

—Deberíamos... —empecé a decir, pero las siguientes palabras murieron en mis labios.

Allí, a lo lejos, frente a la entrada de Abbot y en mitad del camino entre ambas escuelas, se alzaba una figura solitaria. Estaba demasiado oscuro para saber si era un hombre o una mujer y mucho menos para verle la cara, pero de todas formas hubiera resultado imposible. Llevaba una capa similar a la que empleaban los Ibis y los miembros del consejo, y que ocultaba por completo su rostro y la forma de su cuerpo.

Un escalofrío me recorrió la columna y la magia presionó contra el interior de mi pecho al percibir la del extraño. Quienquiera que fuese, era poderoso, y me refiero a un poder realmente oscuro y perturbador.

—Dime que es uno de tus nuevos amigos —murmuró Cam, cuando se percató de la presencia del desconocido. Supuse que se refería a los Ravenswood.

—No. No es ninguno de ellos.

La magia de Alexander podía ser muy oscura, pero reconocería en cualquier parte el eco musical de su poder y no tenía nada que ver con lo que emanaba de esa cosa. Lo que percibía estaba... todo mal. Como si ni siquiera perteneciera a este mundo. Era retorcido y malicioso a niveles que jamás había sentido antes.

Casi estábamos ya al pie de las escaleras cuando, procedente del pasillo lateral que llevaba a su despacho, apareció Thomas Hubbard.

—¿A dónde creéis que vais? Deberíais estar ya en el comedor. ¿Sebastian? —reclamó al Ibis, al ver que ninguno le prestaba atención.

—Papá, no creo que...

No escuché qué más le dijo Cam a su padre ni qué le contestó este. No podía apartar los ojos de la figura embozada del camino. No se había movido. No avanzó ni se marchó. Estaba ahí, esperando, y no creí que quisiéramos saber por qué ni qué pretendía.

Por el rabillo del ojo percibí un parpadeo y, durante un instante, el aire se movió desde el interior del edificio hacia fuera, casi como si alguien hubiese pasado corriendo a mi lado. Me daba miedo dejar de mirar al extraño por si desaparecía, pero, al fijar la vista en la zona de tierra junto a los muros laterales de la verja, me pareció que las sombras que proyectaban sobre el suelo ganaban consistencia.

—Hay que cerrar las puertas —oí decir a Hubbard padre.

Se adelantó un par de pasos y agitó ambas manos en dirección a la entrada. El director dominaba el elemento aire, como su hijo, pero no pasó nada. Volvió a intentarlo varias veces con idéntico resultado y, cuando trató de cerrarlas con sus propias manos, no consiguió moverlas ni un milímetro.

Para entonces, yo ya sabía que había algo más junto a los muros. La oscuridad no era natural allí.

—¿Qué mierda es eso? —Cam señaló justo en esa dirección.

Dos formas se elevaban desde el suelo, dos formas oscuras casi humanoides, pero con brazos demasiado largos, garras al final de los dedos, piernas torcidas y rostros... Ni siquiera sabría cómo describir sus rostros; eran todo dientes y ojos. Ganaron altura hasta alcanzar al menos los dos metros y se volvieron aún más consistentes.

—Son demonios inferiores —afirmó Sebastian, y el leve tono sorprendido de su voz me dijo que no era algo que hubiera visto a menudo; tal vez nunca.

Aquellas cosas se parecían a algunas de las imágenes que, en nuestra excursión a la zona prohibida de la biblioteca, habíamos visto Cam y yo ese mismo día en uno de los libros.

—Avisa a los otros —le ordenó Thomas a Sebastian, y supuse que se refería a los Ibis que hubiera en la academia—. Cam y Danielle, id arriba.

Miré a Hubbard.

—Ni hablar. —Tiré de mi magia solo un poco, lo suficiente para que las venas de mis manos y antebrazos empezaran a brillar. Cam masculló una palabrota que en otro momento su padre le hubiera reprochado, pero el director ni siquiera creo que lo oyera, estaba pendiente de mí—. Me necesita para esto.

Sinceramente, más allá de dejar salir mi poder a lo bruto, no sabía muy bien cómo emplearlo; era demasiado consciente de que los que me rodeaban podían salir heridos o algo peor si me descontrolaba. En Nueva York había sido capaz de encauzarlo para formar una barrera, esperaba ser capaz de hacer lo mismo ahora para evitar que esos demonios accedieran a la academia, pero eso no los desterraría de los terrenos de la escuela.

Pensé en mi explosión en el despacho de Hubbard. Todo lo que recordaba era la rabia tan intensa que había sentido, la furia que me había invadido después de que mi padre me contara la verdad —su verdad— sobre mi madre. El modo en que el odio casi me había consumido y la... ira.

La ira. La Ira de Dios. ¿Era eso lo que alimentaba mi poder? Me había dedicado a acumularla desde la muerte de Dith, a empujarla hasta el fondo de mi pecho junto con mi magia. Incluso Alexander me había dicho que encerrarme en mí misma y tragarme todo el rencor, las lágrimas y la furia no haría nada bueno por mí. Había anhelado venganza, aunque no me sintiera en absoluto preparada para reclamarla. Y odiaba a Tobbias Ravenswood con todas mis fuerzas. Así que, si esa rabia era lo que necesitaba...

Las figuras, al igual que el encapuchado, continuaban inmóviles, pero otras dos comenzaron a tomar forma junto al muro. Cuando se hubieron convertido en cosas tan horrendas como las primeras, resultó bastante obvio que Abbot estaba siendo atacado.

—Sebastian, ve a buscar a los demás —insistió Hubbard, mientras tiraba hacia atrás de Cam.

Mi amigo retrocedió un poco, arrastrado por su padre, lo que nos dejó a mí y a Sebastian solos frente a las puertas abiertas. No podía culpar a Hubbard por tratar de poner a salvo a su hijo. El Ibis no hizo caso de la orden, tampoco se distanció de mí a pesar de que tenía todos los brazos ya iluminados y sabía lo que mi magia podía hacerle si me tocaba.

—Señor, será mejor que vaya usted —sugirió él, y señaló a los demonios—. Esas cosas no van a tardar en llegar aquí.

No dio más explicaciones. No quería dejarme sola allí y la verdad era que yo tampoco quería que lo hiciera. La oscuridad ya estaba aquí.

La oscuridad había llegado a Abbot.

Estaba claro que las protecciones de mi academia eran una mierda, porque más y más de esas cosas fueron tomando forma por toda la parte delantera del edificio. El encapuchado continuaba inmóvil en el camino; casi parecía una estatua, ni siquiera su capa ondeaba de forma natural con el aire. Sebastian recitó varios hechizos en un nuevo intento de cerrar las puertas, pero nada funcionó.

Hubbard había empujado a Cam escaleras arriba y se había marchado en busca de los otros Ibis. Claro que mi amigo se había detenido a mitad de camino una vez que su padre había desaparecido por uno de los pasillos.

—Vete, Cam.

—Te dije que me quedaría contigo. Pasase lo que pasase.

—Cam, por favor —supliqué, pero sabía que no se marcharía.

Y, tal y como esperaba, se negó a irse, aunque al menos permaneció donde estaba a mitad de camino, entre una planta y otra. Volví a centrarme en el exterior.

—Soy la Ira de Dios —murmuré para mí misma, tratando de convencerme de que podía enfrentarme a aquellos seres, pero Sebastian debió de oírme.

—¿Qué has dicho?

Lo miré y le mostré mis brazos, donde la luz formaba bajo mi piel un entramado brillante similar a las raíces de un árbol. En su honor diré que no parecía muy impresionado, aunque no era la primera vez que lo veía. Había estado en Nueva York y también en el despacho de Hubbard.

—Da igual, es una larga historia que no tengo tiempo para contarte ahora, pero creo que puedo cargármelos.

Resopló. No fue un gesto exactamente despectivo, aunque tampoco mostraba demasiada confianza en mí. En cualquier caso, no me contradijo. Se llevó las manos a la espalda y se sacó de no sé dónde dos dagas brillantes y perfectamente afiladas. Quise pensar que los Ibis llevaban siempre sus armas a mano y no que tuviera algo que ver con que le hubieran asignado mi vigilancia.

Susurró un nuevo hechizo en voz baja y comprendí que, esta vez, iba destinado a las armas.

—No estoy seguro de que funcionen con esos seres, Danielle.

Lo encaré y alcé mis manos hasta colocarlas justo frente a su rostro.

—Yo tampoco —repliqué, con una risita totalmente fuera de lugar.

Puede que fuera la Ira de Dios, pero estaba muerta de miedo; no era como enfrentarse a guardias del consejo, por muy bien entrenados que estuvieran; esas cosas eran demonios. Ojalá hubiera habido una manera de avisar a los gemelos y a Alexander. Estaba convencida de que ninguno de ellos entraría en pánico como estaba haciéndolo yo. Pero no estaban allí y no había manera de que supieran lo que estaba ocurriendo. Y me dije que, si un Ibis y yo era todo lo que se interponía entre unos demonios inferiores y la academia de la luz, tendría que apañarme como pudiera. Por mucho que Abbot no hubiera sido nunca un verdadero hogar para mí, era el único que alguna vez había tenido.

Sebastian y yo giramos a la vez hacia la entrada y contemplamos a todas las figuras oscuras que salpicaban el césped. Ellas, al igual que el encapuchado, también parecían estar esperando.

—No cruces el umbral. Tal vez no tengan poder suficiente como para acceder al interior del edificio. Y, si lo tienen, estamos más protegidos a cubierto. No podrán venir a por nosotros todos a la vez —me explicó Sebastian a toda prisa, y me alegró saber que incluso esas cosas podrían tener algún tipo de reglas.

La alegría no me duró demasiado. Eché un vistazo hacia atrás al oír un rumor de pasos y me di cuenta de que había alumnos en el vestíbulo. Algunos debían de haber terminado de cenar.

—¡Salid de aquí! ¡Ya! —grité, pero no creí que fueran a hacerme caso, porque, bueno, en el pasado yo también me habría quedado allí como una idiota mirando.

Una sombra se movió en la oscuridad del exterior de repente y algo atravesó volando el umbral. Cayó a unos metros de mí y rodó hasta quedar a mis pies. Perdí el aliento de golpe al comprender lo que era. No quería mirar. No quería ver las salpicaduras de sangre en el suelo, rodeando una cabeza. La cabeza cortada de alguien.

—¡Mierda, es el guardés! —exclamó Sebastian.

Alguien había decapitado al brujo que cuidaba de la finca y se encargaba de los jardines exteriores, y acababa de lanzarnos su cabeza literalmente a los pies. No estaba segura de estar respirando. El nudo que me apretaba el estómago se soltó de golpe y la bilis me llenó la boca. Escuché gritos a mi alrededor y gente corriendo. Deseé que fueran los otros alumnos huyendo a buscar refugio. Apreté los puños y me obligué a no vomitar, necesitaba calmarme.

Pero en lugar de calma, sentí... furia.

Alcé la vista en el mismo instante en que el encapuchado del camino levantaba un brazo y señalaba en nuestra dirección. Dos demonios echaron a andar hacia la puerta. Quien fuera el misterioso visitante, parecía que los estaba controlando.

Llevé más de mi magia hacia mis manos y percibí cómo trepaba por mis brazos y alcanzaba mis hombros. Sebastian ladeó la cabeza y su cuello crujió, sus puños se cerraron con más fuerza sobre las dagas.

—Mantente alejado de mí —le advertí a duras penas— si no quieres acabar como Efrain.

—Das por sentado que soy como él.

—¿No lo eres? —inquirí, mientras las dos sombras retorcidas alcanzaban los tres escalones de la entrada.

Sus movimientos eran espasmódicos y su piel tenía un tono similar a la de Alexander cuando se transformaba, aunque la textura era diferente, como escamas de pez o algo por el estilo.

—Bueno, esperemos que no llegues a adivinarlo. ¿Lista?

Asentí. Sebastian no me estaba mirando, pero no fui capaz de encontrar mi voz para poder contestarle en voz alta. Los dos demonios ralentizaron sus pasos al llegar justo al límite de las puertas y, en ese momento, oí a varias personas acercarse a nuestra espalda. Los otros Ibis. Por fin.

A partir de ese instante, todo se aceleró. La espera se había acabado. Más demonios empezaron a avanzar, se desenfundaron armas, se susurraron hechizos, el ambiente se hizo más denso y el regusto amargo de la ira me cubrió la lengua. Recé para que mi visión no se cumpliera y mi sangre y la de aquellos Ibis terminara decorando las paredes del vestíbulo de Abbot. Y también para ser capaz de mantener algo de control y no volarnos a todos por los aires.

El primer demonio atravesó el umbral. Sebastian se enfrentó a él, sus dagas cortaron el aire con un silbido. Creí ver salir despedido un trozo de algo con forma de garra, una mano tal vez, pero no perdí el tiempo intentando descubrir lo que era. Dos demonios más cruzaron el límite de la entrada. El Ibis de mi derecha se hizo cargo de uno y yo me concentré en el otro. Moderé mi ira y dejé salir solo una porción mínima de mi magia, y un rayo destelló en mis dedos y lo alcanzó en mitad del pecho, si es que podía llamarse así a aquel bloque de carne putrefacta.

La cosa chilló y la oscuridad de la que estaba formada explotó en cientos de pedazos. Mientras continuaba enfrentándose a su oponente, me pareció que Sebastian resoplaba de una forma muy poco elegante en algún lugar a mi izquierda. «¿Celoso?» quise burlarme de él, aunque el momento no era el más adecuado para las bromas. El grito agudo que había soltado la criatura al desvanecerse pareció espolear aún más al resto de demonios y empezaron a avanzar con mayor rapidez. Los demás Ibis —creí contar cinco— también peleaban ya con otros demonios, y un fugaz vistazo por encima de mi hombro me confirmó que Hubbard empujaba con su elemento para retrasarlos; Cam lo estaba ayudando. Sin embargo, eran demasiados y nosotros muy pocos.

Cambié de estrategia. No podía esperar a que cruzaran las puertas para eliminarlos o terminarían sobrepasándonos. Recordé los látigos de oscuridad que Alexander había empleado en Ravenswood para enfrentarse a los Ibis oscuros e intenté hacer algo similar con mi luz. Tendí mis brazos hacia el frente y una cascada de luz brotó de mis muñecas. Al tocar el suelo, comenzó a retorcerse sobre sí misma y a reptar por el suelo. El sudor me caía por la espalda mientras intentaba que mi poder hiciese lo que yo quería. Era más difícil de lo que pensaba.

Lancé un golpe tentativo, pero apenas si le rocé el pie a uno. Su pierna se disolvió momentáneamente y el demonio cayó al suelo, pero este no desapareció como el primero, y otro ya avanzaba directo hacia mí. Un borrón oscuro se deslizó a toda velocidad a su lado y atravesó las puertas. Trastabillé hacia atrás y perdí un poco el equilibrio, hasta que me di cuenta de que no era otra de aquellas cosas, u otra cabeza, sino un enorme lobo negro.

«Raven».

El alivio se convirtió en horror cuando un Ibis se lanzó en su dirección empuñando una espada. Me metí entre ellos y apunté con la palma de la mano hacia el brujo soldado. El poder chisporroteó alrededor de mis dedos, listo para salir.

—Si lo tocas, te mato.

El tipo me miró como si acabara de amenazarlo de muerte, que era exactamente lo que había hecho. Pero no dejaría que nadie le hiciera daño a Raven. No me importaba si acababa de saltarse todas las reglas al irrumpir en la academia de la luz.

Un aroma dulzón se extendió a mi alrededor y el Raven humano apareció a mi lado.

—Tranquila, no puede hacerme daño. Ahora soy tu familiar.

—¡¿Qué?! —exclamamos el Ibis y yo a la vez.

Raven ignoró al brujo. A mí se limitó a guiñarme un ojo y a sonreírme. Luego, señaló las puertas y dijo:

—Luego te lo cuento.

Dicho lo cual, volvió a convertirse en un lobo y se lanzó contra el demonio más cercano con la boca abierta. Tan abierta como la tenía yo en ese momento por la sorpresa. Había ciertas reglas en lo que respectaba a dañar al familiar de otro brujo, pero Raven no podía ser el mío. Eso no era posible, ¿no? ¿O sí?

Tuve que apartar el pensamiento para cuando no estuviésemos siendo atacados por una horda de demonios horrendos.

Raven no pareció tener ningún problema en mezclarse con aquellos seres. Iba de un lado a otro seccionando miembros como si se tratase de su deporte favorito. Llevé mi mirada más allá de él y descubrí a su gemelo a pocos metros del encapuchado. Wood también estaba en su forma animal, con las patas delanteras flexionadas, los dientes expuestos y el lomo erizado por completo. Alexander se hallaba a su lado, pero él no estaba transformado. Verlo allí en mitad del camino, encarado con quien fuera que se escondiera bajo aquella capa, y sin rastro alguno de su oscuridad, me hizo sentir más inquieta de lo que me hubiera gustado.

—¡Danielle, cuidado! —La advertencia de Sebastian llegó casi demasiado tarde.

Tuve que apartarme de un salto para ganar algo de distancia, pero, por suerte, mi instinto se hizo cargo. Con un golpe de mi mano, mi ira se transformó en un rayo de luz que partió a un demonio por la mitad. Con otro chillido insoportable, la cosa se disolvió.

Me di cuenta de que no se oían gritos provenientes de los Ibis ni ningún quejido, solo el silbido de las armas al cortar el aire y algún gemido provocado más por el esfuerzo que por el dolor. Los guardias luchaban sin una sola protesta a pesar de que había salpicaduras de sangre por el suelo; a pesar de que había heridos. Pero ahora sabía que, aun así, sufrían. Su silencio resultaba casi tan enfermizo como los gritos de los demonios al extinguirse.

No pude evitar que mis ojos buscaran de nuevo a Alexander. El extraño estaba extendiendo ahora el brazo hacia él, pero no le mostró la palma, sino casi parecía que quisiera... tocarlo. Y Alexander, por algún motivo, continuaba sin transformarse. Mi inquietud se tornó en miedo y ese miedo pasó muy pronto a alimentar mi ira. Más y más ira.

«No vas a tocarlo», me dije, y cuando quise darme cuenta estaba avanzando hacia el umbral.

—Danielle, ¡no salgas! —me gritó Sebastian, pero lo ignoré.

Me adentré en las sombras, solo que estas ya no resultaban tan oscuras, tal vez porque la magia continuaba avanzando por mi piel. La notaba trepando por mi cuello y mi barbilla. Apropiándose de mi pecho, rodeándome la cintura y las caderas. Bajando por mis piernas. La contuve lo suficiente como para que mis alas no emergieran, pero, aun así, un halo brillante se extendió a mi alrededor. Los demonios más cercanos sisearon y se volvieron hacia mí, y solo entonces comprendí el error que había cometido. Estaba sola en mitad del jardín delantero, rodeada de luz, pero también de todas aquellas criaturas. Inmersa de lleno en la oscuridad.

Invoqué más de mi poder; esta vez, me limité a moldearlo en un solo látigo, rezando para que se me hiciera más fácil controlarlo de esa forma. Lo lancé hacia delante y se enredó en la pierna de un demonio. El ser explotó. Uno menos, ya solo quedaban... ¿veinte? ¿Treinta quizás?

Un aullido se elevó desde algún punto por delante de mí. Era complicado localizar a Raven entre toda aquella oscuridad; sin embargo, lo que sí pude ver fue que ahora el encapuchado ya no miraba a Alexander, sino a mí. Cuando el desconocido hizo amago de echar a andar a través de la verja del colegio, Alexander reaccionó por fin.

El cambio se operó de un segundo al siguiente, y luego ya no era un chico, sino algo que parecía salido del mismo lugar del que provenían aquellas cosas. Todo cuernos, llamas violáceas y oscuridad. Aun así, su magia seguía cantando para mí con la misma melodía armoniosa y familiar que se elevó por encima de cualquier otro sonido que pudiera oír. Cuando quise comprobar la reacción del encapuchado, descubrí que este había desaparecido.

La distracción me costó cara. Un demonio vino a por mí y, antes de que pudiese hacerle frente, me alcanzó en el brazo izquierdo con una de sus garras. Siseó en cuanto me rozó la piel brillante, pero eso no evitó que consiguiera arañarme antes de perder la extremidad.

Grité de dolor.

Un profundo gruñido fue el único aviso que obtuvo el demonio antes de que Raven saltara sobre él y le arrancara el otro brazo, y un aullido —proveniente de Wood, supuse— reverberó también a lo largo y ancho del lugar. Levanté la mirada en dirección al sonido para ver Alexander atravesando la verja exterior, envuelto en llamas, ambos ojos de un negro tan denso que se tragaba toda la luz de alrededor y el poder emanando de él en potentes oleadas. Como un señor de la oscuridad. Un dios siniestro y terrible.

Se detuvo a pocos pasos de los primeros demonios. Las llamas que brotaban de él se transformaron en una niebla oscura que resbaló por sus piernas y se deslizó por encima del terreno, extendiéndose hacia las criaturas, y cuando las alcanzó... no pasó nada. Nada de nada. Los demonios ni siquiera lo miraron. Raven gruñía como un loco a los que trataban de llegar hasta mí y les lanzaba dentelladas. Otro demonio se acercó demasiado, convertí el látigo en algo similar a una pica y lo atravesé de parte a parte. La pelea en el vestíbulo continuaba, los Ibis luchaban y yo tenía que hacer lo mismo.

—¡Deteneos! —rugió Alexander entonces, y su voz... Su voz provenía de otro mundo. Áspera y antigua; tan inflexible que no admitía réplica, ni la orden, otra cosa que no fuera obediencia inmediata.

Todos los demonios se quedaron inmóviles en el acto. Escuché jadeos de sorpresa desde el interior de la academia y era posible que a mí también se me escapara el aire de los pulmones de golpe. Incluso mi poder retrocedió y el cerco de luz que me rodeaba se atenuó hasta desaparecer del todo. Durante unos pocos segundos, creo que nadie se movió, ni aquellos seres infernales ni ninguno de los «nuestros».

—Marchaos —les ordenó Alexander a continuación.

Los cuerpos amorfos de miembros demasiado largos, garras y algún que otro ojo de más, se desmoronaron sobre sí mismos. Durante un momento, pasaron a ser charcos oleaginosos sobre el suelo. Y luego... ya no estaban. No quedó nada de ellos.

Hubo más jadeos, susurros y murmullos provenientes del vestíbulo, pero yo solo podía mirar a Alexander. No aparté la vista de él ni siquiera cuando empezó a transformarse de nuevo. Esta vez, el cambio fue mucho más paulatino, como si le costara cierto esfuerzo alejarse de ese otro lado suyo. Los cuernos disminuyeron poco a poco de tamaño y desaparecieron entre los mechones de su pelo, que empezó a tornarse rubio. El ojo azul se aclaró hasta adquirir su tonalidad habitual, y el blanco se extendió alrededor de sus iris. Los dientes perdieron sus puntas afiladas. La oscuridad retrocedió por sus venas, abandonó su rostro y se perdió bajó su ropa. Y las llamas se consumieron hasta que solo quedó... un chico. El mismo chico que había acudido a buscarme a la azotea del edificio de Nueva York, vestido con un pantalón vaquero y una simple camiseta. El que había hecho brotar una pared de flores blancas a nuestro alrededor. El que me había consolado primero y besado después. El chico que jamás había abandonado Ravenswood y que no se había permitido estar cerca de nadie durante años. El brujo oscuro, heredero del linaje más poderoso que hubiera existido. Ese chico.

«¿Lo quieres? ¿Quieres que te toque?», me había preguntado. Y yo le había dicho que sí.

Antes de tomar la decisión siquiera ya estaba corriendo hacia él. Fue bastante genial que, por una vez, dejara sus reticencias de lado, porque me lancé directamente a sus brazos y hubiera hecho un ridículo horrible si se hubiera apartado o retrocedido. Pero no lo hizo, sino que me abrazó y me apretó contra su pecho. Hundí la cara en él y respiré su aroma como la yonqui que al parecer era cuando se trataba del rico olor a bosque que desprendía.

—Estaba muerta de miedo —admití, casi sin querer, temblando de pies a cabeza.

—Pues te has cargado a unos cuantos.

—Alex —gemí de forma vergonzosa. Sabía que todos los Ibis, Hubbard e incluso, tal vez, algunos alumnos me estaban observando, pero no podía importarme menos.

Él me apretó un poco más. Percibí un roce suave de su boca contra mi sien y luego su aliento revoloteó sobre mi oído. Supe que estaba sonriendo sin tener que mirarlo.

—Así que han tenido que atacarte unos engendros del demonio para que me llames Alex de nuevo —se burló; y luego, en voz más baja, añadió—: Te he echado de menos, Danielle Good.

Fue casi lo más bonito que me hubieran dicho jamás. Y, sí, lo había llamado Alex, pero solo había sido un lapsus debido a la descarga de adrenalina del momento. Me callé el detalle de que, en la terraza, cuando nos habíamos enrollado, también se me había escapado. Si él no lo recordaba, no sería yo quien le refrescara la memoria. Había convertido el hecho de dirigirme a él llamándolo Alexander en una especie de escudo entre los dos, algo que nos obligaba a mantener la distancia, y continuaba resistiéndome a abandonar ese hábito a pesar de todo lo que habíamos compartido.

—Ahora es cuando dices que tú también me has echado de menos.

Le di un golpecito con el puño en el pecho. ¡Dios, qué bien olía!

—No te vengas arriba. No ha sido para tanto.

Se echó a reír y yo escondí la cara de nuevo contra su pecho para que no viera que también sonreía. Algo peludo me rozó la pierna y supuse que se trataría de Raven, pero necesitaba aún un par de segundos más. Tal vez un minuto. O cinco. Me sentía demasiado bien para apartarme de Alexander todavía.

No creo que lo admitiera jamás ante él ni ante mí misma, pero pocas veces había tenido una sensación tan intensa de estar justo donde tenía que estar como la tuve en ese instante entre sus brazos.

Su risa se apagó hasta morir.

—Elevaste una barrera entre nosotros —continuó susurrando, y sonó... dolido—. Bruja terca e irresponsable.

Se apartó un poco para mirarme a los ojos, con el reproche escrito por todo su rostro. Pero no me disculparía por tratar de mantenerlos a salvo, aunque, dada la actual situación, no parecía haber servido de mucho. Eso me recordó que teníamos público, y también el hecho de que había tres Ravenswood en los terrenos de Abbot, que el que me abrazaba en ese momento había dado una orden a un puñado de demonios inferiores y estos le habían obedecido, que dos eran lobos y que uno de ellos había afirmado ser mi familiar.

Bien, estaba claro que las cosas acababan de complicarse un poquito más para todos nosotros.

34

Avanzamos en dirección a la entrada de Abbot. Raven se había situado a mi lado y Wood trotaba junto a Alexander. Por las caras de los que nos observaban, podía hacerme una ligera idea de la imagen que debíamos de estar dando mientras nos acercábamos.

—Todos nos están mirando —murmuré por lo bajo.

—Sí, eso parece.

—Esos demonios te han hecho caso —solté a continuación, también susurrando.

Ladeé la cabeza para mirarlo, pero Alexander movió la cabeza en una leve negativa.

—Luego.

No discutí. Ya estábamos casi en la entrada. Ascendimos los escalones y todos los que se habían arremolinado en el umbral —incluyendo un buen número de mis compañeros— retrocedieron varios pasos. Busqué a Cam con la mirada y suspiré aliviada al encontrarlo allí, a salvo.

Ni siquiera me planteé estar haciendo algo malo cuando me adentré en el vestíbulo, hasta que me di cuenta de que era la única que lo había hecho. Tanto Alexander como los lobos se habían detenido justo un paso por detrás del umbral. Sin embargo, Raven enseguida se movió hacia delante y retomó su lugar a mi lado. Le rasqué la oreja y le sonreí por pura costumbre, pero el gesto levantó una nueva oleada de cuchicheos.

Alguien se abrió paso desde el fondo mientras el apellido Ravenswood resonaba por toda la estancia. Al parecer, muchos de los alumnos los habían reconocido desde el primer momento. Algunos me miraban con temor, otros casi con asco o desprecio, tal vez ambos. Los Ibis, todos con sus correspondientes capas, uniformes negros y diversas heridas, tampoco parecían muy contentos. Salvo Sebastian, tal vez. Y tampoco estaba demasiado segura de eso.

Dos miembros del consejo blanco se situaron en primera línea: Elias Fisk y John Peabody. Al igual que el resto de los consejeros, sobrepasaban los ochenta años y ambos, como ocurría en el caso de Danforth, pertenecían a linajes descendientes de algunos de los jueces de Salem. No me caían mejor que mi profesor, eso seguro.

—Ellos no pueden entrar en Abbot —dijo Fisk, rojo de rabia.

Mi mirada iba de los dos hombres a Alexander, que continuaba en el umbral.

—¿Está de broma? *Ellos* acaban de pelear para mantener esta escuela a salvo —repliqué sin poder contenerme, y me pareció que Sebastian se acercaba disimuladamente a mí; tal vez temía que fuera a invocar mi poder y freír a los consejeros, pero la verdad era que, después de la pelea, apenas si me quedaba energía—. ¿Dónde estaban ustedes mientras tanto?

Hubbard había ido en busca de los Ibis, y estos tenían que haber estado con los consejeros. Sabían lo que estaba pasando, ¿por qué no habían venido a ayudar?

Ninguno de los dos hombres dijo nada, fue Alexander quien habló.

—Sí, sí que puedo entrar. —Dio un paso adelante con una teatralidad premeditada, cruzó el umbral y hasta me dio la sensación de que estaba tratando de no sonreír. Aquello no era del todo una novedad, porque últimamente sonreía más a menudo, pero se había esforzado tanto por no hacerlo al principio de conocernos que no pude evitar sentirme como si fuese la primera vez.

Wood rodeó entonces a su protegido, se acercó hasta mí y se restregó con un ademán sin duda intencionado contra mis piernas. Luego, regresó con Alex. Alexander, quiero decir.

Nada de aquello ayudaba a mi ya de por sí perjudicada reputación, pero fue un verdadero gustazo ver palpitar una gruesa vena en el cuello de Fisk y a Peabody a punto de perder los papeles.

—Todos a sus respectivos dormitorios —azuzó Hubbard a los alumnos, y les hizo una seña a dos Ibis para que los llevaran arriba—. Vamos, los quiero a todos de inmediato en sus camas. Se han saltado el toque de queda. Tú también, Cameron.

Bueno, estaba claro que el director de Abbot no olvidaba sus responsabilidades ni siquiera tras un ataque demoníaco. Aunque a lo mejor lo que pretendía era que no hubiera público para lo que fuese a ocurrir a continuación.

Cam no se movió de donde estaba y se cruzó de brazos en un claro desafío a su padre. Hubbard, para mi sorpresa, le permitió quedarse. Y cuando el último alumno hubo desaparecido escaleras arriba, Peabody se adelantó para encararse directamente con Alexander.

—Largo de aquí.

—Le aseguro que tiene problemas mucho más graves de los que preocuparse que de mi presencia o la de mis familiares en esta academia. Esas cosas van a volver —aseguró él, señalando el exterior a través de las puertas—. Tal vez no esta noche, ni mañana, pero regresarán en cuanto el brujo que ha logrado convocarlos recupere suficiente poder. Y entonces quizás ya no se trate de demonios de bajo rango, sino de seres más inteligentes y mucho menos torpes.

Si los demonios que nos habían atacado eran torpes, no quería saber cómo podían ser los que vinieran a continuación.

—Es usted, señor Ravenswood, quien tiene que recordar cuál es su lugar, y no es este, se lo aseguro. Un brujo oscuro no tiene nada que hacer aquí —sentenció Peabody, y su mirada descendió entonces sobre Wood—, y esos...

Me adelanté un paso.

—Voy a pedirle educadamente que, por su bien, reflexione sobre el modo en el que elige referirse a Raven y Wood Ravenswood.

No soné educada ni de lejos, y me estaba enfrentando a dos de los miembros de un consejo que podía escoger condenarme a solo Dios sabía qué destino, pero no me tembló la voz ni el pulso al lanzar lo que claramente era una amenaza. Estaba empezando a cabrearme.

Peabody me dedicó una sonrisa despreciable.

—Señorita Good, su situación ya es bastante precaria. No la empeore.

—Ha pasado el último mes en compañía de brujos oscuros. Con ellos —apostilló Fisk, como si no hubiera quedado claro que se refería a los Ravenswood.

¿De verdad eso era todo cuanto les preocupaba? ¿Cómo podían estar tan ciegos? ¡La cabeza del guardés estaba aún tirada a un lado de las escaleras! Había sangre manchando el suelo del vestíbulo de Abbot; por suerte, no tanta como en mi visión, pero allí estaba. Varios Ibis de los que ahora se situaban a sus espaldas estaban heridos... A lo mejor si esos dos brujos retrógrados y elitistas no se hubieran escondido mientras nos atacaban, no descartarían tan rápido la gravedad del asunto y les darían las gracias a quien con tanta facilidad estaban despreciando.

La rabia empezó a burbujear bajo mi piel. Estaba tan harta, tan cansada...

—Esos brujos oscuros han luchado junto a sus soldados para defender a los alumnos de Abbot.

Fisk hizo un ruidito despectivo. Joder, ¿qué parte de todo aquello no habían comprendido?

—No me están escuchando —intervino Alexander, con mucha más calma que yo—. Ya no hay un «ellos», ni un «nosotros». Ni bandos. No hablen como si no conocieran tan bien como yo lo que augura la profecía. Ya está pasando. Y esos demonios han sido solo el principio... —Se interrumpió de golpe.

En un segundo Alexander estaba al menos a un par de metros de mí, defendiéndose frente a los idiotas del consejo, y al segundo siguiente lo tenía a mi lado. Me di cuenta de que, alrededor de mis muñecas, había pequeños destellos de luz. No me extrañó demasiado, estaba frustrada y enfadada, y odiaba lo necios que podían llegar a ser aquellos tipos. Al parecer, no era capaz de contener del todo mi poder cuando eso ocurría. Pero Alexander no estaba mirándome las muñecas.

—Estás herida. —Fue a agarrarme el brazo izquierdo, donde uno de los demonios me había arañado y ahora lucía tres marcas paralelas.

Entré en pánico. Se me secó la boca de golpe y mi corazón empezó a latir descontrolado cuando me percaté de que estaba a punto de tocarme. Retiré el brazo en el último instante, justo antes de que me rozara. Al abrazarlo un momento antes, ni siquiera me había parado a pensarlo y, vale, tal vez no había pasado nada al tocarnos, pero ¿y si con mi poder tan cerca de la superficie le arrebataba el suyo? ¿Y si le hacía daño?

Alexander frunció el ceño y me miró a los ojos, y no tengo ni idea de lo que vio en ellos, pero su expresión se suavizó de inmediato. Sus comisuras se curvaron levemente y el iris negro titiló como hacía siempre que me observaba con aquella intensidad tan cruda. Como si fuera capaz de hundirse en mi interior y contemplar cada uno de mis pensamientos. Se quedó mirándome tanto tiempo que todo lo que estaba alrededor desapareció. No había Ibis ni consejeros estúpidos. Tampoco estaban Cam ni Thomas Hubbard. No había siquiera una escuela de la luz ni otra de la oscuridad. Solo quedamos Alexander y yo. Observándonos el uno al otro.

Extendió la mano y, sin titubear, me rodeó la muñeca repleta de puntitos brillantes. Ni siquiera sé por qué se lo permití. Pero tiró un poco de mi brazo para estirarlo y poder contemplar mejor las heridas. Repasó los bordes enrojecidos con las yemas de los dedos y luego elevó la barbilla de nuevo en busca de mis ojos.

—Te veo, Danielle Good, y yo tampoco te tengo miedo —susurró, con una dulzura inusitada, solo para mí.

Se me llenaron los ojos de lágrimas. Yo le había dicho en varias ocasiones que no le tenía miedo, primero solo con la mirada y luego en voz alta. Y él me lo repetía ahora; además de demostrarme que no le importaban en absoluto las consecuencias que mis nuevos poderes pudieran tener para él, incluso después de ver lo que había hecho a esos demonios.

No fui capaz de articular palabra. No creí que fueran suficientes, porque también comprendí la enormidad que había supuesto para él, después de todos sus años de aislamiento, permitirse a sí mismo tocarme. Y pensar que, durante días, yo no había hecho más que burlarme de él por ese motivo...

—Gracias, Alex —me las arreglé para decir finalmente, y él, a cambio, me regaló una sonrisa tan amplia y luminosa, tan sincera, que supe que no la olvidaría jamás.

Alexander

Al parecer, los miembros del consejo de Abbot eran tan tercos e imbéciles como los de Ravenswood, y eso que tan solo había dos de ellos. Me hubiera reído de lo mucho que tenían ambas escuelas en común si la situación no hubiese sido tan seria. Ya no se trataba solo del ataque, sino del hecho de que, cuando habíamos conseguido contactar con Robert, nos había informado de que dos alumnos más de Ravenswood habían aparecido desangrados en sus dormitorios en los últimos días.

Mi instinto me decía que Elijah estaba sacrificando brujos oscuros para poder interactuar temporalmente con el mundo de los vivos, tal y como había hecho con la Ibis que había matado frente a nosotros, aunque se me escapaba cuál podía ser su objetivo final. No ganaba más que unos pocos minutos a este lado del velo, pero quizás eso fuera suficiente para lo que tramaba, y quizás le había bastado para convocar a los demonios que acababan de atacar Abbot.

—Vamos, tenemos que curarte.

Me volví hacia las escaleras a pesar de que no tenía ni la más remota idea de dónde estaba nada en aquel lugar. Me parecía mejor opción optar por no pedir permiso; en realidad, no creí que los consejeros fueran a concedérmelo. En cuanto me moví, los dos hombres empezaron a protestar de nuevo.

—Usted no va a ningún lado, señor Ravenswood, salvo fuera de esta escuela —dijo uno de ellos.

Los Ibis que se habían mantenido en un discreto segundo plano y que mostraban una variada colección de heridas, fruto de la pelea, se situaron ahora a ambos lados de los hombres. Pero Thomas Hubbard se adelantó y se interpuso en su camino.

—Llévela arriba —intervino, para mi sorpresa y disgusto de los consejeros. Luego se volvió hacia su hijo—. Cam, ve con ellos. Sebastian también os acompañará por si necesitáis ayuda.

«Sebastian». Sabía que ese tío me sonaba de algo. Era uno de los Ibis que nos habían acorralado en el sótano en Nueva York, el que parecía haber reconocido a Annabeth. También era el único que no estaba junto a los consejeros, sino más cerca de Danielle, lo cual resultaba... interesante.

—¡Esto es del todo inaceptable, Thomas! —comenzó a ladrar el que no había hecho más que repetir que tenía que irme de allí—. ¡No puede permitir que esta gente vague por nuestra academia! El consejo lo prohíbe terminantemente.

Hubbard se irguió en toda su estatura, con el rostro serio y la misma altivez que solía emplear Wardwell las veces en las que nos habíamos visto obligados a relacionarnos.

—Sigo siendo el director de Abbot, Elias, y te recuerdo que, como tal, tengo plena potestad para tomar las decisiones que considere oportunas.

—Pero el consejo...

—El consejo no está reunido. Que yo sepa, solo vosotros dos os encontráis en el edificio. Así que, mientras se convoca a los demás miembros, haré lo que crea que es mejor para asegurar el bienestar de esta institución y de sus alumnos. —Volvió a mirarnos—. Vamos, marchaos.

Le dediqué un leve asentimiento de cabeza en señal de respeto. Si en Abbot, al igual que en Ravenswood, se habían mantenido las viejas tradiciones, sus argumentos eran válidos solo a medias. Aunque fuera el director quien decidía cómo se gestionaba la academia, un miembro del consejo siempre estaría un escalón por encima de él en la toma de decisiones que atañían a la comunidad. Y la presencia de brujos oscuros en Abbot desde luego que afectaba no solo a los alumnos, sino a todos los brujos blancos. Podía considerarse alguna clase de asalto o desafío, y sin duda era un quebrantamiento de las normas que hasta ahora habían regido la relación entre ambas comunidades. Pero supuse que ellos las habían roto primero al enviar a los Ibis a por Danielle.

Fuera como fuese, Hubbard se estaba arriesgando mucho por mí. O en deferencia a Danielle; no lo sabía y poco importaba. La cuestión era que me estaba permitiendo quedarme.

Dejé que mis dedos resbalaran por la muñeca de Danielle y los entrelacé con los suyos. Ignoramos las subsiguientes quejas de los consejeros, que prosiguieron discutiendo con Hubbard y profiriendo múltiples amenazas, y comenzamos a ascender por las escaleras. Raven nos acompañó, mientras que Wood se deslizó a través de las puertas de entrada, aún abiertas. Posiblemente, iba en busca de la mochila de Danielle para que esta pudiera recuperar el grimorio de su madre, y de paso se aseguraría de que no quedaban demonios ni ninguna otra amenaza en los alrededores.

—Tu padre los tiene bien puestos —murmuré en dirección a Cam.

—Es la primera vez que lo veo enfrentarse así a alguno de esos vejestorios.

Eché un vistazo por encima del hombro para comprobar si Sebastian venía detrás de nosotros y podía escucharnos. Danielle me dio un apretón en la mano al darse cuenta de que estaba mirando al Ibis.

—No es un gilipollas del todo.

—Gracias —replicó el brujo, con un tono cargado de ironía—, es la segunda vez que te refieres a mí de una forma tan amable.

—Estabas en Nueva York. Te vi.

El tipo asintió, pero no dijo una palabra más. Se limitó a caminar un par de metros por detrás de nosotros mientras Cameron nos guiaba a través de los pasillos de la academia de la luz. A pesar de que la mansión Abbot era tan antigua como Ravenswood, aquel sitio no se parecía en nada a mi hogar. Donde Ravenswood era todo lujo y decadencia, Abbot resultaba... impersonal. No me extrañaba que Danielle hubiera deseado largarse semanas atrás. Resultaba irónico que al final hubiésemos acabado todos allí.

Nos dirigimos a una de las alas del edificio. Mientras caminábamos en silencio por un pasillo repleto de puertas, y ahora que la amenaza de los demonios había pasado y que nada impedía que me concentrara en lo que me rodeaba, me sentí ligeramente abrumado por la cantidad de brujos que podía percibir tras las paredes. Puede que apenas hubieran pasado unos pocos días desde que habíamos abandonado Ravenswood, pero me había acostumbrado demasiado rápido a no estar continuamente rodeado de magia.

La oscuridad se revolvió en mi interior, ansiosa y voraz, más que nunca.

—Esto es diferente —murmuré para mí mismo.

Sin ser demasiado consciente de ello, apreté los dedos de Danielle. No había soltado su mano y ella tampoco había hecho nada por deshacerse de mi agarre.

—¿A qué te refieres? —me preguntó, aunque pensaba que no me habría oído.

—La magia blanca es diferente. La percibo como... —No supe cómo concluir la frase. No estaba seguro de cómo explicarle lo que estaba sintiendo.

Danielle se detuvo en mitad del pasillo y se giró hacia mí. Cam siguió andando hasta llegar a una de las puertas; Raven estaba pegado a él e hizo ademán de restregarse contra sus piernas, pero el brujo se retiró y lo fulminó con la mirada.

—¿Qué quieres decir? —inquirió Danielle, llamando de nuevo mi atención. Luego bajó la voz para añadir—: ¿Ellos también «cantan» para ti?

La incómoda sensación disminuyó ligeramente cuando capté una emoción inesperada en el tono con el que había hecho la pregunta. No quería ser un idiota, pero apenas si pude contener la sonrisa. Me incliné en su dirección y le hablé también en voz baja.

—¿Por qué quieres saberlo? ¿Son celos eso que detecto, Danielle?

Se echó hacia atrás de golpe y supe que había dado en el clavo, y seguramente sí que era un imbécil, porque sentí cierta satisfacción al comprender que aquello de verdad le molestaba. Tal vez solo fuera preocupación por lo que mi poder podía hacer a sus compañeros. O quizás, en realidad, esperaba que su poder fuese el único que me atraía de la manera en que lo hacía.

«No tienes ni idea, Danielle Good. Ni la más remota idea de lo que me haces».

—Sigues siendo un capullo —me espetó, una vez que recuperó la compostura. Sin embargo, incluso cuando me estaba lanzando una de sus miradas de «Vete a la mierda», había un leve rubor coloreándole las mejillas.

Fue a darse la vuelta, pero tiré de su mano y la mantuve en el sitio. No hubiera podido decir por qué enfrentarme a ella me hacía sentir tan vivo, por qué lo disfrutaba tanto. Quizás fuese solo una consecuencia de lo que éramos, de esa naturaleza contrapuesta que supuestamente debía empujarnos el uno contra el otro, como las dos caras de una misma moneda que convivían, pero jamás llegaban a tocarse del todo. Quizás era mi oscuridad dejándose tentar por su luz. O quizás solo fuese un instinto más primitivo y mucho menos noble. Tal vez lo único que quería era comprobar una y otra vez que de verdad ella también... me veía.

Con mi mano en torno a la suya y los ojos fijos en su rostro, avancé un paso y Danielle retrocedió. Avancé otro, y ella volvió a retroceder. Cuando di un tercero, su espalda acabó pegada a la pared; mi cuerpo prácticamente contra el suyo y mi oscuridad desplegándose a través de la carne y los músculos. Rugiendo. Reclamando.

Sonreí.

Cam murmuró algo que no pude oír del todo bien, abrió la puerta frente a la que se había detenido y la atravesó sin más, seguido de

Raven. Una rápida mirada en la otra dirección me hizo saber que Sebastian se encontraba a una distancia aceptable y parecía tratar de ignorar por todos los medios lo que estaba sucediendo. Mejor para él.

Apoyé un brazo junto a la cabeza de Danielle y coloqué nuestras manos unidas al otro lado de su cuerpo. Ella mantuvo la barbilla alta y ni por un momento perdió esa expresión desafiante que tanto me sacaba de quicio, pero que, en el fondo, anhelaba de una forma algo retorcida.

Me incliné sobre su oído.

—No existe magia en este mundo ni fuera de él que se sienta como lo hace la tuya, Danielle Good. No la hay ni la habrá jamás.

Se estremeció al escucharme. Sus dedos se apretaron en torno a los míos y su mirada destelló con más de ese brillo furioso que había visto un rato antes mientras se enfrentaba a los demonios en el exterior de la escuela.

—No me importa una mierda... —comenzó a decir. Pero, finalmente, cedí al impulso que había estado conteniendo desde el mismo instante en el que nos habíamos reunido de nuevo e hice lo único que, posiblemente, no debería haber hecho.

Besé a Danielle Good.

35

Alexander me estaba besando. No era la primera vez y tampoco podía negar que yo misma había deseado hacerlo cuando había saltado sobre él de la forma más inapropiada posible un rato antes. Pero no había forma en la que hubiese podido prepararme para sentir de nuevo sus labios sobre los míos. Cada vez —cada maldita vez— se sentía diferente. Mejor. Demasiado.

Fue suave y a la vez exigente; cuidadoso pero también salvaje. Su lengua se deslizó despacio en el interior de mi boca, para luego saquearme a placer. Alexander besaba como si estuviera reprimiéndose y también como si pensara que no habría un mañana en el que aquello pudiera volver a repetirse. Como si fuera la primera vez y también la última. Tenía que recordarme que él jamás había besado a ninguna otra persona antes, porque me hacía olvidar que yo sí lo había hecho.

Se bebió el gemido que escapó de mi garganta y su cuerpo presionó contra el mío. Toda la dureza de sus músculos tensos contra mis curvas suaves, incluso cuando yo me negara a rendirme ante él y su insistente necesidad de tomar todo de mí. Ni siquiera se me ocurrió pensar en la magia que bombeaba furiosa en mis venas o en la oscuridad que llenaba las suyas. O, al menos, no hasta que alguien se aclaró la garganta y Alexander, con un último mordisco a mi labio inferior, se retiró, exhaló un suspiro y dejó reposar la frente contra la mía.

—Tenemos mucho de lo que hablar —dije, ignorando la presencia de Sebastian al final del pasillo.

El corazón me iba a mil por hora y el aire a duras penas entraba en mis pulmones, pero no se me había ocurrido nada más que decir. Alexander resultaba abrumador la mayoría de las veces, pero empezaba a darme cuenta de que, por mucho que nos fuésemos conociendo, por mucho tiempo que pasásemos juntos, eso no cambiaría. Y, seguramente, no tenía nada que ver con lo que él era o en lo que yo me hubiera convertido.

Eché un vistazo al pasillo. Sebastian se había quedado atrás, pero resultaba obvio que había sido testigo de nuestro pequeño arrebato. Tras las puertas, estaba segura de que más de uno de mis compañeros también estaría cotilleando.

—Sabes que existe un hechizo muy básico para ver a través de las paredes, ¿verdad?

Una de sus comisuras se curvó, pero no llegó a sonreír. Tampoco se movió. Su aliento cálido revoloteaba sobre mis labios y sus dedos continuaban envueltos alrededor de mi mano; sus caderas presionando y uno de sus muslos entre los míos. ¡Por Dios! Prácticamente le estaba montando la pierna.

—Ahora todos van a saber... *esto* —concluí, porque no sabía muy bien cómo llamarlo. Cómo llamarnos.

—¿Te molesta?

No era la clase de conversación que esperaba tener en aquel momento, la verdad. Pero Alexander y yo no solíamos tener las charlas adecuadas en los momentos oportunos, así que tampoco aquello era una sorpresa, supuse.

—No.

Esta vez, Alexander sí que sonrió y, por la manera en que lo hizo, me costó recordar que había habido un tiempo en el que apenas conseguía curvar ligeramente las comisuras de sus labios.

Sebastian se aclaró la garganta de nuevo y esa fue nuestra señal para apartarnos por fin el uno del otro y fingir que allí no había pasado nada. Sin embargo, antes de retirarse, Alexander susurró:

—De verdad que no te imaginas cuánto te he echado de menos.

A lo mejor yo también sonreí.

—El verdugo. Era él —dijo entonces Alexander. Señaló la puerta abierta de mi habitación—. Vamos, te lo contaré todo mientras curamos esa herida.

En mi dormitorio, Cam hizo uso de sus conocimientos de magia curativa para arreglar el destrozo de mi brazo mientras Alexander permanecía de pie, supervisando el proceso, con aspecto ligeramente enfurruñado, como si desease ser él quien lo hiciera. Sin embargo, al terminar, le dio las gracias a mi amigo antes de continuar poniéndonos al tanto de todos los detalles de su visita a Loretta Hubbard. Gran parte de lo que explicó ya había llegado a mis oídos gracias a Cam, así que fue mi turno para narrar mi explosión en el despacho del director y lo que habíamos descubierto Cam y yo en la biblioteca.

Con Raven tumbado en un rincón de mi dormitorio, Sebastian en el pasillo, custodiando la puerta, y Alexander y Cam pendientes de cada una de mis palabras, no tuve valor para hablarles de la confesión de mi padre. Más tarde o más temprano tendría que hacerlo, pero... resultaba demasiado difícil aún admitirlo en voz alta delante de todos ellos.

Alexander, en cambio, no tuvo problema para asegurar que la figura del encapuchado era en realidad el verdugo mencionado por Elijah en nuestro encuentro en el bosque. Parecía convencido de que se trataba de una bruja, y su voz —aunque le había sonado distorsionada, como pasaba con la suya al transformarse— le había resultado en parte familiar.

—Me pidió que regresara a casa, y estoy bastante seguro de que es una bruja oscura.

Bueno, eso tampoco era ninguna sorpresa. Elijah había dicho que Alexander debía ayudar al verdugo, así que, en cierto modo, era de esperar que dicho brujo o bruja fuera de los suyos. Lo que no teníamos tan claro era si todo aquello se trataba de una elaborada venganza por parte de Elijah para compensar la condena de tantos brujos oscuros en Salem o bien el antepasado de Alexander continuaba persiguiendo, incluso después de muerto, el poder que tanto había anhelado en vida. Fuera como fuese, el resultado pretendía ser el mismo: el reinado de la oscuridad. Porque si algo parecía claro era que Elijah Ravenswood estaba dispuesto a hacer que la profecía se cumpliera hasta sus últimas consecuencias.

Y pretendía que Alexander contribuyera a ello.

—Es muy probable que Elijah esté detrás del ataque de los demonios —aseguró un momento después. Se llevó la mano al lado izquierdo del pecho y se frotó la zona a través de la tela de la camiseta—. Hay algo más de lo que no te he hablado. Algo sobre mi linaje.

«Más y más secretos de los Ravenswood», me dije, y me pregunté si alguna vez llegaría a conocerlos del todo.

—La marca —repuse, porque sabía que era allí donde la tenía; justo sobre el corazón.

Alexander asintió. Raven levantó la cabeza y luego se alzó sobre las cuatro patas. El lobo negro y yo aún teníamos una conversación pendiente, pero no creí que fuera el momento para ponerme a discutir con él sobre por qué había dicho que era mi familiar. No tenía sentido alguno; la verdad es que pocas cosas lo tenían últimamente. Pero aquello sin duda era imposible, a no ser que yo fuera una Ravenswood y de algún modo la magia hubiera decidido que, tras perder a Dith, necesitaba que alguien ocupara su lugar.

—La marca de los malditos es el más antiguo y oscuro secreto de los Ravenswood —explicó Alexander, inexpresivo—, uno que mi linaje se ha esforzado mucho por borrar de la memoria colectiva de todos los brujos. También se la conoce como «la marca de Caín».

—¿Caín? ¿El Caín de Abel? —inquirí, y Alexander volvió a asentir con expresión sombría—. ¿Los Ravenswood descienden de Caín?

¡Vaya! Eso sí que era un gran secreto que guardar. Nadie querría ir por ahí diciendo: «¡Ey! ¿Sabes que mi antepasado se cargó a sangre fría a su hermano? Sí, desciendo del primer asesino de la historia conocida». No me extrañaba que hubieran tratado de ocultarlo por todos los medios.

—No, en principio no descendemos de él, pero sí hay muchas similitudes en nuestra historia. Supuestamente, Caín fue condenado a portar la marca para que cualquiera que lo viera fuera conocedor de su delito. Y ¿sabes lo que se decía también de él? Que su castigo debía ser eterno y que, si alguien osaba hacerle daño, sufriría la Ira de Dios.

Me señalé a mí misma.

—¿Yo?

—Eso creo, sí. Pero hay más.

—Cómo no...

Subí los pies a la cama y me acomodé sobre el colchón, con Cam a mi lado. Alexander alternó la mirada entre ambos. Yo arqueé las cejas y le lancé una sonrisita burlona, porque estaba claro que no era capaz de dejar de provocarlo por muy serio que fuera el tema que estábamos tratando. De verdad que a veces era un poco idiota.

Cam resopló.

—¿Hacéis esta mierda todo el rato?

—No —contestamos Alexander y yo a la vez.

Cam levantó las manos y agitó la cabeza, resignado. Alexander lo ignoró y continuó con la explicación.

—Los gemelos y yo siempre hemos pensado que la marca estaba inactiva, por decirlo de algún modo. Nunca se había manifestado, pero lo hizo en Nueva York, cuando tú —dijo, señalándome, enfurruñado por enésima vez— invocaste todo tu poder y te hiciste la heroína.

—Percibo cierto retintín...

—Sois realmente agotadores —murmuró Cam, frotándose las sienes, pero ninguno de los dos le hicimos caso.

—La cuestión es que la marca viene con algunos... poderes asociados.

Suspiré.

—¿Esto tiene algo que ver con el hecho de que esos demonios te obedecieran?

—La marca concede cierto dominio sobre una serie de criaturas que no son de este mundo.

—Demonios —aclaré yo, porque resultaba bastante obvio.

Bien, ahora todo tenía mucho más sentido. Desde la apariencia de Alexander cuando se transformaba hasta el hecho de que esas cosas ni siquiera hubieran dudado en desaparecer cuando él así se lo había ordenado, pasando por el hecho de que todo el mundo sabía que Elijah había estado jugando con fuerzas oscuras en el pasado.

—Espera. ¿Elijah la tiene? ¿La marca? —Me eché hacia atrás y pegué la espalda contra la pared.

¡Mierda! Si el antepasado de Alexander podía invocar esas cosas y sacarlas del infierno... ¿No era eso una definición bastante exacta de aquello de «desatar una oscuridad como nunca antes se había visto» como decía la profecía? Un infierno en la tierra, uno que consistiera en llenar el mundo de demonios.

—Sí, Elijah fue el último portador antes de que yo naciera, aunque no debería poder emplear su poder porque está muerto. Tal vez sea por eso por lo que está asesinando a alumnos de Ravenswood. Y de ahí que el verdugo me haya pedido que regrese...

No tenía muy claro cómo había esperado que se cumpliera la profecía ni cuál era la oscuridad de la que hablaba, pero aquello, desde luego, era peor que cualquier cosa que hubiera imaginado. Wardwell había estado en lo cierto al creer que ese mal iba a afectarnos a todos, incluidos los humanos.

Aquello era casi un apocalipsis bíblico, pero sin el «casi».

—Para que seas tú quien los invoque y los dirija —concluí por él.

Alexander no respondió, aunque no fue necesario. Al parecer, no había estado equivocada al pensar que el poder oscuro que ostentaba provenía del mismísimo infierno. No era una posesión, no, era algo mucho peor.

—Pero si yo soy la Ira de Dios —proseguí, a pesar de lo surrealista que sonaba aquella conversación—, ¿cómo encajo en todo esto?

—Tú eres la consecuencia no deseada, Danielle.

—¡Oh, gracias! Tú sí que sabes cómo hacer sentir especial a una chica.

Cam se tragó una risita, pero fue lo bastante inteligente como para no intervenir.

—No, no lo entiendes. Si Elijah piensa que no deberías existir, tiene que ser porque tu poder es lo único que se interpone en la consecución de sus planes; porque tú eres la única que puede mantener el equilibrio que él quiere romper.

¡Por Dios! Me daba vueltas la cabeza. Me miré las manos y pensé en lo que le había hecho a Efrain. Después de que tratara de agarrarme y mi luz lo alcanzara, el Ibis no había sido capaz de realizar ninguna clase de magia oscura. Cam debía de estar pensando en lo mismo, porque dijo:

—¿Crees que Danielle podría quitarle a Elijah el poder de invocar demonios? ¿O quitártelo a ti? En el libro que vimos hablaba de una purificación. Y hace un rato ha demostrado que es más que capaz de eliminar a esas cosas.

Alexander hizo una mueca.

—No estoy seguro. Según el mito, la Ira de Dios fue concebida para evitar que nadie hiciera daño al portador de la marca de Caín. Es probable que no sea efectivo sobre mí...

Cam se encogió de hombros.

—Podríamos probarlo.

Alexander no se opuso, solo se me quedó mirando como si Cam no acabase de sugerir que tratara de arrancarle algo que, para bien o para mal, era parte de él.

—No. Ni hablar —me negué en rotundo—. Estáis locos si pensáis que... No, no voy a discutir algo así.

Raven lloriqueó desde el lugar que había ocupado en el suelo junto a la cama, y quise creer que estaba de acuerdo conmigo. Si algo había aprendido en estas últimas semanas era que el poder, cualquiera que fuese su origen, solo era malo o bueno según el uso que un brujo hiciera de él. Puede que Alexander portara un poder oscuro y aterrador, pero era su elección cómo emplearlo. Y no sería yo quien se lo arrancase de debajo de la piel.

—Podría ser la forma de acabar con esto de una vez por todas. Sin mi poder, Elijah no podría utilizarme para lo que supuestamente me necesita.

Miré a Alexander de hito en hito.

—¡Podría matarte!

Nos enfrascamos en uno de nuestros épicos duelos de miradas y durante un rato demasiado largo nadie dijo nada. El aire se fue cargando de tensión hasta resultar asfixiante y opresivo, y juro que, de haber sido un poco más violenta, no hubiera dudado en abofetearlo para hacerlo entrar en razón.

Finalmente, Cam se deslizó por encima del colchón y se puso en pie.

—Vale, voy a dejaros discutir esto a solas. —Se dirigió hacia la puerta y Raven fue tras él—. No, tú no vienes, *amigo*.

Pero Raven parecía tener sus propios planes. Se pegó a sus piernas y, cuando Cam abrió la puerta, trató de atravesarla con él. Cam masculló una palabrota.

—Danielle, dile que se quede contigo. No puedo ir por la academia con un lobo pegado a mis talones.

—Díselo tú mismo. No es mi mascota; Raven toma sus propias decisiones.

Cam buscó ayuda en Alexander, pero este se cruzó de brazos y no abrió la boca.

—Chucho estúpido —masculló mi amigo, ganándose un gruñido del lobo.

—Eso no ayuda —señalé yo, pero Cam ya había salido al pasillo, y Raven con él. Me volví hacia Alexander—. ¿Qué pasa entre esos dos?

—No estoy seguro de querer saberlo.

La atmósfera de tensión entre Alexander y yo no mejoró en absoluto cuando la puerta se cerró y nos quedamos a solas. Encogí las piernas contra el pecho y volví a dejar que mi espalda se apoyara contra la pared antes de cerrar los ojos.

—No voy a usarte de conejillo de indias, Alexander —murmuré un rato después—. No me pidas que haga algo así. Tú mejor que nadie deberías saber...

—Lo sé —me interrumpió—. Lo siento, no debería haberlo sugerido.

Incluso con los ojos cerrados, percibí que se movía por la habitación. No se había acercado a mí mientras Cam y Raven habían estado allí; sin embargo, ahora, el colchón se hundió y su aroma lo inundó todo a mi alrededor. No me molesté en levantar los párpados para comprobar qué demonios estaba haciendo. ¡Dios! Estaba tan cansada... Estaban ocurriendo demasiadas cosas a la vez. Yo no había querido ningún poder extraño ni nada de aquello. Y, aunque era consciente de que lloriquear como una cría por ello no iba a cambiar nada, no podía evitar lamentarme. No había detenido el ataque de los Ibis en Nueva York, no detendría tampoco nada de lo que estaba sucediendo y, desde luego, no tenía fortaleza suficiente como para afrontar todos los desafíos que el destino parecía empeñado en lanzarme. Y no me importaba si eso me hacía parecer débil o vulnerable. Tal vez lo fuera. Quizás no era más que una chiquilla asustada y ridícula.

Noté un roce suave sobre la mejilla. Alexander me colocó un mechón tras la oreja y luego sus dedos se demoraron sobre la piel de mi cuello. Odiaba y amaba las sensaciones que sus caricias despertaban en mí, y ni siquiera estaba segura de por qué. En realidad, creo que odiaba que me gustara tanto que me tocara, si es que eso tenía sentido.

Cuando sus dedos comenzaron a retirarse, mi mano salió volando y se aferró a la suya.

—No, está bien —susurré.

—A veces parece que te... duele cuando te toco.

Su sinceridad me arrancó un suspiro y, solo Dios sabía por qué, decidí que, por una vez, bien podía ser tan honesta como él.

—Solo cuando dejas de hacerlo.

36

Mi confesión no hizo más que añadir tensión al ambiente ya de por sí cargado del dormitorio y, durante un instante, Alexander me contempló con una intensidad que resultó aún más abrumadora. Quizás había sido demasiado sincera; quizás él pensaba que estaba loca. Pero, fuera como fuese, no dijo una palabra al respecto. Nos acomodamos en la cama como pudimos, uno frente al otro, sin quitarnos los ojos de encima. Apenas si había distancia entre nuestros cuerpos, lo cual no contribuía en nada a apaciguar el hormigueo continuo que recorría mi piel y mis labios, como tampoco calmaba el latido errático de mi corazón.

Deberíamos haber aprovechado para intentar descansar un poco y, seguramente, Alexander debería haberse marchado a otra habitación para hacerlo, pero no había manera alguna en la que yo le pidiera que se fuese ni me quedase dormida allí con él. Una parte de mí no podía evitar recordar el sueño que Raven me había inducido hacía unas semanas y lo mucho que se parecía a aquella situación.

—¿Crees que soy una Ravenswood? —solté sin más. No podía dejar de pensar en ello.

—¿A qué viene eso?

Suspiré.

—Raven, antes en el vestíbulo, ha dicho que él es ahora mi... familiar.

Busqué en su rostro alguna señal de que sabía de qué estaba hablando. Tal vez Raven le había dicho algo, o quizás solo era una mentira que el lobo negro había empleado como arma para escandalizar al Ibis. Sí que había algunas normas acerca de dañar al familiar de otro brujo, pero no había manera de que él lo fuera de verdad.

—¿Que él es qué?

Bueno, estaba claro que Alexander no sabía nada.

—Eso es lo que ha dicho...

Frunció el ceño y casi pude ver los engranajes de su cerebro girando y girando. Cuando quería, Alexander podía mostrarse muy estoico y no revelar ninguna emoción. Y en ese momento no tenía ni idea de lo que estaba pensando.

—No eres una Ravenswood, Danielle. —Abrí la boca para protestar, pero no me dejó decir palabra—. Eso quedó muy claro desde el momento en que tu poder se reveló. Debería haberlo sabido la noche de nuestra huida de Ravenswood, al ver tus alas y la clase de luz que eres capaz de desprender. No hay modo alguno de que tengas una gota de sangre Ravenswood en tus venas; la maldición está demasiado arraigada en mi linaje como para que ninguno de nuestros miembros pueda ser el portador de una luz tan pura como la tuya. No sé qué fue de Mercy Good, pero, desde luego, tu linaje no proviene de ella. Descendéis de Dorothy Good.

—¿Estás seguro? —inquirí, a pesar de que parecía totalmente convencido.

—A estas alturas, incluso dudo que Sarah Good o el resto de tus antepasados en Salem fuesen brujos oscuros. Quizás eso fue lo que a los Ravenswood les interesaba que creyesen todos. Tal vez el rechazo que sufrió tu linaje no se debió a que cambiaseis de bando, sino a la relación ilícita entre Sarah y Benjamin.

—Pero, entonces, eso significaría que la sangre de Mercy era una mezcla de ambas magias. Una bruja blanca y oscura a la vez, y a Sarah no la habrían condenado por practicar magia oscura... Todo han sido mentiras. Mentiras y más mentiras —murmuré. Resultaba agotador—. Mi padre mató a mi madre.

Hubo un momento de silencio total en el que Alexander pareció quedarse paralizado; creo que incluso yo dejé de respirar. Lo había soltado sin pensar, a pesar de habérmelo guardado hasta ese momento. Por vergüenza. Por miedo. A saber.

—¡Dios, Danielle!

Me rodeó con sus brazos y me apretó contra su pecho. Y entonces empecé a vomitar cada palabra que mi padre me había dicho: las sospechas de mi madre sobre mi hermana y sobre mí; cómo había empezado a actuar de forma extraña y como él había mandado seguirla; la supuesta locura que había llevado a mi madre a matar a Chloe y querer acabar también conmigo, y la admisión de mi padre de haberla matado a ella a su vez para evitarlo. Todo salió a borbotones. Todo. Y dolió, joder, cómo dolió.

Alexander me mantuvo contra su pecho todo el tiempo, acunándome como a la niña rota que yo sentía que era en ese momento. Porque ¿cómo podría sentirme de otro modo si tenía que admitir que mi madre había querido deshacerse de mí y de mi hermana pequeña y, a cambio, mi padre la había matado a ella? ¿Cómo no iba a doler igualmente que hubiera sido yo la que se hubiese salvado y no Chloe? ¿Y cómo asumir que mi padre no lo hubiera hecho por amor hacia su hija, sino por su propio interés?

—Lo siento. Lo siento tanto, Danielle... —me susurró al oído, mientras me sujetaba con tanta fuerza que parecía estar tratando de mantener todos mis pedazos juntos.

—Bueno, supongo que ambos tenemos familias disfuncionales.

Traté de reírme de mi propia broma, pero la carcajada que escapó de entre mis labios sonó tan hueca y vacía como parecía estarlo yo misma en ese momento. Oculté la cara en su pecho y mis lágrimas no tardaron en comenzar a empaparle la camiseta. Lloré sin poder evitarlo, y los sollozos sacudieron mi cuerpo de pies a cabeza. Y, a pesar de que me estaba rompiendo segundo a segundo, también sentí cierto alivio al confesarlo todo por fin. Respiré el aroma reconfortante de Alexander y dejé que me llenase los pulmones, porque sabía que, si alguien podía entenderme en ese momento, era él. El mismo brujo al que su familia había desterrado de sus vidas y al que su propio padre miraba como si se tratase de un monstruo.

—No, ahora tienes otra familia —afirmó él entonces, con una convicción inamovible—. Nos tienes a nosotros y nosotros te tenemos a ti, nunca lo olvides. Somos tu aquelarre, Danielle, y si Raven dice que es tu familiar es porque de verdad lo es. No sé cómo ni por qué, pero de algún modo... De algún modo, puede que Raven siempre haya estado destinado a ser tu protector. Te quiere —concluyó tras un momento, en un susurro tan tan suave que me puso el vello de punta.

Parecía haber mucho más detrás de esa sencilla afirmación.

—Sabes que eso no es posible. No si no soy una Ravenswood —farfullé, con la cara aún hundida en su pecho, abrumada por su vehemencia.

Sin embargo, a pesar de lo que acababa de decir, pensé en lo que había visto en mi viaje astral; en todos aquellos cordones brillantes que se extendían frente a mí y en cómo había uno de ellos que era tan grueso o más que el que había pertenecido a Dith. ¿Era ese cordón mi conexión con Raven? ¿La prueba de que lo que él me había dicho era verdad? Yo no habría imaginado nunca que la unión existente entre un familiar y su protegido se traducía en algo «físico» y real hasta que Meredith había muerto y la conexión se había roto; hasta que lo había sentido y luego lo había visto con mis propios ojos. Y si eso era lo que su don le permitía ver a Raven todo el tiempo, ¿no sabría él mejor que nadie de qué tipo era nuestra conexión? La magia era la encargada de decidir a quién se le asignaba un brujo maldito, nadie sabía del todo cómo funcionaba, así que tal vez...

—Raven te quiso desde el instante en que te vio, Danielle, puede que tal vez desde antes incluso que eso, cuando supo que visitarías Ravenswood. Y no sé si lo que lo une a ti es o no la misma conexión que un familiar tiene con su protegido, pero si hay alguien capaz de saltarse todas las normas de la magia ese, desde luego, es Raven.

Levanté la mirada hacia su rostro. No había un ápice de rencor o tristeza en sus palabras, nada que indicara que le disgustaba que Raven pudiera estar unido a mí de esa forma a pesar de que era *su* familiar.

—¿No te importaría que fuera así?

Alexander sonrió. Fue una sonrisa suave y muy dulce, una que no creía que me hubiera dedicado antes. Una de la que no le hubiera creído capaz de no estar siendo testigo de ella. Era de nuevo el chico de la terraza de Nueva York, solo ese chico. Y tenía que admitir que tal vez... tal vez pudiera querer a ese chico de una forma que no tenía nada que ver con nuestro destino, la magia, ni ningún poder oscuro o perturbador.

—Es mi familiar, Danielle, pero él no es mío. No me pertenece. Y no podría pensar en nadie mejor que él para protegerte ahora que Dith no está. —Titubeó un momento y sus brazos se tensaron alrededor de mi espalda; todo su cuerpo se tensó en realidad—. Hay algo más que tienes que saber.

—Si es una mala noticia, casi prefiero esperar a mañana. Estoy demasiado cansada.

Alexander no dijo nada, y resultó evidente que lo que tenía que decirme no iba a resultar agradable. Así que dejé caer la cabeza contra su pecho de nuevo y decidí que no quería saberlo por ahora. Su corazón latía justo bajo mi oreja y su magia parecía estar cantándome de nuevo la misma nana que aquella otra noche, cuando habíamos escapado de Ravenswood y yo también me había roto un poco tras la muerte de Dith. Arrullada por su olor, el calor de su cuerpo, la canción dulce de su magia y su corazón, y por la caricia distraída de sus dedos enredándose en mi pelo, supongo que mi cuerpo se rindió por fin y me quedé dormida.

Alexander

La puerta se entreabrió, pero no me moví. Danielle llevaba un rato durmiendo y no quería despertarla, y si a Sebastian, que fue quien se asomó al interior, le molestaba o sorprendía lo más mínimo que estuviera en la cama abrazando a Danielle, me importaba una mierda. En realidad, era una suerte que se hubiera quedado dormida sobre mí, porque eso era lo único que impedía que saliera de aquella habitación y fuera a buscar a Nathaniel Good para pedirle algunas explicaciones. O al puto consejo blanco. A quien fuera que pudiera hacer aquella situación más soportable para ella. Si lo que Nathaniel Good le había contado sobre su madre era cierto... ¡Dios! No quería ni pensar lo mucho que eso debía de dolerle.

Pero el Ibis no dijo nada. Solo abrió un poco más la puerta y permitió que Raven entrara en la estancia. Luego, la cerró de nuevo.

—¿Ya te has cansado de perseguir a Hubbard hijo? —le pregunté en voz baja, cuando se irguió y colocó las patas delanteras sobre el borde del colchón. No esperé su respuesta—. Danielle me ha contado lo que dijiste. Que eres su familiar.

Raven apoyó el hocico en la cama y sus ojos brillantes me observaron con fijeza. Después de un momento, elevó un poco la cabeza y volvió a bajarla.

—Supongo que eso es un sí. ¡Santo cielo, Rav! Ni siquiera entiendo cómo eso es posible, pero... está bien. Estoy seguro de que hay una buena razón para ello.

Empujó mi brazo con el morro, buscando atención. Así que estiré la mano y le rasqué el lateral del cuello. A pesar de que entender a Raven en su forma animal no suponía un problema después de tantos años, era muy distinto de conseguir comprender lo que pasaba por su mente o qué se proponía. Pero la cuestión era que, si él afirmaba que ahora era el familiar de Danielle, estaba seguro de que lo era.

—Sigues siendo mi familia; lo sabes, ¿verdad? Eso nunca va a cambiar. Jamás, no importa lo que pase. —Ronroneó como un gatito, tal vez por mis palabras o quizás porque continuaba rascándole en su lugar favorito, a saber—. Pero, cuando te sientas preparado para ello, me gustaría que me explicaras qué demonios te pasa con Cameron.

Arqueé las cejas cuando el ronroneo se detuvo y fue sustituido por un gruñido bajo. Sentí deseos de reírme, pero no quería despertar a Danielle; necesitaba descansar.

—Está bien, solo cuando estés preparado. Pero es amigo de Danielle, así que tal vez puedas ser un poco más amable con él. No es propio de ti mostrarte tan descortés.

Raven resopló. Por lo visto, no estaba dispuesto a ceder cuando del brujo blanco se trataba. Sin embargo, conocía a Rav lo suficiente como para saber que, lo que fuera que lo llevaba a comportarse de aquella manera con Cameron, terminaría por cambiar de un modo u otro. Y si Wood llevaba razón sobre los motivos..., bueno, aquel iba a ser un cortejo muy difícil de presenciar; sobre todo porque tal vez Cameron no tuviera las mismas preferencias que él, y eso probablemente acabaría con un corazón roto, el de Raven. Sin embargo, tenía que recordarme que no había nada que yo pudiera hacer en ese sentido, por mucho que quisiese protegerlo de cualquier daño o dolor.

—¿Wood está fuera con Dith? —Su suave gruñido me indicó que eso era exactamente lo que pasaba—. Ni siquiera sé cómo decírselo a Danielle. Lo he intentado, pero... va a destrozarla de nuevo.

Rav lloriqueó su acuerdo, aunque todos nos habíamos alegrado de la insistencia de Meredith en permanecer a este lado del velo cuando había aparecido horas antes en Dickinson para avisarnos de lo que estaba ocurriendo en Abbot. Sin ella, no hubiésemos sabido nada del ataque hasta que hubiera sido demasiado tarde.

Me froté la marca a través de la camiseta húmeda aún por las lágrimas de Danielle. Podía sentirla bajo la tela, a pesar de que en ese momento no me ardía ni me molestaba. Sin embargo, ahora que parecía haberse activado, no había forma alguna de que olvidara que estaba allí.

La puta marca de Caín. Otro de los legados de un linaje maldito, oscuro y repleto de secretos. Ojalá la sangre no nos marcara de la forma en la que lo hacía en nuestro mundo.

De todos modos, si era verdad que Raven de alguna manera había conseguido convertirse en el familiar de Danielle, siendo ella una bruja blanca y él un brujo oscuro, quizás había alguna esperanza para el resto de nosotros. Tal vez pudiésemos dejar de ser lo que un apellido o nuestra familia nos imponía, o lo que nuestro poder hacía de nosotros. Quizás pudiésemos ser lo que quisiéramos.

Suspiré.

—Tenemos que acabar con Elijah —le dije a Raven, aunque supuse que él ya habría llegado a la misma conclusión.

Pero mi antepasado no dejaba de ser un fantasma, el rastro de algo que había sido y ya no era. Y, salvo tratar de empujarlo hacia el maldito infierno, no tenía ni idea de cómo podíamos deshacernos de él. Lo que nos dejaba casi como al principio.

Casi.

—Si Danielle es una parte de la profecía y yo soy la otra... Eso solo nos deja al verdugo. —Un empujoncito con el morro por parte de Raven. Me froté la marca otra vez—. Pero ¿cómo detenemos lo que sea que está haciendo? ¿Y por qué me necesita exactamente?

Imaginaba que Elijah me quería al mando de los demonios que estuviera invocando, pero parecía que el verdugo también podía hacerlo y, de todas formas, mi antepasado tendría que poder hacerlo él mismo. Ahora bien, aunque él también poseía la marca y debía poder arruinar el mundo y cubrirlo de oscuridad si se lo proponía, supuse que era más complicado llevarlo a cabo cuando estabas muerto. De hecho, si todo continuaba como hasta ahora y yo me negaba a regresar, Elijah podría terminar asesinando a todos los alumnos de Ravenswood para conseguirlo. Y no era que no lo creyera capaz de ello, pero supuse que, por muy enfermo y obsesionado que estuviera, incluso él tenía sus propios límites.

Y, sin embargo, tenía que haber algo más, algo que únicamente yo fuera capaz de llevar a cabo; de otro modo Elijah se hubiera valido del verdugo y no me necesitaría a su lado.

—No voy a invocar a ningún demonio ni a... gobernarlos —afirmé, atragantándome con la palabra por todo lo que suponía—. Lo que sea que quiere de mí, no pienso dárselo, Rav. Pero tampoco puedo permitir que Elijah siga sacrificando a brujos inocentes.

Raven retrocedió un poco y se sentó sobre los cuartos traseros. Escruté el limpio azul de su mirada como si pudiera sonsacarle alguna respuesta, algo de lo que hubiera visto gracias a su don y de lo que se negara a hablar.

—No tengo ni puta idea de lo que debería hacer —admití, finalmente.

Pero, al parecer, tampoco él tenía mucho que decir. Solo se acercó y empujó mi brazo con el hocico hasta colocarlo sobre la espalda de Danielle. Cuando lo consiguió, deslizó el morro hasta mi hombro y me dio un par de toquecitos.

«Quédate con ella», parecía querer decirme.

—Siempre.

Lo haría mientras pudiera. Lo haría porque, por una vez en mi vida, había alguien más aparte de los gemelos que no temía mi oscuridad ni me juzgaba por ella; que no sentía una devoción extraña por mí solo por quien era o de donde provenía, como parecía suceder con el resto de la comunidad oscura. Alguien a quien no le importaba una mierda hablarme claro, desafiarme e incluso burlarse de mí. Alguien que veía más allá de mis ojos de distinto color o del poder perturbador que albergaba en mi interior. Alguien para quien no era un monstruo.

Bajé la mirada para contemplar el rostro de Danielle: las largas pestañas, la curva de sus labios, la piel suave de sus mejillas, su pequeña nariz. Deslicé un dedo a través de su pómulo y me sorprendió la contundencia del pensamiento que siguió a ese gesto...

Volví a mirar a Raven, que no había dejado de observarme.

—La deseo —admití, pero él continuó esperando. Suspiré—. No sé en qué momento ni de qué modo, Rav, pero sucedió. De algún modo... creo que estoy...

Raven me lamió el dorso de la mano y, luego, su lengua quedó colgando por un lateral de la boca. Juro que estaba riéndose de mí y de mi torpeza para expresar lo que sentía con claridad.

—Al final, te has salido con la tuya, ¿verdad? Querías esto —lo reprendí, señalándonos a Danielle y a mí, aunque no había más que un profundo cariño en mi tono—. ¿Crees que ella también...?

Raven ladeó la cabeza y su lengua se descolgó aún más fuera de su boca. Podía haber asentido, si es que sabía de verdad la respuesta a la pregunta que le estaba haciendo. Pero era Raven, así que solo se quedó ahí, mirándome, en apariencia feliz y satisfecho, mientras yo no dejaba de decirme que, en mitad de todo aquel lío, mis sentimientos no deberían tener mucha importancia.

Y, sin embargo, la tenían.

Puede que Raven tuviera razón. Puede que la magia que sustentaba el verdadero amor fuera más fuerte que cualquier hechizo o conjuro que un brujo pudiera realizar. Puede que fuera más potente que la sangre, los apellidos y los linajes. Y puede incluso que, de esa manera extraña en la que el amor transforma a la gente, me convirtiera en algo mejor de lo que era. O de lo que el destino me había creado para ser.

37

Aunque ya habíamos compartido cama antes, esa mañana fue la primera en la que me desperté entre los brazos de Alexander Ravenswood. Nos habíamos quedado dormidos totalmente vestidos. Mi cabeza reposaba sobre su hombro, una de mis piernas estaba sobre las suyas y su brazo me rodeaba la cintura. Incluso dormido, me había mantenido apretada con firmeza contra su cuerpo, aunque tampoco era que la cama individual de mi dormitorio en Abbot diera para mucho más.

Elevé la mirada hasta su rostro y me quedé contemplándolo. Su respiración era pausada y regular, pero tras unos pocos minutos se detuvo un instante, y supe que él también estaba despierto.

—Me estás mirando —dijo, aunque no abrió los ojos.

No se movió ni añadió nada más. Tampoco yo lo hice. Solo... lo observé. Tranquilo y sereno. Ni siquiera parecía un brujo oscuro. O tan siquiera un brujo.

—Sigues mirándome —rio esta vez.

No esperó una respuesta. Movió el brazo hacia mi pierna y su mano aterrizó en mi rodilla. Arrastró los dedos sobre mi piel; primero tan solo trazando círculos perezosos, para luego dejarlos ascender lentamente por la parte externa de mi muslo. El vello de la nuca se me erizó.

Resultaba terriblemente obvio que me sentía muy atraída por Alexander, pero continuaba resistiéndome a examinar muy de cerca mis sentimientos hacia él, y me pregunté si no sería porque me daba demasiado miedo lo que pudiese llegar a descubrir.

Sin embargo, cuando me tocaba...

—¿En qué piensas? —le pregunté, para evitar que mi mente se concentrara en el camino que habían emprendido sus dedos.

—En lo perfecto que es este momento y en lo mucho que quiero besarte —soltó, con los ojos aún cerrados, pero sin el más mínimo titubeo—. En lo mal que está que eso sea lo único en lo que no puedo dejar de pensar todo el maldito tiempo. En la sensación tan jodidamente deliciosa de mis manos sobre tu piel —continuó enumerando, y sus dedos ascendieron un poco más, colándose bajo el dobladillo de la falda de mi uniforme—. En la manera perfecta en la que tu cuerpo se amolda al mío cuando me permites que te abrace y en el increíble sabor de tu boca. Y en que quizás sea la persona más egoísta y horrible que existe en este mundo, porque si la oscuridad llamase a la puerta de este lugar ahora mismo, todavía querría encontrar un segundo para poder besarte de nuevo.

Sus párpados se elevaron por fin y clavó su mirada dispar en mí, con los ojos colmados de un deseo abrasador, los labios entreabiertos y su respiración tan acelerada como la mía. Su mano alcanzó el hueso de mi cadera y no pude evitar estremecerme.

Tomé aire a trompicones.

—Entonces, hazlo.

Se movió tan rápido que tuve que agarrarme a sus hombros para evitar caerme de la cama. Mi espalda cayó contra el colchón, y su cuerpo, sobre el mío. Y atacó mi boca con la desesperación del que cree que este es el último segundo de vida que le queda. Su lengua se coló entre mis labios y se bebió el largo gemido que abandonó mi garganta. Fue feroz y exigente, y tan minucioso que no hubo un rincón que no recorriera. Perdió el control y yo no quise conservar el mío, y me besó durante tanto tiempo y con un ansia tal que todo dejó de importar.

—Me vuelves loco, Danielle Good.

—Y eso es... ¿malo? —repliqué cuando se separó tan solo lo suficiente como para poder mirarme a los ojos.

¡Dios! Era dolorosamente atractivo, de una forma terrible y hermosa. Cualquiera podría acabar perdiendo la cordura mientras contemplaba las líneas duras de su rostro, el tono azul de uno de sus ojos, ahora mucho más oscuro por el deseo, y la negrura absoluta del otro. Su mentón pronunciado. Su maldita sonrisa.

—Es malo de la mejor y de la peor de las maneras —susurró él, y su pulgar trazó la curva de mis labios hinchados por sus besos—, porque desde el día en el que te conocí no sé qué hacer conmigo mismo cuando estás en la misma habitación. Y empiezo a creer que podría permitir que el mundo entero ardiera si tú me lo pidieses.

Alcé la mano y coloqué la palma contra su mejilla, y él se inclinó en busca de un contacto mayor.

—Nunca me ha importado tan poco lo que soy como ahora, y nunca he necesitado tanto que a otra persona tampoco le importe —agregó tras un momento.

—No me importa. No te tengo miedo, ¿recuerdas?

—Te deseo, Danielle —admitió, con la voz rota—. Te deseo como jamás he deseado nada en toda mi vida.

—Me tienes —repuse yo, porque no había otra cosa que pudiera decir.

Me había tenido desde aquel primer momento en el salón de su casa en Ravenswood, cuando él había pronunciado su nombre completo y yo había levantado la cabeza y lo había descubierto en mitad de las escaleras. Solo que entonces yo no lo sabía.

Metió una de sus rodillas entre mis piernas para separarlas y luego sus caderas estaban ahí, alineadas con las mías de una forma deliciosa y placentera. Su erección presionó contra mi centro y gemí, y él sonrió contra mi boca. Yo empujé hacia arriba la tela de su camiseta y Alexander terminó de sacársela por la cabeza. Luego, sus dedos se apresuraron a desabrocharme la camisa. Le temblaban tanto las manos que, en un arranque, acabó dando un tirón y los botones salieron volando en todas direcciones. Que estuviera tan nervioso me pareció demasiado tierno como para protestar al respecto; aun así, no pude resistirme a bromear:

—Que sepas que no pienso ser yo quien le explique a Hubbard por qué necesito una camisa nueva para el uniforme.

Todo lo que obtuve como respuesta fue una media sonrisa descarada y una lluvia de besos ansiosos a lo largo del cuello y el escote. Sus manos se adentraron entonces bajo las solapas abiertas y me acarició las costillas con la punta de los dedos. Luego, deslizó un brazo bajo mi cuerpo y tiró de mí hasta que mi espalda quedó en el aire, y su otra mano ascendió por el centro de mi estómago, entre mis pechos. La caricia fue muy muy lenta, exquisita, y mi piel respondió calentándose bajo sus dedos.

—Joder, eres realmente preciosa —aseguró, mientras perseguía el recorrido de su mano con la mirada.

La devoción que desprendió su voz resultó embriagadora. Todo en Alexander lo era.

Me deshice de los restos de mi camisa todo lo rápido que pude, alentada por un sentimiento de urgencia que no quería pararme a descifrar. De algún modo, fue como si sintiésemos que se nos acababa el tiempo y que aquel era el último momento del que disponíamos para ser solo él y yo. No un brujo oscuro y una bruja blanca. No dos opuestos. Solo un chico y una chica. Y ya habíamos esperado demasiado. Habíamos estado jugando a perdernos y encontrarnos, chocando cada vez, bailando en torno al otro. Nos habíamos rozado —alguna vez más que eso— sin permitirnos tocarnos del todo.

Solo en Nueva York habíamos estado a punto de sucumbir. Pero, incluso en esa ocasión, Alexander se había limitado a dar y no había tomado nada a cambio. Y por una vez quería ser yo la que le entregara a él todas las caricias, los toques, los besos que él mismo se había negado hasta ahora. Así que lo empujé de modo que fue su espalda la que acabó contra el colchón. Me subí a horcajadas sobre él y sus manos volaron de inmediato hacia mis caderas.

—No tenemos que... —empezó a decir, pero lo silencié colocando un dedo sobre sus labios.

—Quiero... follarte —concluí tras un leve titubeo, porque emplear otra palabra expondría partes de mí que no estaba preparada para mostrar aún.

Alexander apretó la parte de atrás de la cabeza contra la almohada y cerró los ojos.

—Joder, Danielle.

—Eso también me sirve —repliqué, mientras me permitía por fin trazar las líneas de su pecho y su abdomen.

Me incliné para besar la cicatriz de su hombro derecho y fui descendiendo por su torso hasta alcanzar la que le cruzaba parte del abdomen. Alexander se estremeció y sus ojos se abrieron de nuevo para contemplar cómo, por último, besaba la marca sobre su pecho. No me importaba lo que él creía que significaba esa marca; no me importaba lo que su linaje esperase de él o en lo que un antepasado loco deseara que se convirtiera por el mero hecho de poseerla. Ahora mismo, no era más que una mancha sobre su piel.

Levanté la vista y nuestras miradas se encontraron a mitad de camino. Volví a rozarle la piel con los labios una vez más y él exhaló un gemido ronco. Sus dedos se clavaron en la carne de mis caderas y me empujó contra su cuerpo, buscando la fricción que tanto necesitaba.

—Danielle —gimió una vez más—. Joder, me estás matando.

Balanceé las caderas y sonreí solo para provocarlo. Se le veía tan... abrumado. Aturdido. Su expresión era puro pecado. Saber que me deseaba de la misma manera cruda en que mi cuerpo anhelaba perderse en el suyo...

Abrí las trabillas de mi falda y la lancé al suelo, y mi sujetador fue detrás. Ni siquiera me sentí cohibida a pesar de que Alexander se quedó observándome fijamente. Sus ojos descendieron por mi cuerpo, deteniéndose aquí y allá, en un lento barrido que fue casi como recibir una caricia de sus manos, las mismas manos que ahora lucían suaves trazos de oscuridad en torno a las muñecas. Cuando me miré las mías, descubrí que estaban brillando.

Eso no nos detuvo.

Alexander me alzó en vilo para salir de debajo de mí y me dejó sentada sobre el colchón mientras se ponía en pie. No apartó la vista de mi rostro ni siquiera cuando tiró del botón de su pantalón y más de esa piel dorada asomó por debajo de la tela. Y yo no podía dejar de mirarlo.

«¡Madre mía, no lleva ropa interior!».

Fue su turno para provocarme con una de sus sonrisitas pecaminosas. Me mordí el labio cuando se inclinó y empezó bajarse los pantalones muy poco a poco. A pesar de lo segura que me había mostrado hasta ese momento, me las arreglé para que se me atascase el aire en la garganta y hacer un ruidito vergonzoso cuando volvió a erguirse del todo frente a mí.

¡Por Dios! Era... magnífico, y *sexy* como el infierno, a pesar de que fuera una comparación horrible en nuestro caso.

—Estás muy desnudo —señalé, con las mejillas, y otras partes menos visibles, ardiendo—. Muy muy desnudo.

Alexander me miró con una intensidad tal que tuve que apretar los muslos. Con toda esa gloriosa piel dorada y sus músculos expuestos. Sin pudor. Sin nada más que escondiera qué o quién era.

—Y tú no lo suficiente. Así que —dijo, acercándose de nuevo a la cama e inclinándose sobre mi oído— vamos a tener que solucionarlo para que puedas... follarme.

Me agarró de los tobillos y me arrastró de golpe para hacerme caer hacia atrás. Solté un chillido que lo hizo reír, y el sonido oscuro y rico de su risa reverberó en cada rincón de mi cuerpo. Lo observé atentamente mientras se subía al colchón y se situaba entre mis piernas, y puede que terminara de volverme loca del todo al contemplar a Alexander Ravenswood totalmente desnudo y cerniéndose sobre mí.

Enredó los dedos en el elástico de mis bragas, pero no hizo nada para quitármelas.

—¿Puedo?

Asentí con un énfasis vergonzoso, y quizás también lo adoré un poco más por pedir mi permiso incluso después de que fuera yo quien iniciara todo aquello.

Tiró de la cinturilla y me bajó la prenda por los muslos; sus nudillos me rozaban la piel en una caricia lenta y sensual. Cuando por fin estuve tan desnuda como él, sus ojos se deslizaron de nuevo por mi cuerpo. Desde mis tobillos hasta mis rodillas, los muslos y más y más arriba. Al alcanzar mi rostro, el aire escapó de sus pulmones con una brusca maldición...

—Eres... Joder, no creo que haya palabras, Danielle —afirmó, acto seguido.

No esperó una respuesta, y yo no estaba segura de poder dársela. Sus manos recorrieron el mismo camino que había seguido su mirada, y fue dejando besos aquí y allá. Suaves y húmedos y muy cálidos. Ascendió por mi cuerpo probando y lamiendo. Había una devoción intencionada en cada uno de sus movimientos. Anhelo y ansia. Mis nervios vibraban bajo su contacto. Y lo deseaba tanto...

—Ven aquí —le pedí, porque necesitaba sentir su peso sobre mí.

Antes de obedecer, estiró su mano hacia la puerta y recitó en voz baja un hechizo de cierre, lo cual fue de lo más acertado y algo en lo que yo ni siquiera me había parado a pensar. Y hablando de cosas en las que deberíamos haber pensado... A pesar de que en Abbot se nos proveyese de remedios y hechizos anticonceptivos, no estaba segura de poder realizar ninguno en ese momento y no acabar metiendo la pata.

—Necesitamos condones.

Tanteé a ciegas la mesilla junto a mi cama y abrí el cajón de abajo. Nunca me había alegrado tanto de que en la academia fuesen tan paranoicos con el tema del sexo seguro como para asegurarse de que también dispusiésemos de otros métodos más tradicionales. Sin embargo, fue un poco difícil dar con ellos mientras Alexander se entretenía devorando mi cuello. La parte inferior de su cuerpo descendió en ese momento y...

—Alex —gemí al sentirlo deslizarse totalmente duro contra mi centro.

El muy cabrón se rio contra mi oreja. Comencé a sacar cosas a lo loco del cajón. Por favor, por favor, que estuvieran allí. Continué tanteando sin mucho éxito; me dio un tirón en el brazo y solté un taco. Alexander volvió a reír.

—Tómate tu tiempo —se burló. Metió la mano entre nuestros cuerpos, y entonces fueron sus dedos los que se deslizaron entre mis pliegues—. Joder, estás muy mojada.

No fui capaz de decidir si quería que parase o que no se detuviese nunca. Cada contacto, cada caricia, se sentía demasiado bien. Pero entonces mi mano tropezó por fin con un envoltorio de plástico.

—Lo tengo.

—Mmm... —murmuró, e introdujo un dedo de golpe en mi interior.

Estuve a punto de ahogarme con mi propia saliva.

—Alex, si sigues... —murmuré a trompicones.

—Quiero que te corras primero. No estoy seguro de cuánto voy a aguantar —admitió, un instante después, con tanta sinceridad que me hizo recordar que nunca había estado con nadie.

Era su primera vez y, aun así, lo único que parecía preocuparle era que yo disfrutase. Sinceramente, no tenía muy claro quién se estaba follando a quién, pero, fuera como fuese, se dedicó a besarme y a beberse mis gemidos mientras continuaba llenándome con sus dedos. Hasta que fue imposible resistirme a la suavidad de sus empujes, su sabor cubriéndome la boca, la manera en la que, al menos en dos ocasiones, se separó un poco para contemplar el movimiento de su mano y cómo mi espalda se arqueaba. Como si no quisiera perderse ni una sola de mis reacciones.

Hasta que caí.

Alexander

Todo el cuerpo de Danielle temblaba. Y, joder, era preciosa. Una fina capa de sudor cubría su piel y había destellos de luz atrapados en sus muñecas. Sin duda, su expresión al correrse había sido algo... glorioso.

—Necesito un minuto —farfulló, y no pude evitar reírme.

Quizás ahora entendiera un poco mejor el modo en el que Wood había rondado a Dith como un lobo tras su presa cada vez que esta había visitado Ravenswood. Y lo peor de todo era que ni siquiera habíamos *follado* aún. Pero tenía muy claro que podría hacerme adicto al sabor de Danielle. A su aroma. Al tacto de su piel y la forma en la que se estremecía. Probablemente, ya lo fuera.

Abrió los ojos, turbios por el placer, y me miró. Y si no hubiera albergado ya un montón de sentimientos por aquella bruja descarada, *sexy* y bocazas, estoy seguro de que me hubiera dado cuenta entonces de que los tenía. ¡Dios! Era tan jodidamente hermosa que dolía mirarla.

Rompió el envoltorio que había estado sosteniendo todo el tiempo en la mano, se sentó en la cama y ella misma me puso el preservativo. Al primer roce de su mano, encadené unas cuantas maldiciones y, entonces, fue ella la que se rio. No me importó. Joder, no había bromeado un rato antes al decirle que dejaría arder el mundo por ella si me lo pidiese, y desde luego que permitiría que este sucumbiera solo por escucharla reír así todo el tiempo. Tenía una risa increíble.

La agarré de la nuca y me moví con ella hasta que quedamos tumbados de nuevo.

—¿Estás segura? —le pregunté, para cerciorarme de que quería aquello.

—Eres mucho menos borde cuando estás desnudo.

Apreté la mano que mantenía en torno a su nuca y ella se arqueó contra mi cuerpo, con los labios entreabiertos y las mejillas sonrojadas. Parecía una maldita diosa.

—Puedo ser más borde si quieres.

Enredé los dedos en su pelo, la obligué a ladear la cabeza y le lamí el cuello. Joder, no iba a cansarme jamás de su sabor. Estaba tan duro que sentía que explotaría en cualquier momento, y quería hundirme tan profundamente en ella que no supiéramos dónde empezaba su cuerpo y dónde terminaba el mío. Pero también quería tomarme mi tiempo, y estaba bastante seguro de que, una vez que estuviera dentro de ella, las cosas iban a ir muy muy rápidas.

—¡Ah! Ahí está el brujo gruñón que conozco —bromeó, aunque sabía que solo estaba tratando de hacer todo aquello más fácil para mí.

No había olvidado lo que le había dicho en Ravenswood, que nunca había hecho aquello con nadie. Pero la cuestión era que, ahora mismo, no estaba nervioso en absoluto. La quería. La deseaba tanto... que cualquier espera posible habría merecido la pena por llegar a este momento. Por que fuese ella.

Bajé la cabeza y lamí uno de sus pezones, arrancándole otro de esos deliciosos jadeos, y luego me coloqué entre sus piernas. La miré y ella asintió. Empecé a deslizarme muy poco a poco en su interior. Ambos gemimos.

—Joder. Esta sensación...

Danielle me clavó las uñas en los hombros con fuerza cuando la llené por completo.

—¿Bien? —inquirió, mordiéndose el labio.

—Perfecta.

Rocé nuestras bocas con suavidad. Una caricia leve. Un «Estoy aquí. Te siento. Te veo. Y eres la perfección más absoluta».

No hablamos más durante un rato. Me moví sobre ella y cada embestida fue como rozar el puto cielo con las manos. Ella era el cielo, joder. Tan húmeda, tan cálida, tan entregada. Su espalda arqueada. La melena extendida sobre la almohada. Los jadeos y su magia resonándome en el pecho y en los huesos. En el alma.

Empujé entre sus piernas y sus caderas salieron a recibirme una y otra y otra vez. La cubrí con mi cuerpo y apoyé mi frente contra la suya.

—Eres perfecta, Danielle —murmuré, contra su boca, tantas veces que la única palabra que no dejó de tener sentido fue su nombre.

Nos movimos uno contra el otro. Ella, tan excitada que apenas podía contener los gemidos o mantener los ojos abiertos; yo, borracho de su sabor y su tacto, de sus caricias y el modo en que la sentía por todas partes. Intenté contenerme. Darle más. Dárselo todo. Hasta que la oscuridad trepó por mis brazos y me alcanzó los hombros, y su luz le abrazó las caderas. Hasta que todo su cuerpo vibró y las paredes de su sexo palpitaron a mi alrededor. Y entonces mi control se esfumó.

—Joder, ángel —gemí, totalmente desatado.

Tomé su rostro entre las manos. Me apropié de su boca y de su aliento y me dejé ir del todo. Me ahogué en ella. Como me había estado ahogando cada puto día desde que la había conocido. Incluso mis sombras se enredaron en luz, al igual que mi cuerpo se había enredado en el suyo. Mi magia, empujando contra la de ella. Y fuimos. No como opuestos, algo que tal vez nunca hubiésemos sido; simplemente, fuimos juntos.

38

Los miembros del consejo no se dieron tanta prisa por aparecer en Abbot como hubiese sido de esperar, y eso que según Cameron habían estado entrando y saliendo continuamente de la academia en las últimas semanas. Quise pensar que no tenía nada que ver con la posibilidad de un nuevo ataque, porque si era así y se estaban escondiendo... iban a resultar ser aún peores personas de lo que pensaba.

En un primer momento, se me permitió ausentarme de mis clases, pero eso desembocó en una especie de rebelión estudiantil y Hubbard terminó cancelando cualquier actividad lectiva, lo cual fue una buena idea porque muchos se marcharon a sus casas. Cuanta menos gente hubiera en la academia, menos vidas estarían en riesgo. Pero, incluso así, el director estaba de los nervios, y no podía culparlo. Tener a dos lobos y al heredero del linaje Ravenswood rondando por la escuela podía hacerle eso al temple de cualquier persona. También tuvo que lidiar con Elias Fisk y John Peabody. Los consejeros habían sugerido de forma reiterada que me encerrara en una de las habitaciones de retención y que a Alexander y a sus familiares se los expulsara de inmediato del edificio. Hubbard se negó a ambas cosas. Tuvimos una pequeña reunión con él en su despacho, que ya habían reconstruido valiéndose de algunos hechizos de reparación, y nos hizo saber que contaba con nosotros en caso de nuevos ataques. Esa fue una de las condiciones que nos puso para permitir a los gemelos y a Alexander quedarse allí. Eso, no hacer uso de nuestros poderes —como era obvio— y que los tres Ravenswood se alojaran en el ala de los chicos. Esa última parte despertó algunas burlas entre mis amigos, aunque nadie hizo ningún comentario explícito en voz alta delante de Hubbard ni de otros alumnos. Ya resultaba más que evidente que había estado «confraternizando con el enemigo», y todos sabíamos el castigo que eso conllevaba, así que no era cuestión de tentar aún más a la suerte.

El último consejero en llegar a Abbot fue Putnam, el abuelo de Annabeth y Gabriel y el más anciano de los cinco. Iba en silla de ruedas y los achaques propios de una edad tan avanzada como la suya se habían apoderado de su cuerpo; mirarlo casi resultaba doloroso.

Habían pasado dos largos días desde el incidente con los demonios y la llegada de Alexander a Abbot y, para entonces, me daba la sensación de que él estaba a punto de salir de allí, cruzar la carretera y enfrentarse a lo que fuera que encontrara en Ravenswood. Se le veía inquieto y preocupado. La verdad era que me parecía admirable que, a pesar de que su linaje le hubiera reportado tantas cosas malas, todavía se sintiera responsable de su legado. Aunque lo entendía, lo entendía a la perfección.

La atmósfera de toda la academia estaba impregnada de una mezcla de expectativas, algo similar al temor y también cierta sensación de inminencia. Como si todos supiésemos que estaba a punto de ocurrir algo, algo muy gordo, solo que no teníamos muy claro el qué. Quizás los demonios atacaran de nuevo o quizás el consejo terminara maldiciéndome. O tal vez decidieran colgarme directamente y acabar con todo aquel lío. Fuera como fuese, no caería sin luchar. Y me daba igual lo que dijeran sobre los brujos oscuros; no tenían ningún derecho a creerse superiores. No cuando ya se había descubierto de todo lo que eran —éramos— capaces.

En ese momento, había cuatro Ibis —uno en cada esquina del comedor— supervisando cada bocado de mis compañeros, algo que jamás había sucedido. Cam, Alexander y yo estábamos sentados en una de las mesas del fondo, las que se extendían junto a los ventanales que daban al jardín trasero de la escuela. Los últimos rayos de sol coloreaban el horizonte, aunque la estrella del alba lucía ya solitaria, a la espera de que otras tantas fueran apareciendo e inundaran un cielo libre de nubes. No había luna esa noche y, por algún motivo, eso casi parecía alguna clase de oscuro presagio.

A pesar de que las clases se habían suspendido durante un tiempo indefinido, los pocos alumnos que no se habían ido a sus casas vestían los colores de Abbot, incluida yo. Pero lo mejor era que Alexander también llevaba uno de nuestros uniformes. Hubbard les había pedido a los Ravenswood que trataran de no desentonar y, para sorpresa de todos, ellos habían aceptado. Me hubiera encantado poder decirle que le quedaba fatal, pero hubiera sido mentira. El muy idiota lo lucía como si hubiera nacido con él puesto, con una arrogancia innata y esa imperturbabilidad tan suya. Estaba segura de que, a su padre, como mínimo, le habría dado un aneurisma si lo hubiera visto vestido así.

La puerta se abrió y Wood atravesó la entrada como si fuera el dueño y señor del lugar, a lo cual contribuía que él también vistiera nuestro uniforme; si bien, había prescindido de la corbata y la chaqueta y llevaba el faldón de la camisa por fuera del pantalón. Parecía la viva imagen de la dejadez más atractiva, incluso cuando le faltaba parte de esa chispa socarrona y bromista que lo caracterizaba. Igual que me pasaba a mí, la ausencia de Dith continuaría doliéndole durante mucho tiempo, tal vez para siempre.

Al menos dos decenas de ojos siguieron sus movimientos mientras se dirigía hacia nuestra mesa y juraría que oí tantos suspiros como siseos de desprecio. Si me paraba a pensarlo, no creía que ninguno de nosotros fuera realmente consciente de la enormidad que suponía lo que estábamos haciendo. En las últimas semanas, yo me había acostumbrado tanto a estar rodeada de brujos oscuros que no me había parado a pensar en el hecho de que, desde Salem —y salvo en el caso de aquelarres clandestinos como el de Robert—, nunca había habido brujos blancos y oscuros haciendo algo tan banal como compartir una comida, y menos aún en una de las dos academias.

—Las cosas están muy tranquilas ahí fuera —comentó el lobo blanco, derrumbándose en el asiento junto a Alexander—. Demasiado tranquilas.

Paseó la vista de una esquina a otra de la sala para comprobar quiénes eran los Ibis de guardia. Agitó los dedos en un saludo burlón cuando descubrió que Sebastian estaba entre ellos. Wood no se fiaba del todo de él y yo me sentía dividida al respecto, pero supuse que en tiempos extraños surgían alianzas aún más extrañas. Y después de lo que nos había contado sobre su hermano, y sabiendo que no había delatado a Annabeth, quise creer que Sebastian había pasado a ser una de esas raras y desesperadas alianzas.

En cambio, a Efrain no había vuelto a verlo por la academia; o bien no se había recuperado aún del todo, o bien lo habían enviado a otro lugar. Desde luego, no estaba ejerciendo de escolta de ninguno de los miembros del consejo, porque Putnam había llegado una hora antes y no estaba con él. Ahora, mientras cenábamos, los cinco brujos estaban reunidos junto con los asesores pertenecientes a los linajes más destacados, lo que incluía a Hubbard y, como una incorporación mucho más reciente, a mi padre, algo que no quería ni siquiera pararme a analizar. Apenas había cruzado una mirada con él en el vestíbulo; se había mostrado tan distante como siempre y hubiera sido ridículo que eso me sorprendiera a estas alturas.

Thomas Hubbard nos había sugerido que cenásemos temprano, mientras fuera posible, dado que era probable que en la primera parte de la reunión se discutieran aspectos de la situación que no requerían de nuestra presencia y, por tanto, no seríamos convocados hasta más tarde. Cam dijo que esa era una forma pomposa de decirnos que no pensaban hacer ni caso de ninguna de nuestras sugerencias, porque «sus viejos y tradicionales culos no pueden soportar la idea de que un Ravenswood les diga lo que tienen que hacer o a qué se están enfrentando»; esas fueron sus palabras, y yo estaba bastante de acuerdo con todas y cada una de ellas.

Sinceramente, no podía dejar de pensar en que, a pesar de que lo que estaba sucediendo afectaba a ambas escuelas por igual —al mundo entero, en realidad—, las cosas iban a tener que cambiar mucho para que la profecía no acabara condenándonos a todos.

Sabía que no todos los brujos oscuros deseaban un mundo en el que las sombras y los demonios fuesen todo lo que existiera: Wardwell no lo había querido así, ni Robert o Maggie, tampoco los Ravenswood ni seguramente ninguno de los miembros del aquelarre de Robert. Y tenía que haber más brujos dispuestos a unir fuerzas para combatir el mal que se avecinaba. Pero si los brujos blancos continuaban comportándose como unos esnobs y el padre de Alexander convencía a su consejo de que aquello solo era un plan para vengar la persecución a la que los nuestros los habían sometido durante los últimos siglos..., bueno, estaba claro que el mundo se iba a ir a la mierda más pronto que tarde.

—Deberíamos intentar hablar con Wardwell de nuevo —sugerí, manteniendo un tono bajo para que no pudieran escucharme los alumnos de las mesas cercanas—, y con el consejo de la comunidad oscura.

Alexander movió la cabeza de un lado a otro, negando.

—No estoy seguro de que nos escuchen. No son mejores que Fisk, Peabody y el resto. La comunidad oscura lleva siglos acumulando rencor y odiando a la blanca por algo que no podemos cambiar. Y mi padre se asegurará de que no olviden cualquiera de las ofensas que se han cometido desde Salem. Su ambición es más peligrosa de lo que lo ha sido nunca, y no creas que Elijah es el único tan ansioso de poder en mi familia como para arriesgar cualquier cosa para conseguirlo.

El día anterior le había hablado de mis sospechas sobre la responsabilidad de su padre en las muertes ocurridas en el bosque semanas atrás y, por desgracia, Alexander había afirmado que su padre sería muy capaz de emplear ese tipo de treta con tal de aumentar el malestar entre ambas escuelas. Según él, había bastantes posibilidades de que fuera partícipe activo de los planes de Elijah. La idea de que los Ravenswood reinaran sobre todo y todos, al parecer, no era un deseo exclusivo de un antepasado enloquecido por la sed de sangre y muerte.

—Nuestra mejor opción es acabar con el verdugo —sentenció Alexander—. Elijah no puede permanecer en el mundo de los vivos el tiempo suficiente como para manejar por sí mismo los demonios que invoca, así que, quienquiera que sea esa bruja, debe tener el poder para hacerlo. Ya la visteis ahí fuera; los demonios atacaron cuando lo ordenó.

Apoyé los codos en la mesa, devanándome los sesos en un intento de atar los cabos sueltos. Alexander poseía la marca y yo era la Ira de Dios —pese a que ese detalle me seguía pareciendo irreal—; aunque, si hacíamos caso a Elijah, no representaba más que un estorbo. Y el encapuchado era el tercer elemento: el verdugo. Pero había cosas que continuaban sin cuadrar.

—Seguimos sin saber a qué se refiere exactamente la parte de la profecía que habla de una unión entre linajes. Por mucho que

Mercy pudiera considerarse como esa unión entre linajes en caso de ser una mezcla de bruja blanca y oscura, ¡vivió hace más de tres siglos! ¿Crees que se trata de una de sus descendientes y que por eso estaba en el libro de genealogías que encontramos en el despacho de Wardwell?

—El símbolo de la triple diosa estaba junto a su nombre y junto a los nuestros, aunque estuviera incompleto, así que podría ser que uno de sus descendientes estuviera implicado en la profecía —terció Alexander.

Sin embargo, Cam esbozó una sonrisita estúpida y nos señaló a Alexander y a mí.

—En realidad, a lo mejor esa «unión» sois vosotros dos, ya sabéis... —comentó, y lo acompañó de un gesto obsceno que implicó su pulgar e índice haciendo un círculo y también el índice de la otra mano.

Me contuve para no arrearle una colleja con todas mis fuerzas por ser tan burro, mientras que Alexander parecía estar tratando de no reírse.

—No creo que se trate de eso —replicó él, aunque no se molestó en disimular la sonrisa—. Y te aseguro que ni Danielle ni yo vamos a sumir el mundo en la oscuridad por voluntad propia.

En ese momento, Theresa hizo un ruidito apreciativo que no tenía ni idea de lo que significaba. Durante los últimos dos días, había pasado algo de tiempo con nosotros a pesar de que el cretino de Jeremiah, su protegido, le había exigido que nos ignorase por completo. «No me puede tratar peor de lo que ya lo hace», había admitido ella, después de desafiarlo por primera vez y acudir a nuestra mesa. Aun así, todavía le costaba un poco participar en nuestras conversaciones.

—¿Theresa? —la animé, y cuando se dio cuenta de que la atención de todos pasaba a ella, se ruborizó.

—Bueno, Raven me ha dicho que ahora es tu familiar. Eso se podría interpretar como una unión entre linajes, ¿no? Una que no creo que se haya dado nunca hasta ahora.

Hubo dos segundos exactos de silencio absoluto en la mesa, y luego todos empezaron a hablar a la vez. Esperaba de verdad que Raven no hubiera ido compartiendo ese detalle con mucha gente, porque eso no iba a ayudarnos demasiado frente al consejo.

—Por cierto, ¿dónde está Raven? —pregunté. Alcé la voz para hacerme oír entre las suposiciones y teorías, pero miré directamente a Cam.

Raven se había autoproclamado como mi familiar, pero pasaba la mayor parte de su tiempo transformado en lobo y persiguiendo a mi amigo por toda la academia. En los pocos ratos que había optado por su forma humana, normalmente cuando Cam no estaba presente, no había conseguido sacarle una palabra sobre por qué estaba tan apegado al brujo blanco. Lo único que había dicho era que olía bien.

—¡¿Por qué demonios me miras a mí?! —exclamó Cam, indignado.

Hubo risitas a lo largo de la mesa. Yo no había sido la única en darme cuenta de que había hecho un nuevo amigo.

—No sé, ¿por qué te miro a ti, Cam?

Resopló y se cruzó de brazos. Cameron no era de los que se sonrojaban con facilidad; sin embargo, sus orejas no mentían, y se le habían puesto de un rojo furioso.

—No sé dónde está, y tampoco me importa.

La tensión del ambiente, aunque no desapareció del todo, se relajó un poco. Bromear parecía más fácil que tratar de comprender una profecía que Loretta Hubbard había vaticinado hacía más de dieciocho años y, lo que era seguro, mucho menos inquietante que pensar en lo que decidiría el consejo blanco. Yo nunca había sido paciente, y sentarnos allí a esperar a que nos convocasen resultaba una tortura. Pero al menos tenía alrededor a gente a la que realmente le importaba lo que me sucediese, y eso hacía las cosas un poco más fáciles. Por una vez sentía que pertenecía a un lugar y, lo que era más importante, que deseaba pertenecer a él.

—Te aseguro que Rav no tiene malas intenciones —le dijo Alexander a un Cam enfurruñado—. Siento si te ha estado molestando.

Me incliné de lado para acercarme a Cam y susurrarle:

—¿Te gusta Raven? —Me miró completamente horrorizado, o tal vez fingiendo estarlo, porque sus orejas estaban cada vez más rojas—. ¡Ay, Dios! Sí que te gusta.

—No, claro que no. Es molesto, joder, me sigue a todas partes.

Alguien se acercó a nosotros desde el otro lado de la mesa.

—Te encanta que te persiga. —Alcé la cabeza y me encontré con Raven, un Raven humano y muy sonriente, y un poco pagado de sí mismo quizás—. Además, hueles bien, aunque tu cuarto realmente apesta. Necesitas limpiar un poco.

Rodeó la mesa para venir hasta mí y me dio un beso en la sien a modo de saludo.

—Es bueno verte sobre dos piernas —le dije, y él me sonrió.

Luego se volvió hacia Cam y le sonrió aún más. Cam le hizo una peineta, y Raven se la devolvió por duplicado. Busqué a Alexander con la mirada para comprobar su reacción: estaba cruzado de brazos contemplando la escena y aparentemente divertido. A pesar de haber vivido como un ermitaño durante tantos años, llevaba bastante bien lo de pasar el rato rodeado de gente y relacionarse con otros brujos. Había cambiado mucho desde el día en el que nos habíamos conocido.

Raven tomó una silla de otra mesa, la arrastró y la embutió entre la mía y la de Cam, a pesar de las protestas de este último.

—¡Dios! —lo oí farfullar por lo bajo.

—No paras de quejarte por todo —replicó Raven mirándolo fijamente.

—No me quejaría si dejaras de... meterte en mi espacio personal.

Toda la mesa estaba pendiente de su discusión, solo nos faltaba sacar las palomitas. Hasta Wood se mostraba interesado.

—¿Te refieres a este espacio? —inquirió Rav, inclinándose sobre él de modo que sus caras quedaron a apenas unos pocos centímetros.

—Exacto —replicó Cam entre dientes.

Colocó una mano sobre su pecho y lo empujó, y Raven cedió por fin y se retiró. Aun así, pasaron el resto de la cena lanzándose pullas y metiéndose el uno con el otro de las formas más ridículas posibles. Era como ver a dos críos que no supieran cómo decirse que se gustaban dar vueltas el uno en torno al otro, y observarlos interactuar resultaba tan conmovedor como exasperante.

Para cuando terminamos, el consejo no había dado señales de vida. Theresa se marchó con Jeremiah y Wood desapareció para una de sus rondas habituales y no me pregunté por qué siempre era él quien se encargaba de comprobar los alrededores.

Alexander, Cam, Raven y yo nos dirigimos a la sala de descanso que había en la zona donde confluían las dos alas de dormitorios. Esperaríamos allí hasta que nos llamasen. No habíamos hablado de ello, pero estaba bastante segura de que, si al consejo se le ocurría tratar de retenerme, o algo peor, las cosas no acabarían demasiado bien aquella noche para ninguno de ellos. Yo lo único que quería a esas alturas era que comprendieran la gravedad de lo que estaba sucediendo y accedieran a ponerse en contacto con Wardwell y sus homólogos del consejo oscuro en busca de una posible colaboración. Visto lo visto, eso era una verdadera utopía en realidad, y por el estado de inquietud creciente de Alexander, me daba la impresión de que aquella era la única oportunidad que les daría de hacer lo correcto antes de tomar las cosas en sus propias manos.

—¿Estás bien? —pregunté mientras avanzábamos por uno de los pasillos centrales del edificio.

Cam y Raven caminaban por detrás de nosotros y continuaban enzarzados en uno de sus interminables rifirrafes, por lo que no nos estaban prestando atención.

—Estamos perdiendo el tiempo.

—Puede, pero ¿y si hay más ataques? Necesitamos al consejo de nuestro lado, aunque solo sea para que adviertan a todos los linajes de brujos de lo que está pasando y de lo que podría pasar. Tenemos que convencerlos de que es necesaria una tregua entre ambos bandos, porque si siguen insistiendo en que todo se reduce a brujos oscuros contra brujos blancos... las cosas no van a acabar bien. Tal vez ese sea el plan maestro de Elijah, azuzar el odio existente entre nosotros hasta que acabemos matándonos unos a otros.

—¿Y sobre quién iba a reinar entonces? ¿Quién quedaría para someterse a él y a su poder oscuro? —terció Alexander, deteniéndose en mitad del pasillo para poder mirarme a la cara.

—Los humanos, ¿quién si no?

39

Cuando llegamos, encontramos la sala de descanso vacía y sumida en una agradable penumbra. Con el consejo en pleno en Abbot y la mansión llena de Ibis, los pocos alumnos que quedaban en la academia debían de estar decididos a mantenerse fuera del camino de ambos. Pasado un rato, Cam se ofreció para averiguar si había alguna novedad y se marchó de vuelta a la planta baja; Raven solo tardó medio minuto en seguirlo.

Aquella estancia era de las pocas que contaba con algo de personalidad, quizás porque pertenecía a los alumnos y, durante años, habíamos sido nosotros los encargados de colocar algunos detalles aquí y allá para hacerla algo más confortable. Había sofás y butacas repartidos en varias zonas. De las paredes colgaban algunos pósteres y fotos de estudiantes; ninguna oficial, más bien se trataba de una variada colección de *selfies* e imágenes en ocasiones un poco ridículas. También había cómics y novelas de ficción que no tenían cabida en la biblioteca formal y «seria» de Abbot. Una neverita con refrescos y chucherías. Un par de chaquetas de uniforme olvidadas, unas doscientas corbatas, una mochila tirada por el suelo, apuntes. Un rincón despejado de muebles y un poco más oscuro en el que se solían practicar hechizos cuando el aburrimiento se apoderaba de nosotros... O en donde se acurrucaban algunas parejas para evitar ser molestadas.

Mientras yo contemplaba el exterior a través de una de las ventanas, Alexander se había sentado en un sofá, observándolo todo. Parecía dispuesto a absorber cada detalle de la habitación, como si las paredes pudieran hablarle de las charlas insustanciales o las tardes de ocio que habían tenido lugar allí. Tendía a olvidarme de lo nuevo que debía de resultar cada paso que daba para él, cada sitio que descubría o cada persona a la que conocía.

Exhaló un suspiro y su cabeza cayó hacia atrás. Cerró los ojos, tal vez abrumado, o quizás sopesando una vez más cómo conseguir evitar algo que aún no había llegado a suceder. Un mechón rubio resbaló por su frente, pero no se molestó en retirarlo. Simplemente se quedó allí sentado, inmóvil, respirando de forma pausada mientras la melodía suave y baja de su magia se extendía por toda la sala y llegaba hasta mí. Me pregunté si se podía extrañar lo que nunca se había conocido, y si Alexander echaba de menos algo tan sencillo como pasar una tarde tirado en un sofá similar al que ocupaba y charlando con personas a las que no estaba unido por un vínculo mágico y maldito.

Caminé por la estancia hasta llegar a él y me detuve entre sus piernas abiertas. No lo toqué, pero estaba segura de que sabía exactamente lo cerca que estaba.

—¡Ey! —dije, solo para llamar su atención.

No abrió los ojos, pero su mano voló hasta la parte de detrás de mi rodilla y comenzó a deslizar los dedos arriba y abajo con suavidad. Después de lo sucedido entre nosotros, parecía no poder mantener las manos apartadas de mí. Y tenía que admitir que me gustaba que fuera así, que se permitiera tocarme siempre que lo deseara.

Sus párpados se elevaron perezosos y, un segundo después, su mano empujó de tal modo que caí sobre su regazo.

—No podemos enrollarnos aquí.

—¿Ah, no? —inquirió. Arqueé las cejas y me permití por fin apartar el mechón rebelde de su frente. Él respondió rodeándome con los brazos y apoyando la barbilla sobre mi hombro. La escena fue tan... doméstica que sentí deseos de reír—. ¿Qué tal llevas la espera?

Suspiré. Era una pregunta sencilla, pero no tenía una respuesta simple para darle. Estaba preocupada, aunque en realidad no era por lo que pudiera decir el consejo respecto a mi excursión a Ravenswood o mi relación con brujos oscuros. Todo en lo que podía pensar en ese momento era en el modo en el que el verdugo se había quedado plantado allí, a medio camino entre ambas academias, y había estirado la mano hacia Alexander. Como si estuviese reclamándolo; como si fuera inevitable que lo acompañase. Y como si no importase lo que hiciésemos porque todo acabaría por encajar según sus planes.

—Te quieren en su bando —repliqué, y no tuve que especificar a qué me refería.

—Ya no hay bandos, Danielle, eso es lo que nadie termina de entender. No debería haberlos habido nunca. Lo único que debería contar son nuestras propias decisiones y cómo empleamos nuestro poder. Y yo nunca emplearía el mío para hacerle daño a nadie a no ser que tuviera que defender a alguno de mis seres queridos. —Hizo una breve pausa que yo aproveché para contemplar su rostro estoico. Solo contaba veinte años, pero en ese instante sonaba como su tuviera muchos más—. Pero estaremos bien.

La puerta se abrió y entró un grupito de cinco o seis alumnos, todos de apenas doce o trece años. En cuanto el brujo que iba delante se percató de nuestra presencia, se detuvo de inmediato. Los demás prácticamente lo arrollaron y la animada charla que mantenían murió de golpe. Los brazos de Alexander se cerraron en torno a mi cintura; ni siquiera trató de disimular ni apartarse de mí. De todas formas, la mitad del alumnado me había visto saltar sobre él después del ataque y había un montón de rumores corriendo por los pasillos. Supuse que era tarde para que tratásemos de escondernos.

—Íbamos a... —murmuró uno de los chicos, y señaló el rincón de la sala que solía usarse para realizar hechizos sin la supervisión constante de los profesores, pero no completó la frase.

Les hice un gesto con la mano. Quizás, si normalizábamos todo aquello, entendieran que no había nada de malo en que brujos oscuros y blancos se relacionaran entre sí. Tal vez todo lo que necesitaban era un ejemplo a seguir que no fueran esos brujos rancios del consejo.

—Adelante.

El mismo chico que había hablado —creí recordar que se llamaba Johan y era miembro del linaje Lewis— asintió, aunque todos permanecieron aún un momento más allí plantados, observándonos con los ojos como platos y expresiones que iban desde la perplejidad a la simple curiosidad. La mayoría de los alumnos que se habían quedado en Abbot, o bien pertenecían a linajes menores, cuyas familias no podían llevárselos de vuelta a casa por diferentes motivos, o bien eran huérfanos y la academia era su hogar, como lo había sido para mí.

Al final, reaccionaron y se dirigieron al rincón. Se desperdigaron por la zona, algunos sentados en el suelo y otros de pie. Johan y una bruja con el pelo castaño y muy corto, la más pequeña de todos, arrastraron una de las macetas que había junto a la ventana. Johan empezó a susurrarle alguna clase de indicaciones, aunque no pude oírlas bien desde donde estaba.

—¿Vienen aquí a practicar? —me interrogó Alexander.

Me hizo resbalar por sus piernas y acabé sentada a su lado; no creí que fuera por timidez o decoro, más bien parecía realmente interesado en los recién llegados.

—Sí. ¿Está bien para ti?

Había dicho que la magia de los brujos blancos era diferente —aunque no había especificado en qué sentido—, y no quería que forzara más su control cuando podíamos marcharnos a otro lugar.

Alexander apartó la vista de ellos y me dedicó una pequeña sonrisa. Luego, deslizó los dedos por un mechón de mi pelo y lo enredó en torno a su índice.

—Estás muy mona cuando te preocupas por mí. Por fin sé lo que se siente.

Le di un empujón en el hombro y él se echó a reír. El sonido atrajo más miraditas de reojo por parte de los chicos. Pobrecillos, debían de estar alucinando.

—Eres realmente imbécil. A niveles que no puedo ni empezar a describir —repuse, y él tan solo continuó sonriendo, tremendamente orgulloso de sí mimo.

—En realidad, te encanta que sea un imbécil —dijo, y luego añadió—: Está bien. Puedo controlarlo, se hace más fácil cada vez.

Los brujos actuaron con cierta indecisión, posiblemente porque eran muy conscientes de que los estábamos mirando, pero después de un rato comenzaron a animarse y se olvidaron de nuestra presencia. Quedó claro que Johan trataba de ayudar a la chica más joven con su elemento: tierra. Ella intentaba seguir sus instrucciones, pero, la única vez que consiguió que un nuevo tallo brotara de la tierra, este apenas tenía unos pocos centímetros de alto y se marchitó enseguida.

Alexander movió la cabeza de un lado a otro, negando, aunque no dijo nada. Sin embargo, cuando la frustración de la bruja resultó evidente, se levantó y se dirigió hacia el grupo. Todos volvieron a enmudecer de repente, pero él fingió que no se percataba de nada, tampoco de que dos de ellos se retiraban un poco. Se colocó junto a la chica y yo me planteé si acercarme también para que no se sintieran tan intimidados, porque era evidente que lo estaban, pero decidí esperar a descubrir qué pretendía Alexander.

—¿Cómo te llamas?

—Ava —dijo la bruja, con una vocecita infantil que hablaba de lo joven que era.

—Muy bien, Ava. Tienes que dejar de desearlo y simplemente hacerlo. La magia sale de aquí —se señaló el pecho y luego la sien—, no de aquí. Lo estás pensando demasiado. Puedes apoyarte en un hechizo las primeras veces, pero en realidad no lo necesitas. Siéntelo como algo que es parte de ti, como tu propia mano, y luego solo deja que fluya. Así.

La chica contempló el modo en el que Alexander tan solo volvió la palma de la mano hacia la maceta y apenas décimas de segundos después un nuevo tallo comenzó a crecer junto al anterior. De él brotaron pequeños tallos laterales, hojas y luego, finalmente, un capullo minúsculo se abrió y dio lugar a una pequeña flor blanca.

Para entonces yo ya estaba sentada en el borde del sofá, un poco maravillada por la suavidad, la delicadeza e incluso el cariño con los que había hablado a la bruja; casi como si fuera una hermana pequeña a la que tratara de ayudar a dar sus primeros pasos con la magia. Y que tuviera esa deferencia con alguien que no conocía de nada y que, además, era una bruja blanca, me encogió un poco el corazón.

Nadie se había molestado en actuar así con Alexander siendo un niño y, sin embargo, ahí estaba él, paciente y dedicado. Me había equivocado tanto con él...

La chica hizo un nuevo intento. Al principio, no pasó nada. Pero Alexander le susurró un «Tranquila, respira y solo déjalo salir», y enseguida un brote verde asomó a través de la tierra. El tallo se elevó al menos treinta centímetros en el aire y comenzó a dar hojas de un verde fresco y perfecto. Todos los chicos rodearon a la bruja y aplaudieron, felicitándola.

Alexander no esperó ningún agradecimiento. Giró sobre sí mismo y, mientras regresaba conmigo, con la sombra de una sonrisa enternecedora en los labios, me dije que no me importaba lo que dijera el consejo blanco o el oscuro, lo que nadie dijese de él. Puede que Luke Alexander Ravenswood albergara en su interior una oscuridad capaz de arrasar el mundo y que portara la marca de los malditos, y puede que existiera una profecía que le auguraba un destino funesto y terrible, pero él era bueno. Elegiría ser bueno. Y si cometía un error, no sería por el mal que muchos le adjudicaban, ni por ser un Ravenswood, sino porque era... «humano».

Cuando se dejó caer a mi lado, empujé hacia abajo el nudo que se me había formado en la garganta y fingí no estar emocionada como una cría por lo que acababa de hacer.

—¿Vas a explicarme lo que tienes con las flores blancas? —pregunté, porque aquella campanilla era idéntica a las que había invocado para mí en Nueva York.

Ava pareció darse cuenta entonces de que Alexander había desaparecido de su lado. Miró en nuestra dirección por encima del hombro y, con las mejillas encendidas y los ojos repletos de adoración, le brindó a Alexander un leve asentimiento de cabeza.

Él se lo devolvió y luego trasladó su atención a mí.

—Creo que no. Me lo voy a guardar para mí —dijo, pero, acto seguido, me mostró la palma de la mano.

Allí, minúscula y solitaria, había otra de esas preciosas florecillas. La tomé entre los dedos.

—Gracias, Alexander Ravenswood.

Imitó el gesto que le había dedicado Ava y contestó:

—Un placer, Danielle Good.

Nos quedamos en la sala un poco más, observando los torpes intentos de todos aquellos chiquillos. Sin hablar y casi sin tocarnos, de no ser por el muslo que él apretaba a ratos contra el mío. Y albergando, en un silencio cómodo y cómplice, la esperanza de que el futuro de esa nueva generación de brujos jóvenes fuera distinto de la realidad que nos había tocado vivir a nosotros.

Al cabo de un rato, decidimos ir a beber algo al comedor y, cuando íbamos a abandonar la sala de descanso, nos encontramos en el pasillo a Raven en su forma animal y a Sebastian y Cam con expresiones tan graves que no necesitaron decirnos qué hacían allí. La espera había llegado a su fin.

40

A pesar de lo tarde que era, no solo se habían reunido los cinco miembros del consejo, sus respectivos Ibis y los asesores. Al parecer, todo alumno y profesor que aún estuviera en la academia había sido llamado a presenciar lo que, probablemente, se convertiría en un juicio público; un juicio donde yo era la procesada. Tal vez hubiera subestimado la necesidad que tenían nuestros líderes de proporcionarme un escarmiento.

Antes de acceder a la sala, Hubbard me agarró del brazo y me apartó a un lado.

—Escucha, Danielle. Quiero que niegues haber estado en Ravenswood. —Le lanzó una rápida mirada a Alexander, a pocos metros de nosotros. Wood había atravesado las puertas de entrada un momento antes y estaba allí con Cam, Raven y Sebastian—. Y que no hables de tu relación con ellos.

—Sabrán que miento, todos me han visto con Alex. Con Alexander, quiero decir. Muy juntos —aclaré, porque comentarle al director de Abbot que nos estábamos enrollando era un poco violento incluso para mí.

Desde luego, tampoco iba a contarle que pensaba cada vez más en Alexander Ravenswood simplemente como Alex. Ese chico que me había consolado en la terraza en Nueva York. El mismo con el que había hecho el amor al despertar, por mucho que me hubiera empeñado en que solo estábamos *follando*. Una parte de mí sabía que mis sentimientos por él eran mucho más profundos de lo que quería admitir, y esa misma parte estaba aterrorizada por todo lo que ello suponía.

—Mejor que te acusen de mentir que de violar las normas de la academia.

Me eché a reír. Agradecía que estuviera preocupado por mí, y estaba bastante segura de que Hubbard tenía que estar un poco harto de mis salidas de tono, pero todo aquello era tan surrealista que no pude evitarlo.

—No te van a maldecir, no son tan tontos —prosiguió susurrándome en voz baja—. Tu padre ha sabido convencerlos de que tu poder puede serles realmente útil.

Apreté los dientes y me obligué a mantener la ira a raya. Sabía que la insistencia de mi padre se debía puramente a un interés ajeno al hecho de que yo fuera su hija; sin embargo, al menos esta vez jugaba en mi favor. Me dije que no se merecía mi dolor o tristeza. Yo ya tenía mi propia familia y, desde luego, Nathaniel Good no era parte de ella.

—No voy a renegar de los Ravenswood. Ellos son mi aquelarre ahora, le guste al consejo o no. Y seguramente también sean lo único que se interpondrá en un futuro no muy lejano entre el infierno y todos nosotros. Si quieren exiliarme —me encogí de hombros— que lo hagan.

Hubbard se frotó las sienes. Estaba despeinado, tenía la ropa arrugada y aspecto de no haber dormido demasiado en los últimos días. Cam nos había contado que se había pasado todo este tiempo llamando una a una a las principales familias de brujos blancos y a todo aquelarre con el que mantuviera una relación cordial para pedirles apoyo. El director de Abbot podía ser muchas cosas, pero no era un estúpido y no había ignorado ninguna de nuestras advertencias. Si los ataques se repetían, al menos quería saber con quién podía contar. Yo había visto el terror en sus ojos cuando habían atacado la academia, había visto el miedo a que le pasara algo a Cam o a cualquiera de sus alumnos. Podría haberse largado de allí con su familia, pero no abandonaría su puesto ni a los brujos que carecían de otro lugar para refugiarse. Y, de todas formas, dudaba que nadie pudiese esconderse de lo que estaba sucediendo en nuestro mundo.

—No mencionaré a Cam ni nada de su visita a la casa de Loretta —agregué para tranquilizarlo—, pero...

Inhaló con fuerza, sabiendo que no cambiaría de opinión.

—Está bien. Te protegeré todo lo que pueda.

—No se torture. Sinceramente, lo que yo haga o con quien esté no debería preocuparles en absoluto.

—Lo sé. Cameron me contó todo lo que dijo la tía Letty, y puede que muchos crean que la mujer había perdido la cordura hace tiempo, pero yo no soy de esos. Si dijo que la oscuridad estaba aquí, lo está.

Los demás estudiantes terminaron de acceder a la sala, incluido Johan, Ava y su pequeño grupito. Me fijé en que Johan llevaba a la chiquilla de la mano, y me pregunté si, al carecer de familia, aquellos chicos terminarían formando también su propio aquelarre. Ojalá se protegieran los unos a los otros; no había nada peor que no tener a nadie que te respaldara y que velara por ti.

—La casa de mi abuela Florence es muy grande y está vacía —le dije a Hubbard—, podría enviar a los más pequeños allí. Tal vez con un Ibis, solo por si acaso —sugerí. No quería que ninguno de ellos terminara herido y ya había quedado claro que no tenían conocimientos para manejar su magia si las cosas se ponían feas—. Mi padre no puede negarse, es parte de la herencia de los Good y, como tal, me pertenece.

Hubbard asintió.

—Tal vez sea una buena idea. Trataré de organizar un traslado lo más pronto posible. Gracias, Danielle.

—No hay de qué.

Me cedió el paso y fui directa hacia la puerta. Sin embargo, en cuanto la atravesé, Raven ya estaba junto a mí, apretado contra mis piernas; Alex se colocó al otro lado y sus dedos se deslizaron entre los míos. Cam no dudó en situarse junto a Raven y Wood lo hizo al lado de Alexander. Hubbard y Sebastian entraron detrás. Y...

Todas las jodidas cabezas de la sala se volvieron hacia nosotros.

En la tarima elevada del fondo, casi como reyes en sus tronos, estaban los consejeros: Elias Fisk, John Peabody, Carla Winthrop —la única mujer del consejo—, Samuel Richards y Adrien Putnam; un poco por detrás se encontraban los asesores, un par de profesores entre ellos, y también mi padre. Solo había un sitio libre, el de Thomas Hubbard, que no parecía tener mucha prisa por ocuparlo. Y abajo, desperdigados por las sillas que llenaban la estancia, los alumnos y el resto de los profesores. La primera fila, vacía, supuse que estaba destinada especialmente para mí.

—Esto es ridículo —dijo Alex, malhumorado.

No se molestó en bajar la voz y, por la expresión de desprecio de cuatro de los cinco consejeros, supe que lo habían oído. Putnam fue el único que no reaccionó, claro que igual lo había hecho y no había sido apreciable; su rostro era un mapa de arrugas demasiado envejecido como para saberlo. O quizás, simplemente, no hubiera escuchado el comentario.

Fisk se puso en pie y señaló en nuestra dirección. ¡Dios! A ese tipo le encantaba señalar.

—Ellos no pueden estar aquí.

Casi pude ver a su antepasado haciendo algo similar siglos atrás. ¿Así había sido en Salem? ¿Brujos cegados por sus intereses y sus costumbres acusando a otros brujos?

—Creía que ya habíamos hablado de eso —replicó Alex, en un tono bajo y muy suave que resultó mucho más amenazante que cualquier grito exigente—. Puedo, y si alguno de ustedes intenta impedírmelo, le aseguro que los demonios van a ser la menor de sus preocupaciones.

—Esto es... es... —balbuceó el hombre, pero Alex no había terminado aún.

—Reduciré esta academia a cenizas si se les ocurre hacer el menor movimiento en contra de alguno de los míos. Y esta no es una advertencia que pretenda pronunciar dos veces.

No necesitó especificar que yo era uno de los suyos, lo cual despertó una inesperada calidez en mi pecho y también levantó una breve oleada de susurros entre los alumnos y los asesores; todos murmuraron unos con otros sin ningún tipo de disimulo.

Cam se inclinó hacia mí.

—Espero que no lo diga en serio. Morir quemado es horrible —bromeó, aunque su nerviosismo era evidente.

Quise decirle que era muy probable que Alex estuviera incluyéndolo también a él al decir «los suyos». No solo porque era mi amigo y de los pocos que estaban de nuestro lado, sino porque jamás haría nada que pudiera provocarle ningún daño a Raven. No importaba que ninguno supiésemos exactamente qué interés tenía el lobo negro en él, Alex lo protegería de cualquiera de las maneras. Así que Cam estaba metido en aquello hasta las cejas, le gustase o no.

—Consejeros, empecemos de una vez —intervino Hubbard.

Nos hizo avanzar por el pasillo hasta la parte delantera y, aunque tenía un asiento detrás de los consejeros, el director permaneció de pie a un lado de la sala, como también lo hizo Sebastian. Supuse que Hubbard pretendía hacer de abogado del diablo —nunca mejor dicho—, teniendo en cuenta que mi padre parecía muy cómodo en su nuevo asiento.

Alexander se sentó junto a mí y Raven lo hizo a mis pies; el resto ocupó las demás sillas de la primera fila.

—Danielle Good, miembro del linaje Good, descendiente de Nathaniel y Beatrice Good —enumeró Peabody, cuando ninguno de los demás hizo nada por tomar la palabra—, tal vez quiera empezar por contarnos dónde y cómo ha pasado las últimas semanas...

Resoplé. En el fondo, había sabido lo que me preguntarían, pero era desesperante comprobar que estaban tan apegados a sus costumbres obsoletas que preferían sentarse allí a escuchar lo que una bruja de dieciocho años había estado haciendo que tratar de adelantarse a un más que posible fin del mundo. O, como mínimo, hablar sobre los demonios que habían atacado la academia unos días antes.

—... nos vimos obligados a enviar una partida de rescate a Ravenswood por culpa de su comportamiento irresponsable y temerario...

Me puse en pie.

—¿Saben qué? Sí, he pasado un mes en Ravenswood conviviendo con brujos oscuros. Ellos —señalé a Alexander y a los gemelos—. Y ¿saben qué más? Ahora son mi aquelarre. Nos protegemos y nos debemos lealtad de un modo que ustedes jamás podrán comprender. Pero eso ni siquiera importa. Nada de esto importa lo más mínimo —continué, porque había tomado carrerilla y, si los diversos gestos de desagrado de mis jueces eran una señal, iban a prohibirme que continuara hablando en cuanto lograran reaccionar—. Hay una profecía y se está cumpliendo. Hay brujos oscuros malvados, sí, pero también los hay que quieren ayudar. Y si consiguieran dejar de pensar en «ellos» y «nosotros» como enemigos por una vez, tal vez tendríamos una oportunidad de salir de esta.

—¡Señorita Good! —me atajó Peabody.

—No sabe lo que está diciendo —se apresuró a comentar mi padre, lívido. Lo de que tuviera mi propio aquelarre seguro que no entraba en sus planes—. Danielle es una Good, y forma parte de nuestra familia.

Aquel hombre se merecía todo el odio que pudiera albergar contra él. Que él precisamente hablara de familia, eso sí que era una blasfemia. Sin embargo, todo lo que podía sentir en ese momento era pena. Pena y una tristeza infinita por un tipo que no anhelaba nada salvo una posición de mierda en un consejo de mierda. Puede que la ausencia de Dith hubiera dejado un hueco en mi pecho, pero era él quien estaba vacío por dentro. Vacío y podrido.

—Soy una Good, pero los Ravenswood son mi aquelarre ahora.

Mi padre abrió la boca para replicar, pero Raven emitió un gruñido que reverberó por toda la sala y acalló cualquier cosa que fuese a decir él o cualquier otra persona. Incluso los murmullos del alumnado se apagaron.

—Deberían centrarse en ponerse en contacto con Ravenswood en busca de una alianza —sugerí.

—¿Cree que puede venir aquí y decirnos lo que tenemos que hacer? —apuntó Fisk, con tanta altivez que deseé arrearle un puñetazo para que se callara de una vez.

Hubbard dio un paso adelante.

—Tú mismo viste a esos demonios, Elias, o lo habrías hecho si hubieras acudido a las puertas de la academia un poco más rápido.

Un punto para el director de Abbot; él también se había dado cuenta de la cobardía de los dos consejeros.

Tanto Winthrop como Richards se volvieron para mirar a los asesores que tenían tras ellos. Cada consejero solía tener cierta debilidad por alguna familia, bien porque existieran uniones por matrimonio entre ellos o por intereses comunes. Ambos intercambiaron susurros discretos con los suyos. Me hubiera gustado saber qué estaban diciendo.

Alexander se irguió en toda su estatura, tan controlado, firme e inexpresivo como se había mostrado conmigo cuando lo había conocido. Ni siquiera necesitaba de aquellas llamas u oscuridad a su alrededor, se bastaba por sí mismo para resultar imponente. Nunca se había mostrado tanto como el heredero del linaje más poderoso existente como lo hizo en ese momento.

—Puedo tratar de comunicarme con la directora Wardwell en nombre de este consejo.

—¿Qué hay de su padre? —inquirió Richards, tomando la palabra por primera vez.

Alex no se resintió a pesar de la mención, tampoco cuando habló y dijo:

—No cuenten con él. Tiene sus propios planes y no coinciden con los míos, y espero que tampoco lo hagan con los de este consejo. Y para que quede constancia de ello, mi padre ha contraído una deuda de sangre con el linaje Good; mató a Meredith Good.

El silencio posterior a la revelación de Alexander resultó asfixiante. Nadie dijo una palabra, nadie se atrevió a desafiar su afirmación a pesar de que las llamadas deudas de sangre se consideraban ya algo obsoleto y provenían de un tiempo anterior a Salem. Por aquel entonces, matar a un brujo de otro aquelarre sin que hubiese existido entre ellos ninguna clase de disputa previa que justificara el ataque, se consideraba un desafío a dicho aquelarre, y normalmente conllevaba la entrega de una vida por otra. Esa clase de deuda podría repercutir también por defecto sobre cualquier miembro del linaje Ravenswood. Alexander acababa de ponerla de manifiesto y eso implicaba que él mismo podía convertirse en responsable.

«¡Mierda, Alex! ¿Qué estás haciendo?».

Para mi sorpresa, el viejo Putnam carraspeó; todas las miradas volaron hacia él.

—Señorita Good, he oído que el lobo es ahora su familiar. —No era una pregunta, pero asentí de todas formas—. Bien, bien.

No añadió nada más, lo cual resultó un poco incómodo, porque los demás consejeros parecían esperar que lo hiciera. Carla Winthrop, la única que no había intervenido hasta entonces, tomó la palabra. Debía de contar alrededor de noventa años y su cabello, recogido en un pequeño moño, estaba tan poblado de canas que apenas si conservaba unas pocas hebras de su castaño original. Tenía fama de ser tan autoritaria y altiva como el resto, pero también la más justa.

—Como bruja blanca, debe saber que ha quebrantado al menos media docena de nuestras leyes y normas, y coincidirá conmigo en que la presencia de brujos oscuros en la academia es, cuanto menos, algo poco... convencional —argumentó, aunque me pareció que hubiera deseado emplear otra palabra—. Sin embargo, también se nos ha informado de la reciente adquisición por su parte de un poder muy particular. Tal y como yo lo veo, de cualquier forma, debería recibir un castigo por su...

Wood se puso en pie de repente. Cada músculo de su cuerpo en tensión y los ojos de un azul tormentoso. La ira emanaba de él; apretaba los puños contra los muslos, como si estuviera luchando consigo mismo para no ceder a esa furia y emplearlos con todos los brujos frente a él. Juraría que el suelo de la sala se estremeció y que el aroma de su magia se filtraba por cada poro de su piel.

¡Oh, Dios! Aquello no iba a acabar bien.

—¡A la mierda ustedes y a la mierda sus castigos! —explotó, pero no se detuvo ahí—. Lo único que les preocupa es mantener esos asientos calientes y a su comunidad dócil, da igual a qué precio. Les diré algo: más de un siglo y medio atrás, miembros de este mismo consejo se atrevieron a castigar también a otra Good, la condenaron porque quería estar —se atragantó con las palabras, el dolor y la misma ira que me consumían también a mí derramándose de entre sus labios— conmigo. La castigaron porque se atrevió a desear más que toda esta mierda. Otra familia. La castigaron porque para ella jamás se trató de brujos blancos y oscuros, sino de personas. La castigaron, y a mí con ella. Y seré yo mismo quien traiga el puto infierno a este mundo antes de permitir que vuelvan a hacer lo mismo otra vez. —En esta ocasión, fue Wood quien señaló al consejo, uno a uno—. Hagan una llamada a Ravenswood, manden un correo electrónico o una maldita paloma mensajera si eso les hace sentirse más dignos. O, mejor aún, pueden cruzar la jodida carretera y llamar a su puerta. Pero pónganse de acuerdo con la comunidad oscura de una vez por todas. La cagaron en Salem y han seguido cagándola desde entonces. No lo hagan también ahora. ¡Ah! Y una última cosa —añadió, avanzando un par de pasos más hasta el estrado—, que sepan que, si estamos aquí, formando parte de esta farsa de juicio, es solo para que crean que aún conservan algo de ese poder al que tanto se aferran. Si por mí fuera, quemaría ambas academias hasta los cimientos y me sentaría a ver el puto mundo arder.

Y así fue como Wood Ravenswood amenazó de muerte a los consejos de ambas comunidades y luego dio media vuelta y salió de la sala. Nunca hubiera creído que pudiera estar tan orgullosa de él.

41

—El muchacho tiene razón.

La frase, que no podía ser más concisa y breve, vino de labios de Winthrop. La mujer no había perdido un ápice de rectitud y su voz no resonó con menos gravedad, pero su afirmación despertó una leve esperanza en mí.

—Tienes que estar bromeando, Carla —apuntó Peabody.

—No, no lo estoy. Y si el chico me hubiera dejado terminar hace un rato, habría escuchado de mis propios labios que, aunque creo que la señorita Good ha obrado mal y debería recibir un castigo acorde a sus faltas, no es el momento para ello. —Quise decirle a Winthrop que ese «chico» al que se refería tenía más de tres siglos de edad, pero no me pareció oportuno ahora que por fin estaba entrando en razón—. Deberíamos establecer vías de comunicación con la comunidad oscura de inmediato. Y también advertir a todos los brujos blancos y sacar de aquí cuanto antes a los alumnos que quedan.

Hubo un revuelo de protestas, provenientes sobre todo del grupito de Ava y Johan, que la consejera acalló con la consiguiente mirada de desaprobación. Hubbard se había colocado junto a mí después de que Raven saliera trotando de la sala detrás de su hermano, pero se adelantó para hacerse oír.

—Me ocuparé cuanto antes de los alumnos.

—No puedes tomar esta decisión tú sola, Carla —intervino de nuevo Peabody, con la aprobación de Fisk, que asentía con énfasis a su lado.

Winthrop se inclinó sobre la mesa y miró en su dirección, luego hacia el otro lado, donde se encontraban Richards y Putnam.

—Bien, votemos entonces. Aunque me voy a permitir recordar a los presentes que, según tengo entendido, durante el ataque que se produjo hace unos días, ningún alumno salió herido gracias al aquelarre de los Ravenswood. Ahora bien, desde este mismo momento, si uno solo de nuestros estudiantes sufre las consecuencias de las decisiones que aquí se tomen, sus muertes pesarán sobre tu conciencia y los que piensen como tú —sentenció, dirigiéndose ahora a Peabody—. Puede que no tengan familia, pero yo misma me aseguraré en su nombre de que la deuda sea saldada.

Hubo una votación. Incluso después de la amenaza de Winthrop, no me sorprendió que Fisk y Peabody votaran en contra, pero los demás, por suerte, estuvieron a favor de contactar con la academia de la oscuridad, y fueron mayoría. Se avisaría a toda la comunidad blanca de lo que estaba sucediendo y se suspendería, de manera temporal al menos, toda hostilidad hacia los brujos oscuros siempre que no respondiera a un ataque directo. Esto último se dijo de una forma mucho más pomposa y retorcida, tal vez por la presencia de los alumnos, pero, básicamente, el consejo blanco estaba proponiendo una tregua con la comunidad oscura. Por fin.

—¿Crees que Wood estará bien? —le pregunté a Alex, mientras se discutían los detalles.

Mi padre se había puesto de pie y estaba susurrándole solo Dios sabía qué cosas a Peabody al oído, pero traté de ignorar todo lo posible su presencia. Otros asesores del consejo también se hallaban alrededor de la mesa, Hubbard entre ellos.

—Esto es muy difícil para él. Le trae demasiados recuerdos. Y, sobre eso, tenemos algo de lo que hablar. Algo que debería haberte dicho la otra noche.

—Señorita Good —me llamó Putnam entonces, y me hizo un gesto para que me acercara.

Miré a Alex.

—Ve, luego hablamos.

Sabía que él había querido decirme algo la misma noche en que yo le había contado lo de mi padre, pero no había vuelto a sacar el tema desde entonces y yo lo había olvidado por completo. Sin embargo, asentí y me dirigí hacia el estrado. Adrien Putnam era el abuelo de Annabeth y Gabriel. Me pregunté dónde estarían sus nietos ahora. Aunque Robert se encontraba con ellos y Raven y él se habían comunicado varias veces en estos días, no nos había dicho en qué lugar se habían refugiado tras el ataque de Nueva York. ¿El consejero sabría algo del extraño aquelarre que formaban? ¿Sabía lo que hacían? Para ser el más anciano, y al que se le presuponía una actitud mucho más férrea y conservadora en cuanto a nuestras costumbres, apenas si había puesto ningún impedimento y casi le había parecido bien que Raven fuera ahora mi familiar.

Ascendí los dos escalones de la tarima y me acerqué al consejero.

—Señor —lo saludé.

Su expresión pétrea no me dio ninguna indicación de qué demonios quería decirme.

—¿El lobo es su familiar? —me preguntó de nuevo, y pensé que tal vez el hombre no estaba todo lo lúcido que se esperaba de un miembro del consejo. De todas formas, asentí—. El señor Ravenswood ha mencionado una deuda de sangre de su linaje. Y es curioso, porque hay una historia, una historia muy antigua que mi abuelo me contó una vez, y su abuelo a él antes de eso, sobre un brujo que asesinó al familiar de otro. —Bien, a lo mejor Putnam no estaba tan desconectado de la realidad como había creído y sí había prestado atención—. El brujo exigió una compensación por la ofensa y reclamó en pago que el otro le entregara a su propio familiar. Y así se hizo.

No había escuchado nunca esa historia y, a pesar de la insistencia de Raven en que ahora era mi familiar, ni siquiera creía que eso fuera posible. Los familiares siempre se transmitían dentro de un mismo linaje y solo a la muerte del brujo o bruja que protegían...

—¿Y qué pasó?

—Lo mató. —Me estremecí—. El brujo mató a su supuesto nuevo familiar en venganza.

No entendía a dónde quería ir a parar. Yo no le había pedido a Alex ningún tipo de compensación, y mucho menos tenía pensado matar a Raven o hacerle el más mínimo daño.

—Es solo una historia. —No sabía qué más decir.

—En toda leyenda siempre hay una verdad. Pero lo importante de todo esto... —La frase quedó interrumpida por una tos fuerte que lo dejó sin aliento y Putnam tardó un minuto largo en recuperarse—. Lo importante es que el señor Ravenswood ha saldado la deuda contraída con su linaje.

—Yo no le pedí que lo hiciera.

—Pero la magia lo hizo de todas formas e intuyo que usted lo sabe. Recuerde, señorita Good, toda leyenda esconde una verdad —repitió, como si no acabara de decírmelo un momento antes—. Toda magia alberga una laguna. Y todo hechizo conlleva siempre un pago.

Asentí, más por hacer algo que porque estuviera entendiendo el sentido de aquella conversación. Sin embargo, era cierto que Dith solía recordarme a menudo que cualquier conjuro o hechizo medianamente transcendental requería una compensación. Ese era el eterno equilibrio al que los brujos parecíamos estar sometidos.

—Ahora, regrese con su aquelarre y piense en ello.

—Em... Sí, señor.

Antes de que pudiera retroceder junto a Alex, mi padre se acercó hasta la esquina del estrado del que yo acababa de bajarme. Me puse rígida de inmediato. No quería hablar más con él ni escuchar nada de lo que quisiera decirme.

—Danielle, unas palabras, por favor —dijo, sin ni siquiera molestarse en bajarse de la tarima.

Me erguí un poco más, y aluciné cuando él hincó una rodilla para hablarme. Dudaba que jamás se hubiera arrodillado ante nadie.

—No tengo nada de lo que hablar contigo.

—Sigues siendo una Good. Sigues perteneciendo a nuestra familia —aseguró, y la convicción con la que lo dijo me revolvió el estómago.

—No hay tal familia. Ni siquiera te has molestado en mostrarme tu pesar por la muerte de Dith, y ella sí que era mi familia.

Al mencionarla, casi pude sentir cómo un débil olor a libro antiguo me rodeaba, y el sentimiento de añoranza que me invadía siempre que hablaba de ella aumentó de tal modo que la humedad amenazó con inundarme los ojos.

Mi padre suspiró con resignación, como si yo solo fuera una cría en mitad de un berrinche y no supiera qué hacer conmigo.

—Lo que hice solo fue para protegerte.

—Me abandonaste. Yo acababa de perder a mi madre y a mi hermana y tú me trajiste a esta academia y te olvidaste de mí. —De un día para otro, me había quedado sin nada. Solo Dith había permanecido a mi lado.

—Era lo mejor para ti —prosiguió, sin darse cuenta de que nada de lo que dijera podría hacerme cambiar de opinión.

—Por mucho que cuentes una mentira, no vas a convertirla en verdad.

—No puedes renegar de tu linaje.

—Y no lo hago, *papá*. Solo reniego de ti.

Me alejé sin permitirle replicar, a sabiendas de que lo único que podía conseguir hablando con el hombre que se hacía llamar mi «padre» era incrementar mi dolor. Él nunca comprendería y yo no iba a tratar de hacerle comprender. Yo había sido un niña rota y asustada, y él me había echado de su lado. Todo lo que había deseado era que me quisiera, que me cuidara y me consolara. Incluso si era verdad que mi madre había matado a Chloe y había querido hacer lo mismo conmigo, ¿qué clase de padre se deshace de su hija después de algo así? Si de verdad hubiese querido protegerme, me habría mantenido lo más cerca posible de él.

En vez de acudir junto a Alex, pasé por su lado y musité un «Necesito tomar el aire». Enfilé el pasillo y prácticamente eché a correr para salir de aquella sala. De repente, no podía respirar. El nudo de mi garganta se tensaba segundo a segundo, y la ira, la tristeza, la amargura, el odio... cada pérdida, cada golpe que se acumulaba en mi interior parecía demasiado. Demasiado duro. Demasiado intenso. Demasiado doloroso.

Salí al pasillo y me apoyé contra la pared. Traté de respirar mientras puntos oscuros me nublaban la visión. Estaba bastante segura de que no era un buen momento para tener un ataque de ansiedad. ¿No era yo la Ira de Dios? ¿De qué servía todo mi poder si estaba allí pataleando como la cría que mi padre creía que era?

Una vez más, empujé todas mis emociones hacia abajo, todo lo profundamente que pude, rezando para que eso ayudara, y me escabullí en dirección el vestíbulo. No quería que nadie me viera así, mucho menos el consejo o cualquiera de mis amigos. Sin embargo, apenas avancé unos metros cuando Alex me alcanzó.

—¡Eh, espera! ¿Qué pasa?

—Estoy bien —respondí, demasiado rápido y de forma brusca.

Me rodeó para encararme y el movimiento envió una vaharada de su aroma hacia mí. Sus ojos recorrieron mi rostro con atención y cautela. Quería saltar sobre él y pedirle que me abrazara y, a la vez, echar a correr a cualquier lugar lejos de allí. Cuando tomó mis manos entre las suyas, me estremecí.

—Danielle...

—Estoy bien —repetí, porque, al parecer, era lo único que podía decir sin derrumbarme. O sin explotar.

Pero era evidente que Alex no me creía. Sinceramente, yo tampoco lo hacía. No había mentido en el interior de esa habitación, los Ravenswood eran mi aquelarre ahora y, fuera posible o no, de alguna manera sentía que estaba conectada con Raven de la misma forma en que lo había estado con Dith. Y eso me aterrorizaba. Había perdido a mi hermana, a mi madre, también a mi padre, a Meredith... Tenía un hueco en el pecho que no sabía cómo rellenar salvo con rabia, odio y miedo, y un poder que no estaba segura de poder controlar del todo.

Y luego estaba él. Alex. Alexander Ravenswood.

—Danielle, no hagas eso —susurró—. No te escondas de mí.

—No lo hago.

Sí, lo hacía. O lo había hecho desde la muerte de Dith. Me escondía de él porque me daba demasiado miedo que lo nuestro se convirtiera en algo a lo que no pudiese renunciar. Algo que necesitase.

—Sí, lo estás haciendo, todo el tiempo. Incluso... el otro día por la mañana. Te fuerzas a tragar todo lo que no quieres afrontar por un motivo o por otro.

Di un tirón y retiré mis manos de entre las suyas, y él hizo una mueca de dolor.

—Lo del otro día solo fue sexo —me obligué a decir, incluso cuando las palabras resultaron amargas sobre mi lengua—. Solo eso, Alexander. No lo convirtamos en otra cosa.

Retrocedió como si lo hubiera abofeteado, y me dije que tenía que parar. Pero estaba asustada. ¿Qué ocurriría si le pasaba algo? ¿Si lo arrancaban de mi lado también a él y me quedaba de nuevo sola? No quería quererlo. No quería querer a nadie de nuevo y tener que perderlo más tarde.

—Danielle... —Estiró el brazo y arrastró la yema de los dedos por mi mejilla, y su contacto resultó reconfortante y doloroso al mismo tiempo.

—No. Tenemos que centrarnos en lo importante.

—Tú eres lo importante para mí.

«No, no. No digas eso». Su magia cantó, pero, por primera vez, me cerré a esa dulce melodía. Me aferré a la ira y dejé que ella hablara por mí. Alejarlo parecía mucho más seguro que ceder y admitir que...

—Yo no soy nada. Solo un miembro más de tu aquelarre. Solo eso.

Su expresión se endureció, y de repente había sombras sobre sus hombros y oscuridad en sus venas. Asintió.

—Está bien. Así que esto... —dijo. Avanzó un paso hacia mí y recorrió mi labio inferior con el pulgar. Luego me sujetó por las caderas y me hizo retroceder hasta que mi espalda se estampó contra la pared— no es nada.

Estaba temblando, pero obligué a mi cuerpo a calmarse. No quería ceder esta vez. No *podía* ceder.

—No.

—Está bien —repitió—. Si eso es lo que quieres.

Un sonido bajo y grave, algo similar a un gruñido, nos llegó desde el final del pasillo. Al mirar hacia allí, descubrí que se trataba de Raven. Alexander lo miró un instante. Raven ladeó la cabeza y mostró los dientes, y supe que estaban teniendo unas de sus conversaciones silenciosas. Traté de empujar a Alexander lejos, pero no me soltó, y el movimiento llamó su atención de vuelta a mí.

Y entonces por fin retrocedió un paso y me liberó de su agarre. Me quedé vacía y exhausta, más de lo que lo hubiera estado jamás, pero no fui capaz de desdecirme y mucho menos de admitir que no tenía ni idea de lo que estaba haciendo más allá de mantener los restos de un corazón herido y roto a salvo... Sin saber que, en realidad, solo estaba pisoteándolo un poco más.

—Como quieras —me espetó, recuperando el tono autoritario con el que un momento antes se había dirigido al consejo.

Regresó al interior de la sala y yo no fui capaz de detenerlo. Resbalé por la pared y me dejé caer hasta el suelo, y entonces Raven ya estaba allí. Una parte de mí quería empujarlo lejos también a él, pero no me quedaban fuerzan suficientes, así que permití que se sentara a mi lado y se apoyara contra mis piernas.

—Es lo mejor, Rav —aseguré, aunque sabía que no podía contestarme.

Sus ojos escrutaron mi rostro y entreabrió la boca de modo que sus colmillos quedaron expuestos.

—Es más fácil así —proseguí diciendo, y no estaba segura de a quién trataba de convencer, si a Raven o a mí.

Hundí los dedos en su pelaje y me repetí a mí misma que estaba bien, que había hecho lo correcto. Solo me estaba protegiendo antes de que fuera demasiado tarde. Alexander y yo nos habíamos dado un revolcón, solo eso. Y había estado bien, sí, pero eso no significaba nada. Él me atraía, su magia me atraía, y a Alexander le llamaba mi poder. Era un miembro de mi aquelarre, lo protegería, al igual que haría con Wood y Raven, al igual que con Cam. Pero nada más.

Nada más.

Alexander

Inspiré profundamente mientras accedía de nuevo a la sala del consejo. Nadie me prestó atención a pesar de que no tenía que mirarme los brazos para saber que había oscuridad arremolinándose bajo mi piel.

«Maldita bruja terca y cabezota», pensé para mí.

Cam se me acercó desde el fondo de la sala, echó un breve vistazo a mis brazos, pero hizo como si no pasase nada extraño.

—¿Y Danielle? ¿A dónde ha ido?

—Lejos de mí. —La respuesta salió con mucha más amargura de la que pretendía.

Cameron arqueó las cejas. Metió las manos en los bolsillos y reflexionó un momento en silencio antes de decidirse a decir:

—Es su *modus operandi*. Lo hacía todo el tiempo cuando estaba aquí. No se permitía acercarse a nadie demasiado.

—Creía que tú sí habías estado *muy* cerca hace algún tiempo —repliqué, antes de darme cuenta de lo que decía.

Pero él soltó una carcajada y no pareció ofenderse por mi referencia a lo que Danielle y él habían tenido.

—No estaba seguro de que lo supieras —alegó, sonriendo como un idiota, aunque supuse que yo era el idiota en realidad—. Mira, te daré un consejo no solicitado respecto a Danielle: quédate a su lado. Y cuando te empuje, porque lo hará, siempre lo hace, resiste. En algún momento se dará cuenta de que no puede enviarte lejos. O de que tú no vas a irte. Está tan acostumbrada a que la dejen sola que no sabe qué hacer cuando alguien le presta atención. Y puede que se muestre como alguien fuerte y decidido, pero todo esto... —silbó— es demasiado para cualquiera.

—Está aterrada —repuse, y me odié a mí mismo por no haberme dado cuenta antes. Fruncí el ceño, luego me di la vuelta, decidido a encontrarla y... resistir, tal y como había dicho Cameron, pero me detuve un instante—. Un consejo no solicitado sobre Raven: creo que le gustas. Que le gustas de verdad, y no sabe muy bien cómo enfrentarse a eso. Así que, si él no te interesa de esa manera, solo házselo saber. No te morderá. Lo prometo. En realidad, él es el mejor de todos nosotros.

Cameron abrió la boca, pero la cerró de golpe; sus mejillas brillaron cargadas de un tono rojizo que le llegó hasta la punta de las orejas. Lo que fuera que iba a contestar, decidió guardárselo para sí mismo. Así que salí al pasillo y lo dejé allí rumiando sobre Raven y su interés por él.

Y hablando del lobo negro...

—Rav, Cameron te está buscando —dije, cuando su cabeza se levantó del regazo de Danielle y sus ojos se posaron sobre mí.

Estaban ambos tirados en el suelo, y Danielle parecía completamente destrozada. Raven se irguió sobre las cuatro patas y le lamió la cara, y ella le agarró la cabeza mientras murmuraba algo que no llegué a oír. Un momento después, el lobo se deslizó por el pasillo con su sigilo habitual y pasó a mi lado en dirección a la sala del consejo. Solo se detuvo un segundo para empujar mi mano con el hocico, igual que había hecho la noche en la que Danielle y yo habíamos estado tumbados en su cama y ella dormía.

Le froté el morro para que supiera que sabía lo que intentaba decirme. Debería haberme avergonzado emplear a Cameron para despistarlo, pero le pediría disculpas más tarde. Ahora necesitaba hablar con Danielle.

Cuando nos quedamos de nuevo a solas en el pasillo, avancé y me planté justo frente a ella. No levantó la cabeza, así que me arrodillé sobre el suelo. Acuné su rostro entre las manos y la obligué a mirarme.

—En los próximos segundos, voy a besarte. No lo haré si me dices que no quieres que lo haga, pero necesitas saber que yo sí deseo hacerlo. —No dijo nada, tampoco apartó la vista, y había tanto dolor en sus ojos... —. No te tengo miedo, ¿recuerdas?

Me incliné hasta que nuestros labios se rozaron, y tampoco entonces se movió. Pero retrocedí un poco solo para decirle:

—No voy a ningún lado, Danielle. Yo estoy... —Me tapó la boca con la mano.

—No.

Tragué saliva. Y repetí las palabras de Cameron en mi mente: «Cuando te empuje, porque lo hará, siempre lo hace, resiste». Me quedé allí, inmóvil, con los ojos clavados en su rostro, esperando. Resistiendo.

—No —insistió entonces, pero su mano resbaló por mi mentón y cayó a un lado. Decidí ponérselo fácil, tal vez fuera eso lo que necesitaba.

—Solo... sexo, dijiste. Y esto es solo un beso. —Asintió, pero había algo terriblemente mecánico en el movimiento. Su respiración era dura, como si el aire le resultara demasiado pesado—. Está bien.

Aun cuando esa admisión pudiera parecer una derrota, sonreí. Me acerqué de nuevo muy lentamente a su boca y la besé. Y no fue un beso amable ni lento. Fue duro, áspero y profundo; fue casi como habíamos sido nosotros la mayor parte del tiempo. Fue como ofrecerle el

aire que parecía faltarle, o como si pudiera tragarme su dolor. Y entonces ella respondió de igual manera.

El beso se tornó furioso, su rabia me ardió sobre la lengua y yo
dejé que me quemara a sabiendas. La dejé que volcara toda su ira
en mí, que me devorara. Me clavó las uñas en los hombros y me
empujó contra su cuerpo. No hice nada por ponerle freno. Quizás
eso fuera lo que necesitase, deshacerse de toda esa frustración, liberar su furia, vaciarse de cada una de las emociones que le hacían
daño por dentro y por fuera.

Y cuando, finalmente, los movimientos de su lengua se volvieron más suaves y su agarre se hizo más lánguido, volví a sonreír
contra sus labios.

—Te veo, Danielle Good, y no tengo miedo. No puedes deshacerte de mí —le susurré muy bajito, con un último roce de mi boca.

—Es... Yo...

—Lo sé —la corté, porque no necesitaba más explicación—. Te
tengo, ángel.

Volvió a asentir, con los ojos brillantes por una humedad que
no se permitiría derramar, pero esta vez fue un movimiento más
suave, algo errático tal vez. Retrocedí y me puse en pie, y luego le
tendí la mano. Mi oscuridad había desaparecido, pero Danielle lucía sendas pulseras brillantes en torno a sus muñecas. Quise decirle
que no tenía por qué ahogarse en sus emociones y que debía dejarlas salir, pero me di cuenta de que yo había estado en su lugar durante mucho tiempo. No podía esperar que asumiera en cuestión de
días lo que a mí me había llevado años, y la muerte de Dith estaba
aún demasiado reciente; ni siquiera le había dicho todavía que ella
estaba aquí, en la academia. Sabía que tendría que contárselo pronto, pero la verdad era que no tenía ni idea de cómo hacerlo.

En algún lugar del vestíbulo, se oyó una puerta crujir y abrirse.
Supuse que sería Wood, tal vez regresando del exterior. Tenía que

hablar también con él. No podía culparle por ninguna de las afirmaciones que había hecho frente al consejo. Sinceramente, yo también había deseado en un par de ocasiones derribar ambas academias y empezar de cero. Es más, si solo fuera eso lo necesario para eliminar las barreras que se habían alzado entre brujos oscuros y blancos después de Salem, yo mismo me encargaría de prender fuego a ambas academias y dejarlas arder. Pero era un poco más complicado. Ojalá lo sucedido un rato antes sirviera para acercar a ambas comunidades. Tal vez, la aparición de un enemigo común consiguiera unirnos; quizás, de nuevo, era el equilibrio el que trataba de poner las cosas en su lugar y había elegido el peor modo posible.

Pero no fue Wood quien apareció al fondo del pasillo.

—¡Maggie! —gritó Danielle, al ver a la bruja Bradbury allí.

Estuvo a punto de echar a correr hacia ella, pero elevé el brazo a tiempo y lo interpuse en su camino. Entorné los ojos y permití que mi magia se extendiera hasta el fondo del pasillo. Me había reprimido todo lo posible estando en Abbot, dado que la magia de los brujos blancos tenía un «sabor» mucho más dulce y tentador, pero ahora me dejé ir. Maggie sonrió como si supiera exactamente lo que estaba haciendo. Había algo... algo mal. Danielle frunció el ceño y trató de apartarme.

—¿Qué haces?

Ignoré su pregunta.

—¿Quién eres?

Danielle dejó de forcejear conmigo y miró hacia ella.

—Es Maggie Bradbury, Alex, la conociste en Ravenswood. Es la prima de Robert.

—Hola, Danielle —dijo ella, y la curva de su sonrisa se acentuó de un modo perturbador.

La magia que emanaba de su cuerpo no estaba bien. Era oscura, sí, nada que ver con los brujos de Abbot, pero seguía estando mal de todas formas. Mal de una manera errada. Siniestra.

Maggie avanzó un par de pasos. Danielle dio un respingo en cuanto estuvo más cerca. No supe lo que estaba percibiendo, pero imaginé que había notado algo.

—¿Maggie?

—Prueba otra vez —terció la bruja.

Yo aún no era capaz de entender lo que sentía, sin embargo, tenía una cosa muy clara.

—No es ella. O no del todo.

—¡Oh! Así que ahora te estás dando cuenta por fin —rio, y avanzó un paso más. Tiré de Danielle y la hice retroceder conmigo—. Supuse que no lo sentirías aquella noche en el baile, después de todo, el auditorio está muy protegido y yo no era del todo yo, pero deberías haberte dado cuenta cuando fui a tu casa. O la noche del ritual de despedida. Solo que estabas demasiado pendiente de ella, ¿verdad? La dulce Danielle. Tan imprudente. Y tan poderosa. Con esa magia suave y bonita. Tan apetecible...

Soltó una carcajada cínica y, cuando dejó de reír, chasqueó la lengua.

—¿Quién eres? —insistí.

—Bueno, tal vez quieras preguntar quién *era*. Ahora, parece que soy una Bradbury, y algo más. —Miró su cuerpo de arriba abajo—. En otro tiempo, fui otra. Aunque debo admitir que mi nombre es... similar.

«Tú buscas a la otra», había dicho Loretta Hubbard al preguntarle si Danielle era una Ravenswood.

La otra.

Cuando la comprensión por fin me alcanzó, fue como recibir una patada en la boca del estómago. Aquello era imposible.

—Mercy Good. No puede ser —añadí, porque, incluso si Elijah hubiera conseguido salvarla, habían pasado más de tres siglos desde Salem.

—Puede ser y es, Luke. Mírame. —Estiró los brazos, y solo entonces me di cuenta de que de su cuello colgaba una capa que había retirado hacia atrás—. No es mi cuerpo, pero me vale.

Mercy se había apropiado del cuerpo de Maggie Bradbury de algún modo, pero no se trataba de eso, en realidad. Mercy era el verdugo. Era el tercer elemento de la profecía, y la habíamos tenido delante todo el tiempo mientras estábamos en Ravenswood.

—Tú no... —Danielle negó con la cabeza, y luego me miró.

—Es Mercy, y es el verdugo.

Mercy aplaudió, riendo. Había locura en sus ojos, y una malicia como no había visto en toda mi vida.

—Y tú eres un problema —replicó, dirigiéndose directamente a Danielle—, y tienes algo que me pertenece. En realidad, tienes varias cosas que son mías.

Se adelantó de nuevo y extendió la mano hacia mí, tal y como había hecho la noche del ataque, y supuse que al menos una de esas *cosas* era yo. Danielle se aferró a mi brazo como si temiera que acudiera junto a Mercy, pero no era a mí a quien miraba, sino a ella.

—Fuiste tú, la noche del baile. Tú derramaste la lámpara de aceite.

Mercy se encogió de hombros.

—Bueno, en realidad, fue esa estúpida de Ariadna Wardwell la que trató de hacerte daño; yo solo me aproveché de ello y amplifiqué su hechizo, ya que ella no tenía poder suficiente para saltarse las guardas mágicas del edificio. Desde luego, tengo que admitir que no esperaba que Raven te protegiese de esa forma y fuese él quien acabase herido. Estoy segura de que a Maggie no le hubiera gustado demasiado la idea de atacarte, aunque yo tampoco disfruté fingiendo que me agradaba tu compañía —rio, y no pude evitar estremecerme—. Pero dejar que Ariadna se saliese con la suya fue una buena manera de saber de lo que eras capaz, Danielle, de saber si estabas a mi altura. Me hubiera encantado haberte matado entonces y ahorrarme toda aquella estúpida y agotadora pantomima. Sin embargo... necesitaba que Alexander desarrollara todo su poder y, por desgracia, solo podía conseguirlo gracias a ti. Y tú solo lo hiciste gracias a él, por todo ese rollo de los opuestos y el equilibrio. —Hizo una mueca de desagrado—. No podía permitir que tu estancia en Ravenswood fuera tan mala como para que escapases corriendo a las primeras de cambio. Estuvo muy mal que os marcharais sin mí, ¿sabéis? Fue muy desconsiderado por vuestra parte.

Danielle prácticamente vibraba a mi lado. Percibía el modo en el que su magia pulsaba a través de su piel, agitada y frenética, empujada por su ira. Maggie, o Mercy, quienquiera que fuese, se quedó en silencio. No supe si esperaba alguna clase de respuesta por nuestra parte, tal vez que la atacásemos, pero tanto Danielle como yo estábamos demasiado desconcertados para intentar nada.

Mercy elevó las manos en un ademán dramático, y el movimiento despertó mi instinto. Convoqué mi poder, en caso de que lo necesitase, lo cual era bastante probable, y este acudió de inmediato a mis dedos.

—¡Ah, vamos! Esperaba algún tipo de reacción más interesante por tu parte, Danielle.

—¿Cómo demonios puedes estar aquí? —inquirí, aunque empezaba a hacerme una idea.

Sarah Good y Benjamin Ravenswood le habían pedido a Elijah que salvara a Mercy, y solo Dios sabía qué clase de sacrificio había hecho este para conservar su alma hasta poder hacerla renacer. Y nada menos que en el cuerpo de una Bradbury, un linaje que había sido maltratado y humillado desde Salem casi como ningún otro. Si alguien podía albergar deseos de venganza, desde luego, eran ellos. ¿Lo había sabido Robert? ¿O el brujo era ajeno a todo aquello?

«Una combinación de linajes», eso era. Ya nos habíamos planteado que Mercy fuera la mezcla de linajes de la que hablaba la profecía, y resultaba obvio que los símbolos que habíamos descubierto en el libro de genealogías indicaban dicha mezcla de sangre y magia, pero, en realidad, Mercy era algo más: una Good, una Ravenswood y, ahora, también una Bradbury.

—Es curioso que menciones a los demonios. Tú, precisamente tú —rio, con otra de esas carcajadas espeluznantes—. Deberías venir conmigo, te lo explicaré todo. —Ladeó la cabeza y sus cejas se arquearon al mismo tiempo que lo hacían sus labios—. Estás destinado a esto, Luke. Es lo que eres. Lo percibes, ¿no? Todos esos brujos, toda esa magia esperando ser tomada por ti para que yo pueda emplearla a mi antojo.

—No vas a tocarlo —intervino Danielle, y el comentario fue poco más que un gruñido—. No tocarás a ningún brujo de esta academia.

Mercy desechó la amenaza con un gesto de la mano y expresión irritada. Para entonces, la luz cubría ya la piel de Danielle hasta los antebrazos, y la oscuridad de mi interior danzaba alrededor de mi figura. En la atmósfera del pasillo flotaba una quietud extraña, la calma que precedía a una brutal tempestad. Teniendo en cuenta lo que Danielle le había hecho al despacho de Hubbard, mucho me temía que la idea de Wood de derrumbar las academias no estaría muy desencaminada si sus barreras cedían y dejaba salir todo su poder de golpe.

—Calma —le susurré, muy bajito, rezando para que Mercy no me oyera; luego alcé la voz—. No iré contigo a ningún lado. Si de mí depende, la profecía no va a cumplirse. Jamás. No te ayudaré.

Mercy esbozó un mohín contrariado y se atusó la melena rubia de modo que cayó sobre su hombro hasta llegarle casi al estómago.

Apenas si había pasado un par de breves momentos en su presencia tiempo atrás, pero ni sus gestos ni su forma de hablar se parecían a los de Maggie. Me pregunté cómo era posible que Raven no se hubiera percatado de nada cuando habían acudido juntos al baile de máscaras. ¿Había sido Mercy la que ocupaba su cuerpo todo el tiempo? ¿O Maggie todavía estaba ahí dentro, en algún lado, luchando por imponerse?

—La oscuridad ya está aquí, Luke. Y no hay nada que puedas hacer para evitar lo que está por venir. Así que sé listo y únete a nosotros. No tienes muchas alternativas; no con la marca de los malditos ardiéndote en el pecho y esa hermosa oscuridad que te corre por las venas. —Elevó los brazos y las mangas de su camisa cayeron para revelar una red siniestra de oscuridad bajo su piel—. Eres como yo. Como él.

Apreté los dientes y ni siquiera quise a pararme a pensar con quién más me estaba comparando.

—No soy como tú.

Soltó una risita desquiciada.

—No, es verdad. Tú eres muy especial y puedes llegar allí donde yo no puedo. Por eso vas a venir conmigo o... —elevó la mirada hacia el techo y luego sus ojos se deslizaron por las paredes— este sitio caerá.

Volvió la vista hacia atrás con una sonrisa maliciosa adornándole los labios. Seguí el rumbo de su mirada hasta el rincón donde el pasillo giraba. Las sombras se acumulaban allí; sombras que habían empezado a profundizarse. A moverse.

Una mirada rápida a Danielle me bastó para encontrarla casi cubierta de luz por completo. En su cuello, decenas de puntos luminosos destellaban mientras se agrupaban y le inundaban las venas. Su magia se estaba alzando de tal manera que apenas era capaz de sentir o escuchar otra cosa que no fuese ella. Y lo que fuera que estaba invocando Mercy, además, parecía estar despertando también la marca, que palpitó en mi pecho.

—Puedes hacerlo, Luke, puedes comandar un ejército de oscuridad. Y yo... yo seré tu reina.

«Una mierda vas a hacer», maldije para mí misma. De no estar tratando de mantener cierta calma, se lo hubiera dicho a lo que quiera que fuese aquella cosa que tenía frente a mí. Desde luego, no era Maggie Bradbury. La bruja amable y algo tímida que había conocido en Ravenswood había desaparecido por completo. Y no podía creer que la que la había suplantado fuese de algún modo un miembro de mi linaje. Pero si, como había afirmado ella misma, Mercy era quien había estado en el baile, resultaba obvio que su cortesía solo se había tratado de una espectacular actuación que yo me había tragado por completo. Otra gran mentira.

—No voy a ir contigo —rugió Alex, y su negativa me llegó acompañada de una oleada de alivio.

No era que esperara que se lanzara en sus brazos, pero no tenía muy claro si Mercy podía ejercer alguna clase de influencia sobre él. Estábamos hablando de una bruja que debería haber muerto hacía más de tres siglos; cualquier cosa era posible. Y había visto los rastros de oscuridad en sus venas, gemelos a los de Alexander.

Me hubiera encantado fulminarla con uno de mis rayos de luz en ese mismo momento, sin embargo, me daba miedo no ser capaz de controlar mi poder y terminar explotando cosas. O personas. La sala del consejo estaba apenas a unos metros y todos los que habían permanecido en la academia estaban allí.

—Lárgate de Abbot, Mercy.

Podíamos perseguirla hasta el exterior. Si salía de la academia, no pensaba contenerme.

—Lo haré, pero Luke vendrá conmigo. O... lo haremos del modo difícil, y no sé si os va a gustar.

Desvié la mirada hacia un punto sobre su hombro, allí donde las sombras parecían ahora no ser solo sombras, sino algo más. Una figura emergió del rincón del pasillo al tiempo que Mercy se movía hasta quedar apoyada de manera informal contra la pared. Cualquiera que la viera pensaría que solo estaba pasando el rato; su tranquilidad resultaba un poco inquietante. Como si creyera que aquella era una batalla que ya había ganado.

Alex adelantó una de sus manos y la oscuridad comenzó a derramarse desde sus venas, pero en esta ocasión no alcanzó el suelo, sino que se congregó en torno a sus dedos y luego se estiró hacia abajo, hasta que tomó la forma de una espada afilada. Bueno, aquello sí que era un buen truco.

Mercy chasqueó la lengua con desaprobación y la cosa del rincón comenzó a avanzar hacia ella. Parecía un poco más humano que los que habían atacado la vez anterior, pero sin duda seguía tratándose de un demonio; la piel grisácea y correosa, una boca enorme repleta de dientes afilados y ojos negros como el carbón, sin rastro alguno de blanco. Las luces del techo cayeron sobre su cuerpo y me permitieron obtener una nueva perspectiva de su pecho; la carne era rugosa y estaba cubierta de grietas, y...

—¡Por Dios! ¿Está medio desnudo? ¡Qué asco, joder!

Alex resopló con una buena cantidad de resignación. No creo que hubiera esperado esa clase de comentario. Pero es que aquel ser era de verdad repugnante.

—No creo que sea el momento —me reprendió. Pese a la situación, percibí un destello de humor en su tono.

El demonio llegó a la altura de Mercy y se detuvo. Alex elevó un poco la barbilla.

—¡Vete! —le gritó a la criatura, pero esta miró a su vez a Mercy, como si buscase su aprobación. Lo siguiente que supe fue que Alex se había transformado del todo—. ¡Regresa a dondequiera que hayas salido!

La orden, emitida con esa otra voz antigua y grave, hizo vacilar al demonio. Mercy levantó una de sus manos, aunque su pose despreocupada no varió.

—No —dijo, y a continuación, con una sonrisa, añadió—: Mata a la bruja. Mátalos a todos menos a él.

Los ojos de aquella cosa se incendiaron durante unos segundos hasta adquirir un tono carmesí, y entonces empezó a avanzar directo hacia mí. Desaté mi poder los suficiente como para que los dedos me chisporrotearan cargados de magia. Si esa cosa pensaba que podía llegar hasta mis amigos, estaba muy equivocada.

«Puedes dominarlo. Puedes hacerlo», me dije, aunque en mi cabeza sonó más como la voz de Dith alentándome. Ella me hubiera animado a soltarme, a tomar las cosas en mis propias manos y no quedarme esperando a recibir el primer golpe. Me hubiera dicho que podía hacerlo, y tuve que creer que así era. Sin embargo, mientras el demonio recorría el largo pasillo a grandes zancadas, un aullido se elevó muy por detrás de él.

¡Oh, mierda, Wood! ¿De verdad tenía que elegir aquel momento para aparecer? Escuché también movimiento a mi espalda, y un segundo aullido se alzó en respuesta: Raven. Los gemelos, como si hubieran presentido el peligro, estaban allí.

—Quietos —murmuró Alexander entre dientes, y luego gruñó—: Es mío.

Pero yo había visto lo que la oscuridad de Alex hacía a los demonios: nada de nada. Tal vez podía comandar un jodido ejército de aquellos seres, pero su poder no estaba concebido para enfrentarse a ellos; porque él era como ellos.

La reducida estrechez de aquel pasillo no resultaba el mejor lugar para convocar toda la ira de mi propio poder, pero iba a tener que pensar algo rápido. Eché un vistazo al arma de sombras que Alex mantenía aferrada con fuerza en su mano derecha y fingí que sabía lo que estaba haciendo cuando traté de convocar algo similar. Todo lo que conseguí fue una especie de punzón tamaño XL. Todavía estaba admirando mi chapucero trabajo cuando Alex se lanzó hacia delante para dar la primera estocada.

El demonio reaccionó con rapidez. Atrapó su brazo y cerró los dedos como una tenaza de carne putrefacta en torno a su muñeca. Alex respondió con un puñetazo directo a su mandíbula que lo hizo trastabillar y, por suerte, también consiguió que lo soltara.

Otra de aquellas cosas salió del rincón. Genial, todo aquello era genial. Wood ya estaba saltando sobre el segundo de los demonios, y tuve que aprovechar que Alex se había apartado un poco del demonio para actuar. Con la mano libre, recurrí a mi elemento. Una fina película de agua, procedente de la humedad ambiental, se adhirió a la piel del demonio y lo empujó contra la pared. Lo necesitaba lo más lejos posible de Alex; no quería que mi poder lo rozara sin querer y tener que sentarme a contemplar las consecuencias.

—¡Échate atrás! —le grité, con la esperanza de que entendiera lo que trataba de hacer, pero Alex me miró como si me hubiese vuelto loca.

Un borrón negro pasó a mi lado y se lanzó sobre él para apartarlo de mi camino. Al parecer, Raven sí que me había entendido.

El demonio forcejeó con la barrera de agua que, por otro lado, no era demasiado compacta. Sus manos, convertidas en garras, rasgaron el velo acuoso con facilidad. Giré sobre mí misma y empujé el brazo hacia delante con todas mis fuerzas. El punzón terminó clavado en mitad de su pecho.

—Jódete, cabrón —escupí.

Resultaba obvio que mis reticencias sobre dar muerte a alguien no abarcaban a aquellas cosas, porque nunca me había sentido tan bien. La ira cegadora que me corría por las venas crujió y se expandió, y todo a mi alrededor se volvió brillante, como si alguien hubiera lanzado cubos y cubos de purpurina por todas partes.

¡Ah, no! La luz brotaba de mí. Pero al menos no había sacado las alas.

Alex me dedicó una sonrisita que no pude pararme a descifrar. Nuevos demonios se forjaron a través de las sombras del rincón y una serie de gritos resonaron a mi espalda, seguidos de la risa oscura y maliciosa de Mercy. Giré la cabeza hacia atrás; los gritos provenían de la sala del consejo.

—Ven conmigo, Luke, y evitarás todo esto. —Mercy pronunció la última frase como si «esto» se refiriera a un contratiempo sin importancia. Un pequeño y molesto bache en su camino empedrado de muerte y destrucción.

Alex alzó la mano para mostrarle las llamas púrpuras que danzaban entre sus dedos. Lanzó una bola de fuego en su dirección como toda respuesta, pero Mercy murmuró algo y, con un gesto de la mano, la desvió de su trayectoria. Tuve que lanzar mi elemento para apagar las llamas antes de que provocasen un incendio, sin embargo, Alex parecía más decidido que nunca a enfrentarse a Mercy. Prosiguió avanzando y casi la había alcanzado cuando otro demonio se colocó junto a la bruja. Alex dio un grito y la espada de su mano se dividió para dar lugar, al menos, a media docena de puntas afiladas. Trinchó al demonio como si fuera un pavo de Navidad.

Bien por él.

—Vete al infierno —espetó, y antes de que Mercy pudiera decir una palabra para contradecirlo, estiró la mano hacia ella y la agarró del cuello.

El demonio se desintegró, de regreso a su mundo o dondequiera que viviese, y Alex lanzó a Mercy por el aire. La bruja se estampó contra el recodo del final del pasillo e incluso yo, desde donde estaba, pude oír el fuerte jadeo que exhaló cuando todo el aire escapó de golpe de sus pulmones.

Bajé la mirada hasta Raven.

—La sala. Ve a ayudar —le ordené, y el lobo negro salió disparado.

Había al menos cuatro demonios en la esquina, rodeando el cuerpo de Mercy, y podía escuchar los gruñidos de Wood, que posiblemente había atraído a algunos hasta el vestíbulo para poder atacarlos. Si había más de ellos en la sala, no podía ni empezar a imaginar lo que estaría sucediendo. Pero no quería dejar a Alex allí solo con Mercy. Fuera cuales fuesen los planes de aquella bruja desquiciada, necesitaba a Alex ileso. No le haría daño, sin embargo, el poder de este no era tan eficaz como el mío y no iba a permitir que se lo llevase. No iba a perderlo.

—¡La sala del consejo! —le grité, porque no creía que se hubiera dado cuenta de que también los estaban atacando—. ¡Hay más allí!

Alex había empezado a caminar en dirección a Mercy, todo oscuridad, llamas púrpuras y más de aquellos filos punzantes brotando de sus dedos. Con una niebla oscura rodeándole las piernas y deslizándose por el suelo junto con sus pies. Los cuernos le asomaban entre el lío de mechones blancos y negros.

Se detuvo en mitad del pasillo, indeciso.

Mercy se puso primero de rodillas y luego se alzó. No había nada en sus movimientos que delatara que estaba herida de gravedad a pesar de que el golpe había sonado terrible. Se sacudió la falda del uniforme de Ravenswood y luego nos miró. Balanceó la cabeza en ademán reprobatorio.

—Solo tienes que acompañarme, Luke —siseó—. ¿O quieres que alguno de tus lobitos salga herido?

Apenas si había acabado de hablar cuando un aullido cargado de dolor resonó a nuestra espalda. Mercy sonrió y tanto Alex como yo nos quedamos rígidos. Un par de segundos más, y otro sonido similar llegó desde el vestíbulo. Cualquiera que fuese el poder del verdugo, parecía que le permitía controlar a los demonios sin tener que emitir ordenes verbales.

Aquello era malo. Muy malo.

—Ve con Wood —le dije a Alex—. Yo iré a por Raven.

Sentía que separarnos era una muy mala idea, pero no podíamos quedarnos los dos allí. No solo por Raven, sino porque todos los que quedaban en la academia estaban en aquella sala. Era como si Mercy hubiera sabido exactamente cuándo atacar para encontrarnos a todos reunidos en el mismo sitio. ¡Por Dios! Ava, Johan y aquel grupito de niños estaban allí; solo eran unos críos que apenas habían comenzado a controlar su magia.

No esperé respuesta de Alex. Giré sobre mí misma y eché a correr hasta la puerta de la sala, y cuando me asomé al interior... no me detuve. Seguí corriendo y me lancé sobre la espalda de una de aquellas cosas, lo cual fue un movimiento estúpido y temerario, pero que resultó efectivo. Había suficiente luz en mi piel para que el demonio sufriera una especie de cortocircuito y empezara a oler a chamusquina. Caímos al suelo y las sombras se convirtieron de nuevo en un líquido oscuro y pegajoso. De alguna forma, me las arreglé para quedar a cuatro patas en el charco.

Traté de ignorar todo aquel pringue y busqué a Raven con la mirada. La mayoría de los brujos jóvenes estaban ahora, gracias a Dios, en el estrado. Los adultos trataban de protegerlos y luchaban en la parte más cercana a ellos, mientras los Ibis se habían desperdigado por la sala y peleaban sin descanso contra las criaturas. Winthrop también estaba con los guardias; la consejera recitaba un hechizo desconocido para mí, con las manos extendidas hacia una de aquellas criaturas. Y fuera cual fuese, funcionaba, al menos en parte, porque el demonio se movía de manera descoordinada y muy despacio.

No vi a Raven por ningún lado, pero, en una esquina, descubrí a uno de los demonios inclinándose sobre Cam. Hubbard apareció de la nada y arremetió contra él con un golpe de viento, pero apenas si consiguió que se retirara un poco. Todo aquello era una locura, pero traté de no pensarlo demasiado. Me puse en pie y me abalancé hacia delante, apartando las sillas que aún quedaban en pie.

No llegaría a tiempo junto a Cam y su padre. El demonio había levantado ya la mano en forma de garra...

Aterrorizada y con el sabor de la bilis llenándome la boca, estiré el brazo y convoqué toda la cantidad de ira que me atreví hasta darle forma a un látigo de luz que cortó la distancia entre ellos y yo. Recé para que encontrara su objetivo y, sobre todo, para que lo hiciera a tiempo.

44

El demonio explotó en cientos de pedacitos de oscuridad y regó tanto a Cam como a su padre de más de aquella cosa pringosa; sin embargo, estaban vivos. Eso era todo cuanto me importaba. Mientras, los Ibis peleaban con la entrega que se esperaba de ellos y, a juzgar por la sangre que salpicaba el suelo, y las heridas que mostraban algunos, lo harían hasta su último aliento.

Localicé a Sebastian en mitad de aquella locura, con sus dos dagas, girando, adelantándose y retrocediendo, apuñalando y desmembrando con la soltura de quien se halla en mitad de algún tipo de baile que ha practicado hasta la saciedad. Tenía un desgarrón en la manga de la camiseta y una herida en la mejilla, pero, por lo demás, parecía bastante entero. A mi padre me pareció verlo junto a los brujos más jóvenes, aunque no estaba segura de que intentara ayudarlos. El muy cobarde quizás se estuviera escondiendo tras ellos.

Se me escapó un jadeo cuando, en la parte derecha del estrado, atisbé a Putnam sentado en la silla que había estado ocupando durante todo el juicio. Tenía la barbilla apoyada sobre el pecho, casi como si se hubiese quedado dormido, pero la parte delantera de su camisa estaba empapada de sangre. A pesar de que fuera un miembro del consejo, y de que yo no tenía especial afecto por ninguno de ellos, sentí lástima por que hubiera encontrado la muerte así.

Di un nuevo barrido frenético a la sala y por fin encontré a Raven. Un demonio lo había acorralado en un rincón y parecía estar buscando la manera de llegar hasta él sin perder ninguna extremidad. El lobo tenía todo el pelo del lomo erizado y el labio superior retraído por completo. No dejaba de gruñir, pero no se decidía a atacar. Esperaba que no estuviese herido.

Me desplacé por la sala hacia ellos, pero otro demonio se interpuso en mi camino. Abrió la boca y emitió un sonido horrible. Joder, aquellas cosas no gritaban al esfumarse, pero al parecer lo hacían por placer.

—Aparta de mi camino o te ilumino como un puto faro. —No esperé su respuesta, tampoco sabía si aquella cosa podía hablar.

Le planté la mano en mitad del pecho. Mis dedos se hundieron un poco y toda la carne alrededor se contagió del brillo de estos. Una lluvia oscura y densa me salpicó de pies a cabeza. Reprimí las ganas de vomitar de puro milagro. Puede que ser la Ira de Dios molara, pero sus consecuencias eran una mierda. De verdad que lo eran.

Más tarde, cuando la adrenalina desapareciera de mi cuerpo y mi poder casi se hubiera agotado, seguramente colapsaría y acabaría encogida en un rincón. Pero ahora mismo no tenía tiempo para lloriquear y la ira que danzaba en mis venas me mantenía centrada.

—¡Danielle! —gritó alguien a mi derecha; me pareció que era Cam.

Me aparté de un salto y evité a duras penas unas afiladas garras, pero la criatura que se había lanzado sobre mí fintó conmigo y cuando quise darme cuenta me había agarrado del brazo. No explotó ni se deshizo de golpe como las otras, sino que hundió los dientes en mi hombro. Grité al sentirlos clavándoseme en la piel y tiré sin darme cuenta de que iba a desgarrarme la carne.

—Joder —masculló, abrumada durante unos segundos por el fogonazo de dolor que me recorrió todo el brazo.

Tuve que hacer un esfuerzo para que mi poder no retrocediera, pero al menos al demonio le fue mucho peor. De su garganta brotó un sonido brusco y, un instante después, más de esa mierda negra empezó a chorrearle de la boca y se desplomó.

Desde ese momento, el sonido de las armas de los Ibis pareció ganar fuerza, pero también los hicieron los chillidos que lanzaban los demonios. Conseguí llegar hasta Raven y ni siquiera me lo pensé dos veces, hundí la mano de golpe en el pecho del demonio que lo acosaba y me marqué un Elijah; sí, justo igual, mi mano salió por el otro lado, aunque sin corazón de por medio.

Me hubiera gustado revisar a Raven y comprobar que estaba intacto, pero no hubo tiempo para nada. Los demonios parecían salir de todas partes, y él continuó peleando también con ellos, así que quise pensar que no lo habían herido. Hubo más gritos. Más sangre, de brujo y de demonio. En la sala resonaban distintas voces que recitaban diferentes hechizos. Sollozos y, de vez en cuando, sonidos de agonía. Sabía que no provenían de los Ibis, y tuve que armarme de fuerza de voluntad para no encogerme cada vez que dichos sonidos se elevaban por la estancia, a sabiendas de lo que podía suponer.

Perdí la cuenta de los demonios que iluminé con mi poder, de las veces que su sangre oscura me salpicó. Y también fingí que no me dolía el hombro ni las otras heridas que recibí, que fueron unas cuantas. Mi poder menguó y yo seguí tirando de él, y me obligué a no pensar en Alex y Wood. No los veía a mi alrededor, lo cual quería decir que continuaban en el vestíbulo con más demonios y con Mercy. Si les ocurría algo a alguno de los dos...

¡Joder! Le había dicho a Alex que lo ocurrido en mi habitación solo había sido sexo, cuando yo sabía a la perfección que no había nada en lo concerniente a aquel brujo idiota y gruñón que fuera solo *algo*, y mucho menos lo que habíamos compartido. Pero todo aquello, todo en lo que estábamos inmersos, el pasado, mi presente, el futuro incierto... Todo era demasiado. Y daba miedo.

Y quizás, dada la situación, fuera una persona horrible y egoísta, pero no quería sufrir más. No quería volver a perder. No quería añorar más a gente que no regresaría. No quería sentir. Mi ira parecía algo más seguro a lo que agarrarse, así que la dejé fluir y seguí adelante.

Perdí a Raven de vista en algún momento. La sala olía a muerte y sangre, y a una mezcla de la magia de los brujos presentes. Me dolían los brazos. Las manos. Todo el cuerpo. Mi energía se agotaba, pero continué peleando. Y cuando ya no pude más, fui yo, y no uno de esos seres, la que abrió la boca y... gritó.

Alexander

Había sido una suerte que Wood me entrenara con la espada y hubiese podido convocar una, porque ni mediante órdenes ni reuniendo toda mi oscuridad era capaz de mandar de regreso al infierno a ninguna de las criaturas que infestaban el vestíbulo de Abbot. Al menos, no trataban de hacerme daño o, mejor dicho, se estaban contentando con no amputarme ningún miembro o herirme de gravedad. Wood peleaba a mi lado convertido en lobo y su pelaje estaba salpicado en varias zonas con sangre, tanto roja como negra. De haber tenido sus armas a mano, suponía que hubiera elegido su otra forma y habría disfrutado hasta la locura de ello. Pero, dado que no era así, se limitaba a desgarrar las partes de los demonios que más a mano le quedasen, y no estaba siendo nada agradable.

—¡Detén esto! —le grité a Mercy.

Se había acomodado en las escaleras y contemplaba la escena casi con aburrimiento, sin intervenir, lo cual era más que bienvenido. Que no me quisiera muerto no significaba que no pudiera hacerme daño. O que no se lo hiciera a Wood.

—Ven conmigo y parará.

Wood chasqueó los dientes y el sonido rebotó contra las paredes como una advertencia. Sabía lo que estaba pensando. Que tal vez me plantease ceder y acompañarla, y estaba en lo cierto. Incluso si regresase con Mercy a Ravenswood, no había manera de que hiciera nada de lo que ella esperaba de mí.

Ahora mismo, no sabía si Danielle y Raven se encontraban bien, ni nada de lo que estaba sucediendo en la sala del consejo. Y eso me estaba matando por dentro.

Lancé golpes con la mano derecha, clavando la espada a diestro y siniestro, mientras desataba mi oscuridad por pura frustración. Las paredes y el suelo temblaron. El retrato de la familia fundadora cayó al suelo. El edificio entero pareció sacudirse. Y el eco de la magia de todos y cada uno de los brujos presentes en Abbot destelló en el fondo de mi mente. Mercy apenas si se inmutó, y yo tan solo conseguí que la marca de los malditos ardiera aún con más intensidad en mi pecho. Pero continuaba sintiendo a Danielle, así que al menos sabía que estaba viva.

—Si voy contigo, ¿los dejarás vivir? —gruñí.

Todos los demonios dejaron de pelear a la vez, algo que hubiera aprovechado Wood de no ser porque se transformó en el acto.

—Por ahora, sí —dijo Mercy, complacida.

—Ni de coña —replicó Wood a la vez—. No vas a ningún lado.

Se encaró conmigo. Tenía los brazos llenos de cortes y una mancha de sangre impregnó la tela de su camiseta y se extendió con rapidez por su costado. Unos diez demonios nos rodeaban, pero ni siquiera les prestó atención. No estaba seguro de si era

Mercy quien los invocaba —seguía pensando que Elijah debía de tener un papel en todo aquello, más allá de haberla traído de vuelta—, pero en algún momento su magia tendría que agotarse y dejarían de brotar de las sombras como putas setas en mitad del bosque. El problema era que tal vez no pudiésemos esperar a que eso sucediese.

—Te dejaré traerte a tus mascotas —añadió la bruja, poniéndose en pie—. Siempre que se comporten, son más que bienvenidos. Al fin y al cabo, son Ravenswood. Como tú y como yo.

—Alex, no puedes ir con ella. No sabes lo que te hará...

—¡Oh! En realidad, yo no voy a hacer nada todavía. Eres tú —me señaló y luego hizo un gesto hacia los demonios— quien va a emplear su oscuridad y la marca. Apuesto a que ni siquiera sabes todo lo que puedes hacer.

—No voy a comandar ningún ejército.

Mercy arqueó las cejas y avanzó entre los demonios, deteniéndose aquí y allá para admirarlos con una extraña devoción. Si su alma había estado en alguna clase de limbo durante más de tres siglos, estaba claro que no le había sentado demasiado bien a su cordura.

—Harás mucho más que eso, Luke...

—Deja de llamarme así —le espeté, aunque parecía una minucia por la que preocuparse en un momento como aquel.

Pero, ahora más que nunca, sentía que Luke era el Ravenswood que mi padre había deseado que fuese, tal vez incluso el que habría participado de toda aquella charada. Yo no era ese brujo y no quería serlo.

Mercy se limitó a sonreír.

—Harás mucho más, *Luke* —insistió, ignorando mi petición—. Tienes el poder para abrir del todo puertas que hasta ahora solo han estado entreabiertas. Tú y esa bonita marca de tu pecho.

No tenía ni idea de qué estaba hablando. La marca de los malditos era una maldición, una muy antigua. Un castigo que solía convertir a sus portadores en sombras de sí mismos, ansiosos, maliciosos, siniestros. Brujos que anhelaban el poder por encima de cualquier otra cosa. Brujos que habían hecho cosas terribles a lo largo de la historia, amparados por su propia oscuridad, lo cual no era poco. Pero más allá de eso...

—Retira todos los demonios del edificio ahora mismo.

Mercy hizo una pirueta y agitó el dedo de un lado a otro. Estaba a apenas un par de metros de donde yo me encontraba. Si era rápido, quizás pudiera tratar de atravesarle el pecho con mi espada. ¿Moriría? ¿Se liberaría el cuerpo de Maggie Bradbury? No tenía ni idea, pero valía la pena intentarlo.

—No, no, no. No funciona así. Tú sales de aquí conmigo y ellos nos seguirán.

—Miente —intervino Wood—. No la escuches.

Mi familiar me conocía y sabía que iría con ella si eso conseguía salvar a los demás. No había muchas más opciones, salvo que mi pequeño truco funcionase y fuera capaz de acabar con el verdugo. Eso debería terminar con la profecía.

Me forcé a sonreír.

—Está bien. —Le tendí la mano—. ¿Vamos?

Wood me agarró del brazo y tiró de mí, pero lo empujé con toda la fuerza que me quedaba. Ambos estábamos exhaustos; aun así, conseguí que retrocediera. La mirada que me dedicó...

—No lo hagas —suplicó, y el dolor en su voz fue desgarrador.

—Confía en mí.

Casi pareció que le hubiera dado un segundo golpe, pero se recuperó enseguida.

—Entonces iré contigo.

Su afirmación consiguió que Mercy se pusiera a dar saltitos, como una niña pequeña a la que acabaran de conceder vía libre para hartarse a chocolate. Le tendí la mano una vez más y se acercó a mí con más de aquellos saltos enloquecidos. Pero mientras empezaba a echar la otra mano hacia atrás para tomar impulso con la espada, un grito resonó a través de las paredes y del techo, del suelo, proveniente de todas partes y ninguna. Una onda de energía le sucedió un instante después y mi oscuridad retrocedió hasta la parte más profunda de mi pecho. Me transformé sin poder evitarlo y, con ello, mi espada desapareció también.

Todo lo que se me ocurrió fue agarrar a Mercy y empujarla a través de las puertas de entrada. Por suerte, no encontré mucha resistencia. Quizás ella también se hubiera debilitado. Los demonios se lanzaron tras ella como perros obedientes tras su amo.

—¡Las puertas! —me gritó Wood.

Recité el hechizo de cierre más potente que conseguí recordar y, con un último gesto, la madera voló contra los vanos y encajó en su sitio. Durante un minuto eterno ambos esperamos que se abriera de nuevo, pero eso no sucedió.

Ambos echamos a correr hacia la sala del consejo a la vez. Lo que quiera que hubiese sido esa explosión de energía, sin embargo, había derruido parte del techo del pasillo. Ni yo ni Wood dijimos nada mientras empezamos a retirar cascotes de en medio de forma apresurada; ninguno de los dos se atrevió.

45

Recobré la consciencia no sé cuánto tiempo después. Tosí, y ese simple gesto me hizo encogerme de dolor. Durante unos pocos segundos no supe dónde me encontraba ni qué había pasado. Lo único que tenía claro era que mi magia parecía estar casi agotada y mi cuerpo mucho peor. Me dolían lugares que ni siquiera sabía que pudieran hacerlo.

Elevé los párpados a duras penas. Había escombros por todos lados y un montón de polvo flotando en el ambiente. El techo de la sala se había derrumbado e incluso una zona de la pared junto a la puerta había caído también, pero al menos no se veían demonios por ningún lado; lo malo era que tampoco se apreciaba ningún otro movimiento. Cam yacía a pocos pasos de mí, también sobre el suelo, aunque, por suerte, parecía haberse librado de lo peor del derrumbe del techo.

—Cam —lo llamé, y la voz me salió áspera.

Tenía la garganta seca y me dolía, como el resto del cuerpo, y recordé que había gritado poco antes de que todo se fuera a la mierda. Junto con ese grito, y empujada por la desesperación, había dejado salir cada gota de mi magia en una explosión brutal que había barrido toda la sala. La luz había brotado de mi cuerpo como una ola y había lanzado a todo el mundo, brujo o no, por los aires.

—Cam —insistí, tratando de dominar mi pánico.

Una herida le cruzaba la frente, aunque la sangre ya se había coagulado. Además de algún desgarrón en la ropa y la capa de mugre que lo cubría, no parecía tener ninguna otra herida relevante.

Yo estaba tumbada boca abajo, con un brazo bajo el estómago y el otro a un lado. Traté de reunir algo de fuerza para moverme, pero entonces Cam soltó un leve quejido y sus ojos se movieron tras sus párpados. Suspiré de puro alivio.

—¿Estás bien? ¿Puedes moverte? —inquirí, cuando por fin abrió los ojos.

—No estoy... seguro —gimió, y se llevó una mano a la cabeza. Siseó de dolor cuando se tocó la frente—. ¡Mierda!

Hice un esfuerzo y estiré el brazo hacia él, y Cam atrapó mi mano y enredó los dedos con los míos. Me dio un apretón reconfortante, aunque doloroso, y exhaló una profunda bocanada de aire.

—¿Qué ha pasado?

—Creo que... es culpa mía. Perdí el control y... ¡Dios! Tenemos que movernos, comprobar cómo están los demás... Si alguno... Si yo he...

—Shhh... Está bien. Tranquila —intentó calmarme. Ladeó la cabeza para echar un vistazo alrededor—. Al menos esas cosas ya no están.

Era un consuelo muy pobre. Puede que hubiera acabado con todos los demonios de un solo golpe, pero ¿qué le habría hecho a los demás?

A Cam le llevó tres intentos conseguir sentarse, mientras que yo necesité que me ayudara. Cada mínimo movimiento despertaba un nuevo dolor. Resultaba evidente que, además de las heridas que había sufrido mientras peleaba con los demonios, mis explosiones no me hacían ningún bien físicamente.

A lo largo de la sala empezaron a oírse algunos quejidos y sollozos, lo cual era una buena noticia porque significaba que había más gente... viva.

Cam soltó una maldición y, en cuanto seguí el rumbo de su mirada, me di cuenta de lo que la había causado. Hubbard estaba apoyado contra una de las paredes laterales, cubierto de polvo y sangre. Tenía los ojos cerrados, pero mantenía una de sus manos apretada contra el costado, por lo que debía de estar mínimamente consciente.

Acudimos a su lado lo más rápido que nuestro estado nos lo permitió. Cam se arrodilló frente a él.

—¿Papá? ¿Papá, me oyes?

—Estoy bien —jadeó Hubbard, aunque ni de coña lo estaba.

Cam le apartó los dedos para descubrir un tajo justo sobre su cadera. No era demasiado grande, pero sí profundo, y seguía sangrando. De inmediato, lo cubrió con una de sus manos y comenzó a recitar un hechizo curativo con una vehemencia que puso de relevancia lo preocupado que estaba.

—Te pondrás bien, papá.

—Lo sé, lo sé. Solo es un pequeño corte —aseguró el director, con su habitual entereza—. ¿Los alumnos...?

—¿Necesitas mi ayuda? —le pregunté a Cam, pero él negó.

—Ve a ayudar a los demás.

Hubbard abrió los ojos mientras algo de color regresaba a su rostro pálido. Le dediqué un leve asentimiento para que supiera que buscaría a los otros alumnos. Y eso hice. A pesar de que apenas podía mantenerme en pie y de la tortura que suponía cada movimiento, me giré hacia la sala dispuesta a encontrar a todos y cada uno de los brujos que habían estado allí un momento antes. Con un rápido vistazo, descubrí que había ya varias personas también en pie, aunque ningún lobo. Me maldije a mí misma por haber perdido de vista a Raven, pero me dije que tenía que seguir vivo; si le hubiera pasado algo, yo debería de haberlo percibido, ¿no? Si Raven era mi familiar, lo sabría... Como había pasado con Dith.

Saqué fuerzas de flaqueza, espoleada por la preocupación y avancé entre las sillas caídas y los escombros. No había ni rastro del techo, por lo que podía ver algunas de las habitaciones de una de las alas de dormitorios. Joder, había volado media academia.

—¡Danielle! Gracias a Dios, estás bien. —Me sorprendió lo aliviado que parecía Sebastian, y también la alegría que sentí al verlo en pie—. Ven, ayúdame con esto.

Fui hacia él y, entre los dos, retiramos algunos bloques de piedra y restos de muebles. Ayudamos a varios alumnos. Encontramos heridos, aunque vivos, a la mayoría de los asesores, profesores —incluido Danforth—, a la consejera Winthrop y también a Fisk; John Peabody, en cambio, no había corrido la misma suerte. Tenía el estómago abierto en canal y parte de sus vísceras estaban esparcidas a su alrededor y cubiertas de sangre de demonio. Creo que no vomité toda la cena porque mi cuerpo no podía permitirse el esfuerzo. Richards todavía respiraba, pero tenía una herida muy fea en el pecho que no paraba de sangrar. Sebastian hizo todo lo posible por él, sin embargo, apenas unos minutos después de que lo encontrásemos también falleció.

Mi padre apareció bajo la mesa del consejo, intacto salvo por algún raspón sin importancia, y no pude evitar sentirme aliviada a pesar de lo poco que pensaba que me importaba ya el destino que corriera Nathaniel Good. Estaba convencida de que se había ocultado ahí en algún momento y había dejado a su suerte a los alumnos. No le dediqué más que una mirada rápida; no se merecía ni siquiera mi reprobación.

Me concentré en seguir buscando a más supervivientes. Empleé los restos de mi magia casi inexistente para curar algunas heridas leves de un par de brujos jóvenes, pero seguía sin dar con Raven y tampoco había visto a Ava y Johan. Mi inquietud no dejaba de crecer.

«Está vivo, concéntrate en eso», me dije, porque de otra manera me volvería loca.

Un sollozo llamó mi atención hacia uno de los rincones más oscuros de la sala. Vi un bulto moverse, y al acercarme...

«No, no, no. Por favor», gemí para mis adentros. Me dejé caer junto a Ava. La niña estaba prácticamente enroscada en torno a un cuerpo inerte. Se me llenaron los ojos de lágrimas al contemplar el modo en el que el llanto sacudía su espalda y sus hombros, encorvados sobre el pecho destrozado de Johan. El crío estaba... No, no podía ser.

Le tomé el pulso a pesar de que *sabía* que estaba muerto y, aunque no lo encontré, me negué a aceptarlo. Extendí la mano sobre la herida y convoqué cualquier mínimo rastro de energía que aún corriera por mis venas. Tomé todo lo que me quedaba, incluso lo que no existía ya, y lo volqué en el pequeño cuerpo del muchacho. E incluso cuando ya no tenía nada más que dar, continué reclamándole a mi mismo ser que no se rindiera. Cedí a las lágrimas, aunque estas no iban a poder ayudarlo. Mi piel no brillaba, ninguna luz salió de mí, pero seguí y seguí hasta que me costó respirar. Hasta que ya no notaba los dedos ni las piernas. Ni ninguna otra parte de mí.

—¡Para, Danielle! —Me apartaron de golpe, unos brazos se cerraron a mi alrededor y luego Cam murmuró en mi oído, con mucha más suavidad—: No puedes hacer nada por él. Ya se ha ido. Se ha ido.

No quise escucharlo. Me revolví y pataleé, mientras sollozaba de rabia y dolor. De impotencia. No me quedaban fuerzas para liberarme de su abrazo. Aun así, luché durante unos instantes más. Pero Cam me mantuvo apretada contra su pecho y conservó la calma hasta que mi cuerpo no pudo hacer otra cosa que rendirse.

—Ava —gemí, aplastando la cara contra su pecho, porque alguien tenía que consolarla a ella. Alguien tenía que decirle que todo saldría bien, que el dolor pasaría, aunque fuese mentira.

—Shhh... Sebastian está con ella. Solo... tienes que calmarte. Tienes que ser fuerte.

—No quiero ser fuerte, Cam —repliqué—. Duele.

Dolía demasiado. Nada de aquello debería haber sucedido, y no importaba si a Johan lo habían asesinado los demonios, porque estaba muerto de todas formas. Y yo me sentía un poco más rota. Más débil, pero al mismo tiempo más... furiosa.

Me revolví una vez más.

—Suéltame, Cam. Tengo que buscar a Raven. Tengo que encontrarlo. —La presión de sus brazos se aflojó tan solo un poco—. Por favor, por favor.

Me soltó por fin, aunque se mantuvo a mi espalda para evitar que me derrumbase. ¡Dios! Estaba hecha una mierda en todos los sentidos y, sin embargo, logré permanecer erguida, decidida a encontrar a Rav aunque tuviera que arrastrarme por toda la sala a través de piedra, sangre y polvo. A través del dolor y la ira.

—No se puede llegar al vestíbulo. El pasillo está inoperable —oí decir a uno de los Ibis.

Cerré los ojos un instante y apreté los párpados hasta que decenas de lucecitas destellaron en la negrura. Pensé en Alex y Wood, y deseé con todas mis fuerzas que estuvieran bien, aunque estaba visto que desear no servía de nada. Tal vez Raven se había escapado por alguna de las ventanas y había rodeado el edificio para ir a buscarlos; había una bastante grande al final del pasillo. Tenía que ser eso.

Cam y varios Ibis me ayudaron a remover los escombros de la sala. Lo pusimos todo patas arribas, si es que se podía describir así cuando ya estaba todo hecho un desastre. Flaqueé de nuevo cuando encontramos a otro alumno muerto; uno de los Ibis, de unos treinta años y con diversas heridas, como el resto, se inclinó sobre el cuerpo para examinarlo y dictaminó que sus heridas habían sido causadas por un demonio. En total, habían muerto tres consejeros, un asesor y dos alumnos; todos, en apariencia, víctimas de aquellos seres infernales, pero eso no me consoló en absoluto. Habíamos estado perdiendo el tiempo en discusiones inútiles, juzgando mi comportamiento inapropiado o la presencia de los Ravenswood en Abbot, cuando deberíamos haber evacuado a todos los alumnos y trazado algún tipo de plan de contención.

—Voy a matarla. La mataré —afirmé, furiosa, y fue la primera vez que de verdad sentí que podía cumplir una amenaza de ese tipo.

Mi amargura y la ira eran un ente siniestro que se enroscaba en mi estómago, lo único que en ese momento me mantenía en pie, junto con la aguda necesidad de encontrar a Raven y asegurarme de que Alex y Wood estuvieran bien. Me negaba a pensar que les había sucedido nada. Ojalá no hubiesen acabado ellos con Mercy, porque quería ser yo la que tuviera ese placer. Con el sonido apagado y roto del llanto de Ava aún resonando por la sala, me prometí a mí misma que acabaría con ella a cualquier precio.

Proseguimos con la búsqueda, pero fue en vano. Raven no estaba por ningún lado. Así que salí de la sala, seguida por un Cam receloso y por Sebastian. Al menos, mi amigo había logrado curar a su padre y estaba fuera de peligro, aunque iba a necesitar mucho descanso hasta recuperarse del todo.

Nos encontramos con dos de los Ibis tratando de despejar el pasillo. Uno de ellos aún debía de tener algo de magia para emplear su elemento, y se estaba valiendo de este para hacer levitar los trozos de piedra más pesados. Se oía ruido al otro lado, como si alguien estuviera allí también escarbando entre el desastre.

—¿Alex? —grité, y juro que me mareé cuando él replicó también a gritos y me aseguró que Wood también se encontraba bien.

Comencé a apartar más y más cascotes a toda prisa—. ¿Está Rav contigo?

El Ibis terminó de desplazar otra roca enorme en ese momento y abrió un agujero lo bastante ancho como para que pasase una persona muy pequeña. Ninguno cabía por allí, pero escalé hasta poder asomarme y ver el otro lado.

—¿Rav? ¿Está ahí? —inquirí, angustiada.

Tanto Wood como Alex estaban cubiertos de sangre oscura y de la suya propia de pies a cabeza, aunque parecían bastante enteros. Pero no había rastro de Raven.

—No lo encuentro —proseguí, presa del pánico. El rostro de Alex palideció y juraría que Wood, a su lado, se tambaleó—. No está.

Aquello era un mal sueño. Una pesadilla macabra. Raven tenía que estar bien.

«No. Él no. No me hagas esto», recé a cualquiera que tuviera el poder para ayudarme. Ni siquiera me detuve a esperar a que el pasillo estuviera practicable. Me dirigí al extremo contrario, directa hacia el ventanal, que milagrosamente estaba intacto, y lo reventé de una pedrada. Me hice un corte en el brazo —otro más—, que ni siquiera sentí, mientras me arrastraba al otro lado y me dejaba caer sobre el suelo de tierra. Y luego eché a correr a pesar de que mis músculos protestaron, resentidos.

No me paré a pensar en lo que podría estar esperándome fuera; no me paré a pensar en nada. Sin embargo, el jardín delantero estaba completamente desierto cuando llegué a la parte frontal del edificio. La verja exterior de la finca se hallaba abierta de par en par, pero las puertas de la academia estaban cerradas y había algo...

Me detuve de golpe y fui acercándome muy muy despacio. El pulso se me aceleró mientras deslizaba la mirada por la madera y las palabras grabadas en ella, como si alguien hubiese empleado un punzón o algo afilado para hacerlo. Tuve que leer el mensaje dos veces antes de que calara en mi mente y pudiera comprenderlo o, más bien, asimilarlo del todo. Y, en cuanto eso sucedió, se me aflojaron las piernas y caí de rodillas sobre el suelo. La puerta se abrió en ese momento, pero yo continué viendo las palabras pese a que ya estaban fuera de mi vista.

Si lo quieres, ven a por él, Luke. Mañana, a medianoche.

Mercy se había llevado a Raven. Se había llevado a mi familiar. Y yo no pensaba parar hasta acabar con ella, con la profecía y con cualquiera que se interpusiera en mi camino. No pararía hasta vengar la memoria de Dith y asegurarme de que Raven estuviera a salvo.

Cuando Alex descubrió el mensaje, el rugido iracundo que lanzó retumbó a través de toda la finca y debió de llegar incluso hasta los terrenos de Ravenswood. Esperaba que esa zorra de Mercy lo hubiera oído.

46

Fuera cual fuese el plan de Mercy, estaba claro que no quería esperar para llevarlo a cabo. Aunque yo ni siquiera me había percatado de ello antes, la noche siguiente no sería cualquier noche, sino la víspera de difuntos. La noche de Halloween, una en la que el velo entre este y el otro mundo se volvería más delgado y quebradizo que nunca, y nuestro poder más fuerte. Pero también lo sería el suyo.

—Es una trampa —señaló Sebastian, y Hubbard asintió su acuerdo.

—Me da igual. Voy a ir —replicó Alex.

Yo ni siquiera me molesté en contestar; no albergaba ninguna duda de que acudiríamos directos a una trampa, pero abandonar a Raven no era una opción. Si Alex, Wood y yo no habíamos cruzado ya el camino era solo porque sabíamos que debíamos permitir que nuestra magia se recuperase para poder enfrentarnos de nuevo a Mercy. Aun así, me estaba costando muchísimo no echar a correr hacia Ravenswood.

Wood, transformado en lobo, no dejaba de gruñir y dar vueltas de un lado a otro como un animal enjaulado. Estábamos en la planta baja, en la sala donde solían reunirse los profesores entre clases, ubicada en el ala de Abbot que no se había derrumbado. El ala de los dormitorios de los chicos había quedado prácticamente inservible y la que se correspondía con las zonas comunes, como el comedor y la biblioteca, también estaba afectada. En el vestíbulo había grietas en las paredes y el cuadro de los fundadores iba a necesitar una seria restauración, aunque al parecer eso había sido más culpa de Alex que mía. Cuando Elias Fisk había tratado de increparle por ello, él lo había mandado a la mierda sin pestañear. A mí ni siquiera se atrevió a reprocharme nada, lo cual fue una suerte para el consejero, porque no tenía muy claro cómo hubiera respondido a una provocación, viniera de quien viniese.

Salvo Cam y yo, el resto de los alumnos ya estaban de camino a un sitio seguro. Se había trasladado a varios asesores y a un par de Ibis con heridas graves, y los demás asesores y todos los profesores habían pedido marcharse también, incluido mi padre. Hubbard les había dicho que, si no pensaban quedarse a ayudar, se buscaran la vida. Y, aunque ya era bien entrada la madrugada, el director había enviado un montón de mensajes pidiendo ayuda urgente a los aquelarres más cercanos. Muy pocos de ellos podrían llegar a tiempo, y no estaba segura de cuántos acudirían, pero, de cualquier manera, Alex, Wood y yo pensábamos ir a Ravenswood al anochecer.

Todo aquello era un desastre. Antes del ataque, apenas si se habían llegado a enviar algunos mensajes a la comunidad oscura, y ninguno había obtenido respuesta aún. En realidad, la mansión Ravenswood permanecía sumida en una calma inquietante; no había luces en ninguna ventana ni ningún movimiento que indicara que había gente allí. Dado que la finca era enorme, podrían haber evacuado a sus alumnos por otra zona sin que los viésemos; ojalá fuese así, porque nada hacía pensar que Mercy no hubiera arremetido también contra su propia comunidad. No creía que alguien como ella guardara lealtad a nadie, salvo a Elijah tal vez.

—Iré con vosotros —afirmó Hubbard.

Cam parpadeó y miró a su padre como si este acabase de dar una pirueta con doble mortal hacia atrás incluido.

—Yo también —se apresuró a decir mi amigo. Hubbard abrió la boca para protestar, pero Cam se le adelantó—: Voy a ir, papá. Da igual lo que me digas. *Tengo* que ir.

Para un tipo que había estado refunfuñando desde el mismo momento en que había conocido a Raven, se había tomado bastante mal el secuestro del lobo negro. Estaba indignado, preocupado y tan furioso como cualquiera de nosotros. No había que ser muy listo para darse cuenta de que las atenciones de Rav no le habían molestado ni la mitad de lo que había intentado hacernos creer.

—Yo también voy —intervino Sebastian.

Alex le dedicó un asentimiento formal y controlado a pesar de lo exhausto e inquieto que yo sabía que estaba. Percibía su magia de una forma muy débil, apagada, que palpitaba como un eco distorsionado. Sin armonía. Hubiera apostado cualquier cosa a que la mía no sonaba muy diferente pese a que no dejaba de repetirme que Raven tenía que estar bien; Alex o yo lo hubiésemos notado si no fuera así.

—No creo que tengamos problemas para entrar, pero no sé si, una vez dentro, será tan fácil salir, al menos para vosotros —comentó él—. Las protecciones de Ravenswood no nos afectan ni a Wood ni a mí, y ya las rompimos una vez para sacar a Danielle, pero es muy posible que hayan vuelto a reforzarlas.

—Mataremos a Mercy, y luego ya nos preocuparemos de cómo salir de allí —intervine yo, y ni siquiera me tembló la voz al hablar. Pese al cansancio. Pese al dolor.

Me retiré hasta una silla y tomé asiento, mientras Alex esbozaba un mapa en un folio y les explicaba a los demás la distribución de las construcciones de la academia por si nos separábamos. No teníamos ni idea de dónde estaría reteniendo Mercy a Raven, aunque

Alex creía que se habría atrincherado en el auditorio. Las salvaguardas de ese edificio en concreto evitarían que ningún brujo pudiera atacarla, mientras que ella, al parecer, podía sortearlas al menos en cierto modo, tal y como había demostrado durante el baile de máscaras. Pero Alex y yo estábamos en las mismas circunstancias que ella: yo había podido curar la quemadura de Raven esa noche, y parte del poder oscuro de Alex se había filtrado al exterior cuando había acudido junto con Wood. Así que estaríamos en igualdad de condiciones, aunque Cam, Hubbard y Sebastian, o cualquiera que nos acompañara si llegaba ayuda, no podrían hacer uso de su magia una vez que entráramos en el edificio.

Ese detalle disgustó en extremo al director; seguramente, más por Cam que por sí mismo. Sebastian no dijo nada. El Ibis tenía sus dagas metidas en la cinturilla del pantalón, a la espalda, y anunció que armaría a cualquiera de nosotros que lo deseare. Al parecer, había una sala en Abbot que funcionaba como armería para los guardias del consejo y para otras eventualidades. Suponía que esta era una de ellas.

—Deberíamos ir a curarnos del todo las heridas y descansar. Mañana nos espera una noche muy larga, y probablemente mucho peor que la de hoy —vaticinó Hubbard, y todos asentimos.

Necesitaba una ducha, o dos, y luego intentaría dormir para ayudar a mi magia a recuperarse lo más rápido posible, a pesar de que no estaba segura de que consiguiera conciliar el sueño. Si cerraba los ojos, aún podía ver a Ava llorando sobre el cuerpo de Johan, a Putnam degollado, a los otros muertos... Y no quería imaginar lo que Mercy podía estar haciéndole a Raven. Tuve que convencerme de que, si quería a Alex como aliado, no le haría daño, a riesgo de enfrentarse a su furia.

Sebastian y Hubbard se marcharon juntos, discutiendo en voz baja sobre las posibilidades de que algún aquelarre acudiera en nuestra ayuda. Miré a Cam. Él también necesitaba una ducha, la verdad, y que alguien revisara la herida de su frente. Con Alex apenas había cruzado una palabra; no supe si era vergüenza por lo sucedido un poco antes del ataque o temor a que me culpara por la desaparición de Rav. Él tampoco se había acercado a mí, aunque fuera, en la entrada, me había revisado con atención varias veces, en busca de alguna herida importante, supuse.

—¿Necesitas que le eche un vistazo a tu cabeza? —le pregunté a Cam, pero él negó.

—Conserva tus fuerzas. Me pondré hielo y le pediré a mi padre que me cure si es necesario. —Se miró la ropa—. Nos vemos más tarde.

Y con eso, se largó de la sala. Ni una broma o un chascarrillo. Era tan impropio de Cam ponerse tan serio incluso cuando las circunstancias así lo requerían.

Wood esperó hasta que Alex y yo nos pusimos en marcha también. Percibí el instante en el que retomó su forma humana, pero no me detuve. Quería llegar cuanto antes a mi dormitorio; recogería mis cosas y haría uso del baño común para lavarme.

—Díselo. O se enterará de todas formas —oí que le murmuraba a Alex. Luego, con una pequeña explosión de magia, regresó a su forma animal.

Pasó trotando a mi lado y se perdió por el pasillo. No tenía ni idea de a dónde iría. Los dormitorios que habían estado ocupando los Ravenswood estaban ahora casi todos destruidos; Hubbard había sugerido que emplearan cualquiera de los que estaban libres en el ala femenina.

—¿A qué se refería? —inquirí cuando empezamos a subir las escaleras.

Una vez que todos los evacuados habían abandonado la academia, Sebastian y los Ibis que se habían quedado reforzaron las puertas con todos los hechizos de cierre y las protecciones que se les ocurrieron y que sus menguadas fuerzas les permitieron. No creí que eso detuviera a Mercy si se impacientaba y decidía regresar, pero era todo lo que podíamos hacer.

Alex caminaba unos pasos por detrás de mí, cabizbajo y con las manos en los bolsillos. Su pelo era un lío de ondas a medias cubierto con mugre oscura, y su ropa no estaba mucho mejor. Tenía algunos de cortes y arañazos en brazos y rostro, nada grave, como era de esperar, dado que yo misma había escuchado a Mercy ordenar a los demonios que no le hicieran daño. Y, en realidad, sus heridas casi parecían tener mejor aspecto que un rato antes.

—¿Confías en mí? —inquirió, con una ausencia de expresión que debería haberme preocupado. Pero lo conocía, sabía cómo se estaba sintiendo. Su miedo. Su dolor. Así que asentí—. Te lo contaré más tarde, antes de ir a Ravenswood. Será mejor así.

Volví a asentir, conforme. Confiaba en Alex de una forma en la que, probablemente, solo había confiado en Dith en el pasado. Y la verdad era que ahora mismo no sabía cómo podría enfrentarme a nada que pudiera decirme, salvo que se tratase de una buena noticia, como que contábamos con un ejército para ir a por Mercy o algo por el estilo, cosa que veía poco probable. Tendríamos suerte si al final llegaban algunos brujos más antes de que anocheciera.

No volvió a decir nada hasta que alcanzamos la puerta de mi dormitorio.

—Puedo ayudarte a limpiar las heridas.

Giré y me lo encontré apoyado en la pared de enfrente, con los hombros hundidos y los ojos tristes. Y por algún estúpido motivo estuve a punto de echarme a llorar. Me sentía deshecha; no solo cansada, sino rota en formas en las que no hubiera concebido que pudiera romperme jamás, o al menos, no después de la muerte de Dith. Y a pesar de todo... lo estaba. Apenas tenía magia, y mi estado tanto físico como mental eran desastrosos. Me dolía y, a la vez, estaba furiosa. Resultaba agotador.

—Quiero darme una ducha, y tú también deberías.

—Ve primero —sugirió, con un gesto de barbilla—. Te esperaré aquí.

Me hubiese quedado tres horas bajo la ducha si hubiera podido. El agua era mi elemento y siempre me hacía sentir mejor, pero necesitaba dormir un poco, o al menos tumbarme y que mi cuerpo se relajara para que mi magia volviera a recargarse y fluir; la iba a necesitar. Así que me contenté con media hora bajo el chorro difuso que descargaban las duchas comunes de Abbot. Por suerte, no había nadie más allí, por lo que me ahorré el sermón merecido debido al despilfarro. Me lavé el pelo dos veces y me froté como una auténtica maníaca, hasta que mi piel adquirió un tono sonrosado y toda la sangre de demonio se coló por el sumidero. El hombro me palpitaba como si mi corazón se hubiera trasladado hasta esa zona, y la piel de alrededor del mordisco estaba inflamada y ligeramente más caliente.

Una vez limpia, me embutí en un pijama tremendamente cursi que me había regalado Dith en mi anterior cumpleaños. Tenía manga corta y pantalón largo, y un montón de dibujos de piruletas, nubes algodonosas y unicornios montados en arcoíris; pero también era calentito y me recordaba lo mucho que se había reído Dith al ver mi expresión una vez que hube abierto el paquete.

Tiré mi uniforme destrozado al cubo de la basura que había bajo los lavabos y, tras peinarme rápidamente con los dedos, regresé por el pasillo sintiéndome un poco más persona, pero igual de inquieta. No podía dejar de pensar en Raven, y me preguntaba si sufriríamos nuevas pérdidas antes de que todo aquello terminara; la idea de que el lobo negro fuera una de ellas me atormentaba sin descanso.

—Sigues aquí —dije al llegar frente a mi puerta.

Alex estaba en la misma posición en la que lo había dejado, aunque parecía aún más cansado. Me rodeé el torso con los brazos, sintiéndome un poco ridícula con aquel pijama después de estar peleando con demonios tan solo un rato antes.

—Te dije que esperaría.

Lo había dicho, sí, pero la noche había sido un infierno, literalmente, y no estaba segura de que no decidiera optar por descansar. Después de la batalla nos habíamos mantenido alejados el uno del otro y, de nuevo, parecíamos sumidos en ese baile estúpido en el que avanzamos dos pasos para retroceder tres a continuación. También me estaba cansando de eso, pero yo era más culpable que él en ese aspecto, así que no había nada que pudiera reprocharle.

—Iré a lavarme las manos y te ayudaré antes de irme a descansar.

Se marchó por donde yo había venido con paso decidido a pesar del agotamiento. Mientras lo esperaba, saqué algunas vendas y un kit de primeros auxilios con algunos ingredientes básicos que solía guardar en el fondo del armario. Mis manos tropezaron con el grimorio de mamá mientras reunía todo el material. Wood me lo había devuelto tras el primer ataque y yo lo había guardado allí y me había olvidado convenientemente de él; quizás porque todo lo que me recordaba a ella ahora resultaba aún más doloroso que de costumbre. Así que ignoré el tacto familiar de su cubierta, lo aparté a un lado y me dije que ya le echaría un vistazo cuando me sintiera con fuerzas para hacerlo.

Alex apenas tardó unos minutos en regresar y, al entrar en la habitación, se quedó mirando todo el despliegue de ingredientes sobre la cama. De repente, parecía mucho menos seguro de sí mismo.

—No es... No sé bien cómo emplearlos... —confesó tras un silencio titubeante.

—Lo sé, pero voy a enseñarte. Eres un brujo y es un hechizo de curación muy sencillo, puedes hacerlo.

Yo no podía curarme a mí misma más allá de limpiar las heridas —algo que ya había hecho— y colocarme un par de tiritas. Si Alex hubiera recibido la formación necesaria, podría haberme ayudado sin recurrir a nada más que su magia, como Cam al curar a su padre. Pero siendo un novato en la magia de curación, le resultaría mucho más fácil al contar con algunos ingredientes adicionales.

Abrí el kit y, sentada en la cama, comencé a mezclar un poco de sauce, eucalipto, laurel y un par de hierbas más en un pequeño mortero hasta pulverizarlos por completo. Alex me observaba sin decir palabra.

—¿Por qué lo haces con la mano izquierda?

La pregunta me pilló tan desprevenida que no fui capaz de inventar algo coherente sobre la marcha. Si le enseñaba el mordisco, seguro que iba a hacer una montaña de un grano de arena. Estaba convencida de que en unas horas ya no me dolería. O al menos no tanto.

—¿Eh?

—Eres diestra y lo estás preparando con la mano izquierda. —Avanzó hasta que su pierna rozó el lateral de mi rodilla, y tuve que levantar la vista para mirarlo—. ¿Te has hecho daño en el brazo?

Negué con tan poca convicción que dio verdadera lástima.

—No es nada.

—Déjame verlo.

—Alex...

Arqueó las cejas, pero la comisura de su labio tembló de forma muy leve, casi inapreciable si no fuera porque me había acostumbrado a buscar siempre sus sonrisas.

—Me encanta que me llames Alex, pero esta vez no va a funcionar. Vamos, déjame verlo.

Suspiré, resignada, y me aparté el cuello de la camiseta lo suficiente como para mostrarle la zona de la clavícula y el hombro.

—Joder, Danielle —masculló entre dientes en cuanto la herida quedó a la vista—. ¿Por qué no has dicho nada antes?

—No es tan malo como parece.

No lo convencí en absoluto. Apretó los dientes y tomó asiento a mi lado.

—Está bien, enséñame cómo hacerlo.

Le tendí el mortero y le pedí que se espolvoreara las manos mientras le explicaba el hechizo que debía pronunciar. Sus labios comenzaron a moverse mientras lo repetía en voz baja para sí mismo, y me conmovió un poco lo mucho que parecía estarse esforzando para hacerlo todo como yo le indicaba.

—Es magia de creación, pero no es diferente de cualquiera que os hayan enseñado en Ravenswood. Ya sabes, tan fácil como sentirla de verdad, tal y como le explicaste a Ava.

Asintió con tanta solemnidad que, en otro tiempo, me hubiera reído de él, pero ahora solo sentí deseos de abrazarlo y fingir que todo estaba bien. Me contuve por muy poco.

—Bastará con que pases el dedo impregnado de polvo sobre la herida y recites el hechizo.

—Bien.

Me miré los brazos, llenos de pequeñas laceraciones.

—Solo las heridas más grandes —comenté— o no acabaremos nunca.

—Deja que yo decida eso. Será mejor que te tumbes y... quítate la camiseta. —Esta vez fue mi turno para enarcar las cejas, aunque lo mío fue más una burla que otra cosa. Alex resopló—. Me alegra ver que todavía conservas el suficiente descaro como para pensar de todo esto otra cosa.

Le enseñé la lengua solo porque sí. Era agradable retomar nuestra rutina de pinchar al otro y llevarle la contraria hasta en las cosas más absurdas. Le daba a la situación cierto aire de normalidad, y eso era algo que me hacía mucha falta en un momento como aquel.

Me deshice de la camiseta y me tumbé sobre la cama con tan solo un sujetador de algodón blanco. En cuanto terminó de empolvarse las manos, se giró hacia mí, pero lo que quiera que fuera a decir murió en sus labios. Sus ojos recorrieron mi torso durante unos segundos, sin embargo, en cuanto alcanzaron mi hombro, su mirada ganó resolución y se puso en marcha de nuevo.

—Párame si ves que me equivoco en algo.

Apoyé la mano en su antebrazo y me pareció que se estremecía, pero tal vez me lo hubiera imaginado. Ya me había visto desnuda unas cuantas noches atrás y, desde luego, también lo había tocado y él me había tocado a mí. Mucho. Y en partes que ahora no estaban a la vista.

—Lo harás bien, Alex. Confío en ti.

No contestó. Sus dedos tantearon las huellas de los dientes que el demonio había dejado en mi piel con una delicadeza extrema y, aun así, no pude evitar sisear.

—Joder, lo siento.

—Estoy bien. Sigue adelante.

Comenzó a murmurar el hechizo que le había enseñado y, de inmediato, sentí un alivio inmenso a lo largo de todo el brazo. Le sonreí para que supiera que lo estaba haciendo bien, aunque estaba tan concentrado en lo que hacía que no creo que se diera cuenta. Cerré los ojos y lo dejé trabajar. Sus manos moviéndose de un lado a otro, su voz no más alta que un susurro, los toques suaves; fue cuidadoso, concienzudo y tierno, todo a la vez. Y para alguien que no había curado jamás a otra persona en su vida, lo hacía mucho mejor que la mayor parte de los brujos que había conocido.

Mi cuerpo se fue relajando poco a poco, acunado por las caricias leves y por la musicalidad de su magia, que volvía a resonar en mi pecho como una suave canción de cuna. Perezosa y muy bajita, tal vez porque él tampoco contaba con demasiada energía, pero increíblemente hermosa. Y en algún momento, mientras Alexander Ravenswood me curaba con una ternura conmovedora, me quedé dormida. Solo que antes, aún tuve tiempo de farfullar:

—Quédate a dormir conmigo.

47

Me desperté dolorida pero envuelta en algo cálido y que olía de forma deliciosa; alguien, en realidad. Los brazos de Alex me rodeaban la espalda y mi cara estaba pegada a su pecho desnudo; nuestras piernas, enredadas de tal modo que resultaba difícil saber a quién pertenecía cada una. Mi camiseta estaba en su sitio y él no mostraba rastro alguno de suciedad, así que supuse que la noche anterior, además de volver a vestirme, había ido a darse una ducha y cambiarse para luego regresar y meterse en la cama conmigo.

Nadie había venido aún a buscarnos. Imaginé que no debía de ser muy tarde, pero era demasiado consciente de la ausencia de Raven como para permitirme remolonear justo en ese momento. Sin embargo, en cuanto intenté moverme, los brazos de Alex se tensaron a mi alrededor. Había supuesto que estaba dormido, pero, al parecer, no era así.

—Tranquila, apenas hemos dormido unas pocas horas. —Hizo una pausa—. Tengo tantas ganas como tú de cruzar ese camino e ir a buscarlo, pero necesitas tu magia y yo la mía.

Aplasté la nariz contra su pecho y ahogué contra su piel el suspiro que escapó de mi garganta.

—¿Cómo te sientes? Y no me digas que bien, Danielle. Sé lo mucho que te afectó lo que pasó en esa sala.

—Derrumbé el techo —solté a bocajarro—, y perdí de vista a Raven. Él no... Y Johan...

—No, no hagas eso. No te culpes por todo. Es muy probable que salvaras la vida a muchos de los que han sobrevivido, y Raven sabe cuidarse solo, es él quien tiene que protegerte.

Me eché un poco hacia atrás para mirarlo a los ojos.

—Sabes tan bien como yo que no funciona así. No para mí, y tampoco para ti.

Se llevó una mano al pelo y se lo revolvió aún más, frustrado, aunque su mirada dejaba claro que estaba de acuerdo con mis palabras. Nunca había considerado a sus familiares como meros protectores y yo tampoco lo hacía; no había mucho más que decir.

—Lo sé.

Volví a apoyar la mejilla en su pecho, y él, la barbilla sobre mi pelo. Y nos quedamos un rato así, abrazados. Por una vez, no hubo chispas luminosas bajo mi piel ni oscuridad en torno a sus muñecas; fue algo cómodo y tranquilo, a pesar de nuestras preocupaciones. Me obligué a no culparme también por eso. Alex tenía razón, no le serviríamos de nada a Raven si nos adentrábamos en Ravenswood agotados y sin magia. Y respecto a los demás..., lamentarse no arreglaba lo sucedido. Al menos los demás alumnos ya estaban a salvo, lejos de allí.

Deslicé un dedo por la zona izquierda de su pecho, sobre la marca, y sentí la piel caliente, lisa y sedosa bajo mis dedos. Me fijé entonces en sus brazos y, luego, alcé la vista hasta su rostro.

Fruncí el ceño.

—¿Te curó Cam anoche? Ya no tienes ninguna herida.

Alex esbozó una sonrisa culpable.

—Puede que me cure más deprisa que la gente normal... —empezó a decir, y lo golpeé en mitad del pecho.

—¿En serio? ¿Y no habías dicho nada? ¿Y por qué tú te curas y yo solo exploto cosas?

El muy idiota se echó a reír, encantado por mi arrebato, lo cual solo consiguió que lo golpeara de nuevo, aunque en secreto me alegraba que contara con ese poder. Luego recordé la vez que había creído que tenía una pierna rota, después de una de sus crisis, pero él había reaparecido por la casa unos días más tarde sin daño alguno. Eso hizo que me alegrara doblemente por él, dado que los gemelos habían tenido que hacerle daño, en solo Dios sabe cuántas ocasiones, para desterrar su oscuridad.

—Sigo descubriendo cosas de ti que no sabía —murmuré, aunque no estaba enfadada.

—Si te consuela saberlo, no es nada que quisiera ocultarte a sabiendas. Solo que nunca había salido el tema hasta ahora.

Habíamos tenido tan poco tiempo para conocernos y, aun así, me había acostumbrado tan rápido a su presencia, a que formase parte de lo que era mi vida ahora... No conseguía imaginarme cómo sería retomar mi vida anterior y no contar con los Ravenswood en ella; en realidad, tampoco había una vida real a la que volver. Quisiéramos o no, todo había cambiado de forma irremediable y definitiva. Todo. Incluso lo que había entre Alex y yo.

Sus brazos se apretaron un poco más alrededor de mi espalda. No me había soltado ni un solo segundo y... eso estaba bien para mí. No era como si no siguiera estando completamente aterrada por todo lo que me hacía sentir, sobre todo en momentos en los que, como ahora, me contemplaba con tanta intensidad y sus ojos estaban cargados de tantas emociones que apenas me atrevía a empezar a ponerles nombre; pero no quería seguir huyendo. No después de que hubiese sido precisamente mi huida de Abbot lo que nos había metido en aquella situación para empezar.

—Está bien —le dije, y él me brindó una pequeña sonrisa.

—¿Por qué no intentas dormir un poco más? Te despertaré dentro de un rato, lo prometo.

Acepté a pesar de que sabía que no volvería a quedarme dormida. Era demasiado consciente de lo bien que me sentía entre sus brazos, de él y de todos los puntos en los que nuestras pieles se tocaban. De la paz que me aportaba su sola presencia, lo cual era bastante irónico porque, tiempo atrás, me había puesto de los nervios. Y también de que la noche siguiente las cosas podrían torcerse y podríamos perder. Perder más de lo que ya habíamos perdido.

Así que me apreté contra él y me permití disfrutar de aquel breve lapso de calma previo a la tempestad. Imaginé que todo estaba bien ahí fuera y traté de olvidar que había volado media academia, que Raven no estaba con nosotros y que Dith ya nunca lo estaría. Me olvidé de mi padre y de su indiferencia. De mi madre y de Chloe. De la magia. De la luz y de la oscuridad. Del maldito equilibrio, de las profecías y de Salem. Y me dije que, si por casualidad esta era la última oportunidad de sentirme solo una chica normal en brazos de un chico normal, la tomaría sin dudarlo un segundo.

—Pase lo que pase —susurré contra su pecho—, me alegro de haberte conocido.

—Cuidado, Danielle, eso se parece demasiado a un halago. Voy a pensar que te caigo bien.

—Eso te encantaría, ¿verdad?

—Sí. —Fue todo lo que dijo.

Luego, me hizo girar sobre el colchón, me arrastró contra su cuerpo y volvió a rodearme con los brazos. Y durante un rato, nos quedamos así, acurrucados y en silencio, cada uno perdido en sus propios pensamientos. Hasta que sus labios rozaron mi oído y susurró:

—Yo también me alegro, ángel.

La realidad nos alcanzó demasiado pronto, como era de esperar. Tras haber descansado unas horas para recuperar la magia, al mediodía nos reunimos con los demás en el comedor para reponer energías y trazar un plan que fuera algo más específico que «asaltar Ravenswood, matar a Mercy y traer a Raven de vuelta». Después de discutirlo, decidimos que entraríamos por la puerta principal, aunque solo fuera porque la zona frontal de la mansión era la que con menos protecciones contaba. Habíamos llegado a la conclusión de que, o bien la academia estaba vacía, o bien Mercy había agrupado a todo el mundo en otro de los edificios. Por muy poderosa que fuera, Alex dudaba que pudiera manejar a tantos brujos como había normalmente en el campus, así que manteníamos la esperanza de que Wardwell o el consejo hubieran tomado la decisión de evacuarlos en algún momento de los días anteriores.

No recibimos ninguna respuesta a nuestras peticiones de ayuda y nadie se presentó en Abbot. Así que, conforme las horas iban pasando, tuvimos que asumir que estábamos solos. Yo seguía sin poder creer que ningún brujo blanco fuera capaz de ver que aquello ya no solo se trataba de liberar a Raven, sino de cortar los planes de Mercy de raíz, antes de que fuese demasiado tarde.

—Sé que llevamos más de tres siglos enfrentándonos entre nosotros, pero esto va mucho más allá de Salem.

—Todo se trata siempre de Salem, Danielle —repuso Hubbard, con el mismo pesar que todos compartíamos.

Fuese cierto o no, no nos quedó más remedio que aceptarlo. Todos los asesores se habían marchado —mi padre, sin ni siquiera despedirse—, así como los dos consejeros vivos, Winthrop y Fisk, que alegaron que debían proteger lo que quedaba del órgano de gobierno de nuestra comunidad, algo que habría esperado más de Fisk que de Carla Winthrop, pero así estaban las cosas. Además, su marcha había provocado que buena parte de los Ibis se fueran con ellos. Solo dos guardias —una chica joven llamada Elizabetta y Derek, un tipo algo más mayor y que se comunicaba con nosotros únicamente con monosílabos— habían permanecido en la academia; además de Sebastian, claro. Dos. Éramos ocho en total. Recé para que Mercy estuviera sola, porque si una mínima parte de la comunidad oscura la respaldaba...

Comimos y planeamos, y también debatimos sobre lo que mi poder podría haberles hecho a todos en la sala del consejo. Sebastian aseguró que nada había cambiado para él, lo que traduje como que había probado a realizar algún hechizo oscuro y no había tenido ningún problema con ello. No quise preguntar lo que había intentado, pero parecía claro que, a no ser que tocara a alguien directamente durante una de mis explosiones, como había pasado con Efrain, no había riesgo de suprimir esa parte de su magia. Suponía que podía ser tanto una ventaja como una desventaja, dependiendo de a quién me estuviera enfrentando.

Más tarde, con todo decidido, cada cual se marchó en busca de una fuente de poder que lo ayudara a recargar su propio elemento. Aunque la mayoría salió al jardín, yo me di otra ducha aún más larga que la de la madrugada anterior. El ambiente era sombrío y todos estábamos tensos. Íbamos a ciegas y lo sabíamos; había demasiadas incógnitas y un montón de cosas que podrían salir mal. Y seguía existiendo una posibilidad muy grande de que Elijah tuviera una participación mucho más activa en los planes de Mercy, más allá de haberla traído de vuelta. Incluso Sebastian advirtió a sus compañeros de que podían elegir permanecer en Abbot si lo deseaban. No me pareció mal que les diera esa opción —no creí que se la hubieran dado nunca—, pero ellos afirmaron que querían ayudar y todo quedó resuelto.

Me vestí con unas mallas, una camiseta y una sudadera; ropa negra y discreta, tal y como habíamos acordado, aunque no esperaríamos a medianoche, sino que entraríamos en Ravenswood en cuanto se pusiera el sol. Tal vez eso nos diera algo de ventaja.

Alguien llamó a la puerta cuando estaba terminando de calzarme las zapatillas. Grité un «adelante» mientras me ataba los cordones, y Alex entró enseguida en la habitación. Tuve que parpadear un par de veces antes de comprender lo que estaba viendo.

—¿Eso es lo que creo que es?

Por supuesto, iba todo de negro, y seguro que era un momento horrible para fijarse en ello, pero tanto los pantalones como la camiseta de manga larga se le pegaban al cuerpo de una forma escandalosa. Llevaba puesto el uniforme de los Ibis. Además, dos tiras se cruzaban sobre su pecho; supuse se trataba de algún tipo de sujeción para un arma.

—Me lo ha dejado Sebastian. Al igual que esto. —Con una sonrisa asesina curvando sus labios, llevó una mano hacia atrás, hasta la parte alta de la espalda, y desenvainó una espada—. Por si necesito reservar mi magia. Hay una esperando por ti, si la quieres.

Agité las manos frente a mi cara.

—Es posible que me cortara un brazo con ella antes de conseguir sacarla de su funda siquiera. Pero llevaré algo más pequeño, por si acaso.

No me contradijo. Guardó la espada y se quedó inmóvil en mitad del dormitorio.

—Tenemos que hablar.

—Ninguna conversación que empiece con esas palabras termina en un buen lugar —intenté bromear.

Alex suspiró, dejó la espada sobre el escritorio y se sentó a mi lado. Pero luego debió de pensárselo mejor, porque tiró de mí y, una vez más, me encontré contra su pecho. Y tal vez saber más de lo que fuera que tuviera que contarme me ponía nerviosa, así que me limité a soltar una de mis tonterías.

—Estás empezando a acostumbrarte a lo de los abrazos.

—No me acostumbraré nunca. —Me hundí más contra él, porque no tenía ni idea de cómo responder a eso, y en realidad tampoco quería que dejara de hacerlo—. De cualquier forma... es Noche de Difuntos y supongo que sabes cómo afecta eso al velo que hay entre nuestro mundo y el de los muertos, así que... Joder, ni siquiera sé cómo decirlo.

Enredé mis dedos en los suyos para darle un apretón. Me preparé mentalmente y me dije que las cosas no podían ponerse peor.

—Solo dilo.

—Meredith no ha pasado al otro lado —soltó a bocajarro, aunque no podía haberlo oído bien.

—¿Perdón?

—Se quedó aquí. Wood ha estado viéndola desde que nos refugiamos en la cabaña. Se niega a irse hasta que se asegure de que estás bien. De que todos lo estamos.

—¡Dios! —exclamé, negando con la cabeza. No pude evitar estremecerme—. Es... Debería haberlo sabido. Todo este tiempo... Jodida Dith.

Sus labios rozaron mi sien en un gesto de consuelo y redobló la fuerza con la que me sostenía. No sé si esperaba que terminara de perder la cabeza o me hundiera del todo en la miseria. Pero aquello era algo tan propio de Dith que al final terminé estallando en carcajadas. Unas carcajadas horribles, eso sí. Fue doloroso reír.

—Danielle...

—No, está bien. Es una imbécil cabezota capaz de arriesgar el descanso eterno por mí —negué una y otra vez, aún riendo—. ¿Sabes? He creído percibir su aroma un par de veces, pero pensé que estaba desquiciada.

—Estás llorando.

Me toqué la cara, y me sorprendió descubrir que tenía las mejillas húmedas. Me dolía el pecho y, al mismo tiempo, era como si parte del hueco que había dejado Dith al morir se hubiera rellenado. Era extraño y alarmante, porque un espíritu atrapado entre los dos mundos siempre acababa mal, pero a una parte egoísta de mí le resultaba reconfortante. No podía estar enfadada con ella, aunque lo estaba.

—Es idiota. Y la quiero. Te quiero, Dith —murmuré algo más bajito, solo por si estaba presente en ese momento.

—Lo sabe, estoy seguro. Pero si te digo esto ahora es porque tal vez puedas verla esta noche.

Me giré tan rápido que a punto estuve de darle un cabezazo en la barbilla.

—¡¿Qué?!

—Es Noche de Difuntos, Danielle —repitió con una paciencia infinita.

Me quedé mirándolo, pese a que no veía nada en realidad. Las lágrimas fluían por mi rostro sin que pudiera hacer nada por detenerlas. Alex no dudó en secármelas con la punta de los dedos a pesar de que debía de ser consciente de que iba a continuar derramándolas; de que Dith, incluso si lograba verla esa noche, en realidad, tendría que marcharse de nuevo. Y sabía que tenía que ser así; lo último que deseaba era que fuera perdiendo partes de sí misma y acabara convertida en un espectro. Pero no sabía cómo sentirme. Cómo asumir que estaba ahí pero no estaba. Que la perdería de nuevo.

Me obligué a tragar el miedo, la amargura y la ira que esa idea me provocaba.

—Vale. Deberíamos... irnos.

Me levanté de golpe y fui hacia la puerta, pero Alex me interceptó antes de que consiguiera abrirla. Me acunó el rostro con las manos y se aseguró de que lo mirase.

—Tienes derecho a estar enfadada. Por todo. Y tienes derecho a llorar cuanto necesites. A gritar o a sentirte triste. Tienes derecho a pararte y respirar, y también a no tener ni puta idea de lo que estás haciendo. Porque yo no la tengo, créeme. Y no sé qué va a pasar esta noche. Estoy aterrado, Danielle —admitió, de una forma que me hizo verlo con nuevos ojos. Vulnerable, temeroso, aunque igualmente decidido—. Pero, por favor, no te lo guardes todo. No te llenes de ira ni creas que necesitas parecer más fuerte de lo que ya eres. Lo eres para mí. Lo fuiste desde el mismo instante en que decidiste escapar de un lugar que te asfixiaba. Cuando te enfrentaste a tu padre. Cada vez que has tropezado y has vuelto a levantarte. Es más de lo que yo he hecho jamás.

—Alex...

—No, déjame terminar —me cortó. Sus pulgares repasaron la línea de mis pómulos en un gesto enternecedor y su mirada se hundió en mis ojos, amenazando con colarse tras cada pared que hubiera podido levantar para mantenerlo lejos. Aunque, si era sincera conmigo misma, creo que ya las había rebasado hacía tiempo—. Nunca te rindes. Te rompes, recoges los pedazos y sigues adelante. Y si alguien te dice que no puedes hacer algo, tú vas y lo haces, aunque aún no he decidido si eso es algo bueno del todo —rio, y yo reí con él a pesar de las lágrimas—. Sé que muchas veces sigues creyendo que estás sola, pero no lo estás ni lo vas a estar mientras yo siga respirando. Y te aseguro que Raven jamás amaría a nadie que no lo mereciera... Como yo tampoco lo haría.

Perdí el aliento de golpe y mi corazón se aceleró al comprender la interpretación que podía dársele a sus palabras. ¿De verdad acababa de decir lo que yo creía? ¿O solo era una forma de hablar? Abrí la boca, aunque no estaba segura de lo que iba a salir de ella, pero, antes de que pudiera empezar a vomitar a saber qué tipo de comentarios, alguien llamó a la puerta y la abrió sin esperar respuesta.

Wood y su tremendo don de la oportunidad se asomaron desde el pasillo.

—Estamos listos.

Alterné la mirada entre Alex y él, totalmente aturdida y sin saber qué demonios acababa de pasar. Me sentía demasiado sobrepasada por todo como para pensar con claridad.

—Vamos pues —replicó Alex, tomando la espada y envainándola de nuevo. Me dije que tenía que decir algo, cualquier cosa, pero él debió de darse cuenta de lo abrumada que estaba, porque colocó un dedo sobre mis labios y añadió—: Luego. Cuando regresemos de Ravenswood, hablaremos de todo lo que creas que debemos hablar.

Lo dijo con tanta seguridad que decidí creer que habría un después y que todos estaríamos allí para verlo. Tenía que haberlo.

Su mano bajó por mi brazo y aferró la mía antes de salir al pasillo. Miré nuestros dedos unidos mientras me dejaba llevar, y luego mi mirada ascendió por su espalda hasta llegar a su nuca, donde algunos mechones rubios se retorcían contra su piel dorada. Sentía el calor de su mano, la presión de sus dedos, el eco de su magia con una intensidad tal que durante un momento me mareé...

—¡Espera! —Tiré de su brazo y lo arrastré de vuelta al interior del dormitorio—. Danos solo un segundo, Wood.

Cerré la puerta de un golpe y lo empujé contra ella. No me permití pensarlo demasiado. Me puse de puntillas y estampé mi boca contra la suya. Sus labios se entreabrieron por la sorpresa y yo aproveché para hundir la lengua en su interior y saborearlo con una necesidad angustiosa. Alex se recuperó enseguida. Muy pronto, su propia lengua bailó junto a la mía, enlazó los brazos en torno a mi cintura y me pegó a su cuerpo. Fue más un asalto que un beso; una pelea que ninguno quería perder. Una declaración de intenciones que había ignorado que necesitara realizar. Fue brusco, ansioso, desesperado... Todo dientes, humedad y caricias hambrientas. Y cuando quise darme cuenta, Alex era el que estaba sobre mí y mi espalda la que presionaba contra la madera de la puerta. Su aroma. Su sabor. Todo él.

—Esto no es una despedida —gruñó entre dos embestidas de su boca—. ¿Me oyes?

Aferré con fuerza una de las tiras que mantenían la funda de la espada en su sitio y tiré de él hacia mí. Sus ojos se habían oscurecido y había en ellos una seguridad cruda y sincera. Real. Y me dije que fuera lo que fuese aquello, no importaba. Porque era y no había manera alguna de negarlo. Por desgarrador y oscuro que se sintiera. Por mucho que pudiera doler en un futuro.

—Traeremos a Raven de vuelta —aseguré. No había otra alternativa.

—Os llevaré a Nueva York de nuevo. Podemos establecernos con el aquelarre de Robert si nos lo permite —afirmó él a cambio, y la idea sonaba tan bien que casi nos imaginé allí, juntos.

Apoyé la frente en su mentón y suspiré.

—Eso me gustaría.

—Lo haremos. Haremos lo que queramos, Danielle.

Deseé con todas mis fuerzas que tuviera razón.

Alexander

En cuanto regresamos al pasillo, Danielle se lanzó sobre Wood con el mismo ímpetu con el que lo había hecho un momento antes contra mí.

—¿Ella está bien? —murmuró, con la respiración entrecortada por la emoción—. No, claro que no... Pero Dith...

—Tan jodidamente desesperante como siempre —rio Wood, aunque también a él le costó hablar. Dio un paso atrás y echó un rápido vistazo sobre su hombro. Tras una pausa, añadió—: Quiere que sepas que está muy orgullosa de ti.

Danielle se tambaleó un poco, así que coloqué una mano en la curva baja de su espalda. No podía dejar de tocarla de la manera que fuese y, a pesar de que continuaba percibiendo su magia como la más exquisita de todas cuantas había conocido, no sentí ningún impulso de tomarla para mí. Ninguno en absoluto. Y quizás eso, junto con la declaración que se me había escapado unos minutos antes, fuese tan revelador como para que me decidiera a aceptar por fin que... me había enamorado de Danielle Good. Me volvía loco de maneras que no conseguía entender y despertaba en mí sentimientos que jamás hubiera esperado albergar por nadie que no fueran los gemelos. Quería protegerla del mundo entero; quería *entregarle* el mundo entero. Sinceramente, no sabía qué hacer conmigo mismo ni con ese tipo de pensamientos. Pero lo que sí tenía claro era que la mantendría a salvo a cualquier precio. Demolería Ravenswood si hacía falta después de liberar a Raven. Y no me avergonzaba admitir que dejaría que ardiera hasta sus cimientos si con ello conseguía que mis seres queridos no volvieran a sufrir daño alguno.

—Está aquí —repitió. Aunque esta vez no era una pregunta, Wood le hizo saber con un gesto que así era—. ¡Dios! Lo siento tanto, Dith... Lo siento... Lo siento...

Wood hizo una mueca de dolor. Apenas si era capaz de mantener sus propias emociones a raya, lo cual era mucho decir tratándose de él. Resultaba frustrante no poder hacer nada para ayudarlo; no poder concederle lo que más deseaba. Ni siquiera podía imaginar el dolor que estaba sintiendo y esperaba no tener que sentirlo nunca.

—No hay nada que lamentar —afirmó él—. Tú no tienes la culpa, Danielle. Y Dith quiere que sepas que volvería a hacerlo. Volvería a salvarte una y otra vez. —Wood tomó aire, y los ojos de Danielle volvieron a concentrarse en su rostro.

—Lo siento. Por ti y por todo lo que te he arrebatado.

Wood se forzó a sonreír. Acto seguido, le dio un beso en la frente, y supe que tampoco él la culpaba por lo que le había sucedido a Meredith. Probablemente, y a su propia manera, él también amaba un poco a aquella bruja bocazas e impetuosa, aunque solo fuera por el mero hecho de que Dith lo hacía.

Se miraron un instante y luego Wood se aclaró la garganta.

—Bien, ahora vamos a por mi hermano.

Los demás nos esperaban ya en el vestíbulo. Salvo el director de Abbot y Wood, que vestía sus propios vaqueros y una camiseta oscura que alguien debía de haberle dejado, los demás llevaban el mismo tipo de prendas elásticas y resistentes que los Ibis y que yo mismo. También portaban un montón de armas de aspecto afilado y letal.

—Puedo conseguirte un uniforme —le dijo Sebastian a Danielle, cuando esta se quejó de que casi todos llevaran uno.

—No, está bien así.

Cameron se acercó a ella y le entregó una daga corta con un bonito mango repleto de símbolos. Supuse que todas las armas de los Ibis estarían encantadas, así que me fijé en las de Wood para asegurarme de que aún contaba con las que se había llevado de Ravenswood. No quería a ninguno de los gemelos cerca de aquel tipo de filos.

—Los brujos oscuros no son enemigos —les recordé a todos, aunque tuve que obligarme a agregar—: Pero sed cautos, no sabemos si algunos podrían estar del lado de Mercy. Y... mucho cuidado con Tobbias Ravenswood. Ya ha intentado matar a Danielle antes y, si existe un brujo dispuesto a colaborar con Mercy o con Elijah Ravenswood, desde luego que se trata de él.

Nadie dijo nada ni señaló que era mi propio padre del que hablaba; supuse que, a esas alturas, todos eran conscientes de dónde residía mi lealtad. Renegar del propio linaje no era nada común en nuestro mundo; normalmente, era más probable que se exiliara a uno de sus miembros a que uno renunciara voluntariamente. Pero los Ravenswood habíamos envenenado las mentes de los demás brujos a lo largo de toda nuestra historia; habíamos mentido y habíamos ocultado tantos secretos como faltas había en nuestro haber. Y eran muchas. Muchísimas. Ya era hora de que pagásemos por ello.

Apenas un leve rastro de luz teñía ya el horizonte cuando salimos al exterior, aunque no nos pondríamos en marcha hasta que se hiciera de noche por completo. La temperatura amenazaba con ser más fresca que en días anteriores y en el aire flotaba una energía muy particular, lo cual no resultaba extraño teniendo en cuenta el día del que se trataba. Los humanos estarían ahora comenzando sus celebraciones de Halloween, repartiendo caramelos en las puertas de sus casas decoradas, y los niños correrían por las calles, disfrazados de monstruos, sin ser conscientes de lo reales que eran algunos. Esperaba que pudieran seguir permaneciendo ajenos a ello.

La mansión fundada por mis antepasados se alzaba más allá de la verja y los muros que rodeaban Abbot, al otro lado del camino, tan majestuosa como lo había sido durante más de tres siglos, aunque más oscura y siniestra que nunca. «Demasiada calma», pensé para mí. Demasiado silencio. Y también demasiadas sombras rodeándola; sombras que nos ampararon cuando nos acercamos hasta el edificio, pero que también eran la fuente de la que podían brotar demonios en cualquier momento. Las horas que nos habían permitido recuperar nuestra energía también se lo habrían permitido a Mercy, estaba seguro.

«Vamos a por ti, Rav. Resiste solo un poco más».

Traspasar los límites de los terrenos de Ravenswood no supuso un problema, fue demasiado sencillo en realidad. El grupo entero, incluidos los Ibis, solo tuvo que dar un paso y ya estaba dentro. Me pareció que Hubbard se estremecía, y no tardé en descubrir la causa.

—No hay barrera. —Nos quedamos todos mirándolo a pesar de que a mí también me había parecido que había algo raro—. Eso significa que Wardwell... está muerta.

Se armó un pequeño revuelo que me obligué a silenciar enseguida. Fue Wood el que nos brindó una explicación a las palabras de Hubbard; él parecía demasiado afectado para estar hablando de una mujer que, en realidad, era su contraparte oscura.

—La barrera de protección de Ravenswood es algo que se vincula directamente a la magia de cada director cuando este acepta el cargo y se nutre de su persona para renovarse cuando sufre cualquier intrusión o alteración; si no hay barrera, es porque ya hace días que Wardwell ha muerto y no se ha nombrado un sustituto. Los hechizos suelen mantenerse durante al menos setenta y dos horas tras el fallecimiento. —Miró a Hubbard antes de añadir—: Supongo que en Abbot las cosas funcionan igual.

El hombre asintió para mostrar que no se equivocaba.

—No me gustaba esa mujer, pero esto... —Danielle no concluyó la frase, pero ninguno lo necesitábamos. Dudaba que Mary Wardwell hubiera tenido una muerte pacífica y por causas naturales.

Continuamos avanzando por el camino y, en cuanto alcanzamos la entrada principal de la mansión, me adelanté a los demás. Las puertas contaban con relieves trabajados con un gusto exquisito y databan del año mil setecientos, el mismo en el que se había fundado la academia de la oscuridad y también en el que habían nacido los gemelos. Su padre, Robert Ravenswood, la había encargado en madera de roble y se había asegurado de que se realizara el trabajo según sus gustos y necesidades.

La ausencia de barrera no eliminaba todas las protecciones de la academia, así que coloqué las palmas planas sobre una de las hojas y dejé fluir un poco de mi magia. Aquel había sido el único hogar que había conocido durante gran parte de mi vida y, pese a todo lo sucedido, continuaba formando parte de mi legado. Una herencia maldita, pero era la mía, y la vieja mansión lo sabría. Me permitiría entrar, no tenía dudas sobre eso.

—He vuelto. Déjame entrar —murmuré y, tal y como esperaba, sonó un chasquido y la madera cedió bajo mis manos.

Empujé hasta que se abrió lo suficiente como para permitir que nos escabullésemos dentro. Al otro lado, todo parecía estar tranquilo. Les hice un gesto a los demás para que entraran.

—Danielle —capturé su mano cuando fue a pasar junto a mí y me hice a un lado con ella mientras los otros avanzaban—, sé que sueles hacer lo contrario de lo que te digo, pero existe una posibilidad de que el hechizo que lanzaron Corey y tu madre sobre toda la finca siga siendo efectivo incluso con todo tu poder desatado, así que... ten cuidado, por favor.

Permaneció un instante en silencio, observándome, y solo ella sabría lo que estaba viendo en mi rostro, pero finalmente asintió.

—Tú también.

Me incliné sobre ella y le di un suave beso en los labios.

—Siempre.

Un momento después, nos colamos juntos en Ravenswood. Hacía muchos años que no pisaba el vestíbulo de la academia, casi tantos como desde mi llegada al lugar, pero recordaba gran parte de los detalles. Lo primero que registraron mis ojos, incluso a través de la suave penumbra en la que se encontraba sumida, fue el retrato que presidía la estancia. En él, los gemelos habían sido pintados mirándose, cara a cara, como imágenes especulares el uno del otro salvo por el tono de su pelo. Robert Ravenswood tenía la misma cara de capullo cruel que imaginaba que habría tenido en vida, y Martha, su mujer, se hallaba a su lado, aunque no se tocaban entre ellos ni a los niños. Odiaba ese puto retrato con toda mi alma y me prometí que, cuando todo esto acabara, se lo entregaría a Wood y Raven para que lo despedazaran de la manera que les pareciera más oportuna; se habían ganado esa satisfacción, por mínima que fuera.

—Deberíamos separarnos —sugirió Sebastian, empleando tan solo un hilo de voz—. Cubriremos más rápido todo el lugar.

—Eso dicen siempre en las películas y termina con todos... Bueno, ya sabéis, todo acaba mal. Muy mal.

Me alegró que Danielle aún tuviera ánimo para bromear, aunque sabía que, al igual que yo empleaba máscaras para ocultar mis estados de ánimo, el humor era el arma del que ella se valía para combatir sus propios demonios.

Habíamos hablado de cómo proceder una vez que estuviésemos en la academia. La mayoría eran partidarios de continuar juntos, pero si queríamos encontrar a Raven antes de que diesen las doce, y también asegurarnos de que a Mercy no se le hubiese ocurrido retener a los alumnos o algo similar, todos sabíamos que lo más rápido era ir por separado. Ravenswood era enorme, mucho más que Abbot, como un pequeño pueblo con tiendas incluidas y un buen número de casitas unifamiliares, además de la mansión, el edificio Wardwell y el auditorio que llevaba el mismo nombre. Había muchas posibilidades de que Mercy hubiera escogido este último, pero ¿y si me equivocaba?

—Elizabetta, Derek y yo revisaremos la mansión. Si aparece algún alumno, lo ayudaremos a salir de aquí. Seremos más rápidos —prosiguió Sebastian—. Id vosotros directos al auditorio.

Era lo más lógico, aunque solo fuera porque los Ibis estaban acostumbrados a los trabajos de campo. No creía que fuera el primer lugar que tenían que rastrear en busca de brujos oscuros, aunque esta vez fuera por una buena causa. Además, éramos Danielle y yo quienes debíamos enfrentarnos a Mercy, los demás solo estaban allí de apoyo, aunque no creía que ninguno dudara en cortarle el cuello si se le presentaba la ocasión.

—Si encontráis a algún alumno, llevadlo a Abbot.

Los tres Ibis aceptaron sin ninguna objeción, a pesar de que Hubbard acabara de ordenarles que metieran a brujos oscuros en la academia de la luz, lo cual decía mucho del hombre que dirigía Abbot y también de lo rápido que estaban cambiando las cosas para todos. Esperaba que Cameron estuviese orgulloso de su padre, porque ojalá el mío fuera la clase de persona a la que no le importara reconocer que se había equivocado y que se esforzaba por enmendar dichos errores. Pero Tobbias Ravenswood, desde luego, no era ni sería nunca así.

Nos separamos tras un breve intercambio de miradas y un escueto «suerte» por parte de Sebastian. Tampoco era que hubiera mucho más que decir. Mucho me temía que lo que sucediera allí esa noche no tendría nada que ver con la suerte y sí con el maldito destino y sus grotescos planes.

Wood guio al resto del grupo por la mansión con la soltura del que había nacido y crecido entre sus muros. Sus pasos eran decididos pero ligeros y sigilosos. Me había advertido una y otra vez que, si se veía obligado a transformarse para pelear y no podíamos comunicarnos, no se me ocurriese preocuparme por él y fuera directo a por Raven, como si mi inquietud por su destino pudiera ser menor que la que padecía a causa de la ausencia de su hermano. No me planteé tener que elegir entre ellos; nunca podría, esa sería una elección imposible. Los amaba a ambos por igual y recé para no verme jamás en esa situación.

En cuanto llegamos hasta las puertas traseras, extendí mi poder en todas direcciones y supe de inmediato que el campus no estaba vacío. Demasiado tranquilo, sí, pero había brujos allí, y en un buen número.

—¡Mierda! Hay alumnos ahí fuera —informé a los demás.

Danielle asintió de forma leve; ella también los sentía. Me concentré con más ahínco en busca del rastro desagradable de la magia de Mercy. Me hubiera resultado más fácil si me hubiese transformado, pero no quería hacerlo todavía. Cuanto más esperase, menos de mi magia malgastaría; estaba seguro de que la iba a necesitar.

No detecté nada irregular ni que se asemejara a lo que había sentido la noche anterior al encontrarme con Mercy. Quise pensar que eso indicaba que tenía razón y se hallaba en el auditorio, dado que era lógico que sus protecciones amortiguaran al menos parte de su poder. Miré hacia la izquierda, en dirección contraria. Las luces indirectas que iluminaban los caminitos de piedra estaban todas encendidas, por lo que a lo lejos pude ver la casa que los gemelos y yo habíamos ocupado durante tantos años; nuestras cosas todavía estarían allí, o eso suponía, pero me di cuenta de que no echaba de menos el lugar en absoluto. Aquella no era más que una construcción cualquiera, y lo que hubiera dentro, bienes materiales que jamás sustituirían a las personas que realmente necesitaba a mi lado.

Le hice una señal a Wood hacia la derecha, la zona en la que se hallaba el edificio Wardwell. Había ventanas iluminadas, algunas incluso abiertas, y mi instinto me decía que parte de los brujos que sentía estaban allí. Pero nuestro destino se alzaba justo detrás de él, aunque no fuera visible desde donde nos encontrábamos.

Nos movimos por la fachada de la mansión, hasta que esta ya no pudo brindarnos refugio, y luego echamos a correr. Emplear los rincones más oscuros del campus puede que no fuera nuestra idea más brillante, pero, si empezaban a salir demonios de ellos, tendríamos que admitir que Mercy había descubierto que estábamos allí y entonces ya no habría necesidad de ser discretos. ¿Podría sentirme ella? ¿Sentiría el poder de Danielle? No estaba seguro. En lo que concernía al verdugo, ninguno sabíamos nada, ni cuál era su función en esa historia ni qué destino le había augurado la profecía, aunque suponía que era quien acabaría por desatar la oscuridad sobre el mundo. O por gobernarla.

«Puedes hacerlo, Luke, puedes comandar un ejército de oscuridad. Y yo... yo seré tu reina», esas habían sido sus palabras. Una reina de la oscuridad, una que decidiría quién viviría y quién moriría; un verdugo también entonces. Sin embargo, la había visto dar órdenes a los demonios. Lo único con lo que yo contaba, y que ella no poseía, era la marca de los malditos, así que parecía obvio que ese era el motivo por el que me quería a su lado. Y eso era perfecto, porque no había manera alguna de que yo hiciera nada de lo que Mercy deseaba.

49

En todo el tiempo que había vivido en Abbot, nunca me había dado por imaginarme entrando a hurtadillas en Ravenswood, y mucho menos haciéndolo la Noche de Difuntos. Recordaba haber estado presente mientras algunos de mis compañeros bromeaban sobre los rituales que se debían llevar a cabo allí ese día en particular e incluso yo había participado de esas bromas con mis propias aportaciones. Ahora, sin embargo, ya no resultaba ni la mitad de gracioso.

Había crecido ajena a la realidad de ambos mundos, y ahora los dos estaban cayendo y se convertían en uno solo. A pesar de no contar con el apoyo de nadie más para hacer frente a Mercy y su ejército de sombras, ya no había duda de que aquello marcaría un hito para las dos comunidades, al igual que lo había hecho Salem. Resultaba irónico que en ese entonces los Good y los Ravenswood nos hubiésemos encontrado en mitad de todo el meollo y ahora lo estuviésemos de nuevo. Aunque igual no era una simple coincidencia, sino más de ese destino que parecía empeñado en hacernos tropezar una y otra vez: Benjamin y Sarah, Wood y Dith, Alex y yo... A lo mejor no solo era el linaje de los Ravenswood el que estaba maldito, quizás también lo estuviera el mío. O tal vez, en realidad, no fuera una condena, sino una nueva oportunidad para hacer las cosas de la manera correcta. Quizás Alex y yo teníamos ahora la oportunidad que ninguno de los demás había tenido. Prefería pensar que el universo entero estaba decidido a que, en algún momento, dejara de juzgarse a nuestras familias por relacionarse. Al menos, pensando así me quedaba la esperanza de que todo aquello, cuando terminara, lo haría bien.

Una vez que rodeamos el edificio Wardwell, el auditorio apareció frente a nosotros. No pude evitar pensar en la noche del baile de máscaras. En cómo me había sentado en aquella sala junto a Maggie y ella me había hablado de que se marcharía con Robert cuando se graduara, y de cómo me había compadecido de ella por los ataques reiterados a los que se sometía a su linaje solo por descender de quienes lo hacían. Me había sentido unida a ella casi al instante.

Alex me había dicho que no tenía ni idea de en qué momento Mercy se había apoderado del cuerpo de Maggie Bradbury, pero que, por lo que él sabía, ese tipo de rituales tan oscuros conseguían resultados mucho más estables a largo plazo cuanto más joven era el huésped. Dado que Mercy no parecía tener ningún problema con su nuevo cuerpo, parecía evidente que llevaba mucho tiempo ocupándolo. Me hervía la sangre al pensar en el modo en que había estado fingiendo y cómo había conseguido engañarme por completo solo para conseguir que el poder de Alex se convirtiera en lo que ella necesitaba.

Nos acercamos al edificio de la forma más sigilosa posible, todos en silencio, tensos y alertas. Alex aún no había convocado su oscuridad, y yo me estaba esforzando para presionar mi poder y que no saliera a la superficie; los nervios no jugaban a mi favor, aunque por ahora aguantaba bien. Y percibir el modo en el que empujaba contra mi piel sirvió para eliminar la duda que Alex había sembrado al recordarme las visitas de mi madre a Ravenswood y lo que ella había hecho para protegerme, al menos antes de decidir que sus hijas estarían mejor muertas.

Aparté el pensamiento y continué avanzando junto a los demás. Aún nos quedaban unas horas para la medianoche, el tiempo suficiente como para sacar de allí a Raven y evitar lo que Mercy hubiera planeado para ese momento en concreto. No éramos tan tontos como para creer que aquello era solo una casualidad. La noche anterior había ido a Abbot en busca de Alex o, en su defecto, para llevarse a alguien al que emplear como moneda de cambio y obligarlo así a ceder a sus intereses. Elegir justo a Raven para ello había resultado muy cruel, aunque si se hubiera tratado de Wood, habríamos acabado allí de igual forma.

Accedimos al edificio sin ningún problema, pero listos para encontrárnoslos. Cam, Hubbard y Wood llevaban las armas ya en las manos; Alex y yo preferíamos tenerlas libres. Se nos veía decididos, y tal vez también un poco aterrados, quizás porque conforme atravesamos el umbral todos percibimos los hechizos que presionaron nuestro poder y el modo en el que estos amenazaban con sofocar la magia en nuestro interior. No había sido tan consciente de ello la vez anterior, pero en ese momento no pude evitar estremecerme bajo el peso de años y años de conjuros protectores de todos los directores de la academia; los que fuera que habían realizado, estaba claro que no desaparecían con sus muertes, como en el caso de la barrera exterior. Sin embargo, no resultaba suficiente para sobrepasar en lo que me había convertido, y eso me hizo comprender lo poderosa que era ahora. Lo mucho que había cambiado todo en cuestión de semanas.

Nos detuvimos justo frente al acceso a la enorme estancia en la que se había llevado a cabo el baile. Alex buscó mi mirada ya con las manos sobre la puerta, preparado para empujar y abrirla, y yo asentí mientras los demás se alineaban detrás de nosotros. La quietud del aire resultaba antinatural, pesada y agobiante.

—Rav está ahí dentro —murmuró Wood entre dientes, tras olfatear ligeramente el aire.

No estaba segura de querer saber cómo podía afirmarlo con tanta seguridad, pero algo en su expresión me aconsejó no preguntar. En cuanto Alex empujó y pudimos ver el interior de la sala, fui consciente de que no habíamos llegado hasta allí gracias a nuestro sigilo o habilidad, sino porque Mercy nos lo había permitido. Estábamos justo donde ella nos quería y, posiblemente, también en el instante en el que había esperado que apareciésemos.

—Aquí estáis —dijo desde el fondo, acomodada en algo que se parecía sospechosamente a un trono. Abrió los brazos y abarcó el lugar con un gesto complacido—. Espero que os guste todo lo que he preparado para vosotros.

Alex se irguió en toda su estatura y entró en la estancia del mismo modo en que lo había hecho la noche del baile, con una actitud decidida y feroz. Y, de nuevo, ya no parecía el chico de la terraza de Nueva York ni el hombre con el que había hecho el amor días atrás. Era Luke Alexander Ravenswood, el heredero del linaje más oscuro y poderoso que hubiera existido jamás, el portador de la marca de los malditos. La marca de Caín.

Se transformó entre un paso y el siguiente, sin ni siquiera detenerse. La oscuridad manó de su cuerpo en una explosión controlada y se derramó por el suelo, formando un manto ondulante a su alrededor, y las llamas envolvieron su figura como la suavidad propia de una amante. Su pelo viró a negro o blanco según el mechón. Los cuernos asomaron sobre su cabeza. Todo de un solo golpe. La demostración de poder que estaba haciendo era una clara advertencia para Mercy; incluso sometido a las protecciones del lugar, nada iba a detenerlo. Nada atemperaría su furia. Nadie le impediría llevarse a su familiar de vuelta sano y salvo. Era oscuro, aterrador y hermoso más allá de toda duda, y el mejor ejemplo de que de dónde viniésemos no tenía por qué decidir quiénes queríamos ser ni condicionaría la causa por la que elegiríamos luchar.

Lo contemplé sobrecogida, como al dios terrible y poderoso que era, pero sin olvidar quién era para mí. Lo que significaba.

«No te tengo miedo». Las palabras se formaron en mi mente con una claridad devastadora. Incluso con toda esa oscuridad desplegada a su alrededor continuaba siendo él. No tenía dudas.

Se detuvo a pocos metros de la primera línea de brujos. Había cinco hileras, cada una con cinco alumnos arrodillados, veinticinco en total; todos con las palmas de las manos apretadas la una contra la otra y un fino cordón anudado alrededor de las muñecas. Casi parecían estar rezando, aunque no creía que fuera el caso. Ni siquiera creía que estuviesen lúcidos. Sus ojos se encontraban abiertos, pero tenían la mirada perdida y opaca. Enturbiada de un modo espeluznante.

«Están hechizados», comprendí al revisar sus caras uno por uno y darme cuenta de que todos estaban en el mismo estado. Cuando me atreví a dejar que mi mirada vagara más allá de ellos, descubrí a Raven a los pies de Mercy, tirado sobre el suelo e inconsciente. Apreté los labios para no gritar. Quería ir hasta él y arrastrarlo lo más lejos posible de aquel lugar, lejos de cualquier cosa que pudiera dañarlo.

—Déjalos ir y entrégame a mi familiar —bramó Alex, y el eco de su otra voz reverberó por toda la sala, terrible y antiguo. Poderoso.

Mercy ladeó la cabeza y sonrió como la psicópata que era.

—¡Oh! Pero no es tu familiar en realidad, ¿verdad? Ya no. Ahora es de ella, así que creo que voy a revocar su invitación. Sin embargo, puedes quedarte con el lobo blanco como mascota. Soy así de generosa.

Alexander apretó los dientes y los puños. La oscuridad se movió bajo sus pies formando ondas cada vez más densas; las llamas oscilaron sobre sus hombros. Me dio la sensación de que el edificio al completo se estremecía. Que cada ladrillo vibraba. Mis propias células temblaron.

—Es mi familia. Nada podrá cambiar eso jamás, así que entrégamelo. Ahora.

Mercy se puso de pie de un saltito. Esta vez no había rastro de su capa ni del uniforme de Ravenswood. Iba toda de negro y llevaba un vestido que, a juzgar por el corte, podía haberle pertenecido perfectamente a su yo original, solo que parecía nuevo. Se le ceñía a la cintura a la perfección y tenía una de esas faldas ligeramente voluminosas de la época; el cuello era la única parte blanca de todo su atuendo. Fue como contemplar en movimiento una de las imágenes de los juicios de Salem que los profesores nos mostraban en ocasiones en clase.

—Yo soy tu familia.

—Tú no eres nada mío y no lo serás nunca —replicó Alex, con la rabia desbordándose de sus labios, afilada y brutal.

La sonrisa de Mercy se retorció de tal modo que su rostro se convirtió en una máscara cruel, reflejo de un alma mucho más oscura de lo que podría haber imaginado. Y supongo que esa fue mi señal para salir de mi estupor, porque de repente me encontré caminando hasta donde Alex se encontraba. Me situé a su lado, el dorso de mi mano rozó la suya. El contacto no fue más allá de una leve caricia, pero la sentí por todo el cuerpo.

Los demás no tardaron en seguir mi ejemplo. Uno por uno, todos se adentraron en el ambiente opresivo de la sala para hacer frente a Mercy Good-Ravenswood. Brujos oscuros y blancos por igual.

—No eres nadie —insistió Alex—, y si crees que vas a conseguir algo de mí, estás muy equivocada.

—Puedo hacerle mucho daño...

—Si lo tocas, te asegurarás de que jamás te ayude en nada. Te perseguiré hasta el fin del mundo, y te prometo que no seré compasivo. Te destruiré —concluyó con una calma serena y, aun así, no hubo duda de que cumpliría con la amenaza.

La expresión de Mercy se suavizó, sus labios esbozaron una sonrisa pequeña y tímida, y su mirada pasó a ser tan inocente que no pude evitar ver en ella a Maggie Bradbury. Era su rostro el que estábamos mirando, el mismo que me había mostrado a mi llegada a Ravenswood y con el que me había engañado por completo. Solo que Maggie no estaba de verdad allí; quizás nunca lo hubiera estado. Quizás la había poseído durante su nacimiento y ese hecho había sido justo lo que había desatado la profecía.

—Pero ya has dicho que no vas a ayudarme, Luke —murmuró con una vocecilla infantil que me puso todo el vello del cuerpo de punta.

Movió los dedos de la mano derecha. Todos los alumnos arrodillados echaron la cabeza hacia atrás de golpe y dejaron expuestas sus gargantas. El movimiento fue tan coordinado que casi pude oír el sonido de sus vértebras cervicales crujir todas a la vez. Resultó escalofriante.

—Míralos. Pobres, tan jóvenes... —continuó diciendo. Y lo eran. Los veinticinco parecían muy muy jóvenes, seguramente, estarían en su primer año o, como mucho, en el segundo. No podían ser mayores que Ava y Johan—. A ellos sí puedo hacerles daño. Eso sí me lo permitirías, ¿verdad? Nunca te han tratado bien. No eres parte de la comunidad oscura, nunca te dejaron serlo solo porque eras diferente. Ahora tienes una oportunidad para vengarte de su desprecio. Los harás pagar con sangre.

Era verdad que Alex jamás había formado parte de su propia comunidad, siempre había vivido aislado, pero lo que Mercy ignoraba era que esa había sido una decisión que él mismo había tomado, a sabiendas de lo que suponía y de que lo condenaría a estar solo para siempre. Aun así, estaba segura de que nunca se había arrepentido de ello, ni lo haría en el futuro. Solo había tratado de protegerlos de su poder. Me daba la sensación de que, en realidad, era la parte Bradbury que había en Mercy la que anhelaba que pagaran por ello... o quizás fuera el bebé al que todos los Good habían abandonado en la cárcel para que muriera.

—No busco venganza, y ellos son de los tuyos —señaló Alex, aunque ya no hubiera bandos para él—. ¿Sobre quién reinarás si los matas a todos?

Mercy desechó su pregunta —una que él ya me había hecho a mí una vez— con un gesto de la mano. Al parecer, yo no había andado muy desencaminada en la respuesta que le había dado.

—Hay más en el edificio de al lado. Y los tengo a ellos. —Me señaló y también a Cam y a Hubbard. Hablaba de los brujos blancos—. Y a los humanos. ¿Te imaginas? Harán lo que queramos. Cualquier cosa. No podrán defenderse.

—No la vas a hacer entrar en razón —susurró Wood, solo para nuestros oídos—. Vamos a por ella de una vez y acabemos con esto.

Alex también le contestó en voz baja.

—Los matará, y matará también a Raven antes de que podamos llegar hasta él.

—Y... tengo a mis pequeñas mascotas —prosiguió Mercy, ajena al intercambio entre ellos.

El gran salón estaba iluminado con las mismas lámparas de aceite del baile, por lo que había sombras por doquier. Las escudriñé todas en busca de demonios, pero no vi nada raro. Si se le ocurría empezar a convocarlos, lo tendríamos muy complicado para sacar de en medio a todos los brujos y conseguir llegar hasta ella. Hasta Raven.

—Y a él —añadió en último lugar—. Sobre todo lo tengo a él.

Volvió a mover los dedos, pero en esta ocasión solo uno de los alumnos se movió. Se puso en pie como si sus extremidades estuvieran unidas a hilos que la propia Mercy manejaba y empezó a avanzar hasta el trono. Rodeó a Raven y se detuvo.

Alex dio un paso hacia delante, dispuesto a intervenir, pero, en cuanto comenzó a avanzar, la línea de brujos más cercana se puso de pie también como un único ente. El cordón que unía sus muñecas cayó al suelo y estiraron los brazos los unos hacia los otros, con las palmas expuestas en nuestra dirección, forjando una barrera de cuerpos entre nosotros y el resto de la sala. La estaban protegiendo. O, más bien, Mercy los usaba para protegerse de nosotros.

Convoqué mi magia y la empujé para hacerla fluir hasta las puntas de mis dedos, lista para emplearla si era necesario. Al menos que supiésemos, no le había hecho daño a nadie en la sala del consejo. Todos los muertos habían tenido heridas provocadas por los demonios, así que, si me veía forzada a explotar y dejar toda mi ira salir, no mataría tampoco a Mercy, pero tumbaría a todo el mundo. Quizás eso me diese la oportunidad de llegar hasta donde estaba. Y entonces sí que la agarraría del cuello y permitiría que los restos de magia que me quedaran la recorrieran de pies a cabeza hasta arrancarle cada gota de su poder.

«¿Y si Maggie sigue ahí, en algún lugar dentro de su cuerpo?». ¿Podría estarlo? ¿Habría sobrevivido? No estaba segura. No sabía tanto de posesiones como para dilucidarlo, pero si se le ocurría tocar a Raven, si amenazaba a alguno de mis amigos, no me creía capaz de controlar mi ira. La mataría, y no lo lamentaría en absoluto.

El problema era que no sabía exactamente cómo afectaría mi poder a Alex. Lo que le haría. Él no había estado presente en ninguna de mis explosiones, así que, a pesar de que sospechaba que tenía que tocar a alguien para que su magia se viera dañada, no estaba segura de si eso también se aplicaba a él.

El aire a mi alrededor crepitó. La suave canción de la magia de Alex aumentó de volumen y resonó a través de mi cuerpo, tranquilizándome, al menos de momento. Él me lanzó una mirada rápida y negó, como si supiera exactamente la clase de pensamientos que pasaban por mi mente. Sinceramente, no creí que le preocupara demasiado lo que le sucediera si conseguía sacar a Raven de allí sano y salvo. Pero ¿podía arriesgarme a hacerle daño a Alex?

En el fondo, sabía la respuesta a esa pregunta. Aquella era una decisión imposible.

El brujo que se había adelantado giró en redondo, quedando de cara a nosotros. Apenas tendría doce años. La palidez de su piel contrastaba con su pelo negro, y sus ojos... Parecía perdido, pero, de algún modo, había un profundo temor habitando en ellos. Como si de alguna manera fuera consciente de lo que sucedía, pero no pudiera hacer nada por evitarlo.

Mercy lo miró y sonrió. Tuve un mal presentimiento, uno muy malo. Y fue aún a peor cuando Wood lanzó un grito de advertencia y, al segundo siguiente, al chico se le abrió la garganta sin que Mercy hiciera un solo movimiento. La sangre comenzó a caer como una cascada macabra cuello abajo y empapó la camisa de su uniforme en cuestión de décimas de segundo. Se me escapó un jadeo de horror y la bilis me llenó la boca. A mi alrededor resonaron maldiciones y expresiones de horror.

La magia empujó con fuerza bajo mi piel, pero fue Alex quien respondió primero. Dio un grito que hizo vibrar las paredes y el techo, incluso el suelo. Su oscuridad pulsó entonces con la misma fuerza que su voz y se extendió hacia delante como una flecha. Durante un instante creí que atacaría a Mercy, pero alcanzó al muchacho justo antes de que este se derrumbara sobre el suelo. La oscuridad envolvió su cuerpo en un capullo protector, acuñándolo con cuidado y una dulzura infinita, y luego lo bajó poco a poco hasta dejarlo recostado junto a Raven.

Los alumnos que quedaban arrodillados se levantaron a la vez. Wood empujó a uno de los que le quedaba más cerca, tratando de apartarlo de su camino sin herirlo, lo cual no resultó demasiado efectivo. Alex temblaba de pies a cabeza con los ojos fijos en Mercy, y un odio profundo y ciego rezumaba de él con tanta intensidad como lo hacía su oscuridad. Yo ni siquiera había podido reaccionar. Como tampoco lo hice cuando algo empezó a tomar forma justo sobre el charco de sangre del brujo degollado. Me quedé paralizada; ya había visto algo así antes. En el bosque.

La sangre ascendió por el aire como si algo la estuviese succionando y se arremolinó hasta que unas piernas se materializaron frente a nuestros ojos; luego, un torso, brazos, cuello y un rostro, uno conocido: Elijah Ravenswood. En cuanto mis ojos se posaron sobre él, supe que las cosas iban a empeorar mucho más a partir de ese momento.

—Bienvenido de nuevo a tu hogar, Luke. —Fue lo primero que dijo el nigromante.

Alex apenas si le permitió terminar de hablar antes de contestarle:

—Que te jodan.

Juraría que había lágrimas corriendo por sus mejillas.

Alexander

La marca ardía en mi pecho. Mi oscuridad pulsaba. A pesar de las protecciones del edificio, percibía con una nitidez absoluta cada fuente de poder en la estancia; cada brujo, cada gota de la magia que corría por sus venas. La de Danielle destacaba entre ellas aún con más intensidad, vibrante y pura. Exquisita. Me llamaba y no me llamaba. Tiraba de mí y a la vez no lo hacía, como si las dos partes de lo que yo era no se pusieran de acuerdo en si la anhelaban o no. No había vuelto a ansiar absorber su magia desde hacía días, no de aquella forma desgarradora y brutal. En cualquier momento, sentía que me partiría por la mitad. Y ni siquiera se había transformado aún. Tal vez fuera a causa de la rabia que palpitaba bajo mi piel o, tal vez, de la ira que se estaba desatando bajo la suya. O quizás solo se trataba de ese lugar maldito y de lo decidido que estaba yo a acabar con todo aquello.

Pero mientras que Danielle lucía como un faro en mitad de la noche más profunda, al fondo de la sala, por el contrario, todo lo que había era... malicia. Oscuridad. Un agujero negro de horror y muerte. Lo que hubiera hecho Elijah a lo largo de los años para mantenerse en este plano y no perder del todo la cordura —si es que aún conservaba algo de ella—, y para traer de vuelta a Mercy, había convertido su poder en algo decadente y cruel. Una cosa retorcida más allá de cualquier límite que alguna vez hubiera podido existir, y que, al parecer, había llegado a su auge al desarrollar yo mi propio potencial.

Y esa cosa que era ahora me estaba sonriendo.

—Sabía que regresarías —dijo, obviando mi poco sutil respuesta anterior, e insistió—: Este es tu hogar.

Lo había sido, el único hogar que había conocido alguna vez, pero ahora yo ya sabía que no se trataba del lugar, sino de las personas. De la familia, la *verdadera* familia. De Raven y Wood, e incluso Dith. Luego, Danielle. Ellos eran mi ancla, y no Ravenswood, no la sangre, pero eso no quería decir que no fuera a defender a sus alumnos con todo lo que tenía. El mío, a diferencia del suyo, no sería un legado maldito. No si podía evitarlo.

—Te equivocas —rugí, apenas conteniendo la rabia.

Sentí un suave roce en el dorso de la mano, otro más. Me sobrevino la imperiosa necesidad de contemplar el rostro de Danielle, pero no aparté la vista de Elijah. No quería darle la oportunidad de hacer el más mínimo movimiento. Si se atrevía a acercarse un centímetro más al lugar en el que Raven yacía, quizás no fuese capaz de controlarme, y no estaba seguro de lo que la parte más oscura de mí haría. Dada mi acuciante sed de magia, bien podría drenar a todos los alumnos con solo desearlo. Ni siquiera creía que necesitara tocarlos... Ya no.

—Todo está hecho. Tú... —Elijah titubeó un instante, sin dejar de observarme—. Ya has estado allí, ¿verdad? Lo has visto...

—No tengo ni idea de lo que estás hablando.

—Puedo sentirla. La marca se ha activado y ahora tu poder está completo. —Se dirigió a Mercy—. ¿No lo sabe?

Mercy se retorció las manos y negó. De repente, parecía mucho menos segura de sí misma. Y asustada. Temerosa.

Elijah volvió a mirarme y avanzó varios pasos. El bloque que constituían los alumnos se movió a la vez para formar un pasillo en el centro por el que se adentró un par de metros. Se detuvo en mitad de ellos. Fue un alivio que se alejara de Raven, pero verlo rodeado de aquellos críos no me gustó en absoluto. No sabía cuánto tiempo le concedía el sacrificio que acababa de realizar, pero no podía ser mucho. Muy pronto necesitaría matar a otro brujo para continuar siendo tangible. Posiblemente, esa era la única razón por la que necesitaba a Mercy a su lado; él era un fantasma, uno que apenas podía mantenerse a este lado del velo el tiempo suficiente como para llevar a cabo sus planes.

—He pasado tres siglos esperando por alguien como tú. Un heredero con la marca y con el poder para emplearla del modo adecuado.

—¿Qué clase de poder? —preguntó Danielle.

Aunque yo era muy consciente de su presencia, ella no había hablado hasta ese momento y el sonido firme de su voz me sobresaltó. También desvió la atención de Elijah sobre su persona. El rostro del nigromante se contrajo en una mueca de repulsión y juraría que incluso hizo ademán de retroceder. Danielle era la Ira de Dios y no creía equivocarme al pensar que se había convertido en una bruja mucho más poderosa que yo. Se suponía que dicho poder había sido concebido en su origen para evitar que alguien pudiera dañar al portador de la marca de Caín y, si lo que le había sucedido a Efrain era muestra de ello, parecía bastante claro que, a su vez, Danielle era la única que podía drenar la oscuridad de mí y, seguramente, también de Elijah. Es decir, era tanto una protectora como la única con la capacidad para hacernos daño. Sin embargo, yo mejor que nadie comprendía que no hubiera querido usarme de conejillo de indias para comprobarlo.

—Debería haber sabido que el equilibrio buscaría una manera de intervenir, aunque no esperaba que se tratase justo de esta —repuso él, ignorando su pregunta.

Danielle le dedicó una sonrisa repleta de dientes. No parecía amedrentada, aunque tampoco tenía miedo de mí, lo cual no sabía si hablaba muy bien de su sentido de supervivencia, pero sí que hacía que me sintiera extrañamente orgulloso de ella. A pesar de todo por lo que había pasado en las últimas semanas, allí estaba, erguida y desafiante, plantándole cara a mi antepasado.

—Me importa una mierda el equilibrio —soltó, tan descarada como siempre—, pero tú eres el que no debería estar aquí. Este mundo ya no es el tuyo.

—Lo será. Y también será suyo... —Me señaló—. Cuando por fin acepte quién es y vea lo que puede hacer. A dónde puede ir y lo que traerá consigo.

Algo destelló en los límites de mi consciencia. Un recuerdo. Una visión. Fuego y desolación. Oscuridad y sombras.

—El infierno —murmuré con apenas un hilo de voz, pero Elijah me oyó. Todos lo hicieron.

Mercy avanzó entonces hasta situarse junto a él, sonriente y complacida, mucho más entera que un momento antes. Elijah, sin embargo, no le prestó demasiada atención. Eché un rápido vistazo a Raven, rezando para que se despertase. Su pecho subía y bajaba a un ritmo normal, pero no tenía ni idea de si estaba dormido, inconsciente o también lo habían hechizado.

—Tienes la marca y tu poder es una llave, la única que abrirá la puerta del todo. Por fin.

—¿De qué habla? —me preguntó Danielle.

—No te dirijas a él —escupió Elijah, y ella se echó a reír.

—Llegas un poco tarde para eso, porque he hablado mucho con él últimamente.

Si aquello era o no una insinuación sobre lo que había sucedido entre nosotros, no me importó, aunque oí una risita ahogada proveniente de alguien de nuestro grupo. Elijah —o Mercy, no estaba seguro—, en cambio, respondió de una forma muy diferente y, con él, también Danielle. Las sombras que poblaban la estancia se hicieron un poco más profundas, y la electricidad que flotaba en el ambiente también aumentó.

Había círculos brillantes en torno a las muñecas de ella y ríos de luz comenzaban ya a ascender por sus brazos. Aunque no hubiera estado contemplándola, lo hubiera percibido de todas formas. Su magia se estaba alzando en respuesta no solo al poder de Mercy y el de Elijah, sino a mi propia oscuridad.

—Convócalos.

Cuando quise darme cuenta de que Elijah no estaba hablando con Danielle ni conmigo, sino que la orden iba dirigida a Mercy, ya había *cosas* creciendo en los rincones de la sala, y esta vez no eran solo demonios inferiores. Estaba claro que, de algún modo, Elijah necesitaba a Mercy para atraerlos hasta nuestro mundo, tal vez incluso para manejarlos, y también que el poder de esta era más fuerte dentro de los límites de Ravenswood.

Los seres se mantuvieron inmóviles, entre las sombras. Seres que yo ya había visto en las dos ocasiones en las que había sufrido visiones; solo que quizás habían sido algo más que meros vistazos de lo que pudiera suceder en un futuro.

—Todos estos años —murmuró Elijah. Su figura se emborronó levemente en los bordes durante unos pocos segundos—. Décadas. Siglos. Nuestro linaje nunca ha sido tan poderoso como ahora. Nuestra familia siempre ha estado destinada a reinar por encima de cualquier otra. Por encima de todos —continuó recitando.

Estaba claro que le encantaba oírse hablar y que no le preocupaba demasiado si se veía obligado a matar a otro alumno para continuar allí.

—No puedes hablar en serio —intervino Hubbard, y señaló uno de los rincones del salón en el que las sombras se agitaban amenazantes, cada vez más densas—. Eso no pertenece a este mundo. Lo arrasarán.

Mercy dio un saltito, eufórica. No podía ni empezar a imaginar la clase de ritual que había empleado Elijah para traerla de vuelta, mucho menos lo que eso le había hecho a su mente y a su alma. Pero estaba claro que había perdido totalmente la cabeza.

—Harán lo que les digamos que hagan y, cuando ya no sean necesarios, se los devolverá al lugar del que provienen —dijo Mercy.

La mirada sombría de Elijah se deslizó hacia la bruja y una de sus comisuras se arqueó de manera escalofriante. La observó tan solo unos segundos y, para ser el hombre que la había criado y que le había devuelto la vida —o algo similar a una vida—, no parecía que albergara un afecto excesivo por ella. O ningún afecto en absoluto. Era un peón, uno más en sus retorcidos planes.

Pero Mercy no se percató de nada o no quiso hacerlo, y continuó hablando.

—Esto es lo que auguró la profecía, y yo, la comunión entre linajes que lo hará posible.

Elijah no dijo nada, ni siquiera dio muestras de estarla escuchando. Su atención estaba puesta de nuevo en mí y, de golpe, como si se hubiera percatado en ese instante de que Raven yacía junto al trono, se volvió a medias hacia atrás. Mis músculos se tensaron y mi poder volvió a palpitar; oleadas de niebla se extendieron hasta llegar a sus pies, pero ni él hizo nada por evitarlas ni pareció afectarle de ninguna manera. Supuse que mi oscuridad, después de todo, era también la suya.

—La sangre Ravenswood no debería derramarse aquí —dijo, y su voz adquirió un matiz más bajo y profundo.

No era la primera vez que decía algo así; lo habíamos escuchado de sus labios aquella noche en el bosque, cuando la Ibis había herido a Raven.

—Solo está hechizado —replicó Mercy—, y ya no es su familiar.

La cabeza de Elijah giró en nuestra dirección de golpe y contempló el espacio entre Danielle y yo como si hubiera algo allí, algo que solo él podía ver.

—Debería seguir siendo un Ravenswood, pese a *eso*.

—Alex —murmuró Wood, entre dientes, a modo de advertencia.

Las sombras se movían, cada vez más audaces. Dientes, cuernos, garras e incluso escamas. Odio y una maldad tan arraigada como lo estaba ya en la carne de mi antepasado. Unos ojos color carmesí que lanzaban destellos, unos colmillos demasiado afilados... Seres que nos provocarían pesadillas durante semanas. O años. Si es que conseguíamos salir de allí con vida.

—Ya lo veo —repliqué por lo bajo mientras el poder de Danielle avanzaba por su piel.

Elijah también parecía consciente de ello.

—Si ahora es tuyo y quieres conservarlo, será mejor que no hagas eso —le dijo, y su figura volvió a parpadear.

Nos estábamos quedando sin tiempo. Si no hacíamos algo pronto, Elijah sacrificaría a otro alumno, o bien los demonios atacarían. Seguramente, ambas cosas.

—Cam, Thomas, deberíais retroceder. Danielle...

—Estás loco si crees que me retiraré y te dejaré solo —me interrumpió ella.

Elijah avanzó un paso y todos los alumnos se movieron a la vez, encarándonos de nuevo. Se oyeron siseos y una serie de sonidos guturales e inhumanos. Ansiosos. Sedientos.

—Vete —exigió Elijah—. Márchate, Danielle Good, si no quieres perderlos a todos.

—No voy a perder a nadie más.

Nuevos chasquidos de dientes resonaron por toda la sala, pero fue la carcajada amarga de Elijah lo que me puso los pelos de punta.

—Estás destinada a perder.

—Ni hablar —rugió Danielle, pero Elijah se dirigió a mí.

—Ocupa tu lugar junto a mí o... asume las consecuencias.

Era un desafío, uno que no sabía si estaba dispuesto a asumir. Titubeé.

No pensaba hacer nada de lo que él quería, al igual que no había previsto hacerlo cuando Mercy me había reclamado que regresara con ella, pero... perder a Raven o a cualquiera de los otros no era una opción. Nunca lo sería para mí. Y seguramente fuese tan egoísta como ya había pensado una vez que era, porque una parte de mí estaba dispuesta a permitir que el mundo sucumbiera si con eso conseguía evitarles cualquier daño a mis seres queridos. Pero nada me aseguraba que así fuera y, al final, si el infierno se desataba en nuestro mundo, dudaba que ninguno de ellos estuviese a salvo en él.

—No —repetí yo.

Elijah se limitó a asentir.

—Así sea.

51

No había tenido demasiadas esperanzas de salir de Ravenswood sin pelear, pero me negaba a ver a nadie más morir. No perdería a nadie más.

Las sombras avanzaron al tiempo que los veinticuatro alumnos estiraron los brazos al frente y adoptaron una postura defensiva. Sin embargo, me di cuenta enseguida de que no podrían acceder a su poder; solo estaban allí como un señuelo. Carnaza, eso eran. Mercy debía de saber que intentaríamos no hacerles daño.

Miré hacia atrás.

—¡Marchaos! —le grité a Cam y a su padre.

Sin magia, de repente, las armas que portaban no me parecían suficientes. No tenía que haberles permitido que nos acompañasen, por muy director de Abbot que fuese Hubbard. Si Elijah no había titubeado en matar a un brujo oscuro y bañarse en su sangre, ¿qué no haría con el hombre que dirigía la academia de la luz?

Pero ni él ni Cam retrocedieron. Aferraron sus espadas con firmeza y se dispusieron a hacer frente a lo que viniera. A un lado, Wood ya se estaba enfrentando a un demonio. El ser tenía un aspecto muy similar a Alex, aunque sin llamas ni oscuridad, pero sí con unos cuernos que se enroscaban sobre su frente y la piel de un tono grisáceo y pulido. También tenía una fila de dientes que parecían poder cortar piel, músculo e incluso hueso si se lo proponía.

No pude entretenerme mucho más contemplando la escena. Todos a una, los alumnos se dispersaron por la sala, y los demonios lo hicieron a su vez entre ellos. No los tocaron, pero estaba claro que no dudarían en emplearlos como escudo si lo necesitaban. Y por sus expresiones ansiosas y hambrientas, tal vez tampoco tuvieran mucho reparo en darles un mordisco si tenían ocasión.

Mi magia, al límite de desbordarse, destelló entre mis dedos. Tenía la piel brillante y un halo se expandía a mi alrededor. Me daba miedo dejarla salir del todo, pero no había cesado de empujar y empujar hasta que me había cubierto por completo. Me obligué a contener las alas, y mi esfuerzo debió de funcionar, porque, por el momento, se mantuvieron ocultas bajo mi piel. O a dondequiera que fuesen cuando no estaban al descubierto. Quizás fuera una estupidez y tendría que haberlas dejado salir... No estaba segura. Sin embargo, me pareció que, una vez que lo hiciera, la ira que se acumulaba en mi pecho encontraría también el modo de aflorar. Y, dado lo mucho que me enfurecía ver a Raven allí tirado, no creía que fuera a hacerlo de una forma silenciosa y pausada. No después de perder a Dith. No después de las mentiras de mi padre. De la muerte de Johan, los consejeros... No cuando apenas quedaba ya nada de la chica que había huido de Abbot con la triste ilusión de conocer algo más que sus cuatro paredes y sus estrictas reglas.

Había demasiado rencor y rabia en mi pecho, y un anhelo profundo de venganza que, en ocasiones, parecía lo único que me impulsaba a seguir adelante a pesar de que no estaba segura de ser capaz de cobrármela. No pude evitar pensar en el miedo que había sentido Alex al conocerme. Su temor a hacerme daño no debía de distar mucho de la impotencia que sentía yo al no poder hacer uso de todo mi poder por miedo a herir a los demás. Al menos, los jóvenes brujos no estaban peleando, solo se limitaban a... existir. Y a estorbar, eso también.

Traté de convocar mi elemento, pero a duras penas conseguí extraer nada de agua del ambiente. Los hechizos protectores del edificio, de algún modo, afectaban en mayor medida a esa parte de mi magia. Así que, mientras una mole de al menos dos metros y cien kilos se dirigía directo hacia donde Alex y yo nos encontrábamos, no tuve más remedio que tirar de mi nuevo poder. La luz que me rodeaba las muñecas brotó de estas y se convirtió en sendas pulseras sobre mi piel. Enseguida, la de la derecha comenzó a estirarse y serpenteó por el aire para caer y acumularse sobre el suelo. Con un movimiento del brazo, desenrosqué el látigo de pura luz y me dije que más me valía ser capaz de emplearlo con acierto.

—Procura no... explotar —repuso Alex. Parecía impresionado a pesar de no ser la primera vez que me veía hacer algo así.

Tuve el tiempo justo para sonreírle, y le hubiera enseñado la lengua en un ademán de lo más infantil si el demonio gigantón no hubiese llegado hasta nosotros en ese momento. Alex giró sobre sí mismo para hacerse a un lado en un movimiento de lo más elegante y lo ensartó con uno de sus tridentes de oscuridad, lo cual fue muy espectacular pero no del todo efectivo. Puede que Alex y yo no fuéramos en realidad opuestos, o no del modo en el que todos esperaban que lo fuésemos, pero en aquel aspecto estaba claro que sí contaba. Su poder retrasaba a los demonios o podía debilitarlos momentáneamente, pero nada más.

Enredé el látigo en uno de los gruesos muslos de aquel ser y tiré de él. Esta vez, no se esfumó como habían hecho los demonios inferiores, aunque conseguí que se tambalease. También logré captar su interés por completo.

—¡Ve a por Raven! —dijo Alex.

Mercy y Elijah habían retrocedido hasta el fondo y permanecían impasibles mientras más de esas cosas abandonaban el refugio de las sombras y se lanzaban a por nosotros. Eran muchos, demasiados. Y Alex no podría con ellos, ni siquiera con la ayuda de Wood. Me necesitaba peleando junto a él.

Apreté los dientes y busqué a Cam con la mirada, solo para darme cuenta de que Sebastian y los otros dos Ibis atravesaban a la carrera las puertas del salón. No podían llegar en mejor momento. Al parecer, la ira que alimentaba mi poder también resultaba de lo más atractiva para aquellos seres. Todos parecían estarse arrastrando en mi dirección, seguramente, porque Elijah necesitaba a Alex de una pieza. De algún modo debía de haberles prohibido que lo dañaran, al menos de forma irreversible.

—¡Cam, Sebastian! —los llamé, mientras permitía que el látigo azotara el aire frente a mí evitando todo lo posible a los alumnos a pesar de que era una tarea casi imposible—. Id a por Raven.

Pero Cam ya se estaba moviendo por un lateral hacia delante, tan decidido que cualquiera hubiese pensado que Raven era, en realidad, su propio familiar. Manejaba la espada con una destreza de la que no le hubiera creído capaz, y nunca me alegraría tanto como entonces de que su padre le hubiera permitido tomar clases de artes marciales y, por lo visto, su tutor le hubiese enseñado a empuñar esa clase de arma.

Sebastian tampoco titubeó. Se lanzó tras él, mientras que tanto Elizabetta como Derek se sumergían de lleno en la pelea. Wood rugió y apartó a un alumno fuera de su camino. No fue demasiado delicado, pero en su defensa diré que los alumnos parecían obstinados en meterse en mitad de todo aquel lío.

Durante no sé cuánto tiempo, peleamos casi como si fuésemos Ibis, ignorando el dolor y continuando adelante porque no había otra cosa que pudiésemos hacer. Esquivando y golpeando. Apartábamos a los alumnos siempre que podíamos. En algún momento, Alex trató de ordenar a los demonios que se fueran al infierno, literalmente, pero no obedecieron, ni siquiera parecían prestarle atención;

supuse que la presencia de Mercy y Elijah, combinado con el hecho de que este último también contara con la marca, bastaba para arrebatarle a él esa facultad. Y si Mercy, como verdugo, era capaz de dirigir a los demonios, como ya había demostrado, el único motivo por el que querían a Alex de su parte tenía que ser porque él era esa llave que habían mencionado. O mucho me equivocaba, o sus visiones habían sido muy diferentes a la que yo había tenido. Las palabras de Elijah habían dejado entrever que, en realidad, Alex había viajado hasta el mismísimo infierno. El único otro detalle que jugaba a nuestro favor era que, por suerte, el nigromante no podía permanecer mucho tiempo en nuestro mundo.

Me concentré hasta que la punta del látigo se afiló y, con un giro de mi muñeca, esta se le clavó en la piel al demonio. Imprimí un poco más de mi magia y empujé hasta conseguir que le atravesara el muslo y saliese por el otro lado. La criatura aulló de dolor, pero seguía allí.

Lo retiré de golpe. Otro demonio se lanzó sobre mí desde la izquierda, pero Elizabetta apareció a mi lado y se interpuso en su camino. No desaproveché la oportunidad. Volví a balancear el látigo y fui directa a por la cabeza del gigante; se le enredó alrededor de la gruesa columna que era su cuello. Cerré los dedos en un puño. Se oyó un crujido repugnante y apreté un poco más a pesar de que me dieron ganas de vomitar. Un segundo después, la cabeza de aquella cosa explotó. Luego lo hizo su cuerpo.

—Joder —farfullé, dando un salto hacia atrás.

Alex no reaccionó tan rápido y acabó bañado en sangre de demonio, o lo que quiera que fuese aquella mierda. Pero ni siquiera se inmutó. Me dedicó una sonrisa rápida y repleta de tensión y se lanzó a por la siguiente criatura.

Cam y Sebastian proseguían su lento avance por el lateral de la sala. A pesar de mi preocupación por Raven, traté de no mirar demasiado hacia el fondo de la sala, a riesgo de perder la concentración. Mientras me esforzaba para sacar de en medio a los alumnos hechizados y repeler los intentos de los demonios por llegar hasta a mí, solo me permitía breves vistazos para asegurarme de que tanto Elijah como Mercy se mantenían apartados de mi familiar. Si bien, estaba convencida de que su impasibilidad no duraría mucho y, si acaso comenzaban a sospechar que la balanza se inclinaba a nuestro favor, tal vez se mostraran más proclives a derramar sangre Ravenswood.

Resultaba irónico que, incluso cuando los brujos le dieran una enorme importancia a su linaje o al aquelarre del que formaban parte, ninguno de los dos fuese capaz de concebir que cualquiera de nosotros entregaría su propia vida para salvar a Raven. No lo entendían, porque nada era más importante para ellos que su ambición o el poder. De haber sido conscientes de lo que significaba Rav de verdad para Alex, para Wood o para mí, de lo profunda que era nuestra conexión, era probable que aquella pelea hubiese sido muy muy corta.

Su desapego y sus carencias afectivas eran una ventaja para nosotros.

—¡Danielle! —gritó Alex. Me volví y me encontré frente a frente con un puñetero demonio con ascuas por ojos y los dientes de un tiburón.

Me tiró al suelo antes de que pudiera reaccionar, y el golpe me sacudió de tal modo que el látigo desapareció. Rodamos juntos, derribando a su vez a una alumna cuyas piernas quedaron atrapadas bajo mi cuerpo. Noté una puñalada en el muslo, pero, por suerte, una de mis manos terminó justo sobre el estómago de mi atacante. Invoqué mi magia y ni siquiera me paré a pensar en darle forma. Clavé los dedos en su carne dura y la dejé salir.

—Muérete, joder.

Algo húmedo me empapó la camiseta y, acto seguido, el demonio comenzó a convulsionar. Aparté la cara un segundo antes de que comenzara a toser un montón de líquido oscuro, aunque todavía le dio tiempo a chasquear los dientes y arañarme el cuello. Ahogué el gemido de dolor y empujé un poco más hasta que acabé con la mano hundida en él hasta la muñeca. El muy cabrón tardó aún un instante más en deshacerse del todo y dejarme nadando en aquella asquerosidad oleosa.

—¡¿Estás bien?! —gritó Alex.

Peleaba con uno de los humanoides brazilargos que había empleado Mercy durante el primer ataque a Abbot y, a la vez, con algo que apenas si tenía forma y no levantaba más de un metro del suelo. Le dio una patada en el lugar donde debería haber estado su cara, si la hubiera tenido, y luego se agachó para evitar un zarpazo del otro demonio. Sin llegar a erguirse por completo, su oscuridad se alzó y formó una muralla frente a él con la que se protegió de forma temporal.

—¿Danielle?

—Estoy bien —gemí, aunque me dolía todo y el lateral del cuello había empezado a palpitarme. ¡Dios! Tenía que encontrar alguna forma de que aquellas cosas dejaran de morderme y de arañarme de una vez.

Me puse de pie. Si salíamos de allí, alguien iba a tener que darme clases para mejorar mi estilo de pelea, aunque solo fuera para aprender a patear traseros como Alex.

A un par de metros junto a mí, Derek, el Ibis callado, decapitó a otro demonio, pero su cuerpo continuó moviéndose aún durante un instante. Lo bueno fue que, aunque no se esfumó como sucedía cuando los atacaba con mi poder, no volvió a levantarse. Al menos de momento.

Escuché un grito y me giré a tiempo de ver a Sebastian sacarle de encima a Cam a otro de esos demonios enanos e informes. Cam terminó el trabajo pateándolo y... partiéndolo por la mitad de un golpe limpio con la espada. Bueno, eso serviría, supuse.

Había al menos una docena de demonios en el salón y muchas más sombras acumulándose y tomando forma en cada rincón. De estar segura de que no dañaría a Alex, hubiera invocado hasta la última gota de mi ira para barrerlos a todos a la vez. No quería tener que llegar a eso; no sabía si sería capaz de llegar a eso. Pero tenía que acercarme hasta donde se encontraban Mercy y Elijah. Quizás esa fuera la única manera de terminar con aquello. Podía concentrarme, canalizar mi magia solo sobre ellos y rezar para mantener el control suficiente y no terminar volándonos a todos por los aires.

Me volví hacia donde se encontraban. Había varios alumnos aún por medio y, por supuesto, demonios; uno de ellos, con una hilera de afiladas espinas recorriéndole el centro de la espalda, músculos brotando de los músculos y dos putos pinchos saliéndole de los hombros. ¡Dios! Era la pesadilla de las pesadillas.

Me miró y abrió la boca. Me preparé para uno de esos chillidos estridentes, pero, en cambio, lo que ocurrió fue que la mandíbula de esa cosa se descolgó, sus labios se estiraron y dejaron a la vista dos hileras de colmillos, además de mucha mucha baba.

—¡Mierda! —Fue lo único que atiné a decir, pero comencé a avanzar hacia él de todos modos.

Alex continuaba despachando demonios haciendo uso de toda clase de armas que iba invocando según a lo que se enfrentase. Como yo, hacía todo lo posible por avanzar y lanzaba breves miradas de vez en cuando hacia Elijah y Mercy. Estaba bastante segura de que se percató de mis intenciones cuando me adentré más aún entre los brujos hechizados. Hasta entonces, ninguno de los alumnos había resultado hostil, pero me salieron dos al paso, un chico y una chica; los rostros inexpresivos, la mirada, vacía. Se lanzaron sobre mí como uno solo. Me aparté lo más deprisa que pude, pero solo pude esquivar a la bruja. El chico me agarró del pelo y dio un tirón tan fuerte que creo que me arrancó todo el mechón.

Grité de dolor mientras trataba de quitármelo de encima. No podrían emplear la magia, pero no nos lo estaban poniendo nada fácil. Lo empujé, pero volvió a abalanzarse sobre mí enseguida con la palma de la mano por delante y el cordón, que había estado anudado en torno a sus muñecas poco antes, entre los dedos.

Me entró el pánico. No tenía ni idea de si ese fino hilo tendría algún efecto sobre mi voluntad, pero mi reacción fue instintiva. Sujeté al chico del hombro y le di una corta descarga de mi poder. Se le pusieron los ojos en blanco y cayó al suelo. Horrorizada por la posibilidad de haberle hecho un daño irreversible, no pude apartar la vista de él hasta que me cercioré de que continuaba respirando.

Su compañera aprovechó entonces para saltar sobre mi espalda y a punto estuve de irme con ella al suelo. De reojo, vi al demonio bocazas acercándose. Si esa cosa me alcanzaba, no estaba segura de que mis miembros continuaran todos en su sitio. Pero Wood salió de la nada convertido en lobo. Saltó sobre la chica y se las arregló para arrancármela de encima. Apenas tuve tiempo de rehacerme antes de que el demonio lanzara hacia mí la primera dentellada. Finté para esquivarlo por los pelos. No pensaba estirar la mano hacia esa cosa armada de dientes estando tan cerca, le tenía demasiado aprecio a mi brazo, así que traté de retroceder un poco para ganar espacio. Pero entonces alguien aulló de dolor, el suelo vibró y las paredes también se sacudieron cuando Alex envió una nueva oleada de oscuridad por toda la sala. Y tuve que mirar...

La ira ascendió desde mi pecho hasta mi garganta. El miedo. La frustración. Cada golpe recibido durante las últimas semanas. Cada incertidumbre. Cada pérdida. Cada temor convertido en realidad.

El aire se volvió eléctrico. Olía a salvia y canela. Olía a bosque salvaje. Olía a algodón de azúcar. Olía a papel y libro antiguo. Pero, sobre todo, olía a muerte.

—No. ¡NO!

52

Cam estaba de rodillas junto al cuerpo de Raven, con los hombros encorvados y las manos tanteando de forma frenética su cuello incluso cuando él mismo tenía varios arañazos por toda la cara y la sangre le corría por las mejillas. Incluso cuando Mercy estaba a su vez inclinada sobre él y le estaba apretando el hombro con los dedos cubiertos de una oscuridad similar a la que portaba Alex.

«No. No. No».

Estiré el brazo y cinco puntas de luz brotaron de mis propios dedos y atravesaron al demonio que tenía delante. No se deshizo ni explotó, pero al menos se detuvo. Cada uno de aquellos seres parecía más poderoso que el anterior, y mi magia no aguantaría eternamente. Pero *tenía* que llegar hasta Raven y Cam.

A mi derecha, el aire retumbó y la niebla de Alex ascendió desde el suelo hasta llegarle a mitad del muslo.

—Aléjate de ellos —bramó, con su otra voz. Aunque la orden iba dirigida a Mercy, me dio la sensación de que los demonios, durante un instante, titubearon.

No podía pararme a descubrir si lo obedecían o no, así que invoqué algo similar a una espada con mi mano izquierda. No sería capaz de manejarla de forma adecuada ni siquiera con la derecha, pero, tan cerca como estaba del demonio, no me hacía falta. La empujé con todas mis fuerzas en el centro de su pecho en el mismo instante en el que su boca comenzaba a cerrarse sobre mi otro brazo. Los dientes me perforaron la carne y, joder, dolió como ninguna otra de las heridas que había recibido hasta ese momento, lo cual era mucho decir. Pero no me permití ceder; la agonía que suponía pensar que Raven podría no estar...

«No, lo hubiera sentido. Está vivo. Sigue vivo. No te detengas».

Aparté mis temores y cualquier pensamiento de mi mente, y permití que una furia helada ocupase su lugar. Estaba perdiendo el control, era consciente de ello, pero, en cuanto el demonio bocazas se derrumbó y se convirtió en un charco hediondo, continué avanzando. Dejé de ver a los demás; tanto a los Ibis —que, aun heridos, seguían peleando—, como a Alex, Wood y Hubbard, al que ni siquiera sabía dónde ubicar. Todos proseguirían luchando, supuse.

Yo, en cambio, me concentré en Mercy y lo que le estaba haciendo a Cam. Una red de venas negras trepaba por el cuello de mi amigo, muy despacio pero de forma implacable, mientras ella sonreía con tanta malicia y desprecio que se me revolvió el estómago. Sin embargo, Cam no trató de apartarse, sino que se quedó allí, cubriendo a Raven con su cuerpo. En ese momento, ni siquiera me paré a pensar por qué Sebastian no estaba junto a él.

No había manera de que llegara junto a ellos lo bastante rápido, así que volteé mi mano, dejando la palma hacia abajo, mientras observaba la escena. Un fino hilo de luz brotó de entre mis dedos. Como una serpiente, culebreó por el suelo repleto de niebla y se camufló entre ella, deslizándose más y más hacia delante del mismo modo sigiloso en el que lo haría dicho animal. Quizás no necesitara una gran explosión; quizás solo hacía falta algo más sutil.

«Vamos, vamos, vamos», me dije, impaciente. Sin embargo, me refrené todo lo que pude, incluso cuando fue Elijah quien, dejando a otro alumno tirado a un lado y un charco de sangre aún mayor del que ya había bajo él, se acercó hasta Mercy para echar un vistazo a lo que hacía.

Complacido, buscó a Alex con la mirada.

—Vuelve a tu hogar —le gritó, por encima de la pelea. Por encima de los cuerpos que había en el suelo; no todos eran de demonios—. Ríndete.

Apreté los labios. Más y más de mi magia fluyó por aquel hilo delgado. Pasó por encima de la sangre, de *gente*, pero no se detuvo. Arranqué cada gota del poder de ese río impetuoso en el que se había convertido mi magia, me concentré solo en continuar alargándolo más allá de mí y recé para que, si se me acercaba un demonio, alguien me cubriera, porque no sería capaz de defenderme y hacer aquello a la vez.

Cam tenía ya parte de las mejillas cubiertas de capilares oscuros cuando logré llegar hasta ellos. Muy muy despacio, dirigí el hilo de luz hacia los pies de Mercy. Pero entonces el eco terrible de la voz de Alex se alzó por encima de cualquier otro sonido.

—¡Detente! ¡Lo haré! ¡Haré lo que quieras!

Me encogí un poco al oír el tono desgarrado y culpable que empapó cada una de sus palabras. Y tuve que hacer un esfuerzo sobrehumano para no volverme hacia él y decirle que no podía ceder. Me callé. Elijah lo miraba a él, y también Mercy, que no se había apartado de Cam y Raven. Mientras prestaran atención a Alex, no me estarían observando a mí.

El sudor me corría por la espalda y el rostro, y los dedos empezaban a acalambrárseme. Mi magia se debilitaba, lo sabía. Percibía algo extraño en el modo en el que respondía a mi llamada y, además, la piel había comenzado a picarme como si tuviera un nuevo brote de alergia, aunque no estaba segura de que esto último tuviera algo que ver con mi cansancio.

Aferré el colgante de mis antepasados con la otra mano y rogué y rogué para que me escucharan y me concedieran un poco más de aliento. Solo un poco más. Lo suficiente como para aprovechar la oportunidad.

—Bien —oí decir a Elijah, y sonó tan complacido que me dieron ganas de gritar.

Alex no replegó su oscuridad, pero la estaba conteniendo, incluso yo podía notarlo. Y también estaba agotado. Apenas sentía ya la melodía que, un rato antes, había resonado alta y clara en mis oídos y en mi corazón. Saber que estaba dispuesto a sacrificarse no ya solo por Raven, sino también para ayudar a Cam, estuvo a punto de hacer que me derrumbara.

—Solo... deja marchar al resto.

Me quedé muy quieta, tanto como los propios demonios. Mis ojos registraron un cuerpo desplomándose a mi derecha y, de forma egoísta, me obligué a no mirar y deseé que no se tratara de ninguno de los «míos». Mantuve la mirada al frente, una mano sobre el colgante de la triple diosa, otra vuelta hacia el suelo y los ojos fijos en el extremo del hilo que ascendía ahora por el tobillo de Mercy. A riesgo de colapsar, dirigí un poco más de mi energía hacia allí mientras me aseguraba de no rozar su piel. Todavía no.

Se me secó la garganta, temblaba y me estaba mareando.

—Jura por nuestro linaje que harás mi voluntad. Jura que cumplirás con tu destino y abrirás para mí las puertas del infierno. Bajarás allí y lo harás desde dentro, para que así puedan permanecer abiertas. Esto —dijo, abarcando la sala con un movimiento del brazo— es solo una muestra de lo que conseguiremos.

Me quedé sin aliento a pesar de que aquello era lo que yo ya había sospechado. A Elijah ya no le bastaba con invocar demonios en los alrededores de Ravenswood, sino que quería lanzarlos por ahí y permitirles campar a sus anchas. Al parecer, Mercy no había desvariado al asegurar que quería reinar sobre brujos y humanos. Y la profecía no había errado al augurar una oscuridad como jamás se había visto antes. Querían traer el infierno a la tierra.

—Mercy y tú —prosiguió, creyéndose vencedor—. Como una reina oscura y su rey. Mano a mano. Hombro con hombro. Traeréis la oscuridad a este mundo. Ya no habrá equilibrio. Nunca más. Y solo los Ravenswood decidirán quién es digno.

¡Por Dios! Aquel no era más que el sueño de un fanático borracho de poder. Uno al que, al parecer, no le importaba lo más mínimo dinamitar nuestro mundo para que su linaje pudiera gobernar sobre los escombros.

Desde un lado del gran salón, Wood elevó el hocico y soltó un aullido grave y desgarrador, como si hubiera conocido las palabras que su protegido iba a pronunciar incluso antes de que abandonaran sus labios.

—Está bien —aceptó Alex, e insistió—, pero déjalos ir.

Se me emborronó la visión en el instante en el que el cordón de luz asomaba por encima de uno de los hombros de Mercy. No iba a poder estrangularla con mis propias manos, pero, con suerte, mi poder acabaría con ella y todos los demonios desaparecerían. Si no lo hacían, esperaba que Alex pudiera dominarlos. Luego ya nos ocuparíamos de mandar a Elijah a través del velo.

—Retira a los demonios —insistió en exigir Alex, evitando realizar ningún tipo de juramento— y deja ir a todos los demás.

A pesar de que se estaba rindiendo, su postura no perdió un ápice de dignidad, pero, de alguna forma, yo podía sentir la amargura de la derrota resonando en el cántico de su magia. De no haber tenido ya el corazón roto, aquello me lo hubiera destrozado por completo.

Alex comenzó a avanzar entre demonios y alumnos, ahora totalmente inmóviles, y me dije que tenía que actuar de inmediato. Me forcé a reunir el poder que me quedaba, afilé a golpe de pensamiento el extremo del hilo y lo dirigí hacia el corazón de Mercy, lo cual no fue fácil en absoluto porque tendría que atravesar su pecho de atrás adelante para evitar que ella se percatara de nada. Si había algo oscuro y malvado en ella, estaba segura de que era el órgano que latía allí, y esperaba que desatar la Ira de Dios directamente sobre él consiguiera deshacer lo que fuera que Elijah hubiera hecho para traerla de vuelta. No se me escapaba la triste ironía de que estuviera dispuesta a matar a alguien y, precisamente, tuviera que tratarse de la única persona, aparte de Raven, que me había recibido con amabilidad a mi llegada a Ravenswood. Pero tuve que recordarme que aquella no era Maggie Bradbury y que solo había estado fingiendo.

Todo aquello era una mierda, pero no podía continuar dudando. Cam sucumbiría a la oscuridad de Mercy, Raven encontraría a saber qué destino y Wood se volvería loco si perdía a su gemelo —yo me volvería loca—, y Alex... ¡Dios! No quería ni pensar en qué le pasaría si acababa entregándose. Pero no lo permitiría. Así que la decisión estaba tomada, y la suerte, echada. Fuera cual fuese.

Wood volvió a aullar y Hubbard empezó a adelantarse hacia donde se encontraba su hijo; Sebastian y los otros dos Ibis también parecían querer intervenir, mientras que Alex caminaba ya por mitad de la sala. Nunca había parecido tan resuelto y, a la vez, tan derrotado. Yo sabía que entregaría su vida por Raven, fuera su familiar o no, porque la obligación que en teoría los unía había dejado de ser tal hacía mucho tiempo. Raven había sido para él lo mismo que Dith para mí: padre, hermano, amigo... y mucho más. Algo que ninguna palabra existente podría explicar de forma adecuada. E incluso si había una posibilidad de que Elijah lo hechizara para hacerle cumplir su voluntad, él jamás se arriesgaría a perder a Rav. Así que aquella era nuestra última oportunidad de deshacer la profecía y vencer al destino.

Visualicé mi objetivo y el hilo que había asomado sobre el hombro de Mercy descendió por detrás de ella hasta desaparecer de mi vista.

«Lo siento mucho, Maggie».

Me imbuí de esa oscura rabia que rebosaba en la parte más profunda de mi interior y, con un suave movimiento de mi dedo hacia delante, atravesé su pecho.

Alexander

La cabeza de Elijah giró de golpe en dirección a Mercy y rugió de una manera inhumana al tiempo que la espalda de ella se arqueaba y se le abría la boca en un grito silencioso. Durante un momento, no comprendí qué diablos estaba pasando. Hasta que me percaté de la punta afilada y brillante que sobresalía del pecho de Mercy.

Volví la mirada hacia Danielle. Su expresión era un batiburrillo de emociones; el ceño fruncido por la concentración, los labios apretados. Su piel resplandecía. No había un centímetro de ella a la vista que no estuviera cubierto por su magia, por aquella ira deslumbrante y cegadora que había acumulado durante semanas en su interior. Sus alas, hasta ahora ocultas, se habían desplegado a ambos lados de su cuerpo y lucían como una red tupida y radiante de finos hilos dorados, algo perturbadoramente hermoso. Parecía una jodida diosa. O, más bien, un ángel.

Sin embargo, temblaba de pies a cabeza. No supe si era por el esfuerzo o por la propia rabia que sentía. Fuera como fuese, resultaba evidente que no aguantaría mucho en ese estado. Dominar esa clase de poder no era fácil, yo lo sabía mejor que nadie a pesar de que el mío fuese una versión sombría y horrible del suyo. Además, lo percibía en mis propios huesos, en mi carne y en mi corazón, y sobre todo en el zumbido disonante en el que se había convertido ahora la canción agradable y tranquila que solía desprender su magia.

Cuando resultó evidente que las piernas de Mercy no la sostendrían por mucho más tiempo, Elijah se abalanzó hacia delante y rodeó su cintura con un brazo, aunque evitó rozar el hilo dorado que la unía con Danielle. Una vez que consiguió estabilizarla, alzó el otro brazo; la mano apuntando directamente no hacia mí, sino a Danielle. Un segundo rugido se elevó por la sala; femenino y agudo, casi un aullido, mientras que algo más tomaba forma justo frente a mi antepasado. Algo no, *alguien*.

—Dith —murmuró Danielle con apenas un hilo de voz, pero aun así llegó a mis oídos.

Meredith Good se materializó delante de Elijah, pero de espaldas a nosotros; sin embargo, no había duda de que era ella. Llevaba la misma ropa que había vestido aquella noche fatal en los límites del campus y, de no ser así, la hubiera reconocido de todas formas. Debía de estar empleando la magia de la Noche de Difuntos para hacerse visible. Eso, o su amor por Danielle, cualquier cosa me parecía posible a estas alturas.

—No les harás daño —dijo, plantándole cara a Elijah Ravenswood. Wood aulló, y el sonido fue desgarrador y terrible.

—Dith —repitió Danielle, atormentada.

Echó a andar a trompicones hacia delante, como si el propio cordón que la unía con Mercy estuviese tirando ahora de ella. O tal vez fuera la necesidad de acercarse a su familiar. Apenas le quedaban un par de metros para llegar hasta el fondo de la sala cuando me di cuenta de que Meredith no podría hacer nada por detener a Elijah. No era más que una aparición; los límites del velo eran esa noche tan delgados que permitían que se manifestara a ojos de todos, pero no tenía ninguna clase de poder con el cual hacerle frente al nigromante.

—¡Danielle! —grité para advertirla, pero no se detuvo.

Elijah ignoró momentáneamente a Dith y Danielle, centró su atención en Mercy y la apartó de Cam, que ahora yacía desplomado sobre Raven. Ninguno de los dos se movía. Hasta ese momento, yo había tratado de conservar cierta calma y actuar con una frialdad que estaba muy lejos de sentir, pero la posibilidad de que alguno de los dos estuviese muerto golpeó mi autocontrol con tanta fuerza que perdí el aliento durante un segundo. Mi oscuridad se alzó como una marea que sacudió todo mi cuerpo; la retraje de golpe hacia mí y luego la solté en un pulso único que barrió la sala de parte a parte. Fue tal la brutalidad con la que empujé mi poder que el edificio al completo se sacudió. Algunas de las vidrieras de las ventanas estallaron, las paredes vibraron y el suelo onduló bajo mis pies. La mayoría de los presentes cayeron, pero Danielle se mantuvo erguida a duras penas, equilibrándose gracias a sus alas. Por desgracia, también lo hizo Elijah.

—Estás muerta —se regodeó él, dirigiéndose de nuevo a Dith.

—Tú también, gilipollas.

Elijah esbozó una sonrisa cruel, pero no le contestó. Mercy empezó a convulsionar y la punta brillante que brotaba de su pecho comenzó a teñirse de oscuridad. Un instante después, contemplé cómo esa misma negrura se apropiaba poco a poco del cordón. Era como si Danielle estuviera arrancando la oscuridad de su cuerpo. Absorbiéndola. Drenándola.

La mirada de Elijah se desvió entonces a Danielle.

—¿De verdad crees que puedes detenerme? —le dijo, aún sonriendo, a pesar de que su imagen parecía estar perdiendo solidez y de que su protegida probablemente estuviera muriendo frente a sus ojos.

Los demonios que habían permanecido inmóviles hasta entonces volvieron a la vida. A la derecha de aquella especie de trono en el que habíamos encontrado sentada a Mercy a nuestra llegada, uno atacó a Hubbard. Cerca de allí, otros dos se lanzaron contra Wood. El sonido de las espadas de los Ibis volvió a cortar el aire cargado de electricidad y los estudiantes que habían caído a causa de mi oscuridad se movieron por el suelo, tratando de levantarse. Se oyeron gritos de dolor y lamento. Pero Danielle no se movió. Su brazo estirado en dirección a Mercy tampoco flaqueó, y la oscuridad continuó fluyendo por el fino hilo entre ellas. Saliendo de Mercy y entrando en Danielle.

—Puedo y lo haré. Esto se acabó —respondió ella con una seguridad tal que de verdad creí que lo conseguiríamos.

Me costó un esfuerzo sobrehumano no correr hacia donde yacían Raven y Cam y, en cambio, dirigirme hacia Danielle. No estaba seguro de lo que drenar la oscuridad de Mercy podía hacerle, pero parecía nuestra única oportunidad de detenerla. Mi poder era demasiado parecido al de la bruja y al de mi propio antepasado, así que no podía ayudar a Danielle a vencerla, pero sí podía protegerla mientras ella lo hacía. Luché con cada demonio que me salió al paso, aparté a cada alumno y tiré de mi magia hasta que apenas quedó nada a lo que recurrir. Hasta que mis músculos dolieron, los dedos se me agarrotaron y perdí el aliento de tal modo que mis pulmones ardieron por la falta de oxígeno.

—No, te equivocas. Esto solo acaba de empezar —replicó Elijah, mientras el cuerpo de Mercy se quedaba completamente laxo entre sus brazos.

Y entonces sucedió lo único que no habíamos previsto que podría ocurrir; algo para lo que no nos habíamos preparado. Elijah dejó que Mercy resbalara hasta el suelo, se arrodilló junto a ella y luego, sin dar muestras de ninguna pena o dolor, sin ningún titubeo, le clavó los dedos en el centro del pecho. La sangre salpicó alrededor y brotó a borbotones de la boca de la bruja mientras que él mantenía la mano sumergida en su carne, casi como si estuviera rebuscando en su interior. Sus labios se movían en una aparente letanía que no fui capaz de descifrar y, conforme recitaba cualquiera que fuera el hechizo que estuviera empleando, su figura fue haciéndose más y más densa. Consistente. *Real*.

Y su magia... Su poder se transformó en algo aún más oscuro. Más aterrador. Profundo y horrible. Algo que palpitaba dentro de él y a su alrededor.

—¡Joder! —gemí para mí mismo.

El cordón luminoso que Danielle había empleado como un arma se apagó por completo y desapareció. Sus alas se esfumaron. Cayó de rodillas y de su boca brotó un jadeo que pareció arrancarle del cuerpo mucho más que el aire de sus pulmones. Apenas tuve tiempo de llegar hasta ella antes de que se derrumbara del todo sobre el suelo. La rodeé con mis brazos y la sostuve contra mi pecho mientras farfullaba incoherencias, completamente exhausta. Se le pusieron los ojos en blanco y casi esperaba que se desmayase, pero enseguida parpadeó y recobró al menos una pequeña parte de lucidez. Ahora que la luz de su ira se había retraído, advertí una serie de manchas negras sobre su piel. Sin embargo, no hubo manera de que pudiera detenerme a indagar más en ello.

Elijah soltó una carcajada salvaje que inundó por completo la sala. Lo miré para ver cómo alzaba las manos frente a su cara y las volteaba a un lado y otro, contemplando con una profunda satisfacción tanto el dorso como las palmas.

—¡Regresad al infierno! —bramé, desesperado, mientras acunaba el cuerpo de Danielle.

Empleé mi otra voz y le imprimí toda la autoridad que pude reunir. Ahora que Mercy estaba inconsciente quizás obedecieran. Y, por suerte, así fue. El puñado de demonios que quedaban en la sala se volatilizaron de un segundo al siguiente, dejando tras ellos tan solo algunos charcos de sangre oscura. Aun así, el ambiente estaba tan impregnado del aroma de la muerte y la desesperación que me costaba respirar.

—No tenéis ni idea de lo que acabáis de hacer —dijo Elijah, incorporándose, con esa inquietante sonrisa de nuevo curvando sus labios.

A pocos pasos de él, Wood adoptó su forma humana.

—¡Se ha transmutado, Alex! ¡Se ha transmutado por completo! —gritó, un momento antes de que Elijah dirigiera una de sus manos hacia él. Mi familiar salió volando hacia atrás, golpeó la pared con un crujido y cayó al suelo. ¡Joder!

La sangre le chorreaba a Elijah de los dedos. La sangre de Mercy. Pensé en la profecía y en las diferentes interpretaciones que habíamos hecho de ella. En la combinación de linajes que era Mercy y en que creíamos que sería ella quien traería la oscuridad. Y lo era, pero no en la manera en la que habíamos pensado.

—Joder, no. No.

Lo habíamos entendido todo mal, absolutamente todo. Una transmutación consistía en que un fantasma o un espectro se hacía, literalmente, carne; es decir, si Wood tenía razón, Elijah acababa de regresar de entre los muertos y ya no era solo un ente con cierto poder, sino el nigromante que había sido en vida, solo que con todo el poder de tres linajes —Good, Ravenswood y Bradbury— corriendo ahora por sus venas y más de trescientos años de antigüedad. Tres siglos que habían retorcido aún más su mente, pero también que habrían ampliado sus conocimientos sobre magia oscura de una manera que no podíamos ni siquiera empezar a imaginar.

«Una oscuridad como nunca antes se ha visto», repetí para mí mismo.

Mercy no había estado destinada en realidad a ser quien reinase en ese nuevo mundo y la oscuridad que traería no era literalmente la del infierno. No, la sangre de Mercy era la que había conseguido despertar dicha oscuridad haciendo regresar a Elijah Ravenswood. De alguna manera, al atacar a Mercy, lo único que habíamos propiciado era empujar más en su locura a mi antepasado y, con ello, que la profecía se cumpliera. Habíamos hecho exactamente lo que creíamos estar evitando.

Loretta Hubbard había tratado de avisarme con sus últimas palabras: «No dejes que consiga su sangre», me había dicho, pero yo apenas había prestado atención, a sabiendas de que la mujer estaba muriendo.

—Aún puedes unirte a mí, Luke —dijo Elijah, y su voz fue entonces un sonido retorcido y ronco. Irreal a pesar de que nunca como ahora había formado más parte de este mundo; no desde Salem. Volvió a contemplar sus manos ensangrentadas, maravillado con la visión de un modo repugnante—. Aún podemos reinar juntos.

—Nunca. —Fue toda mi respuesta.

—Entonces, pagarás el precio.

54

Me costaba respirar y, más que dolerme, apenas si era ya capaz de percibir mi propio cuerpo. Sabía que Alex me estaba sosteniendo solo porque podía verlo, y de mi magia no quedaba más que unos cuantos rescoldos que terminarían por apagarse en cualquier instante. Mis pensamientos se sentían pesados y confusos; sin embargo, todavía me quedaba la lucidez suficiente como para comprender lo que acababa de suceder. Había contemplado a Elijah hundir la mano en el pecho de Mercy e incluso había sentido en mi propia carne cómo él se apoderaba del poder de su sangre; lo había sentido con una claridad absoluta, como si el cordón que nos unía en ese momento, de alguna forma, me transmitiera su oscuridad a la vez que sus emociones o sentimientos.

Pero luego esa conexión se había interrumpido de repente, arrancada de mi pecho del mismo modo brutal en el que Elijah había sacrificado a Mercy. Wood nos había advertido de que el nigromante se había transmutado, y la clase en la que nos habían explicado eso sí que la recordaba; sabía lo que significaba. Como también comprendía por qué Alex tenía la expresión del que sabe que ha cometido el mayor error de su vida y que no hay manera de enmendarlo.

La habíamos cagado tanto y de tantas maneras que me hubiera reído de no estar tan jodida; de no haber querido llorar, en realidad.

Y gritar, también quería gritar, solo que tampoco me quedaban fuerzas ya para eso.

Nunca se había tratado de Mercy. Ella había sido, como los demás, un mero peón en el juego que el destino había establecido para nosotros. Nos habíamos concentrado tanto en la bruja —y habíamos pretendido que luego sería fácil deshacernos de Elijah— que nos habíamos olvidado de que los intentos por evitar una profecía la mayoría de las veces acababan con esa puta profecía dándote en las narices. Ni siquiera creo que Raven, con su don, hubiera previsto nada de aquello. Seguramente, si es que había sabido algo al respecto, hubiera vislumbrado a Mercy tan muerta como lo estaba ahora mismo, tirada a pocos metros de su propio cuerpo con el pecho abierto y rodeada de su sangre.

El verdugo había muerto, sí, pero Elijah Ravenswood ahora estaba muy vivo y, lo que era peor, contaba con la marca de los malditos. Eso, probablemente, le resultara suficiente como para no tener que depender más de Alex, y eso eran malas noticias para todos.

Hice un esfuerzo para mirar a mi alrededor. No había demonios, pero sí algunos alumnos cerca. No llegué a ver a ninguno de mis amigos, no sabía si estarían vivos o muertos, y el pensamiento hizo que me atragantara con el escaso aire que lograba llevar a mis pulmones.

Elijah se alzaba sobre nosotros a unos pocos metros, más oscuro y siniestro si cabe.

—Aún puedes unirte a mí, Luke. Aún podemos reinar juntos.

—Nunca —replicó Alex. Incluso entonces su voz no perdió convicción.

Dith estaba allí también, mostrándose como si jamás se hubiera ido a pesar de que su figura era parcialmente transparente. Su mirada alternó entre el lugar donde había caído Wood y mi rostro, y resultaba evidente lo impotente que se sentía, tanto como yo. Ella ya no contaba con ningún poder y yo había agotado el mío, y todos nuestros amigos, nuestros seres queridos, estaban a merced de Elijah Ravenswood.

—Entonces, pagarás el precio —dijo este, condenándonos a todos.

Sus brazos comenzaron a llenarse de oscuridad, su mirada se recubrió de un velo negro y supe que ninguno saldríamos de allí con vida si permitíamos que invocase todo su poder. Con un último esfuerzo, alcancé la mano de Alex y la arrastré hasta mi estómago. Traté de esbozar una sonrisa de disculpa, aunque iba dedicada a Dith, y creo que ella supo enseguida lo que iba a hacer; me conocía demasiado bien.

—Alex, tienes que... Drena lo que queda de mi magia —masculló a trompicones. Sus ojos buscaron los míos y vi el horror en ellos, un miedo tan profundo y aterrador que tuve que luchar para mantener las lágrimas a raya. Pero no había tiempo para eso, no había tiempo para nada y yo no dejaría que todos murieran si había una forma de evitarlo. Tenía que centrarme en reunir toda la ira que pudiera acumular—. Hazlo. Dréname y luego drénalo a él. Salva a Rav. A Wood y a los demás...

Alex negó con la cabeza y me apretó un poco más contra su cuerpo. Yo sabía que lo que le estaba pidiendo iba en contra de todos sus principios, de todo por cuanto había luchado para demostrarse a sí mismo y a los demás. Le estaba pidiendo que me hiciera lo que le había hecho a su madre, solo que no había suficiente vida en mí para que fuese capaz de soportarlo. Ambos lo sabíamos. Sin embargo, si podía reunir al menos una parte de mi poder, sumarlo al suyo y llegar hasta Elijah, había una posibilidad de que le arrebatara toda esa magia oscura con la que el nigromante se había hecho. Ese era su don, después de todo: drenar otros brujos.

Una vez, Alex le había preguntado a Wardwell que cómo esperaba que él contribuyera con su poder a ayudar a la academia de la oscuridad, y ella había afirmado que no empleándolo contra sus miembros, sino contra los brujos blancos. Había estado equivocada, Alex podía usarlo para drenar a su antepasado y arrebatárselo todo, tal y como este había hecho con Mercy.

—Puedes hacerlo, sabes que puedes. Es la única manera...

—No... No puedo, Danielle. No me... pidas eso —balbuceó él, con la voz entrecortada—. No me pidas que te... vea morir.

¡Oh, Dios! Estaba llorando. Luke Alexander Ravenswood estaba llorando. A aquellas alturas, no pensaba que nada pudiera romperme más el corazón, pero verlo llorar lo hizo.

Levanté la mano para llevarla hasta su mejilla y, por primera vez, fui yo quien trató de limpiarle las lágrimas a él. Me forcé a sonreír mientras Elijah estiraba los brazos al frente, cubiertos de oscuridad. Por suerte, parecía tan condenadamente pagado de sí mismo que apenas nos prestaba atención. Pero eso cambiaría en cuanto terminara de invocar todo su poder, estaba segura.

—Tienes que hacerlo. Solo recuerda que no eres un monstruo. Nunca podrías serlo. Pero tienes que salvarlos.

—No, Danielle. No...

Nuestras miradas se enredaron y fui consciente de que, aunque se negase, él lo sabía. Sabía que tenía que hacerlo, pero no quería. Aquello iba a matarlo por dentro, pero todos acabarían muertos si no aprovechaba esa última oportunidad. Yo era un mal menor. Tal vez siempre hubiera estado destinada a ser esa consecuencia no deseada de la que había hablado Elijah.

—Danielle...

—Hazlo ya, Alex. Por favor —rogué, y sus dedos se me clavaron en el estómago.

Se inclinó sobre mí y, temblando, me dio el beso más suave que jamás me hubiera dado nadie, un beso repleto de todas las confesiones para las que ambos sabíamos que ya no había tiempo.

—Bruja terca e irresponsable —gimió, sollozando.

—Salva a nuestra familia —dije, antes de tener que concentrarme en mi ira.

No eran esas las últimas palabras que me hubiera gustado pronunciar, pero no podía decirle las que de verdad deseaba; no lo rompería de esa forma. No cuando sabía lo que tenía que hacerme a continuación. Así que me las guardé para mí y supuse que, si nos encontrábamos al otro lado del velo dentro de muchos años, después de que él tuviera una larga y provechosa vida, eso sería lo primero que le diría.

Levanté un poco la mirada para ver a Dith a un lado, observándome en silencio. No necesité decirle nada y ella tampoco habló, pero, a la vez, su sonrisa triste fue suficiente para hacerme saber lo que Wood ya me había dicho al principio de la noche: estaba orgullosa de mí, siempre lo estaría, tanto como yo de ella.

Cerré los ojos y me esforcé por traer a mi mente cada mal recuerdo de mi vida y, sobre todo, de esas últimas semanas. Necesitaba mi ira, toda ella, lo cual era jodido porque ni siquiera iba a poder morirme evocando los buenos momentos. La risa y las tonterías de Dith, la nobleza y el cariño de Raven, el descaro de Wood. La amabilidad de Robert. La lealtad de Cam. Esa incipiente amistad con Sebastian. Y Alex... ¡Oh, Alex! Sus cada vez más frecuentes sonrisas. Su aspecto terrible pero hermoso. El olor y el cántico de su magia. El sonido de su voz. Su sabor. Sus besos. La forma en la que me había tocado, como si yo fuera algo raro y precioso que atesorar. El modo en el que se había introducido en mi cuerpo y me había poseído, y cómo me había permitido poseerlo a él.

Incluso cuando no pudiera decirlo, esperaba que supiera lo importante que era para mí. No se lo había dicho a ninguno de ellos. Tan acostumbrada había estado a no contar con nadie, salvo con Dith, que no había llegado a explicarles lo mucho que significaban para mí. Que eran más que mi aquelarre. Que eran familia y hogar. Un hogar de verdad.

—Hazlo —volví a rogarle a Alex por última vez.

Luego, sin esperar una respuesta o permitirme mirarlo de nuevo, derribé por fin por completo todas las barreras que habían contenido no ya mi poder, sino mi dolor. Y, mientras caían, lancé mi mente años atrás, al día en el que habían muerto mi madre y Chloe. Evoqué la imagen de mi hermana tirada en el suelo, del cuerpo inerte y destrozado de mi madre. Rebusqué hasta encontrar ese sentimiento de abandono que me había acompañado tanto tiempo después de que mi padre me dejara en Abbot. Su indiferencia. Su frialdad, y lo que me había confesado días atrás en el despacho de Hubbard. Recordé la noche en la que había muerto Dith; todos y cada uno de los detalles. Las quemaduras, sus intentos de sonreír a pesar de lo mucho que debía de estar sufriendo, el dolor de Wood y el mío propio al percibir cómo se rompía el lazo que me unía a mi familiar. Pensé en la joven Ava aferrándose al cuerpo sin vida de Johan; Johan, que había tenido toda una vida por delante y al que habían acabado matando unos demonios. Johan, que ya no podría cuidar más de su pequeña amiga. Los consejeros muertos. La desesperación por el secuestro de Rav... Me concentré en todo eso. El odio. La rabia. El sufrimiento. La muerte. La pérdida. Todo el dolor fluyó y fluyó y mi ira se reavivó en el centro de mi pecho, incluso cuando yo no pudiera sentirlo ya. Incluso cuando la agonía fue tal que no podía moverme ni articular ninguna palabra.

Solo... dolía y dolía y dolía. Y puede que estuviera llorando o gritando o muriéndome en silencio. No era capaz de saberlo y, seguramente, ya no importaba. Solo quedaba ira y amargura y rabia y muerte. Y más dolor. Siempre dolor.

Y entonces sentí que fluía de nuevo, pero ahora ya no en mí, sino fuera de mi cuerpo. A través de mis músculos y mi piel. Alex. Alex estaba llevándoselo todo. Arrancándomelo de dentro para que no tuviera que sentirlo más. Drenándolo. Drenándome. Aunque no quisiera. Aunque eso matara su corazón, su mente y su alma. Aunque se odiara para siempre. Toda la vida. Pero al menos podría vivirla. Los demás también podrían. Los salvaría. Sabía que podía hacerlo. Que reclamaría ese poder que jamás había empleado con nadie a sabiendas y lo volvería contra su propio linaje para salvar a su familia de verdad. A Rav, a Wood, a Cam y a todos en aquella sala. En el campus. En el mundo.

Y deseé poder llorar de alivio. Deseé poder sonreír. Deseé besarlo por última vez y recordarle que no era un monstruo. Que era bueno. Que aquello solo era un bache. Un tropiezo. Un mal necesario. Y, finalmente, deseé haberle dicho que lo quería.

Que nunca un Ravenswood sería tan digno de ese poder oscuro.

Y que nunca un brujo oscuro había sido tan blanco como lo fue él en ese momento.

Agradecimientos

A vosotros, lectores, a los que habéis estado ahí desde el principio a y los que llegasteis luego. Todo esto no tendría sentido sin vosotros. Muchísimas gracias por vuestro cariño, por leerme y por no dejar de pedirme esta segunda parte.

A Tamara Arteaga y Yuliss M. Priego, por acompañarme siempre y por empujarme cuando lo necesito. Os quiero.

A Nazareth Vargas, este será un bonito año para las dos. ¡Lo sé! Te quiero y te echo de menos.

A Cristina Martín, por estar a mi lado desde el principio.

A Esther Sanz, mi editora. Por confiar siempre en mí y en mis historias. Y a Luis Tinoco por sus preciosas portadas. A mí correctora, Berta, cuya voz resonaba en mi cabeza mientras escribía preguntándome todo el tiempo el porqué de cada detalle. A Leo Teti, por la cita para la novela. A Patricia, Mariola y todo el equipo de Ediciones Urano.

A mi familia. Hemos tenido un año muy duro, pero de nuevo habéis estado ahí apoyándome en todo. A mi padre, que, aunque ya no esté, me hizo ser quien soy. Te quiero, papá. Y a mi pequeña Daniela, que ya no es tan pequeña, pero a la que cada día quiero más.

A todos los blogueros, *bookstagrammers, booktookers* y administradores de páginas literarias por la labor que hacen para promover la lectura. Gracias por dar difusión y reseñar mis novelas. Y a los que, como lectores, también dedican su tiempo a compartir su amor por los libros y su opinión con los demás. Gracias por esas preciosas fotos y por vuestros comentarios. Por el cariño y por darle alas a mis sueños.

Y gracias a ti, que estás leyendo esto, porque eres tú quien siempre le da sentido a cada historia. Hazla tuya, solo espero que consiga hacerte soñar.

books4pocket

www.books4pocket.com